L'Oasis

Seigneurs des Deux Terres **

Du même auteur
aux Éditions Stock

LE TOMBEAU DE SAQQARAH, 1991.
LA DAME DU NIL, 1992.
LES ENFANTS DU SOLEIL, 1993.
LE SCORPION DU NIL, 1994.
LA VENGEANCE DU SCORPION, 1996.
LES CHEVAUX DU FLEUVE, (Seigneurs des Deux Terres *), 1998.

Pauline Gedge

L'Oasis

Seigneurs des Deux Terres **

roman

TRADUIT DE L'ANGLAIS
PAR
CLAUDE SEBAN

Stock

Titre original :

LORDS OF THE TWO-LANDS **

A trilogy of ancient Egypt

THE OASIS

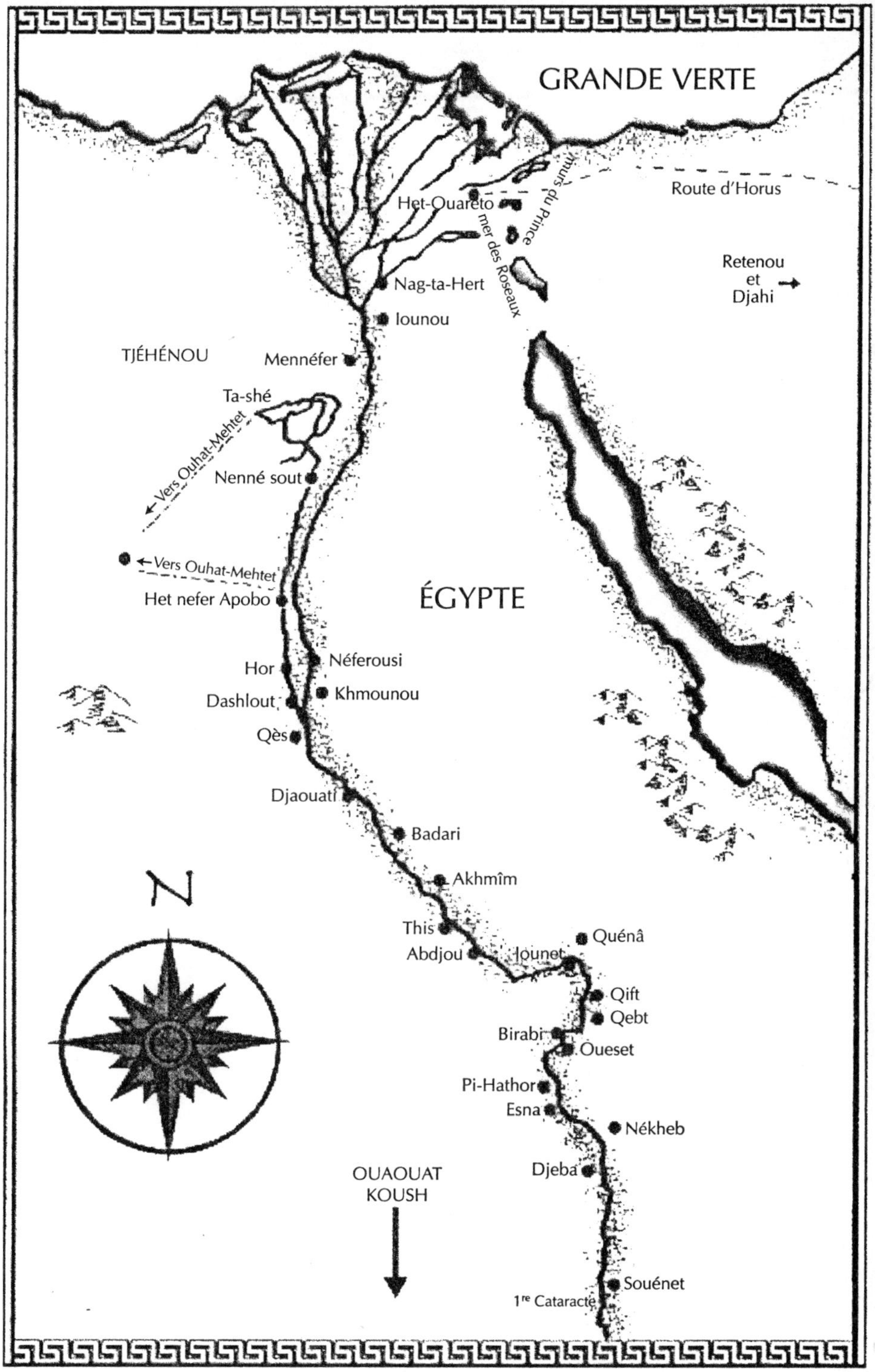
GRANDE VERTE
Route d'Horus
murs du Prince
Het-Ouareto
mer des Roseaux
Retenou
et
Djahi
Nag-ta-Hert
Iounou
TJÉHÉNOU
Mennéfer
Ta-shé
Vers Ouhat-Mehtet
Nenné sout
Vers Ouhat-Mehtet
Het nefer Apobo
ÉGYPTE
Néferousi
Hor
Khmounou
Dashlout
Qès
Djaouati
Badari
Akhmîm
N
This
Quénâ
Abdjou
Iounet
Qift
Qebt
Birabi
Oueset
Pi-Hathor
Esna
Nékheb
Djeba
OUAOUAT
KOUSH
Souénet
1re Cataracte

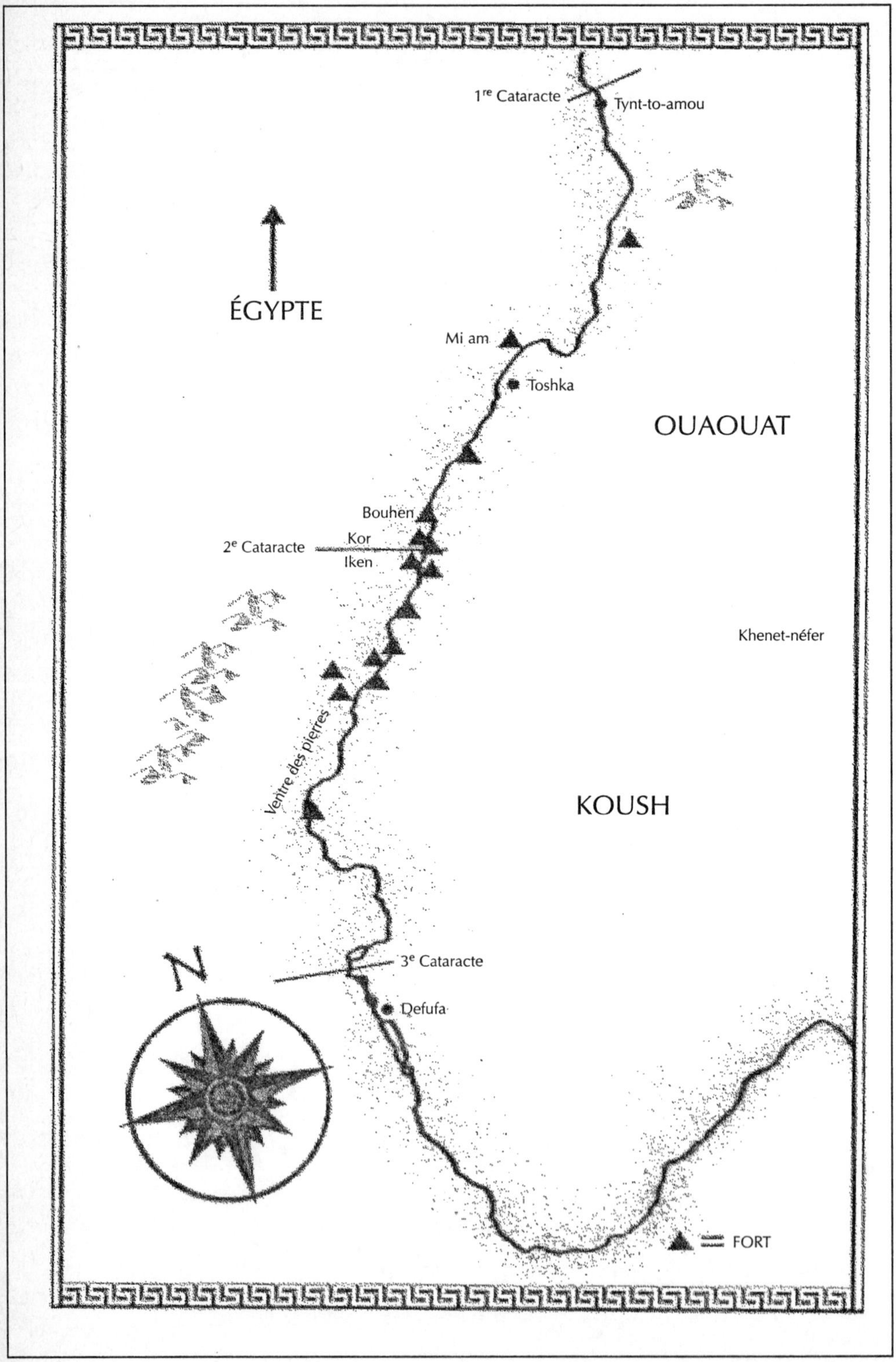

1re Cataracte
Tynt-to-amou
ÉGYPTE
Mi am
Toshka
OUAOUAT
Bouhen
Kor
2e Cataracte
Iken
Khenet-néfer
Ventre des pierres
KOUSH
N
3e Cataracte
Defufa
= FORT

Liste des personnages principaux

LA FAMILLE

Kamosé Taâ – prince d'Oueset
Ahhotep – sa mère
Tétishéri – sa grand-mère
Ahmosis – son frère
Ahmès-Néfertari – la sœur et l'épouse d'Ahmosis
Tani – sa sœur cadette
Ahmosis-onkh – fils d'Ahmès-Néfertari et de Si-Amon, son frère et époux défunt
Hent-ta-Hent – fille d'Ahmosis et d'Ahmès-Néfertari

LES SERVITEURS

Akhtoy – premier intendant
Karès – intendant d'Ahhotep
Ouni – intendant de Tétishéri
Ipi – premier scribe
Khabekhnet – premier héraut

Isis – servante personnelle de Tétishéri, puis d'Ahhotep
Hétépet – servante d'Ahhotep
Hèqet – servante personnelle de Tani
Raa – nourrice d'Ahmosis-onkh
Sénéhat – servante

LES PARENTS ET AMIS

Téti – gouverneur de Khmounou, inspecteur des digues et canaux, et cousin d'Ahhotep par alliance
Néfer-Sakharou – épouse de Téti et cousine d'Ahhotep
Ramosé – leur fils et le fiancé de Tani
Amonmosé – grand prêtre d'Amon

LES PRINCES

Hor-Aha – originaire du pays d'Ouaouat et chef des Medjaï
Intef de Qebt
Iasen de Badari
Mékhou d'Akhmîm
Mésehti de Djaouati
Ankhmahor d'Abdjou
Horkhouef, son fils
Sébek-nakht de Mennéfer
Mékétrê de Néferousi

LES AUTRES PROTAGONISTES EGYPTIENS

Pahéri – maire de Nékheb
Het-Oui – maire de Pi-Hathor
Baba Abana – gardien des navires
Kay Abana – son fils
Setnoub – maire de Dashlout
Sarenpout – gouverneur adjoint de Khmounou

LES SETIOU

Aouserrê Aqenenrê Apopi – le pharaon
Apopi, le Faucon-dans-le-nid – son fils aîné
Kypenpen – un autre de ses fils
Néhmen – son premier intendant
Ykou-Didi – son premier héraut
Itjou – son premier scribe
Perémouah – gardien du sceau royal
Sakhetsa – un héraut
Yamousa – un héraut
Pédjédkhou – un général
Kéthuna – un général
Hat-Anat – une femme de la Cour

AVANT-PROPOS

A la fin de la XIIe dynastie, les Égyptiens se retrouvèrent sous la coupe d'une puissance étrangère qu'ils appelaient les Sétiou – « Seigneurs des Hautes Terres » –, et que nous connaissons sous le nom d'Hyksos. Originaires du Retenou, pays oriental moins fertile que l'Égypte, ils s'étaient d'abord aventurés dans la région verdoyante du Delta pour y faire paître leurs troupeaux. Lorsqu'ils y furent installés, leurs marchands suivirent, impatients de profiter des richesses de l'Égypte. Bons administrateurs, ils retirèrent progressivement tout pouvoir à un gouvernement égyptien affaibli. Ce fut une invasion qui s'accomplit presque sans effusion de sang, par les moyens subtils de la contrainte politique et économique. Se souciant peu du pays dans son ensemble, leurs rois le pillèrent au gré de leurs besoins et imitèrent les coutumes de leurs prédécesseurs égyptiens afin d'obtenir la soumission du peuple, stratégie couronnée de succès dans une large mesure. Au milieu de la XVIIe dynastie, il y a un peu plus de deux siècles qu'ils sont implantés en Égypte, et ils gouvernent de leur capitale du Nord, Het-Ouaret, la « Maison de la Jambe ».

Dans le Sud, cependant, un homme se réclamant du dernier roi légitime d'Égypte finit par se rebeller. *Les Chevaux du fleuve*, premier volume de cette trilogie, montrait comment Séqénenrê Taâ, provoqué et humilié par le souverain sétiou Apopi, préférait la révolte à l'obéissance. Avec le soutien et la complicité de sa femme Ahhotep, de sa mère Tétishéri et de ses filles Ahmès-Néfertari et Tani, aidé par ses fils Si-Amon, Kamosé et Ahmosis, il prépare un soulèvement. C'est un acte de désespoir voué à l'échec. Agressé par

Mersou, l'intendant de confiance de Tétishéri, qui se révèle être un espion sétiou, Séqénenrê en reste à moitié paralysé. Malgré ses blessures, il marche sur Het-Ouaret à la tête d'une petite armée, mais trouve la mort dans la bataille qu'il livre aux forces supérieures du roi Apopi et de Pédjédkhou, son jeune et brillant général.

Son fils aîné, Si-Amon, devrait lui succéder et prendre le titre de prince d'Oueset. Mais, tiraillé entre ce qu'il doit à son père et sa loyauté envers le roi sétiou, il s'est laissé circonvenir par Téti de Khmounou, parent de sa mère et favori d'Apopi, et a transmis des informations concernant l'insurrection de Séqénenrê à l'espion Mersou. Rongé par le remords, il tue celui-ci, puis se suicide.

Croyant les hostilités terminées, Apopi se rend à Oueset et condamne les membres survivants de la famille à de lourdes peines. Pour plus de sécurité, il emmène en otage à Het-Ouaret Tani, la fille cadette de Séqénenrê. Kamosé, désormais prince d'Oueset, sait qu'il a le choix entre continuer à se battre pour la liberté de l'Égypte ou voir sa famille appauvrie et dispersée. Il choisit la liberté.

1

Debout au milieu de sa chambre, l'esprit en repos, Kamosé se laissa laver et habiller. Son serviteur lui noua un pagne blanc autour de la taille et lui mit aux pieds des sandales de cuir ordinaires. Les coffres de la pièce étaient ouverts et vides, car ses vêtements avaient déjà été transportés à bord de son navire. Le petit tabernacle domestique renfermant la statue d'Amon se trouvait désormais dans sa cabine. Un carré plus clair sur le sol indiquait son ancien emplacement. Ses lampes, sa coupe préférée, son chevet en ivoire l'attendaient eux aussi sur le bateau. Kamosé s'était séparé de la plupart de ses bijoux pour acheter des vivres, mais il attacha autour de son cou le pectoral qu'il s'était fait fabriquer. L'or froid et impersonnel du bijou, qui s'imprégna lentement de la chaleur de sa peau, sembla l'envelopper d'une aura de protection divine et, d'un geste qui devenait déjà habituel, il effleura de la main le dieu d'éternité blotti juste sous son sternum. « Va me chercher Ouni, ordonna-t-il au serviteur, qui avait fini de lui farder les yeux et refermait son coffret à toilette. Donne-moi ce casque. Je le mettrai moi-même. »

L'homme obéit et quitta la pièce.

Kamosé n'avait pas besoin d'un miroir pour poser la coiffure de cuir blanc sur sa tête. Ses deux pans lui frôlèrent les épaules, et son bord s'adapta agréablement à son front. En enfilant ses bracelets de commandement et en bouclant la ceinture retenant son épée et son poignard – des gestes qu'il avait pourtant accomplis si souvent –, il eut l'impression de les faire pour la première fois. Car, ce jour-là, ils étaient lourds de sens, annonciateurs de la guerre. Lorsque Ouni entra dans la pièce, il lui adressa un sourire tendu. « J'emmène

Akhtoy, déclara-t-il. C'est donc toi qui seras l'intendant en chef du domaine. En plus de servir ma grand-mère, il t'appartiendra de maintenir l'ordre dans la maison. Tu es au courant des instructions que je lui ai laissées concernant les semailles, la surveillance du fleuve et les rapports réguliers qui doivent m'être envoyés. Je veux que tu m'écrives, toi aussi. Non..., ajouta-t-il d'un ton brusque, en voyant l'expression d'Ouni. Je ne te demande pas de me livrer des informations confidentielles. Je souhaite seulement avoir des nouvelles de la santé des femmes, de leur moral ; savoir comment elles se débrouillent des problèmes administratifs qui surgiront inévitablement. Elles vont me manquer, conclut-il en baissant la voix. J'ai déjà la nostalgie d'Oueset. Je veux voir les miens à travers tes mots.

– Je comprends, Majesté, répondit Ouni avec sympathie. Je ferai comme tu le désires. Mais s'il y a conflit entre ce que tu souhaites savoir et ce que ma maîtresse tient à garder secret, je devrai te désobéir.

– Naturellement. Fais part à Tétishéri de notre conversation. Tu peux disposer. »

Ouni s'éclaircit la voix.

« Je prie pour ton entier succès, Majesté, et pour que tu reviennes rapidement dans la paix de cet endroit béni.

– Puisse-t-il en être ainsi. »

Quittant la pièce après l'intendant, Kamosé traversa à pas mesurés la salle de réception déserte et sortit dans la lumière toute neuve du matin.

Ils l'attendaient déjà près du débarcadère, groupés dans l'ombre du navire, *son* navire, sur lequel des hommes s'affairaient avec frénésie. A droite et à gauche, le long des rives du Nil, balancées doucement par les eaux, les autres embarcations bouillonnaient de la même activité furieuse ; et l'odeur douceâtre, légèrement rance, des bottes de roseaux dont elles étaient construites imprégnait l'air immobile de l'aube. Sur la route du fleuve, les recrues formaient les rangs dans la poussière, le tumulte, les cris des officiers harassés, le braiment des ânes... Mais autour du petit groupe solennel, le silence régnait.

Le visage grave, ils regardèrent Kamosé s'avancer vers eux. Seul Ahmosis-onkh, qui avait faim et s'ennuyait, s'agita en grognant dans les bras de sa nourrice. Avec un serrement de cœur, Kamosé remarqua que les femmes s'étaient parées avec autant de soin que si elles avaient été invitées à un festin royal. Leurs robes presque transparentes, tissées de fil d'or, leurs perruques huilées et leur maquillage, qui auraient dû paraître tapageurs et inconvenants à cette heure de la journée, les isolaient au contraire de la poussière et du bruit environnants, les détachaient de l'instant et du lieu pour les placer sur un autre plan, plus mystérieux. Kamosé pensa malgré lui à un rassemblement de parents à l'occasion d'un enterrement.

Pendant un moment, ils se regardèrent simplement en silence. Qu'auraient-ils pu dire en effet qui ne sonnât pas comme une banalité ? Pourtant, les émotions qui leur gonflaient le cœur – l'amour, l'anxiété, la peur, la douleur de la séparation... – épaississaient l'air entre eux et finirent par les jeter dans les bras les uns des autres. Enlacés, ils oscillèrent légèrement comme si eux aussi étaient une embarcation à la dérive sur des eaux inconnues. Lorsqu'ils se séparèrent, Ahmès-Néfertari avait les yeux brillants de larmes et ses lèvres rougies de henné tremblaient. «Le grand prêtre sera là dans un instant, dit-elle. Il a envoyé un message. Le taureau qui devait être sacrifié ce matin est mort dans la nuit, et il pensait que tu ne souhaiterais pas en choisir un autre. C'est un terrible présage.»

Une peur panique transperça Kamosé comme un coup de couteau.

«Pour Apopi, pas pour nous, déclara-t-il avec fermeté. L'usurpateur s'est arrogé le titre des rois, il s'est fait appeler le Taureau puissant de Maât et, en sacrifiant cet animal aujourd'hui, nous aurions non seulement obligé Amon à nous aider, mais accompli le premier acte de destruction contre le pouvoir sétiou. Apparemment, toutefois, celui-ci meurt de lui-même. Il est inutile de lui trancher la gorge ici, sur le débarcadère. Le présage est bon, Ahmès-Néfertari.

– Mieux vaut néanmoins veiller que les soldats n'en sachent rien, intervint Tétishéri d'un ton acerbe. Ils sont trop simples pour voir dans cet événement autre chose que l'annonce d'un désastre futur. J'examinerai moi-même le cadavre de cet animal après ton départ, et je le ferai brûler pour neutraliser l'influence néfaste que pourrait avoir sa mort. Rappelle-toi le faucon, Ahmès-Néfertari, et essaie de ne pas trembler au moindre signe, sinon tu finiras par voir des présages dans la lie de ton vin et dans les moutons de poussière sous ton lit.»

Le sourire, rare, qui éclairait son visage ridé, contredisait la dureté de ses paroles.

« Vous croyez tous que je manque de force, mais vous vous trompez, protesta la jeune femme. Je n'oublie pas le faucon, grand-mère. Mon époux sera roi, un jour, et je serai reine. C'est pour Kamosé que je tremble, pas pour Ahmosis, ni pour moi. Et il le sait. Je l'aime. Comment pourrais-je ne pas avoir peur et ne pas guetter les présages de victoire ou de défaite ? Je dis simplement à voix haute ce que vous pensez tous en vous-mêmes. »

Elle fit face à Kamosé, le menton fièrement levé.

« Je ne suis pas une enfant, mon frère, continua-t-elle d'un ton de défi. Fais mentir les augures ! Exerce l'autorité sacrée d'un roi qui triomphe de tous les présages funestes. »

Qu'aurait-il pu répondre à la véhémence des paroles, ou à la souffrance peinte sur le visage de sa sœur ? En silence, il posa un baiser sur sa joue et se tourna vers sa mère. Ahhotep était pâle sous le fard.

« Je suis une fille de la lune, dit-elle à voix basse, et mes racines sont à Khmounou, la ville de Thot. Téti est mon parent. Tu sais tout cela, Kamosé. Si tu te demandes comment tu agiras là-bas, si tu crains de faire justice parce que Téti est du même sang que moi, ne te tourmente plus. Si la ville te résiste, nettoie-la ; si Téti te combat, abats-le. Mais, quoi que tu fasses, sacrifie d'abord à Thot. Je suis certaine que le dieu de ma jeunesse attend avec impatience la purification qu'apportera ton épée, ajouta-t-elle avec un petit sourire amer. Je t'implore toutefois d'épargner Ramosé si tu le peux. Fais-le pour Tani. Il n'était pas en son pouvoir d'empêcher Apopi de promettre notre nome à son père. » Dominant son émotion au prix d'un effort visible, elle poursuivit : « Het-Ouaret aura forcément vent de notre insurrection avant longtemps. Les dieux seuls savent ce qu'il adviendra alors de Tani ! Nous pouvons seulement espérer qu'Apopi sera assez sage pour ne pas l'exécuter, et que Ramosé l'aime toujours assez pour s'efforcer de la sauver.

– Je ferai l'impossible pour discuter avec Téti, répondit Kamosé, la gorge serrée. Nous savons cependant tous les deux qu'on ne peut se fier à lui. Je ne le tuerai que si j'y suis forcé. Quant à Ramosé, il lui appartiendra de choisir son camp, et cela ne lui sera pas facile. Mais je recule devant l'idée de l'éliminer.

– Merci, mon fils. »

Se détournant de lui, elle prit Ahmosis-onkh dans ses bras et le serra étroitement contre elle. Kamosé sentit alors les doigts de sa grand-mère se refermer sur son poignet comme des tenailles.

« Toi et moi nous comprenons parfaitement, dit-elle. De douces paroles ne changeront rien au fait que tu pars dans le Nord pour mettre l'Égypte à feu et à sang. Ton bras sera gagné par la fatigue et ton *ka*, par la nausée. Veille seulement qu'il ne meure pas. Tu as ma bénédiction, Kamosé Taâ, roi et dieu. Je t'aime. »

Oui, se dit-il en croisant son regard franc et pénétrant. Je suis ton fils spirituel, Tétishéri. J'ai hérité de l'orgueil et de la nature impitoyable qui raidit ton dos et continue à faire courir un sang chaud dans tes veines. Il lui répondit d'une simple inclination de tête, et elle recula, satisfaite.

Un mouvement dans la foule des soldats, puis une brusque accalmie dans le vacarme environnant annoncèrent l'arrivée du grand prêtre. Les hommes s'écartaient pour le laisser passer, s'inclinaient avec respect, puis se pressaient derrière lui, pleins d'attente. Amonmosé portait les insignes de sa charge : la peau de léopard jetée sur l'épaule et le bâton à embout d'or. Les jeunes prêtres qui l'encadraient tenaient des encensoirs allumés, et l'odeur âcre de la myrrhe parvint brusquement aux narines de la famille. Debout à côté de son épouse, le visage grave sous sa coiffure de guerre, Ahmosis, qui était resté silencieux jusque-là, murmura à l'oreille de son frère : « Il n'a pas apporté le lait et le sang que nous devons mêler sous nos pieds.

– C'est normal, répondit Kamosé. Le taureau est mort, et nous ne devons pas, en partant, emporter le lait de l'hospitalité collé à la semelle de nos sandales. Nous n'avons besoin de rien d'autre que de la protection d'Amon.

– J'ai peur, Kamosé, marmonna Ahmosis. Malgré tous nos plans, nos préparatifs, nos discussions, cette guerre n'a cessé de me paraître irréelle. Aujourd'hui, l'heure a sonné. Bientôt, sous un soleil éclatant, nous allons partir à la rencontre de notre destin, et je n'arrive toujours pas à me débarrasser de l'impression que je rêve. Je devrais être en train de chasser dans les marais pour m'ouvrir l'appétit au lieu de me trouver ici, revêtu d'insignes de commandement et entouré d'une armée. Sommes-nous fous ?

– Si nous le sommes, notre folie est celle des hommes qui répondent à l'appel du destin, répondit Kamosé, alors que le grand prêtre commençait ses prières. Parfois, c'est plus qu'un appel, Ahmosis, c'est un ordre impératif que nous négligeons à nos risques et périls. C'est le cas en ce qui nous concerne, et il ne sert à rien de regretter de ne pas être nés en des temps plus paisibles. Nous devons nous justifier devant les dieux ici et maintenant, en ce jour et en ce mois. Cela me déplaît autant qu'à toi.

– Se souviendra-t-on de nous comme des sauveurs de l'Égypte ou disparaîtrons-nous, vaincus, dans les ténèbres de l'histoire ?» murmura Ahmosis, autant pour lui-même que pour son frère.

Tous deux se turent et se redressèrent, car, se tournant vers eux, le bâton tendu, Amonmosé entonnait les chants de bénédiction et de victoire. Sur les navires et à terre, les soldats s'étaient agenouillés tandis qu'à l'est, libéré des griffes de l'horizon, Rê versait sur eux sa lumière dorée et que, très haut au-dessus de leurs têtes, tache noire sur l'or fondu de son disque, soutenu par le vent de son haleine, un faucon les observait.

Lorsque la cérémonie prit fin, Kamosé remercia son ami, lui rappela d'intercéder quotidiennement pour l'armée auprès d'Amon, embrassa les membres de sa famille et, après un dernier regard à sa maison paisible, à la treille et aux palmiers du jardin, il monta la passerelle d'un pas rapide, suivi par Ahmosis. Ses officiers le saluèrent et, répondant à son geste, Hor-Aha donna l'ordre de rentrer la passerelle et de larguer les amarres. L'embarcation s'éloigna lourdement de la rive. Le pilote saisit le gouvernail à deux mains. Les deux frères allèrent à l'arrière, où les bottes de roseaux leur arrivaient à la taille. Les autres navires avaient appareillé eux aussi, et tous manœuvraient au milieu du fleuve, la proue tournée vers le nord.

Ahmosis leva les yeux et tendit le bras. Suivant la direction de celui-ci, Kamosé vit le drapeau attaché au mât se déployer dans la brise matinale et révéler les couleurs bleu et blanc de la royauté. Interloqué, il jeta un regard interrogateur à son frère, qui haussa les épaules.

«Aucun de nous n'a pensé à ce genre de détail, dit-il en souriant. Je parierais que c'est l'œuvre de grand-mère.»

Kamosé tourna les yeux vers la rive. La distance qui les séparait des femmes de sa famille, groupées sur la pierre chaude du débarcadère, s'était élargie, et elles paraissaient si petites, si fragiles, que son cœur se contracta de pitié pour elles, pour lui-même et pour le pays qu'il s'apprêtait à plonger dans la guerre.

Puis il vit Tétishéri s'écarter des autres et lever son poing fermé. Le soleil étincela sur ses bracelets d'argent, et le vent plaqua sa robe sur son corps sec et nerveux. C'était un geste si plein de défi et d'arrogance que Kamosé en oublia sa pitié. Levant ses deux poings en réponse, il se mit à rire, et sa maison disparut à sa vue.

«J'ai faim, dit-il à Ahmosis. Allons déjeuner dans la cabine. Le voyage sera facile jusqu'à Qebt; nous serons sur le territoire de notre nome pendant une grande partie du trajet. Hor-Aha! Joins-toi à nous!»

Nous sommes partis! pensait-il avec un sentiment proche de l'exultation. Le sort en est jeté! Écartant le rideau de la cabine, il entra et se laissa tomber sur les coussins. Son frère s'assit près de lui et se mit à caresser le bâton de jet pendu à sa ceinture.

«Il fallait que je l'emporte, dit-il d'un ton d'excuse devant le regard étonné de Kamosé. Nous aurons peut-être l'occasion de chasser. Ce ne sera pas la même chose sans Touri, naturellement.

– Non, bien sûr. Touri et toi pêchez et chassez ensemble depuis votre enfance. J'espère que tu m'as pardonné de l'avoir envoyé dans le Sud avec les siens pour les mettre en sécurité. Son père est un maçon spécialisé dans la construction des forts en pierre, et c'est un savoir rare à notre époque, qui nous sera peut-être utile plus tard. Les membres de la famille de Touri se le sont transmis de génération en génération, bien qu'il y ait des *hentis* qu'ils n'ont eu l'occasion de le mettre en pratique.

– Son père s'est parfaitement accommodé de construire des débarcadères, dit Ahmosis. Il n'a aucun respect pour les Sétiou, qui méprisent la pierre et bâtissent leurs ouvrages défensifs en brique crue. Ils n'érigent même pas de monuments en pierre. Ils sont très peu civilisés sous leur vernis de splendeur.

– Il n'empêche que les murailles des forts sétiou passent pour être très hautes et aussi solides que le roc, remarqua Kamosé d'un air sombre. Nous verrons bien. Y a-t-il du pain frais? demanda-t-il à son serviteur. Et du fromage? Parfait. Mangeons.»

La flottille arriva à Qebt en début d'après-midi et, presque aussitôt, le prince Intef apparut, entouré de ses subordonnés. Kamosé répondit à son salut avec politesse, en veillant à ne rien montrer de son soulagement. Il avait secrètement craint, en effet, qu'une fois rentrés chez eux et libres de réfléchir à loisir au bord de leur bassin à poissons, les princes venus à Oueset à son invitation n'aient rapidement perdu l'enthousiasme modéré qu'ils avaient montré pour sa cause. Mais ce gouverneur-là au moins semblait avoir tenu ses promesses.

Après avoir salué la femme d'Intef et sa famille, et bu la coupe de vin qu'on lui offrit dans la salle de réception, Kamosé envoya chercher Hor-Aha ainsi que ses scribes des Recrues et du Ravitaillement, et suivit Intef dans son bureau.

« La division de fantassins n'arrivera que tard dans la soirée, commença-t-il. Une fois que tes hommes auront été pointés, je souhaite me rendre en barque à Qift pour y prier dans le temple de Min. Il n'est qu'à onze kilomètres en aval et, comme Min est une forme d'Amon, je dois lui rendre hommage. As-tu délégué tes responsabilités ici ? Es-tu prêt à embarquer avec nous ?

– Oui, Majesté. Je laisse mon nome entre les mains capables de mon assistant de Qift. Les semailles ont commencé. Les femmes les termineront. » Il s'agita sur son siège, puis déclara avec franchise : « J'ai eu beaucoup de difficultés avec les paysans que je suis parvenu à rassembler. Il n'a pas été commode de leur expliquer pourquoi il fallait qu'ils quittent leur foyer pour marcher contre des hommes qu'ils considèrent depuis longtemps comme des compatriotes. Beaucoup se sont montrés récalcitrants, et mes officiers ont quasiment été obligés de les traîner de force jusqu'au fleuve. De plus, nous avons manqué de temps pour les entraîner. Tu vas les trouver très indisciplinés.

– Je les mêlerai aux soldats d'Oueset, répondit Hor-Aha, bien qu'Intef s'adressât à Kamosé. S'ils sont distribués entre les diverses unités, ils apprendront vite la discipline et les raisons de cette campagne. »

Un court silence gêné suivit son intervention. Intef se tourna vers le général, et son visage se ferma.

« Ils obéiront peut-être de mauvais gré à des officiers qui ne sont pas du nome d'Héroui, remarqua-t-il avec une hostilité sourde.

– Je demande beaucoup à tes paysans et à tes officiers, Intef, déclara aussitôt Kamosé d'un ton apaisant. Nous n'empiéterons pas sur ton autorité. Tes commandants ne rendront de comptes qu'à toi seul, et tu dirigeras tes hommes dans la bataille. Tu seras néanmoins sous mes ordres, et ceux-ci te seront parfois transmis par le prince et général Hor-Aha. Pardonne-moi de te rappeler que, contrairement à lui, ni toi ni tes officiers – sans parler de tes paysans – n'avez l'expérience des opérations militaires.

– Il me semble qu'il y a loin entre pourchasser des hommes de tribus koushites dans ce maudit désert et se battre contre des villes civilisées», répliqua Intef avec froideur.

Kamosé soupira intérieurement. Je craignais ce genre de réaction, se dit-il. Allons-nous nous heurter aux mêmes obstacles avec Iasen, Ankhmahor et les autres avant de réussir à former une armée unifiée? Hor-Aha avait croisé les bras et s'était renversé dans son fauteuil, la tête inclinée de côté.

«Tâchons d'être honnêtes l'un envers l'autre, prince, dit-il avec calme. Tu ne m'aimes pas et tu n'es pas disposé à me faire confiance. Je suis noir et étranger. De quel droit commandé-je aux Égyptiens de Sa Majesté? De quel droit porté-je le titre qui m'a été accordé? Mais l'opinion que tu as de moi importe peu. Pense seulement qu'en te défiant de moi, tu mets en doute le jugement de ton roi, qui m'a accordé le rang de général et le titre de prince. S'il l'a fait, c'est parce que j'ai l'expérience de ces escarmouches du désert dont tu ne connais rien, et que je sais me faire obéir des simples soldats. Je me mettrai volontiers sous tes ordres si tu fais la preuve de talents supérieurs sur le champ de bataille, et je renoncerai à mon commandement si Sa Majesté le désire. Jusque-là, ne suffit-il pas que nous nous battions tous deux pour une cause chère à notre cœur? Ne pouvons-nous pas travailler ensemble en frères?»

C'est un mot qu'Intef va trouver difficile à avaler en regardant la peau noire et les yeux de jais d'Hor-Aha, se dit encore Kamosé. Le Medjaï a toutefois eu l'intelligence de présenter cela sous forme de question. Intef est obligé de répondre.

Mais avant qu'il ne le fasse, Ahmosis intervint. Il avait écouté la conversation avec impatience, en tambourinant sans bruit sur le bureau. «Considère les choses sous l'angle suivant, Intef, déclara-t-il. Si nous atteignons Het-Ouaret, ce Medjaï aura rendu service à tous les nobles d'Égypte. Si, ce qu'aux dieux ne plaise, nous perdons, tu pourras lui en imputer la faute, car il aura été le stratège de notre campagne. Dans l'un comme l'autre cas, la responsabilité pèsera sur ses épaules. Souhaites-tu vraiment qu'elle repose sur les tiennes?»

Cette fois, ce fut un silence abasourdi qui suivit ses paroles. Intef posait sur Ahmosis un regard scrutateur, et Kamosé retint son souffle. Il est allé trop loin, pensa-t-il. Est-il vraiment si ingénu, ou comprend-il mieux que moi l'efficacité d'une apparente naïveté? Hor-Aha attendait, détendu, le visage indéchiffrable.

Et, tout à coup, Intef éclata de rire. «Tu as raison, prince, et je ne suis qu'un imbécile. Mêler les paysans de ce nome aux vôtres est une décision raisonnable, et si c'étaient toi ou Sa Majesté qui l'aviez exprimée, j'aurais applaudi votre sagesse. J'aimerais néanmoins les commander si nous devons livrer une bataille rangée contre Apopi.»

Ahmosis avait recommencé à tambouriner distraitement sur le bureau, et Hor-Aha resta parfaitement impassible.

«C'est entendu, répondit Kamosé. Combien d'hommes as-tu réunis?

– Entre Qebt, Qift et le reste du nome, deux mille deux cents. J'ai également fait ouvrir les greniers au scribe du Ravitaillement. Mais ne prends que le nécessaire, Majesté, je t'en prie. Il faut qu'il nous reste une Égypte après cette campagne.»

Sur ces entrefaites, l'intendant d'Intef vint annoncer l'arrivée des deux scribes, et Kamosé se leva, imité par Ahmosis.

«Je vais me rendre au temple de Qift, dit-il. Charge-toi de répartir les hommes d'Intef, Hor-Aha, et donne à Pahéri l'autorisation de réquisitionner tout ce qui flotte. Plus nous pourrons embarquer de troupes, plus vite nous irons.»

«La conversation aurait pu mal tourner, remarqua Ahmosis, lorsque les deux hommes eurent quitté la maison. Il serait peut-être sage de limiter l'autorité d'Hor-Aha aux seuls Medjaï.

– Je n'ai pas l'intention de compromettre le succès de notre entreprise pour flatter la suffisance d'un noblaillon de province! riposta sèchement Kamosé. Hor-Aha a fait cent fois la preuve de son amitié et de sa loyauté à l'égard de notre famille, et donc de l'Égypte elle-même. Il restera commandant en chef, Ahmosis, et les nobles devront s'y habituer.

– Je crois que tu commets une erreur, objecta son frère avec calme. En t'attirant l'hostilité des nobles, tu offenses plus qu'une poignée d'hommes : tu perds aussi la confiance des officiers placés sous leurs ordres. La scène de tout à l'heure se répétera avec Iasen et les autres. Hor-Aha comprendrait que tu restreignes ses pouvoirs, au moins jusqu'à ce que l'Égypte soit à nous.

– Je n'insulterai pas un ami!» répondit Kamosé avec violence. Il ne savait pas pourquoi les paroles d'Ahmosis le mettaient dans une telle fureur. Ce n'était pas seulement la crainte que son frère n'eût raison ; il y avait quelque chose d'autre, quelque chose de sombre, d'obscur. « Ils sont restés tranquillement dans leurs petits palais à boire leur vin et à s'engraisser des terres de leurs nomes, pendant qu'Apopi provoquait notre père et s'employait à nous détruire. Hor-Aha a risqué sa vie pour nous, alors qu'ils remerciaient les dieux de ne pas être impliqués. Ils ont de la chance que je ne leur dise pas leur fait au lieu de me tuer à les amadouer ! »

Ahmosis l'empoigna par le bras et le contraignit à se taire.

« Que t'arrive-t-il ? demanda-t-il d'un ton pressant. Qu'est-ce qui te fait perdre tout bon sens, Kamosé ? La coopération des princes et la bonne volonté de leurs hommes nous sont indispensables, tu le sais. Conserve à Hor-Aha son grade actuel, si tu le veux, l'affaire peut s'arranger avec un minimum de tact et de délicatesse. Mais d'où te vient cette hargne ? »

Les épaules de Kamosé s'affaissèrent. Son regard se perdit dans l'azur profond du ciel, et il sourit tristement à son frère.

« Pardonne-moi, dit-il. Peut-être leur envié-je la tiédeur de leur engagement, moi qui brûle en permanence du désir de me venger. Tout repose sur moi. La Maât dépend de mes décisions, et la lourdeur de ce fardeau me pèse. Allons fouler les dalles de l'enceinte sacrée de Min, et je tâcherai de laisser une partie de ma colère aux pieds du dieu. »

Escortés de leurs gardes personnels, ils montèrent dans un esquif et se firent conduire à Qift. Bien que plus grande et plus animée que Qebt, la ville rêvait, plongée dans le sommeil serein de la sieste, et ils purent prier en paix. A leur retour à Qebt, il n'y avait toujours aucun signe de l'infanterie, mais les quais grouillaient d'hommes, retentissaient du braiment des ânes et, au milieu de cette confusion, Hor-Aha leur adressa un rapide salut et continua à dicter à son scribe harassé.

Kamosé et Ahmosis se réfugièrent dans le calme relatif de leur cabine. Ahmosis trouva rapidement le sommeil, mais Kamosé s'absorba dans ses pensées, le menton sur les genoux, regardant sans le voir son frère endormi. Deux divisions et demie, se dit-il. C'est bien. Abdjou est notre prochaine étape. Je me demande combien d'hommes aura réunis Ankhmahor ? C'est un prince d'une autre envergure qu'Intef, encore plus chatouilleux que lui sur ses prérogatives, mais doté d'un esprit plus pénétrant. Je crois qu'il saura reconnaître la valeur d'Hor-Aha sans se laisser influencer par ses préjugés.

En quoi il vaudrait mieux que toi, lui murmura une petite voix intérieure. Savais-tu que tu avais, lové en ton cœur comme un aspic, un pareil mépris pour le sang bleu de l'Égypte du Sud ? Il repoussa résolument cette idée pour revenir à son plan de campagne. Combien d'hommes ? Et quand dois-je commencer à envoyer des éclaireurs reconnaître le terrain ? A Badari ? A Djaouati ? Demain, je dicterai des lettres aux femmes de la famille. Puis-je faire distribuer de meilleures rations aux troupes en espérant que nous trouverons à nous nourrir tout le long du Nil ? Hor-Aha a-t-il pensé à réquisitionner toutes les armes de Qebt ? Il commençait à avoir mal à la tête. Laissant la cabine à Ahmosis, qui ronflait légèrement, il demanda à Akhtoy de lui apporter de la bière et alla attendre des nouvelles du reste de son armée à l'ombre de la proue incurvée du navire.

Les fantassins entrèrent dans Qebt deux heures après le coucher du soleil et s'installèrent au bord du fleuve, où on leur distribua à manger et à boire. Kamosé, Ahmosis et Intef venaient juste de finir leur propre repas à la lumière jaunâtre des lampes accrochées aux garde-corps et au mât, quand Hor-Aha apparut et les salua. Sur un geste de Kamosé, il s'assit en tailleur à côté d'eux et accepta la coupe de vin que lui tendait Akhtoy. « Ils sont fatigués par leur journée de marche, dit-il en réponse à la question d'Ahmosis. Mais d'ici demain ils auront retrouvé leurs forces. Notre commandant des Recrues s'occupe déjà de répartir les hommes de ce nome entre les différentes unités. Il travaille avec un de tes officiers, prince, ajouta-t-il à l'adresse d'Intef. Je te remercie de ta générosité dans ce domaine. L'instructeur souhaiterait se voir accorder au moins deux jours pour les former, Majesté. Que dois-je lui dire ?

– Il faudra qu'ils apprennent sur le tas au fur et à mesure de notre marche vers le Nord, répondit Kamosé. Si nous nous attardons à chaque étape, Isis se mettra à pleurer avant que nous n'ayons atteint le Delta, et l'Inondation pourrait être catastrophique pour nous. Je regrette, Hor-Aha, mais nous devons nous en tenir à notre plan de départ. Les Medjaï et ceux des soldats qui ont pu embarquer sur les bateaux fournis par Intef partiront pour Abdjou à l'aube. Qénâ se trouve à une journée de navigation d'ici, et Abdjou à trois. Les fantassins mettront évidemment beaucoup plus longtemps pour couvrir la distance. Peut-être devrions-nous faire relâche quelque part entre Qénâ et Abdjou ? J'irais en avant retrouver Ankhmahor et, dans l'intervalle, les fantassins pourraient rattraper la flotte, passer une nuit au camp et y recevoir une instruction rudimentaire.

– C'est ennuyeux, intervint Intef. Nous avons besoin d'embarcations, Majesté, mais nous n'en avons pas.

– Nous devons nous débrouiller de notre mieux, déclara Ahmosis. Pour le moment, il est moins important d'aller vite que de bien nous organiser. Ton idée est bonne, Kamosé.

– L'armée n'a rien à craindre avant Qès, remarqua Hor-Aha. Car bien qu'il soit censé régner sur toute l'Égypte, Apopi ne s'est jamais donné la peine d'installer des garnisons au sud de cette ville. Tout de suite au nord de Qès, il y a Dashlout, et c'est là selon moi que nous risquons les premiers affrontements. Ralentissons un peu l'allure, seigneurs, afin de pouvoir préparer un peu les soldats et assimiler plus facilement les recrues que les autres princes nous fourniront. »

Kamosé acquiesça de la tête, et il pensa que c'était entre Qès et Dashlout, à la sortie du défilé entre les montagnes, que l'armée de son père avait été débordée, dominée et décimée.

« Sait-on si Apopi a eu vent de notre expédition ? demanda-t-il. A-t-on intercepté des hérauts ?

– Non, répondit Intef. Il y a peu de circulation sur le fleuve. Le Delta célèbre encore l'anniversaire de l'Apparition d'Apopi, et le pays tourne au ralenti. A mon avis, nous pourrons atteindre Khmounou avant que l'alerte soit donnée. »

Khmounou ! Encore un nom qui est synonyme d'anxiété, se dit Kamosé. Qu'y ferai-je ? Que fera Téti ? Le visage de sa mère lui apparut, pâle et implacable, et il vida nerveusement sa coupe.

Ils larguèrent les amarres à l'aube, et la ville ensommeillée de Qebt disparut à l'horizon au moment même où Rê se levait. Les soldats, qui avaient dormi au bord du fleuve, pliaient leurs couvertures, tandis que des serviteurs leur distribuaient leurs rations matinales. Intef, à qui Kamosé avait laissé le choix, préféra rester auprès de ses paysans afin de les rassurer. Il garda la plupart de ses officiers avec lui. « Je vous rattraperai au-delà de Qénâ, promit-il. A ce moment-là, mes hommes n'auront plus besoin de me voir. Ah ! si nous avions des chars, Majesté ! »

Des chars, bien sûr, pensa Kamosé. Mais aussi des chevaux et davantage de haches, d'épées, de bateaux... Il prit aimablement congé du prince et se prépara à passer une journée d'oisiveté forcée sur l'eau.

Deux nuits et une demi-journée plus tard, le Nil décrivit une boucle vers l'ouest avant de continuer en ligne droite vers Abdjou, et ce fut là, le long de la rive orientale, que les navires s'arrêtèrent. Qift et Qénâ étaient derrière eux, et Kamosé observa avec satisfaction l'étendue de sable qu'il avait sous les yeux. Profitant d'une interruption dans la suite de champs verdoyants, de canaux bordés de palmiers et de petits villages qui reposaient habituellement l'œil du voyageur, le désert se précipitait dans la brèche et roulait ses vagues brunes jusqu'au bord du fleuve. Aucune ombre n'adoucissait ce paysage de sables brûlants. Aucun animal domestique, aucun être humain ne s'y déplaçait. L'endroit parfait pour exercer l'armée pendant un jour ou deux. Kamosé se tourna vers Hor-Aha, qui se tenait à son côté. «Je repars immédiatement pour Abdjou avec les Gardes. Nous devrions y arriver demain soir. Lorsque les troupes à pied vous rejoindront, accorde-leur un peu de repos, puis mets-les au travail. Tiens-les à l'écart des Medjaï, Hor-Aha. Je crains les bagarres idiotes auxquelles leur ignorance pourrait les pousser.

– Tu t'inquiètes inutilement, Majesté. Quelques jours de combat suffiront à leur montrer à tous, Égyptiens et Medjaï, qu'ils sont complémentaires. Je crois que je vais envoyer les Medjaï dans le désert avec leurs officiers. Ils ont besoin de sentir la terre ferme sous leurs pieds. Le prince Ahmosis t'accompagnera-t-il ?»

Kamosé hésita, puis acquiesça, se rappelant l'intervention inattendue de son frère à Qebt et l'effet décisif qu'elle avait eu sur Intef. Il pensa fugitivement qu'il le connaissait finalement bien mal. Le jeune homme joyeux, amoureux de la chasse, de la nage et des plaisirs simples de la vie familiale mûrissait mystérieusement. Se détournant des sables arides du désert, Kamosé commença à donner ses ordres.

Abdjou se trouvait sur la rive ouest et, lorsque son embarcation tira un dernier bord et se dirigea vers les quais de la ville, Kamosé s'alarma d'abord du nombre d'hommes qui s'y pressaient dans l'air poussiéreux et rougeâtre du crépuscule. Ses pensées volèrent vers le nord. Apopi avait appris son avance. Ces soldats étaient des Sétiou qui allaient les massacrer. Mais au même instant son frère déclara : «Quel beau spectacle ! Ankhmahor a apparemment réuni encore plus d'hommes qu'Intef.

– Les dieux soient loués ! s'exclama Kamosé d'une voix tremblante. Je craignais...

– Pas encore, dit doucement Ahmosis, tandis qu'ils descendaient à terre avec une escorte de Gardes. Nous avons encore un peu de temps. »

Le silence se faisait sur leur passage, sitôt que la foule reconnaissait les symboles qui reposaient sur le torse de Kamosé. Beaucoup d'hommes tombèrent à genoux, et de nombreux autres s'inclinèrent avec respect.

« Abdjou n'est pas aussi provinciale que Qift ou Qebt, continua Ahmosis. Après tout, la tête d'Osiris est enterrée ici, et de nombreux pèlerins se rendent au temple et viennent assister aux panégyries annuelles. On y vénère aussi Khentiamentiou. C'est un endroit sacré. »

Ils avaient quitté le fleuve et longeaient le canal menant au temple d'Osiris et à la demeure d'Ankhmahor. A l'extérieur du cercle protecteur de leurs gardes, les femmes et les enfants de la ville accouraient pour les voir, puis reculaient, intimidés. Kamosé vit un personnage officiel se frayer un chemin jusqu'à eux. Il ordonna à ses gardes de le laisser passer. L'homme s'inclina profondément.

« Mon maître m'a demandé de guetter votre arrivée, Majesté, expliqua-t-il. Nous vous attendons depuis une semaine. Mon maître vient de rentrer du temple. Avec ta permission, je vais lui annoncer que tu es ici.

– J'aimerais d'abord rendre hommage à Osiris, répondit Kamosé. Dis au prince que je le verrai dans une heure. Nous n'aurons pas le temps demain matin, ajouta-t-il à l'adresse de son frère. Le sanctuaire devrait encore être ouvert. »

Le grand prêtre les reçut avec gravité. Le sanctuaire était effectivement ouvert, et il s'apprêtait à réciter les prières du soir avant d'y enfermer le dieu jusqu'au matin. Les deux frères se prosternèrent avec lui, puis Kamosé s'avança jusqu'au tabernacle que son ancêtre Mentouhotep Nebhépetrê avait érigé à la gloire d'Osiris. Le visage pressé contre le sol de pierre, il pria, s'adressant moins à la divinité la plus révérée d'Égypte qu'au roi dont le sang coulait dans ses propres veines et qui avait fait bâtir le vieux palais, au temps de la splendeur d'Oueset. Son temple funéraire se dressait au pied de la montagne de Gourna, sur la rive occidentale, et c'était encore un lieu où les rêves des vivants se mêlaient aux sollicitations inquiètes des morts. Kamosé implora Mentouhotep de lui accorder son aide et, un instant, dans l'obscurité du sanctuaire, dans l'odeur des fleurs fanées et de l'encens froid, il lui sembla sentir, tout près de lui, le ka de son père et celui de son royal ancêtre, venus lui apporter un fugitif réconfort.

Les deux frères sortirent du temple dans les dernières lueurs du crépuscule, mais l'étrange tristesse de l'heure était combattue par l'éclat des feux de camp et des torches. Une odeur de viande rôtie flottait dans l'air. « J'ai faim, dit Ahmosis. J'espère que la table du prince est bonne. »

L'homme qui les avait abordés les attendait. Il se détacha des ombres de l'avant-cour et, après s'être incliné, les pria de le suivre.

Le domaine d'Ankhmahor n'était pas loin. De nombreuses lampes éclairaient son jardin, et leur hôte vint en personne à leur rencontre, un large sourire aux lèvres. « Majesté, prince, je suis heureux de vous voir, déclara-t-il. Si vous désirez vous rafraîchir, les bains sont à votre disposition et, au dire de mon intendant, un repas sera bientôt prêt. Faites-moi part de vos souhaits. »

Le prince se montrait beaucoup moins réservé qu'Intef... et beaucoup moins déférent, nota Kamosé, tandis qu'il le remerciait et demandait à être conduit aux bains. La propriété d'Ankhmahor témoignait d'une richesse bien plus importante que celle du gouverneur du nome d'Héroui, et il était évident que toutes les convenances y seraient observées : aucune affaire, si urgente soit-elle, ne serait discutée avant que les invités ne soient rassasiés.

Dans l'air parfumé des bains, dévêtu avec empressement par des serviteurs, Kamosé se dit que ce respect des usages consacrés avait quelque chose de rassurant. Mais il indiquait aussi de l'orgueil et la conscience d'une haute naissance. Oh ! faut-il donc toujours que tu décortiques tout, se reprocha-t-il intérieurement, en fermant les yeux sous l'eau chaude qu'un serviteur déversait sur lui. Accepte ce qui est, et n'imagine pas des pièges et des dangers là où il n'y en a pas. Ceux qui existent véritablement sont bien assez menaçants.

Plus tard, lavés, rasés et frottés d'huile, ils furent conduits dans une salle de réception où l'odeur des mets se mêlait à celles des fleurs et des parfums, et ils s'assirent devant de petites tables basses sur lesquelles frissonnaient des fleurs printanières. La femme d'Ankhmahor, ses deux fils et ses trois filles vinrent les saluer. Minces, séduisants, les yeux noirs, se ressemblant sous le khôl et le henné, ils portaient leurs bijoux moins comme des ornements que comme une partie intégrante d'eux-mêmes, et étaient aristocrates jusqu'au bout des ongles. Se détendant, Kamosé bavarda avec plaisir de choses et d'autres tandis qu'Ahmosis parlait de chasse avec les fils d'Ankhmahor et exprimait le regret de ne pouvoir tenter sa chance sur les canards et le gibier d'Abdjou, dont de nombreux représentants se trouvaient, transformés et délicieux, dans les différents plats que l'on posait devant lui.

Il est courageux de la part d'Ankhmahor de mettre tout cela en danger, se dit Kamosé. Pour nous, c'est une question de survie, mais lui pourrait continuer à vivre paisiblement jusqu'à la fin de ses jours. Comme si le prince avait lu dans ses pensées, il se tourna vers lui en souriant. «C'est peut-être une illusion, n'est-ce pas, Majesté? dit-il. Mon nome d'Abetch est riche, et je vis bien. Mais une ombre flotte toujours sur l'avenir, car je refuse de le laisser aux mains d'un membre de la petite noblesse pour me faire le courtisan d'Apopi dans le Delta. Lorsque celui-ci est descendu juger ta maison, il s'est arrêté un jour et une nuit à Abdjou. Je l'ai bien reçu, mais je ne pense pas qu'il en ait été satisfait.» Il s'interrompit pour boire, renversant son long cou délicat orné de colliers en or filigrané. «Rien ne lui a échappé. Il a noté la fertilité de mes *aroures*, la richesse de mes greniers et de mes magasins, l'opulence de mon domaine, la beauté et la grâce de ma famille, et surtout, peut-être, la satisfaction de mes paysans et de mes serviteurs. Il n'avait rien à me reprocher, mais j'ai tout de même senti qu'il se défiait de moi. Je pense que, sans ta décision de guerre, j'aurais pu m'attendre à subir les mêmes tracasseries qui ont conduit ton père à prendre des mesures désespérées.

– Apopi n'aime pas qu'on lui rappelle ses racines étrangères, répondit Kamosé avec lenteur. Il préfère avoir les seigneurs égyptiens près de lui, dans le Delta, car, outre qu'ils peuvent y être surveillés, ils s'y laissent progressivement corrompre par les dieux et les mœurs sétiou. Loin d'Het-Ouaret, les nobles héréditaires oublient moins facilement que les gardiens de moutons sont une abomination pour les dieux et les hommes; et on ne peut pas non plus les persuader insidieusement de renoncer à la pureté de leur sang et d'oublier la vraie Maât. Plus tu te montrais hospitalier et respectueux envers Apopi, Ankhmahor, plus tu frottais de sel la plaie de ses origines étrangères. Tu pourrais cependant détourner ses soupçons en envoyant un de tes enfants dans le Nord.»

Ankhmahor éclata de rire et se leva. Le harpiste cessa aussitôt de jouer, et les serviteurs s'écartèrent.

« Ce serait comme de m'infliger une blessure à moi-même et de la laisser suppurer, répondit-il avec franchise. Aussi longtemps que je vivrai, aucun de mes fils ne sera soumis à pareille corruption. Horkhouef, mon aîné, se battra à mon côté. Et maintenant, si Sa Majesté le veut bien, allons discuter de l'affaire qui nous occupe au bord du bassin.

– Je crois que je vais accompagner tes fils dans une petite partie de pêche nocturne, Ankhmahor », annonça Ahmosis.

Les deux frères échangèrent un regard. Tu n'as pas besoin de moi, ce prince ne nous créera pas d'ennuis, tel fut le message que Kamosé lut dans les yeux de son cadet.

« Entendu, dit-il à haute voix. Mais nous partons à l'aube, Ahmosis.

– J'ai besoin de ce délassement », répondit celui-ci avec simplicité.

Kamosé suivit son hôte dans le jardin. Des coussins avaient été disposés le long du bassin aux poissons. Une cruche de vin les attendait dans l'herbe, ainsi que des chasse-mouches et des manteaux. L'ensemble baignait dans la lueur orangée d'une unique torche qui vacillait par intermittence dans des courants d'air paresseux. Kamosé s'assit en tailleur, refusant le manteau que lui offrait Ankhmahor, mais acceptant en revanche un chasse-mouches et une coupe de vin. Quelques moustiques bourdonnaient autour d'eux, un bruit strident et pourtant réconfortant, indissociable de la douceur des nuits égyptiennes. Des grillons stridulaient. Une grenouille invisible sauta dans l'eau, et des rides se propagèrent lentement à la surface noire du bassin, faisant onduler les feuilles de lotus.

Ankhmahor prit place à côté de Kamosé et, pendant un instant, il contempla sans mot dire son jardin paisible et odorant. « Je n'aime pas ton général Hor-Aha, remarqua-t-il enfin. Son impassibilité me semble résulter d'un sentiment trop grand de son importance et d'une confiance démesurée dans son invincibilité en tant que stratège militaire. Cela en fait un homme imprévisible, Majesté. Ce genre d'attitude masque généralement une peur secrète de l'échec. Il risque de prendre une mauvaise décision et de s'entêter dans l'erreur parce que incapable d'écouter les conseils des autres.

– Tu oublies que c'est moi le commandant en chef, objecta Kamosé. Je ne suis pas son esclave au point de ne pas intervenir si je le juge nécessaire. »

Il savait que les paroles du prince n'étaient pas dictées par de quelconques préjugés contre Hor-Aha. Il n'avait cependant pas l'intention de l'en féliciter, car il aurait alors sous-entendu qu'il en attendait moins d'un membre de la plus vieille aristocratie d'Égypte.

« De plus, nous déciderons ensemble de notre stratégie, poursuivit-il. Et j'espère que les princes, le général et moi travaillerons de concert. Les princes craignent que la dette que j'ai envers cet homme n'influe sur ma capacité à commander avec clairvoyance. Je lui dois beaucoup, c'est vrai, mais Hor-Aha sait où est sa place. Il saura y rester.

– J'espère que tu as raison. » Ankhmahor s'appuya mollement sur un coussin et but une gorgée de vin. « Mes compagnons ont murmuré après le conseil, lorsque nous sommes revenus du Sud, reconnut-il avec franchise. Et moi aussi. Mais que cet homme nous prouve sa valeur comme il l'a fait avec toi, et nous accepterons de bon gré son autorité sur le terrain.

– Je ne pense pas que nous ayons à prévoir de plans de bataille compliqués avant le Delta, déclara Kamosé. Il s'agit seulement d'aller de ville en ville, de triompher de la résistance éventuelle que nous pourrions y rencontrer, d'éliminer tous les Sétiou et de nous assurer que les maires et les gouverneurs que nous laisserons derrière nous nous seront entièrement loyaux. Nous ne devrions pas avoir à combattre avant Dashlout.

– Je suis de ton avis, et c'est à Khmounou que seront mis à l'épreuve le talent des archers medjaï et l'obéissance des soldats. Téti ne t'aime pas, sire, en dépit des liens de parenté qu'il a avec ta mère, et il y a une garnison sétiou à quatorze kilomètres à peine en aval de sa ville.

– Ce sera un bon test, en effet, déclara Kamosé. Mais dis-moi, prince, combien d'hommes as-tu rassemblés ici ? Ils semblent particulièrement nombreux.

– Ils le sont, confirma Ankhmahor, en se redressant avec fierté. J'en ai enrôlé mille huit cents dans mon nome, et huit cents de plus à Qénâ. Deux cents d'entre eux sont des volontaires, ce qui me réchauffe le cœur. J'ai également réquisitionné trente embarcations ; cela va des barques de pêche jusqu'à un chaland servant au transport du granit de Souénet. Il se rendait à Het-Ouaret, chargé d'un bloc de pierre dans lequel devait être taillée une statue d'Apopi – à l'occasion de son prochain jubilé, je crois. Toujours est-il que ce bloc a glissé et que le chaland a été endommagé. On en a fait venir un autre de Nékheb, et celui-là est resté ici. Je l'ai fait réparer.

– Merci, fit Kamosé d'une voix unie. Je compte regrouper les soldats professionnels de chaque nome pour constituer des troupes de choc. J'aimerais que tu les commandes. »

Ankhmahor s'immobilisa, la coupe à mi-chemin de ses lèvres.

« Sa Majesté est généreuse, murmura-t-il. Sa confiance me flatte. Mais n'est-ce pas au prince Ahmosis que devrait revenir cet honneur ? »

Poussant un soupir, Kamosé regarda un instant les étoiles resplendir dans leur écrin nocturne, puis il ferma les yeux. Ahmosis ne doit pas se trouver mêlé aux attaquants de première ligne, eut-il envie de dire. C'est encore un jeune homme innocent et simple. S'il montre par éclairs une maturité surprenante, il n'est pas encore prêt à affronter la sauvagerie et la brutalité de la guerre. Il a tué, c'est vrai, mais sans vraiment sortir du rêve dans lequel il vit. Il n'est pas encore temps pour lui de s'éveiller. « Si je meurs, mon frère sera le dernier mâle survivant de la maison des Taâ, déclara-t-il finalement. Le fils de Si-Amon n'est encore qu'un enfant, et l'Égypte aura besoin d'un homme pour poursuivre le combat. Sans vouloir protéger Ahmosis à l'excès, je ne tiens pas non plus à l'exposer inutilement au danger. Mon grand-père, l'Osiris Sénakhtenrê glorifié, a laissé un fils et trois petits-fils, poursuivit-il, serrant les poings instinctivement. Nous ne sommes plus que deux.

– Ton raisonnement est compréhensible, dit Ankhmahor. Tu prends un risque terrible, Majesté. Nous autres princes ne mettons en jeu que nos terres et notre vie. En cas de défaite, la maison des Taâ, elle, perdra sa divinité. »

Kamosé lui jeta un regard pénétrant, mais ne lut que de la sympathie sur son visage. Il se détendit et lui sourit.

« Raison de plus pour ne pas envisager cette éventualité, répondit-il. Dis-moi de quelles armes tu disposes, Ankhmahor. Ensuite, il faudra que j'aille dormir. Nous partons tôt, demain matin. »

Ils bavardèrent encore une heure, tandis que la torche se consumait et que la cruche de vin se vidait. Kamosé décida que les recrues d'Abdjou attendraient sur place l'arrivée du reste de l'armée. Le stock d'armes d'Ankhmahor, quoique plus important que celui d'Intef, n'en était pas moins décevant. Seules les garnisons sétiou du Nord leur fourniraient ce dont ils avaient besoin, et seuls les archers medjaï pourraient les leur obtenir.

Kamosé remercia le prince de son hospitalité et retourna à bord de son navire. Il s'endormit aussitôt, épuisé, et n'entendit pas Ahmosis se glisser dans la cabine aux petites heures du matin. Il ne se réveilla qu'en sentant l'embarcation trembler sous lui lorsque, s'arc-boutant sur leurs avirons, les rameurs la mirent face au courant.

«Je savais qu'Ankhmahor serait plus que coopératif», dit Ahmosis quand Kamosé lui relata sa conversation avec le prince devant un déjeuner de poissons grillés, de salade et de pain. «Il est courageux et, de plus, en tant que descendant d'une de nos plus anciennes familles, il est assuré d'obtenir un poste important lorsque tu auras ta cour à Oueset. Ce poisson est bon, tu ne trouves pas ? J'ai pris beaucoup de plaisir à le pêcher, et j'ai donné les autres au cadet d'Ankhmahor. Un garçon intelligent. Il s'est montré très curieux de Tani et voulait savoir ce que tu ferais d'elle après avoir libéré Het-Ouaret.» Il sourit avec gaieté devant l'air perplexe de Kamosé. «Ne t'inquiète pas, poursuivit-il, la bouche pleine. Je lui ai expliqué qu'elle était fiancée à Ramosé et qu'en ces temps imprévisibles, c'était encore sur le champ de bataille que l'on avait la meilleure chance de réaliser ses ambitions. Ankhmahor a-t-il été en mesure de nous fournir autre chose que quelques épées émoussées et une brassée de râteaux, Kamosé ?»

Je t'aime, mais j'ai du mal à te saisir, pensa Kamosé avec affection, tandis que son frère continuait son bavardage. Ton ingénuité est-elle une pose, destinée à cacher une personnalité qui devient rapidement plus complexe, ou es-tu vraiment candide ? Ce qui est sûr, en tout cas, c'est que tu es le seul homme entre les mains de qui je remettrais ma vie sans hésitation. Tu es aimé des dieux, cela doit me suffire.

Ils rejoignirent l'armée le soir du troisième jour, et Hor-Aha leur fit immédiatement son rapport. Bien que les divisions prissent forme, on était encore loin des unités de combat soudées souhaitées par Hor-Aha et Intef. Les paysans obéissaient toutefois aux ordres avec une bonne volonté croissante. Ils commençaient à tirer fierté de leur cohésion, et les plaintes avaient diminué. Pendant trois jours, ils avaient fait l'exercice et affronté des ennemis imaginaires. «Mais personne ne leur a encore dit que ces ennemis ne seraient pas exclusivement des Sétiou et qu'ils auraient aussi à combattre d'autres Égyptiens, remarqua Hor-Aha, accroupi devant Kamosé dans l'ombre d'un navire de roseaux. Avant que le cas ne se présente, il faut qu'ils soient entraînés à obéir aux ordres sans réfléchir. »

Kamosé ne fit pas de commentaire.

« Nous avons reçu des messages des princes de Badari et de Djaouati, intervint Intef. Ils ont fini le recrutement et désirent savoir quand nous arriverons. Mésehti nous informe que tout est calme en aval de Djaouati. Qès et Dashlout ne savent encore rien de notre avance.

– Envoie un courrier et un esquif à Badari et à Djaouati, ordonna Kamosé à Hor-Aha. Dis-leur que nous sommes partis d'ici au matin, car c'est ce que nous allons faire. Tout est prêt à Abdjou.

– Demain sera le premier jour de *pachons*. »

A cette remarque d'Ahmosis, tout le monde se tut. *Shemou* était là, la saison la plus chaude de l'année, celle où les récoltes mûrissent et où, haletante, l'Égypte attend l'Inondation. Kamosé se leva avec brusquerie.

« Que l'on m'envoie Ipi, dit-il. Je veux dicter une lettre à ma famille. »

Il était saisi d'un immense besoin de parler à ses femmes, d'être encouragé par sa grand-mère et réconforté par sa mère, de reprendre contact avec ses racines.

« Je serai dans ma cabine, lança-t-il par-dessus son épaule. Préviens les officiers que nous nous mettrons en marche dans quelques heures, général. »

Une fois seul, il poussa un long soupir d'énervement et envoya voler ses sandales loin de lui. La ville de Qès se blottissait contre les montagnes, à bonne distance du fleuve. Peut-être pourraient-ils la dépasser de nuit sans être repérés, et économiser ainsi toutes leurs forces pour affronter l'opposition qu'ils ne manqueraient pas de rencontrer à Dashlout ? Ipi frappa poliment au linteau de la porte. Quand Kamosé l'eut prié d'entrer, il le salua et prépara sa palette et ses pinceaux. En regardant son visage calme et ses gestes familiers, Kamosé se détendit.

Je m'adresse aussi à ma maison, pensa-t-il. A la treille où pendent de lourdes grappes poussiéreuses, au bassin où flottent les feuilles raides du sycomore, aux colonnes de l'entrée dont j'aimais effleurer les chaudes courbes avant de pénétrer dans la pénombre fraîche de

la salle de réception. Maison d'Oueset, écoute-moi et souviens-toi de moi, car je t'aime, et c'est sûrement près de toi que s'attarde le meilleur de moi-même; mon souffle se mêle au frémissement du vent chaud, le matin, dans tes herbes, et mon ombre se fond à la tienne, le soir, quand Rê descend derrière les montagnes de l'Ouest.
Il ouvrit la bouche et commença à dicter.

2

Trois heures après le coucher du soleil, huit jours après son départ, la flotte dépassait en silence le chemin battu qui, du fleuve, partait vers l'ouest dans la direction de la ville invisible de Qès. Elle s'était augmentée d'une collection hétéroclite d'embarcations à bord desquelles avaient pris place tous les soldats professionnels qu'avaient pu réunir les princes. Immédiatement derrière Kamosé, sur le chaland autrefois affecté au transport du granit, se trouvaient Ankhmahor et les deux cents hommes des troupes de choc. Venaient ensuite les Medjaï dans leurs navires de roseaux. Le reste de la flotte suivait pesamment. Le prince Mékhou d'Akhmîm avait rassemblé quatre cents recrues et le prince Iasen de Badari, huit cents. Quant à Mésehti de Djaouati, il les avait stupéfiés en amenant trois mille hommes au bord du fleuve, de sorte que l'armée comptait à présent près de quatre divisions, dont l'essentiel se trouvait à trois jours de marche des navires, un lent et long serpent dont les officiers placés en tête ne pouvaient voir la queue.

Afin de garder son avance secrète le plus longtemps possible, Kamosé avait décidé de prendre Dashlout sans attendre les fantassins. Ceux-ci laissaient beaucoup à désirer. Peu ou pas armés, ils étaient à peine disciplinés et difficiles à manier. Mais Kamosé savait qu'ils trouveraient toute leur utilité dans la région densément peuplée du Delta, où il ne suffirait plus de tirer des flèches depuis le fleuve. D'ici là, si les dieux le voulaient, les villes importantes auraient été dépouillées de leurs épées et de leurs arcs, et il pourrait quitter son bateau pour marcher à la tête d'hommes armés et prêts au combat.

Ses conversations avec les princes d'Akhmîm, de Badari et de Djaouati avaient ressemblé à celle qu'il avait eue avec Intef et, dans une moindre mesure, à son échange avec Ankhmahor. Ils l'avaient accueilli avec respect et s'étaient montrés disposés à honorer leurs engagements, mais ils répugnaient manifestement à partager leurs responsabilités avec un homme noir d'Ouaouat ou, pis encore, à recevoir des ordres de lui. Tous avaient accepté de réserver leur jugement. Tous avaient remarqué poliment et de façon détournée qu'ils risquaient beaucoup à soutenir Kamosé, alors qu'en cas d'échec, rien d'autre ne menaçait l'étranger qu'une longue marche à travers le désert pour regagner le pays d'où il venait.

Avec une impatience qui menaçait de se muer en fureur, Kamosé leur avait raconté la loyauté d'Hor-Aha envers Séqénenrê, avait souligné le fait qu'il était revenu à Oueset après le départ d'Apopi alors qu'il eût été plus sage de sa part de rester en pays ouaouat, insisté sur l'engagement qu'il avait pris à l'égard de la maison des Taâ en acceptant la citoyenneté égyptienne et un titre... Rien n'y avait fait. « Il restera avec nous jusqu'à ce qu'il ait amassé assez de butin, puis il disparaîtra, avait carrément dit Iasen. Ces étrangers sont tous pareils, et les barbares d'Ouaouat sont les pires. »

Ahmosis avait agrippé le bras de son frère pour l'empêcher de s'emporter ; Kamosé avait serré les dents et prononcé une remarque apaisante. Il comprenait leur attitude. L'Égypte était occupée. Des étrangers étaient au pouvoir. Sétiou ou Medjaï, ils étaient tous suspects aux yeux de ces hommes.

Hor-Aha lui-même ne semblait guère s'émouvoir de ces humiliations. « Je leur prouverai qu'ils ont tort, déclarait-il. Laisse-leur le temps, Majesté. Les insultes ne peuvent atteindre un homme qui a confiance en lui et en ses capacités. »

Kamosé trouvait son impassibilité anormale mais étouffait l'ombre de doute qui s'insinuait en lui en se rappelant qu'Hor-Aha était d'une culture fort différente, d'une culture où il n'était peut-être pas sage de répondre à toutes les provocations. Iasen avait correctement jugé le caractère des barbares. Les hommes d'Ouaouat étaient des primitifs dans leurs croyances et leur comportement, dans leurs vendettas et les querelles de leurs chefs de tribu. Mais Hor-Aha était différent. Il voyait plus loin que ses compagnons. Il était né avec les qualités d'un meneur d'hommes. Ses Medjaï lui obéissaient aveuglément, et l'impavidité avec laquelle ils affrontaient le danger, leur adresse impressionnante à l'arc, leur sobriété et leur endurance extraordinaires dénotaient un mode de vie inconnu des paysans qui, cinglés par les ordres de leurs officiers, avançaient en suant et trébuchant vers le Nord, et ne rêvaient que de retrouver leur paisible masure et leur minuscule lopin de terre.

Eh bien, que Seth les emporte ! pensa Kamosé avec acrimonie. Il scrutait la nuit, debout à l'avant de son navire. Les avirons, assourdis, ne produisaicnt qu'un craquement presque imperceptible, et il trouvait quelque chose de sinistre aux murmures qu'échangeaient de temps à autre le capitaine et le pilote. Il jeta un regard vers l'arrière : la poupe se découpait, noire, sur le fond à peine plus clair du ciel, mais il ne voyait pas le chaland d'Ankhmahor, et encore moins l'embarcation d'Hor-Aha. Le Medjaï est mon bras droit, et il leur faudra l'accepter comme tel. Que diraient-ils s'ils savaient que, dès que l'occasion s'en présentera, je compte faire entraîner mes archers égyptiens par les Medjaï, puis former des unités indépendantes qui, commandées par des officiers medjaï, harcèleront l'ennemi sur ses flancs ?

A sa gauche, la rive défilait, enveloppée de nuit, et il aperçut un instant la tache grise du chemin que prenaient les habitants de Qès pour emmener boire leurs bœufs et leurs ânes. Ahmosis tournait aussi la tête de ce côté-là, et Kamosé savait que, comme lui, son frère songeait au passé. A l'autre bout de ce ruban de terre, le sang de leur père avait giclé sur le sable, changeant leurs vies à jamais. Un instant plus tard, le chemin avait disparu, remplacé par une rangée irrégulière de hauts palmiers. Ahmosis poussa un léger soupir. « Tous les bateaux auront dépassé Qès d'ici une heure, dit-il à voix basse. Nous n'avons vu personne, Kamosé. Je pense que nous pouvons dormir un peu avant Dashlout. A quelle distance en sommes-nous ?

– Une dizaine de kilomètres. Nous nous arrêterons bientôt. Il faut que des éclaireurs aillent reconnaître les lieux et déterminer s'il y a des soldats dans la ville. Je devrais aussi envoyer une embarcation en aval afin d'intercepter tous ceux qui pourraient s'enfuir et aller à Khmounou prévenir Téti. Khmounou n'étant qu'à douze kilomètres de Dashlout, cela n'a toutefois pas grande importance. Nous serons sur lui avant qu'il puisse sortir de son lit ou appeler ses Sétiou à l'aide. » Sa voix vibrait d'un mépris qu'il ne cherchait pas à dissimuler. « Oui, nous allons nous reposer, Ahmosis. Et, après Dashlout, je crois que nous nous reposerons de nouveau. »

Quelque chose dans son ton avait dû trahir ses pensées secrètes, car Ahmosis se tourna vers lui et le dévisagea avec attention.

« Que comptes-tu faire à Dashlout, Kamosé ? demanda-t-il d'un ton insistant.

– Je convoquerai le maire et lui laisserai une chance de se rendre. S'il refuse, je détruirai la ville.

– Mais pourquoi ?

– Pour deux raisons. D'abord, c'est le poste le plus avancé d'Apopi au sud. Qès ne compte pas vraiment. Apopi gouverne l'Égypte, mais son pouvoir ne s'étend que jusqu'à Dashlout. Comme un imbécile, il n'a pas pris la peine de placer des garnisons plus au sud. Parce que Esna et Pi-Hathor sont activement siennes et qu'il a conclu un traité avec Téti le Beau du pays de Koush, il s'imagine que cela suffit pour tenir le reste de l'Égypte. Avec l'arrogance de tous les habitants du Delta, il ne voit en nous que des êtres grossiers, provinciaux et impuissants. Si je détruis Dashlout, je fais savoir à tout le pays que je n'ai pas l'intention de discourir, mais de conquérir. Je dois inspirer assez de peur pour que les administrateurs que je laisserai derrière moi n'osent pas appeler Apopi à la rescousse après le passage de mes troupes. Les Sétiou nous ont battus sans qu'une flèche ait été tirée contre eux, Ahmosis. Il ne faut plus jamais que cela se reproduise.

– Il y a sûrement des fermiers et des artisans sétiou à Dashlout, déclara Ahmosis, préoccupé. Mais il y a aussi de nombreux Égyptiens. Est-il sage...

– Sage ? coupa Kamosé avec brusquerie. Ne comprends-tu pas que si nous nous arrêtons dans chaque village pour y faire le tri entre Sétiou et Égyptiens, pour déterminer qui prendra notre parti et qui feindra de le faire afin de mieux nous poignarder dans le dos, nous n'arriverons jamais jusqu'au Delta ? Comment distingueras-tu nos amis de nos ennemis, Ahmosis ? A leur sourire ? A leur laideur ?

– Ce n'est pas juste, insista Ahmosis avec calme. Je ne suis pas aussi ingénu que tu le penses, mais répandre le sang de manière aveugle me répugne. Pourquoi ne pas simplement poster des troupes loyales dans chaque ville que nous prendrons ?

– Parce que cette solution saignerait l'armée à blanc et que nous aurons besoin de chacun de ses hommes. Combien de soldats professionnels Apopi a-t-il dans sa capitale d'Het-Ouaret ? Cent mille ? Davantage ? Pas moins, en tout cas. Par ailleurs, lorsque nous l'aurons emporté, les hommes voudront recevoir leur récompense et rentrer chez eux. Ils n'auront aucune envie de rester en garnison dans des villes du Nord, et je ne peux leur en vouloir. Et puis, si j'étais Apopi, que j'aie fui et survécu, je préparerais une contre-offensive. Cela ne doit pas se produire.

– Dieux ! Depuis combien de temps nourris-tu ces projets impitoyables ? marmonna Ahmosis.

– Ai-je le choix ? répondit son frère à voix basse. Je déteste ce que je dois faire, Ahmosis ! Il faut que je mutile l'Égypte pour la sauver, et je prie chaque jour de ne pas me damner en lui infligeant ces blessures. Dashlout doit être détruite ! »

Ahmosis recula. « Tu espères que le maire refusera ton offre de capitulation, n'est-ce pas ? Oh ! Kamosé, je comprends ! Je n'y avais pas vraiment réfléchi jusqu'ici. Mais c'est terrible. »

Kamosé ne put répondre. Il avait soudain très froid, et la main qu'il porta à son pectoral tremblait. Aie pitié de moi, Amon ! implora-t-il. C'est terrible, en effet.

Ils s'amarrèrent le long de la rive occidentale, mais sans sortir les passerelles. Kamosé envoya aussitôt des éclaireurs en reconnaissance, puis il se retira dans sa cabine. Il ne put toutefois trouver le sommeil. Ahmosis non plus. Étendus côte à côte dans la pénombre, ils savaient au rythme de sa respiration que l'autre ne dormait pas. Kamosé pensa à la femme de ses rêves, s'échappant un instant dans un monde imaginaire qui lui manquait, et il était certain que de son côté Ahmosis pensait à Ahmès-Néfertari, qui dormait sans doute paisiblement dans le lit que tous deux avaient partagé avec tant de joie.

Il dut finir par s'assoupir parce qu'un bruit de pas sur le pont le réveilla en sursaut. Il secouait doucement Ahmosis par l'épaule quand Akhtoy demanda la permission d'entrer. Sa tête apparut dans le halo de la lampe qu'il tenait. « Les éclaireurs sont revenus, Majesté, annonça-t-il. J'ai ordonné qu'on vous apporte à manger. »

Kamosé se leva. Ces quelques moments de sommeil ne l'avaient pas reposé. Il se sentait lourd et lent. « Bien, répondit-il. Qu'ils déjeunent, eux aussi, Akhtoy. Pendant ce temps-là, je me ferai laver et raser. Dis à Hor-Aha de réunir les princes.

– Quelle heure est-il ?» demanda Ahmosis.

Lui aussi était debout et bâillait, les cheveux en bataille.

«Rê se lèvera dans cinq heures environ, prince», répondit l'intendant. Et, après avoir posé la lampe sur le plancher de la cabine, il se retira.

«Les éclaireurs ont fait vite, remarqua Ahmosis. Dieux, que je suis fatigué ! J'ai rêvé que toutes mes dents étaient pourries et qu'elles tombaient les unes après les autres.

– C'est une fausse vision d'impuissance, voilà tout. Après Dashlout, cela ne t'arrivera plus.»

Sur la rive, ils retrouvèrent le général et les princes pour une courte réunion. Enveloppés d'une nuit encore épaisse, ils écoutèrent les éclaireurs leur faire le plan de la ville et leur décrire la petite caserne située au bord du Nil. «La garnison ne doit pas compter plus de trente Sétiou, expliqua l'un d'eux, et nous n'avons pas vu de sentinelles. Dashlout offrira peu de résistance.

– Parfait, déclara Kamosé. Je ne vais pas avoir besoin des troupes de choc, Ankhmahor. Je te demande donc de rester à distance et de suivre mon navire sur la droite. Hor-Aha, tu te placeras sur mon flanc gauche avec les Medjaï. Exécution !»

Tandis que Rê s'avançait invisiblement vers sa naissance, Kamosé se tint à l'avant du navire avec Ahmosis, entouré des Gardes du Roi, oubliant sa fatigue à mesure que passaient les kilomètres. A sa gauche, les rames du bateau d'Hor-Aha creusaient la surface grise de l'eau. A sa droite, il entendait vaguement clapoter le courant contre l'embarcation d'Ankhmahor et, derrière lui, il y avait la présence rassurante des Medjaï qui, arc à la main, scrutaient l'obscurité de leurs yeux de jais. Mentalement, il commença ses prières du matin et, quand Dashlout apparut, se détachant sur la douceur fugitive d'une aube nacrée, il était prêt.

Sa passerelle et celles des deux autres embarcations furent installées, et les Medjaï braquèrent leurs arcs sur la caserne avant que quiconque en ville se fût aperçu de leur présence. Ils n'eurent toutefois pas longtemps à attendre. Deux jeunes femmes apparurent, une jarre à eau vide sur la tête. Elles s'immobilisèrent, stupéfaites, en découvrant les trois immenses navires grouillant d'hommes en armes. L'une d'elles poussa un hurlement, une jarre se brisa sur le sol avec fracas et les deux femmes rebroussèrent chemin, se précipitant en criant dans une ruelle flanquée de maisons trapues. Le visage impassible, Kamosé les regarda s'enfuir.

« Personne ne doit débarquer, pas une flèche ne doit être tirée avant que je n'en donne l'ordre, cria-t-il à Hor-Aha. Que tout le monde se tienne prêt. »

Dashlout commençait à s'agiter, réveillée par les hurlements des deux jeunes femmes. Des visages inquiets, ensommeillés, perplexes, se montrèrent et, peu à peu, une foule s'assembla à bonne distance des soldats silencieux. Quelques enfants se risquaient plus près et les contemplaient avec émerveillement jusqu'à ce qu'un cri bref des femmes les fasse détaler.

Finalement, la foule s'écarta, et Kamosé sentit son frère se tendre à côté de lui. Le maire de Dashlout s'avançait, le pas assuré mais l'expression inquiète. Il était accompagné de deux hommes visiblement apeurés. Ils s'arrêtèrent au pied de la passerelle de Kamosé, l'air irrésolu. Celui-ci attendit.

Le maire prit une inspiration. « Je suis Setnoub, maire de Dashlout, dit-il. Qui êtes-vous et quels sont ces soldats ? Venez-vous du Delta ?

– Tu t'adresses au roi Kamosé Ier, aimé d'Amon, répondit le héraut de Kamosé. Prosterne-toi ! »

Un murmure amusé courut dans la foule, et le maire sourit.

« J'ai l'honneur de parler au prince d'Oueset, je pense, fit-il en s'inclinant. Pardonne-moi, mais le roi n'occupe-t-il pas toujours son trône d'Het-Ouaret ?

– Il ne l'occupera plus très longtemps, déclara Kamosé. Je vais reprendre ce qui m'appartient de droit, Setnoub, et j'exige la reddition de cette ville au nom d'Amon. »

Un des assistants du maire se mit à rire, et la foule l'imita.

« Tu es dans le nome de Mahtech, prince, répondit aussitôt le maire. Notre gouverneur est Téti de Khmounou, qui a pour suzerain Sa Majesté Aouserrê Apopi, vivant-pour-l'éternité. Ce que tu demandes n'a pas de sens.

– Il est sous la protection particulière des dieux », murmura son subordonné.

Kamosé l'entendit.

« Non, je ne suis pas fou, répliqua-t-il. Les cinq cents archers qui m'accompagnent et les quatre divisions de fantassins qui marchent en ce moment sur Dashlout attestent de ma santé mentale. Une dernière fois, Setnoub, vas-tu me livrer la ville ?

– Tu es un prince, et je ne suis qu'un administrateur, répondit celui-ci, rougissant de colère. Je ne peux prendre une responsabilité pareille. Il faut que tu rentres à Oueset ou que tu ailles adresser ta demande à notre gouverneur. »

Son ton à la fois condescendant et fanfaron souleva des murmures d'indignation parmi les Gardes du Roi, mais Kamosé demeura impassible.

« Nous vivons des temps difficiles, Setnoub, déclara-t-il avec calme. Un homme peut avoir à prendre bien des décisions qui dépassent ses pouvoirs ou ses compétences. C'est ton cas, maintenant. Tu as le choix entre capituler ou mourir ! »

Le maire jeta un coup d'œil vers la caserne, dont venait de sortir un groupe d'hommes armés.

« Capituler ? s'écria-t-il. Tu as perdu l'esprit ! Je serais la risée de tous les administrateurs d'Égypte ! Je perdrais mon poste et peut-être même ma liberté !

– Préfères-tu la liberté ou la vie ? » demanda doucement Kamosé.

Le maire pâlit.

« Ridicule ! bredouilla-t-il. Souviens-toi de Qès, prince, et rentre chez toi ! »

Il ne comprend pas, pensa Kamosé. Il voit mes soldats sans les voir. Ils ne font pas partie de la réalité de Dashlout et, par conséquent, ils n'existent pas. Lentement, il tendit une main. Le capitaine des Gardes y posa une flèche. « Kamosé… », murmura son frère, mais Kamosé l'ignora. Ajustant calmement la flèche, il leva son arc et visa le centre de la poitrine du maire par-dessus son poing ganté. « Au nom d'Amon et pour la gloire de Maât ! » murmura-t-il. La flèche alla s'enfoncer profondément dans le torse de l'homme, qui s'effondra, les yeux écarquillés sous l'effet du choc et de l'étonnement.

« Maintenant, Hor-Aha ! cria Kamosé. Mais qu'on épargne les femmes et les enfants ! »

Un rugissement de triomphe lui répondit. Au signal du général, l'air se remplit de traits, et les citadins, que la mort de leur maire avaient figés sur place, retrouvèrent l'usage de leurs jambes. Ils s'égaillèrent en hurlant de terreur, entraînant leurs enfants. Kamosé vit avec satisfaction que les Medjaï avaient lâché leur première volée de flèches sur les soldats de la garnison qui, vaillamment, tâchaient de se mettre à couvert et de riposter. Mais ils étaient si peu préparés à cette attaque, si affolés, que leurs traits s'enfonçaient dans les flancs de roseaux des bateaux ou dans les eaux du Nil, et bientôt eux aussi tournèrent les talons et s'enfuirent. Kamosé fit un signe de tête à Hor-Aha, qui leva un bras et aboya un ordre. Abandonnant leur arc pour leur hache, les Medjaï descendirent en masse des embarcations et se déployèrent en éventail autour de la ville. Après leur premier cri, ils s'étaient tus, et ils déferlèrent sur Dashlout telle une lame de fond mortelle et silencieuse, terriblement efficaces, tandis que les habitants poussaient hurlements et plaintes.

Kamosé regarda. Pendant quelque temps, il n'y eut entre le fleuve et la ville que les corps du maire et de ses malheureux compagnons, tandis que, hors de vue, dans les ruelles, derrière les murs de brique crue, dans les champs qui s'étendaient de l'autre côté de la ville, le massacre se poursuivait. Mais bientôt, les maisons, les palmiers et les bateaux eux-mêmes donnèrent l'impression de composer la scène d'un étrange théâtre. Des enfants surgirent, courant en tous sens avant d'aller se recroqueviller contre un mur ou de s'agenouiller dans la poussière, en larmes, se bouchant les oreilles comme si de ne plus entendre les clameurs autour d'eux pouvait les faire disparaître. Des femmes émergèrent des ombres matinales : certaines marchaient sans but, hébétées; d'autres couraient inutilement d'un groupe d'enfants à l'autre; d'autres encore trébuchaient sous le poids d'objets qu'elles avaient emportés d'instinct et qu'elles serraient contre elles, comme si le contact de récipients et de tissus familiers pouvaient les protéger.

Une femme s'avança en titubant jusqu'au pied de la passerelle de Kamosé et leva vers lui un visage ruisselant de larmes. Ses bras nus luisaient d'un sang qui n'était manifestement pas le sien. Agrippant à deux mains l'encolure de sa robe grossière, elle s'efforça de la déchirer, la respiration haletante. «Pourquoi ? hurla-t-elle. Pourquoi ?»

Ahmosis poussa un gémissement.

«Je ne peux pas supporter ça, murmura-t-il. J'attendrai dans la cabine que ce soit fini.»

Autour de Kamosé, les Gardes étaient silencieux. La femme finit par se taire, elle aussi. Brandissant un poing ensanglanté et tremblant, elle alla s'écrouler au pied de l'arbre le plus proche et se remit à pleurer, recroquevillée sur elle-même. Kamosé appela le capitaine d'un geste.

«Dis au général Hor-Aha de faire rassembler les cadavres ici et de les brûler, ordonna-t-il. Je veux qu'un grand panache de fumée monte au ciel. Je veux que sa puanteur offense les narines d'Apopi comme le cri des hippopotames de mon père ont offensé ses oreilles.»

Il n'en dit pas davantage de peur que sa voix ne tremblât. L'homme salua et se dirigea vers la passerelle. Kamosé se rendit dans la cabine, où il trouva Ahmosis assis sur un tabouret, les bras croisés et les épaules voûtées.

«La garnison devait être essentiellement composée de Sétiou, dit celui-ci. Encore qu'ils ne se considèrent sans doute plus comme des étrangers. Les citadins...

– Pas maintenant, Ahmosis ! Je t'en prie !»

Lui tournant le dos, Kamosé se laissa tomber sur le sol. Submergé soudain par une vague d'angoisse, il sentit les larmes lui monter aux yeux.

Tout l'après-midi, on traîna les morts jusqu'au bord du fleuve et, lorsque l'on n'en trouva plus, Kamosé envoya Akhtoy et ses serviteurs conduire les femmes et les enfants dans leurs maisons. Puis il ordonna que l'on allumât le feu et que l'on s'apprêtât au départ. Au coucher du soleil, il eut des nouvelles de ses divisions, qui marchaient toujours d'un bon pas vers le Nord, et il décida de les attendre six kilomètres plus loin, à mi-chemin des ruines de Dashlout et du défi que représentait Khmounou. S'étant acquitté de la tâche désagréable que lui avait confiée Kamosé, Akhtoy revint à bord s'occuper du repas de son maître, mais ni celui-ci ni Ahmosis n'avaient envie de manger. Assis sur le pont, ils se partagèrent une cruche de vin tandis que Dashlout disparaissait à leur vue et qu'une colonne de fumée épaisse et grasse montait souiller le ciel paisible du soir.

Ils accostèrent une heure plus tard, et Kamosé sombra dans un sommeil lourd dont il se réveilla en sursaut en entendant la relève de la garde sur la rive. La nuit était calme. Aucun vent ne soufflait, et le fleuve reflétait sereinement le scintillement des étoiles. Dès que Kamosé sortit de sa cabine, son serviteur personnel se leva, mais il lui fit signe de ne pas bouger et descendit rapidement la passerelle. Il répondit au salut de la sentinelle et, parvenu à l'étroit sentier qui longeait le fleuve, tourna à gauche, s'éloignant instinctivement de l'odeur de chair brûlée, faible mais encore identifiable. Lorsque les navires furent hors de vue, il entra dans l'eau.

Elle était si froide qu'elle lui coupa le souffle, mais il plongea vers le fond, puis se laissa remonter doucement jusqu'à flotter, bras et jambes écartés, le visage sous l'eau. Lorsque ses poumons commencèrent à réclamer de l'air, il reprit pied et ramassa des poignées de sable. Vigoureusement, presque sauvagement, il s'en frictionna, non pour se nettoyer le corps, mais pour tenter d'effacer la douleur de Dashlout de son ka. Lorsqu'il eut la peau à vif, il regagna la rive et, à l'abri des buissons, il étendit les bras et pria. Dashlout n'est que le tout début, dit-il à son dieu. Pourtant mon ka se sent déjà en danger et crie sa souffrance. Endurcis mon cœur, Grand Amon, que je fasse ce qu'il me faut faire pour purifier l'Égypte. Veille que je n'oublie jamais le sacrifice de mon père, et que celui-ci n'ait pas été vain. Pardonne-moi le massacre des innocents, car je n'ose prendre le temps de les distinguer des coupables, par peur de la nuit qui engloutirait mon pays si j'échouais.

Il ne sut jamais combien de temps il était resté là, mais quand il regagna son navire, l'aube commençait à dessiner les buissons qui l'entouraient, et il sentit sur sa peau un souffle de vent, vite évanoui. Les Medjaï s'agitaient, se parlaient à voix basse et, sur la rive, les premières flammes des feux de camp s'élevaient. Dès qu'il mit les pieds sur le pont, Akhtoy s'avança vers lui. « Tu as reçu une lettre d'Oueset, Majesté, dit-il. Souhaites-tu manger avant de la lire ? »

Kamosé acquiesça de la tête.

« Il y a également un éclaireur qui t'attend.

– Conduis-le dans la cabine. »

Ahmosis le salua avec gravité lorsqu'il entra, et il fit de même. Après que son serviteur lui eut apporté de l'eau chaude et du linge propre, il reçut l'éclaireur, qui lui fit son rapport. On avait vu des survivants du massacre se diriger vers le Nord en suivant la lisière des champs, et l'armée n'était plus qu'à une journée de marche. Kamosé remercia l'homme et, quand il fut sorti, se tourna vers Ahmosis. « Téti entendra parler avant midi du sort subi par Dashlout, dit-il. C'est parfait. J'espère qu'il en tremblera dans son pagne de lin fin.

– Il enverra aussitôt un message à Apopi, remarqua Ahmosis. C'est à la fois bon et mauvais. La peur va se répandre dans les villes du bord du fleuve, mais Apopi sera averti de notre avance. »

Kamosé regarda son visage sombre.

« Comment te sens-tu ? demanda-t-il avec douceur. Tu as pu dormir ?

– J'ai honte, et j'ai le cœur soulevé, répondit Ahmosis. Je sais néanmoins que tu as raison. Nous ne pouvons distinguer les amis des ennemis. J'y suis résigné, Kamosé. Mais nous aurons beaucoup à expier, quand l'heure des comptes sonnera.

– Je sais. »

Ils se regardèrent, certains en cet instant de se comprendre. Le serviteur de Kamosé lui présenta le pectoral royal et attendit. Kamosé le prit mais au lieu de le mettre autour de son cou, il le posa sur la table. « Pas aujourd'hui, dit-il. Tu peux te retirer. »

L'homme obéit, et Ahmosis tendit un rouleau à son frère.

« Il est de grand-mère, fit-il. C'est son sceau. J'en ai reçu un d'Ahmès-Néfertari, et je l'ai déjà lu. Elles semblent si loin de nous ! ajouta-t-il avec un soupir. Je vais déjeuner sur le pont, Kamosé. Rejoins-moi si tu le souhaites. »

Kamosé décacheta le papyrus et le déroula. Le scribe de Tétishéri avait une écriture très caractéristique, d'une netteté étonnante, bien que les hiéroglyphes fussent microscopiques et les mots, serrés les uns contre les autres. Kamosé commença à lire, et il lui sembla entendre la voix de sa grand-mère, à la fois aimante et acerbe.

« A Sa Majesté le roi Kamosé Taâ, salut. Je t'envoie les prières et l'affection de ta famille, cher Kamosé. Je suis allée examiner les entrailles du taureau mort, comme je te l'avais promis, et j'y ai trouvé la lettre "A" nettement visible dans la graisse qui entourait le cœur. J'ai beaucoup réfléchi, le grand prêtre a adressé de nombreuses prières à Amon, et nous sommes finalement arrivés à la conclusion que cette lettre, qui représente notre grand dieu en même temps que l'usurpateur, a été un fardeau trop pesant pour le taureau. Amon et Apopi se sont combattus, et le cœur a cédé. Nous sommes tous en bonne santé. Les cultures poussent vite. Jusqu'à présent, nous avons surveillé le fleuve sans rien y voir passer, ce qui laisse supposer que Pi-Hathor a décidé de se tenir tranquille pour le moment. J'ai également posté des sentinelles à la lisière du désert. Lorsque la nouvelle de la prise de Khmounou nous parviendra, je rappellerai mes soldats à l'intérieur des limites du domaine, et me reposerai sur des éclaireurs pour savoir ce qui se passe dans le Sud. Hier, j'ai rêvé de ton grand-père, l'Osiris Sénakhtenrê glorifié. "Tu me manques, Tétishéri, a-t-il dit, en me prenant la main comme autrefois. Mais tu ne peux pas encore me rejoindre." A mon réveil, je lui ai fait un sacrifice, mais je suis contente que mon heure ne soit pas encore venue. Je ne mourrai pas avant que l'Égypte soit libre. Travailles-y, Kamosé.»

Elle avait écrit elle-même son nom et ses titres. Kamosé réenroula le papyrus avec un sourire triste. Je m'y emploie, grand-mère, lui répondit-il en pensée. Mais je ne pense pas que je serai celui qui chassera les Sétiou du Nil. «A» est également l'initiale d'Ahmosis.

Après avoir fait remettre le rouleau à Ipi, il rejoignit son frère sur le pont. L'appétit lui était revenu, et il mangea et but son soûl, heureux de sentir le soleil mordre sa peau. Il envoya ensuite chercher Hor-Aha et écouta son rapport. Aucun Medjaï n'avait été blessé dans la bataille, laquelle n'avait guère été qu'un massacre. Toutes les armes de la caserne avaient été prises et seraient distribuées aux soldats paysans quand ils arriveraient. Les archers étaient en bonne santé, mais mangeaient trop de poisson à leur goût. Cette dernière remarque fit rire Kamosé, et Dashlout pesa un peu moins lourdement sur ses épaules.

«Du poisson! s'exclama Ahmosis. Je crois que je vais aller pêcher cet après-midi. Nous n'avons aucun préparatif à faire avant notre attaque contre Khmounou, et les éclaireurs nous tiennent informés de l'avance de l'armée.

– Elle sera là demain de bonne heure, prince», assura Hor-Aha.

Accompagnés de deux soldats, Ahmosis monta à bord d'un esquif et disparut dans les hauts et frais fourrés de papyrus, qui poussaient dru dans les petites baies creusées par les courants. Kamosé lui avait recommandé de ne pas trop s'éloigner des bateaux, mais son frère lui avait répondu par un grand sourire et un regard en biais, et il s'était éloigné nonchalamment, son bâton de jet dans une main et sa canne à pêche dans l'autre. Inutile de s'inquiéter à son sujet, avait pensé Kamosé. Les dieux le protègent, et je lui envie leur attention particulière. Si seulement nous pouvions changer de place, lui et moi!

L'après-midi se déroula paisiblement. Après avoir envisagé de convoquer ses officiers, Kamosé décida de ne le faire que le lendemain matin, quand tous les princes seraient là. Il but un peu de bière, fit une partie de *zénet* avec Akhtoy et passa une heure assez triste à évoquer le souvenir de Séqénenrê avec Hor-Aha. Il parcourut ensuite la zone de sécurité qu'il avait fait établir sur la rive occidentale, discuta brièvement avec les sentinelles et, en revenant vers le fleuve, remarqua plusieurs petits groupes de femmes et d'enfants qui demandaient furtivement l'aumône aux Medjaï descendus à terre pour jouer aux dés ou s'étendre dans l'ombre fraîche des arbres. Il en éprouva une contrariété passagère. Dashlout n'avait pas été pillée, et ses récoltes n'avaient pas été détruites. Ces femmes avaient à manger, pour ce jour-là et pour toute l'année à venir. Mais peut-être mendient-elles moins de la nourriture que la reconnaissance de ce que les archers leur ont pris, se dit Kamosé, en remontant sur le navire. De ce que *je* leur ai pris, se corrigea-t-il. Du pain et de jeunes pousses d'orge ne peuvent les dédommager des nuits solitaires et des journées vides qui les attendent.

Ahmosis ne revint qu'un peu avant le coucher du soleil. Kamosé commençait à s'inquiéter, quand on aperçut son esquif. Bientôt il s'élançait sur la passerelle, réclamait de la bière à grands cris et adressait à son frère un sourire rayonnant. Il s'assit près de lui et, prenant le linge mouillé que son serviteur lui avait immédiatement apporté, s'épongea le front.

«Tu as attrapé du poisson?» demanda Kamosé.

Ahmosis le regarda un instant, interdit, puis prit un air penaud.

«Du poisson? Non, ça ne mordait pas, Kamosé. Alors, j'ai décidé d'aller jeter un coup d'œil sur Khmounou.

– Quoi?» Le soulagement de Kamosé se mua en colère. «Tu es vraiment inconscient! Et si l'on t'avait reconnu et capturé? La ville est certainement en état d'alerte. Les éclaireurs sont là pour s'exposer à ce genre de danger!»

Ahmosis jeta le linge dans la cuvette que lui présentait le serviteur et but une longue gorgée de bière.

«Personne ne m'a vu, se défendit-il. Tu me prends pour un idiot, Kamosé? Je me suis approché de la ville à l'heure la plus chaude, quand tous les habitants raisonnables ronflaient. Les éclaireurs nous ont fait de bons rapports, mais je voulais voir de mes propres yeux si Khmounou avait changé depuis ma dernière visite, et si l'on y avait fait des préparatifs après que les survivants de Dashlout avaient donné l'alerte.»

Furieux, Kamosé eut envie, pour punir son frère, de se montrer parfaitement indifférent à son escapade. Mais au prix d'un effort sur lui-même, il surmonta sa colère.

«Ne refais plus jamais une chose pareille, Ahmosis, je t'en conjure! dit-il enfin. Qu'as-tu vu d'intéressant?

– Khmounou n'a pas changé du tout, répondit aussitôt son frère. Elle est toujours très belle. Ses palmiers sont les plus hauts d'Égypte et poussent en plus grande quantité que partout ailleurs. Tu crois que c'est dû au sol ? Les dattes se forment bien. »

Il jeta un regard de biais à Kamosé et éclata de rire.

« Pardonne-moi, reprit-il. Je me sens parfois obligé d'exagérer les traits de caractère que tu trouves les plus inquiétants... ou les plus attendrissants chez moi. Les terrasses des maisons grouillent de monde... des femmes surtout, et quelques soldats. Tous regardent vers le sud. Ils sont manifestement au courant de notre approche. Il y a même des hommes sur les murs du temple de Thot. De nombreux soldats circulent sur les sentiers et dans les palmeraies qui séparent le fleuve de la ville. Je pense que les récits des survivants ont exagéré la chute de Dashlout.

– Cela n'a pas d'importance, dit Kamosé avec lenteur. Notre armée a grossi, elle aussi, et si nous sommes incapables de défaire les troupes sétiou de Téti, nous ne devrions même pas être ici.

– Je suis d'accord. J'ai manqué une belle bande de canards, ajouta-t-il d'un ton de regret. Ils étaient juste hors de portée de mon bâton de jet et trop près des débarcadères de la ville pour que je me risque à les inquiéter. » Il bâilla. « Le soleil m'a fatigué, continua-t-il. Je crois que je vais aller me coucher tout de suite. »

En se levant, il croisa le regard de son frère.

« Tout va bien, je t'assure, Kamosé. Je n'ai pas besoin de toi pour garde du corps. J'ai déjà les miens. »

La nuit tomba enfin, mais Kamosé n'avait pas envie de dormir. Tandis que les heures passaient, rythmées par la relève régulière des sentinelles, il pensa à Khmounou, telle qu'il l'avait connue : les figuiers omniprésents, la blancheur éclatante des maisons entr'aperçues entre les troncs des palmiers, la splendeur du grand temple de Thot, où la femme de Téti remplissait les fonctions de prêtresse. Il avait festoyé dans la somptueuse demeure de son parent, dont le lac carrelé de bleu et les bosquets de sycomores étaient ombragés par un autre temple, celui que le père de Téti avait fait bâtir à Seth afin de s'attirer la faveur du roi.

Kamosé pensa également à son frère Si-Amon, qui s'était laissé subtilement corrompre par Téti au milieu de ces treilles et de ces pelouses gorgées de soleil, et à Ramosé, qu'il lui faudrait peut-être tuer. Finalement, avant qu'il ne glisse dans l'inconscience, ses pensées se tournèrent vers Tani. Était-elle en sécurité ? Était-elle toujours éprise de Ramosé, ou ses sentiments n'avaient-ils été qu'un feu de paille, un premier amour d'adolescente, déjà oublié ? Il l'espérait. Il aurait aimé le savoir.

Deux heures après l'aube, l'armée arriva dans un nuage de poussière et Kamosé réunit aussitôt son conseil sur la rive, car sa cabine était trop petite pour contenir tous ses membres. Certains des princes venaient de traverser Dashlout et, lorsque Kamosé se leva pour prendre la parole, les visages qui se tournèrent vers lui étaient graves.

« Le sort de Dashlout était un avertissement adressé à Apopi et aux villes du Nord, déclara-t-il. Je ne regrette pas ce que j'y ai fait. Je recommencerais s'il le fallait. La partie ne sera pas aussi facile à Khmounou. Sa population est plus importante, et elle compte beaucoup plus de soldats. Ils sont prévenus et nous attendent. Mais ils n'ont entendu parler de l'infanterie que par des rumeurs. Ils se montreront trop confiants. J'ai l'intention de m'approcher de la ville avec les Medjaï et de chercher à parlementer avec Téti. Les soldats devront naturellement être passés au fil de l'épée, même si celui-ci capitule. Mais j'espère pouvoir épargner les habitants.

– Et Téti lui-même ? »

La question, cinglante, était posée par Intef. Son agitation et les regards méfiants qu'il jetait à Hor-Aha n'avaient pas échappé à Kamosé. Il regimbe toujours contre mes décisions, pensa-t-il avec exaspération. Il faudra le surveiller de près.

« Téti est ton parent, et c'est un noble, poursuivait le prince de Qebt. Tu ne vas tout de même pas toucher à sa personne ! »

L'atmosphère changea instantanément autour de la table. Toutes les têtes se tournèrent vers Kamosé. Je sais ce que vous pensez, se dit-il. Si je suis capable d'exécuter un noble, aucun d'entre vous n'est à l'abri. Eh bien, tant mieux, sentez-vous menacés. Vous n'en serez que plus loyaux à mon égard.

« Téti sera exécuté, dit-il posément. Il est entièrement acquis à Apopi. Il a poussé mon frère Si-Amon à trahir mon père et a joué un rôle important quoique indirect dans la lâche attaque perpétrée contre celui-ci. C'est une conduite indigne d'un noble, ou même d'un honnête paysan, et Téti est *erpa-ha*. Si vous nourrissez encore des doutes sur sa culpabilité, sachez qu'Apopi lui a promis mes nomes et mon domaine après que ma famille aurait été séparée et dispersée. Il est mon parent, c'est vrai, mais ce sont des liens dont j'ai honte. »

Il n'eut pas besoin de regarder les assistants pour avoir une idée de leur réaction. Intef soupira et posa ses mains sur la table. Mékhou et Iasen semblaient réfléchir. Le même pli barrait leurs fronts. Le prince Ankhmahor, en revanche, approuvait de la tête, et un léger sourire errait sur les lèvres de Mésehti.

« C'est juste, déclara Ankhmahor. Nous risquons tout ce que nous avons. Épargner Téti nous coûterait trop cher.

– Il t'est difficile d'avoir une autre opinion, Ankhmahor, intervint Iasen. Tu as l'honneur de commander les Braves du Roi. Pourquoi compromettrais-tu une pareille position en t'opposant à ton souverain ?

– C'est exactement ce genre de raisonnement vicieux qui séduisit Téti, riposta sèchement Mésehti. Si Ankhmahor commande, c'est parce que notre roi a reconnu sa capacité à le faire. Un peu d'humilité n'a jamais fait de mal à un noble, Iasen. Ne nous embourbons pas dans cette discussion, même si le sujet est douloureux.

– Les désaccords ne me dérangent pas, Iasen, déclara Kamosé. Je n'aimerais pas que mes nobles et mes officiers me dissimulent leurs pensées par crainte d'être mesquinement punis. Néanmoins, la décision finale m'appartient, et j'ai décidé que pour notre sécurité et parce que Maât l'exige, Téti paierait sa trahison de sa mort. Quelqu'un souhaite-t-il exprimer son opposition ? »

Personne ne parla, et Kamosé vit les visages perdre toute expression. Il s'assit et fit signe à Akhtoy de faire servir vin et confiseries.

« Très bien, reprit-il. Je veux à présent que chacun d'entre vous me fasse un rapport sur les paysans qu'il commande. Dashlout nous a fourni quelques armes supplémentaires, et il faudra les distribuer aux hommes qui se sont montrés les plus capables de s'en servir.

– Il y a beaucoup de chars et de chevaux à Khmounou, intervint Ahmosis. Nous devons nous en emparer. Nous n'avons pas de charriers, mais nous pourrons former des hommes en chemin. Demandez à vos officiers de repérer les soldats du rang qui pourraient avoir ces aptitudes particulières.

– Les charriers devraient être des officiers », marmonna Mékhou, et Kamosé serra les poings sous la table.

« Eh bien, nous n'aurons qu'à promouvoir les hommes les plus prometteurs ! jeta-t-il avec froideur. Passons à autre chose. »

Lorsque le conseil eut pris fin et que les princes se furent retirés dans leur tente ou leur bateau, Kamosé partit se baigner avec son frère et Hor-Aha le plus loin possible de l'armée et de son vacarme. Après avoir nagé un moment, ils s'allongèrent au soleil sur la rive.

«Que vas-tu vraiment faire à Khmounou? demanda Ahmosis. As-tu l'intention d'épargner les civils comme tu l'as dit aux princes?

– Je me posais la même question, déclara Hor-Aha, qui avait défait ses nattes et démêlait ses longs cheveux noirs. C'est une idée dangereuse, Majesté. Pourquoi massacrer les habitants de Dashlout et épargner Khmounou, une ville pleine de Sétiou? Négociants, artisans, marchands... une grosse partie de la population est étrangère, et les autres se mêlent à eux depuis des années, en adoptant leur mode de pensée et leurs cultes. Khmounou est aussi malade qu'Het-Ouaret.»

Kamosé regarda le général. Son visage brun régulier n'exprimait aucune émotion. Son épaisse chevelure, mouillée, gouttait sur ses bras musclés, et l'eau tombait dans le sable entre ses cuisses écartées.

«Je répugne à commettre ce massacre parce qu'il ne m'a pas été facile de faire ce que j'ai fait à Dashlout, répondit-il. Une nouvelle boucherie serait encore plus horrible.

– Mon roi en a donc déjà assez? remarqua Hor-Aha, en lui jetant un regard perçant.

– Je n'aime pas le ton que tu prends, général, intervint Ahmosis. Il se peut qu'au pays d'Ouaouat la vie d'un homme ne vaille pas davantage que celle d'un animal, mais les Égyptiens ne sont pas des barbares.

– Pardonne-moi mes paroles, prince, répondit le Medjaï avec calme. Je ne voulais pas te blesser. Les Sétiou, eux, sont des barbares. Ce ne sont pas des êtres humains. Seuls les membres de ma tribu d'Ouaouat et les gens nés dans mon pays d'adoption sont des personnes.»

Sa réponse déconcerta Ahmosis, mais Kamosé sourit. Il connaissait cette conviction bizarre des tribus primitives, qui considéraient que rien d'humain n'existait en dehors des liens du sang unissant leurs communautés. Mais sommes-nous si différents, nous qui nous méfions de tous ceux qui vivent à l'extérieur de nos frontières? se dit-il. Maât est notre trésor. Elle n'a sa place nulle part ailleurs. L'Égypte est la terre bénie, élue des dieux. Il fut un temps où nous croyions cela avec ferveur, mais cette certitude s'est diluée, dissoute, parce que les Sétiou se sont attachés à corrompre nos dieux et à pervertir notre mode de vie. Hor-Aha a raison. L'Égypte doit retrouver sa pureté perdue. Kamosé n'arrivait cependant pas à chasser de son esprit la femme qui était venue hurler sa douleur au pied de la passerelle. Une telle réponse l'aurait-elle satisfaite ?

« Dashlout m'a ébranlé, dit-il à son frère. Mais Hor-Aha voit juste, Ahmosis. Pourquoi une ville et pas l'autre ? Khmounou doit être rasée.

– Cela ne plaira pas aux princes.

– Ils aimeraient se battre homme contre homme, comme le faisaient nos ancêtres, répondit Kamosé. C'est ce que voudrait l'honneur, mais cela ne vaut que si l'on affronte un ennemi aussi scrupuleux que soi. Ce n'est pas encore une guerre que nous livrons. Ce sera sans doute le cas à Het-Ouaret mais, pour l'instant, nous nous débarrassons des rats qui infestent nos greniers. »

Hor-Aha refaisait ses nattes. En le regardant sourire et hocher la tête aux propos de Kamosé, Ahmosis se rendit soudain compte qu'il n'aimait pas du tout le général.

Dans l'après-midi, assis à l'ombre d'un arbre avec Ipi, Kamosé dicta une lettre aux femmes de sa famille. Après leur avoir raconté les événements de Dashlout, il fut tenté de leur donner des instructions concernant l'administration du domaine et la surveillance du fleuve, mais il y renonça. Elles étaient parfaitement capables de prendre elles-mêmes les décisions nécessaires. Tout en dictant, il regardait le chaland et les bateaux faire lentement la navette entre les deux rives du fleuve. Il fallait en effet transporter les vingt mille hommes de troupe sur la rive orientale, puisque c'était là qu'avait été bâtie Khmounou.

Pendant que les hommes embarquaient et débarquaient, on installa des cibles sur la rive occidentale. Ahmosis, Kamosé et les princes s'y exercèrent quelques heures au tir à l'arc au milieu des rires et des plaisanteries bon enfant. Ankhmahor et Ahmosis se révélèrent les meilleurs archers jusqu'à ce que des officiers medjaï qui les observaient avec une impatience à peine dissimulée fussent invités à participer. Avec leur dextérité et leur calme, ils battirent aisément les Égyptiens, qui s'inclinèrent de bonne grâce. Kamosé se demanda néanmoins si cette compétition était une bonne idée. Les princes comprendraient peut-être mieux désormais le rôle essentiel que les Medjaï jouaient dans ses plans, mais ils risquaient aussi de n'en être que plus jaloux. Mieux valait toutefois être jaloux que mort. Kamosé fit donner aux archers medjaï une vache prise à Dashlout et une ration supplémentaire de bière.

Au matin, toute l'armée se prépara à marcher. Kamosé n'était pas encore prêt à quitter son navire. Il avait placé un prince à la tête de chacune des quatre divisions, en leur précisant bien que, puisque Hor-Aha était le commandant en chef, c'était à lui que parviendrait d'abord ses ordres. Ankhmahor, lui, le suivrait en bateau avec les Braves du Roi. Grommelant contre le temps qu'il leur fallait encore passer sur ce maudit fleuve, les Medjaï avaient embarqué sur les embarcations et le chaland.

Six kilomètres à peine séparaient encore Kamosé de Khmounou et il était tendu quand, quittant son mouillage, la flotte commença à descendre lentement le courant. Il avait rappelé les éclaireurs. Pour le moment, ils ne pouvaient rien lui apprendre de nouveau. Khmounou attendait. Il n'y aurait pas d'effet de surprise. Il se fit apporter une chaise pliante et, avec Ahmosis, s'installa à l'ombre des énormes bottes de roseaux qui constituaient la proue de leur bateau. Ils avaient déjà distancé les fantassins, que ne signalait plus qu'un nuage de poussière. Kamosé s'aperçut que la présence rassurante d'Hor-Aha lui manquait. Entouré de ses gardes medjaï, celui-ci marchait désormais auprès des princes. Il avait pour ordre de retenir l'infanterie jusqu'à ce que les archers aient fait leur travail, puis de s'abattre sur la ville. Tout avait été dit, et les deux jeunes gens restèrent silencieux, tandis que les rives défilaient et que, pareil à eux, Rê gagnait en force à mesure qu'il montait dans le ciel.

La première chose qu'ils virent de Khmounou furent ses célèbres palmiers qui se dressaient haut à l'est, délimitant les champs et indiquant l'emplacement des rues. Sur l'ordre bref de Kamosé, les bateaux louvoyèrent pour s'en rapprocher, tandis que les Medjaï grimpaient sur le toit des cabines et s'alignaient sur les ponts, leur arc à la main. Au même moment, on les aperçut, et des cris retentirent dans la ville, des cris qui n'exprimaient pas la panique mais sonnaient plutôt comme des instructions. Kamosé vit des hommes sortir de derrière les arbres, les roseaux et les herbes qui bordaient le Nil, et se rassembler entre les larges débarcadères de pierre et les maisons cernées de palmiers.

«Ce sera facile, remarqua Ahmosis. Regarde-les, Kamosé. Il n'y a quasiment pas d'archers parmi eux, et ils ne peuvent pas nous atteindre avec leurs épées et leurs lances.»

C'était vrai. La rive était hérissée d'une forêt de lances dont les pointes étincelaient vainement au soleil, et l'on entendait avec netteté cliqueter des épées, tout aussi inutiles.

«Combien sont-ils, à ton avis? Deux cents? Trois cents? Leurs officiers n'ont pas pensé à sortir les chars. Peut-être n'ont-ils pas encore entendu parler de notre infanterie. Les Medjaï viendront à bout de la plupart d'entre eux, et si Hor-Aha intervient avant que les survivants puissent organiser les écuries, nous les aurons vaincus au coucher du soleil.»

Quelques instants plus tard, ils étaient à portée de voix de la rive, et Kamosé donna l'ordre de mettre en panne. Les rameurs enfoncèrent leurs avirons qui brassèrent l'eau, et les deux frères se levèrent. Kamosé fit un signe à son héraut. «Appelle Téti», dit-il. L'homme se racla la gorge, et sa voix alla se répercuter contre les palmiers aux feuilles raides.

«Le roi Kamosé, Taureau puissant de Maât, aimé d'Amon, désire parlementer avec le gouverneur Téti de Khmounou, déclara-t-il. Qu'il se montre!»

Il y eut une grande agitation sur le débarcadère, suivie d'un long silence. Finalement, un homme se fraya un chemin jusqu'au fleuve et, la main en visière sur les yeux, regarda les embarcations grouillantes d'archers.

«Je suis Sarenpout, le bras droit du gouverneur, déclara-t-il. Téti n'est pas ici. Dès qu'il a appris le cruel massacre que tu as perpétré à Dashlout, prince, il s'est rendu à Néferousi pour y conférer avec le prince Mékétrê, qui y commande une garnison.

– Dans ce cas, je souhaite parler à son fils Ramosé.»

Sarenpout ne répondit pas aussitôt. Lorsqu'il le fit, ce fut d'un ton hésitant.

«Le noble Ramosé a accompagné son père, dit-il.

– Téti s'est donc enfui avec toute sa famille comme le lâche qu'il est, jeta Kamosé d'un ton railleur. Et c'est à toi qu'il a laissé le soin de défendre Khmounou, Sarenpout. Mais elle ne peut être défendue. Va prévenir les femmes et les enfants de ta ville de rester enfermés chez eux s'ils veulent avoir la vie sauve.»

Avec un immense soulagement, il se dit qu'il n'aurait pas à tuer Téti ce jour-là. Les dieux avaient remis cette nécessité à plus tard. Il vit Sarenpout parcourir du regard les bateaux et leur cargaison meurtrière. Sur la rive, les soldats faisaient de même, visiblement inquiets. Puis comme s'ils s'étaient silencieusement donné le mot, ils firent volte-face et se précipitèrent vers les murs de la ville. Kamosé leva la main. Aussitôt, une pluie de flèches s'abattit sur eux. Beaucoup tombèrent; les autres se baissèrent et continuèrent à courir, abrités sous leur bouclier. Les Medjaï tirèrent de nouveau. Kamosé aperçut Sarenpout, qui tâchait de gagner l'abri de la ville en évitant les corps qui jonchaient le sol.

«Ces soldats ne doivent pas s'exercer souvent, remarqua Ahmosis. Écoute-les hurler!

– Ils ne pouvaient pas imaginer qu'on les attaquerait du Nil. Nous n'allons pas poursuivre les survivants, Ahmosis. Pas encore. L'armée va arriver d'un instant à l'autre.»

Il fut interrompu par le cri d'Ankhmahor et, en se retournant, il vit la spirale de poussière qui annonçait l'infanterie. Le visage sombre, il attendit que l'avant-garde apparût, marchant à quatre de front. Elle se dirigea droit sur Khmounou. Il n'avait pas d'ordres à donner. Hor-Aha savait ce qu'il avait à faire. Nous allons voir avec quel empressement les princes vont obéir à un Noir, se dit-il.

On entendit bientôt le martèlement rythmé des pieds des fantassins, les cris sporadiques des officiers, puis le silence de l'animal acculé s'abattit brusquement sur Khmounou. Les femmes avaient disparu des terrasses. Le toit du temple de Thot, vide lui aussi, miroitait au soleil et, en le regardant avec anxiété, Kamosé se rappela tout à coup que sa mère lui avait demandé de sacrifier au dieu avant d'entreprendre l'attaque de la ville. A présent, c'était trop tard. L'infanterie approchait des murs, se déployait, sortait ses armes, et le silence anormal céda soudain la place au rugissement qui annonçait le massacre. Kamosé se tourna vers le soldat qui se trouvait derrière lui.

«Les cinq mille Medjaï doivent partir immédiatement pour Néferousi, dit-il. Qu'ils encerclent la forteresse et attendent. Dis à leurs officiers de veiller à ce qu'ils mangent et se reposent, mais en restant en état d'alerte. Personne ne doit passer à travers les mailles de leur filet. Rappelle à leur commandant qu'il y a un bras de fleuve à l'ouest de Néferousi, et qu'il convient de le surveiller. C'est tout.»

L'homme salua et s'en fut.

«Ce bras du Nil va de Dashlout jusqu'à Ta-shé, remarqua Ahmosis. Néferousi mérite bien son nom d'"Entre-les-rives". A la place de Téti, je mettrais toute ma famille dans une barque et je gagnerais le Nord le plus vite possible, en évitant le Nil. Il l'a peut-être déjà fait, Kamosé.

– C'est possible, en effet. Nous savons que c'est un lâche. Je pense toutefois qu'il s'arrêtera à Néferousi assez longtemps pour y évaluer les chances de résistance de la forteresse. Il n'est pas idiot. S'il fuit en laissant la défense de la ville à Mékétrê, et que celui-ci parvienne à nous battre, il perd sa crédibilité et la protection d'Apopi. Comme il croit pouvoir s'enfuir, il peut prendre le temps de jouer au héros.

– Que savons-nous de Néferousi ? demanda Ahmosis. Et de Mékétrê, d'ailleurs ? Quelle sorte d'homme est-ce ? »

Kamosé haussa les épaules.

« Je n'ai jamais dépassé Khmounou, répondit-il. D'après les éclaireurs, la forteresse est importante, elle est plus proche du Nil que de sa branche secondaire, et ses portes occidentales et orientales sont assez larges pour laisser passer des chars. Ils estiment la garnison à environ quinze cents hommes. Téti s'y sentira en sécurité quelque temps. Quant à Mékétrê... » Il hésita. « Il était autrefois prince de Khmounou et commande aujourd'hui la garnison de Néferousi. C'est tout ce que nous savons de lui. Je ne peux rien faire de plus pour le moment, Ahmosis. Les Medjaï auront vite parcouru les six kilomètres qui nous séparent de Néferousi. Ils l'auront encerclée dès le milieu de l'après-midi. Quel que soit le nombre de soldats sétiou qui s'y trouvent, ils ne nous résisteront pas longtemps. Ce qui m'inquiète, c'est la possibilité d'un siège, si court soit-il. Il ne faudrait pas que nous perdions du temps et des vivres contre un objectif aussi dérisoire, et il n'est pourtant pas question de laisser Néferousi intacte derrière nous. »

Kamosé devait presque crier pour se faire entendre par-dessus le vacarme. Un panache de fumée noire montait dans l'air près du temple et, au moment même où les deux frères se tournaient dans cette direction, ils virent les feuilles sèches d'un palmier s'embraser et de hautes flammes orangées bondir vers le ciel. Les hurlements de terreur et d'agonie qui retentissaient derrière les murailles grondaient à leurs oreilles et leur faisaient battre le cœur.

Au coucher du soleil, tout était fini, et la rive grouillait de soldats qui soignaient leurs blessures, étanchaient leur soif et rangeaient ce qu'ils avaient pu prendre de butin dans leur sac de cuir. Beaucoup d'entre eux avaient plongé dans le fleuve pour se laver et projetaient haut dans les airs des gouttelettes qui rougeoyaient dans le soleil, comme si l'eau était désormais teinte du sang dont ils avaient été souillés. Des officiers circulaient parmi eux pour rétablir l'ordre, et leur bonne humeur contrastait avec le visage sombre des femmes et des enfants de Khmounou, qui étaient sortis de la ville et regardaient, hébétés, l'activité qui les entourait. Kamosé remarqua qu'en dépit de la confusion, ceux-ci n'étaient ni bousculés, ni raillés. Les soldats les ignoraient, et il eut la nette impression que c'était par respect et non par indifférence qu'ils détournaient les yeux et passaient loin des femmes.

Finalement, Hor-Aha apparut, suivi de ses officiers subalternes. Kamosé le vit s'arrêter, s'entretenir brièvement avec eux, puis monter dans l'esquif qui l'attendait. Peu après, il s'inclinait devant les deux frères, apportant une odeur de fumée et celle, écœurante, du sang frais.

« Il ne reste plus grand-chose, Majesté, déclara-t-il, en réponse à la question de Kamosé. La plupart des hommes sont morts, ainsi que tu l'as ordonné. Les incendies n'ont pu être évités, malheureusement. Nous avons trouvé les écuries, mais elles étaient vides, et il n'y avait pas de chars. Ils sont sans doute à Néferousi. J'ai chargé des hommes de brûler les cadavres, mais cela prendra du temps. Khmounou n'était pas Dashlout. »

Il passa une main brune sur sa joue, y laissant une traînée de boue, et Kamosé frissonna. Le passé, employé par le général, ne lui avait pas échappé. Khmounou n'existait plus.

« Que les survivants s'occupent de leurs morts, dit-il. Nous devons nous remettre en route. J'ai envoyé les Medjaï à Néferousi. Comment ont réagi les princes, Hor-Aha ? »

L'homme eut un sourire las.

« Je ne leur ai pas laissé le temps de discuter mes ordres, Majesté. Ensuite, cela n'aurait plus servi à rien. Ils sont restés auprès de leurs hommes.

– Bien. Dès que tu seras prêt, rassemble l'infanterie et fais-la passer sur la rive occidentale. Les hommes ne doivent pas manger ni dormir à proximité des ruines de Khmounou. Il ne faut par leur donner le temps de remâcher ce qui a été fait. Quand tu seras hors de vue de la ville, accorde-leur cinq heures de repos, pas davantage, puis marche sur Néferousi. Je vais appareiller et mouillerai pour la nuit à proximité de la forteresse. Tu peux disposer. »

Lorsque le général fut parti, Kamosé prit son frère par le bras. « Je veux aller prier, dit-il. Viens avec moi.

– Prier ! répéta Ahmosis. Où cela ? Dans le temple ? Tu es fou ?

– J'ai oublié la promesse que j'avais faite à Ahhotep, murmura Kamosé. J'ai besoin de l'indulgence de Thot. J'ai quasiment rasé sa ville et je dois lui en expliquer la raison. Ankhmahor et un détachement de Braves du Roi nous accompagneront. Nous serons parfaitement en sécurité.

– Ils nous protégeront peut-être des lances et des poignards, mais pas des regards accusateurs des femmes et des prêtres, fit Ahmosis, l'air sombre. Je suis fatigué, affamé et écœuré, Kamosé. »

Il suivit toutefois son frère dans l'esquif, qui les conduisit à terre. Le soleil s'était déjà couché derrière les montagnes occidentales, mais ses dernières lueurs baignaient encore les murailles blanches de Khmounou et éclairaient confusément les groupes bruyants de soldats qui embarquaient sur les navires, les corps entassés au hasard sur le sable, les femmes immobiles, serrées les unes contre les autres. Entourés par les Braves du Roi, Kamosé et Ahmosis se dirigèrent vers les portes de Khmounou. Le silence se faisait sur leur passage, les soldats les saluaient, puis reprenaient leurs bavardages quand ils s'étaient éloignés.

A l'intérieur de la ville, exception faite des hommes occupés à traîner les cadavres vers la rive, les rues étaient désertes. On ne voyait brûler aucune lampe par les portes béantes des maisons. Tout ce qu'elles avaient contenu jonchait la terre battue des ruelles. Récipients, tissus tachés, ornements grossiers, ustensiles de cuisine, jouets en bois... les soldats avaient fait leur tri, puis jeté le reste dehors. Ici et là, des feux éclairaient la pénombre, et une odeur de chair et de bois brûlés imprégnait l'air. Des flaques sombres qu'Ahmosis prenait pour de l'urine d'âne brillèrent soudain d'un éclat rouge vif dans la lumière dansante des flammes. Poussant une exclamation de dégoût, il s'écarta, mais pour frôler un mur souillé de la même matière répugnante. Des cris, des lamentations, déchiraient de temps à autre l'obscurité, qui s'épaississait, et Ahmosis était heureux de la présence des gardes autour de lui.

Au grand soulagement de Kamosé, l'avenue menant au temple semblait intacte. Elle était bordée de palmiers gracieux dont les feuilles frémissaient dans la brise nocturne. Aucun soldat n'avait osé profaner l'enceinte sacrée. Comme par un accord tacite, les deux frères accélérèrent le pas. Ce fut presque en courant qu'ils franchirent le pylône de Thot et pénétrèrent dans l'avant-cour. Là, ils s'immobilisèrent, car elle était pleine de monde. Des femmes et des enfants étaient assis contre les murs, serrés les uns contre les autres pour se réconforter. Étendus sur des couvertures, quelques hommes gémissaient, et leurs plaintes faisaient écho aux sanglots pathétiques des femmes. Des prêtres allaient de groupe en groupe, apportant lampes et nourriture, et Kamosé vit un médecin agenouillé près d'un blessé, entouré de ses sachets d'herbes et de ses pots d'onguents.

Il poussa un profond soupir. «Des lampes brûlent encore dans la cour intérieure, dit-il doucement. Attends-nous sous le pylône avec tes hommes, Ankhmahor.»

La main sur l'épaule d'Ahmosis, il s'engagea dans la cour. Aussitôt, des têtes se tournèrent vers eux. Elles étaient indistinctes dans la lumière vacillante, mais l'hostilité qui flottait dans l'air était presque palpable. «Assassins, sacrilèges», lança quelqu'un. Mais il le fit d'une voix sans timbre, presque pensivement, et personne ne reprit l'accusation. Kamosé serra les dents et étreignit plus fort l'épaule de son frère.

Des psalmodies leur parvinrent, plus fortes à mesure qu'ils s'avançaient. «Les prêtres chantent l'hymne du soir, murmura Ahmosis. Ils vont bientôt fermer le sanctuaire.»

Kamosé ne répondit pas. Le sentiment de paix qu'il avait éprouvé en franchissant le seuil du temple de Thot s'était évaporé. Il avait froid et se sentait rempli d'appréhension. C'est trop tard, se dit-il avec consternation. Thot ne se laissera pas apaiser. Comment ai-je pu oublier ma promesse ? Pardonne-moi, mère.

Le changement d'atmosphère dans l'avant-cour ou l'imprécation curieusement morne proférée par l'inconnu durent alerter les hommes rassemblés autour du grand prêtre, à l'entrée du sanctuaire. Les chants faiblirent, puis se turent et, alors qu'ils s'apprêtaient à franchir le seuil de la cour intérieure, Kamosé et son frère se trouvèrent face à face avec les serviteurs de Thot. A la flamme claire des torches, Kamosé les observa. Leurs yeux noirs étaient sans expression. Puis le grand prêtre les écarta et s'avança.

«Je te connais, prince, dit-il d'une voix rauque. Tu venais souvent prier ici avec ta famille lorsque ta mère rendait visite à sa cousine, qui était prêtresse dans ce temple. Aujourd'hui, cependant, tu ne viens pas rendre hommage au dieu; tu apportes la souffrance et la mort. Regarde autour de toi! Tu n'es pas le bienvenu dans cette enceinte sacrée.»

Kamosé déglutit, la gorge soudain sèche.

«J'apporte un retour à Maât, dit-il aussi calmement qu'il le put. Et Thot a fait don de Maât à ce pays en même temps que de l'écriture. Je ne suis pas ici pour discuter avec toi, grand prêtre, mais pour m'humilier devant le dieu et lui demander de me pardonner ce que j'ai fait à sa ville au nom de cette même Maât.

– De te pardonner? répéta l'homme. Te repentirais-tu, prince? Regretterais-tu les horreurs que tu as commises?

– Non. Je ne cherche pas le pardon de mes actes. Je souhaite m'excuser auprès de Thot de ne pas lui avoir apporté d'offrandes ni fourni d'explications avant de m'attaquer à Khmounou.

– Tu apportes une offrande?

– Non, répéta Kamosé, en regardant l'homme droit dans les yeux. Il est trop tard. Je viens seulement solliciter sa compréhension et lui promettre de guérir son Égypte.

– C'est toi qui es malade, prince, pas l'Égypte, répliqua le grand prêtre, la voix tremblante de colère. Tu ne t'es même pas lavé. Il y a du sang sur tes sandales. Le sang de Khmounou! Et tu veux fouler ce sol sacré? Le dieu te honnit!»

Kamosé sentit que son frère s'apprêtait à parler et l'en empêcha. Avec une brusque inclinaison de tête, il fit volte-face et s'éloigna à grands pas. Après un instant d'hésitation, Ahmosis l'imita. Sous le pylône, Ankhmahor et les Braves les entourèrent de nouveau, et ils prirent la direction du fleuve.

La nuit était complètement tombée et, dans les ruelles obscures, Kamosé se sentit gagné par la peur, persuadé que les âmes des morts peuplaient les ombres. Il avait l'impression d'être observé. Des yeux invisibles l'épiaient avec malveillance, et il dut résister à l'envie de se serrer contre son frère. Thot ne m'accordera aucun soutien, se dit-il. Mais j'en prendrai mon parti. C'est un dieu des temps de paix, un dieu de la sagesse et des lois des temps de prospérité et de sécurité. «C'est Amon qui m'a dicté mon action. Amon protège les princes d'Oueset, et son pouvoir n'est pas le doux pouvoir de l'édification. Dorénavant, je ne m'inclinerai plus devant un autre que lui.»

Il avait dû prononcer ces derniers mots à voix haute, car Ahmosis lui jeta un coup d'œil.

« C'est le grand prêtre qui a parlé, Kamosé, pas Thot. Lui se rappellera la dévotion de notre mère et de sa famille, et il ne nous punira pas.

– Peu m'importe, répondit Kamosé. Amon sera notre salut. Il faut que je mange, Ahmosis, sinon je vais m'écrouler sur cette terre maudite. »

Avant de monter dans l'esquif qui devait les ramener sur leur navire, Kamosé enleva ses sandales trempées de sang et les jeta dans le fleuve. La fumée âcre des feux était si épaisse qu'il ne les vit pas toucher la surface de l'eau. Ahmosis imita son frère.

« Mangeons pendant que les rameurs nous éloignent d'ici, dit-il. Khmounou était une sale affaire. Néferousi est une forteresse, et nous nous y battrons proprement. »

3

Néferousi n'était qu'à six kilomètres en aval de Khmounou, et Kamosé ordonna à son capitaine de mouiller à un kilomètre et demi au sud de la forteresse. L'ordre fut transmis aux autres embarcations et, une à une, elles s'éloignèrent des ruines de la ville de Thot. On servit un repas aux deux frères mais, contrairement à Ahmosis qui mangea de bon appétit, Kamosé se força à avaler pain et légumes, sachant qu'il avait besoin de s'alimenter. Il but un peu de vin et, ivre de fatigue, gagna sa cabine en titubant, avant même d'avoir vidé sa deuxième coupe. Il s'endormit instantanément.

Quand la voix d'Akhtoy l'arracha à ses rêves, il lui sembla qu'il venait à peine de s'allonger.

« Pardonne-moi, Majesté, disait cette voix. Mais quelqu'un souhaite te voir de toute urgence. »

Kamosé lutta pour ouvrir les paupières et, lorsqu'il y parvint, son intendant se retirait, cédant la place à Hor-Aha.

« Allume une autre lampe, Akhtoy », disait Ahmosis qui, déjà levé, enroulait un pagne autour de sa taille. Hébété, Kamosé se redressa, et Hor-Aha le salua. Lui aussi ne portait qu'un simple pagne. Ses tresses s'étaient défaites et des mèches de cheveux noirs ondulés tombaient sur son torse. Il avait le visage grave.

« Que se passe-t-il ? demanda Kamosé, enfin réveillé.

– Rien d'inquiétant, sire. L'armée bivouaque à une heure d'ici, et les Medjaï encerclent la forteresse. Mais le prince Mékétrê est là avec quelques soldats sétiou. Il souhaite te parler.

– Mékétrê ? A-t-il été capturé, Hor-Aha ?

– Mes archers l'ont pris alors qu'il essayait de se glisser à travers leurs lignes. Comme il se dirigeait vers le sud, je suppose qu'il ne cherchait pas à aller prévenir Apopi. Il est apparemment impatient de te voir.

– Eh bien, qu'on le fasse entrer ! Envoie chercher Ipi, Akhtoy, mais avant trouve-moi un pagne propre. »

L'homme qui fut introduit dans la cabine était si grand qu'il dut baisser la tête pour passer sous le linteau de la porte. Il était chauve, avait des sourcils broussailleux, des paupières tombantes, une pomme d'Adam saillante, et Kamosé le reconnut sur-le-champ. Il l'avait vu, enfant, lorsqu'il allait à Khmounou avec les siens. Il ne lui avait jamais parlé. C'était un des innombrables invités de Téti, un homme de la génération de Séqénenrê, présentant fort peu d'intérêt pour les gamins qui couraient dans les jardins et jouaient avec les chats et les singes de Téti. Des souvenirs remontèrent à la mémoire de Kamosé, agréables et colorés, puis s'évanouirent. Mékétrê s'inclina.

« Tu ressembles au noble Séqénenrê, prince Kamosé, dit-il. Prince Ahmosis, je suis très honoré de te rencontrer.

– Nous nous retrouvons dans des circonstances bien étranges, remarqua Kamosé. Tu me pardonneras ma brutalité, prince, mais que fait le commandant de Néferousi sur mon navire en pleine nuit ? Es-tu venu m'apporter la reddition de la forteresse ? »

Mékétrê répondit à son ton ironique par un rire sans joie.

« En un sens, répondit-il. Que s'est-il passé à Khmounou ? »

Kamosé et Ahmosis échangèrent un regard étonné.

« Tu ne le sais pas ? fit ce dernier. Aucun habitant de cette ville ne s'est donc réfugié à Néferousi ? »

Au même instant, après avoir discrètement frappé à la porte, Ipi entra et s'assit aux pieds de Kamosé. Bien qu'ébouriffé et visiblement mal réveillé, il posa sa palette sur ses genoux nus, y étala une feuille de papyrus et se mit à la lisser. Ce bruit familier, si lié à la routine des affaires domestiques, installa une atmosphère de normalité dans la pièce. Après avoir trempé son pinceau dans l'encre, le scribe jeta un regard interrogateur à Kamosé.

« Note notre conversation, déclara celui-ci. Sers du vin au prince, Akhtoy. Assieds-toi, Mékétrê, je t'en prie. Je répondrai à ta question lorsque tu m'auras expliqué ce que tu fais ici.

– J'ai dit à Téti que je partais avec des éclaireurs reconnaître la position de ton armée. Je mentais. En réalité, je voulais parvenir jusqu'à toi, et j'y suis arrivé, quoique pas exactement comme je l'avais prévu. Je ne savais pas que Néferousi était déjà encerclée. Tes archers ont failli m'abattre. Je suis venu te livrer toutes les informations que tu peux souhaiter concernant la forteresse, l'importance et la disposition des troupes... et je t'ouvrirai les portes si tu le désires. »

Un instant, Kamosé observa le prince sans mot dire. Les mains posées sur les cuisses, le regard calme, Mékétrê paraissait parfaitement à l'aise. Il veut quelque chose, pensa Kamosé. Il regarda le prince prendre la coupe de vin, la porter à ses lèvres, boire avec délicatesse, puis la reposer d'une main qui ne tremblait pas le moins du monde.

« Et pourquoi ferais-tu tout cela ? demanda-t-il enfin.

– C'est très simple, Altesse, répondit Mékétrê, imperturbable. Il y a bien des années de cela, j'étais prince de Khmounou et gouverneur du nome de Mahtech. J'avais pour demeure celle que ton parent habitait lorsque tu venais lui rendre visite. Téti la convoitait depuis toujours. Apopi a fini par la lui donner en récompense de sa loyauté et, ajoutons-le, d'un talent exceptionnel pour espionner ses nobles voisins. Il informait Apopi de ce qui se passait dans le Sud. Il lui était précieux. » Mékétrê fit la grimace. « Pour me récompenser de *ma* loyauté et de la façon dont j'avais gouverné le nome, on m'a autorisé à commander la forteresse de Néferousi. J'habite le logement du commandant. Ma famille est installée dans un domaine modeste, à l'extérieur. Je hais Apopi et ton parent. Je t'aiderai à prendre la forteresse, si tu me promets de me rendre mes anciens titres. Voilà pourquoi je t'ai demandé ce qui s'était passé à Khmounou. »

Le cœur de Kamosé s'était mis à battre plus vite. Il n'osait pas regarder son frère.

« Aucune nouvelle du sac de cette ville ne vous est parvenue ? dit-il. Personne ne sait rien dans la forteresse ?

– Non, répondit Mékétrê. Téti est arrivé avec sa famille en nous racontant qu'une armée que tu commandais avait détruit Dashlout et marchait sur Khmounou. Il a demandé que la forteresse soit mise en état d'alerte, ce que j'ai fait. Depuis, nous attendons.

– Alors je peux t'apprendre que Khmounou est tombée, que Néferousi est encerclée et que je marche sur le Nord avec vingt mille hommes afin de reprendre l'Égypte à Apopi. J'accepte ta proposition, Mékétrê. Dès que Néferousi sera entre mes mains, j'établirai les documents nécessaires, et tu pourras commencer à remettre de l'ordre dans Khmounou.

– Tu vas tuer Téti ?» demanda Mékétrê en se penchant en avant.

Kamosé resta impassible, mais la haine qu'il lisait sur le visage du prince le fit frémir. Mékétrê cherchait une vengeance personnelle. Et après ? pensa-t-il. C'est mon cas, à moi aussi.

«Téti sera exécuté pour trahison, répondit-il. A présent, décris-nous la forteresse.»

Après s'être fait donner une feuille de papyrus et un pinceau par Ipi, Mékétrê se mit à dessiner la ville.

«Voici le Nil, dit-il. Et voilà sa branche occidentale. Une douzaine de kilomètres les séparent. Les terres sont cultivées et bien irriguées. Méfiez-vous des canaux. Ma famille habite ici.»

Il indiqua l'emplacement d'une croix et jeta un regard à Kamosé.

«Ordre sera donné de les épargner, assura celui-ci. Continue.

– La forteresse est située près du Nil. Il y a deux portes, une à l'est et une à l'ouest. Toutes deux sont assez larges pour laisser passer des chars. Les murailles sont en brique crue, épaisses, très lisses, verticales à l'intérieur mais en surplomb à l'extérieur. Il est impossible de les escalader. Lorsque les portes sont fermées, un assaillant ne peut espérer l'emporter que par un siège. Des archers montent la garde sur le chemin de ronde.

– Est-ce que toutes les forteresses sétiou d'Apopi sont construites sur le même modèle ? intervint Ahmosis.

– Oui. Les Sétiou les bâtissent de préférence sur des collines, bien que Néferousi se trouve en terrain plat. Certaines sont mieux fortifiées que d'autres, mais elles se ressemblent. Vous en rencontrerez toute une série en allant vers le Nord, mais la plus importante est celle de Nag-ta-Hert, juste à la pointe du Delta. Elle protège le cœur du pouvoir d'Apopi.

– Nous nous préoccuperons de cela plus tard, dit Kamosé. Qu'y a-t-il à l'intérieur de Néferousi ?

– La caserne se trouve ici. Si tu attaques à l'aube, la plupart des soldats seront encore en train de faire leurs ablutions. Voici le dépôt d'armes ; les écuries sont derrière. Là, il y a un petit oratoire consacré à Rechef et, à côté, mon logement. Comme tu le vois, la caserne principale est plus proche de la porte occidentale que de la porte orientale. A ta place, Altesse, je concentrerai mes forces à l'ouest, mais en attaquant des deux côtés en même temps, bien sûr.

– Bien sûr, murmura Kamosé. Combien d'hommes ? »

Mékétrê se carra dans son siège et lui tendit son plan.

« Douze cents soldats, cent charriers et deux cents chevaux. Les greniers et les magasins sont pleins, mais l'approvisionnement en eau laisse à désirer. Cela vaut pour toutes les forteresses, je pense, en raison de la proximité du Nil. Apopi n'a jamais envisagé une révolte de cette importance. » Il se leva et s'inclina. « Il faut que je retourne immédiatement à Néferousi, dit-il. J'enlèverai les barres des portes juste après l'aube, mais je les laisserai fermées. Il vous suffira de les pousser. Puisse le dieu d'Oueset vous donner la victoire.

– Un moment, fit Kamosé, qui se leva lui aussi. Ramosé est-il à Néferousi avec son père ? Comment va-t-il ?

– Bien, mais il est très silencieux. En fait, je n'ai quasiment pas entendu le son de sa voix.

– Merci. Je vais garder ton escorte ici, prince. Nous nous sommes bien compris ?

– Je le pense, Altesse », répondit Mékétrê avec un sourire.

Il s'inclina de nouveau, saluant cette fois les deux frères, et quitta la cabine.

Ahmosis ne rompit le silence qu'après avoir entendu ses pas s'éloigner sur le pont.

« Qui aurait imaginé cela ? s'exclama-t-il. Nous ne connaissons pas assez bien notre histoire, Kamosé ! Pouvons-nous lui faire confiance ? »

Kamosé haussa les épaules.

« Nous n'avons guère le choix, répondit-il. Mais il a d'énormes griefs contre Apopi, et c'est une garantie. Fais-toi accompagner de deux Braves et va rejoindre l'armée, Ahmosis. Nous attaquerons juste après l'aube, Hor-Aha. Veille à ne pas toucher au domaine de Mékétrê ni à ses habitants. Téti et Ramosé doivent être épargnés, eux aussi. »

Il se tourna vers son intendant.

« Nous appareillons immédiatement, Akhtoy. Préviens le capitaine. »

Le navire fut bientôt en route, et Kamosé prit sa place habituelle à l'avant, les yeux fixés sur la rive. La lune pâlissait et n'éclairait plus guère. La faible lueur des étoiles se reflétait à peine à la surface de l'eau. Montés à bord du navire de Kamosé pour le protéger dans le combat à venir, Ankhmahor et un détachement de Braves se tenaient, silencieux, derrière lui. Même la guerre peut devenir une routine, se dit Kamosé. J'ai déjà pris des habitudes : me lever avant le jour, me laver et manger à la hâte, puis venir me poster en cet endroit précis du pont, toujours avec la même vigilance. Je ne me suis pas encore accoutumé à donner l'ordre de tuer, mais cela viendra aussi. De même que me deviendra familier le spectacle du sang et des incendies. Il changea de position et poussa un soupir.

Une heure plus tard, ils aperçurent du mouvement sur la rive, et un éclaireur leur fit signe. Kamosé donna l'ordre de mettre en panne, et l'homme monta à bord.

«Néferousi est là, dit-il lorsque Kamosé l'eut autorisé à parler. Tu distingues peut-être le sommet de ses murailles, Majesté? L'armée est arrivée. Elle est passée entre les champs et les arbres. Le prince Ahmosis demande à rester avec les troupes. Il attend que tu donnes l'ordre aux Medjaï d'attaquer. Le jour se lèvera dans une heure.

– Très bien. Qu'il soit prêt à enfoncer les portes au point du jour.»

D'autres recommandations lui brûlaient les lèvres : vise d'abord les archers sur les murailles; veille à éviter la bousculade une fois à l'intérieur des murs; fonce immédiatement sur la caserne; isole l'arsenal afin que les Sétiou ne puissent se réapprovisionner en armes et, surtout, sois prudent! Il n'en exprima aucune à haute voix. Renvoyant l'éclaireur, il le regarda regagner la rive dans l'esquif et se fondre dans l'obscurité. Ankhmahor huma l'air. «La nuit s'achève, remarqua-t-il. Rê va bientôt renaître.»

Kamosé se tourna vers la cabine.

«Ouvre le tabernacle d'Amon et prépare l'encens, Akhtoy, dit-il à son intendant. Nous allons prier, Ankhmahor, puis nous débarquerons. L'heure est venue.»

Le ciel était imperceptiblement plus pâle lorsqu'ils sortirent de la cabine et descendirent à terre, où les rejoignirent les Braves des autres navires. Entouré de ses gardes du corps, précédé et suivi de deux cents hommes, Kamosé se mit en marche sur le sentier du fleuve. Les hauts murs de la forteresse apparurent bientôt et, alors que Kamosé les parcourait d'un regard anxieux, un cri retentit. Une forme indistincte tomba du mur et, brusquement, une dizaine d'autres apparurent, des hommes qui, accroupis, regardaient au-dessous d'eux. Un second cri déchira l'air limpide du matin. Puis les Medjaï hurlèrent, un son primitif auquel une clameur fit presque immédiatement écho sur la gauche de Kamosé. Sur le rempart, les silhouettes tombèrent l'une après l'autre. Devant Kamosé et ses Braves, la végétation céda brusquement la place à un espace ouvert, à un large débarcadère près duquel étaient mouillées deux grandes barques. La forteresse se dressait devant eux.

La porte était ouverte et, déjà, se mêlant aux Medjaï, plus bruns, plus minces, une foule de soldats se ruait à l'intérieur. Derrière, remplissant l'esplanade entre la forteresse et le débarcadère, d'autres hommes se bousculaient. Le vacarme était assourdissant. Grâce à leurs porte-étendards, Kamosé aperçut les princes Iasen et Mésehti, qui donnaient calmement leurs ordres au milieu de ce qui semblait un véritable chaos. Hor-Aha et Ahmosis étaient invisibles, et Kamosé supposa qu'ils étaient à la porte occidentale avec le gros de l'armée.

La lumière montait rapidement. De longues ombres, de plus en plus nettes, commençaient à s'allonger au pied de la forteresse, tandis que le ciel se teintait d'un rose délicat et que, dans les arbres, les oiseaux jetaient les premières notes de leur chant matinal. D'un seul coup, Kamosé et les Braves se retrouvèrent seuls, entourés seulement des quelques archers tombés des murailles et que la foule des soldats avait piétinés. De l'autre côté de la porte, le vacarme continuait : cris et hurlements, hennissements de frayeur des chevaux, ordres des officiers. Mais pas de sanglots, pas de cris de terreur, pas de voix féminines, pensa Kamosé. Comparé aux précédents, ce combat-ci est propre. Il ne me reste plus qu'à attendre.

Bien avant que le soleil n'atteignît le zénith et que les ombres ne raccourcissent, Néferousi était tombée, et Kamosé entrait avec ses hommes dans une vaste enceinte jonchée de cadavres et de débris. Ahmosis, Hor-Aha et Mékétrê allèrent à sa rencontre. Le premier était trempé de sueur et couvert de sang, un sang qui avait séché sur la hache pendue à sa ceinture et souillait son épée jusqu'à la garde. «Ce n'était pas une bataille, déclara-t-il. Regarde autour de toi, Kamosé. On avait l'impression de chasser des lapins terrorisés dans un clapier. J'ai laissé une grande partie de l'armée à l'extérieur de la forteresse, sinon nous n'aurions plus pu bouger. La moitié d'une division a suffi. Naturellement, si les portes n'avaient pas été ouvertes, il en serait allé différemment.»

Il jeta un regard oblique à Mékétrê, qui était debout à ses côtés, le visage impassible.

«Nous sommes tes débiteurs, prince, dit Kamosé. Emmène les tiens à Khmounou. Tous les biens de Téti sont confisqués à ton profit. Pars sans tarder.»

Il crut voir passer une ombre de déception dans les yeux de Mékétrê. Il veut voir mourir Téti, se dit-il avec écœurement. Il est prêt à affronter l'hostilité muette des survivants pour jouir du spectacle de son agonie. Après un instant d'hésitation, Mékétrê s'inclina et disparut.

«Tous les princes qui te servent pourraient être qualifiés de traîtres par ceux qui sont fidèles à Apopi, murmura Ankhmahor. Pourquoi alors Mékétrê m'inspire-t-il tant de dégoût?

– Parce que son ka est corrompu, répondit aussitôt Kamosé. Sa cause est juste, mais il n'a pas d'honneur. Quelles sont nos pertes, Hor-Aha? ajouta-t-il en se tournant vers son général.

– Aucune, Majesté. Quelques égratignures, rien de plus. Ce petit assaut va considérablement accroître la confiance des hommes en eux. Ils vont commencer à être des soldats.»

Il tendit à Kamosé le rouleau qu'il tenait à la main.

«Il a été trouvé sur un homme qui a été pris et tué juste après le début de la bataille, expliqua-t-il. Il n'avait aucune chance de franchir le cordon des Medjaï mais Téti n'en savait rien, naturellement.»

Perplexe, Kamosé déroula le papyrus. Il contenait un message laconique, écrit à la hâte :

«A Sa Majesté Aouserrê Aqénenrê Apopi, le Taureau puissant de Maât, salut. Sache que Kamosé Taâ, ton serviteur déloyal et ingrat, s'attaque en ce moment même à ta forteresse de Néferousi avec une importante armée de renégats. Envoie-nous de l'aide sur-le-champ ou nous périrons. Ton fidèle sujet Téti, gouverneur de Khmounou et inspecteur de tes digues et canaux.»

«Que s'imaginait-il? fit Kamosé avec un rire sardonique. Que, comme par enchantement, Apopi allait recevoir son rouleau et transporter dans l'instant une armée ici pour sauver sa misérable carcasse? Ne perdons pas davantage de temps. Que les officiers se chargent de distribuer les armes de l'arsenal, Hor-Aha. Les chars doivent aller en priorité aux princes, puis aux commandants.

Retourne à bord, Ahmosis, et lave-toi. Tu donneras ce rouleau à Ipi et tu lui diras d'aller évaluer le contenu des greniers et de le faire charger sur les barques mouillées ici. Hor-Aha, je veux que tu t'assures que Mékétrê et sa famille sont partis, puis que tu mettes le feu à tous les champs environnants. Je veux aussi que tu choisisses quelques hommes capables et que tu les nommes officiers. Ils resteront ici et s'occuperont de faire raser ces murailles. Rien ne doit subsister de Néferousi. Tu sortiras aussi la statue de Rechef de son oratoire et tu la briseras publiquement. Où est Téti ?

– Dans le logement du commandant, répondit Ahmosis. Je l'ai fait garder, bien qu'il parût fort peu désireux de s'échapper. Ramosé se trouve avec lui. Il est blessé.

– Il a combattu ?

– Oui. Par bonheur, il a été reconnu et maîtrisé avant qu'un Medjaï lui passe son épée à travers le corps. Je n'ai pas eu le temps de lui parler. »

Comment Téti a-t-il pu engendrer un être si intègre ? se demanda Kamosé. Je me réjouissais à l'idée de manger ce plat, mais maintenant qu'il est posé devant moi, mon estomac se soulève et j'ai envie de fuir.

« Le soleil est chaud, et la puanteur devient insoutenable, dit-il à haute voix. Accompagne-moi, Ankhmahor. Je vais aller voir mon parent, mais je ne prononcerai de jugement que lorsque les princes seront rassemblés. »

Il commençait à avoir mal à la tête. Il savait que la cause n'en était pas physique et n'y prêta pas attention. Le cœur serré, il se dirigea vers le bâtiment dans lequel Mékétrê avait remâché sa rancune.

Les gardes le saluèrent, puis s'écartèrent ; prenant une profonde inspiration, Kamosé franchit le seuil. Le bâtiment ne comptait que deux pièces, celle où il entra avec Ankhmahor et qui servait de bureau, et une chambre à coucher. La première, et la plus grande, n'était meublée que d'une table, d'un fauteuil, de quelques tabourets et d'étagères sur lesquelles étaient rangés les coffrets renfermant les dossiers de Néferousi. Le sol, de terre battue, était nu, mais, du coin de l'œil, Kamosé aperçut le bord d'un tapis de lin jaune dans la pièce voisine, ainsi qu'un mouvement furtif.

A contrecœur, il tourna son attention vers les deux hommes qui s'étaient levés à son entrée. L'un portait un pansement autour de la taille. Il était pâle et se déplaçait avec difficulté.

« Bonjour, Ramosé, dit doucement Kamosé. Tu souffres beaucoup ? »

Le jeune homme secoua la tête.

« Bonjour, Kamosé, répondit-il d'une voix rauque. Dans d'autres circonstances, je serais heureux de te revoir. Quant à ma blessure, elle est gênante, sans plus. Une flèche m'a éraflé. Elle avait presque achevé sa course. »

Kamosé avait envie de le serrer dans ses bras et de l'implorer de lui pardonner pour son père, pour Tani, pour le gâchis qu'il faisait de sa vie ! Il était terrifié à l'idée d'avoir perdu à la fois son affection et son respect. Ramosé savait ce qu'il allait devoir faire. Il n'avait pas le choix.

Au prix d'un effort sur lui-même, Kamosé regarda Téti. Celui-ci était pieds nus et sans maquillage. Il ne portait qu'un pagne court lâchement noué sous son ventre protubérant, et Kamosé supposa que, réveillé en sursaut par l'assaut, il était resté tapi là, sans même prendre la peine de se vêtir correctement. Il dégageait une odeur âcre, humiliante, celle de sa peur.

« J'avais un autre souvenir de toi, Téti, déclara-t-il. Tu es devenu un vieillard.

– Et tu n'es plus le beau garçon silencieux qui ramassait des fruits dans mon jardin, riposta Téti, bien qu'il se fût mis à trembler. Tu es devenu un assassin, Kamosé Taâ. Tes illusions ne te mèneront pas beaucoup plus loin. Apopi finira par t'écraser.

– Peut-être, répondit Kamosé, en éprouvant une pitié fugitive pour l'homme qui avait régné avec tant de pompe et d'assurance sur le domaine prospère de Khmounou. Je pense que tu te trompes mais, même si le sort m'est défavorable et que je périsse avec tous ceux qui me soutiennent, j'aurai fait ce qui est juste, ce qui est honorable.

– Honorable ? s'écria Téti. L'honneur consiste à servir avec loyauté ceux qui nous gouvernent, et particulièrement le roi ! J'ai été loyal toute ma vie !

– Tu le crois vraiment, n'est-ce pas ? Mais était-il honorable de circonvenir mon frère Si-Amon et de le pousser au suicide ? Était-il honorable de comploter la mort de mon père avec la complicité d'un membre de sa propre maison... et d'accepter en récompense de ta prétendue loyauté tout ce que ma famille possédait ? Est-ce la fidélité qui te guidait, Téti, ou la cupidité et le cynisme le plus éhonté ? Ce sont ces actes-là qui ont signé ton arrêt de mort.

– Tu ne cherches qu'à te venger ! » s'écria Téti. Une rougeur fiévreuse enflammait son visage, et la sueur commençait à couler de ses aisselles. « Tu aurais fait la même chose dans ma situation !

– Je ne le pense pas. Oh ! mon oncle, je sais ce qui t'a poussé dans ce traquenard. Je sais que ton grand-père s'est soulevé contre Sokerher, le propre grand-père d'Apopi, et que sa témérité lui a valu d'avoir la langue coupée. Je sais que ton père Pépi a servi longtemps et durement dans l'armée d'Apopi pour sortir ta famille de la disgrâce. Il n'y a rien là qui offense Maât. Si tes actes avaient été du même ordre, j'aurais pu les applaudir, même si je n'avais pas été d'accord. »

Il s'interrompit et prit une profonde inspiration, conscient que sa voix était montée en même temps que sa colère. « Mais tu as fait de cette fidélité quelque chose de sale, reprit-il avec plus de calme. Tu n'as pas hésité à exposer un parent à la souffrance et à la mort pour ton bénéfice personnel. Tu aurais pu venir nous trouver, nous expliquer dans quelle nasse tu étais pris, implorer l'aide et les conseils de Séqénenrê. Tu ne l'as pas fait, et c'est pour cela que je t'exécuterai. »

Les genoux de Téti se dérobèrent sous lui, et il se laissa tomber sur un tabouret.

« Tu n'as aucune idée de la pression à laquelle j'étais soumis, Kamosé, balbutia-t-il. Pour toi, tout est blanc ou noir, bien ou mal. Si tu comprenais que les choses sont plus compliquées, tu ne massacrerais pas des citoyens innocents. Crois-tu que prendre ces décisions ne m'a pas coûté des nuits blanches ? Crois-tu que je n'en ai pas éprouvé de remords ? »

Kamosé croisa les bras pour ne pas céder à la fureur que provoquaient en lui les paroles de Téti. Que sais-tu du remords ? avait-il envie de hurler. Des obligations terribles qui hantent mes nuits et empoisonnent ma nourriture ? De la pitié et de l'horreur qui menacent de détruire jusqu'à mon ka ?

« C'est précisément ce que je crois, répondit-il d'une voix rauque.

– Alors il ne me reste plus qu'à implorer ta clémence. Je suis un homme brisé, Kamosé. Je n'ai plus rien. Je ne représente plus une menace pour toi. Libère-moi, je t'en supplie. Fais-le pour mon fils et pour ta mère, qui est la cousine de ma femme. N'endeuille pas les êtres qui me sont chers », conclut-il, en posant une main sur l'épaule de Ramosé.

Celui-ci se raidit.

«Pour l'amour de Thot, père, ne supplie pas! Ne t'avilis pas!

– Et pourquoi pas? répliqua Téti. Que t'importe que je rampe pour sauver ma vie? Toi, il t'épargnera, mais il est décidé à se venger de moi, quoi que je dise. Il n'y a aucune bonté en lui.»

Ramosé se tourna vers Kamosé.

«Prince, si tu le peux, je t'en prie, dit-il doucement.

– Non, c'est impossible. Je regrette, Ramosé. Hor-Aha, va chercher ma cousine dans la pièce d'à côté.»

Mais avant que le général ait pu obéir, la femme de Téti apparut sur le seuil. Elle s'inclina, puis se redressa fièrement et, le cœur serré de tendresse, Kamosé remarqua qu'elle était maquillée et convenablement habillée, bien qu'elle n'eût apparemment pas de servante.

«Je te salue, Kamosé, dit-elle d'un ton morne. J'ai entendu toute votre conversation. J'ai eu une belle vie et servi Thot dans son temple avec honnêteté et dévotion. Je suis prête à mourir avec mon époux.»

Kamosé fut décontenancé. Il est heureux que ton mari n'ait pas ta force de caractère, songea-t-il, en regardant son visage plein de dignité. Sinon j'aurais pu être tenté de l'épargner.

«Ce ne sera pas nécessaire, Néfer-Sakharou, déclara-t-il. Ni moi ni l'Égypte n'avons quoi que ce soit contre toi. Tu es libre d'aller au fleuve.»

Il avait employé la formule – l'euphémisme – décrivant les femmes dont le mari avait été tué au combat et qui avaient été chassées de leur foyer.

«Par opposition à celles qui y sont obligées? répliqua-t-elle avec un sourire glacé. Non merci, Kamosé. Je n'ai nulle part où aller.

– Ma mère t'accueillerait volontiers à Oueset.»

Elle hésita un instant, puis releva le menton.

«Je n'ai aucune envie d'accepter l'hospitalité de ceux qui ont conspiré la ruine de l'Égypte et la mort de mon époux, même si ce sont mes parents, dit-elle. Je ne nie pas que Téti soit faible, mais c'est le cas de bien des hommes. Je ne nie pas non plus qu'il ait été mêlé aux événements dont tu as parlé – et dont je n'ai eu connaissance que bien plus tard. Mais je suis sa femme. C'est à lui que je dois fidélité. Il n'y a pas de vie sans lui.

– Si tu me la confies, Kamosé, je prendrai soin d'elle, intervint Ramosé. Je l'emmènerai. Je ne te causerai aucun ennui, je te le jure.

– Non ! fit Kamosé d'un ton dur. Je te veux auprès de moi, Ramosé. J'ai besoin de toi. Tani a besoin de toi. Je veux te la rendre ! »

Une expression de souffrance passa sur le visage de Ramosé.

« Et comment t'y prendras-tu ? jeta-t-il, en se ressaisissant aussitôt. A supposer que tu arrives jusqu'à Het-Ouaret, à supposer que tu assièges et que tu prennes cette ville puissante, auras-tu le pouvoir de rendre à ta sœur l'innocence de sa jeunesse ? D'effacer de sa mémoire tout ce qui se sera passé depuis qu'Apopi l'a emmenée ? Tu as reçu de ses nouvelles ? Moi pas. » Sa main se porta à la blessure qu'il avait au côté, et il chercha un siège. « C'était un rêve, Kamosé, et il appartient au passé, conclut-il d'un ton las. Ce que nous voulons toi et moi n'a plus d'importance.

– Tu l'aimes toujours, Ramosé ?

– Oui.

– Alors tu n'as pas le droit de renoncer à cet amour, ni de désespérer avant de savoir ce que nous réserve l'avenir. Tu viendras avec moi. »

Il se tourna vers le général.

« Je vais laisser à ma cousine le temps de prendre congé de son époux, Hor-Aha. Ensuite, tu la confieras à l'un de mes hérauts, qui la conduira à Oueset. Je vais dicter une lettre à ma mère. »

Il n'y avait rien à ajouter. Se sentant vieux et vide, Kamosé les quitta. La lumière du soleil lui fit l'effet d'un coup de poing après la pénombre de la pièce, et il s'immobilisa un instant, les yeux fermés.

« Je suis las à mourir du mot “honneur”, Hor-Aha », dit-il avec accablement.

Une heure plus tard, à l'ombre d'un dais, il regarda sa cousine, toujours raide et digne, traverser le terrain de manœuvres, accompagnée d'un héraut, et sortir par la porte orientale. Il avait dicté un message hâtif à Ahhotep et Tétishéri, les informant de ce qui s'était passé depuis sa dernière lettre et leur demandant de prendre soin de leur parente. Il savait qu'il pouvait compter sur la commisération d'Ahhotep et espérait que Néfer-Sakharou pourrait trouver un peu de paix à Oueset. On emportait les cadavres hors de la forteresse pour les brûler, et il vint à l'esprit de Kamosé que, s'il remportait cette guerre sale, si par miracle il lui était accordé de rentrer chez lui et de vivre en paix le restant de ses jours, la puanteur de la chair brûlée éclipserait tout autre souvenir.

Les princes avaient commencé à se rassembler, et leurs serviteurs s'affairaient à dresser des parasols et à déplier des tabourets. Iasen de Badari discutait avec Mésehti de Djaouati. Ankhmahor se tenait près d'un jeune homme séduisant, en qui Kamosé reconnut après un temps d'hésitation son fils Horkhouef. Mékhou d'Akhmîm parlait vite, avec beaucoup de gestes, à deux officiers, qui l'écoutaient respectueusement. Le prince Intef de Qebt, en revanche, se tenait à l'écart et fixait la scène qu'il avait sous les yeux d'un air morose. Aucun d'eux ne s'approchait de Kamosé. On aurait dit qu'ils savaient que l'espace qui l'entourait était temporairement inviolable, et il leur en était reconnaissant. Il se surprit à regarder fixement, l'esprit vide, le frisson des ombres projetées par les glands de son dais, agités par la brise. Il se ressaisit au prix d'un effort, la pensée et le cœur engourdis. Il faut que ce soit fait, se dit-il avec fermeté, tâchant de rassembler les lambeaux de sa résolution. Et c'est moi qui dois le faire.

Accompagné d'Hor-Aha, Ahmosis traversa à grandes enjambées le terrain, que les soldats nettoyaient lentement de ses cadavres. Les deux hommes s'étaient manifestement lavés, et Ahmosis portait une coiffure de lin jaune amidonnée. Il salua Kamosé avec gravité mais sans mot dire, et prit place sur le tabouret que son serviteur lui avança. Hor-Aha s'inclina, puis s'assit en tailleur sur le sol, où il se tint parfaitement immobile. Une atmosphère de solennité se répandit autour d'eux et, un long moment, ils regardèrent simplement l'intérieur de la forteresse reprendre peu à peu une apparence normale.

Puis Kamosé poussa un soupir et se redressa. «Fais cesser le travail, Hor-Aha, déclara-t-il. Que l'on amène Téti et Ramosé. Ipi !» Il fit signe à son scribe, qui attendait un peu à l'écart avec les autres serviteurs. «Prépare-toi à noter l'acte d'accusation et l'ordre d'exécution. Va chercher les princes, Ahmosis. Ils se tiendront derrière moi.»

Tandis qu'Ipi s'installait, Ahmosis se dirigea vers les nobles. L'un après l'autre, ceux-ci vinrent se ranger derrière Kamosé, qui avait quitté l'abri du dais.

Le silence se fit. Bientôt, les soldats qui gardaient la porte du logement du commandant s'écartèrent, et Téti apparut, au bras de son fils. Il n'avait pas cherché à se laver ni à se changer, et il était toujours pieds nus. Pâle, clignant les yeux dans la lumière, il hésita sur le seuil, jusqu'à ce qu'une parole brusque d'Hor-Aha le fasse avancer.

«Ta présence n'est pas nécessaire, Ramosé, dit Kamosé avec douceur. Sors de la forteresse, si tu le souhaites.»

En entendant ces mots, Téti agrippa le bras de son fils des deux mains et murmura quelques mots à son oreille d'un ton pressant.

«Je resterai près de mon père, déclara le jeune homme. Mais je te le demande encore une fois, Kamosé, feras-tu preuve de clémence?»

En guise de réponse, Kamosé se tourna vers Ipi.

«Écris, ordonna-t-il. Téti, fils de Pépi, naguère gouverneur de Khmounou, administrateur du nome de Mahtech et inspecteur des digues et canaux, tu es accusé de complicité dans la tentative d'assassinat contre le prince Séqénenrê d'Oueset, et de trahison contre la maison des Taâ, avec laquelle tu as des liens familiaux. Tu es également accusé d'avoir trahi Kamosé Ier, le roi légitime d'Égypte selon Maât, en le faisant espionner pour le compte de l'usurpateur Apopi. Pour le crime de tentative d'assassinat, tu es condamné à mort.»

Les murs surchauffés de la forteresse répercutèrent sa voix. Il sentait la tension des princes, immobiles derrière lui, et la chaleur du soleil qui martelait son crâne. Le silence s'engouffra dans le vide qui suivit sa proclamation, et il lutta contre son poids, conscient des dizaines de soldats qui attendaient, le regard rivé sur lui.

Il ne faut pas que je montre de faiblesse, se dit-il. Je ne dois pas hésiter, me racler la gorge ni fixer le sol. C'est maintenant que j'assois mon autorité.

«As-tu prié, Téti?» demanda-t-il.

Apparemment impassible, il regarda son parent s'efforcer de répondre. Il pleurait sans bruit. Les larmes glissaient sur ses joues rebondies, puis tombaient, scintillantes, sur sa poitrine haletante. Ce fut Ramosé qui parla à sa place.

«Mon père a prié, dit-il. Il est prêt.»

Kamosé tendit la main, et Hor-Aha lui donna son arc et une flèche. Lui-même avait les paumes moites, mais il savait qu'il ne devait pas essuyer sa sueur. Lentement, il encocha la flèche et en appuya la pointe sur son autre main. Écartant les pieds et tournant son épaule vers la cible, il commença à tendre la corde.

«Éloigne-toi, Ramosé!» cria-t-il.

L'œil à la hauteur de la flèche, il vit le jeune homme embrasser son père, le soutenir comme s'il était un enfant peu sûr de son équilibre, puis sortir de son champ de vision. Il ne voyait plus que Téti, à présent, Téti qui vacillait et pleurait, qui balbutiait des prières ou simplement des plaintes terrifiées. Il inspira, retint son souffle, ouvrit les doigts de sa main gauche, et Téti s'effondra sur le côté. Un peu de sang coula autour de la tige de la flèche, qui s'était enfoncée entre ses côtes. Ramosé courut vers le corps agité de soubresauts et tomba à genoux. Derrière Kamosé, les princes laissèrent échapper un soupir. Il tendit son arc au général.

« Écris, Ipi, ordonna-t-il de nouveau au scribe. En ce jour, le quinzième de pachons, Téti de Khmounou, fils de Pépi, a été exécuté pour le crime de tentative de meurtre. Tu feras une copie de ce papyrus et tu l'enverras à ma mère. Akhtoy ! Apporte-moi du vin ! »

Tandis que les soldats retournaient lentement à leur tâche en bavardant avec excitation, les princes, eux, demeuraient silencieux. Kamosé les ignora et avala son vin d'un trait, en s'efforçant de maîtriser ses tremblements. Il s'apprêtait à faire remplir sa coupe une seconde fois, quand il vit Ramosé venir vers lui. Le visage inexpressif, le jeune homme s'inclina, en posant sur ses genoux des mains luisantes de sang.

« Accorde-moi de faire transporter mon père dans la Maison des Morts de Khmounou, Kamosé, fit-il d'une voix rauque. Il doit être embaumé et pleuré, et ma mère doit revenir d'Oueset pour ses funérailles. Tu ne peux pas permettre qu'on le brûle !

– Non, en effet, répondit Kamosé, en se forçant à regarder son ancien ami dans les yeux. Mais l'armée ne peut rester ici pendant les soixante-dix jours de deuil. Il nous faut poursuivre notre avance, Ramosé. Laisse-le aller seul dans la Maison des Morts, et je ferai escorter ta mère jusqu'à Khmounou au moment de ses funérailles. D'ici là, je compte avoir mis le siège devant Het-Ouaret. »

Ramosé hocha la tête, les lèvres serrées. « Je comprends que tu ne puisses faire beaucoup plus, mais tu me pardonneras de ne pas en éprouver de reconnaissance. »

Il s'inclina de nouveau et s'éloigna. Sans attendre la permission de Kamosé, Hor-Aha le suivit et jeta des ordres. Quatre hommes coururent chercher un brancard, sur lequel ils déposèrent Téti. Accompagnés de Ramosé, ils emportèrent ensuite leur fardeau vers la porte, et Hor-Aha revint auprès du roi.

« Les officiers et les soldats qui doivent rester ici pour détruire la forteresse installent déjà leurs affaires dans la caserne, sire, déclara-t-il. Néferousi est une affaire classée. J'ai besoin de ton accord pour donner l'ordre de marche. »

Kamosé se leva et se tourna vers les princes, qu'il dévisagea attentivement. Tous soutinrent son regard avec calme.

« Une soixantaine de kilomètres nous séparent d'Het néfer Apou dans le nome d'Anpou, déclara-t-il. Il doit y avoir une dizaine de villages sur le parcours, et nous ne savons pas encore combien abritent une garnison. Nous avons acquis de nombreuses armes ici, ainsi que des chars et des chevaux. C'est une très bonne chose, mais il nous faut maintenant évaluer ce que cela a changé à la nature de nos forces. Je propose que nous nous arrêtions quelque temps à une quinzaine de kilomètres en aval, afin que vous puissiez apprendre à vos paysans à entretenir et utiliser les haches et les épées qui leur seront distribuées. Cette halte permettra également aux éclaireurs de nous donner une idée plus précise de ce qui nous attend. Vous avez des questions ? Des demandes à formuler concernant votre bien-être ou celui de vos divisions ? »

Personne ne dit mot et Kamosé les renvoya, puis quitta avec soulagement l'enceinte où la vie de Téti s'était éteinte.

On avait déjà chargé sur les barques le butin précieux pris dans l'arsenal et dans les greniers de Néferousi. Autour d'elles grouillait la foule bruyante des soldats.

« Va voir les prêtres-*sem* de Khmounou, Ahmosis, dit Kamosé, alors qu'ils s'éloignaient de la poussière et du vacarme. Veille à bien les payer pour l'embaumement de Téti. Ramosé ne peut pas le faire. Je l'ai déshérité. Et tu salueras Mékétrê de ma part. Dis-lui que je le tiendrai informé de ma campagne.

– Cet homme ne m'inspire pas confiance, déclara Ahmosis.

– A moi non plus, reconnut Kamosé. Mais il n'a rien fait pour mériter nos soupçons. Nous devons le traiter comme l'allié qu'il s'est révélé être.

– Jusqu'ici », commenta Ahmosis, la mine sombre.

Ils regagnèrent leur navire sans en dire davantage. Ahmosis partit pour Khmounou et revint au coucher du soleil avec Ramosé. Il l'avait rencontré dans la maison qui appartenait désormais à Mékétrê, où le jeune homme tentait de récupérer quelques affaires personnelles et des souvenirs de sa famille au milieu de ce qu'Ahmosis qualifia de véritable chaos. Des serviteurs surmenés y défilaient en effet avec les coffres et les meubles de Mékétrê et des siens, qui prenaient possession du domaine de Téti.

« La femme de Mékétrê semblait savoir avec précision où chaque objet devait être placé, raconta Ahmosis, tandis qu'ils dînaient sur le pont dans les dernières lueurs de Rê. Il faut dire que c'était elle qui tenait la maison autrefois, avant qu'Apopi ne la donne à Téti. »

Il s'interrompit et se tourna vers Ramosé qui, assis devant des plats auxquels il n'avait pas touché, faisait tourner son vin dans sa coupe. « Je regrette, Ramosé, dit-il. Mais c'est la simple vérité.

– Je sais, répondit le jeune homme avec brusquerie. Je prie seulement que Mékétrê trouve assez de paysans pour s'occuper correctement des vignes. Père était fier de son vin et, si elles ne sont pas taillées cet hiver, les raisins seront petits et amers. Mais ce sera difficile. Vous les avez tous tués. »

Kamosé garda le silence. Me pardonneras-tu jamais ? pensa-t-il avec émotion. Pourrons-nous redevenir amis un jour, ou les exigences de cette époque terrible nous éloigneront-elles encore davantage l'un de l'autre ?

Dans la nuit, il fut réveillé par des pleurs. Le navire se balançait doucement, et la faible lumière dispensée par les lampes accrochées à l'avant et à l'arrière éclairait la cabine au gré de ses mouvements. Le seul autre bruit perceptible était le murmure constant de l'eau sous la quille. Ainsi que le capitaine l'avait préconisé, ils descendaient en effet lentement le fleuve, portés par le seul courant. Se tournant sur le dos, Kamosé écouta ces sanglots étouffés, qui auraient pu être ceux d'un marin ou d'un serviteur en proie au mal du pays. Il savait cependant que ce n'était pas le cas.

Ce chagrin qui se donnait libre cours à la faveur de la nuit, c'était celui de Ramosé, qui pleurait la perte de son père et exprimait sa solitude. Je devrais aller le trouver, pensa Kamosé, lui dire que je partage sa douleur, que pour moi non plus il n'y a plus de refuge, plus de bras accueillants. Mais non. Si j'étais à sa place, je n'aimerais pas que l'on soit témoin de ma douleur.

Il ferma les yeux, et il lui sembla que les pleurs s'amplifiaient, emplissaient la cabine, redoublaient, au point de faire vibrer de douleur le navire, le fleuve et jusqu'à ses rives obscures. Ce sont eux, pensa Kamosé avec incohérence, en ayant envie de se boucher les oreilles. C'est la souffrance des hommes qui sont morts, des femmes que j'ai rendues veuves. Mais non ! Je ne les entends pas réellement, ce n'est que mon imagination, ce n'est que Ramosé. Oh ! Ramosé, nous aurions tellement besoin de nous entraider ! Il savait pourtant qu'il n'avait fait que susciter en lui une imitation fugitive du tourment exprimé de manière si poignante par Ramosé. Lui-même n'éprouvait absolument rien.

4

Tétishéri tendit la main et Ouni, son intendant, y déposa le rouleau de papyrus. Il recula poliment d'un pas, tandis qu'elle le soupesait en fronçant les sourcils.

« Hum ! fit-elle. Il est très léger. Très mince. De bonnes nouvelles ou de mauvaises, à ton avis, Ouni ? Dois-je le décacheter ou boire d'abord un peu de vin pour me donner des forces ? »

Ouni fit une moue qui ne l'engageait à rien. C'est devenu un jeu, pensa Tétishéri, en regardant le jardin sans le voir. Depuis la mi-pachons, les rouleaux arrivent, gros ou petits, soigneusement écrits ou gribouillés par Ipi dans un endroit inconfortable, et, chaque fois, j'hésite, perds mon sang-froid, passe un instant ou une heure à tâcher de deviner leur contenu avant d'en briser le sceau.

« … Il est épais cette semaine, Ouni. Poison ou médicament ?

– Difficile à dire, Majesté.

– Mais s'il est épais, c'est qu'il a eu tout le temps nécessaire. Il ne l'a pas dicté à la hâte, comme celui qui est arrivé de Néferousi en même temps que la cousine d'Ahhotep.

– Tu as sûrement raison, Majesté… »

Et toujours la peur, l'hésitation. Quelqu'un avait-il été tué ? Blessé ? Kamosé avait-il été battu ? Le rêve avait-il été réduit en cendres ?

Jusqu'à présent, cependant, il n'y avait pas eu de défaite. *Mésorè* avait commencé, marqué par les récoltes et par une chaleur débilitante, un mois où le temps semblait s'immobiliser, où hommes et bêtes luttaient contre le désir de s'étendre, de dormir, tandis que le fleuve ne cessait de baisser et qu'il n'y avait plus de vert que les jardins des nobles et la cime des palmiers. Dans les champs minuscules, les faucilles fendaient l'air et, devant les greniers, la poussière du battage rendait l'air irrespirable. On soulageait de leur fardeau les vignes, ployées sous le poids de raisins noirs charnus, et un jus violet riche en promesses coulait dans les cuves.

Quatre mois, se dit Tétishéri avec un soupir. Quatre mois que, régulièrement, mon cœur se contracte, que j'ai ce mouvement de lâcheté à l'instant de briser le cachet de cire et de découvrir les caractères hiératiques tracés par Ipi. C'est un miracle que cette angoisse permanente ne m'ait pas encore tuée. Elle rendit le rouleau à l'intendant.

« Lis-le pour moi, Ouni. Mes yeux sont fatigués, aujourd'hui. »

L'intendant déroula le papyrus. Il y eut un court silence, pendant lequel Tétishéri contempla fixement la surface miroitante du bassin. Ouni s'éclaircit la voix.

« Ce sont de bonnes nouvelles, Majesté, annonça-t-il. Il n'y a que deux lignes. “Sacrifiez à Amon. Je reviens chez nous.”

– Donne-moi ça ! »

Elle lui arracha la lettre et l'étala sur ses genoux.

« “Je reviens chez nous.” Que veut-il dire ? s'écria-t-elle avec irritation. Fuit-il une bataille perdue ou est-il victorieux ? Comment puis-je aller trouver Amonmosé si je ne le sais pas ?

– Je pense que, si Sa Majesté fuyait, elle aurait été plus explicite, déclara Ouni avec prudence. Elle aurait ajouté des avertissements, des instructions... De plus, il n'a jamais été question de désastre dans ses lettres, seulement de déceptions.

– Tu as raison, naturellement. » Elle réenroula le papyrus et s'en tapota le menton d'un air songeur. « Va prévenir Ahhotep et Ahmès-Néfertari. Ce benêt n'a pas daté sa lettre, de sorte qu'il est impossible de savoir quand il sera ici. Il faut nous attendre à le voir surgir à l'improviste. Peut-être a-t-il déjà pris Het-Ouaret et exécuté Apopi, ajouta-t-elle, en honorant Ouni d'un de ses rares sourires.

– Peut-être, Majesté, mais je ne le pense pas.

– Non, moi non plus. C'était un espoir idiot. Va, maintenant ! »

Elle le suivit des yeux jusqu'à ce qu'il eût disparu dans l'ombre du vestibule, consciente soudain des battements douloureux de son cœur. N'importe quelle surprise, agréable ou non, perturbe mon corps, se dit-elle. L'âge commence à se faire sentir. Eh bien, mon cher Kamosé, je vais bientôt pouvoir te voir, te serrer dans mes bras en chair et en os, au lieu de devoir t'imaginer. Tu auras changé. Je dois m'y préparer. Tes lettres ne m'ont donné aucune indication sur l'état de ton ka. Tu n'y parlais que d'escarmouches et de petits sièges, d'incendies et de massacres. Sous tes mots, pourtant, j'ai deviné qu'une bataille plus sinistre se déroulait, invisible et grave. Je t'avais prévenu de veiller sur ton ka. M'as-tu écouté, mon petit-fils implacable ? Ou as-tu ravagé ton âme en même temps que ce précieux pays ?

Bientôt, Ahmès-Néfertari apparut entre les colonnes et s'élança vers le bassin dans une grande envolée d'étoffe. Elle était pieds nus et serrait un fin manteau blanc autour de son corps nu. Raa courait derrière elle, apportant une paire de sandales et un coussin. Empourprée et hors d'haleine, la jeune femme s'arrêta devant Tétishéri.

« Ouni m'a dit que tu avais reçu de grandes nouvelles ! s'exclama-t-elle, tandis que sa servante déposait le coussin sur le sol et se retirait. Pardonne-moi ma tenue, grand-mère, mais je m'apprêtais à faire la sieste. Puis-je voir le papyrus ?

– Non, pas avant que je ne l'aie montré à ta mère, répondit Tétishéri d'un ton tranchant. Assieds-toi ! Un peu de patience, ajouta-t-elle avec plus de douceur. Laisse encore quelques instants son secret à une vieille femme. »

Avec l'humilité et la docilité qui lui donnaient tant de charme, Ahmès-Néfertari s'assit sur le coussin et enfonça ses orteils dans l'herbe.

« Ils ont vaincu, n'est-ce pas ? dit-elle avec enthousiasme. Het-Ouaret est enfin tombée ! C'est la première fois qu'Ouni parle de grandes nouvelles ! Oh ! j'ai prié si fort pour que cela arrive !

– Tu vas toujours trop vite en besogne, coupa sèchement Tétishéri. Pour autant que je sache, Het-Ouaret est toujours debout. Voici Ahhotep. »

La mère de Kamosé s'avança lentement, suivie de Sénéhat, et, comme toujours, Tétishéri regarda sa belle-fille avec plaisir. Dans son maintien gracieux, la régularité de ses traits, la plénitude à la fois sensuelle et discrète de ses hanches sous le fourreau jaune, il y avait à la fois la beauté et l'éducation qui avaient charmé Séqénenrê et satisfait jusqu'aux critères stricts de Tétishéri. Ahhotep se baissa pour passer sous le dais, puis chercha le regard de sa belle-mère.

« Est-ce ce que nous espérions ? » demanda-t-elle avec calme.

En guise de réponse, Tétishéri lui tendit le papyrus. Ahhotep le déroula sans hésitation, le lut, sourit et, après l'avoir donné à sa fille, se tourna vers sa servante.

« Va nous chercher du vin, Sénéhat. Nous allons fêter cela.

– Ils reviennent ! s'écria Ahmès-Néfertari, en baisant le papyrus. C'est merveilleux ! Mais ont-ils déjà quitté le Delta ou pas ? Ipi ne le dit pas.

– Il ne dit pas non plus qu'"*ils* reviennent", précisa Tétishéri. Il emploie le singulier. Où est ta cousine, Ahhotep ?

– Elle dort dans sa chambre. Il vaudrait mieux lui taire cette nouvelle pour l'instant. Nous ignorons si Kamosé rentre parce que l'Inondation approche, ou pour d'autres raisons. Néfer-Sakharou est imprévisible. Elle pleure toujours son mari. Si je ne l'avais pas fait accompagner par un garde du corps aux funérailles de Téti, elle aurait ensuite couru dans le Delta. Kamosé nous enverra certainement un messager juste avant d'arriver à Oueset. Nous l'avertirons à ce moment-là. »

Ahmès-Néfertari n'avait écouté que d'une oreille. Elle se redressa.

« Elle s'est prise d'affection pour Ahmosis-onkh, intervint-elle. Lorsqu'elle joue avec lui, elle oublie un peu Téti. Et elle pleure moins souvent qu'avant.

– Le chagrin ne peut durer, dit Ahhotep. Le temps l'émousse. Mais ce qu'il y a de plus profond – les souvenirs, l'amour – refuse de mourir. Pauvre femme ! Nous avons tous souffert terriblement depuis le jour où Apopi a envoyé cette lettre insultante à Séqénenrê. Mais voici le vin. Oublions le passé et buvons à la joie des retrouvailles prochaines. »

Plus tard, lorsque sous l'effet de la boisson elles eurent évoqué des souvenirs qu'elles avaient longtemps tus par crainte de ce que l'avenir leur réservait, les trois femmes regagnèrent la maison. Tandis qu'Ahhotep et Ahmès-Néfertari allaient s'étendre, Tétishéri s'assit à sa table et demanda à son intendant de lui apporter le coffret où elle rangeait les lettres de Kamosé. Je peux les relire, à présent, se dit-elle en soulevant le couvercle de la boîte incrustée d'or. Je ne serai pas assaillie par le doute, je ne m'interrogerai pas avec anxiété sur l'issue du prochain combat, ni ne m'exaspérerai de ne pouvoir contester la sagesse des décisions de Kamosé.

Sortant tous les papyrus, elle les classa par ordre chronologique. Après un instant d'hésitation, elle replaça les premiers dans le coffret, ne souhaitant pas revivre les émotions intenses éprouvées à leur arrivée. Nous étions tous terrifiés à cette époque-là, pensa-t-elle. Kamosé n'avait qu'une misérable division ; il ne savait même pas si les princes tiendraient ou non parole, si ses cinq mille Medjaï ne se révéleraient pas ingouvernables ! Grâces aux dieux, il avait Hor-Aha ! Ici, tous les matins, chacune d'entre nous était secrètement convaincue que les hordes d'Apopi allaient apparaître sur le fleuve, et qu'on verrait le cadavre de Kamosé pendu à un mât. Chaque rouleau aurait pu nous annoncer notre perte, mais non, et notre peur s'est peu à peu dissipée. Puis il y a eu le triomphe de Néferousi et, à partir de ce jour-là, l'ouverture des lettres est devenue une cérémonie. Toujours angoissante, toujours précédée d'appréhension, mais vite suivie d'un retour à la confiance.

Elle remit dans le coffret le rouleau relatant la prise de la forteresse, et ses pensées prirent un autre cours. Je n'ai jamais aimé le prince Mékétrê, se dit-elle. Je me souviens bien de lui. Il a toujours donné une impression malsaine, comme s'il négligeait de se laver. Mais maintenant qu'il a choisi notre camp, je devrais sans doute réviser mon opinion. Après tout, il y a bien longtemps que nous ne nous sommes vus.

Choisissant un papyrus sur lequel était écrit «*payni*, deuxième jour», elle le déroula.

«A Leurs Majestés les reines Tétishéri et Ahhotep, mes grand-mère et mère honorées, salut. Ce soir, notre navire mouille devant Het néfer Apou. Il nous a fallu sept jours pleins pour arriver jusqu'ici, en raison du nombre croissant de villages que nous rencontrons à mesure que nous nous rapprochons du Delta. Le fait que nous ne connaissions pas le pays au nord de Khmounou nous a également ralentis. Nous dépendons des rapports de nos éclaireurs. Nous avons combattu et passé au fil de l'épée une garnison. En revanche, ici, à Het néfer Apou, la petite forteresse s'est rendue dès que son commandant nous a vus approcher. Des paysans de Khmounou et de Néferousi ont apparemment fui vers le nord, en faisant en chemin un récit exagéré de notre puissance et de notre férocité.»

Tétishéri interrompit un instant sa lecture et fixa le mur devant elle. Exagéré ? Qu'essayait de dire Kamosé ? Dans toutes ses lettres, il associait les mots «massacre» et «inévitable». Elle avait admis que c'était la seule manière pour lui d'assurer ses arrières sans éclaircir ses rangs. Alors pourquoi ce mensonge subtil ? Les tueries étaient-elles devenues une habitude jusqu'à ce que, tout à coup, en dictant cette lettre, il éprouve un fugitif sentiment de culpabilité ? Était-il même possible pour ces paysans d'exagérer la brutalité fondamentale de cette campagne ? Avec une grimace, elle se remit à lire.

« La moitié de la garnison a été exécutée et le reste employé à raser la forteresse. Je n'avais pas envie de tuer le commandant, mais il ne m'a pas laissé le choix. Outre son sang sétiou, il m'était ouvertement hostile. Même maintenant que nous avons soumis le pays d'Oueset à Het néfer Apou, je ne pense pas que les Sétiou voient dans notre campagne autre chose qu'une révolte temporaire. C'est ce que m'a confirmé le commandant avant de mourir et, naturellement, Téti m'avait servi le même couplet. Nous nous mettons en route demain pour Nennésout. Je regrette de ne pas avoir le temps de prendre la piste qui, d'ici, conduit à Ouhat-Mehtet. J'aimerais explorer cette oasis. Priez pour nous. Nous sommes si las. »

Tétishéri lâcha le papyrus qui se réenroula dans un bruissement. Les derniers mots de Kamosé lui avaient serré le cœur quand elle les avait entendus pour la première fois, lus par Ouni. Ils la bouleversaient encore. « Nous sommes si las », répéta-t-elle à mi-voix. C'est de la lassitude de votre âme que tu parlais, mon chéri, pas de celle de votre corps. Oui. Et nous prions pour vous, tous les jours. Écartant le rouleau, elle prit le suivant, s'autorisant à éprouver de nouveau, un court instant, le plaisir que lui avait procuré l'annonce de la mort de Téti. Elle avait dissimulé ce sentiment à sa belle-fille, car tout en sachant l'exécution de son parent inévitable, Ahhotep en avait été bouleversée. « Tu ne raconteras plus de boniments, dit Tétishéri à voix haute. C'en est fini de tes tromperies et de tes trahisons. Bien que tu reposes, embaumé, dans ta tombe, je parie que la balance a penché du mauvais côté dans la Salle du Jugement, lorsque ton cœur a été posé sur le plateau. J'espère que Sobek t'a trouvé à son goût. »

La nouvelle lettre portait en date : « Payni, trentième jour ». « Nous sommes arrivés victorieux jusqu'à Iounou, disait-elle après les salutations habituelles. Demain, nous pénétrerons dans le Delta et attaquerons Nag-ta-Hert, qui, selon les éclaireurs, est une forteresse puissante bâtie sur une colline. Dix mille soldats au moins y sont casernés. C'est le bastion d'Apopi contre les incursions en provenance du Sud. Je ne sais pas encore comment nous en viendrons à bout. Je ne peux espérer la visite nocturne d'un autre

Mékétrê. J'ai épargné la plupart des habitants de Mennéfer, car la ville et son nome sont gouvernés par le prince Sébek-nakht. Je me suis souvenu de lui dès qu'il est sorti du Mur Blanc avec sa suite. Lorsque Apopi est venu à Oueset nous juger, il l'accompagnait, et il a été le seul prince à avoir le courage de nous parler en public. Ahmosis et lui sont allés chasser ensemble. Tu te rappelles peut-être l'avoir vu. Il est prêtre de Sekhmet, prince héréditaire et erpa-ha, et l'un des architectes d'Apopi. Son père était vizir du Nord. Il s'est montré très hospitalier, sans que son accueil me paraisse dicté par le désir de s'insinuer dans mes bonnes grâces. Ensemble, nous avons visité les tombeaux du plateau de Saqqarah, inspecté le port, qui était plein de navires de commerce, et prié dans le temple de Ptah. Après une longue conversation, qui s'est terminée tard dans la nuit, le prince a juré que, si nous épargnions Mennéfer, il ne chercherait pas à informer Apopi de nos forces et de nos faiblesses, et nous fournirait tous les vivres et les armes que nous demanderions. Ahmosis lui fait totalement confiance, mais il a un peu trop tendance à accorder son admiration à quiconque se montre capable d'abattre au premier lancer un canard avec un bâton de jet. Le prince me plaît toutefois assez pour que je croie à sa parole. Ankhmahor le connaît bien.»

Oui, je me souviens de lui, se dit Tétishéri. Je connaissais sa mère, une femme qui s'occupait activement et avec sévérité de l'éducation de ses fils. Son sang est pur. Mais que tu railles ainsi ton frère me déplaît encore plus qu'à la première lecture, Kamosé. Tu te rends certainement compte qu'une brouille entre vous serait catastrophique. Voilà un autre point dont il nous faudra discuter à ton retour.

La lettre suivante ne pesait pas plus qu'une poignée de plumes et, après l'avoir tapotée d'un ongle long, Tétishéri la rangea dans le coffret. Je n'ai pas besoin de la relire, se dit-elle. J'en sais le contenu par cœur : «*Epiphi*, trentième jour. Nag-ta-Hert. Il nous a fallu un mois entier de siège pour emporter cette maudite place forte et la brûler. Des remparts en pente, des portes solides, et tout cela sur une éminence. Dix mille corps à brûler. Trois cents des nôtres à enterrer. Des murmures de mutinerie dans la division d'Intef. Pourquoi Apopi ne se manifeste-t-il pas ?»

Nous réfléchirons aussi à cela, lui promit mentalement Tétishéri. Il n'est pas vraisemblable qu'Apopi n'ait pas encore eu vent de notre avance. Où sont ses troupes ? Pour combattre Séqénenrê, il a envoyé Pédjédkhou jusqu'à Qès, à des centaines de kilomètres au sud. Qu'attend-il, cette fois? Qu'une mutinerie se déclenche dans nos rangs? Considère-t-il que le mécontentement finira forcément par éclater dans une armée dont les hommes doivent quotidiennement tuer leurs concitoyens?

Si c'est le cas, tant mieux! se dit-elle. Kamosé et Hor-Aha sont capables de mater une mutinerie. Ils ont percé les défenses méridionales du Delta. Plus aucun obstacle ne se dresse entre eux et Het-Ouaret. Avec un sentiment de triomphe elle prit l'avant-dernier rouleau et le lut à voix haute, comme si elle s'adressait à un auditoire respectueux : «Mésorè, treizième jour. Je dicte ces mots en vue de la puissante cité d'Apopi. Autour de mon navire, on croirait le paradis d'Osiris. Une végétation luxuriante partout, traversée de canaux larges où l'eau est aussi bleue que le ciel... un ciel que l'on aperçoit à peine, tant les arbres sont nombreux. Les oiseaux chantent du matin au soir, et l'odeur des fruits mûrs des vergers embaume l'air. Je comprends maintenant pourquoi les gens du Nord qualifient notre nome de brasero de l'Égypte, car Oueset est bien aride comparée à cette fertilité qui s'étale sous les yeux.

«La ville d'Het-Ouaret est construite sur deux énormes mamelons, dont l'un est plus important que l'autre. Chacun d'eux est défendu par de hauts murs massifs en surplomb. Tous les deux sont entourés de canaux, secs à cette époque de l'année, mais qui, remplis, doivent rendre la ville quasi inapprochable. J'ai envoyé des hérauts aux cinq portes de la colline principale d'Het-Ouaret, afin qu'ils proclament mon nom et mes titres, et qu'ils exigent la capitulation d'Apopi. On ne leur a pas répondu, les portes sont restées solidement closes, et la ville, ceinte de remparts sur les six kilomètres de sa circonférence, est imprenable.

«Notre armée compte à présent près de trente mille fantassins, mais nous n'avons pas le temps d'assiéger la ville. Si Isis consent à pleurer, l'Inondation sera là dans deux semaines, et je ne veux pas que les troupes hivernent ici. J'ai donc ordonné le saccage du Delta. Villes, villages, champs, vignobles et vergers doivent être incendiés afin d'empêcher les habitants d'Het-Ouaret de stocker assez de provisions pour soutenir le siège que je compte mettre devant la ville à ma prochaine campagne. L'Inondation fera le reste. Nous ne savons toujours pas combien il y a de soldats à l'intérieur des murs, mais, selon Hor-Aha, ils sont au moins cent mille, peut-être davantage. Apopi ne nous a pas livré bataille. Il est idiot.»

Est-ce si sûr ? se dit Tétishéri en rangeant les deux derniers rouleaux dans le coffret. Si Het-Ouaret est aussi imprenable que tu le dis, pourquoi risquerait-il son armée dans une bataille ? Moi, je ne le ferais pas. Je laisserais les assiégeants se lasser de tourner autour de ces remparts rébarbatifs et hostiles. Je les laisserais épuiser leurs réserves, puis se serrer la ceinture et se décourager chaque jour davantage. Il te faudra beaucoup d'intelligence pour parvenir à vaincre ces deux ennemis, mon Kamosé : l'intérieur et l'extérieur. Ce n'est pas en brûlant la moitié du Delta que tu y parviendras. Quelle est la solution ? Nous pourrons bientôt ensemble réfléchir à ce problème.

Pendant les deux semaines qui suivirent, aucun rouleau n'arriva à Oueset, et Tétishéri dut de nouveau combattre les ogres d'une imagination trop vive : Apopi avait ouvert les portes et inondé le Delta de ces cent mille guerriers ; sur le chemin du retour, des paysans désespérés avaient tendu une embuscade à Kamosé et l'avaient assassiné ; l'humidité du Delta avait rendu Ahmosis malade, et il agonisait dans un trou perdu du Nord...

Oueset se préparait à célébrer la nouvelle année par de grandes fêtes en l'honneur d'Amon, et en celui de Thot, qui avait donné son nom au premier mois. Les prêtres, à qui incombait la tâche de mesurer quotidiennement le niveau du Nil, guettaient avec anxiété le changement infime qui annoncerait l'Inondation. Ahmès-Néfertari passa ces semaines dans la solitude, gardant son inquiétude pour elle-même, mais Tétishéri et Ahhotep se rendirent dans le temple d'Amon où, immobiles et muettes, elles écoutaient les supplications d'Amonmosé et regardaient la fumée de l'encens s'enrouler autour des corps ondoyants des danseuses sacrées.

Ce fut là que, un matin, elles virent un héraut s'avancer à leur rencontre dans l'avant-cour. Tétishéri sentit la main d'Ahhotep se glisser dans la sienne lorsqu'il s'inclina devant elles.

« Parle, dit-elle.

– Sa Majesté sera là avant midi, annonça l'homme en souriant. Son navire me suit de près.

– C'est bien, fit Ahhotep d'une voix assurée. Nous te remercions. Se portent-ils bien ?

– Oui, Majesté. »

Elle hocha la tête d'un air grave, mais ses yeux brillaient.

« Nous les attendrons près du débarcadère. Va prévenir le grand prêtre qu'il doit préparer sur-le-champ lait et sang de taureau. »

Deux heures plus tard, une foule silencieuse était massée sur l'esplanade du débarcadère. Au-dessus des têtes, des dais ondulaient doucement dans le vent chaud. Des fauteuils avaient été apportés pour la famille royale, mais les trois femmes étaient debout et, les yeux plissés contre l'éclat aveuglant du soleil, elles scrutaient le fleuve. Derrière elles se pressaient serviteurs et musiciens ; à leurs côtés se tenait Amonmosé, vêtu de la peau de léopard de sa charge. Il était accompagné d'un aide, qui portait la grande urne d'argent contenant le lait et le sang. L'encens brûlait dans les encensoirs, et sa fumée était à peine visible dans l'air embrasé de midi. Personne ne parlait. Même Ahmosis-onkh se taisait dans les bras de sa nourrice.

Le silence se maintint lorsque la proue du navire de tête apparut au détour du fleuve. Il glissa vers eux comme dans un rêve ; ses rames plongeaient dans l'eau, puis en ressortaient dans une pluie de gouttelettes scintillantes. Ce ne fut que lorsque retentirent les cris d'avertissement du capitaine que le charme fut rompu. Pareils aux pattes d'un gigantesque insecte, les avirons furent rentrés, et l'embarcation vint se ranger doucement contre le piquet d'amarrage. Ce fut alors un tourbillon d'activité. Les serviteurs coururent attacher le navire, la passerelle apparut, les tambours et les luths retentirent, les prêtresses agitèrent leurs sistres, et Amonmosé prit l'urne des mains de son aide. Insensible à ce remue-ménage, Tétishéri parcourait des yeux les hommes groupés sur le pont. Il y avait Ahmosis, brun et vigoureux, portant une coiffure à rayures jaunes et blanches et, sur sa large poitrine, un pectoral d'or qui étincelait au soleil. Il adressait un sourire rayonnant à Ahmès-Néfertari. Mais où était Kamosé ?

Des soldats descendirent la passerelle pour former la haie d'honneur, et le prince Ankhmahor les suivit. Tétishéri le reconnut sur-le-champ, mais son regard ne s'attarda pas sur lui. Tout en psalmodiant les prières de bienvenue et de bénédiction, Amonmosé commença à verser le sang et le lait sur les dalles brûlantes, et un homme s'avança sur la passerelle. Il était maigre, les muscles de ses bras et de ses longues jambes saillaient et, sous sa coiffure bleu et blanc, son visage était hâve. A son cou, pendait un pectoral que Tétishéri connaissait : Heh, agenouillé sur le signe *heb* ; la plume de Maât ; le cartouche royal encerclé par les ailes de la dame de l'Effroi ; le bleu chaud du lapis-lazuli dans sa prison d'or. Avec un serrement de cœur, elle regarda de nouveau le visage de l'homme. Il avait atteint le pied de la passerelle et marchait dans les petites flaques fumantes de sang et de lait ; son regard la cherchait, la trouvait… C'était Kamosé.

« Dieux ! murmura Tétishéri, horrifiée, avant de se prosterner, imitée par Ahhotep.

– Relevez-vous », fit une voix lasse, aussi faible que le corps dont elle sortait.

Kamosé tendit les bras. « Suis-je vraiment chez moi ? » dit-il, et les femmes coururent l'étreindre.

Longtemps Tétishéri le serra contre elle, respirant son odeur familière, sentant sa peau tiède contre sa joue, et elle entendit à peine les cris de joie d'Ahmès-Néfertari, vit à peine qu'Ahmosis passait près d'elle. Amonmosé avait cessé sa prière, dont la fin s'était noyée dans le brouhaha des salutations et des conversations. Kamosé s'écarta des siens et se tourna vers le grand prêtre. « Mon ami, fit-il d'une voix rauque. Je dois beaucoup à ta fidélité et à l'efficacité des suppliques que tu as adressées à Amon de ma part. Cette nuit, nous festoierons ensemble et, à l'aube, j'irai au temple faire mon sacrifice au Grand Criailleur.

– Oueset se réjouit et Amon sourit, sire, répondit Amonmosé en s'inclinant. Je te laisse à ta famille et à la joie des retrouvailles. »

Il s'éloigna, et Kamosé fit un geste.

« Mère, grand-mère, vous vous rappelez certainement le prince Ankhmahor. Il commande les Gardes et les Braves du Roi. Les autres princes sont restés auprès de leurs divisions respectives. »

Ankhmahor salua, puis s'excusa et alla rejoindre ses hommes. Ahmosis et son épouse étaient toujours dans les bras l'un de l'autre, les yeux fermés, éperdus de bonheur. Luttant pour dissimuler le choc que lui avait causé l'aspect de Kamosé, Tétishéri rassemblait ses esprits. Après un coup d'œil aux embarcations qui occupaient maintenant toute la largeur du fleuve, elle demanda avec brusquerie :

« Où est l'armée, Kamosé ? Où est Hor-Aha ? Est-ce tout ce que tu ramènes ?

– Je suis revenu avec les Medjaï, répondit-il, en lui adressant un sourire tendu. Nous discuterons plus tard de ce que j'ai fait du reste de nos forces, Tétishéri. Pour l'instant, tout ce que je souhaite, c'est un déluge d'eau parfumée et mon lit. » Son sourire trembla et s'effaça. « Je t'aime, je vous aime tous, ajouta-t-il. J'embrasserais chacun des serviteurs présents si ma dignité me le permettait ! »

Il avait essayé de prendre un ton léger, mais sa voix se brisa. Un instant, il resta immobile, les lèvres serrées, parcourant du regard la maison, les arbres assoiffés, le bassin dont on entr'apercevait la surface scintillante à travers la treille, puis il se dirigea vers la colonnade de l'entrée. Les Gardes et Ankhmahor lui emboîtèrent aussitôt le pas.

« Il a l'air à bout de forces, murmura Ahhotep.

– Il faut qu'il ne fasse rien d'autre que manger et dormir pendant quelque temps, dit Tétishéri. Que veux-tu ? »

Ses derniers mots s'adressaient au prêtre-*ouab* qui s'était approché des deux femmes et attendait patiemment.

« Pardonne-moi, Majesté, mais on m'a chargé de t'informer que le Nil avait commencé à monter. Isis pleure. »

Ce soir-là, les ombres de la salle de réception n'eurent plus rien de mélancolique. Croulant sous les fruits et les mets délicats, les petites tables étaient serrées les unes contre les autres et, le cou ceint de guirlandes de fleurs, la peau luisante à cause des cônes d'huile parfumée qui fondaient lentement sur leurs perruques, les invités étaient presque assis au coude à coude. Des serviteurs circulaient entre eux, tenant haut au-dessus de leurs têtes des plateaux chargés de plats fumants ou de cruches de vin. Musique et chant se faisaient entendre par intermittence, quand le brouhaha des conversations s'apaisait. Sur l'estrade, resplendissants, les paupières frottées de khôl et de poussière d'or, les lèvres rougies de henné, les Taâ recevaient l'adoration de ceux qui se levaient pour leur adresser leurs remerciements et leur rendre hommage. Ankhmahor était auprès d'eux avec son fils. Le maire d'Oueset et les autres dignitaires locaux, dont Amonmosé, avaient également pris place à la table d'honneur. Ahmosis et Ahmès-Néfertari dînaient en se donnant le bras, plus grisés par le son de leurs voix que par n'importe quelle parole.

Kamosé, en revanche, restait silencieux. Assis entre sa mère et Tétishéri, il mangeait et buvait comme s'il mourait de faim et de soif, contemplant d'un regard apparemment indifférent la confusion joyeuse qui régnait dans la salle. Sa main reposait sur la tête grise de Béhek, qui s'appuyait contre lui et à qui il donnait de temps à autre des morceaux d'oie rôtie ou de pain d'orge frotté d'ail. Ankhmahor ne parlait pas non plus. Pour une fois, Tétishéri tint sa langue et, après avoir fait quelques tentatives pour engager la conversation avec son petit-fils, elle y renonça et savoura seule son plaisir.

Exception faite de la ville d'Het-Ouaret, l'Égypte avait enfin été rendue à ses souverains légitimes. Maât serait bientôt rétablie. Devant elle, dans le bruit et les rires, s'étalait la preuve de la supériorité des Taâ et du droit de son petit-fils victorieux à monter sur le trône d'Horus. Il faudra le purifier avant que Kamosé ne s'y assoie, se dit-elle, tandis que, les yeux clos, elle respirait l'odeur des corps parfumés et des guirlandes de fleurs que la brise nocturne lui apportait par bouffées. Toute trace de la souillure sétiou doit en être ôtée. En revanche, nous ferons graver l'image d'un Sétiou dans l'or du tabouret où le roi posera les pieds ! Il faudra aussi que Kamosé se marie, qu'il le désire ou non, mais nous attendrons peut-être qu'Het-Ouaret soit tombée. Je me demande s'il a pensé à informer le maire de Pi-Hathor de nos succès. J'aimerais lui raconter combien c'était ennuyeux de surveiller en permanence le fleuve pour empêcher ce dernier de faire parvenir un message à Apopi. Mais je ne lui dirai rien pour le moment, décida-t-elle, douloureusement consciente de son silence, de sa quasi-immobilité. Il n'est pas en état de m'écouter. Il faut d'abord qu'il se remette, qu'il retrouve des forces. Ahmosis et lui n'ont pas échangé une seule parole depuis leur arrivée. Voilà de nouveaux sujets de préoccupation. Mais je refuse d'y penser ce soir. Poussant un soupir, elle tendit sa coupe à Ouni et but son vin à petites gorgées. Non, pas ce soir !

Plus tard, alors que les invités avaient depuis longtemps regagné leur esquif en titubant, ou été transportés, joyeusement ivres, jusqu'à leur litière, Tétishéri cherchait toujours vainement le sommeil. Le vin, l'euphorie, avaient produit leur effet, et elle se retournait dans son lit en écoutant les allées et venues du garde devant sa porte. Il faisait étouffant dans sa chambre, comme si toute la chaleur du jour s'était concentrée entre ses quatre murs. Sa chemise lui irritait la peau, et son oreiller lui paraissait plein de bosses. Se redressant, elle croisa les bras et fixa le vide, songeant que l'atmosphère de la maison s'était transformée avec le retour de ses maîtres et qu'elle-même pouvait désormais relâcher sa vigilance. Les décisions importantes seraient prises par Kamosé, au moins jusqu'à la fin de la crue. C'était à la fois un soulagement et une contrariété. Si elle était honnête avec elle-même, elle devait reconnaître qu'elle aimait le pouvoir que lui avait donné sa position de chef de famille des Taâ. Il lui faudrait veiller à ne pas imposer ses jugements dans les discussions stratégiques qu'elle pourrait avoir avec son petit-fils. Et il y avait Ahhotep. Au cours des mois écoulés, elles s'étaient rapprochées, et Tétishéri avait découvert que, sous la sérénité de sa belle-fille, se cachaient une inflexibilité et un entêtement égaux aux siens. Elle devrait être associée aux décisions politiques que Kamosé et elle pourraient prendre. Mais à la vérité, se dit Tétishéri, j'ai envie de l'exclure. J'ai envie d'en exclure tout le monde. Je ne suis qu'une vieille femme dominatrice.

Appuyant la tête contre le bord de son lit, elle ferma les yeux, cherchant vainement à s'assoupir, puis, avec une exclamation d'impatience, elle rejeta le drap et prit un manteau. A la porte, elle salua le garde, lui assura qu'il était inutile qu'il l'accompagnât et sortit dans le jardin obscur.

L'air nocturne était délicieusement frais, le ciel poudré d'étoiles et l'herbe encore humide de l'arrosage du soir. J'aurais dû mettre des sandales, se dit Tétishéri avec un vague sentiment de culpabilité. Isis va ronchonner demain, quand elle me frottera les pieds d'huile. Bah ! A mon âge, cela n'a guère d'importance. Quelle paix ! On dirait qu'avec le retour de Kamosé, l'ineffable harmonie de Maât s'est étendue sur Oueset.

Serrant son manteau autour d'elle, elle se dirigea lentement vers le fleuve, en contournant la colonnade de l'entrée, où les gardes se levèrent pour la saluer. Près du débarcadère, les libations purificatrices d'Amonmosé poissaient encore les dalles de l'esplanade, et un sourire fugitif passa sur les lèvres de Tétishéri : quel grand moment !

Les navires, que les Medjaï avaient abandonnés pour leur caserne, obscurcissaient la surface de l'eau de leurs masses noires et difformes. Rassemblés autour d'un petit feu, des gardes bavardaient et riaient à voix basse. En apercevant Tétishéri, ils se mirent précipitamment debout et la saluèrent. Elle resta quelques instants avec eux, à l'aise comme elle l'était toujours avec les soldats. Ils répondirent avec respect à ses questions – étaient-ils assez nourris ? leurs capitaines les traitaient-ils équitablement ? les médecins de l'armée les soignaient-ils avec promptitude ? –, et elle se retint de les interroger sur la campagne de Kamosé. Prenant congé d'eux, elle fit demi-tour et dirigea ses pas vers le bassin et l'arrière de la maison.

Au moment où elle allait tourner le coin, elle s'immobilisa. Devant elle, s'adossant à l'enceinte du domaine, se trouvait le rectangle bas des habitations de la domesticité. Un peu plus près, formant deux des côtés de la cour, il y avait les cuisines et le grenier, et, plus près encore, les buissons et les bouquets d'arbres qui séparaient le domaine des maîtres de celui des serviteurs. Ils étaient épais, de façon à protéger l'intimité de la famille. Sous leur feuillage, quelque chose bougeait.

Tétishéri se figea, ne sachant pas très bien ce qui l'avait alarmée. Une sentinelle se serait dressée et aurait marché de long en large. Peut-être la silhouette voûtée qu'elle apercevait était-elle celle d'un serviteur qui, comme elle, ne pouvait dormir? Elle se balançait d'avant en arrière, comme une femme qui aurait bercé un enfant dans ses bras, sauf qu'aucune femme n'avait des épaules de cette largeur. Intriguée, tous les sens en alerte, Tétishéri scruta l'obscurité. Ces épaules lui étaient familières, et ce balancement continuel dénotait une agitation intérieure qui lui parut aller s'intensifiant, au point qu'elle eut l'impression que l'air vibrait d'une souffrance muette autour de cet homme.

Puis, soudain, le contact d'une main sur son bras la fit sursauter. Elle se retourna et découvrit Ahhotep.

«Je ne pouvais pas dormir, moi non plus, murmura celle-ci. La journée a été trop mouvementée. Que regardes-tu, Tétishéri?»

La vieille femme lui désigna la silhouette.

«C'est Kamosé, dit-elle. Il vacille comme un ivrogne.

– Non, pas comme un ivrogne, répondit Ahhotep. Comme un homme au bord de la folie. Il est rentré juste à temps, Tétishéri. Je me sens impuissante face à tant de douleur. Il n'a pas dit un mot de tout le banquet.

– Du moins a-t-il mangé, et c'est bon signe. Mais tu as raison, Ahhotep. Je tremble à l'idée de l'état dans lequel il serait revenu, si l'Inondation ne l'avait pas forcé à rentrer à Oueset. Il ne faut pas qu'il sache que nous l'avons vu, ajouta-t-elle en prenant Ahhotep par le coude. Viens dans mes appartements, nous y parlerons.»

Elles marchèrent un instant en silence, absorbées dans leurs pensées, puis Ahhotep dit :

«Il faut avant tout qu'il dorme. Notre médecin pourra lui prescrire un soporifique jusqu'à ce qu'il retrouve assez de calme pour s'en passer. Nous devons veiller qu'il ne se surmène pas.

– Sénéhat est une belle fille, déclara à son tour Tétishéri. Dans quelques jours, je l'enverrai dans la chambre de Kamosé. S'il peut s'oublier en faisant l'amour, ce sera un pas vers sa guérison. Ce sont tous ces massacres, poursuivit-elle avec plus de force. Ils étaient nécessaires, nous en étions tous convenus, mais c'est lui qui, pendant des mois, a dû en supporter le poids. Cela a failli le briser.

– Alors prions que l'hiver le guérisse, fit Ahhotep, l'air sombre. Sinon nous nous trouverons dans une terrible situation. Mon mari me manque, ce soir, Tétishéri. Séqénenrê semblait toujours savoir que faire. Je me sentais en sécurité quand il était ici.

– C'était une illusion, répliqua Tétishéri avec brutalité. Mon fils était brave et intelligent mais, en dépit de ses efforts, il n'a pas été en son pouvoir d'assurer notre sécurité. Personne ne le peut, Ahhotep. Kamosé essaie, lui aussi, et il y est presque parvenu, mais ce n'est pas de cela dont tu parlais, n'est-ce pas ?

– Non. Je veux l'assurance de ne jamais avoir à prendre de décisions importantes. Je ne souhaite pas être autre chose que la veuve d'un grand homme. »

Elles étaient parvenues à la porte de Tétishéri, que leur ouvrit obligeamment le garde.

« Va réveiller Isis, ordonna Tétishéri à celui-ci. Demande-lui de nous apporter de la bière, des gâteaux et de l'huile pour la lampe. Viens, Ahhotep. Puisque le sommeil nous fuit, autant que nous passions les heures qui nous séparent de l'aube à discuter utilement. »

Elles ne purent s'entretenir en privé avec Kamosé pendant les quelques jours qui suivirent. Le mois de Thot commença en effet par les célébrations habituelles, et toute la ville d'Oueset fêta la crue et le lever de l'étoile-Sopdet. Personne ne travaillait. Les maisons étaient ouvertes aux parents et aux amis, et le temple d'Amon retentissait des cris et des chants des prêtres et des fidèles. Un flot continu de dignitaires mit Ahhotep et les serviteurs sur les dents, et il fallut attendre la deuxième semaine du mois pour que la maisonnée retrouve avec soulagement un peu de paix.

Mais d'autres visiteurs continuèrent à arriver : des éclaireurs et des hérauts qui accostaient au débarcadère et s'enfermaient avec Ahmosis et Kamosé dans l'ancien bureau de Séqénenrê. Les femmes et les serviteurs avaient leurs propres tâches, et tous poussèrent un soupir de satisfaction quand le rythme se ralentit enfin et que, par une chaude matinée sans nuages, la famille put de nouveau se réunir sur la pelouse, à l'ombre d'un dais.

«J'aime les célébrations du nouvel an, dit Ahmès-Néfertari qui, assise sur un coussin près de son mari, s'appuyait contre son mollet nu. J'éprouve toujours une petite appréhension, la crainte qu'il n'y ait pas de crue, pas de semailles, puis, quand le fleuve se met à monter, je m'étonne d'avoir pu en douter. J'aime aussi que tout recommence à nouveau, les fêtes des dieux et les travaux familiers de la maison et des champs.»

Ahmosis l'enveloppa d'un regard affectueux.

«Pour moi, l'Inondation, c'est la saison où je peux chasser et pêcher tout à loisir, déclara-t-il avec jovialité. Tu as oublié de dire combien tu aimais rêver, étendue au fond de ma barque, pendant que les canards nous survolaient et bravaient mon bâton de jet en poussant des nasillements moqueurs!»

Tétishéri l'observait avec un mélange de contrariété et d'incrédulité. Les semaines de tension, la succession brutale des massacres et des incendies jusqu'aux portes d'Het-Ouaret, ne semblaient avoir laissé aucune trace sur lui. On aurait dit qu'il revenait d'un long séjour ennuyeux et se réjouissait d'être enfin chez lui. Il dormait à poings fermés dans les bras de sa femme, mangeait et buvait avec plaisir, et illuminait tout le monde de son sourire. Il a toujours été dépourvu d'imagination, pensa Tétishéri avec hargne. Pas étonnant qu'il ne souffre pas. Il est malheureux qu'en plus de sa propre sensibilité, Kamosé ait hérité de la part qui aurait dû échoir à Ahmosis.

Mais je suis injuste, se reprocha-t-elle aussitôt. Ahmosis n'a peut-être pas le côté visionnaire qui torture Kamosé, mais il ne le cède à personne en intelligence. Et je sais très bien qu'il est expert à dissimuler sa personnalité sous cette apparence de bonhomie. Pourquoi le fait-il?

«Cette année, l'Inondation a une qualité de plus, déclara-t-elle. Elle permet à ton frère et à toi de vous reposer et de préparer la prochaine campagne. Où se trouve l'armée, Kamosé?» ajouta-t-elle en se tournant délibérément vers lui.

Il lui sourit, et elle remarqua que son regard était déjà plus clair qu'à son arrivée. Bien qu'encore émacié, son visage semblait s'étoffer un peu, mais il portait toujours, trop visible, la marque de ses expériences.

«L'infanterie est cantonnée dans l'oasis d'Ouhat-Mehtet, répondit-il. Celle-ci se trouve à environ cent cinquante kilomètres de la route du Nil, et il n'y a que deux pistes qui permettent de s'y rendre :

l'une part de Ta-shé, l'autre du fleuve. Dans les deux cas, il faut traverser le désert. Les troupes y ont toute l'eau et la nourriture nécessaires. Het néfer Apou, qui se trouve à la jonction de la piste menant à l'oasis et de la route qui longe le Nil, est contrôlée par la marine. Aucun message du Delta ne peut donc passer, et personne ne peut se rendre à Ouhat-Mehtet sans l'autorisation de Pahéri.

– Pahéri ? Le maire de Nékheb ? Que fait-il à Het néfer Apou ? demanda Tétishéri avec irritation. Et qu'est-ce que cette histoire de marine ? »

Kamosé chassa une mouche de son bras. Elle s'envola à contrecœur et alla se poser dans les cheveux d'Ahhotep.

« Comme tu le sais, Nékheb est réputée pour ses marins et ses constructeurs de bateaux, expliqua-t-il. Ahmosis et moi avons décidé d'embarquer dix mille soldats à bord de navires en cèdre. Les Medjaï occupent toujours les cent embarcations de roseaux que j'avais commandées. Elles sont encore en bon état.

– Quels navires en cèdre ? coupa Tétishéri. Nous n'en avons pas.

– Un peu de patience, grand-mère, j'y arrive. Pahéri est donc un spécialiste de tout ce qui concerne les bateaux et la navigation. Nous avons confié à Baba Abana la tâche de transformer dix mille fantassins en matelots sachant combattre. »

Ahmosis devança la question de Tétishéri.

« Baba Abana vient lui aussi de Nékheb, dit-il. Tu te souviens peut-être de lui ? Il a servi sous notre père et il est maintenant capitaine d'un de nos navires. Pahéri et lui sont amis. Son fils Kay s'est distingué dans les batailles qui se sont déroulées sur les canaux du Delta. En fait, au plus fort d'un combat, il s'est frayé un chemin jusqu'à nous et, tout couvert de sang, a crié : "Combien de Sétiou dois-je encore tuer avant de pouvoir rentrer chez moi, sire ? J'en ai déjà trucidé vingt-neuf dans ta petite guerre !" Il nous a fait rire. C'est la seule fois où j'ai vu Kamosé rire après son départ d'Oueset. »

Tétishéri fit la moue. « Et combien de soldats hivernent dans l'oasis ?

– Cinquante-cinq mille, répondit Kamosé. Onze divisions. Je crois que nous sommes au grand complet. Il n'y aura plus ni recrues ni conscrits. J'ai ramené les cinq mille Medjaï à Oueset. »

Tétishéri réfléchit un moment en regardant les jeux de lumière à la surface du bassin.

«Était-il sage de laisser le gros de l'armée à Ouhat-Mehtet, Kamosé? dit-elle enfin. L'Inondation empêchera certes de gagner l'oasis à partir du Nil, mais on peut aller toute l'année du Delta à Ta-shé, et de là à l'oasis. Si Apopi apprenait leur présence, il pourrait chercher à les encercler.

– A condition qu'il puisse en acquérir la certitude, répondit aussitôt Kamosé. Pour lui, nous ne sommes qu'une bande de pillards et d'incendiaires. Les dix mille hommes que j'ai laissés à Het néfer Apou passeront l'hiver à s'entraîner sur le fleuve en crue. Ils ne peuvent se cacher. Apopi supposera que ce sont là toutes nos forces.

– Est-ce si sûr? objecta Tétishéri. Il a eu l'occasion d'évaluer le nombre de nos divisions pendant le siège de l'été.

– Non, expliqua Kamosé avec patience. Les remparts s'allongent sur des kilomètres. Les soldats n'étaient pas rangés en formation. L'armée était fluide. Il y avait beaucoup d'allées et venues, sans compter que beaucoup de mes hommes étaient occupés à piller les villages du Delta. L'oasis est un lieu sûr, grand-mère. Elle est à cent cinquante kilomètres de Ta-shé, à autant du Nil, et ses habitants ne voyagent pas. Tout inconnu qui y pénétrera sera immédiatement arrêté. En quel autre lieu aurions-nous pu dissimuler cinquante-cinq mille hommes?»

Un peu tranquillisée, Tétishéri s'apprêtait néanmoins à poser une nouvelle question, quand Ahhotep la devança.

«Parle-nous de ces navires en cèdre, à présent, dit-elle. D'où viennent-ils?»

Les deux frères se regardèrent en souriant et, un fugitif instant, les deux femmes revirent le Kamosé qui les avait quittées.

«Nous vous réservions la surprise, annonça-t-il. Pendant que nous assiégions Het-Ouaret, Pahéri et Abana se sont emparés de trente embarcations en cèdre chargées de trésors : des présents envoyés à Apopi à l'occasion de la nouvelle année par des chefs asiatiques. Leur capture a été facile. Les marins ont été pris au dépourvu, car ils venaient du Retenou et ignoraient ce qui se passait dans le Delta. Envoie chercher Néshi, Ahmosis, qu'il nous lise sa liste.»

Ahmosis acquiesça de la tête et fit signe à Akhtoy.

«Tu devrais le trouver dans les magasins du temple», indiqua-t-il à l'intendant.

Lorsque celui-ci se fut éloigné, Kamosé poursuivit :

« Néshi s'est révélé un scribe des Armées honnête et méticuleux. Je l'ai donc nommé trésorier royal. Il prend son travail très au sérieux. Il a calculé à l'*outen* près la perte à long terme que représentent ces dons pour la cour, l'armée et le commerce d'Apopi. Naturellement, comme toutes les marchandises en provenance du Sud doivent passer par Oueset, celui-ci ne recevra rien non plus de Tétiân, cette année. Je prédis des jours bien maigres à l'usurpateur ! »

Ils attendirent en silence. Ouni remplit discrètement de bière leurs pots vides. Ahmosis se mit à caresser les cheveux de son épouse. Ahhotep prit une confiserie sur la table et y mordit distraitement, tandis que, le front plissé, Tétishéri tambourinait de sa main baguée sur le bras de son fauteuil.

« Je suppose que tu as déjà décidé de ce que tu ferais de ce trésor, dit-elle enfin. Nous ne manquons pas de nourriture pour l'hiver, Kamosé, mais il nous faut de l'huile pour les lampes et diverses choses pour la maison. Nous avons donné tout ce que nous avions à l'armée.

– Et vous l'avez fait sans rechigner, grand-mère, reconnut Kamosé. Mais les besoins de ce domaine occupent encore le bas de mon échelle des priorités. Ah ! voici Néshi. »

La litière du trésorier avait été déposée à quelque distance, et celui-ci s'avançait d'un pas vif dans l'herbe sèche, accompagné de son scribe, qui se débattait avec une énorme boîte. Néshi s'inclina et, après s'être débarrassé de son fardeau, le scribe l'imita.

Tétishéri les observa avec attention. Malgré sa jeunesse, le trésorier avait le front barré de deux plis profonds, qui lui donnaient un air perpétuellement préoccupé. Il avait également de grandes oreilles et, plutôt que d'essayer de les dissimuler, il avait souligné leur taille en les ornant de gros pendants dorés. Notant ce détail avec approbation, Tétishéri se dit que l'homme ne devait pas se laisser intimider facilement.

« Bonjour, Néshi, dit Kamosé. Fais-nous la liste de ce que nous avons pris sur les navires d'Apopi. »

Néshi sourit et fit un signe à son scribe. Ils sont tous très contents d'eux-mêmes, se dit Tétishéri avec amusement. Ils ont grossi l'importance de l'exploit pour oublier les souffrances de la guerre. Un vrai don d'Amon, qui a vu le désespoir qu'ils avaient au cœur. Cependant, lorsque Néshi commença à lire le rouleau que lui avait tendu son scribe, elle en eut le souffle coupé : le butin était somptueux.

« Quarante sacs de poudre d'or ; trois cents briques d'or ; cinq morceaux de lapis-lazuli de la plus belle qualité mesurant trois fois la largeur des mains de Sa Majesté ; cinq cents briques d'argent pur ; soixante turquoises vertes de la meilleure qualité ; deux mille cinquante haches de bronze ; cent tonneaux d'huile d'olive ; quatre-vingt-quatorze sacs d'encens ; six cent trente jarres de graisse et cinq cents de miel ; neuf longueurs d'ébène et mille sept cent vingt de cèdre.

– Et tout cela est à nous ! s'exclama Ahmosis. Qu'en penses-tu, grand-mère ?

– J'en reste presque sans voix, répondit-elle.

– Presque ! souligna Ahhotep, en les faisant tous rire.

– Amon est-il satisfait de sa part ? demanda Kamosé au trésorier.

– Oui, sire, répondit celui-ci en s'inclinant. Le grand prêtre va certainement venir en personne t'exprimer sa reconnaissance.

– Merci. Tu peux te retirer. Les haches ont déjà été distribuées aux soldats, continua-t-il à l'adresse de Tétishéri. La majeure partie de l'huile ainsi que la graisse et le miel ont été transportés dans l'oasis. Ils serviront à l'approvisionnement des troupes cet hiver et lors de la prochaine campagne. En revanche, l'or, l'argent et les pierres précieuses ont été confiés au trésor d'Amon, dans l'attente du jour où je monterai sur le trône d'Horus. J'ai fait don à Amon de dix sacs de poudre d'or et de cent briques du même métal pour son usage et celui des citoyens d'Oueset.

– Comment une telle quantité d'or a-t-elle pu parvenir dans le Delta ? s'interrogea Ahmès-Néfertari. Il ne peut s'agir en totalité d'un tribut du Retenou, car ce pays n'a pas de mines d'or. Seuls Koush et Ouaouat peuvent fournir ce genre de richesse. Et le lapis ? Lui aussi vient de Koush. Aucun navire n'est passé par ici, Kamosé.

– Cela vaut aussi pour l'encens, reconnut-il. Je n'ai pas l'explication. Peut-être Apopi a-t-il ouvert des pistes caravanières entre le pays de Koush et le Delta, de façon à éviter entièrement Oueset. Nous ne pouvons que formuler des hypothèses. Cela n'en demeure pas moins un magnifique coup de chance, dont nous devons remercier Amon.

– C'est particulièrement vrai du cèdre, intervint Ahmosis. Nous allons pouvoir l'envoyer à Nékheb et faire construire davantage de navires, dont nous nous servirons pour établir une flotte ici, dans le Sud. »

Tétishéri prit la main amaigrie de Kamosé et la trouva aussi froide que la sienne.

«C'est une surprise miraculeuse, dit-elle avec douceur. Le signe de l'approbation des dieux.»

Elle hésita, elle aurait voulu aborder un autre sujet, lui demander si Hor-Aha s'était entendu avec les princes, s'il était en mesure de se faire obéir d'eux pendant les mois d'hiver..., n'importe quoi plutôt que la question qu'elle posa et qui, elle le savait, brûlait les lèvres d'Ahhotep : «Nous aimerions avoir des nouvelles d'un trésor encore plus précieux, Kamosé. Que sais-tu de Tani ?»

Un silence lourd tomba. Ahmosis s'agita sur sa chaise et croisa les bras. Ahhotep s'absorba dans la contemplation de son chasse-mouches. Ahmès-Néfertari se mordit les lèvres.

«Tani..., répondit Kamosé avec lenteur. Plus nous nous rapprochions du Delta, plus elle occupait mon esprit. Ramosé et moi parlions constamment d'elle. Nous nous promettions d'emporter Het-Ouaret d'assaut, de courir au harem, où Ramosé la prendrait dans ses bras et l'emmènerait... Nous savions que nous rêvions, bien sûr, mais nous avions besoin de ce rêve. Désespérément besoin, répéta-t-il dans un murmure, les traits crispés par la douleur. La réalité, ce fut une ville aux portes indestructibles, aux murs formidables, qu'il était impossible de prendre d'assaut. Nous voyions tout de même le palais. Sa terrasse était plus haute que les remparts. J'avais donné l'ordre de ne pas gâcher de flèches contre les soldats du chemin de ronde. A quoi cela aurait-il servi ? Quand les femmes du palais ont compris qu'elles ne couraient aucun danger, elles ont commencé à sortir le soir sur cette terrasse pour nous regarder. Elles ressemblaient à de beaux oiseaux, avec leurs voiles diaphanes et leurs brocarts.» Il se tut, la gorge sèche, et en le voyant passer une main dans ses épais cheveux noirs, Tétishéri pensa stupidement qu'il fallait recommander à Akhtoy de les lui faire couper. Kamosé jeta un regard presque suppliant à son frère, mais celui-ci détournait la tête, l'air sombre. «Le spectacle plaisait à nos soldats, reprit-il finalement. Debout à l'ombre de la muraille, ils provoquaient les femmes. "Descendez que l'on vous montre de quoi sont capables de vrais hommes ! criaient-ils. Votre maître sétiou est impuissant. Descendez !" Les femmes ne répondaient jamais rien et, au bout de quelque temps, j'ai mis un terme à ce jeu, craignant qu'elles ne cessent de se montrer sur la terrasse et que nous ne perdions une chance d'apercevoir Tani. Mais elle n'est jamais venue. Soir après soir, Ahmosis, Ramosé et moi l'avons guettée, jusqu'à en avoir la nuque douloureuse et les yeux pleins de larmes. En vain !

– Soit elle est morte, soit Apopi lui a interdit de se montrer, intervint Ahmosis d'un ton brusque. Ramosé voulait essayer de s'introduire dans la ville sous le prétexte de pourparlers, mais Kamosé a refusé.

– Nous ne parlementerons jamais avec lui ! riposta celui-ci avec violence. Jamais ! Ni pour Tani, ni pour personne ! »

Tétishéri sentit Ahhotep se raidir. Cette blessure-là était apparemment encore fraîche entre les deux frères.

« Tu as eu raison de ne pas discuter avec Apopi, dit-elle aussitôt. Il en aurait formé le sentiment que nous étions faibles. Le sort de Tani nous préoccupe tous. C'est le fleuve sombre qui court sous tous nos actes et toutes nos conversations. Mais, pour notre santé mentale, nous devons supposer qu'elle vit toujours, Ahmosis. Nous devons espérer envers et contre tout qu'Amon a décidé de la protéger.

– Où est Ramosé ? demanda Ahhotep. Sa mère voudra le voir.

– Il a choisi de rester à Het néfer Apou avec la marine, répondit Ahmosis. Il a l'impression que, s'il demeure plus près du Delta que d'Oueset, Tani pourra sentir sa présence. Pensée attendrissante, mais irrationnelle.

– Peut-être, fit Kamosé d'une voix rauque. Mais je le comprends. Je connais bien le pouvoir de l'impalpable. »

Vraiment ? se dit Tétishéri en l'observant avec attention. Je me demande ce que tu veux dire. Elle quitta son fauteuil, défroissa sa robe et appela Ouni d'un claquement de doigts.

« Il est temps de manger, annonça-t-elle. Tu devrais aller donner des nouvelles de son fils à ta cousine, Ahhotep. Elle est probablement dans la chambre d'enfant avec Ahmosis-onkh. Tu nous as annoncé de bonnes nouvelles, Kamosé. Va te reposer, à présent. »

Tout le monde se leva docilement, et Tétishéri les quitta, marchant vers la maison sous la protection du petit parasol qu'Isis avait aussitôt élevé au-dessus d'elle.

Le poids oppressant d'un après-midi torride s'abattit sur la maison. Maîtres et serviteurs s'enfermèrent dans des pièces sombres pour s'y étendre, somnolents et alanguis, dans l'haleine brûlante de Rê. Ahmosis et sa femme firent l'amour, puis s'endormirent, membres emmêlés et suants. Après s'être efforcée de tarir les larmes de sa cousine, Ahhotep glissa elle aussi dans un sommeil agité. Kamosé, en revanche, resta éveillé et pensa à Hor-Aha et à son armée. Quant à Tétishéri, malgré les bâillements que lui tiraient les doigts experts de son masseur, elle n'avait aucun désir de perdre un temps précieux à dormir. Elle avait beaucoup trop de sujets de réflexion.

Lorsque la maison commença à se réveiller et que les premières odeurs appétissantes du repas du soir se mirent à flotter dans le jardin, Tétishéri se dirigea d'un pas décidé vers les appartements de son petit-fils. Mais Akhtoy lui apprit que Kamosé était sorti. Après enquête, il se révéla qu'il n'avait pas pris d'esquif et ne s'était pas non plus rendu dans le temple. Jetant un coup d'œil vers le ciel, dont la teinte nacrée annonçait le coucher du soleil, Tétishéri traversa la pelouse et se dirigea vers le mur en ruine qui séparait le domaine du vieux palais.

C'était un endroit où elle allait rarement, craignant des chutes de briques qu'elle n'était plus assez agile pour éviter. De plus, les salles lugubres et les piédestaux vides suscitaient en elle colère et mélancolie, car ils lui rappelaient à la fois les sommets dont sa famille illustre avait chu et son fils, qui avait aimé méditer sur cette terrasse en ruine où le bras d'Apopi avait fini par le frapper. Comprenant où elle voulait aller, le garde qui l'escortait tenta de l'en dissuader, mais elle le remercia, lui dit de l'attendre près de l'entrée principale et pénétra dans la salle de réception.

Il faisait toujours sombre dans ce vaste espace. Les bruits de pas résonnaient ; le moindre murmure, amplifié, se muait en cent voix fantomatiques et, partout, des fragments de pierre, des trous à demi dissimulés tendaient leurs pièges, comme si le palais pleurait ses anciens habitants et souhaitait en capturer d'autres. Relevant sa robe, avançant avec précaution, Tétishéri dépassa la large estrade sur laquelle avait autrefois reposé le trône d'Horus, suivit à tâtons les couloirs menant à l'ouverture béante où, autrefois, une épaisse porte d'électrum à double battant signalait l'entrée des appartements des femmes. Là, des rayons de soleil passaient par les fenêtres intactes, percées haut sur les murs, et Tétishéri trouva sans difficulté l'escalier qui conduisait à la terrasse. Pestant contre le goût de son petit-fils pour les endroits isolés, elle monta les marches.

Comme elle s'y attendait, elle le trouva adossé contre les pierres branlantes, les bras autour de ses genoux repliés. Il était seul, sans garde du corps. Il eut un léger mouvement lorsqu'elle apparut, mais ne la regarda pas. Après avoir balayé cailloux et poussière, elle s'assit près de lui le plus confortablement possible. Pendant quelque temps, ils restèrent silencieux, regardant les ombres du soir s'allonger sur la terrasse. Puis Tétishéri dit :

« Pourquoi Apopi n'a-t-il pas répondu à ton défi, Kamosé ? Pourquoi n'a-t-il rien fait ?

– Je ne sais pas, répondit-il en secouant la tête. Il avait assurément assez de soldats dans Het-Ouaret pour nous attaquer et peut-être même pour nous battre. S'il ne l'a pas fait, cela tient selon moi à deux raisons. Son caractère d'abord : il est à la fois prudent et trop sûr de lui. Prudent en ce qu'il ne tentera jamais un coup de dés ; sûr de lui parce que ses ancêtres sont au pouvoir depuis des hentis et qu'ils lui ont légué toutes ces années de paix. Ni lui ni son père n'ayant eu à manier l'épée, Apopi n'a même pas pris la peine de mettre en place un réseau d'espions efficaces. Il s'est entièrement reposé sur les informations sporadiques fournies par certains nobles tels que Téti. La seconde raison est d'ordre logique. Il pense que l'attente nous épuisera et que nous finirons par abandonner et rentrer chez nous. Il pourra alors lâcher ses soldats sans craindre de pertes.

– Je suis d'accord, fit Tétishéri, contente qu'il en arrive aux mêmes conclusions qu'elle. Mais tu ne renonceras pas, naturellement. As-tu des plans pour l'été ? »

Elle lui jeta un coup d'œil et le vit sourire avec froideur.

« Tout ce que je peux faire, c'est poursuivre le siège et provoquer Apopi quotidiennement dans l'espoir que, exaspéré, il ouvrira les portes et fera sortir son armée.

– Ahmosis partage-t-il ta façon de voir ? »

A la question qu'elle avait posée d'un ton hésitant, Kamosé répondit par un rire dur et sans joie.

« Ahmosis voudrait que nous battions en retraite et que nous fortifiions Het néfer Apou, jeta-t-il. Il veut faire de cette ville notre frontière nord, y établir des troupes en permanence afin de barrer la route du sud à Apopi. Il veut employer les soldats restants à redonner vie aux villes que j'ai détruites. Il pense que je devrais me contenter de régner sur une Égypte toujours divisée, toujours souillée par les pieds de ce gardien de troupeau. Il voudrait défaire tout ce que j'ai fait ! »

Tétishéri hésita avant de parler, sachant qu'elle essayait de pénétrer un lieu obscur dont la porte lui serait claquée au nez au moindre mot mal choisi.

« Je regrette qu'Ahmosis souhaite suivre une autre politique, commença-t-elle avec prudence. Je considère comme toi que l'Égypte ne sera purifiée qu'une fois les Sétiou chassés hors de nos frontières. Mais je crois aussi qu'Ahmosis a toujours le même désir de restaurer la Maât dans ce pays. Il est simplement plus patient que nous. Il a peur qu'un acte imprudent ne compromette notre victoire finale. Quoi que tu fasses à Het-Ouaret, il y aurait peut-être intérêt à construire une forteresse à Het néfer Apou, Kamosé. Cela protégerait effectivement le Sud. »

Kamosé l'interrompit avec véhémence, et elle vit qu'il s'était mis à trembler.

« Peur, oui ! Ahmosis a peur des nettoyages, peur des actions décisives ! Il prêche toujours la retenue, la prudence. Il discute chacune des décisions qu'Hor-Aha et moi prenons.

– Pas en public, j'espère ! Vous devez toujours donner l'impression d'être d'accord, Kamosé ! Des dissensions entre vous saperaient le moral de l'armée et la confiance des princes.

– Crois-tu que je ne le sais pas ? répliqua-t-il avec brutalité. C'est à mon frère qu'il faut donner ce conseil, pas à moi ! Dis-lui combien son peu de soutien me blesse ! Dis-lui que j'ai dû ordonner un massacre après l'autre sans sa compréhension ni son réconfort ! Dis-lui que je suis contraint de supporter sa désapprobation muette dans les moments où j'ai le plus besoin de sa force ! Faut-il donc que le poids de l'oppression de l'Égypte repose sur mes seules épaules ? »

Tétishéri caressa son bras tremblant ; la peau en était moite et froide.

« Tu es le roi, lui rappela-t-elle avec calme. Dans ta divinité, tu es seul. Même si Ahmosis te soutenait, même s'il n'était qu'un instrument de ta volonté, tu n'en resterais pas moins dans le désert de ton unicité. Quoi que pense ton frère – et je ne crois pas qu'il te soit aussi opposé que tu le dis –, il ne peut rien contre cette vérité-là. Tes amis doivent être les dieux, Majesté. »

La main de Kamosé se referma sur le poignet de Tétishéri.

« Je suis désolé, grand-mère, murmura-t-il. Parfois ma raison vacille, et je vois des trahisons où il n'y en a pas. J'aime Ahmosis et je sais qu'il m'aime, qu'il soit d'accord avec moi ou non. Quant aux dieux... » Il détourna la tête, et ses cheveux dissimulèrent son visage, ne laissant visible que la ligne de son cou. « J'ai oublié de sacrifier à Thot avant de brûler Khmounou. Je l'avais promis à Ahhotep, et j'ai oublié... J'ai également oublié de fêter l'anniversaire d'Ahmosis, au mois de payni. Quelque chose de terrible est en train de m'arriver. »

Dégageant son poignet, Tétishéri s'agenouilla devant lui et prit son visage entre ses mains.

« Ce n'est pas aussi important que tu le penses, Kamosé. Nous avons fait des sacrifices ici, dans le temple, pour marquer le vingtième anniversaire d'Ahmosis. Quant à Thot, c'est le dieu de la sagesse, il voit dans ton cœur. Tu ne l'as pas négligé délibérément. Ton esprit était occupé par une tâche qu'il approuve. Si tu n'essaies pas de chasser ces idées morbides, tu vas véritablement devenir fou, Kamosé, et qu'adviendra-t-il alors de l'Égypte ? »

Elle le lâcha, de peur qu'il ne perçoive la pulsation affolée de son sang dans ses doigts.

« Maintenant, parle-moi de l'armée, ordonna-t-elle. Je veux que tu me décrives cette marine que tu es en train de constituer, que tu me dises comment se comportent les princes sous la férule d'Hor-Aha, que tu me racontes la prise des transporteurs, Kamosé ! »

Il finit par lui obéir, et elle vit avec soulagement son front se plisser sous l'effet de la concentration. Il ramassa un morceau de brique et se mit à le rouler distraitement sur sa cuisse tout en parlant. Son ton devint de plus en plus sec et froid, son discours gagna en cohérence, mais de temps à autre sa voix montait, son débit se précipitait, et il devait faire un effort pour se maîtriser.

« Je pense faire construire une prison ici, à Oueset, conclut-il. J'en confierai la charge à Simontou. C'est le scribe de notre ancienne prison, et un scribe de Maât. Il s'occupe des greniers de la ville. Je veux mettre de simples paysans sous ses ordres.

– Une nouvelle prison ? » Momentanément rassurée par la lucidité de ses précédent propos, Tétishéri réagit, prise au dépourvu. « Mais pourquoi, Kamosé ? Nous avons peu de criminels dans ce nome.

– Elle sera destinée aux étrangers, répondit-il. Ils y purgeront leur peine en travaillant sous les ordres de paysans, car le dernier des Égyptiens est un noble comparé à eux.

– Ton père n'approuverait pas, murmura Tétishéri.

– Si Séqénenrê avait emprisonné tous nos serviteurs dont l'origine était douteuse, il n'aurait pas été si gravement mutilé, répliqua Kamosé. Mersou aurait été mis hors d'état de nuire. Moi, je ne prendrai aucun risque. Je n'ai pas touché à Oueset, je n'ai pas envie de le faire, mais la menace sétiou est partout, même dans notre ville. Je compte démêler le bon grain égyptien de l'ivraie étrangère. Je serai toutefois miséricordieux. Je mettrai à l'écart, je n'exterminerai pas. »

Il se leva et se pencha vers elle. « Descendons, grand-mère. Le soleil se couche, et il va faire sombre dans le palais. Prends ma main. »

Elle obéit sans mot dire. Sa peau était brûlante, à présent, mais elle ne pouvait s'écarter de lui. Elle avait besoin qu'il la guide dans le puits obscur qui s'ouvrait devant eux.

Pendant toute la soirée et jusque tard dans la nuit, elle repassa les paroles de Kamosé dans son esprit, cherchant à découvrir jusqu'à quel point son âme était atteinte. Il était épuisé, aussi bien physiquement que moralement, mais son instabilité était-elle seulement le résultat de la fatigue ou avait-elle des racines plus profondes ? S'il s'effondrait, ils étaient perdus, à moins qu'Ahmosis ne fût capable de prendre la tête de l'armée. Assise devant sa table de toilette, tandis qu'Isis ombrait adroitement de khôl ses paupières ridées et frottait ses paumes de henné, elle se laissa aller à sa douleur.

Elle aimait tous les membres de sa famille, les aimait avec une fierté farouche et possessive, mais Kamosé était son préféré depuis le jour où, en contemplant son petit visage solennel, elle y avait reconnu une personnalité très semblable à la sienne. Leur intimité n'avait fait que croître avec les années. Des liens étroits s'étaient formés entre eux, unissant leurs esprits et leurs kas. Il était bien davantage son fils que celui d'Ahhotep : c'était du moins ce qu'elle s'était souvent dit en secret. A présent, toutefois, elle se demandait si le calme d'Ahhotep n'avait pas pris chez Kamosé la forme d'une froideur, qui n'apparaissait que dans les moments d'extrême tension. Devoir penser que Kamosé avait des défauts lui était douloureux. Cela nuisait à sa capacité de jugement. Il fallait trouver un remède.

Ce soir-là, dans la salle de réception, tandis que, comme de coutume, Béhek s'appuyait contre la jambe de Kamosé et fixait sur son visage fermé ses yeux adorateurs de chien, Tétishéri observa Ahmosis, qui mangeait et buvait, couvrait sa femme de baisers et plaisantait gentiment avec les serviteurs. Il est complètement à l'aise, se dit-elle. Je n'avais encore jamais vraiment remarqué la façon dont tous l'approchent avec déférence, mais en étant certains de ne pas essuyer de rebuffade. Kamosé inspire un respect teinté de crainte, et c'est bien. Pourtant, face à un roi incapable de conserver la distance et la santé mentale seyant à une divinité, ce respect survivrait-il ? Je ne m'étais jamais rendu compte jusqu'ici que Kamosé était incapable d'inspirer de l'affection.

Avec un soupir, Tétishéri but un peu de vin, honteuse de ces pensées déloyales. Devrais-je m'ouvrir de mes doutes à Ahmosis ? se demanda-t-elle. Qu'est-ce qui se cache vraiment derrière ses yeux limpides ? S'en sortirait-il par une pirouette ou me ferait-il la surprise d'une réponse sage ? Je n'en sais rien, je dois l'avouer. Je l'ai pris trop longtemps à la légère, parce que je préférais m'émerveiller des qualités de son frère. Oh ! mon cher Kamosé, je veux que tu sois fort, que tu incarnes toutes les vertus que t'ont léguées tes nobles ancêtres. Je veux que ce soit à toi qu'aille le fier héritage des Taâ, pas à Ahmosis.

Cette nuit-là, il lui fallut une infusion de pavot pour trouver le sommeil, mais les effets de la drogue se dissipèrent bien avant l'aube et, dès qu'elle se réveilla, des pensées se mirent à bourdonner dans son crâne comme un essaim d'abeilles en folie. Avec résignation, elle se leva, ouvrit son tabernacle d'Amon et se mit à prier. Il lui fallut un moment pour se rendre compte qu'elle s'adressait à son époux mort et non au dieu aux deux plumes.

5

Au matin, Tétishéri se fit conduire en litière au temple d'Amon. L'air scintillait sous l'effet d'une fraîcheur passagère, qui s'évanouirait dès que Rê prendrait des forces. Le fleuve montait lentement, son courant s'accélérait un peu dans les trous d'eau fraîche où se tapissaient les poissons, et le vent faisait courir des frissons d'argent à sa surface. Les palmiers raides et les sycomores aux branches étendues semblaient se pencher vers l'eau, assoiffés, dans l'attente de leur immersion annuelle et, dans les fourrés de roseaux qui poussaient dru sur ses berges, des hérons d'un blanc pur se tenaient immobiles sur leurs pattes délicates, le plumage ébouriffé par l'air tiède.

Un groupe d'enfants nus jouaient dans l'eau en poussant des cris de plaisir. Ils se turent et s'inclinèrent lorsque Tétishéri les salua de la main au passage, souriant de leur bonheur simple. La guerre ne signifie rien pour eux, se dit-elle, répondant un peu plus loin au salut de femmes et de jeunes filles chargées de paniers de linge. Ils sont protégés ici. Mon fils est mort pour cela. Un couple de bœufs beugla et, s'apercevant que la circulation s'intensifiait sur le chemin, à contrecœur, elle ferma ses rideaux. Son garde cria un avertissement, et la litière oscilla quand les porteurs contournèrent l'obstacle. L'odeur puissante des animaux – peau chauffée au soleil et fumier – parvint aux narines de Tétishéri, qui en éprouva un sentiment de bien-être. La réalité cosmique de Maât semblait en parfait équilibre.

Sa litière obliqua vers le nord, puis fut déposée doucement sur le sol. Elle attendit qu'Isis l'eût rejointe avec son parasol, puis, clignant les yeux dans la lumière violente, se dirigea vers le temple. A sa gauche, la chapelle de l'Osiris Sésostris cuisait au soleil et plus loin, à sa droite, ses hautes colonnes se découpaient sur l'horizon. Derrière elles s'étendait le lac sacré, un agréable rectangle de pierre où le bleu vif du ciel se reflétait dans une eau paisible. L'enceinte d'Amon était juste devant Tétishéri, au bout du chemin pavé, et, en s'avançant, elle entendit le bruit des claquoirs et le chant des prêtres. Le service du matin prenait fin. Amon avait été lavé, encensé et nourri. On lui avait offert des fleurs, du vin, de l'huile parfumée, et sa majesté avait été adorée.

Dans la cour, Tétishéri s'arrêta. Amonmosé venait de verrouiller les portes du sanctuaire et scellait le cachet d'argile qui resterait en place jusqu'à l'office du soir. En se retournant, il la vit, s'inclina, puis, tendant à un aide la peau de léopard jetée sur son épaule, se dirigea vers elle d'un pas vif.

«Bonjour, Amonmosé, dit Tétishéri. Je suis venue admirer le trésor rapporté par mon petit-fils.»

Il lui rendit son sourire et désigna du geste les magasins et les cellules des prêtres alignés contre le mur extérieur du temple.

«Quel plaisir de te voir, Majesté! dit-il avec gaieté. Tout a été pointé et trié. Sa Majesté s'est montrée très généreuse envers Amon, et je lui en suis reconnaissant.

– Sa Majesté sait ce qu'elle doit au pouvoir d'Amon et à la fidélité de son grand prêtre, déclara Tétishéri. Tu as donné à Kamosé bien plus que ta confiance, Amonmosé, et il te considère comme un ami.

– Il m'a promis que, lorsqu'il aura débarrassé l'Égypte des étrangers, il fera d'Oueset le centre du monde et élèvera Amon au rang de roi des dieux. Nous vivons une époque mouvementée. Chacun d'entre nous a dû s'interroger sur ses allégeances.» Le grand prêtre hésita, prit une inspiration, hésita de nouveau, puis, comme ils arrivaient à la porte des magasins et qu'un garde les saluait, il se tourna vers elle. Notant son indécision, Tétishéri demanda d'un ton brusque :

«Eh bien, Amonmosé? Qu'y a-t-il?

– Ce sont les présages, Majesté, bégaya-t-il. Ils sont mauvais depuis le retour du roi. Le sang qui a coulé du taureau sacrifié pour remercier Amon était noir, et il empestait. Toutes les colombes étaient pourries à l'intérieur. Je n'exagère pas.

– Bien sûr que non!» Tétishéri le regarda un instant sans le voir. «Ces sacrifices étaient-ils faits spécialement pour Kamosé, ou étaient-ils destinés à remercier le dieu des progrès de cette guerre?

– Ils concernaient uniquement Sa Majesté. C'étaient des dons faits à Amon pour l'avoir épargné. Je crains pour sa vie, Tétishéri. Pourtant il est en bonne santé, l'armée prospère et la plus grande partie de l'Égypte est de nouveau entre les mains de votre divine famille. Je ne comprends pas, mais je suis plus qu'inquiet. Qu'ont décrété les dieux ? En quoi les a-t-il mécontentés ? Avec ton petit-fils, c'est le sort de l'Égypte qui se joue. Les dieux s'en moquent-ils donc ?

– C'est toi le grand prêtre ! Tu devrais le savoir ! répliqua Tétishéri qui, dans son affolement, ne releva pas le fait qu'il l'avait appelée par son nom. Pourquoi n'ai-je pas été prévenue plus tôt ? Kamosé est rentré depuis près d'une semaine !

– Pardonne-moi, répondit Amonmosé d'un air embarrassé. Je ne voulais pas t'inquiéter prématurément. Il y a d'abord eu le taureau, et j'ai sacrifié les colombes le lendemain pour savoir si le premier présage se confirmait. Comme cela a été le cas, j'ai consulté l'oracle. »

Tétishéri avait envie de le secouer. Il semblait indécis, inquiet, et tripotait nerveusement les manches longues de sa robe.

« Et qu'a dit l'oracle ? demanda-t-elle, les dents serrées.

– Je suis désolé, fit-il avec un sourire triste. Ma préoccupation me rend imprécis et confus. Voici les paroles de l'oracle : “Il y eut trois rois, puis deux, puis un, avant que la tâche du dieu ne fût accomplie.” C'est tout.

– C'est tout ? Mais qu'est-ce que cela signifie ? Que sommes-nous censés comprendre, et à quoi rime un oracle, s'il n'a aucun sens ? »

Impatientée par l'énigme, elle s'emportait et dut faire un effort pour se maîtriser.

« Sommes-nous censés discuter des interprétations possibles jusqu'à ce que la lumière nous frappe ? Trois rois, puis deux, puis un. De quoi s'agit-il, au nom d'Amon ? »

Amonmosé était accoutumé à ses accès de colère. Il alla chercher un tabouret et le posa près d'elle. Elle s'y assit distraitement.

« Je suis le grand prêtre, en effet, dit-il. Je suis également le Premier Prophète d'Amon. Le dieu parle à l'oracle, mais c'est à moi qu'il appartient d'interpréter.

– Eh bien, cesse de mettre ta robe en lambeaux et accomplis ta tâche ! »

Il acquiesça.

«Il y avait trois rois, trois rois authentiques en Égypte : Séqénenrê, le Puissant Taureau de Maât, aimé d'Amon ; son fils Kamosé, le Faucon-dans-le-nid, et son cadet le prince Ahmosis. Nous ne pouvons prendre en considération ce pauvre Si-Amon qui a vendu son droit d'aînesse et en a payé le prix. Séqénenrê a été tué. C'est alors son fils Kamosé qui est devenu le Taureau puissant.

– Je sais où tu veux en venir, interrompit Tétishéri d'une voix rauque. La tâche du dieu a été commencée mais n'est pas encore achevée et, avant qu'elle ne le soit, il ne restera plus qu'un seul roi : Ahmosis. Mais la prophétie ne donne aucune indication de temps, poursuivit-elle avec détermination. Et tout mon être refuse l'idée que Sa Majesté puisse mourir avant que la vieillesse ne l'emporte dans la Salle du Jugement. Admettons que la tâche du Dieu ne soit achevée que lorsque le dernier étranger aura été expulsé d'Égypte ? Cela pourrait se passer longtemps après la prise d'Het-Ouaret et l'exécution d'Apopi. Pourquoi ce dernier roi ne serait-il pas Ahmosis-onkh, d'ailleurs ?

– Cela en ferait quatre, objecta Amonmosé. Nous nous raccrochons à des fétus de paille, Majesté. Mon interprétation est peut-être erronée.

– Non, je ne le pense pas, soupira-t-elle. Mais je refuse de croire que Kamosé ne s'assiéra pas sur le trône d'Horus, ici, à Oueset, une fois qu'on l'aura repris à cet usurpateur d'Apopi. Le dieu ne nous en voudra pas d'essayer de reculer le plus possible l'arrêt du destin. Je vais donc ordonner que la garde de Kamosé soit doublée et que ses aliments et sa boisson soient surveillés.

– Il pourrait succomber à la prophétie pendant une bataille.

– En effet.» Elle désigna d'un geste impatient de la main les sacs et les coffres empilés autour d'elle. «Ces trésors ne m'intéressent plus, reprit-elle. Dis-moi, Amonmosé, as-tu remarqué des changements chez mon petit-fils depuis son retour ?»

Plissant les yeux, il affronta son regard.

«Toi et moi sommes au service du dieu et de la grandeur des Taâ depuis que je suis entré dans ce temple en qualité de prêtre-ouab, Majesté, répondit-il. Tu ne me poserais pas cette question si tu n'avais des raisons d'attendre une réponse positive. Je suis le serviteur de Sa Majesté, et c'est à lui en premier que je dois fidélité, mais si je pensais qu'il était devenu autre qu'il n'est, je te le dirais. Sa Majesté m'a paru un peu brusque et très préoccupée, conclut-il avec un haussement d'épaules. C'est tout.

– Merci. Ne dis rien de cet oracle à Kamosé, je t'en prie. Il ne faut pas que pèse sur lui le poids supplémentaire d'une mort annoncée à laquelle il ne succombera peut-être pas avant des hentis. Nous nous reverrons le 22 de ce mois, à la fête de la Grande Manifestation d'Osiris. »

Le grand prêtre s'inclina, et Tétishéri regagna sa litière d'un pas rapide.

C'est cruel, pensait-elle avec fureur, tandis que celle-ci tressautait sur les épaules des porteurs. C'est inacceptable, Amon ! Est-ce ainsi que tu remercies mon petit-fils de sa dévotion ? Il s'est donné cœur et âme, il a souffert, et tu le récompenses en lui promettant qu'il mourra avant de régner sur un pays purifié ? Je ne t'aime pas, aujourd'hui. Vraiment pas ! Elle continua à pester de la sorte, les poings serrés, afin de se défendre contre des émotions plus profondes, contre sa douleur et son appréhension.

Elle ne rentra pas dans la maison. Après avoir envoyé Isis prévenir Ouni qu'elle déjeunerait plus tard, elle se fit conduire au-delà des habitations des domestiques et des greniers, là où étaient cantonnés les Gardes du Roi. Les hommes d'élite du souverain disposaient en effet de baraquements confortables, de leur propre bassin et d'un coin de verdure. Leur commandant, le prince Ankhmahor, était logé à l'écart, dans un bâtiment de trois pièces. Tétishéri y pénétra sans se faire annoncer, surprenant le scribe assis sur une natte au milieu d'un amoncellement de rouleaux. Posant sa palette, il se leva à la hâte et s'inclina.

« Majesté, bafouilla-t-il. C'est un honneur. Le prince n'est pas ici.

– C'est ce que je vois, répliqua-t-elle. Va le chercher. J'attends. »

Il s'inclina de nouveau, et Tétishéri nota avec satisfaction qu'il rangeait les papyrus dans leur coffret avant de sortir de la pièce à reculons. Elle l'avait sans doute interrompu alors qu'il recopiait pour les archives des informations concernant les Gardes du Roi. L'accès à celles-ci n'était pas interdit à Tétishéri, mais le protocole voulait qu'elle les demandât au commandant, lequel aurait été furieux que son serviteur les laissât traîner, même devant elle.

Elle prit une chaise et, assise face à la porte ouverte, écouta le chant strident des oiseaux dans les arbres jusqu'à ce que l'ombre d'Ankhmahor lui fît lever les yeux. Celui-ci secoua la poussière de ses sandales, puis la salua avec politesse.

« Je suis contente de te voir, Ankhmahor, dit-elle, se sentant soudain le cœur plus léger. Je me suis réjouie de savoir que mon petit-fils t'avait nommé commandant des Gardes. J'ai connu ta mère. C'était une femme estimable. »

Il souriait, très à l'aise, et les ailes de sa coiffure à rayures bleues et blanches encadraient des traits empreints de calme et de modération.

« Tu es bien aimable, Majesté, répondit-il. En quoi puis-je t'être utile ? »

Il ne s'excusa pas de ne pas avoir été là à son arrivée, et Tétishéri en fut secrètement heureuse. Toute trace d'obséquiosité l'irritait.

« J'aimerais que tu me donnes ton avis sur Kamosé, commença-t-elle. Je vais être sincère avec toi, prince. Il m'inquiète. Depuis son retour, il est replié sur lui-même et, lorsqu'il parle, ses propos sont amers et parfois même déroutants. » Elle hésita, puis poursuivit, malgré le sentiment de trahison qu'elle éprouvait. « J'aime mon petit-fils, et sa santé est de la plus grande importance pour moi, mais il y a davantage en jeu ici que l'état mental de Kamosé. Peut-il continuer à diriger l'armée ? »

C'était dit, à présent. La question flottait dans l'air comme une condamnation. Tétishéri se sentait diminuée, comme si elle avait perdu un peu de son omnipotence en la posant. Elle eut brusquement très soif. Ankhmahor haussa les sourcils et, sans attendre d'y être invité, s'assit sur un coin du bureau.

« Je crois que dans n'importe quelle autre circonstance, je devrais répondre que non, dit-il avec franchise. Sa Majesté a mené sa campagne avec une brutalité qui en a horrifié beaucoup. L'Égypte est ravagée, mais c'est le résultat d'un nettoyage organisé et exécuté par nécessité et non par cruauté. Dans un pays libre et stable, menacé simplement par des tribus du désert, un tel comportement aurait été de la folie. Que ton petit-fils souffre intimement des décisions intransigeantes qu'il a prises est tout à son honneur. Il a senti dans sa chair chaque coup d'épée donné à un Égyptien, et cette douleur a encore accru sa haine contre les Sétiou, qui l'obligeaient à commettre de tels actes. » Il lui jeta un regard songeur. « Il y a aussi son besoin de venger la mort de son père et le suicide de son frère. Il se forge au feu même qu'il a allumé, Majesté. Celui-ci finira peut-être par le consumer, mais pas avant qu'il n'ait accompli sa tâche. Il a mon entière loyauté.

– Comment les autres princes le considèrent-ils ? »

Ankhmahor sourit.

« Au début, ils redoutaient sa victoire. Bien qu'engagés à son côté, ils ne souhaitaient ni les effusions de sang ni les désagréments. Plus tard, ils l'ont craint pour ce qu'il avait accompli et pour sa dureté. »

Craint, se répéta Tétishéri. Oui, c'est bien cela.

« Et maintenant ? demanda-t-elle. Et Hor-Aha ?

– Tu as beaucoup d'intuition, Majesté, dit-il doucement. J'avais entendu parler de l'orgueil et du caractère intraitable des femmes de la famille des Taâ, mais pas de leur tournure d'esprit masculine. Cela dit sans intention de te manquer de respect, Majesté.

– Tu ne m'offenses pas. Nous appartenons tous deux à de vieilles familles, Ankhmahor. Eh bien ?

– Les princes n'aiment pas le général. Ils sont jaloux de son emprise sur le roi. Ils s'irritent d'être sous son commandement.

– Ahmosis est d'accord avec eux ? »

Ankhmahor poussa un soupir.

« Le prince est un homme d'une grande pénétration, aux paroles et aux jugements modérés. Il partage l'affection de son frère pour Hor-Aha et reconnaît ses qualités d'homme de guerre, mais il n'est pas aveugle aux dangers de la situation. Sa Majesté, si. La fidélité est devenue son seul critère de jugement. »

La soif de Tétishéri s'était intensifiée. Elle déglutit avec difficulté. « Kamosé est-il capable de maintenir leur cohésion ? demanda-t-elle.

– Oui, je le pense, aussi longtemps qu'il leur donnera la victoire. Si le siège se passe mal, ils en rejetteront la faute sur Hor-Aha. Et si Sa Majesté prend sa défense, il y aura des problèmes. Mais je n'aime pas le jeu des hypothèses.

– Moi non plus, pourtant il me faut tout envisager, dit Tétishéri. Je veux que tu doubles ses gardes, Ankhmahor.

– Puis-je te demander pourquoi ? »

Elle hésita de nouveau, et il lui vint à l'esprit qu'elle se fiait à cet homme comme elle s'était fiée à son mari, sans réserve. Cela lui mit du baume au cœur.

« Parce que, ce matin, Amonmosé m'a dit que les présages étaient mauvais pour Kamosé, répondit-elle simplement. Il a recueilli un oracle défavorable. Je ne crains pas vraiment qu'on l'attaque pendant qu'il est ici, mais mieux vaut prendre toutes les précautions.» Elle se leva péniblement, les membres ankylosés. «Merci de ta franchise, prince, conclut-elle en lui souriant. Je n'attends pas de rapport de ta part, ce serait empiéter sur tes responsabilités. Veille sur lui.»

Elle se dirigea vers la porte, et Ankhmahor s'inclina en disant :

«C'est un grand homme, Majesté, digne de porter la Double Couronne. Je prie qu'on se souvienne de lui avec amour.»

J'en doute, se dit Tétishéri, alors qu'elle prenait place dans sa litière. Sa volonté de libérer l'Égypte, la façon dont Apopi a tourmenté notre famille, la bravoure de Séqénenrê, notre désespoir : tout cela disparaîtra. Seul le caractère implacable de mon petit-fils restera dans les mémoires. Dans les temps à venir, peu d'hommes en sauront assez pour témoigner en sa faveur.

Une fois dans ses appartements, Tétishéri envoya Isis lui chercher à manger. «Mais d'abord de la bière! Je meurs de soif!» ordonna-t-elle.

Lorsqu'elle fut servie, elle but à longs traits avant de s'attaquer aux plats que sa servante posait devant elle. Bien que pénible, sa conversation avec Ankhmahor l'avait réconfortée et, dans la chaleur de plus en plus accablante de l'après-midi, elle alla se coucher et dormit profondément.

Ayant trouvé un peu de tranquillité à la fin de la journée, Tétishéri conclut comme le prince que, bien que menacée, la raison de Kamosé ne sombrerait pas. Elle se consacra donc désormais à éviter que la guérison des blessures morales de Kamosé ne se trouve entravée par des causes physiques. Gardant l'oracle à l'esprit, elle rappela à Akhtoy que les aliments et les boissons de Sa Majesté devaient toujours êtres goûtés, et fit en sorte que l'on plaçât toujours devant lui le plus grand choix de viandes, de fruits secs et de légumes.

Elle décida aussi qu'avoir une femme dans son lit lui apporterait un oubli salutaire. En conséquence, elle appela Sénéhat, lui demanda de se dévêtir, l'examina avec soin et, après avoir ordonné à Isis de la faire laver, raser et parfumer, l'envoya dans la chambre de Kamosé, non sans lui avoir rappelé qu'aucune loi égyptienne ne l'obligeait à obéir à sa maîtresse dans ce domaine, et que si elle préférait décliner l'honneur de partager le lit du roi, une autre la remplacerait avec plaisir. Sénéhat accepta mais revint en pleurs.

«Je n'ai rien fait de mal! gémit-elle. Mais Sa Majesté n'a pas voulu de moi. Elle m'a renvoyée! J'ai honte!

– De quoi, fille stupide? dit Tétishéri, sans méchanceté. Va dans ta chambre et garde ta langue, sinon je te la couperai!»

Sénéhat s'en alla en reniflant. Au matin, Kamosé demanda à être reçu par sa grand-mère. Il l'embrassa, puis s'écarta.

«Je suppose que c'est toi qui m'as envoyé Sénéhat, Tétishéri. Je ne t'en veux pas. Je sais combien tu t'inquiètes de mon bien-être. Mais je n'ai pas envie de relations sexuelles et, quand ce serait le cas, je choisirais quelqu'un qui soit plus à mon goût qu'une petite servante, si jolie soit-elle.

– Qui est plus à ton goût, alors?» demanda Tétishéri, impénitente.

Il rit, et il y avait bien longtemps qu'elle n'avait vu son visage se détendre de la sorte, mais aussitôt, une étrange expression, entre tristesse et nostalgie, brilla dans son regard.

«Personne que j'aie jamais rencontré, répondit-il simplement. Tous les hommes qui dorment seuls ne sont pas des fanatiques ou des anormaux, grand-mère. Je suis peut-être proche des premiers, mais assurément pas des seconds. Cesse de chercher à me manœuvrer, je t'en prie.»

Il l'embrassa de nouveau et s'en fut, la laissant mécontente et perplexe.

Pendant les semaines qui suivirent, elle continua de l'observer avec attention. Il avait toujours été solitaire, et il continuait à préférer sa propre compagnie, bien qu'il assistât régulièrement aux banquets de la famille et s'acquittât de bonne grâce des obligations sociales qui lui revenaient en tant que chef de la maison des Taâ et prince d'Oueset. Une sorte de froideur continuait néanmoins de l'envelopper et, quand il ne parlait pas, son visage ressemblait à une porte fermée derrière laquelle il dissimulait son vrai caractère. Il n'y avait que dans le temple qu'il semblait s'amollir, s'assouplir. Son corps se dénouait et ses genoux pliaient facilement quand il se prosternait devant l'imposante porte à double battant du sanctuaire.

Il avait réquisitionné les paysans qui n'avaient pas été enrôlés dans l'armée pour leur faire construire sa prison dans le désert, derrière la ville. On le voyait souvent sur le chantier. Accompagné de ses gardes et de Béhek, qui s'allongeait dans son ombre, il se tenait un peu à l'écart de la poussière soulevée par les essaims d'ouvriers.

Cette année-là, le prêtre qui mesurait la crue du Nil l'établit à quatorze coudées : Isis avait magnifiquement pleuré. Au milieu du mois de *paophi*, la fête d'Hâpy, le dieu des eaux, donna lieu à des réjouissances exubérantes qui durèrent sept jours. Kamosé passa la semaine entière dans le temple, dormant dans une cellule et participant à tous les rituels avec Amonmosé et les autres prêtres. On dirait que la proximité du dieu lui apporte une paix qu'il ne peut trouver en dehors de son enceinte sacrée, pensait Tétishéri, tandis que, dans le vain espoir d'échapper à la chaleur, elle passait de l'ombre de son dais installé dans le jardin à l'obscurité de sa chambre. Les démons de Kamosé semblent s'apaiser en présence du dieu. Il a l'air moins hanté. On ne lui voit plus les os, et ses yeux sont clairs. Il me parle avec autant d'affection que naguère, et pourtant il y a en lui un lieu inaccessible à tous, y compris à moi-même. Je n'aime pas cette façon qu'il a parfois de se mettre à frissonner en se plaignant d'avoir froid. Il n'est pas malade. C'est en lui, dans son âme, que réside cette noirceur glacée.

Pour Tétishéri, le monde entier s'était réduit aux dimensions du ka mystérieux de Kamosé. Lui seul occupait ses pensées, quelle que fût la personne avec qui elle se trouvait, et même si sa langue parlait aisément d'autres sujets. Son chagrin s'atténuant, Néfer-Sakharou, la cousine d'Ahhotep, passait moins de temps auprès d'Ahmosis-onkh et, sous le prétexte de lui apporter un soulagement en lui permettant de raconter encore une fois l'exécution de son mari, Tétishéri put se faire une idée assez précise de ce qui était arrivé à Khmounou et lors de la prise de Néferousi. Ankhmahor lui aurait certainement décrit d'autres combats si elle l'en avait prié, mais elle estimait lui en avoir déjà trop demandé et sentait par ailleurs que cette curiosité pouvait déboucher sur une obsession aussi dangereuse que celle de son petit-fils.

Ils recevaient régulièrement des nouvelles des troupes qui hivernaient dans le Nord. Les informations provenaient parfois de Ramosé mais, le plus souvent, c'était Hor-Aha qui dictait ses rapport sur l'état de l'armée. Il n'oubliait jamais de saluer respectueusement Tétishéri, qui commençait à se demander s'il ne fallait pas y voir de l'hypocrisie et de la flagornerie. Le Medjaï n'était après tout qu'un homme de tribu ayant le génie de l'organisation militaire, et l'époque de la campagne désespérée de Séqénenrê était loin. Sa réussite lui était-elle montée à la tête ? Tétishéri estimait que Kamosé n'aurait jamais dû lui donner le titre de prince héréditaire. Il aurait dû lui laisser le grade de général et placer l'un des autres princes au-dessus de lui, quitte à ce que cette nomination soit purement honorifique.

Athyr commença, un mois toujours synonyme d'ennui pour Tétishéri, bien que la chaleur commençât à décroître. L'Égypte était devenue un immense lac d'où ne dépassait que le sommet des palmiers noyés. Les champs étaient couverts d'une eau argentée. La seule construction en cours était la prison de Kamosé, un bâtiment hideux auquel les paysans travaillaient quand ils n'étaient pas assis à la porte de leur maison à contempler leurs aroures inaccessibles en évaluant la quantité de graines qu'ils sèmeraient à la décrue. Ahhotep s'occupait de l'inventaire annuel de la maison. Même le temple fonctionnait au ralenti. Peu de fêtes venaient rompre la monotonie des jours.

Ahmosis, lui, était heureux. Chaque matin, équipé de son bâton de jet et de son attirail de pêche, il partait en barque avec ses gardes et disparaissait dans les marais pour ne revenir qu'en fin d'après-midi, couvert de boue et en sueur. Il jetait ses prises aux serviteurs, qui accommodaient canards et poissons pour le repas du soir. Ahmès-Néfertari l'accompagnait parfois, mais dans les derniers jours étouffants d'athyr, elle avoua gaiement qu'elle ne pouvait plus le suivre et préférait passer la matinée à tenir compagnie à sa mère ou à jouer au zénet avec Raa.

Le dernier jour du mois, alors que Tétishéri s'était retirée dans ses appartements après le repas du soir, elle eut la surprise d'apprendre qu'Ahmosis était à sa porte et demandait à la voir. Isis venait de la démaquiller et était en train de la coiffer. Se jugeant peu présentable, Tétishéri faillit lui faire dire de revenir le lendemain matin. Puis elle passa outre à ce reste de coquetterie et décida de le recevoir.

« Pardonne-moi, grand-mère, je sais qu'il est tard, dit-il en s'inclinant poliment. Je voulais te parler quelques instants en tête à tête. A force de vouloir chasser en quelques mois pour toute l'année à venir, je me suis montré égoïste de mon temps. Mère me l'a déjà reproché. Même Ahmès-Néfertari m'a fait remarquer que je n'avais pas accordé à ma famille l'attention qu'elle mérite.

– Tes absences ne m'offensent pas le moins du monde, Ahmosis. Nous nous voyons tous les soirs à dîner. Tu occupes ton temps de loisir à ta guise et, pourvu que tu ne négliges pas ton épouse, je ne trouve rien à y redire. Cela étant, tu choisis un curieux moment pour te rappeler tes obligations à mon égard. »

Elle indiqua à Ahmosis un fauteuil près de son lit.

« Assieds-toi.

– Merci. »

Il tira le siège plus près de sa table de toilette et s'y laissa tomber avec un soupir.

« Pour être franc, je commence à me lasser de tuer des animaux sauvages. Ahmès-Néfertari dit que je grandis enfin. Elle me taquine. »

Tétishéri l'observa avec curiosité à la lumière jaune des lampes. Large d'épaules, râblé, la peau luisante de santé, il respirait la vigueur masculine. Un ruban rouge retenait ses cheveux bruns bouclés, qui encadraient un visage ouvert et animé. Mais ses yeux ne souriaient pas ; ils étaient graves.

« Laisse-nous, dit Tétishéri à Isis. Je n'ai plus besoin de toi, ce soir. »

Lorsque la servante eut refermé la porte derrière elle, la vieille femme croisa les bras.

« Je ne suis pas dupe, prince. Que me veux-tu ?

– Je ne veux rien, répondit-il avec douceur. Je n'ai aucune envie de te consulter, en fait. Je sais que ton cœur appartient à Kamosé et que tu vois tout par ses yeux. Ne le nie pas, Tétishéri. Cela ne me blesse pas, mais ne m'incite pas non plus à me rapprocher de toi.

– Je ne nie rien. Toutefois, si tu penses un seul instant que je pourrais faire passer mon amour pour ton frère avant le bien de l'Égypte, tu te trompes. Ce serait déshonorer la mémoire de ton père et me rabaisser.

– Peut-être. J'espérais que tu manifesterais le désir de discuter avec moi de la campagne que nous avons menée, ou au moins de me parler ce qui s'était passé ici en notre absence. Mais non, devant le silence de Kamosé, tu as préféré t'ouvrir de tes inquiétudes à Ankhmahor et interroger cette pauvre Néfer-Sakharou. Je ne suis pas aveugle, grand-mère. As-tu peur de moi ou me trouves-tu trop stupide et insignifiant pour être pris en compte ? »

Son ton n'avait pas changé, ses mains reposaient, détendues, sur les accoudoirs du fauteuil, mais son attitude même renforçait l'accusation contenue dans ses paroles. Tétishéri lutta contre la bouffée de colère qu'elles avaient fait monter en elle. Il a raison, reconnut-elle avec amertume. Je n'aurais pas dû l'ignorer. J'aurais dû écouter la voix de ma propre intelligence.

« Je me serais entretenue avec toi, si je n'avais craint que Kamosé ne s'imagine avoir perdu ma confiance, dit-elle avec lenteur. L'excuse peut paraître mince, mais il est le roi. Ses décisions influeront sur la suite de la guerre. Je ne pouvais risquer de fermer toute communication entre nous.

– Et tu es donc allée t'ouvrir de tes inquiétudes à Ankhmahor. » Ahmosis décroisa ses jambes et se laissa aller en arrière. « Pourquoi cela ? Parce qu'il est plus âgé que moi, plus mûr ? Parce qu'il déteste la chasse ? Pourquoi ? Je te précise tout de suite qu'il ne m'a rien dit. J'ai remarqué que la garde de Kamosé avait été doublée et, lorsque j'en ai demandé la raison au prince, il m'a expliqué que tu en avais exprimé le souhait. A présent, il te faut savoir si tu me fais confiance ou pas, grand-mère. Si c'est non, j'irai satisfaire ailleurs mon besoin de conseils. »

Ils se dévisagèrent un long moment en silence. Ce petit morveux me défie, pensa Tétishéri, stupéfaite. Il ne s'agit pas de jalousie, il me demande seulement de lui reconnaître enfin ce qu'il considère comme sa place légitime. Si je tente de me justifier, il me jugera faible et me reléguera sur les marges de son existence. Je ne dois même pas m'excuser. Eh bien, soit.

« Je suis allée confier une inquiétude à Ankhmahor, et je vais te dire laquelle », commença-t-elle. Et, après lui avoir parlé des présages et de l'oracle, elle ajouta : « Ils ne concernent peut-être pas le futur immédiat, mais j'ai jugé sage de prendre toutes les précautions possibles. J'ai également demandé à Ankhmahor son avis sur l'état mental de Kamosé. S'il s'effondre, notre révolte est vouée à l'échec.

– Il est déconcertant de te voir céder aussi rapidement et aussi totalement, commenta Ahmosis, en haussant les sourcils. Tu es une femme complexe, grand-mère. Je suppose que le prince t'a assuré que Kamosé conserverait la raison, du moins dans l'avenir proche.

– Tu en parles avec tant de calme ! cria presque Tétishéri. N'éprouves-tu donc plus d'affection pour ton frère ?

– Si ! répondit-il, en abattant son poing sur l'accoudoir du fauteuil. Mais j'ai appris à prendre de la distance. Sinon, comment crois-tu que j'aurais pu rester près de lui et regarder l'effet que les ordres qui tombaient de ses lèvres faisaient à son ka ? Il n'a aucun moyen d'échapper à ses démons, Tétishéri. Je suis plus heureux. Je trouve l'oubli dans les bras de ma femme, quand un poisson mord à mon hameçon, ou quand mon bâton de jet s'envole en emportant ma conscience avec lui. Ces plaisirs-là prennent mes cauchemars au piège et les étouffent. Kamosé n'a pas cette chance. Nous avons tué tout le jour, tous les jours, pendant des semaines. Kamosé continue à tuer, même lorsqu'il contemple le ciel, assis sur la terrasse du vieux palais. Il vaudra mieux pour lui reprendre en main une véritable épée. »

Tétishéri était bouleversée et, cette fois, elle ne put le cacher.

« Raconte-moi tout, Ahmosis. Je veux tout savoir. »

Elle resta parfaitement immobile, tandis que la voix de son petit-fils emplissait la pièce sombre et chaude. Il ne lui dissimula rien et lui décrivit avec tant de calme et de clarté la puanteur du carnage, les combats, les plaintes des femmes, les nuits agitées, souvent interrompues par l'arrivée d'éclaireurs qui profitaient de l'obscurité pour descendre et remonter le fleuve, qu'elle n'avait pas besoin de fermer les yeux pour imaginer les scènes.

Lorsqu'il eut achevé le récit des opérations, il lui indiqua les responsabilités de chaque prince, et son opinion sur leur fidélité et leur attitude envers Kamosé, Hor-Aha et lui-même.

« Het-Ouaret ne tombera pas cette année, à moins que nous puissions attirer Apopi hors de sa citadelle, conclut-il. Kamosé est décidé à assiéger de nouveau la ville, mais ce sera du temps perdu. Je pense que les princes resteront encore une saison avec lui, mais ensuite, en l'absence de résultats, ils commenceront à vouloir rentrer chez eux s'occuper de leurs nomes et de leurs domaines.

– Que devrait-il faire, dans ce cas ? demanda-t-elle, l'esprit encore plein d'images terribles.

– Je veux d'abord entendre ton opinion, répondit-il. Mais avant, pourrions-nous avoir de la bière, grand-mère ? J'ai la gorge sèche à force d'avoir parlé. »

Qui es-tu ? se demanda-t-elle, tout en appelant Ouni, qui était assis devant sa porte, à son poste. Et alors même qu'elle se posait cette question, une vague de tristesse la submergea. Tu n'es pas

Kamosé, pensa-t-elle. Tu n'es pas le roi. J'aimerais que ce soit ton frère qui soit assis là et discute des affaires avec ta lucidité et ta compétence.

«Il devrait installer une garnison à Het néfer Apou, bien que la ville soit vraiment trop loin d'Het-Ouaret, dit-elle à haute voix. Il devrait bâtir une grande forteresse à Iounou, à la pointe du Delta, et y caserner des troupes afin d'empêcher Apopi de descendre dans le Sud. Il devrait infiltrer des espions dans Het-Ouaret, des hommes capables de trouver un emploi dans la ville et qui se feraient progressivement une idée précise de tout – la structure des portes, le nombre et la direction des rues, jusqu'à l'emplacement des baraquements et à la quantité de soldats qui les occupent. Il faudrait aussi qu'il s'informe de l'état d'esprit des habitants. Tout cela demande du temps.

– Et c'est ce qui rend Kamosé fou, intervint Ahmosis. Vous souhaitiez l'un et l'autre que nous avancions rapidement vers le Nord et que nous repoussions au plus vite le pied qu'Apopi appuyait sur nos cous. Cela ne se passera pas ainsi, Tétishéri, et tu sembles l'avoir accepté. Ce n'est pas le cas de Kamosé, et je suis las de discuter avec lui.

– Mais tu ne l'abandonneras pas ! s'écria-t-elle. Vous ne vous querellerez pas en public, Ahmosis !

– Bien sûr que non ! Tu me prends toujours pour un écervelé, n'est-ce pas, grand-mère ? Eh bien, écoute-moi une bonne fois !» Il se pencha en avant, un doigt levé. «Je hais les Sétiou. Je hais Apopi. Je jure sur les blessures de mon père, sur le chagrin de ma mère, que je ne connaîtrai pas la paix avant qu'un roi égyptien règne de nouveau sur un pays unifié. Je suis en désaccord avec la stratégie de Kamosé mais, en sujet loyal, je le soutiendrai, parce que lui et moi, parce que tous, nous voulons la même chose. Kamosé est devenu pareil à un cheval à qui l'on a mis des œillères. Il ne voit ni à droite ni à gauche, mais, comme ce cheval, il va dans la bonne direction.»

On frappa à la porte. Ouni entra, posa bière et gâteaux sur la table, puis, après avoir raccourci la mèche des lampes, il se retira discrètement. Ahmosis vida son pot d'un trait et se resservit. Tétishéri l'observa un instant avec attention, puis murmura enfin, en s'humectant les lèvres.

«Qui tient les rênes, Kamosé ? Hor-Aha ?»

Il réfléchit à la question, les yeux fixés sur sa bière, puis releva la tête.

« Le général est ambitieux et autoritaire, dit-il. C'est incontestablement un tacticien brillant. Ses Medjaï lui obéissent aveuglément. Je ne pense toutefois pas que Kamosé subisse son influence, même s'il écoute ses conseils avant les miens. Franchement, grand-mère, j'en suis venu à me défier de lui. Mais je garde cela pour moi. Il nous est encore utile.

– Ses Medjaï ? »

Ahmosis poussa un grognement d'approbation.

« Savais-tu que Nithotep, la mère d'Hor-Aha, était égyptienne ? Je crois qu'elle vivait près de la forteresse de Bouhen, dans le pays d'Ouaouat, et qu'elle gagnait sa vie en lavant le linge des soldats.

– Non, je l'ignorais, répondit Tétishéri. Et son père ?

– Manifestement un Medjaï, à en juger d'après le teint et les traits du général. Mais Hor-Aha se considère comme un citoyen de ce pays. Il en tire fierté. Il ne trahira pas son roi. »

Ahmosis choisit le plus gros gâteau, mordit dedans avec appétit et, après avoir léché le miel qui lui poissait les doigts, il adressa brusquement un grand sourire à Tétishéri.

« Maintenant que Kamosé l'a fait prince, il veut un nome à gouverner. Mon frère lui en a promis un dans le Delta.

– C'est ridicule ! Nous ne pouvons pas avoir un Medjaï pour nomarque.

– Ne t'inquiète pas, Majesté, répondit Ahmosis, dont les dents blanches étincelèrent. Avant que cela n'arrive, il faudra que le Delta soit assez stable pour être gouverné, et ce n'est pas pour demain. Nous n'avons pas besoin de nous préoccuper de cela pour l'instant.

– Serions-nous en train de devenir complices, Ahmosis ? fit Tétishéri d'un ton songeur.

– Nous sommes des alliés, Majesté. Des alliés. Avec Kamosé, nous l'avons toujours été. » Il se leva et s'étira. « Merci de m'avoir prêté ton auguste oreille. Nous comprenons-nous un peu mieux, à présent ? Puis-je partir ? »

Elle acquiesça de la tête en lui tendant la main. Il la prit dans les deux siennes et se pencha pour l'embrasser sur la joue. « Dors bien, grand-mère », dit-il, avant de se diriger vers la porte d'un pas ferme.

Malgré son immense fatigue, malgré le lit qui lui tendait les bras, Tétishéri ne bougea pas. Longtemps, elle demeura immobile, le regard perdu dans le vide, l'esprit en ébullition. Lorsque la dernière lampe se mit à crachoter, elle se leva enfin, mais seulement pour l'éteindre, puis, posant un coussin sur le fauteuil qu'avait occupé Ahmosis, elle se rassit, appuya ses coudes sur la table et s'absorba de nouveau dans ses pensées.

Le lendemain, premier jour du mois de *khoïak*, on fêtait Hathor, déesse de l'amour et de la beauté. Après une nuit courte et agitée, Tétishéri alla sans enthousiasme rendre hommage à la douce déesse à tête de vache, dans son oratoire d'Oueset. Elle n'avait jamais éprouvé beaucoup de vénération pour celle-ci, convaincue que l'esprit et l'intelligence servaient davantage aux femmes que la beauté pour influer sur les décisions des hommes, et, pendant les prières, elle agita son chasse-mouches avec une vigueur pleine d'impatience.

Le fleuve avait atteint son plus haut niveau et allait commencer à baisser. Bien que légèrement moins intense, le soleil restait brûlant. Tétishéri aurait aimé arracher l'encensoir des mains du prêtre et achever les psalmodies à sa place pour pouvoir remonter plus vite dans sa litière, qui l'attendait un peu plus loin, entourée d'une foule respectueuse. Toutefois, n'ignorant pas qu'Hathor avait jadis été une déesse vengeresse qui avait baigné l'Égypte de sang, elle lui avait apporté en offrande un colifichet ainsi qu'un rouleau détaillant les céréales et les marchandises sur lesquelles ses prêtres pourraient compter pendant l'année à venir. C'était naturellement bien moins que ce qui allait à Amon mais, ce même jour, dans son temple principal d'Iounet, Hathor recevrait une foule de fidèles et d'innombrables dons, de sorte que la famille devait seulement veiller à entretenir le petit oratoire et les quelques serviteurs qu'elle avait à Oueset.

En dépit de son propre manque de ferveur, Tétishéri fut touchée par la dévotion d'Ahmès-Néfertari. Celle-ci se prosternait sur les dalles poussiéreuses avec un authentique respect, murmurait les prières récitées à haute voix et baisait les pieds de la statue en fermant les yeux, comme si elle embrassait un amant. La raison en apparut lorsque les trois femmes regagnèrent leur jardin, où Kamosé et Ahmosis les attendaient à l'ombre de la treille, ainsi qu'une collation de vin, de figues sèches et de gâteaux aux dattes.

« Il me faut davantage, grommela Tétishéri, lorsque les deux hommes se levèrent pour les saluer. Nous sommes parties très tôt, ce matin, et je n'ai presque rien mangé. Où est Ouni ? Je veux des légumes frais et de la viande de gazelle.

– Dans un instant, grand-mère, répondit Ahmosis, en lui tendant une coupe de vin. Viens donc t'asseoir. Ahmès-Néfertari a quelque chose à nous annoncer.»

Il sourit à sa femme, qui était restée debout. Elle lui rendit son sourire et prit une profonde inspiration.

«J'ai attendu le jour d'Hathor pour vous apprendre la nouvelle, dit-elle. Je suis enceinte. D'après le médecin, l'enfant naîtra au mois de payni, juste avant le début des récoltes.

– Buvons donc à la conception d'un nouveau Taâ ! fit Ahmosis, en l'enlaçant. Quoi que nous réserve l'avenir, les dieux ont décrété que notre sang ne tarirait pas.»

Ahhotep leva sa coupe en riant avec ravissement.

«Magnifique ! C'est un merveilleux présage. Je vais être une nouvelle fois grand-mère !

– Et moi arrière-grand-mère, remarqua Tétishéri. Mes félicitations à tous les deux. Je me demande de quel sexe sera l'enfant. Nous consulterons l'oracle et un astrologue, bien entendu.»

Tout en s'adressant à Ahmès-Néfertari, rouge de plaisir, elle observait Kamosé à la dérobée. Celui-ci souriait comme les autres, et elle ne décela aucune trace de tristesse ou de ressentiment dans son expression. Il est sincèrement heureux de cette future naissance, se dit-elle. Il n'envie vraiment pas son bonheur à Ahmosis.

Sentant son regard, Kamosé se tourna vers elle, et Tétishéri prit brusquement conscience d'autre chose. Il sait qu'il ne survivra pas, pensa-t-elle. S'il n'accorde aucune importance à son propre mariage, à la naissance de ses héritiers, c'est que, pour une raison ou une autre, il a la conviction que c'est Ahmosis qui s'assiéra sur le trône d'Horus et perpétuera les dieux Taâ en Égypte. Peut-être même en a-t-il toujours eu l'intuition. Oh ! mon cher Kamosé ! Le sourire de son petit-fils se teinta d'ironie, et il leva sa coupe dans sa direction avant de la porter à ses lèvres.

«Que t'arrive-t-il, Tétishéri ? demanda Ahhotep avec inquiétude. Tu es toute pâle, brusquement. Tu te sens mal ?

– Notre visite à l'oratoire jointe à la nouvelle que je vous ai annoncée ont dû t'éprouver, Majesté», fit Ahmès-Néfertari avec bonté.

Tétishéri retint une réplique cinglante. Je pourrais rester debout une éternité s'il le fallait, et je suis capable de recevoir n'importe quelle nouvelle, bonne ou mauvaise, bien mieux que toi, avait-elle envie de dire. L'enfant que tu portes aurait dû être engendré par

Kamosé et non par Ahmosis. Ce dernier l'observait avec calme et, une fois de plus, elle dut ravaler son amertume. Ne crains rien, essaya-t-elle de lui communiquer par le regard. Ce sont les derniers soubresauts des rêves d'une vieille femme, rien de plus.

«Ce vin m'attaque l'estomac, bougonna-t-elle. Isis! Va dire à Ouni de m'apporter à manger! Assieds-toi donc près de moi, Ahmès-Néfertari, et dis-moi comment tu te sens.»

Elle tapota un coussin à côté d'elle, et la jeune femme obéit.

«D'après le médecin, si je porte le bébé haut, ce sera une fille et, si je le porte bas, un garçon, expliqua-t-elle avec animation. Mais il est trop tôt pour qu'il puisse se prononcer. Je me sens parfaitement bien, Majesté. Excuse-moi de parler aussi vite, ajouta-elle, confuse. C'est que je suis à la fois contente et un peu effrayée.

– Tu donneras de nombreux enfants à l'Égypte, Ahmès-Néfertari, fit Ahhotep, en posant une main sur son genou. Nous sommes tous très heureux pour toi.»

La jeune femme lui jeta un regard reconnaissant.

«Ahmosis se moque d'avoir une fille ou un garçon, reprit-elle. Mais je pense qu'une fille vaudrait mieux. Comme cela, Ahmosis-onkh...»

Elle s'interrompit et baissa les yeux.

«N'aie pas honte de ce que tu allais dire», intervint Kamosé. Appuyé sur un coude, il contemplait l'entrelacement mouvant des feuilles de vigne au-dessus de sa tête. «Nous ne devons jamais perdre de vue les pénibles réalités de notre époque. Si tu donnes le jour à une fille, tu lui transmettras ton sang divin et, en l'épousant, Ahmosis-onkh obtiendra sa divinité. A condition, bien sûr, qu'Ahmosis soit mort.» Il se redressa et se tourna vers elle. «Notre lignée est royale de toute façon, poursuivit-il, et il n'y a pas toujours eu des sœurs pour la raffiner, la vivifier. Quand c'est le cas, évidemment, elle est meilleure, plus forte. Maât est renouvelée.

– Ce sont des considérations bien graves, mon frère, dit sa sœur à voix basse, sans lever les yeux. Et il ne m'échappe pas que tu parles comme si tu n'avais pas toi-même l'intention de perpétuer notre lignée. J'ai peur pour toi, Kamosé.»

Personne ne rompit le silence qui suivit. Il se prolongea, s'alourdit, les paralysant tous. Le vin resta dans les coupes et, un court instant, lorsqu'il arriva avec des serviteurs chargés de plateaux, Ouni eut l'impression de voir un groupe de statues.

Le mois de khoïak passa sans incidents. Les jours de fête se succédèrent : celles du Sacrifice, de l'Ouverture de la tombe d'Osiris, du Père des palmes… Onze fêtes en tout occupèrent ceux que l'Inondation privait d'activité. C'était une période que les paysans aimaient, car ils étaient exemptés de corvée les jours fériés et ils n'avaient pas à travailler dans les champs submergés.

Lentement, le Nil commença à regagner son lit, la chaleur diminua. Un train-train agréable s'était installé dans la maison et, exception faite des rapports qui arrivaient régulièrement d'Ouhat-Mehtet et d'Het néfer Apou, la famille aurait pu se croire revenue aux jours paisibles du passé. Ahmosis allait encore chasser et pêcher de temps à autre, mais il préférait désormais tenir compagnie à sa femme. Ahhotep avait beaucoup à faire avec les jardiniers et avec Simontou, le scribe des Greniers, qui, après avoir trouvé du personnel pour la prison de Kamosé, enfin terminée, s'occupait de calculer et de répartir les quantités de semences à planter cette année-là.

Revigorée par la baisse de la température et déterminée à chasser de son esprit la préoccupation constante de la guerre à venir, Tétishéri avait entrepris de raconter l'histoire de sa famille et, assise au bord du bassin, dictait chaque jour à son scribe. Quant à Kamosé, il continuait à passer de longues heures sur la terrasse du vieux palais. Parfois, en traversant les jardins, des serviteurs qui jetaient un regard distrait par-dessus le mur d'enceinte prenaient sa silhouette pour celle de Séqénenrê et murmuraient une prière avant de s'apercevoir de leur erreur. En dépit de son besoin de solitude, Kamosé semblait avoir retrouvé son équilibre mental. Son visage avait perdu l'expression traquée qui avait tant inquiété sa grand-mère, et un peu de chair enveloppait de nouveau ses muscles.

En fin d'après-midi, comme par un accord tacite, les membres de la famille se retrouvaient près du bassin pour boire du vin et bavarder de choses et d'autres avant le repas du soir. Assis ou étendus dans l'herbe odorante et tiède, ils regardaient paresseusement les moustiques tournoyer au ras de l'eau, attentifs aux poissons qui cherchaient à les happer; ils se levaient parfois pour cueillir les fleurs de lotus fraîchement écloses, dérangeant les grenouilles installées sur leurs feuilles.

Une tranquillité inattendue s'était étendue sur tout, comme si la décrue emportait avec elle les souffrances et les cauchemars des semaines écoulées. Autour du domaine, les champs commençaient à émerger, brun foncé et détrempés, et l'on voyait les paysans s'enfoncer dans la terre jusqu'aux chevilles.

« L'année sera bonne », dit Ahhotep, qui, assise sur la bordure de pierre du bassin, laissait traîner une main dans l'eau. « Nous pourrons semer plus que la saison dernière et rien de ce que nous récolterons n'ira à Apopi.

– Cela vaut aussi pour le raisin », ajouta Ahmosis, la tête posée sur les genoux d'Ahmès-Néfertari, qui lui chatouillait le nez avec un brin d'herbe. « Les viticulteurs disent que les vignes n'ont aucune maladie. Où est Néfer-Sakharou ? Pourquoi ne se joint-elle jamais à nous ? »

Il repoussa la main de sa femme et éternua.

« Son chagrin s'est transformé en haine », répondit Tétishéri. Elle rangeait des rouleaux l'un après l'autre dans le coffret posé à ses pieds, tandis que son scribe détendait ses doigts douloureux. « Elle ne nous est pas reconnaissante de l'avoir accueillie ici. Sénéhat l'a entendue dire du mal de toi à Ahmosis-onkh, Kamosé. Je lui ai donc interdit de le revoir. Je ne sais pas quoi faire d'elle.

– Nous ne pouvons l'envoyer nulle part, intervint Ahhotep, en suivant des yeux les ondes que ses doigts propageaient à la surface du bassin. Nous pourrions sans doute demander à Amonmosé de la loger dans une cellule du temple, mais, outre que cela me paraît cruel, ce n'est vraiment pas au grand prêtre de se charger d'elle.

– Non, c'est une responsabilité qui nous incombe », fit Kamosé avec résignation.

Il avait parcouru les canaux avec son inspecteur des digues et des canaux pour vérifier leur état, puis pris un bain dans le fleuve pour se débarrasser de la boue de la journée. Vêtu d'un simple pagne court, pieds nus, la peau brillante et les cheveux encore humides, il ne faisait pas ses vingt-quatre ans.

« Je regrette de vous laisser une fois de plus le soin de vous occuper d'elle, mes chères parentes, mais je n'ai pas le choix. Le fleuve est de nouveau navigable, et Ahmosis et moi devrons bientôt partir. Faites surveiller Néfer-Sakharou en permanence. Outre qu'elle a désespérément envie de revoir son fils, elle a vécu assez longtemps ici pour en apprendre beaucoup sur nous, sur notre état d'esprit, sur le caractère des habitants d'Oueset et sur nos récoltes futures : autant d'informations qui peuvent paraître sans importance jusqu'à ce qu'elles soient analysées par un stratège militaire.

– Un stratège! grogna Tétishéri. Le seul stratège d'Het-Ouaret, c'est Pédjédkhou, et ce lâche d'Apopi le tient en laisse. Il n'y a que lui qui soit à craindre, Kamosé.

– Je sais. Nous n'en avons pas entendu parler. Je crois qu'Apopi le gardera en réserve jusqu'à ce qu'une bataille se révèle inévitable. »

Ahmès-Néfertari poussa un soupir. « Nous avons passé des mois si agréables, dit-elle avec mélancolie. Si paisibles. A présent, voilà que nous parlons de nouveau de guerre. Quand vas-tu m'enlever Ahmosis, Kamosé? Et le laisseras-tu revenir pour la naissance de notre enfant?

– Je ne te fais aucune promesse, répondit Kamosé avec fermeté. Comment le pourrais-je? Tu as mère et grand-mère, Ahmès-Néfertari. Il te faut être courageuse. »

Ahmosis prit une mèche des longs cheveux noirs de son épouse et l'enroula autour de son poignet.

« Tu seras courageuse, répéta-t-il. Tout se passera bien, et tu m'écriras. Je ne veux pas avoir à m'inquiéter à ton sujet, Ahmès-Néfertari, et je le ferai nécessairement si tu ne me promets pas de rester calme, de ne pas te tourmenter et de ne pas trop languir.

– Je commence à apprendre un certain fatalisme, répondit-elle avec une pointe d'humour. Tu ne m'as pas répondu, Kamosé. Quand devez-vous partir?

– *Tybi* commence dans trois jours, dit-il, et le premier du mois est l'anniversaire de la naissance de notre père. Nous attendrons jusque-là afin d'aller déposer des offrandes sur sa tombe. Ce jour est doublement sacré, puisque c'est aussi celui du Couronnement d'Horus. Nous partirons aussitôt après. J'ai déjà ordonné aux Medjaï de fourbir leurs armes et de se préparer à embarquer. » Il posa un regard calme sur Ahmosis. « J'espère que notre siège portera ses fruits, cette saison. »

Son frère ne dit rien et continua de jouer avec les cheveux de sa femme. Ce fut Tétishéri qui rompit le silence.

« Devons-nous continuer à surveiller Pi-Hathor? demanda-t-elle.

– Non, ce n'est plus nécessaire. Nous tenons tout le pays, d'Oueset au Delta. Même si Het-oui envoyait un messager, celui-ci aurait du mal à parvenir jusqu'à Apopi.

– Peut-être est-il temps de tendre la main de l'amitié à ce maire, suggéra Ahhotep. Il a respecté l'accord que vous aviez conclu,

Kamosé. N'oublie pas que l'on construit des embarcations de toutes sortes dans sa ville et qu'il dispose de plus d'une carrière de calcaire. Il pourrait nous être utile.

– Non.» Ahmosis lâcha l'épaisse tresse qu'il avait nattée avec la chevelure de sa femme et se redressa. «Pas encore. Nous ne devons donner à personne l'impression que nous avons besoin de lui. Laissons Pi-Hathor et Het-oui tranquilles pour le moment.»

Pendant quelques instants, ils se turent, succombant à la beauté de l'heure. Des ombres pâles avaient commencé à s'allonger sur l'herbe et, devant eux, les lueurs rouges du crépuscule s'éteignaient, cédant la place à un crépuscule qu'embaumaient les fleurs en bouton. Le ciel, d'un bleu sombre, virait à l'azur avant de devenir rose.

«Khoïak a ressemblé au calme qui précède une tempête de sable, dit enfin Ahmès-Néfertari. Ce fut un mois précieux et inoubliable. Je crois que nous en chérirons tous le souvenir.»

Tétishéri déglutit pour se débarrasser de la boule qu'elle avait dans la gorge.

«On aurait déjà dû nous appeler pour le dîner», dit-elle d'un ton acerbe.

6

Douze jours plus tard, le neuvième du mois de tybi, la famille se réunit près du débarcadère. C'était un matin frais de printemps, le courant était rapide, et une forte brise agitait les arbres et la surface du fleuve. Chargés de Medjaï surexcités et volubiles, les navires se balançaient et se heurtaient. Sur l'embarcation des deux frères, le pavillon royal bleu et blanc claquait au vent avec frénésie, et la proue grinçait contre le piquet auquel elle était amarrée, semblant faire écho à l'impatience de Kamosé. Debout à côté d'Ahmosis, entouré d'Ankhmahor et des Gardes, il contemplait les êtres qui lui étaient chers, les prêtres et les serviteurs rassemblés pour lui souhaiter bonne chance. Derrière lui, les Medjaï riaient et vociféraient dans leur langue étrange, et les bourrasques de vent emportaient au loin les cris et les jurons des hommes occupés à charger des provisions de dernière minute.

Les mois d'hiver lui semblaient déjà se teinter d'irréalité. Il avait rêvé de rentrer chez lui, un désir douloureux accru à chaque kilomètre qui l'éloignait d'Oueset, et il avait éprouvé une joie immense en voyant enfin réapparaître le paysage familier et chéri de son enfance. Mais après les étreintes et les larmes, après avoir savouré de nouveau le vin et les plats locaux, après avoir retrouvé avec bonheur son propre lit, un autre rêve, moins pur, l'avait envahi. Les démons tenus en échec par les batailles sanglantes et la nécessité de prendre décision sur décision avaient déjoué une vigilance qui n'était plus nécessaire et dansé librement dans les cavernes de son esprit vide. Il le savait. D'une façon froide et détachée, il avait eu pleinement conscience de ce qui lui arrivait, mais la fatigue extrême contre laquelle il avait dû lutter aussi l'avait submergé, le laissant sans défense. Il dormait, se levait, mangeait et parlait mais, au-dedans de lui-même, il était sans réaction, impuissant.

Peu à peu, les démons s'étaient lassés et avaient regagné la nuit de ses cauchemars, mais on était alors déjà au mois de khoïak. Les quatre mois passés dans le cadre serein et stable de sa maison lui faisaient maintenant l'effet d'un rêve éveillé, irréel et tourmenté, et il était impatient de retourner à une existence plus concrète.

Devant lui, il y avait sa grand-mère, sa mère, sa sœur, dont les regards exprimaient l'inquiétude, la résolution, l'affection, mais elles appartenaient à un monde qu'il ne pouvait plus habiter, un monde qu'il avait d'ailleurs quitté depuis longtemps. Il avait essayé d'y revenir et s'y était découvert un étranger.

Ahmosis n'éprouvait rien de tout cela, Kamosé le savait. La force de son frère résidait dans sa capacité à vivre entièrement dans le moment présent et à éviter de se pencher sur le passé, dans lequel il ne voyait qu'un piège stérile. S'il lui arrivait d'y penser, c'était pour des raisons pratiques. En faisant voile vers le nord il se souviendrait avec bonheur des instants passés avec Ahmès-Néfertari, se réjouissant d'être bientôt père et espérant beaucoup de la nouvelle campagne, mais ces émotions ne le submergeraient pas. Il dormirait profondément partout où il se trouverait, mangerait et boirait avec reconnaissance tout ce qu'on lui présenterait, accomplirait avec sérénité les tâches du moment. Je l'envie, se dit Kamosé, alors qu'il se penchait pour embrasser sa mère. Je n'aimerais pas être comme lui, mais je l'envie.

Ahhotep sentait l'huile de lotus, et ses lèvres pleines étaient douces. D'une main, elle retint ses cheveux ébouriffés par le vent et, de l'autre, elle lui caressa la joue.

«Que la plante de tes pieds soit ferme, Majesté, dit-elle. Si par quelque miracle divin tu arrivais à faire parvenir un message à Tani, dis-lui que je l'aime et que je prie tous les jours pour sa sécurité.»

Il acquiesça de la tête et se tourna en souriant vers Tétishéri.

«Eh bien, grand-mère, nous nous séparons sans les incertitudes de l'année dernière, cette fois. Il ne nous reste plus que le Delta à nettoyer.»

Elle ne lui rendit pas son sourire; son visage parcheminé était dépourvu d'expression.

« Je sais que tu es pressé, dit-elle. Je le suis aussi. Mais n'agis pas inconsidérément, Kamosé. La patience de Maât est éternelle. Écris-moi régulièrement. Fais attention à toi. Surveille Hor-Aha. Accomplis la volonté d'Amon. »

Elle lui tendit les bras, et il éprouva une brusque réticence à presser le vieux corps fragile de sa grand-mère contre le sien. Je suis déjà atteint par la souillure de la mort, se dit-il avec mélancolie. La vigueur dont fait preuve Tétishéri en dépit de son âge devrait m'être un remède plutôt qu'un poison. Elle triomphe de tous les symptômes de délabrement. Il l'étreignit avec force, mais sans pouvoir échapper à sa répugnance.

« Ne me retire pas ta faveur, grand-mère, demanda-t-il d'un ton pressant. Nous nous sommes toujours compris. Si quelque chose devait changer, ce serait terrible pour moi.

– L'amour que j'ai pour toi ne faiblira jamais, répondit-elle, en se redressant. Mais l'Égypte passe avant tout. J'ai l'intention de survivre assez longtemps pour te voir monter sur le trône d'Horus, ô Taureau puissant ! Veille par conséquent à agir avec prudence et circonspection.

– J'ai l'impression d'entendre Ahmosis », plaisanta-t-il.

Elle continua de le regarder avec sérieux, les yeux plissés.

« Si tu avais voulu mon avis, ou celui de quelqu'un d'autre, tu nous l'aurais demandé, observa-t-elle d'un ton acide. Mais tu as déjà décidé de ce que tu ferais dans le Delta. Fais attention, Kamosé. Une branche sèche casse plus facilement qu'un bois plein de sève. »

Tu es un bel exemple de branche sèche, se dit Kamosé. Il n'y a personne de plus inflexible que toi, grand-mère. Tu as le dos plus droit qu'un pilier *djed* et une volonté de pierre.

L'arrivée d'Amonmosé en grande tenue sacerdotale mit un terme à leur conversation. Le grand prêtre était flanqué d'aides portant des encensoirs. Si c'était de la myrrhe qui y brûlait, rien ne l'indiquait, car le vent en emportait aussitôt la fumée. La famille s'inclina, puis attendit respectueusement qu'il chante les psalmodies de bénédiction et de séparation. Quand le sang et le lait eurent coulé sur les dalles, Tétishéri lui demanda quels présages il avait tirés de l'examen des entrailles du taureau sacrifié.

« L'animal était en parfaite santé, assura le grand prêtre. Son cœur, son foie, ses poumons, tout était sain. Le sang qui a coulé sur le sol dessinait avec précision les bras du Delta, et c'est à l'emplacement d'Het-Ouaret qu'il a séché le plus vite. Sa Majesté peut se mettre en route en toute tranquillité.

– Merci, Amonmosé. L'oracle a-t-il parlé ?»

Le coup d'œil rapide, presque imperceptible, que le grand prêtre jeta à Tétishéri n'échappa pas à Kamosé. Tiens, tiens ! se dit-il, étonné. Une entente secrète entre ma grand-mère et mon ami ? Amon a-t-il prononcé des paroles que je ne dois pas connaître ou, pis encore, des paroles qui me désespéreraient ? Avançant d'un pas, il prit le grand prêtre par le bras.

« Je te somme de me répondre, sous peine de commettre un sacrilège, déclara-t-il. Si le dieu a rendu un oracle me concernant, je suis le fils qu'il a élu et j'ai le droit de savoir. S'est-il prononcé sur la campagne à venir ?»

De nouveau, sa grand-mère et Amonmosé échangèrent un regard, un regard soulagé cette fois, et Kamosé comprit qu'il avait posé la mauvaise question. De quoi s'agissait-il alors ? se demanda-t-il, perplexe et troublé. Le grand prêtre se redressa, et la tête de la peau de léopard jetée sur ses épaules sembla montrer les dents à Kamosé.

« Non, Majesté, répondit-il. Amon ne s'est pas prononcé directement sur tes succès de cette année. Les excellents présages sacrificiels mis à part, naturellement.»

Il appela un de ses aides d'un claquement de doigts, et l'enfant apporta avec timidité un petit paquet enveloppé de lin.

« C'est un présent des artisans d'Amon, expliqua le grand prêtre en le tendant au souverain. Il a été fabriqué avec l'or et le lapis que tu as donnés au dieu. C'est un témoignage de sa reconnaissance.»

Intrigué, Kamosé déplia le tissu et découvrit un bijou cubique en or massif. A sa surface, deux lions rampants en lapis-lazuli encadraient le cartouche de Kamosé, dont le nom était également écrit dans cette pierre. Tenu par une solide cordelette de lin, le lourd bijou était d'une beauté volontairement primitive et donnait une impression de puissance. Kamosé le contempla, captivé par le bleu chaud du lapis et le scintillement de l'or. Au bout d'un long moment, il le tendit à Amonmosé.

« Attache-le à mon bras », ordonna-t-il d'une voix étranglée.

Lorsque le grand prêtre obéit, serrant étroitement la cordelette, Kamosé se mit à trembler. Quelque chose en lui se détendit et, prenant les mains d'Amonmosé, il les porta à son front.

« J'ai trouvé la paix dans la maison d'Amon, ces quatre derniers mois, fit-il d'une voix rauque. Dis aux artisans que je compte remplir les magasins du temple d'une telle quantité d'or qu'il leur faudra plus d'une vie entière pour le façonner. Merci, Amonmosé. »

Sans plus regarder personne, il pivota sur ses talons et monta la passerelle, suivi d'Ankhmahor. Après avoir étreint sa femme une dernière fois, Ahmosis les rejoignit, et Kamosé donna l'ordre de larguer les amarres.

Comme si elle n'avait attendu que cet instant, la proue du navire obliqua instantanément vers le nord et, quand le pont se mit à craquer sous ses pieds, Kamosé sentit son cœur battre plus vite.

« C'est différent, cette fois-ci, remarqua Ahmosis. Nous allons poursuivre une tâche bien commencée, hein, Kamosé ? »

Celui-ci regarda les embarcations des Medjaï manœuvrer derrière lui, au milieu des cris et des jurons. Le courant puissant les emportait rapidement loin du débarcadère, du désordre des maisons, de la foule enthousiaste massée le long de la rive. Au-dessus de Kamosé, l'immense voile triangulaire claqua, faseya, puis se gonfla gaiement. Il chercha des yeux le petit groupe solitaire des siens à côté du débarcadère : à peine plus grands que des poupées, ils glissaient déjà dans le passé. Il n'agita pas la main – eux non plus.

« Ahmosis, fit-il avec lenteur, sais-tu quoi que ce soit d'un oracle rendu cet hiver dans le temple ? »

Le jeune homme continua à regarder défiler la rive verdoyante.

« Tu as déjà posé cette question au grand prêtre, dit-il enfin. Qu'est-ce qui te fait croire que je sais quelque chose qu'Amonmosé ignore ? »

Ce n'est pas une réponse, pensa Kamosé sans insister. Le navire s'était engagé dans le coude du fleuve qui dissimulait Oueset à la vue. Sa famille avait disparu.

L'année précédente, il avait fallu huit jours à la flotte pour atteindre Qès, sans compter le temps passé à rassembler les conscrits en chemin. Cette fois, ils iraient beaucoup plus vite. Les navires mouilleraient tous les soirs dans des baies abritées ; des feux seraient allumés sur le sable, les marins chanteraient et boiraient leur bière sans avoir à prendre de précautions. Ahmosis et moi pourrons dormir paisiblement de nombreuses nuits, pensait Kamosé, assis confortablement dans l'ombre de la proue. Des hérauts sont partis pour Het néfer Apou et pour l'oasis. On nous attend. Tout le pays entre Oueset et le Delta nous appartient, et il n'y aura pas de surprises. Je ne veux même pas discuter tout de suite du problème d'Het-Ouaret. Ahmosis pourra passer ses soirées à pêcher et moi, à ne rien faire du tout. Si je le souhaite, je peux m'imaginer en train de faire un voyage d'agrément, un pèlerinage à Abdjou ou même une expédition de chasse, et éloigner toute autre préoccupation de mon esprit.

« Il y a déjà des paysans dans les champs, remarqua Ahmosis. C'est un peu tôt, mais le fleuve semble s'être retiré plus rapidement, cette année. Le courant est rapide, en tout cas. Nous irons vite. » Kamosé acquiesça de la tête. « Ce n'est pas un travail très pénible de semer, poursuivit Ahmosis. C'est juste monotone. Les femmes s'en acquitteront très bien, et peut-être que le printemps prochain nous serons en mesure de leur rendre leurs hommes. Devrons-nous garder les Medjaï, Kamosé ?

– Après avoir mis Het-Ouaret à sac, tu veux dire ? répondit celui-ci d'un ton sarcastique. Attendons d'être arrivés dans le Delta, Ahmosis. Pour une fois, le présent me suffit.

– Oh ! très bien. Je reconnais qu'il est agréable d'être ici, sur le Nil, entouré d'hommes et en route pour de nouvelles aventures. Je me sens même assez tranquille pour envisager de me soûler une ou deux fois avant que nous rejoignions l'armée, ajouta-t-il en riant. Je pense que nous n'avons rien à craindre dans les mois à venir, Kamosé.

– Non, en effet. Et je suis d'accord avec toi. J'ai beau aimer la famille, je ne suis pas mécontent d'avoir laissé les affaires domestiques derrière moi.

– Encore que nous ne nous en soyons guère occupés, observa Ahmosis. Nos femmes se sont révélées remarquablement capables. Elles ont su non seulement tenir le domaine, mais aussi suveiller le fleuve et se faire obéir des soldats laissés sous leurs ordres. Bientôt, elles voudront aussi faire la guerre.

– C'est certainement vrai de Tétishéri, dit Kamosé, se mettant volontiers à l'unisson de son frère. Lorsqu'elle était jeune, elle a harcelé d'abord son père, puis Sénakhtenrê, pour qu'ils lui permettent de prendre des leçons d'escrime et de tir à l'arc. Sa féminité lui pèse. Je pense qu'elle aurait aimé être un homme. Elle se mêle encore souvent aux gardes de la maison. Elle les connaît tous par leur nom.

– C'est plutôt triste, murmura Ahmosis. As-tu jamais souhaité être une femme, Kamosé ?»

Kamosé sentit son entrain l'abandonner, et il renonça à faire l'effort de le conserver.

«Oui, répondit-il sèchement. N'avoir d'autres responsabilités que celles des affaires domestiques, n'avoir à décider que des bijoux que l'on portera, n'être que le véhicule du sang divin, n'avoir jamais tué, voilà autant de choses que j'envie aux femmes.

– Mais les nôtres ne sont pas comme tu dis, objecta Ahmosis. Tu parles comme si tu les méprisais, Kamosé.

– Les mépriser ? Non», fit celui-ci avec lassitude. La joie qu'il avait éprouvée un court instant s'était évaporée, et il savait qu'elle ne reviendrait plus. «Il m'arrive simplement de les envier. Les femmes sont rarement seules.»

Cette nuit-là, ils mouillèrent à Qebt. Intef, le prince de son nome, se trouvait naturellement dans l'oasis avec ses troupes, mais Kamosé reçut son suppléant, qui lui fit un rapport sur l'utilisation prévue des champs de la ville et l'état d'esprit des habitants. L'homme lui dit qu'Intef correspondait régulièrement avec lui et s'inquiétait du bien-être de la population du nome. Se rappelant les discussions acerbes qui avaient opposé Intef et Hor-Aha, Kamosé fut tenté de demander à voir les rouleaux envoyés par le prince. Il y renonça toutefois, car outre qu'Intef s'offusquerait de sa méfiance, il savait que la crainte qu'il avait d'être trahi venait de son propre sentiment d'insécurité.

Il se réveilla tard le lendemain matin. Quand il se leva, son navire glissait déjà vers le nord et Akhtoy débarrassait les restes du déjeuner d'Ahmosis. Celui-ci était accroupi dans l'ombre de l'arrière, au milieu des marins, et, à en juger par le volume sonore de leur conversation, ils avaient beaucoup à se dire. Kamosé les entendit éclater de rire alors qu'il se penchait par-dessus les épaisses bottes de roseaux qui formaient le périmètre du pont.

«Nous avons dépassé Qift ! s'exclama-t-il avec étonnement à l'adresse de son intendant, qui avait aussitôt abandonné sa tâche pour se mettre à son service. A ce train-là, nous devrions être à Abdjou après-demain !

– Souhaites-tu te laver d'abord ou manger, sire ? demanda Akhtoy. Il y a du pain, du fromage et des raisins secs. Le cuisinier implore ton indulgence et compte se réapprovisionner en produits frais à Abdjou.

– Ni l'un ni l'autre, répondit Kamosé. Va demander au capitaine de ralentir le navire. Je vais me baigner. Ahmosis ! » appela-t-il, tâchant vainement d'écraser le ver de la jalousie qui s'était insinué dans son cœur en le voyant converser de façon à animée avec les marins. Ceux-ci se relevèrent, et leur expression devint sérieuse.

« Tu ne devrais pas te montrer trop familier avec eux, dit-il à voix basse, quand son frère fut près de lui. Il est dangereux de leur donner l'illusion qu'ils peuvent franchir le gouffre qui les sépare de toi. »

Ahmosis lui jeta un regard perplexe.

« Le gouffre est infranchissable, c'est entendu, répondit-il avec calme. Mais il ne faut pas non plus qu'il devienne si large que l'on ne puisse plus se voir d'un bord à l'autre. Qu'y a-t-il donc, Kamosé ? Serais-tu jaloux de quelques hommes frustes ? »

Non, pensa Kamosé, honteux de ses sentiments. C'est de toi que je suis jaloux, Amon me vienne en aide !

Les journées suivantes s'écoulèrent agréablement. Le courant régulier du fleuve, le paysage qui défilait constamment devant leurs yeux, le train-train de la vie quotidienne à bord, tout contribuait à leur donner l'impression d'accomplir un simple voyage d'agrément. Même l'arrivée d'éclaireurs venus du Nord et l'envoi de hérauts dans la même direction ne parvenaient pas à dissiper l'atmosphère détendue qui régnait non seulement sur le navire des deux frères, mais aussi sur ceux des Medjaï. Ceux-ci passaient les heures à s'exclamer devant le paysage toujours changeant, ou à danser au son monotone de leurs petits tambours. Au coucher du soleil, les échos commençaient à répercuter leur musique, comme si, alignés le long du fleuve, des Medjaï invisibles répondaient au salut rythmé des leurs.

Ahmosis se plaignait qu'elle lui donnait mal à la tête, mais Kamosé aimait assez son côté barbare. Elle réveillait quelque chose de primitif en lui, s'insinuant sous le contrôle strict qu'il tâchait d'exercer sur ses pensées et les éparpillant pour dégager un noyau de sensation pure, auquel il s'abandonnait quand les tambours jouaient jusque tard dans la nuit et qu'il somnolait dans son lit. Il pensait souvent confusément que le pouvoir sensuel de cette musique ferait peut-être revenir la femme mystérieuse de ses rêves, que l'affaiblissement de ses défenses mentales l'attirerait dans son sommeil, mais, même si les images de son subconscient s'imprégnaient de la sensualité qu'il se refusait depuis longtemps à l'état de veille, elle continuait à se dérober.

A Abdjou, Ahmosis et lui prirent le temps d'aller faire leurs dévotions à Osiris et à Khentiamentiou, et de présenter leurs respects à la femme d'Ankhmahor. Kamosé permit au commandant des Gardes du Roi de passer chez lui une nuit et une journée presque complète avant d'appareiller pour Akhmîm. Il ne jugea pas nécessaire de s'arrêter dans cette ville, non plus qu'à Badari. Le Nil avait maintenant regagné son lit, et son œil exercé constatait que les travaux du printemps se déroulaient convenablement dans les champs détrempés. On réparait les digues, on consolidait les canaux d'irrigation, et pas un jour ne passait sans qu'il vît des paysannes semer à la volée de précieuses semences, un sac pendu autour de leur cou vigoureux.

Ils dépassèrent Qès sans émotion. Kamosé avait l'impression que les fantômes de ce terrible endroit avaient été exorcisés l'année précédente, lorsque, à la faveur de la nuit, sa flotte avait dépassé le chemin conduisant au village et qu'il s'était remémoré la chaleur et le désespoir de la dernière bataille de Séqénenrê. A présent, ce même chemin miroitait innocemment dans la lumière vive du matin, invitant le voyageur à le suivre jusqu'aux maisons blotties contre les montagnes.

«Qès a l'air bien paisible, n'est-ce pas? remarqua Ahmosis, tandis que, debout côte à côte, ils regardaient la ville s'éloigner. Il paraît qu'il y a un joli temple d'Hathor, là-bas. Ahmès-Néfertari a envie de le visiter depuis longtemps. Il faudra que je l'y emmène à notre retour. Nous serons bientôt à Dashlout, poursuivit-il en se tournant vers son frère. Lorsque nous l'aurons dépassée, nous n'aurons plus très envie de regarder les rives, Kamosé. Le paysage sera moins idyllique. Tu préféreras peut-être rester dans la cabine avec moi et discuter du plan d'action que nous présenterons aux princes qui nous attendent dans l'oasis. Notre oisiveté a assez duré.

– Tu as raison, approuva Kamosé. Mais la discussion sera vite terminée. Tout ce qu'il nous faut décider, c'est si nous mettons le siège devant Het-Ouaret, ou si nous demeurons dans l'oasis jusqu'à ce que nous ayons trouvé un autre moyen de l'emporter.

– Le siège est la seule solution et, cette fois, nous devrions nous arranger pour introduire des espions dans la ville et récupérer leurs informations. Ramosé serait parfait pour cette tâche, ajouta-t-il en touchant le bras de son frère. Il est intelligent et plein de ressources.

Il connaît Het-Ouaret pour y avoir été avec son père, et il ferait n'importe quoi pour se rapprocher de Tani.

– Ramosé serait un instrument parfait, tu veux dire, déclara Kamosé d'un air pensif. Mais pourrions-nous nous fier à lui, Ahmosis ? Nous avons tué son père, nous l'avons séparé de sa mère et privé de son héritage. Bien que ce soit un homme intègre, mieux vaut ne pas trop exiger de lui. Et puis... » Il fixa un bouquet de palmiers qui frissonnaient dans la brise. « Ramosé est mon ami.

– Raison de plus pour nous servir de lui. Votre affection est ancienne, Kamosé. Pense à Hor-Aha. Tu lui as donné le titre de prince. En dépit du mécontentement des autres nobles, tu l'as placé au-dessus d'eux en raison de ses capacités. C'est du moins l'explication que tu leur as donnée. A moi, tu dis que c'est une question de fidélité. Tu es assez impitoyable pour récompenser la fidélité par le danger, mais tu hésites à éprouver l'amitié de la même manière. La première serait-elle donc moins admirable que la seconde ? »

Kamosé se tourna vers lui avec brusquerie, mais Ahmosis garda les yeux posés sur le paysage et poursuivit sans le regarder.

« Ne sommes-nous pas tous du blé à moudre entre les meules de ton implacable volonté ? Pourquoi pas Ramosé ? »

Parce qu'il continue de m'aimer, en dépit de tout, eut envie de répondre Kamosé. Parce que les hommes qui m'entourent me montrent respect et obéissance, mais que j'ignore ce qu'ils ont dans le cœur. Cela vaut même pour Hor-Aha. Il a souvent fait la preuve de cette fidélité dont tu parles, mais je sais qu'elle est colorée d'ambition et non d'amour. Je ne condamne pas. Je lui suis reconnaissant. Néanmoins, les êtres qui m'aiment véritablement sont rares, Ahmosis, et ils me sont trop précieux pour que je mette cette affection en péril.

« Non, dit-il finalement à haute voix. La fidélité résiste mieux que l'amitié, car c'est un sentiment plus solide et plus profond, qui survit à bien des mauvais traitements avant de mourir. Ramosé a déjà supporté suffisamment d'épreuves. C'est aussi simple que cela. »

La conversation roula ensuite sur des sujets moins sensibles, mais Kamosé repensa plus tard aux paroles de son frère et s'efforça d'y réfléchir avec objectivité. Ramosé était effectivement intelligent et plein de ressources. Il connaissait effectivement Het-Ouaret. Si nous n'étions pas amis d'enfance, s'il était un de mes officiers, hésiterais-je à faire de lui un espion? se demanda Kamosé avec autant d'honnêteté qu'il en était capable. Suis-je en train de faire passer mon sentiment de solitude avant le bien de l'Égypte? Il finit par chasser ses questions de son esprit. Il aurait tout le temps de se les poser sur la longue piste brûlante qui menait à l'oasis.

Ils arrivèrent à Dashlout juste après le coucher du soleil. Le silence se fit sur les navires lorsqu'ils dépassèrent le village, déjà envahi par les ombres. Rien ne bougeait. Aucun chien n'aboyait, aucun enfant ne jouait au bord du fleuve, aucune odeur de cuisine ne s'échappait des maisons obscures. Un immense rond de sable noirci s'étalait entre le fleuve et les premières maisons et, en le regardant, Kamosé sentit de nouveau la flèche que l'on posait dans sa main et la tension de la corde de son arc. Le maire s'appelait Setnoub, il s'en souvenait. Un homme désorienté et furieux, dont les os carbonisés étaient désormais mêlés à ceux de ses villageois.

«Où sont-ils? marmonna-t-il.

– Il sont là, répondit calmement Ahmosis. Les champs ne sont pas complètement à l'abandon; on a essayé d'y faire les semailles de printemps. Il fallait en passer par cette épreuve, Kamosé, nous le savons tous les deux. Il reste les femmes et beaucoup d'enfants. Dashlout n'est pas entièrement mort.»

Kamosé ne répondit pas. Le silence qui s'était abattu sur les navires des Medjaï dura jusqu'à ce que le village mélancolique eût entièrement disparu.

Ils passèrent la nuit un peu en amont de Khmounou, et Kamosé envoya un héraut prévenir Mékétrê de leur arrivée. Au matin, une délégation les attendait près du débarcadère. En descendant la passerelle pour recevoir leurs hommages, Kamosé nota avec soulagement que le prince n'avait pas perdu son temps pendant l'hiver. Il ne restait plus trace du carnage de l'année précédente. Une grande activité régnait sur les quais. Des ânes chargés de marchandises circulaient entre le Nil et la ville. Des enfants couraient et criaient, les grands fours communaux fumaient, et un groupe de femmes battaient le linge dans le fleuve en bavardant.

«Tu n'as pas chômé, prince, remarqua-t-il d'un ton approbateur, quand Mékétrê s'inclina devant lui.

– J'ai recueilli les survivants mâles de Dashlout et leurs familles, répondit celui-ci en souriant. Ils n'étaient pas nombreux, mais je les ai immédiatement mis au travail. Les rues sont propres et les maisons, blanchies à la chaux. Beaucoup sont vides, naturellement. Les veuves sont allées s'installer chez des parents. Elles travaillent dans les champs de Khmounou et sont nourries en contrepartie. Toutes les armes abandonnées ont été rassemblées et remises en état, au cas où tu en aurais besoin, Majesté. Je ne peux pas encore rouvrir les carrières de calcite d'Hatnoub, car je n'ai pas assez d'hommes pour des travaux aussi pénibles. Mais tu nous en enverras lorsque tu auras gagné la guerre, n'est-ce pas ?»

Kamosé lutta contre l'irritation que provoquait en lui ce flot de paroles. Même s'il trouvait le prince un peu trop content de lui, celui-ci avait beaucoup fait depuis qu'il l'avait renvoyé à Khmounou et lui avait rendu le domaine occupé par Téti. Les rues et les murs avaient été nettoyées du sang qui les avait souillés.

«Je te félicite, dit-il en se forçant à mettre un peu de chaleur dans sa voix. Tu as fait du beau travail, Mékétrê. Je ne peux rien te promettre encore, bien entendu, car même si nous sommes victorieux, il me faudra conserver une armée permanente. Mais je n'oublierai pas ta requête.»

Ils étaient arrivés dans la large avenue qui menait au temple de Thot, et Kamosé s'immobilisa.

«Je dois aller rendre hommage au dieu, dit-il. Nous déjeunerons ensuite avec toi.»

Il s'éloigna sans attendre la réponse du prince, suivi d'Ahmosis.

«Essaie de ne pas lui montrer combien il te déplaît, murmura celui-ci, alors qu'ils approchaient du pylône. Il a vraiment accompli un miracle ici.

– J'en suis conscient. Mais quelque chose me dit que pour chaque tour de force, chaque service, il s'attendra à être récompensé au centuple, soit par des titres, soit par des avantages en nature. Ce n'est pas de la fidélité.

– Si, d'un certain genre, même si ce n'est pas celle que l'on attend d'un noble. Il n'empêche qu'il est utile.»

Fidélité et utilité, pensa Kamosé. En sommes-nous de nouveau là, Ahmosis ? Il ôta ses sandales et traversa l'avant-cour.

Il reconnut le prêtre, qui les regardait approcher, debout à l'entrée de la cour intérieure. L'homme inclina la tête, le visage indéchiffrable. Lorsqu'ils arrivèrent près de lui, Kamosé lui montra ses sandales.

«Elles ne sont pas tachées de sang, cette fois, fit-il observer.

– As-tu apporté un présent, Kamosé Taâ ? demanda le prêtre, en le regardant avec flegme.

– Oui, répondit celui-ci. Je vous ai donné le prince Mékétrê. Un mot d'avertissement, prêtre. J'ai de l'indulgence pour ton insolence voilée, parce que la dernière fois que j'ai pénétré dans le domaine de Thot, je n'étais pas purifié. Ma tolérance ne va pas plus loin. Je peux ordonner à Mékétrê de te remplacer. Tu ne crains pas de défendre ton dieu et la conception qu'il a de Maât, et je t'admire pour cela, mais je n'hésiterai pas à te faire punir si tu ne m'accordes pas le respect dû à mon sang. C'est compris ?

– Parfaitement, Majesté. »

Il s'écarta, mais ne courba pas l'échine.

« Entre rendre hommage à Thot. »

Ils traversèrent la petite cour intérieure et se prosternèrent devant la porte du sanctuaire. Kamosé douta toutefois que le dieu écoutât ses prières, car il manquait de concentration en les prononçant. Il se rappelait les blessés étendus dans la cour du temple, les femmes en larmes, les médecins épuisés, l'atmosphère hostile qu'Ahmosis et lui avaient fendue comme une eau boueuse. Khmounou ne sera jamais mienne, pensa-t-il en se relevant. Elle a appartenu trop longtemps à Téti, et donc à Apopi. Et toi, grand Thot au bec d'ibis et aux petits yeux sagaces ? Te réjouis-tu de voir l'Égypte se reformer, ou ta volonté divine s'oppose-t-elle à celle d'Amon ? Poussant un soupir que les échos répercutèrent, il prit le bras de son frère et sortit dans la lumière de l'avant-cour, salué exagérément bas par le prêtre.

Il trouva troublant de dîner dans la maison où il était souvent venu dans sa jeunesse. La plupart des meubles de Téti avaient disparu de la salle de réception, mais Kamosé remarqua que ceux qu'avait conservés l'épouse de Mékétrê étaient les plus beaux et les plus coûteux. Il pensa à sa mère qui, dans des circonstances identiques, se serait certainement refusée à profiter le moins du monde de la chute d'un autre. Il tâcha de se dire qu'il était injuste. La maison avait appartenu à Mékétrê et aux siens avant de leur être confisquée, et ils considéraient sans doute que son contenu les dédommageait des années d'exil passées à Néferousi. Malgré tout, la femme de Mékétrê ne lui plut pas davantage que le prince lui-même, et il nota qu'un de leurs jeunes fils portait à l'oreille une boucle qu'il avait vue naguère à celle de Ramosé.

Un sourire indulgent aux lèvres, Mékétrê écoutait sa famille s'étendre sans gêne sur les épreuves qu'ils avaient subies, sur la froideur et la grossièreté de la femme de Téti et, bien entendu, sur les efforts immenses et désintéressés qu'il avait déployés pour reconstruire Khmounou. Kamosé fut finalement obligé de leur rappeler qu'ils calomniaient ses parents par alliance, et ce fut avec un grand soulagement que, dès qu'ils le purent, Ahmosis et lui prirent congé.

« Il est tout à fait possible qu'Apopi ait envoyé Mékétrê à Néferousi pour débarrasser Khmounou de la commère qu'est sa femme, remarqua Ahmosis alors qu'ils regagnaient leur navire. Elle a renvoyé les serviteurs de Téti, tu as vu ? Elle a en revanche gardé les plats d'argent qu'Ahhotep avait offerts à Néfer-Sakharou. »

Lorsqu'ils furent à bord, Kamosé fit un signe au capitaine et, aussitôt, les marins détachèrent les amarres.

« Ils n'ont aucun savoir-vivre, ce qui m'importerait peu si j'étais sûr de leur fidélité, déclara Kamosé. Mais nous n'avons pas à nous préoccuper de cela pour l'instant, Amon soit loué ! Apporte-moi du vin d'Oueset, Akhtoy. Ce repas m'a laissé un goût détestable dans la bouche ! »

Néferousi était toute proche et, comme à Khmounou, de grands changements s'y étaient produits. Lorsque, dans la chaleur de la fin de l'après-midi, son navire accosta, Kamosé chercha en vain les murailles solides et les portes épaisses qui, sans l'aide de Mékétrê, lui auraient rendu la prise de la ville difficile. Des amas de décombres couvraient le sol, des tas de pierres et de briques crues sur lesquels des paysans grimpaient chercher de quoi réparer leurs maisons ou moudre leur grain. Le capitaine à qui Kamosé avait confié la démolition de la forteresse s'avança au pied de la passerelle et s'inclina. Il était couvert de poussière et souriant. Kamosé le salua avec affabilité.

« Je n'ai eu aucun ennui avec les travailleurs sétiou, dit l'homme en réponse à la question qu'il lui posa. Je pense que nous aurons fini de raser les murs d'ici un mois. Que dois-je faire d'eux ensuite ? J'ai épargné la caserne pour les y loger.

– Fais-en leur habitation permanente, déclara Kamosé après un instant de réflexion. Tes assistants et toi vous installerez dans la maison du prince Mékétrê. Les Sétiou pourront cultiver la terre après la prochaine Inondation. Tu dois bien les connaître maintenant. Tue tous ceux qui se montrent encore hargneux ou récalcitrants, et continue à surveiller les autres afin qu'aucun ne rejoigne le

Nord. Tiens-les à l'écart des paysans, au moins jusqu'à ce que j'aie pris Het-Ouaret, et envoie-moi régulièrement des rapports. Tu t'es bien débrouillé ici. Je suis heureux de pouvoir te laisser la charge de Néferousi. As-tu besoin de quelque chose ? »

L'homme s'inclina.

« Si nous devons devenir un village, il serait bon que nous ayons un médecin, dit-il. Et un prêtre pour l'oratoire que j'aimerais construire à Amon. Un second scribe nous serait également utile. »

Kamosé se tourna vers Ipi, qui écrivait à toute allure.

« Tu as noté ? dit-il. Bien. Tu auras ce que tu demandes, capitaine. Ipi va t'établir un ordre de réquisition pour Khmounou. Sers-t'en judicieusement. Tu pourras aussi te fournir dans les greniers et les magasins de cette ville jusqu'à ce que les Sétiou produisent leur blé et leurs légumes. S'ils se conduisent bien, nous leur donnerons peut-être des épouses l'an prochain. »

Le capitaine le regarda d'un air hésitant, puis se dérida en voyant son sourire.

« Les femmes ne feront que multiplier mes problèmes, sire. C'est un luxe dont les étrangers peuvent se passer, au moins pour le moment. Je te remercie, sire, et si tu le permets, je vais reprendre mon travail.

– Fais décharger du vin et de la bière pour le capitaine et ses soldats, ordonna Kamosé à son scribe alors qu'il remontait à bord. Et note que si tout se passe bien ici, il faudra promouvoir ce capitaine. Je me sens le cœur léger, aujourd'hui, ajouta-t-il à l'adresse d'Ahmosis. Nous ne repartirons que demain matin. Het néfer Apou n'est plus qu'à une soixantaine de kilomètres, et nous allons vite. Le mois de *méchir* n'a pas encore commencé.

– Je me demande ce que nous allons voir en chemin, marmonna Ahmosis. Nous avons détruit dix villages dans cette région, l'an dernier. Je suppose que les mauvaises herbes ont déjà envahi les champs. »

Kamosé ne répondit pas. Pivotant sur ses talons, il gagna la cabine et ferma la porte.

Comme Ahmosis l'avait prédit, après Néferousi ils dépassèrent des terres à l'abandon, semées de touffes d'herbe et de plantes sauvages. Les canaux d'irrigation étaient envasés, et les traces de la crue – branches d'arbres, carcasses d'animaux, vieux nids d'oiseaux et autres débris – restaient visibles dans les champs délaissés. Près des villages ravagés, on voyait de petits groupes de femmes mal en point et d'enfants apathiques courbés sur les minuscules lopins qu'ils avaient dégagés. Ils ne se redressèrent même pas au passage de la flotte.

«Donne-leur des céréales, Kamosé! s'écria Ahmosis. Nous en avons beaucoup.»

Les lèvres pincées, Kamosé secoua la tête.

«Non. Qu'ils souffrent. Nous donnerons à ces femmes des paysans de notre nome, qui rempliront leurs maisons misérables d'enfants égyptiens et non de bâtards sétiou. Ankhmahor! appela-t-il avec irritation. Envoie un de tes hommes ordonner aux Medjaï d'arrêter leur boucan! Il convient mal à ce paysage lugubre.»

Sagement, Ahmosis n'insista pas, et les deux frères regardèrent défiler les champs abandonnés sans plus échanger une parole.

A une journée d'Het néfer Apou, ils rencontrèrent leurs propres éclaireurs, chargés de surveiller en permanence le trafic fluvial, et, bien avant que la ville n'apparût, ils distinguèrent la poussière de son camp et entendirent sa rumeur. Les Medjaï se mirent à jacasser avec excitation. Le capitaine du navire de Kamosé courut prendre place à côté du timonier pour donner ses ordres et lancer des avertissements aux capitaines des grandes barques en cèdre qui embouteillaient le fleuve. Sur la rive, des hérauts joignirent leurs voix au vacarme général, et Kamosé entendit leur cri voler de bouche en bouche : «Le roi est ici! Sa Majesté est arrivée! Que l'on se prépare à accueillir le Taureau puissant!» Des marins sortirent en hâte des tentes alignées le long du fleuve et se prosternèrent. Puis la ville elle-même apparut, un entassement de bâtiments bas autour desquels tourbillonnaient des flots de gens pressés, d'ânes et de charrettes. Le vacarme s'amplifia, plein de vie, d'optimisme, et Kamosé sentit ses muscles se détendre après le spectacle pénible des terres mélancoliques et silencieuses qu'ils avaient dépassées.

Ahmosis et lui descendirent la passerelle, accompagnés d'Ipi et d'Akhtoy, et ils furent aussitôt entourés par les Gardes du Roi. Après avoir donné aux officiers medjaï la permission de faire débarquer les archers, Kamosé se dirigea vers la plus grande des tentes, plantée un peu à l'écart des autres. Avant qu'il ne l'atteignît, Pahéri et Baba Abana en sortirent, firent quelques pas dans sa direction et se prosternèrent, front contre terre. Kamosé les pria de se relever, et ils pénétrèrent ensemble dans la tente. Pahéri indiqua un siège à Kamosé, qui s'y assit et invita les autres à l'imiter. Ahmosis prit place sur un tabouret et les deux hommes, sur le tapis usé. Bien que la tente fût spacieuse, elle était à peine meublée : deux lits de camp, une table, un grand coffre et un tabernacle de voyage en cuivre. Accrochée au toit en pente, une lampe se balançait doucement dans le courant d'air. Juste à l'entrée de la tente, un serviteur attendait. Akhtoy se posta près de lui. Ipi s'assit sur le tapis, aux pieds de Kamosé, et posa sa palette sur ses genoux.

Kamosé observa ses deux officiers de marine. Pahéri regardait autour de lui, le front légèrement plissé, et semblait cocher mentalement une liste invisible. Son dos droit, ses bras croisés, l'impression de calme et d'autorité qui se dégageait de sa personne, tout en lui évoquait ses années d'administrateur à Nékheb. Baba Abana, en revanche, dans une attitude décontractée, le pagne froissé, suivait un motif sur le tapis d'un doigt distrait.

« Je vous écoute », dit Kamosé.

Pahéri s'éclaircit la voix, se fit donner un épais papyrus par son scribe, le déroula et posa sur Kamosé un regard impassible.

« Je crois que tu seras content de ce que Baba et moi avons fait de la racaille que tu nous a laissée, commença-t-il. Tous, officiers et soldats, nous avons travaillé extrêmement dur à mettre sur pied une force navale efficace. Mes charpentiers ont veillé à maintenir en parfait état les trente navires en cèdre restés à Het néfer Apou. J'ai ici une liste donnant le nom des officiers et des hommes de chaque embarcation, ainsi que les compétences particulières de chacun d'eux. Un soldat sur cinq ne savait pas nager lorsque nous avons commencé à les entraîner. A présent, ils savent non seulement nager, mais plonger.

– Nous avons fixé pour règle que, si un homme laissait tomber une de ses armes par-dessus bord, il devait la récupérer sous peine d'être privé de bière, intervint Abana. Au début, il nous a fallu payer des gosses du coin pour aller repêcher épées et haches, mais à présent les hommes sont si bon matelots qu'ils ne les perdent même plus. »

En voyant que Pahéri ouvrait la bouche et s'apprêtait à poursuivre la lecture de son papyrus, apparemment interminable, Kamosé dit très vite :

« Tu as sans doute une copie de tes listes. Donne-la à Ipi et je l'étudierai plus tard, à tête reposée. Je vous félicite tous les deux de vos cours de natation. Un homme qui se noie pendant un combat est une perte stupide et inutile. Je vois que j'ai bien placé ma confiance. »

Il ne cherchait pas à les flatter, et ils trouvèrent le compliment justifié.

« Parlez-moi maintenant de l'entraînement que vous avez donné aux hommes », poursuivit-il.

Pahéri acquiesça de la tête mais, avant de parler, il fit un signe au serviteur posté près de l'entrée. L'homme s'inclina et disparut.

« Baba et moi avons mis au point une stratégie, expliqua Pahéri. Mais c'est lui qui s'est chargé de son exécution. Nous avons abandonné les exercices à terre. Pendant les deux premiers mois, les soldats ont mangé, dormi et fait l'exercice à bord. Après cela, ils n'étaient autorisés à dresser leur tente sur la rive que s'ils avaient remporté un des engagements que nous organisions chaque semaine.

– Heureusement que Sa Majesté n'a pas assisté à ces premières tentatives de combat naval, déclara Abana en souriant. Les bateaux s'entrechoquaient, les rames s'emmêlaient et se brisaient, les soldats perdaient l'équilibre, les capitaines s'insultaient d'un pont à l'autre... et, bien entendu, épées, haches et poignards tombaient en pluie dans le Nil. Une période bien déprimante. »

Mais il n'avait pas l'air du tout déprimé ; il paraissait au contraire très content de lui.

« Sa Majesté sera heureuse de savoir qu'une poignée d'armes seulement n'a pu être récupérée. Je certifie que, comparés aux nôtres, les hommes d'Apopi auront l'air de misérables amateurs.

– Je ne crois pas qu'il dispose d'une force navale cohérente, intervint Ahmosis. Il a laissé les canaux aux commerçants et aux citoyens, pendant qu'il se reposait sur ses forteresses inexpugnables. Quel est le moral des troupes, Pahéri ? Et où en est-on côté provisions ?

– Le moral est excellent, prince. Il est difficile de croire que la foule hétéroclite de paysans grognons que vous aviez rassemblée soit devenue ce que vous verrez demain. Les officiers ont prévu de vous donner un aperçu de la discipline et du savoir-faire de leurs hommes. Quant aux provisions, nous nous sommes montrés généreux. Un soldat qui a faim se bat mal. Nous avons assez de céréales et de légumes pour tenir jusqu'aux prochaines récoltes. Tous les champs qui entourent la ville ont été semés. »

Il serait certainement en mesure de nous dire combien de boisseaux de blé ont été utilisés, combien restent et quel poids exact de grains a été semé, pensa Kamosé avec admiration. C'était un bon maire, et c'est devenu un excellent scribe du Ravitaillement.

Sur ces entrefaites arriva un petit cortège de domestiques portant des plateaux chargés de mets à l'odeur appétissante. Ils servirent les quatre convives, et Kamosé se rendit compte que, pour la première fois depuis de nombreux jours, il mourait de faim. Pahéri pense à tout, se dit-il tandis que l'on posait devant lui une oie rôtie farcie de poireaux et d'ail, et du pain arrosé d'huile d'olive. Deux cruches lui furent proposées. Il choisit la bière et regarda avec plaisir le liquide sombre couler dans sa coupe.

« Je crois que je vais te retirer la marine et te confier l'organisation des rations de l'armée », dit-il en se léchant les doigts.

Une expression inquiète apparut aussitôt sur le visage de Pahéri.

« Oh ! sire, je suis à tes ordres, mais je te supplie de considérer... »

Kamosé éclata de rire.

« Je ne suis pas assez bête pour séparer un constructeur de navires de ses ouvrages. Je plaisantais, Pahéri. Je suis plus que satisfait de tout ce que tu as fait ici. »

Pendant le repas, la conversation devint générale mais roula tout de même sur des sujets intéressant des militaires. Abana interrogea les deux frères à propos des Medjaï. Il voulait savoir de quel endroit du pays d'Ouaouat ils étaient originaires ; combien de tribus différentes étaient représentées dans la division de cinq mille hommes qui avait accompagné Kamosé ; d'où leur venait leur adresse légendaire au tir à l'arc. Kamosé ne décela aucune arrière-pensée dans ces questions, elles n'étaient dictées que par le désir de savoir, et il y répondit de son mieux.

« Il faudra que tu interroges le général Hor-Aha, finit-il par dire. Il connaît les Medjaï mieux que quiconque, puisque c'est lui qui est allé les chercher dans le pays d'Ouaouat. Tout ce que je sais, c'est que nous n'aurions pas descendu le fleuve si vite, l'an dernier, s'ils n'avaient été d'aussi extraordinaires archers. J'ignore jusqu'aux dieux qu'ils vénèrent.

– Les dieux chacals Oupouaout de Djaouati et Khentiamentiou d'Abdjou les intéressent, déclara Ahmosis. Ce sont tous les deux des divinités de la guerre. Ils semblent cependant pratiquer une religion étrange, qui considère que certaines pierres et certains arbres abritent des esprits bons ou mauvais qu'il convient d'apaiser. Et ils portent tous sur eux un fétiche qui les protège de leurs ennemis.

– Même Hor-Aha?» demanda Kamosé, étonné de ce qu'il entendait.

Ahmosis acquiesça de la tête, la bouche pleine de gâteau au sésame.

«Il possède un bout d'étoffe dont notre père s'est servi un jour pour étancher le sang d'une égratignure. Il me l'a montré. Il est plié dans un minuscule sac en cuir cousu à sa ceinture.

– Dieux!» marmonna Kamosé. Et il changea de sujet.

Lorsqu'ils eurent fini de manger, Pahéri les emmena inspecter les magasins, puis les tentes des soldats. Kamosé fut frappé par l'ordre qui régnait partout, par la propreté des vêtements des soldats et par le soin qu'ils prenaient de leurs armes. Les épées luisaient, les cordes des arcs étaient huilées, celles qui fixaient la tête des haches à leur manche étaient neuves et étroitement serrées. Dans le vacarme constant qui montait des navires et des barques encombrant le fleuve, il circula parmi les soldats, posant des questions aux uns, félicitant les autres, de plus en plus conscient d'être enfin le commandant en chef d'une force qui méritait le nom de marine.

Avant de regagner son navire, il promit d'assister le lendemain aux manœuvres qu'Abana et Pahéri voulaient lui montrer, et reçut une brassée de rouleaux du scribe de ce dernier.

«Ce sont tous les rapports établis par nos éclaireurs du Delta, expliqua Pahéri. La plupart t'ont été envoyés à Oueset, Majesté, mais tu souhaiteras peut-être te rafraîchir la mémoire en en lisant les copies. Il y a aussi un papyrus du général Hor-Aha. Il est scellé, et le messager qui l'a apporté a précisé qu'il devait t'être remis en main propre à ton arrivée. J'ai obéi.»

Kamosé tendit l'ensemble à Ipi.

«A-t-on capturé des espions sétiou dans les environs? demanda-t-il.

– Je m'attendais à en prendre quelques-uns, mais les éclaireurs n'en ont pas rencontré plus bas que Ta-shé. A mon avis, Apopi se moque de ce que nous faisons, parce qu'il considère qu'Het-Ouaret est imprenable et qu'il n'a pas l'intention d'en bouger.

– C'est également mon opinion. Merci.»

Absorbé dans ses pensées, Kamosé remonta sur son navire avec Ipi et gagna sa cabine. Il faut que nous amenions Apopi à ouvrir ses portes, se dit-il. Mais comment ? Il s'assit sur son lit en poussant un soupir. La matinée avait été fertile en événements. Ahmosis apparut sur le seuil au moment où Akhtoy déchaussait son maître.

«Une heure de repos me fera du bien à moi aussi, dit-il en bâillant. Ces deux-là ont vraiment accompli des miracles, Kamosé. Je pense qu'ils méritent d'en être récompensés. Vas-tu lire ces rouleaux tout de suite ?

– Non, plus tard. Akhtoy, Ipi, vous pouvez vous retirer. Prévenez la sentinelle que nous ne voulons pas être dérangés. »

Il dormit comme un enfant, d'un sommeil sans rêve, et se réveilla aussi comme un enfant, l'esprit immédiatement clair et avec un vif sentiment de bien-être. Après s'être lavé et changé, il demanda qu'on lui serve du pain et du fromage, et alla s'asseoir à l'ombre du parasol de bois. Ahmosis le rejoignit un instant plus tard. Quand ils eurent mangé, Kamosé envoya chercher Ipi.

«Mieux vaut commencer par la lettre d'Hor-Aha, dit-il. Lis-la-nous, Ipi. »

Le scribe brisa le sceau et commença sa lecture.

«"A Sa Majesté le roi Kamosé, Taureau puissant de Maât et vainqueur des vils Sétiou, salut."

– Vainqueur des vils Sétiou, murmura Ahmosis. Ça me plaît.

– "J'ai beaucoup réfléchi cet hiver à la question d'Het-Ouaret et à la stratégie que pourrait adopter Sa Majesté lors de sa prochaine campagne, poursuivit Ipi. J'ai supposé qu'elle ne voyait que deux solutions : mettre de nouveau le siège devant Het-Ouaret, ou fortifier les villes de Nag-ta-Hert ou d'Het néfer Apou contre une incursion sétiou tout en nettoyant le territoire qui est déjà entre nos mains. J'aimerais lui en proposer humblement une troisième. Je ne me permets de le faire que parce que je suis le général de Sa Majesté et qu'elle a jugé bon de me consulter par le passé.

«"Comme Sa Majesté le sait, il n'y a que deux pistes qui mènent à l'oasis d'Ouhat-Mehtet. L'une part du lac de Ta-shé et l'autre d'Het néfer Apou. Si Apopi et ses généraux apprenaient que notre armée bivouaquait dans l'oasis et qu'ils puissent être convaincus de quitter Het-Ouaret, leurs troupes passeraient nécessairement par Ta-shé, parce que notre marine leur interdit de prendre l'autre piste, qui quitte le Nil un peu au nord d'Het néfer Apou.

«"Nous aurions alors deux avantages. En premier lieu, le désert est rocailleux et les pistes très étroites. En second lieu, si notre armée battait en retraite et se repliait sur Het néfer Apou, celle d'Apopi aurait à faire face à une marche épuisante et décourageante, quelle que soit la décision de ses officiers. Il lui faudrait, en effet, soit retourner à Ta-shé, soit poursuivre nos troupes. Je pense que les généraux opteraient pour la seconde solution et, dans ce cas, lorsque le moment viendrait d'affronter à la fois notre infanterie et notre marine, les soldats d'Apopi seraient fatigués et démoralisés. J'espère que Sa Majesté me pardonnera d'avoir eu la témérité de lui soumettre cette suggestion. J'attends avec impatience l'ordre de ramener les troupes au bord du Nil, ou l'arrivée de sa royale personne. J'assure également Son Altesse le prince Ahmosis de mon entier dévouement."» Ipi leva les yeux. «La lettre est signée "prince et général Hor-Aha" et datée du premier jour de tybi, conclut-il. Souhaites-tu que je la relise, sire ?»

Kamosé acquiesça de la tête. Quand le scribe eut achevé sa seconde lecture, Kamosé prit le rouleau et le congédia.

«Si je comprends bien, commença Ahmosis avec lenteur, Hor-Aha propose que nous attirions les Sétiou dans l'oasis, puis que nous battions en retraite devant eux afin de faire notre jonction avec la marine et de les affronter alors qu'eux-mêmes seront exténués et découragés par leur longue marche à travers le désert.

– Apparemment.

– Il préconise une bataille rangée ici, à Het néfer Apou.»

Kamosé se tapota le menton d'un air pensif. «Mais pourquoi Apopi se lancerait-il dans une telle aventure, alors qu'il peut, comme l'an dernier, se barricader dans sa ville et nous regarder courir en tout sens comme des rats affamés ? Il a tous les avantages. Il peut rester dans Het-Ouaret jusqu'à ce que nous soyons forcés d'établir une frontière à Nag-ta-Hert ou ici, divisant ainsi l'Égypte en deux pays comme elle l'était il y a des hentis de cela. En fin de compte, sous peine de voir l'Égypte livrée à la famine et son administration se désintégrer, nous serions obligés de disperser l'armée et de renvoyer les hommes à leurs champs. J'avais rêvé d'emporter la ville d'assaut cette saison, d'ouvrir une brèche dans ses murs, d'enfoncer ses portes, mais c'était irréaliste. Qu'en penses-tu ?

– Il y a plusieurs problèmes, répondit Ahmosis, après un instant de réflexion. Il faudrait déjà qu'Apopi soit convaincu de pouvoir anéantir notre armée dans l'oasis. C'est un homme prudent, pour ne pas dire craintif. Il ne se lancera dans une telle entreprise que s'il est certain d'avoir toutes les chances de l'emporter. Il nous faudrait quelqu'un capable de le persuader que nous nous croyons en sécurité à Ouhat-Mehtet, quelqu'un capable de jouer les traîtres de façon convaincante. Par ailleurs, pourquoi ses troupes arriveraient-elles à Het néfer Apou plus fatiguées que les nôtres ? Il y a toute l'eau que l'on peut désirer dans l'oasis. En y arrivant, les Sétiou la trouveront déserte. Qui les empêchera de se réapprovisionner en eau et en vivres avant de repartir à notre poursuite ? Ce plan ne présente aucun avantage pour nous.

– Sauf que, s'il marchait, il nous épargnerait une nouvelle année d'attente stérile. Il attirerait Apopi hors de ses murs. Il ne s'est pas donné la peine d'attaquer les dix mille hommes que nous avons laissés ici avec Pahéri et Abana. Il considère que nous sommes trop désorganisés pour que cela en vaille la peine. Il sait que le temps joue pour lui.

– Et il a raison, dit doucement Ahmosis. La suggestion d'Hor-Aha n'est qu'une ébauche, elle a besoin d'être travaillée, mais c'est une solution que nous n'avions pas envisagée. Nous devrions nous rendre dans l'oasis au lieu de faire venir les troupes ici. Nous savons qu'elle ne peut être défendue, et cela n'a jamais été dans nos intentions. Nous cherchions simplement un endroit secret où faire hiverner nos hommes. Il faut que nous allions nous rendre compte sur place si elle peut faire un bon piège.

– Que veux-tu dire ? »

Ahmosis haussa les épaules.

« Je ne sais pas très bien encore, mais... peut-être serait-il possible que les Sétiou ne trouvent pas d'eau fraîche en arrivant à Ouhat-Mehtet, ou que nous nous retirions dans le désert pour revenir les encercler ensuite. Nous n'avons jamais vu l'oasis, Kamosé. Nous devrions au moins aller étudier le terrain. Nous pourrons peut-être faire quelque chose de décisif. A quoi sert d'avoir une bonne marine et des troupes disciplinées, si l'ennemi refuse de se battre ?

– J'avais l'intention de faire venir l'armée ici, dit Kamosé d'un air hésitant. Si nous nous rendons dans l'oasis pour nous apercevoir qu'en fin de compte le plan d'Hor-Aha est irréaliste, nous aurons perdu beaucoup de temps. Pourtant, qui sait si ce n'est pas Amon qui a murmuré cette idée à l'oreille du général ? Rappelons Ipi et voyons ce que contiennent les autres rouleaux que nous a donnés Pahéri. »

Ce soir-là, on fêta les Taâ et leurs officiers dans la maison du maire d'Het néfer Apou. Le banquet fut bruyant et gai. La crue avait été bonne, une nouvelle campagne allait commencer, et la bière ne manquait pas. Ahmosis participa aux plaisirs de la soirée mais, en dépit de son désir d'en faire autant, Kamosé se retrouva comme à son habitude en train d'observer les bouffonneries de ses compagnons avec un détachement froid. Déjà, il n'était plus occupé que de la proposition de son général, qu'il tournait et retournait dans son esprit à la recherche de difficultés cachées. Il supporta poliment le dîner, sachant qu'il était donné en son honneur, et reçut les hommages des hommes et des femmes qui étaient venus se prosterner devant lui et lui baiser les pieds. Mais bien avant que les lampes ne se mettent à crachoter et que certains des invités ne s'effondrent, ivres morts, sur leur table, il était impatient de retrouver le silence de sa cabine.

Au matin, accompagné d'Ahmosis, qui bâillait, le teint un peu brouillé, il prit place sur une estrade, au bord du Nil, et regarda évoluer la flotte. Abana avait prévu un simulacre de bataille pour démontrer le savoir-faire de ses nouveaux soldats, et le spectacle fut impressionnant. Les navires allaient et venaient, les ordres des officiers sonnaient haut et clair, et les hommes obéissaient avec précision et promptitude. Kamosé fut particulièrement frappé par les manœuvres d'abordage et par la façon dont les soldats se lançaient à l'assaut. Aucun ne tomba à l'eau. Tous retrouvaient leur équilibre assez vite pour se mettre aussitôt à se battre avec les épées en bois qu'on leur avait distribuées. Sur la rive, des hommes servaient de cibles mouvantes aux archers alignés sur les ponts et, en dépit des mouvements des embarcations, leurs flèches sans pointe les atteignaient régulièrement.

Jouant des coudes pour mieux voir le spectacle, les Medjaï poussaient des cris et des sifflements approbateurs. Pahéri était assis près des deux frères, mais Abana se tenait sur un navire, les poings sur les hanches, et lançait ses ordres d'une voix qui portait sans effort.

« Tu vois le jeune homme debout à côté de Baba ? dit Pahéri, criant presque pour se faire entendre. C'est son fils Kay. Il s'est révélé un bon soldat, mais c'est surtout un excellent marin, respecté par ses hommes. J'aimerais le recommander pour une promotion, Majesté. »

Kamosé hocha la tête sans répondre.

Lorsque le combat fut terminé et que les navires se furent rangés côte à côte, ce qui était en soi une démonstration de dextérité, Kamosé félicita les hommes, puis leur donna quartier libre pour le reste de la journée. Ils l'acclamèrent avec enthousiasme et, sur l'ordre de leurs officiers, commencèrent à se disperser. Abana descendit la passerelle de son navire, suivi de son fils, et vint s'incliner profondément devant Kamosé.

«Il y a un peu plus d'un an, ces hommes étaient des paysans, déclara celui-ci. Tu les as entièrement transformés. Je suis plein d'admiration.

– Sa Majesté est trop aimable, répondit Abana en souriant. Faire davantage que de superviser la construction et la réparation de navires marchands a été un plaisir pour moi. Après avoir servi sous les ordres du père de Sa Majesté, l'Osiris Séqénenrê, je dois avouer que la vie civile me paraissait bien terne.»

Il prit le bras de son fils et le fit avancer.

«J'aimerais de nouveau signaler mon fils Kay à ton attention, Majesté.»

Kamosé examina rapidement le jeune homme, qui avait les cheveux bouclés, le torse puissant et les traits rudes de Baba.

«Tu as été sous le commandement de ton père, Kay? demanda-t-il.

– Oui, sire, répondit le jeune homme en s'inclinant.

– Et qu'as-tu pensé de l'exercice d'aujourd'hui?»

Kay réfléchit, puis répondit hardiment.

«Le navire de mon père, *L'Offrande*, s'est bien comporté. Son équipage est le plus discipliné de la flotte. J'ai constaté avec plaisir que *Dans-la-splendeur-de-Maât* a fait des progrès. Ses marins avaient du mal à le manœuvrer rapidement et sans à-coups. En revanche, le *Barque-d'Amon* et le *Beauté-de-Nout* n'ont conservé l'avantage que de justesse. Leurs hommes ne possèdent pas encore à fond l'art de tirer à l'arc sur un bateau qui bouge, mais ils s'entraînent avec constance et s'améliorent.

– Quel est le navire qui s'est le plus mal débrouillé?

– Le *Septentrion*, répondit aussitôt Kay. Ses rameurs étaient lents, le pilote s'est affolé, et les hommes se sont bousculés lorsqu'ils ont reçu l'ordre de passer à l'assaut.

– Vraiment? fit Kamosé en souriant. Dans ce cas, je pense que tu devrais en prendre le commandement et tâcher de remédier à tout cela. Pahéri m'a recommandé de te promouvoir. Quel âge as-tu?

– Majesté ! s'exclama le jeune homme. Tu es généreux ! Rien ne me plairait davantage que d'améliorer les performances du *Septentrion* ! J'en ferai le meilleur navire de ta flotte, je te le promets ! Pardonne-moi mon enthousiasme, termina-t-il plus calmement. J'ai vingt ans.

– Très bien. Je compte sur toi pour me servir fidèlement et de ton mieux. Tu peux disposer. »

Kay s'inclina aussitôt et s'éloigna à reculons, le visage radieux. Ils le regardèrent courir jusqu'à la passerelle du *Septentrion* et contempler avec émerveillement le bateau dont il avait désormais le commandement.

« Fais ce que tu veux de l'ancien capitaine, dit Kamosé à Pahéri. Je suppose que tu connais ses faiblesses. Trouve-lui un poste où ses points forts pourront être mis à profit.

– La confiance que tu places en mon fils ne sera pas déçue, Majesté, déclara Abana. Et je remercie Pahéri de l'avoir recommandé à ton attention.

– Toi et lui avez des talents différents, mais je n'ai jamais vu deux hommes qui se complètent aussi bien, remarqua Kamosé. Ma flotte est en de bonnes mains.

– Sa Majesté est trop généreuse, répondit Abana. L'obligation d'obéir à un autre que Pahéri m'aurait peut-être été pénible. Les choses étant ce qu'elles sont, il m'est facile de crier plus fort que lui. »

Les deux hommes sourirent, et Pahéri perdit un instant son attitude un peu compassée.

« Tu es généreux, en effet, sire, et nous ferons l'impossible pour mériter la confiance dont tu nous honores, déclara-t-il. As-tu des ordres à nous donner ? Je suppose que tu vas faire venir l'armée ici et que nous descendrons le fleuve jusqu'au Delta.

– Non, je ne le pense pas », dit Kamosé avec lenteur.

Il regarda un instant le spectacle bruyant qui se déroulait autour de lui. La rive grouillait d'hommes qui rendaient leurs fausses armes, examinaient leurs contusions, plongeaient dans l'eau pour se rafraîchir ou discutaient avec animation du déroulement du combat naval.

« Je compte aller moi-même à Ouhat-Mehtet », reprit Kamosé, qui expliqua succinctement aux deux hommes le plan suggéré par Hor-Aha.

« Cela peut réussir, remarqua Pahéri lorsqu'il se tut. J'ai entendu dire que le désert qui entoure l'oasis est particulièrement inhospitalier. Même dans les meilleures conditions, une armée qui marcherait de Ta-shé à Ouhat-Mehtet ne pourrait qu'y arriver fatiguée. Tu souhaites donc que la marine reste ici en attendant tes instructions ?

– Oui.

– Avons-nous l'autorisation de faire des raids dans le Delta ? Les hommes ne doivent pas demeurer oisifs, Majesté. Leur moral est au plus haut mais, faute de quelques escarmouches, ils cesseront vite d'avoir confiance dans leurs compétences. Il faudrait que l'action suive de près leur entraînement.

– Je le sais, fit Kamosé. Mais je ne veux pas provoquer Apopi et l'inciter à attaquer Het néfer Apou au lieu de concentrer ses forces sur l'oasis... en admettant que nous parvenions à mettre au point un plan pour l'y attirer, naturellement. Dans ce cas, ce ne sont pas les occasions de combat qui manqueront. Je t'enverrai régulièrement des rapports, Pahéri. Jusque-là, tu dois continuer à exercer tes hommes. » Il se leva, et les autres l'imitèrent aussitôt. « Nous partirons pour Ouhat-Mehtet au coucher du soleil, déclara-t-il. Autant profiter de la fraîcheur de la nuit pendant une partie de notre voyage. Vous m'avez remonté le moral, tous les deux. Cette campagne acquiert enfin une forme cohérente. Vous pouvez disposer.

– Que la plante de tes pieds soit ferme, Majesté », dit Abana.

Quand les deux hommes eurent disparu dans la foule, Kamosé descendit de l'estrade et s'adressa à Ankhmahor.

« Nous quittons le navire, ce soir, déclara-t-il. Fais préparer deux chars. Akhtoy s'occupera des bagages, et Ipi enverra un héraut prévenir Hor-Aha de notre arrivée. Les commandants de division et lui ont vingt-trois des chars dont nous nous sommes emparés à Néferousi. En en prenant deux, nous en laisserons cinquante aux éclaireurs et aux officiers d'ici. Ai-je fait ce qu'il fallait, Ahmosis ? »

Son frère le regarda avec curiosité, car le doute perçait dans sa voix.

« En nommant le jeune Abana capitaine, assurément, répondit-il. En décidant d'aller dans l'oasis, il est impossible de le savoir encore, Kamosé. Sacrifions à Amon avant de partir. Quelque chose te tourmente ?

– Non, fit Kamosé en se redressant. Mais diriger une bande de paysans ronchonneurs est une chose, être le roi d'une armée redoutable en est une autre. Le dénouement approche, Ahmosis, je le sens. Mon destin s'accomplit. Je me réveille d'un rêve intense pour le voir devenir réalité, et cela m'effraie un peu. Viens, ne restons pas au soleil ; allons boire quelque chose. Il faut que je dicte une lettre à Tétishéri avant que nous ne nous mettions en route. »

Il s'éloigna en appelant Ipi et Akhtoy, et Ahmosis le suivit, pris brusquement d'une intense nostalgie. Oueset paraissait tellement loin.

7

Kamosé et Ahmosis ne se mirent en route qu'au crépuscule. La piste traversa d'abord des champs encore nus, sillonnés de canaux d'irrigation et bordés de palmiers majestueux, mais, très vite, tout signe de culture disparut. Le paysage devint aride et triste : du sable à perte de vue et, par endroits, des étendues caillouteuses qui dans le demi-jour ressemblaient à des étangs d'eau sombre. La piste elle-même était encore visible, un ruban étroit allant se perdre dans un néant indistinct, et ils la suivirent plusieurs heures, enveloppés d'un silence qui s'approfondit avec la nuit. Kamosé était en tête, conduisant lui-même son char. Ahmosis suivait, et leurs gardes marchaient d'un bon pas à côté d'eux. Un train d'ânes complétait le cortège.

Vers minuit, Kamosé ordonna une halte. Les chevaux furent dételés et abreuvés. Après avoir posté des sentinelles, les deux frères s'étendirent sur le sable, enroulés dans leur manteau. Ahmosis s'endormit vite, mais Kamosé regarda longuement le ciel constellé. Il faisait délicieusement frais. Aucun bruit ne troublait le calme profond qui l'entourait. En dépit de ses nombreuses activités de la veille et de ses muscles un peu endoloris par la conduite du char, il n'était pas fatigué. Son cerveau, où tournaient si souvent des pensées tumultueuses, était au repos. J'ai pris la bonne décision, se dit-il avec sérénité. Mes doutes m'ont quitté dès qu'Het néfer Apou a disparu. Quel bonheur d'être dans le désert pendant quelques jours et de n'avoir aucune responsabilité ! J'ai l'impression d'être revenu à l'époque où j'étais enfant, quand Si-Amon vivait encore. Nous ne faisions guère que nous baigner, pêcher et chasser dans le désert. Je suis devenu si vieux depuis. Ahmosis murmura dans son sommeil, s'agita et heurta le cou de Kamosé de son bras tiède. Le charme était rompu. Avec un sourire triste, Kamosé ferma les yeux.

Ils se levèrent avant l'aube, déjeunèrent rapidement, et Rê n'était pas encore apparu à l'horizon qu'ils marchaient vers l'ouest. Les chevaux avancèrent avec résignation dans une chaleur qui ne cessait de croître, et Kamosé dut bientôt ordonner une halte pour faire fixer des parasols sur les chars. En dépit de l'eau qu'il avait bue avec ses lentilles et son pain, il avait déjà soif; la sueur trempait son pagne; l'éclat de la lumière faisait battre douloureusement le sang dans ses tempes. C'est à peine supportable pour nous, qui sommes nés dans la fournaise du Sud, pensa-t-il. Qu'en serait-il pour des soldats habitués à la douceur du Delta et ne connaissant que les vergers et les jardins humides? Un sourire détendit ses lèvres desséchées. Les chances de réussite du plan d'Hor-Aha lui semblaient croître à chaque tour de roue.

Six heures plus tard, ils furent contraints de s'arrêter, et ils passèrent le reste de la journée à s'abriter du soleil du mieux qu'ils le pouvaient. «Nous progressons tout de même à une allure raisonnable, dit Ahmosis. Nous devrions arriver en vue de l'oasis dans deux jours, peut-être même moins. Les ânes boivent davantage que nous ne l'avions prévu, mais si tu veux te laver, nous avons encore plus d'eau qu'il n'en faut. En ce qui me concerne, j'attendrai que nous ayons planté notre tente près d'une des sources d'Ouhat-Mehtet. Tout un hiver passé là-bas a dû considérablement aguerrir les troupes, Kamosé.

– Nous, en revanche, nous sommes devenus plutôt délicats, répondit celui-ci. Le soleil nous endurcira, Ahmosis. Nous devons nous y exposer pour retrouver nos forces.»

Le soir du troisième jour, voyant une ondulation se découper sur le disque rouge du soleil à l'horizon, ils surent que là était leur destination. Impatient d'arriver, Kamosé avait insisté pour qu'ils marchent tout le jour au lieu d'attendre à l'ombre que passe le plus fort de la chaleur. La caravane était donc épuisée lorsqu'un éclaireur, tapi au bord de la piste, se dressa soudain devant elle.

Située à égale distance de Ta-shé, au nord-est, et du Nil, à l'est, l'oasis était une dépression irrégulière de vingt-cinq kilomètres de long. Un village se dressait à chaque extrémité, et ils étaient reliés par un chemin battu qui sinuait entre des rochers noirs déchiquetés et des dunes de sable. Le village du nord était une collection hétéroclite de baraques construites au petit bonheur à proximité de quelques sources qui alimentaient une végétation abondante dans un paysage autrement aride. Il y avait des bassins, des bouquets d'arbustes, quelques palmiers, et ce fut là que Kamosé descendit de son char. Tendant les rênes à un serviteur, il se tourna vers son général, qui se prosternait devant lui.

La nuit était tombée, et le parfum des lauriers-roses, omniprésents, embaumait soudain l'air. Le reflet des étoiles se brisa en mille éclats dans les bassins lorsque les chevaux et les ânes penchèrent la tête pour y boire. Couvert de poussière mais toujours aussi imperturbable, Ipi était déjà auprès de son maître, sa palette à la main. A la lueur orangée des torches, des hommes déchargèrent les affaires des deux frères et s'affairèrent à dresser leur tente sous un palmier chétif. Kamosé pria Hor-Aha de se relever, et ils se regardèrent un moment.

«Je suis content de te revoir, déclara enfin Kamosé. Nous avons bien des choses à nous dire, mais il me faut d'abord un pot de bière. Lorsque notre tente sera montée, je souhaite me faire laver. J'avais oublié combien le désert était impitoyable.»

Hor-Aha rit. Il n'a pas changé, pensa Kamosé tandis que le général les conduisait vers sa tente. Mais au fond, même si l'hiver m'a paru durer une éternité à Oueset, cinq mois seulement se sont écoulés depuis que nous nous sommes séparés à Het néfer Apou. Ses cheveux sont plus longs, c'est tout.

Dans la tente d'Hor-Aha, il prit place sur un tabouret, Ahmosis s'assit sur le sol en poussant un soupir de satisfaction, et le serviteur du général leur servit la bière tant désirée. Alors qu'au-dehors le remue-ménage provoqué par leur arrivée continuait, entre les murs de lin ondoyants de la tente, le calme régnait. Kamosé vida son pot.

«Nous n'avons pas vu grand-chose de l'oasis en arrivant, dit-il. Il faisait trop sombre. L'endroit semble toutefois plutôt désolé, Hor-Aha. Comment cet hiver s'est-il passé?

– Très bien, sire», répondit le général. Il croisa les jambes, et un bracelet d'or scintilla sur sa peau noire. «Il y a beaucoup d'eau, en réalité, quoiqu'elle ne soit pas toute au même endroit. Les sources qui se trouvent dans ce village-ci ne suffisent malheureusement pas à couvrir les besoins de toute l'armée, mais il y a un grand puits au sud, dans l'autre village. J'ai donc décidé de répartir les cinquante-cinq mille hommes entre les deux endroits. Cela a compliqué la tâche des officiers mais grandement facilité la distribution d'eau. Les troupes n'ont pas chômé, continua-t-il, en se penchant pour resservir Kamosé. Elles n'ont eu de jours de repos qu'à l'occasion des fêtes des dieux. Elles ont effectué des manœuvres dans le désert, des exercices de survie, des simulacres de combat, et je suis fier de t'annoncer que tu as désormais une armée efficace. Il paraît que tu as également une marine, conclut-il en souriant.

– En effet.»

Pris d'une curiosité passagère, Kamosé jeta un coup d'œil à la ceinture du général. C'était une bande de cuir usée, cloutée de turquoises d'un vert laiteux. Il avait toujours vu Hor-Aha la porter et il réprima l'envie soudaine de connaître le secret qu'elle contenait. Il risquait d'embarrasser son général et, d'ailleurs, souhaitait-il tant que cela contempler un morceau d'étoffe souillé du sang de son père ? Rien n'était moins sûr.

« Où sont les princes ? demanda Ahmosis. Et Ramosé ? Comment va-t-il ?

– C'est à moi que le héraut a remis le message annonçant ton arrivée, sire. J'ai pris sur moi d'attendre que vous ayez récupéré avant de les faire prévenir. Le voyage a dû vous fatiguer. Ramosé est en bonne santé. Il a demandé à être affecté comme éclaireur sur la piste de Ta-shé, et j'ai accepté. Je l'ai envoyé chercher. Souhaites-tu voir les princes, ce soir ? demanda-t-il en se tournant vers Kamosé.

– Non, répondit celui-ci. Nous sommes tous les deux sales, affamés et fatigués. Cela peut attendre demain. Leur as-tu exposé ton plan, général ?»

Hor-Aha secoua la tête, et ses dents blanches étincelèrent.

« J'ai préféré m'épargner l'humiliation de leurs critiques, dit-il. Si tu penses qu'il a une quelconque valeur, j'aurai peut-être ton soutien lorsque je le leur présenterai, Majesté. Sinon, j'aurai évité de tomber plus bas dans leur opinion.

– Si ton plan n'avait pas de valeur, Ahmosis et moi ne serions pas ici, dit Kamosé avec irritation. Les princes se sont-ils montrés difficiles ?

– Non, mais ils ont eu peu à faire, excepté dicter des lettres à leur famille, chasser ce qu'on peut trouver comme gibier dans le désert et entraîner leurs divisions sous ma direction. Il n'y a pas eu de conflit entre nous.»

A ce moment-là, ils entendirent la voix d'Akhtoy au-dehors, et Kamosé se leva.

« Notre tente est prête, dit-il. Viens dîner avec nous dans une heure, Hor-Aha. »

Sans attendre le salut du général, il sortit, suivi d'Ahmosis. Ils entrèrent dans leur tente et, tandis qu'Ankhmahor prenait son poste au-dehors, ils se firent laver et masser avec bonheur par leurs serviteurs. « Regarde ça, dit Ahmosis. Un tapis jeté sur le sable, deux lits misérables, deux chaises ordinaires et une table. Je ne parle pas de la lampe. On ne peut pas faire plus dépouillé, et pourtant cela me semble un grand luxe après les trois nuits que nous avons passées à la belle étoile.

– Cette tente est plus grande que la cabine de notre navire », répondit machinalement Kamosé.

Il se sentait vaguement déprimé, et il lui fallut quelques instants avant d'en comprendre la raison : Hor-Aha et les princes. Il jura tout bas.

« Si nous parvenons à mettre le plan d'Hor-Aha à exécution, cela contribuera à asseoir son autorité auprès des princes, dit-il.

– Je ne le crois pas, répondit Ahmosis, la voix assourdie par la serviette avec laquelle on lui frictionnait vigoureusement les cheveux. Ils en seront seulement plus jaloux. Mais s'ils ont le sentiment que tous les ordres viennent de toi, ce sera sans importance. Mieux vaudrait que tu ne lui donnes pas son titre de prince en leur présence.

– Pourquoi pas ? fit Kamosé d'un ton sec.

– Tu sèmerais les graines d'une récolte désastreuse, répondit son frère avec calme. Où est donc cette huile ? J'ai les bras brûlés par le soleil. »

Plus tard, ils s'installèrent avec Hor-Aha au bord du bassin, dont la surface d'un noir d'encre reflétait maintenant les flammes des torches. Au-dessus de leur table, les palmes produisaient un bruit sec. Tandis qu'il mangeait et buvait, Kamosé avait fortement conscience des kilomètres de désert qui entouraient leur petite enclave humaine. Il se demandait quel dieu commandait cet océan de sable : Shou, le dieu de l'air ; Nout, la déesse dont le corps se courbe au-dessus de la terre ; ou peut-être Geb, dont l'essence la vivifiait ? Ces trois divinités prenaient sans doute beaucoup de plaisir à la solitude intemporelle du désert. Celui-ci l'attirait, lui aussi, et autrement qu'il ne l'avait fait dans sa jeunesse. En ce temps-là, c'était pour lui un terrain de jeu sans limites. A présent, son immensité séduisait surtout son ka, en lui parlant tout bas de la clarté de vision qu'elle pouvait accorder, des mystères de l'éternité qu'elle pouvait révéler à celui qui s'abandonnait à son altérité radicale. Il savait cependant reconnaître dans cet appel du désert la tentation de renoncer aux obligations écrasantes de la guerre commencée par son père, de se dérober, et il se força à prêter de nouveau attention à ce que disaient Ahmosis et Hor-Aha. Ce dernier prenait des nouvelles de ses Medjaï, et Ahmosis lui racontait le simulacre de bataille navale à laquelle ils avaient assisté. Kamosé écouta sans faire de commentaire.

Le lendemain matin, les deux frères se vêtirent avec soin. Kamosé portait un pagne blanc liseré d'or et des sandales ornées de pierres précieuses. Son pectoral royal reposait sur son torse, et l'épais bracelet en or qu'Amonmosé lui avait offert enserrait son bras. Une coiffure de lin bleu et blanc encadrait son visage maquillé, et il avait la paume des mains teinte de henné. Lorsque Ahmosis et lui furent prêts, ils quittèrent la tente. Hor-Aha les attendait déjà avec un détachement de soldats. Ankhmahor avait pris place dans le char de Kamosé, et l'aurige d'Ahmosis claquait doucement de la langue pour apaiser les chevaux. Kamosé jeta un rapide regard autour de lui.

Derrière le bassin près duquel avait été dressée sa tente, il y avait d'autres étendues d'eau, toutes bordées de roseaux et de palmiers rabougris. De chacune d'elles partaient d'étroits canaux d'irrigation pleins d'une eau mousseuse et stagnante, qui menaient à des champs minuscules entourés de lauriers-roses à la floraison éclatante. Et, partout, le sable était semé de rochers noirs pointus, entre lesquels se promenaient des chèvres et des troupeaux d'oies.

Pour ne pas perdre un centimètre de terre exploitable, les villageois avaient construit leurs habitations à la lisière des cultures. Aucun arbre n'ombrageait leurs toits irréguliers. Regardant dans leur direction, au-delà des buissons et des groupes d'animaux de bât qui se pressaient autour des bassins, Kamosé discerna vaguement du mouvement devant ces cahutes misérables.

«Nous tenons les villageois à l'écart des tentes, déclara Hor-Aha. Nous ne pouvons les empêcher de venir chercher de l'eau ou abreuver leurs troupeaux de chèvres, naturellement, mais nous veillons qu'ils ne traînent pas par ici. L'armée campe là-bas, à l'extérieur du village, continua-t-il avec un geste de la main. Le prince Intef a sollicité l'honneur de te recevoir dans sa tente. Le prince Iasen est avec lui. Les princes Mékhou et Mésehti ont quitté le village du sud. Je les ai fait avertir hier soir. »

Kamosé monta dans son char.

« Dans combien de temps seront-ils là ? demanda-t-il. Et Ramosé ?

– Ils devraient arriver dans quatre heures, sire. Je n'ai pas encore eu de nouvelles de Ramosé.

– Dans ce cas, je vais inspecter les troupes avant d'aller saluer Intef et Iasen. Emmène-moi, Hor-Aha. »

Pendant une bonne partie de la matinée, Kamosé se fit conduire au pas entre les rangées de tentes minuscules où vivaient ses soldats, s'arrêtant souvent pour examiner leurs armes et leur demander si tout allait bien. Ils ne ressemblaient plus aux recrues que les princes avaient arrachées à leurs champs. Brûlés par le soleil du désert sous lequel ils avaient marché et fait l'exercice, amincis et endurcis par la discipline impitoyable à laquelle les soumettaient leurs officiers, ils avaient dans le regard et la façon de se mouvoir un air de ressemblance qui plut beaucoup à Kamosé. Il s'entretint avec les officiers et avec les médecins de l'armée. On avait compté le lot habituel de fièvres, d'infections des yeux et de vers intestinaux, mais aucune maladie grave n'avait mis en danger l'efficacité des troupes.

Ce ne fut qu'après avoir discuté des réserves de vivres avec le scribe du Ravitaillement que Kamosé donna enfin l'ordre à Ankhmahor de diriger les chevaux vers les deux grandes tentes qui se dressaient un peu à l'écart des autres. Les sentinelles postées devant elles se redressèrent lorsque le prince cria le nom du roi. Kamosé mit pied à terre, et Ahmosis le rejoignit en s'étirant.

« Impressionnant, commenta-t-il. J'imagine que les troupes qui campent à l'autre bout de l'oasis sont aussi bien entraînées. Qui aurait cru cela possible il y a un an, hein, Kamosé ? Mais je meurs de soif, à présent.

– Fais conduire les chevaux à l'ombre et rejoins-nous, dit Kamosé à Ankhmahor. Tu es le prince en qui j'ai le plus confiance, et je souhaite que tu participes à cette discussion. Fais-moi annoncer, Hor-Aha. »

Il entra dans la tente d'Intef en proie à une certaine nervosité. Je n'ai pas envie de les féliciter, pensait-il. Je n'ai pas envie de voir des sourires pleins de satisfaction s'étaler sur leurs visages. Je leur en veux encore de n'avoir pas aidé mon père dans sa tentative désespérée pour libérer l'Égypte. C'est mesquin de ma part, peut-être, mais je ne peux me débarrasser de cette rancune.

Un remue-ménage se fit dans la pénombre de la tente. Les princes s'étaient levés et s'inclinaient. Ils étaient là tous les quatre. Kamosé les salua, les invita à s'asseoir et s'installa dans le fauteuil qui avait été placé à la tête de la table. Un instant plus tard, Ankhmahor entra, et le conseil fut au complet.

Kamosé les étudia un à un. Comme leurs soldats, les mois qu'ils avaient passés dans le désert les avait changés. Sous le khôl et les pierres précieuses, sous le lin fin de leur pagne, leur peau était plus sombre, le blanc de leurs yeux plus saisissant dans leurs visages marqués par les vents desséchants. Dans le silence qui était brusquement tombé dans la tente, les allées et venues des deux serviteurs apportant plats et boissons paraissaient bruyantes. Kamosé prit alors sa décision et leva sa coupe de vin. «Vous avez fait une armée d'un ramassis de paysans, dit-il. Je suis content de vous. A la victoire ! »

Les princes se détendirent et burent avec lui. Puis ils se mirent tous à manger. Pendant quelque temps, ils échangèrent des nouvelles, parlèrent des prouesses de leurs divisions, plaisantèrent et rirent. Puis, lorsque les serviteurs eurent débarrassé et apporté des rince-doigts, Kamosé leva une main, et tous se turent.

«Vous vous demandez certainement pourquoi je suis venu ici au lieu d'attendre l'armée à Het néfer Apou, commença-t-il. En voici la raison : le prince Hor-Aha m'a proposé un plan qui, s'il marchait, nous permettrait d'attirer Apopi hors de sa forteresse. J'ai besoin de vos avis. »

Il les observa avec attention tandis qu'il leur exposait l'idée d'Hor-Aha dans ses grandes lignes. Leurs yeux allaient de sa personne à celle du général, assis à sa gauche, et il était impossible de ne pas percevoir leur froideur. Que Kamosé leur rappelât que l'étranger portait un titre faisant de lui leur égal ne leur avait pas plu. Ils contesteraient toute idée venant du Medjaï.

A l'étonnement de Kamosé cependant, à peine avait-il fermé la bouche que Mésehti déclarait :

«Ce plan est intéressant. La perspective d'un nouveau siège, long et décevant, ne réjouissait aucun d'entre nous. Nous en avons beaucoup discuté cet hiver, mais sans trouver de solution. »

Je parierais que vous n'avez pas invité Hor-Aha à ces discussions, se dit Kamosé.

« Je ne pense pas que ce plan *soit* une solution, intervint Intef avec aigreur. Il s'appuie sur trop de suppositions : qu'Apopi apprenne notre présence dans l'oasis avec ravissement ; que nous ayons le temps de battre en retraite ; que ses troupes arrivent fatiguées à Het néfer Apou ; que notre armée et notre marine soient capables de battre un ennemi supérieur en nombre. Nous ne pouvons nous permettre de prendre de risques, surtout des risques aussi fous que ceux-là. »

Il se tut, l'air suffisant. Mékhou d'Akhmîm croisa ses doigts ornés de bagues.

« J'hésite moi aussi à considérer un plan aussi hasardeux, dit-il. Mais nous n'avons qu'une seule autre solution, mes amis : le siège. Nos mois de discussion sont restés stériles, et pas un d'entre nous n'a avancé une idée digne d'être retenue. Het-Ouaret est une forteresse. Nous ne pouvons la prendre d'assaut, voilà au moins une certitude.

– Autant demander à Shou de nous soulever dans les airs et de nous déposer de l'autre côté de ses murailles, convint Iasen d'un air lugubre. Je propose donc que nous étudiions les objections d'Intef l'une après l'autre. Comment Apopi réagirait-il en apprenant notre présence dans l'oasis ? Avec indifférence, à mon avis. Ce que nous faisons et où nous sommes lui importe peu.

– Il s'en moquerait moins s'il connaissait le nombre de nos soldats et s'il savait l'oasis sans défense », intervint Mésehti. Les sourcils froncés, il ramassait distraitement en petits tas les miettes éparpillées sur la table. « Il croit que les dix mille hommes qui ont hiverné à Het néfer Apou constituent toute notre armée, continua-t-il. Qu'éprouverait-il en apprenant qu'il y en a cinquante-cinq mille autres ici ? De l'étonnement, puis de l'inquiétude. Il serait ensuite tenté de profiter de la stupidité des officiers des Taâ. Pardonne-moi, sire, ajouta-t-il, en se tournant vers Kamosé. J'essaie de me mettre à la place d'Apopi. Il hésitera, se demandera combien de temps nous comptons rester ici, et s'il doit risquer ses troupes dans le désert. Il consultera ses officiers. »

Ses officiers, pensa Kamosé. Pédjédkhou. Un frisson le parcourut. La dernière fois qu'il avait vu le général sétiou, c'était après la bataille de Qès, alors qu'il était tapi derrière des rochers avec Hor-

Aha et Si-Amon. Pédjédkhou, lui, roulait triomphalement dans son char. Ses paroles résonnaient encore à ses oreilles, froides et arrogantes : «... Apopi est puissant! Il est invincible! Il est l'aimé de Seth! Rentrez vous terrer chez vous, si vous le pouvez, et léchez-y vos plaies dans la honte et le déshonneur...» Kamosé effleura de la main la cicatrice à peine visible qui lui barrait le visage, la trace du coup de poignard qui lui avait ouvert la joue.

«Mais pourrions-nous nous retirer dans le désert et y attendre l'arrivée de l'armée d'Apopi pour l'attaquer ensuite? demanda-t-il. Nos hommes seraient-ils capables de supporter plusieurs jours ces conditions impitoyables, tout en surveillant l'oasis?

– Non, sire, c'est impossible, répondit catégoriquement Hor-Aha. Il faudrait que nous nous repliions sur Het néfer Apou dès que nos espions nous apprendraient qu'Apopi a quitté le Delta, que nous y arrivions avec suffisamment d'avance pour boire et nous reposer, puis que nous rebroussions chemin pour attaquer l'ennemi.

– Pourquoi Apopi mettrait-il son armée en danger?» dit Ankhmahor. Il avait écouté la discussion avec attention, le corps détendu, immobile. Il se pencha pour prendre la cruche d'eau posée devant lui. La chaleur s'était accentuée dans la tente, et tous transpiraient légèrement. «Pourquoi ne flairerait-il pas le piège dès le début?

– Quelqu'un doit le convaincre que ce n'en est pas un, fit Ahmosis avec lenteur. Quelqu'un en qui il pourra avoir confiance. Il faut envoyer à Het-Ouaret un espion qui se fera capturer et qui saura feindre avec suffisamment d'intelligence et de subtilité. Un simple soldat, peut-être. Quelqu'un qui fera semblant de déserter? De céder à l'appât d'une récompense?

– Si cet espion échouait et que nous attendions en vain de ses nouvelles, nous perdrions un temps précieux, remarqua Mésehti. La saison sera vite finie, et ce n'est pas une mince affaire que de conduire cinquante-cinq mille hommes jusqu'à Het-Ouaret, puis d'y organiser un nouveau siège.»

Ses paroles parurent assombrir l'assemblée et, pendant quelques instants, on n'entendit plus que le bruissement du chasse-mouches d'Intef et la conversation des gardes au-dehors. Kamosé s'apprêtait à suggérer qu'ils se séparent pour réfléchir à ce qui avait été dit, quand une voix familière retentit à l'extérieur. Le rabat de la tente fut soulevé, et Ramosé entra. Son pagne court collait à ses cuisses maculées de poussière, et ses sandales laissèrent échapper un peu de sable quand il s'avança vers Kamosé, s'agenouilla et lui embrassa les deux pieds.

«Pardonne-moi de me présenter à toi dans cet état, sire. Je me suis mis en route dès que j'ai eu le message d'Hor-Aha. J'ai dormi sous mon char et n'ai pas pris le temps de passer par ma tente.»

Sur une impulsion, Kamosé le saisit par les épaules.

«Je suis très heureux de te revoir, Ramosé. Relève-toi.»

Le jeune homme obéit et prit le pot d'eau que lui tendait Ankhmahor. Après l'avoir vidé, il salua Ahmosis et tira un rouleau de papyrus abîmé de sa ceinture.

«Mon soldat et moi avons capturé un Sétiou sur la piste de Tashé, dit-il. Il se dirigeait vers le sud et avait ce rouleau sur lui. Je l'ai fait enfermer dans la prison.»

Dans le murmure général provoqué par cette nouvelle, Kamosé déroula le papyrus et le parcourut.

«Cet homme se rendait au pays de Koush, dit-il. Il passait par les pistes du désert pour éviter le Nil. Cela nous confirme qu'Apopi croit toutes nos forces concentrées à Het néfer Apou. Sans ta vigilance, Ramosé, et Koush et le Delta auraient bientôt été informés de notre présence ici.

– Que dit le message ? demanda Ahmosis.

– Ceci : "Aouserrê, le fils de Rê Apopi, salue son fils, le souverain de Koush. Pourquoi agis-tu en souverain là-bas sans me faire savoir si tu es au courant de ce que l'Égypte m'a fait, de ce que son souverain Kamosé s'en est pris à moi sur mon propre sol, alors que je ne l'avais pas attaqué ? Il a décidé de ruiner ces deux pays, le mien et le tien, et il les a déjà ravagés. Par conséquent, viens dans le Nord. N'aie pas peur. Il est ici, près de moi. Personne ne peut te tenir tête dans cette partie de l'Égypte. Sache que je ne lui laisserai aucun repos jusqu'à ton arrivée. Et ensuite, nous nous partagerons les villes d'Égypte."»

Un grand rire secoua l'auditoire.

«Quel vantard ! s'exclama Mésehti. "Je ne lui laisserai aucun repos" ! C'est nous qui ne lui en avons pas laissé !

– "N'aie pas peur", cita Ahmosis. Ce lâche reste enfermé dans Het-Ouaret pendant que nous reprenons ce qui est nôtre, et il a le culot de traiter Téti le Beau de peureux ! Comment celui-ci pourrait-il l'être, il n'a pas de sang sétiou dans les veines !

– A ton avis, Majesté, qu'aurait fait Tétiân, s'il avait reçu ce message ? demanda Iasen. Apopi l'appelle son fils.

– Il cherche simplement à s'insinuer dans les bonnes grâces du prince de Koush, répondit Kamosé. Comme l'a dit mon frère, Tétiân n'est pas sétiou. C'est un homme mystérieux, un Égyptien qui a choisi de quitter l'Égypte et d'unir les tribus koushites sous son autorité. La conquête ne semble toutefois pas l'intéresser. Des traités le lient à Apopi, mais il est impossible de savoir s'il les respecterait. S'il pense encore comme un Égyptien, je crois qu'après avoir reçu cet appel au secours d'Apopi, il aurait attendu de voir. Après tout, sans même parler de la Haute-Égypte que nous contrôlons, il lui faudrait déjà traverser le pays d'Ouaouat pour venir en aide à l'usurpateur. Et les Medjaï détestent les Koushites.

– Cela dit, étant donné que la plupart des hommes des villages d'Ouaouat sont ici, dans notre armée, il est heureux qu'il soit resté tranquille jusqu'à présent, remarqua Ahmosis. Aucun messager koushite n'a été intercepté à Oueset. Il serait peut-être indiqué d'écrire à Tétishéri de renforcer la surveillance du fleuve, même si elle n'a pas assez de soldats pour repousser une attaque concertée des Koushites. Si jamais cela se produisait, il ne nous resterait qu'à espérer que les hommes d'Oueset et les Medjaï qui restent en pays ouaouat seraient capables de les ralentir. Un front de bataille dans le Sud est vraiment la dernière chose dont nous ayons besoin.

– En effet, reconnut Kamosé. Il nous faut souhaiter que l'inaction de Tétiân indique une neutralité temporaire. N'oublions pas que sa capitale est très loin de l'Égypte. Je pense qu'il ne descendra dans le Nord que si son petit royaume est directement menacé.

– Je suis d'accord, déclara Ahmosis. Il fera passer ses intérêts en premier. Que comptes-tu faire à présent, Kamosé ?

– Je ne sais pas encore, mais l'ignorance d'Apopi est réconfortante, répondit celui-ci en se mettant debout. J'espère que la majorité de ses officiers et de ses conseillers sont aussi stupides que lui.

– Je vois que j'ai manqué une bonne partie de la réunion, Majesté, intervint Ramosé. Retournons-nous au bord du Nil ? »

Kamosé secoua la tête et fit un signe à Hor-Aha, qui résuma brièvement ce qui s'était dit avant l'arrivée du jeune homme. Lorsqu'il se tut, Kamosé leva la séance.

«C'est tout pour aujourd'hui, dit-il. Revenez demain avec des idées plus précises sur la façon de mettre ce plan à exécution. Va te laver, Ramosé, et reviens dîner avec Ahmosis et moi.»

Les princes s'inclinèrent et se retirèrent. Lorsque Ramosé fut seul avec les deux frères, il demanda doucement : «Comment va ma mère, sire ?

– Bien, mais elle se tient toujours à l'écart, répondit Kamosé avec sincérité. Je ne pense plus que ce soit une question de chagrin, Ramosé. Elle m'en veut de ne pas l'avoir laissée mourir avec Téti.»

Ramosé acquiesça de la tête.

«Cela a toujours été une femme volontaire, comme ta mère. Elle me manque.»

Sur le chemin du retour, Kamosé se sentit soudain accablé de fatigue. Après avoir chargé Ipi de recopier et de classer le papyrus d'Apopi, il alla se coucher et, quand il se réveilla, le coucher du soleil allongeait déjà ses doigts sur le tapis de la tente.

A l'heure du dîner, lavé et maquillé, Ramosé rejoignit les deux frères au bord du bassin. Des torches étaient fixées sur le tronc mince des palmiers, et leurs flammes dansaient dans la brise fraîche du soir. Des serviteurs allaient et venaient, pieds nus dans le sable, et les éclats de rire de soldats invisibles retentissaient par intermittence. Très haut au-dessus de leurs têtes, des étoiles scintillaient sur le velours sombre du ciel.

Vers la fin du repas, quand la cruche de vin fut vide et que les trois hommes eurent picoré les dernières dattes, Ahmosis se rejeta en arrière avec un soupir de satisfaction.

«Il y a de l'optimisme dans l'air, ce soir, dit-il. On le devine dans la voix des hommes. C'est un bon présage. Qu'en penses-tu, Ramosé ? Tu as été bien silencieux.

– Pardonne-moi, Altesse, fit celui-ci avec un vague sourire. Je réfléchissais au plan du général. Il est bon. Il n'a que deux défauts.

– Comment persuader Apopi de quitter sa ville, et comment avoir la certitude que ses troupes seront plus fatiguées que les nôtres lorsqu'elles atteindront Het néfer Apou ? compléta Kamosé.

– Exactement.» Le jeune homme hésita, les sourcils froncés, et Kamosé sentit son cœur se serrer. Je sais ce qu'il va dire, pensa-t-il. C'est tellement évident, et pourtant je ne voulais pas envisager cette solution. Il sentit le regard de son frère et leva les yeux. Ahmosis hocha imperceptiblement la tête.

«Je ne sais pas comment régler le second problème, dit enfin Ramosé. Mais j'ai une idée pour le premier. Envoie-moi auprès d'Apopi, Kamosé. Je suis le traître idéal.

– Continue, fit celui-ci d'une voix sans timbre.

– Il y a Tani, dit Ramosé en levant un doigt. Je suis toujours amoureux d'elle et j'ai fui ton armée pour la revoir.» Il déplia un deuxième doigt. «Il y a l'exécution de mon père, qui a transformé en haine l'affection que j'éprouvais pour toi; et, enfin, mon héritage, le domaine de Khmounou, que tu as donné à Mékétrê. Si Apopi ne le sait pas, je le lui apprendrai. Je lui proposerai de lui livrer toutes les informations qu'il souhaite, pourvu qu'il me laisse revoir Tani et combattre contre toi. Je lui demanderai peut-être aussi le domaine de Khmounou en échange de mes services», ajouta-t-il avec une grimace.

Il se tut un instant et les regarda l'un après l'autre. «Ma proposition ne vous surprend pas, n'est-ce pas? Vous y aviez déjà pensé. N'hésite pas à te servir de moi, sire, dit-il d'un ton pressant en se tournant vers Kamosé. Ne te laisse pas arrêter par notre longue amitié ou par un sentiment de culpabilité. C'est Apopi qui a ruiné mes espoirs, pas toi, et mon père a causé lui-même sa perte.»

Kamosé regarda son beau visage sincère et sentit une tristesse inaccoutumée monter en lui. C'était une émotion douce, maîtrisée et pleine de nostalgie.

«Tu mérites de vivre le reste de ta vie en paix, Ramosé.

– Toi aussi! répliqua le jeune homme avec un geste brutal. Se rebiffer contre le sort ne sert à rien. Cela n'aboutit qu'à nous rendre de moins en moins capables de prendre les décisions qui s'imposent. Il faut que ce soit moi, Kamosé. Aucun prince ne fera l'affaire. A l'exception d'Ankhmahor et peut-être de Mésehti, tu ne peux leur faire entièrement confiance.» Il se leva et appuya ses paumes sur la table. «Quant à un simple officier, il n'aurait pas la subtilité nécessaire pour affronter Apopi et dissiper ses soupçons. Ce doit être moi!»

Mais quelles sont tes motivations? se demanda Kamosé. Un manque de foi en l'avenir, la volonté de te venger d'Apopi, le besoin de voir Tani, le désir de fuir ma présence...? Il se rabroua mentalement.

«L'idée ne me plaît pas, dit-il. Si quelque chose tourne mal, je n'ai pas envie d'avoir ta mort ou ton emprisonnement sur la conscience. Tu as déjà assez souffert à cause de moi.

– J'ai fait mon choix il y a des années, répliqua Ramosé. Nous sommes déjà à la fin de méchir, sire. Le printemps avance. Tu dois te décider.

– Il faut d'abord que je réfléchisse. Va dormir, Ramosé. Nous en reparlerons demain. »

Lorsque le jeune homme fut parti, Kamosé entraîna son frère loin des torches et, à la limite des palmiers, quand ils furent seuls devant l'immensité du désert, il s'assit en tailleur dans le sable. Ahmosis l'imita. Ils restèrent silencieux un moment, s'imprégnant du calme profond qui les entourait. Puis Kamosé déclara :

« Je ne peux le laisser prendre ce risque. C'est trop dangereux. »

Ahmosis ne répondit pas aussitôt.

« Je ne te comprends pas, Kamosé, dit-il enfin. Jusqu'à présent, tu as écarté impitoyablement tout ce qui menaçait de te faire obstacle ; les remparts imprenables d'Het-Ouaret te rendent fou : pourtant, quand l'occasion se présente d'atteindre ton but, tu fais brusquement preuve d'une sensibilité qui ne te ressemble pas. Pourquoi ?

– Je croyais que c'était *notre* but, et pas seulement le mien ! répliqua Kamosé avec violence. Tu ne vois donc pas que, pour moi, Ramosé représente un lien avec le passé, avec une époque plus paisible, et que, en le regardant, je ne me remémore pas seulement le mal que je lui ai fait mais aussi l'homme que j'étais ? » Il lutta contre sa colère, toujours tapie sous un calme de surface. « S'il vit, ce sera comme si j'avais réussi à préserver ce qu'il y a de mieux en Égypte, comme si quelque chose d'innocent et de précieux avait survécu aux carnages et aux incendies. » Il passa une main lasse sur son visage. « Comme s'il restait quelque chose de celui que j'ai été.

– Tu ne peux te permettre de t'apitoyer sur toi-même ! protesta Ahmosis. Pas maintenant, Kamosé ! Tu n'as pas hésité lorsqu'il s'est agi de raser Dashlout, d'assassiner des villageois. Ce plan est bon. Grâce à lui, nous pourrons affaiblir Apopi, peut-être même le chasser d'Égypte ! Ramosé le sait. Si tu as besoin de la présence d'un être humain pour te rappeler qui tu étais, tu es mal parti. »

Une dizaine de répliques cinglantes vinrent aux lèvres de Kamosé, des mots cruels et blessants, mais au prix d'un violent effort sur lui-même, il les ravala. Il était heureux qu'Ahmosis ne pût voir son visage contracté. Celui-ci avait raison, il le savait, il le reconnaissait intellectuellement, mais son cœur lui criait le contraire. Ramosé, c'était Tani ; c'était la chasse aux canards dans les marais, les après-midi paresseux de printemps ; c'étaient les réunions familiales dans le jardin de Téti, à Khmounou, où, allongé dans l'herbe avec Si-Amon, il regardait les papillons de nuit voleter dans la lumière des lampes, quand la conversation de leurs parents leur donnait un sentiment de sécurité.

« C'est fini, dit doucement Ahmosis, comme s'il voyait lui aussi ces images de bonheur défiler dans son esprit. Ce monde-là a disparu, Kamosé. Il ne reviendra jamais. Renonce à Ramosé. Il faut qu'il se charge de cette mission. Pour le bien de l'Égypte.

– Très bien, gronda Kamosé en serrant les poings. Mais expose-moi un plan cohérent, Ahmosis. Tel qu'il est pour l'instant, il ne marchera pas. »

Ahmosis poussa un bruyant soupir de soulagement et, malgré son abattement, Kamosé en éprouva un amusement passager.

« Cela ne marchera pas si Ramosé part seul et s'arrange pour être arrêté, dit son frère. Il doit se rendre à Het-Ouaret en qualité d'envoyé officiel. Il faut que tu dictes une lettre à Apopi et que tu la lui fasses porter par le messager capturé par Ramosé. Celui-ci l'accompagnera pour être certain qu'il s'acquitte de sa mission. De cette façon, il pourra corroborer les informations du Sétiou quand il décidera de trahir en échange d'une rencontre avec Tani. De cette façon, il pourra aller droit aux portes de la ville et demander à être conduit au palais. Il pourra commencer par se montrer froid, hostile même, puis faiblir peu à peu. Avec un peu de chance, ce sera même Apopi qui l'encouragera à trahir. Ramosé n'aura pas à mentir. Il pourra dire toute la vérité.

– Qu'adviendra-t-il de lui ensuite ?

– Impossible de le savoir. Apopi ne le gardera pas dans son palais. A mon avis, il le mettra en prison, ou il exigera qu'il prouve sa sincérité en prenant les armes contre nous et le fera surveiller de près par un officier sétiou. » Ahmosis haussa les épaules et écarta les bras avec fatalisme. « Qui peut le dire ? Ce qui est certain, c'est que Ramosé sait parfaitement à quoi il s'engage. Laisse-le faire, Kamosé. Pourvu qu'il puisse revoir Tani, il lui est égal de mourir ensuite. »

Comme c'est touchant ! railla une voix cynique en Kamosé. Comme c'est romantique ! Ramosé s'accroche à son rêve comme un enfant. Mais non, se corrigea-t-il aussitôt, rempli de honte. Ramosé a tout perdu. Il ne lui reste que l'amour qu'il éprouve pour ma sœur.

«Tu peux être effroyablement convaincant quand tu le veux, Ahmosis, dit-il à haute voix. Tu as raison, bien sûr. Je vais dicter une lettre à Apopi, le provoquer, tâcher de l'irriter et de le pousser à nous attaquer pour ne pas perdre la face. Ramosé et le héraut sétiou iront la lui porter. Il est préférable qu'ils prennent la piste d'Het néfer Apou, puis gagnent le Delta en bateau. Deux jours pour arriver au Nil et sans doute quatre pour atteindre Het-Ouaret. Comptons trois jours d'audiences et de discussions dans le palais, quatre ou cinq de plus pour que les généraux d'Apopi préparent l'armée. Cela fait quatorze jours au total. D'ici dix jours, nos éclaireurs devront surveiller la pointe du Delta et la piste de Ta-shé. Dès que nous apprenons qu'ils ont quitté cette oasis, nous partons pour Het néfer Apou, rejoignons Pahéri et la marine, et nous préparons au combat. Tu es satisfait ?»

Il se leva et épousseta le sable sur son pagne.

«Oui, répondit Ahmosis. Crois-tu qu'Apopi nous enverra Pédjédkhou ? ajouta-t-il d'un ton où perçait l'inquiétude.

– C'est le meilleur esprit militaire qu'il ait à sa disposition, répondit Kamosé. Nous avons un vieux compte à régler avec le général. Qu'il vienne, et puisse Amon le laisser périr sous nos flèches et nos épées ! C'est un coup de dés, Ahmosis. Nous ne pouvons que les jeter. Il faut qu'Apopi et les dieux les ramassent.»

De retour dans leur tente, éclairé par la lumière dorée de la lampe posée sur la table, Kamosé dicta deux lettres. La première informait Tétishéri du message envoyé à Tétiân par Apopi, et lui recommandait de ne pas relâcher sa surveillance sur le fleuve. Il finissait en saluant le reste de la famille et en exprimant l'espoir que la grossesse d'Ahmès-Néfertari se déroulait normalement. La seconde était destinée à Apopi. Il la commença avec difficulté, puis s'échauffa peu à peu et fit un récit imagé et railleur des villes qu'il avait attaquées, des villages qu'il avait brûlés, des garnisons qu'il avait décimées. Il parla du soutien que lui avaient apporté les princes, ces hommes qui pendant des années avaient pris tout ce qu'Apopi leur avait offert et qui le lui jetaient maintenant au visage. Il s'étendit avec un réel plaisir sur la prise de la forteresse de Nagta-Hert et conclut en se vantant de faire bientôt subir le même sort à Het-Ouaret. Après avoir manié l'insulte, la dérision, la moquerie, il finit par ces mots : «Tu es perdu, vil Sétiou, toi qui disais : "Je suis le Seigneur, et il n'y a personne qui m'égale de Khmoun et

Pi-Hathor à Het-Ouaret."», et il signa : «Taureau puissant, aimé d'Amon, aimé de Rê, seigneur des Deux Terres, Kamosé vivant-pour-l'éternité».

Ahmosis l'avait écouté, assis sur son lit. Quand Ipi scella les deux papyrus, il demanda à Kamosé s'il parlerait de cette lettre aux princes. Son frère lui sourit. Il avait l'impression d'avoir jeté sur Apopi une lourde pierre pendue jusqu'alors à son cou. Il se sentait léger et un peu étourdi.

«Nous nous comprenons souvent sans nous parler, n'est-ce pas, Ahmosis? Non, je ne leur dirai rien. Cela ne ferait que les inquiéter. Après le flot d'insultes impardonnables dont j'ai abreuvé Apopi, ils n'auraient plus la moindre chance d'être épargnés par lui en cas de défaite. Je les ai tous impliqués. Nous les mettrons au courant du reste, naturellement. Ramosé pourra prendre la journée de demain pour préparer son voyage, et partir le surlendemain. Pendant son absence, nous explorerons cette oasis et attendrons des nouvelles des éclaireurs. Je crois que je vais aller marcher un peu, ajouta-t-il en prenant son manteau. Je suis trop agité pour dormir. Tu viens avec moi?

– Non, j'ai sommeil. Fais-toi accompagner par Ankhmahor. Ne reste pas seul, Kamosé.»

Pour ma sécurité ou pour la santé de mon esprit? se demanda celui-ci. Il souleva le rabat de la tente et s'enfonça dans la nuit.

Le lendemain matin, quand les princes furent réunis, Kamosé leur annonça qu'il avait décidé d'adopter le plan d'Hor-Aha, et que Ramosé accompagnerait le soldat sétiou dans le Delta. Il ne leur parla pas du contenu de son message à Apopi et n'en éprouva aucun sentiment de culpabilité. Il était le roi et pouvait se contenter de donner des ordres, s'il le souhaitait.

Plus tard, il fit appeler Ramosé, lui confia le papyrus et lui exposa ses instructions. En apparence, il accompagnerait le héraut pour s'assurer que l'homme ne s'enfuyait pas, soit pour se rendre au pays de Koush et transmettre le message d'Apopi verbalement, soit pour se réfugier chez lui.

«Une fois que tu seras dans le palais, ce sera à toi de décider comment agir, dit Kamosé. Lorsque tu auras accompli ta mission de héraut, demande à voir Tani avant de partir, puis aie l'air d'hésiter.» Il haussa les épaules. «Toutes les suggestions que je pourrais te faire sont inutiles, reprit-il. Endors les soupçons d'Apopi, dis-lui tout ce que tu sais, mais arrange-toi pour l'attirer hors de sa ville.

– Je ferai de mon mieux, Kamosé. Si je ne reviens pas, il faudra que tu continues à croire en ma fidélité. As-tu un message pour Tani ?

– Je pourrais te parler une journée entière de ce que j'éprouve pour elle, répondit-il avec un sourire forcé. Dis-lui que nous prions tous pour elle, que nous pensons constamment à elle, que nous l'aimons. Je ne veux pas la tourmenter, Ramosé. Et je ne veux pas non plus que tu gaspilles les instants précieux que tu pourras passer auprès d'elle à lui parler de sa famille. »

Après un court silence, Ramosé dit avec lenteur :

« Crois-tu qu'elle soit encore en vie ? Après tout, tu as rompu l'accord que tu avais conclu avec Apopi.

– Il n'y avait pas d'accord ! Apopi avait seulement promis de ne lui faire aucun mal tant que le reste d'entre nous se soumettrait. Nous devons supposer qu'elle vit, qu'il n'est pas assez fou pour tuer une femme de la noblesse. Je crois que c'est un homme petit, qui aime infliger des affronts, qui a choisi de montrer une sorte de clémence ignoble pour masquer sa peur de prendre des décisions tranchées. Il aurait dû nous faire exécuter, Ahmosis et moi, et envoyer nos femmes en exil. C'est ce que j'aurais fait à sa place. Etant donné sa lâcheté prudente, il y a de bonnes chances que Tani soit toujours en vie.

– Je m'échapperai avec elle, si je le peux, dit Ramosé. Si la moindre occasion se présente, je tenterai ma chance. Ai-je ton autorisation, sire ?

– A condition que tu aies accompli la mission pour laquelle tu t'es porté volontaire, répondit Kamosé d'une voix égale. C'est plus important que tes souffrances, Ramosé. » Les deux hommes s'affrontèrent un instant du regard, puis Kamosé s'avança et pressa le jeune homme contre son cœur. « Mon cher Ramosé, murmura-t-il. Nous nous sommes toujours aimés, mais aujourd'hui je suis roi et dois faire passer les exigences du pouvoir avant mes sentiments fraternels. Pardonne-moi. »

Ramosé s'écarta.

« Je t'aime, moi aussi, Kamosé. Je ferai l'impossible pour m'acquitter de la mission dont je me suis chargé. Mais j'ai également l'intention de prendre Tani en dédommagement de tout ce que tu m'as fait souffrir. L'affection n'a rien à voir là-dedans.

– Je comprends. »

Kamosé lutta pour conserver un visage impassible, alors que le désir de se justifier montait dans sa gorge comme de la bile. J'ai fait ce que je devais faire, pensa-t-il avec violence. Tu t'en rends sûrement compte ! Crois-tu que cela m'a été facile de planter une flèche dans la poitrine tremblante de ton père ?

Mais ça l'a été, répliqua une autre voix en lui, la voix qui apaisait de plus en plus souvent le tourbillon de ses doutes et de ses appréhensions. Plus facile que d'être déchiré entre des fidélités contradictoires, ô Taureau puissant !, plus facile que de supporter la douleur d'un ami. Le bras de la vengeance doit être implacable.

« Dans ce cas, je n'ai plus qu'à prendre congé de toi dans les règles, dit-il à haute voix. Que la plante de tes pieds soit ferme, Ramosé. Que la bénédiction des dieux soit avec toi. »

Ramosé s'inclina. Les deux hommes hésitèrent un instant, cherchant un mot, un geste, qui conclurait convenablement cette conversation, la dernière peut-être qu'ils auraient ensemble. Mais le silence ne fit que s'approfondir entre eux et, finalement, Kamosé sourit, le salua de la tête et sortit.

8

Quand le soleil eut perdu la couleur de l'aube, l'oasis n'était plus qu'une tache indistincte à l'horizon. Devant Ramosé, la piste d'Het néfer Apou allongeait son ruban étroit de terre battue entre les flancs impitoyables du désert. Assis dans le char, le dos pressé contre sa coquille brûlante, Ramosé devait se raidir contre les cahots. En face de lui, le soldat sétiou tressautait et oscillait lui aussi, s'appuyant sur le plancher de ses mains liées. C'était un homme basané à la tignasse noire et à la barbe broussailleuse. Ses yeux brillants quittaient rarement le visage de Ramosé, mais on n'y lisait rien de particulier. Le jeune homme se demanda si tous les serviteurs d'Apopi étaient aussi hirsutes ou si l'on avait choisi celui-ci afin qu'il passe pour un paysan ou un nomade. Au-dessus des deux passagers, le conducteur du char chantonnait et parlait de temps à autre aux deux petits chevaux qui soulevaient un nuage de poussière brune. Des sacs de nourriture et des outres d'eau s'entassaient à ses pieds.

Lorsque la chaleur s'intensifia, Ramosé lutta contre son envie de dormir. A moins d'être sûr de pouvoir voler char et provisions, le Sétiou ne risquait pourtant guère de chercher à s'enfuir. Il avait d'ailleurs les mains liées et une cheville attachée au bord du char. Il va m'empoisonner la vie jusqu'à Het néfer Apou, se dit le jeune homme. Il va falloir que je l'attache à un arbre tous les soirs, si je veux dormir. Quittant l'homme des yeux, il fixa de nouveau la piste et s'absorba dans ses pensées.

Nos troupes ont souffert quand elles ont marché du Nil à l'oasis, se dit-il. Lorsqu'elles y sont enfin arrivées, les officiers ont dû manier le bâton pour les tenir à l'écart des bassins et leur faire reformer les rangs. Et c'étaient des hommes du Sud, des paysans robustes accoutumés aux privations et à la chaleur impitoyable de shemou. Dans quel état seront les soldats d'Apopi, des citadins du Delta, qui ne connaissent que les vergers et les vignobles, lorsqu'ils auront accompli trois parcours de ce genre ? Du Delta à Ta-shé, de Ta-shé à Ouhat-Mehtet, d'Ouhat-Mehtet à Het néfer Apou ? Ils auront deux fois l'occasion de se ravitailler en eau, mais cela leur suffira-t-il ? Hor-Aha a eu une excellente idée.

Il essuya la sueur qui lui piquait les yeux. Malgré le khôl épais qui les protégeait de l'éclat du soleil, ils lui faisaient mal. Ses fesses aussi. Il se releva tant bien que mal et resta quelque temps debout à côté de l'aurige, mais sentir le Sétiou tapi à ses pieds ne lui plaisait pas, et il reprit bientôt sa position inconfortable. L'homme dormait, la tête inclinée sur une épaule. Il n'avait pas prononcé une seule parole depuis qu'on l'avait sorti de la baraque qui servait de prison. Soulagé que ses yeux noirs soient enfin fermés, Ramosé glissa dans un demi-sommeil agité.

Il leur fallut trois jours pour traverser le désert. Le soir, ils mangeaient froid et s'enveloppaient dans leur manteau quand la fraîcheur bienvenue du soir devenait trop vive. Avant de dormir, Ramosé attachait son prisonnier à une des roues du char. L'homme mangeait et buvait sans faire de commentaires. Il n'y avait rien de renfrogné ni d'hésitant dans son comportement, il était seulement immensément indifférent. Ils ne rencontrèrent pas âme qui vive sur la piste.

Le troisième jour, au coucher du soleil, les chevaux relevèrent la tête et accélérèrent l'allure.

« Ils sentent l'eau, commenta le conducteur du char. Le fleuve n'est pas loin. »

Ramosé regarda devant lui. Une mince ligne de végétation rompait la monotonie du paysage. Une heure plus tard, ils l'avaient atteinte et découvraient Het néfer Apou, les navires de Kamosé et les tentes bondées.

Malgré sa fatigue, Ramosé se fit conduire à celle de Pahéri. Après avoir ordonné à l'aurige de s'occuper des chevaux et de vérifier l'état du char, il confia le Sétiou aux gardes de Pahéri et se fit annoncer. Celui-ci était seul et s'apprêtait à dîner. Il accueillit Ramosé avec chaleur.

« Veux-tu partager mon repas, ou préfères-tu aller te changer d'abord ? Quelles nouvelles de l'oasis ? »

Ramosé s'assit avec plaisir et, le temps qu'ils finissent de manger, il avait informé Pahéri de la décision de Kamosé et de la mission dont lui-même était chargé.

« Sa Majesté te tiendra au courant, dit-il. Quant à moi, dès que j'aurai dormi quelques heures, il faudra que je me remette en route. Puis-je te demander un esquif, Pahéri ? Descendre le fleuve me fera gagner du temps, et mon prisonnier risquera moins de s'échapper. Voici un rouleau pour Oueset. Donne-le à un héraut digne de confiance. »

Après les civilités d'usage, Ramosé s'excusa, prit du natron dans son sac et alla se plonger dans le Nil. Lorsque son pagne et lui furent propres, le soleil s'était couché, et il se dirigea vers la tente que lui avait attribuée Pahéri, passant entre des groupes de soldats réunis autour de petits feux d'où montait une agréable odeur de viande rôtie. Il avait eu l'intention de s'assurer que le Sétiou avait bien été nourri et autorisé à se laver, mais il changea d'avis à la vue de la couverture soigneusement pliée au pied du lit qu'il devait occuper. Je retrouverai bien assez vite son regard vide, se dit-il en s'allongeant. Et puis les soldats de Pahéri sont disciplinés, on peut compter sur eux pour obéir aux ordres qu'on leur donne.

Poussant un soupir d'aise, il ferma les yeux et évoqua les images qui lui apportaient consolation et espoir depuis le jour où, debout à côté de son père, il avait vu le bras musclé de Kamosé tendre la corde de son arc. Au début, il avait recours à ce moyen pour chasser de son esprit le souvenir de cette journée, car, comme un cauchemar, les images, les bruits et jusqu'aux odeurs du terrain de manœuvre de Néferousi revenaient le hanter chaque fois qu'il s'apprêtait à dormir : la main moite de son père crispée sur son bras ; l'odeur âcre de sa sueur ; l'immobilité totale, vaguement sinistre, des hommes qui, un instant auparavant, s'affairaient sur la place écrasée de soleil et éclaboussée de sang ; les princes rangés derrière Kamosé, le visage impassible ; et Kamosé lui-même, ses yeux plissés, le scintillement du soleil sur ses bagues quand il avait empoigné son arc, ses mains assurées, si terriblement assurées…

Pour ne plus voir ces scènes qui menaçaient de le faire souffrir éternellement, Ramosé s'était raccroché au seul rocher qui lui restât et, ce faisant, il avait pénétré dans une autre prison, quoique très différente. Il était assis avec Tani sur le débarcadère des Taâ. Elle avait passé un bras sous le sien, et son épaule tiède frôlait la sienne.

Un vent frais ébouriffait ses cheveux bouclés et faisait courir des frissons de lumière à la surface du Nil. Tani parlait de choses insignifiantes, le visage tourné tantôt vers lui, tantôt vers le fleuve. Mais il ne l'écoutait pas, toute son attention était concentrée sur le frôlement de sa robe parfumée contre son mollet, sur le contact de sa peau et le timbre de sa voix.

Il n'y avait rien de sexuel dans ces images. Ramosé savait que, s'il permettait qu'elles le devinssent, il connaîtrait une détresse pire que celle à laquelle il cherchait à échapper. Lorsqu'il s'endormait enfin, réconforté par cette évocation, il retrouvait parfois Tani dans ses rêves, et restait avec elle jusqu'à l'aube. Certaines nuits, cependant, son père reparaissait, et Tani s'évanouissait, fantôme éphémère incapable de lutter contre l'agonie de Téti. Ramosé avait donc la conviction qu'il ne pourrait enterrer le passé qu'en retrouvant en chair et en os celle qu'il aimait, en tenant les promesses qu'ils s'étaient faites en des temps plus heureux.

Avec l'impuissance et la douleur d'un fils, il s'était rendu compte des défauts funestes de son père. Il avait pardonné à Kamosé, son souverain, un châtiment inévitable, mais il avait du mal à empêcher que, dans son esprit, un fossé ne séparât le roi de l'ami. S'il respectait et craignait le premier, son amour allait au second. Il n'y avait cependant plus de différence clairement perceptible entre les deux, et Ramosé appréhendait que l'ami ne fût lentement englouti par la divinité. Il savait où était son devoir, à qui allait sa fidélité, mais il peinait à retrouver la joie qu'il avait autrefois éprouvée à cultiver ces vertus. Il ne s'en raccrochait que davantage à Tani et à ses souvenirs.

Au matin, il déjeuna de pain frais, de salade et de fromage de chèvre avant d'envoyer un garde chercher son Sétiou et de se rendre au bord du fleuve. Une petite embarcation à voile triangulaire, deux rameurs et un timonier l'attendaient. Ramosé monta à bord, vérifia que le précieux rouleau destiné à Apopi se trouvait toujours dans son sac, puis regarda approcher le prisonnier. On lui avait manifestement permis de se laver. Il avait coiffé ses cheveux et sa barbe, et paraissait reposé. Ramosé lui ordonna de s'asseoir contre le mât et demanda au garde qui l'avait escorté de l'y attacher. Ils larguèrent les amarres peu après, et le timonier chercha le courant qui les porterait vers le Delta.

Le premier jour, ils arrivèrent presque à la hauteur de Ta-shé. Ils avaient voyagé paisiblement, traversant des paysages qui ravirent d'abord Ramosé. Après les mois qu'il avait passés dans l'oasis, puis comme éclaireur dans le désert, la végétation luxuriante du printemps lui paraissait paradisiaque. Très vite, toutefois, il remarqua que bien peu des *chadoufs* que l'on voyait le long des canaux d'irrigation fonctionnaient et que, lorsque c'était le cas, c'étaient des femmes qui les actionnaient. Les villages qu'ils dépassaient étaient silencieux et en partie détruits. Pour un champ où de jeunes plants poussaient dru, il y en avait deux où l'on avait semé mais en laissant les mauvaises herbes étouffer les cultures. Parfois, des enfants nus jouaient au bord de l'eau ou amenaient boire des bœufs et, à ce spectacle, Ramosé pouvait feindre de croire que l'Égypte n'avait pas changé. Dans l'ensemble, cependant, et malgré l'exubérance végétale de la saison, le pays avait un aspect mélancolique. Kamosé a fait du bon travail, se dit Ramosé. Il a tellement détruit qu'il ne reste personne qui ait la volonté de s'opposer à lui.

Le deuxième soir, ils mouillèrent à Iounou, mais Ramosé ne descendit pas du bateau pour aller visiter la ville. Son prisonnier n'avait toujours pas prononcé une parole, sinon pour demander de l'ombre ou de l'eau. Ramosé l'avait bien traité, en pensant au rapport que l'homme ne manquerait pas de faire à Apopi. Il lui avait même permis de se baigner avec les deux autres marins pendant qu'il le surveillait de la rive. La nuit, le Sétiou dormait attaché au mât, recroquevillé sur une couverture, en ronflant de temps à autre.

Arrivé à la pointe du Delta, Ramosé prit la large branche orientale et dépassa Nag-ta-Hert, vers midi, au troisième jour de navigation. Les ruines de la forteresse sétiou que Kamosé avait assiégée, puis rasée, s'étendaient, désertes et lugubres, sous le soleil brûlant. Les traces des ravages de Kamosé étaient partout – vignobles dévastés, arbres fruitiers abattus –, et Ramosé frémit au souvenir de ces semaines où les troupes avaient encerclé Het-Ouaret et où les Pillards du fleuve – ainsi nommés par Kamosé lui-même – sillonnaient le Delta en tuant et incendiant à leur guise. Ramosé, lui, était resté auprès des deux frères. Il s'était réveillé chaque matin devant les murailles puissantes de la ville, en avait fait le tour dans le char de Kamosé et, dans les heures de désespoir, avait passé de longs moments à regarder la terrasse du palais d'Apopi en priant qu'il lui soit donné d'apercevoir Tani.

Le jeune homme était certain que les éclaireurs d'Apopi pullulaient sur les voies navigables du Delta, mais il y avait bien d'autres embarcations semblables à la sienne, et il ne s'inquiéta pas outre mesure. Il ne vit d'ailleurs aucun soldat sétiou. L'influence d'Apopi semblait commencer et finir aux portes de sa ville. Il doit savoir ce qui est arrivé à l'Égypte, se disait-il tandis que son esquif s'apprêtait à pénétrer dans un dernier bras de fleuve, qui les conduirait aux canaux entourant Het-Ouaret. Cela lui est-il indifférent, ou attend-il que Kamosé s'épuise et rentre chez lui ? Son prisonnier le dévisageait de nouveau et, cette fois, Ramosé lut de la perplexité et une lueur de curiosité dans ses petits yeux noirs.

Il n'avait nulle envie de lui donner des explications. Le soleil se couchait, et les portes de la ville fermeraient bientôt. Le bateau entrait à présent dans un canal et, devant eux, au-delà des arbres et des buissons qui poussaient dans la terre humide, au-delà de la plaine, dure comme pierre à force d'être foulée par des milliers de pieds humains et de sabots d'animaux, se dressaient les quinze mètres du mur sud d'Het-Ouaret. Les cinq portes de la ville étaient solidement gardées, Ramosé le savait. Il hésita à camper au bord du canal. De nombreuses embarcations s'amarraient pour la nuit, leurs équipages défaisaient leurs ballots de provisions ou déroulaient leurs couvertures à l'écart des ânes chargés de marchandises, qui, à l'aube, feraient la queue pour entrer dans la ville. Les rives du canal grouillaient de marchands, de paysans apportant des produits frais, de fidèles souhaitant faire leurs dévotions dans le grand temple de Seth, ou dans les édifices plus modestes d'autres dieux barbares : Yam, le dieu marin ; Anat, l'épouse de Seth, dont les cornes et les oreilles de vache imitaient de façon sacrilège la déesse Hathor ; Shamash, le dieu solaire ; et, naturellement, Rechef, qui, avec ses cornes de gazelle et son pagne orné de glands, faisait mourir les ennemis du roi. Ramosé se les rappelait tous, mais c'était de Rechef qu'il gardait le souvenir le plus vif, Rechef jeté dans la poussière de Néferousi, puis taillé en pièces et jeté au feu par les soldats de Kamosé.

Il y avait aussi de petits groupes de soldats sétiou sur les rives, des hommes armés d'épées recourbées et vêtus de chemises de cuir. Ramosé se demanda quelle serait leur réaction si son prisonnier les appelait. Ils l'arrêteraient peut-être, mais ils pouvaient tout aussi bien décider de le tuer sur-le-champ.

« Je te ramène à ton maître, dit-il de but en blanc au Sétiou. J'ai un message à lui remettre, moi aussi. Je n'ai donc pas l'intention de passer la nuit ici. Nous allons jusqu'à la porte. Si tu tentes d'attirer l'attention de ces soldats, je n'hésiterai pas à te trancher la gorge.» Sans attendre sa réponse, il se tourna vers l'équipage. «Je vous remercie, déclara-t-il. Retournez à Het néfer Apou et dites à Pahéri que j'ai atteint ma destination. Repartez tout de suite. Arrêtez-vous dans un endroit paisible pour passer la nuit.»

Il prit son sac, descendit la passerelle et attendit avec son prisonnier que les marins larguent les amarres. Il savait qu'il lui fallait profiter des derniers rayons de soleil pour gagner la ville, mais il s'attarda à regarder l'esquif manœuvrer, envahi brusquement d'un sentiment de solitude et d'appréhension, regrettant de ne pas être assis sur le pont de la gracieuse embarcation qui s'éloignait lentement vers le sud et la liberté. Le timonier hissait la voile pour profiter de la brise du soir, de ce vent du nord qui les conduirait en lieu sûr. Réprimant un frisson, Ramosé prit l'extrémité de la corde qui liait les poignets du Sétiou et, ensemble, ils se dirigèrent vers Het-Ouaret.

Cela faisait bien des années que Ramosé n'était pas entré dans la ville. Il y était venu quelquefois avec ses parents pour offrir des présents à Apopi à l'occasion des anniversaires de son Apparition, jours où les gouverneurs de tous les nomes se devaient de manifester leur fidélité. Mais le voyage était long et Ramosé, que n'amusait pas particulièrement la vie de cour, avait choisi de rester à Khmounou quand il avait atteint l'âge d'homme. Il se rappelait cependant combien, enfant, il s'était senti écrasé par la hauteur des murs. Il n'avait pas eu cette impression quand Kamosé l'accompagnait, mais il la retrouvait maintenant qu'il était seul; et, il eut beau s'efforcer de la chasser, elle ne fit que s'intensifier à mesure qu'il se rapprochait des murailles. Elles font plus de trente mètres d'épaisseur au sommet et sont plus épaisses encore à la base, se disait-il. Aucune armée égyptienne ne pourra jamais s'emparer de cette ville par un siège. Quant à moi, une fois que je serai à l'intérieur, je n'en sortirai plus jamais.

Se reprochant des pensées qui ne pouvaient que diminuer ses capacités, il s'avança jusqu'à la porte, puis s'arrêta un instant pour jeter un rapide regard derrière lui. Des feux brûlaient dans la plaine : les habitants du Delta et ceux qui n'avaient pu entrer dans la ville s'installaient pour la nuit. Devant la porte se tenaient six gardes, des hommes vigoureux qui portaient bottes, coiffures et chemises de cuir, qui avaient l'épée au fourreau et, à portée de la main, des haches à l'aspect menaçant. Ils regardèrent Ramosé approcher sans la moindre appréhension.

« La porte est fermée, dit l'un d'eux d'un ton méprisant. Reviens demain. »

A la faible lueur des torches, il n'avait manifestement pas remarqué les mains liées du Sétiou.

« Je suis porteur d'un message de Kamosé Taâ, répondit Ramosé avec calme. Je demande à entrer sur-le-champ.

– Toi et une centaine d'autres, railla l'homme. La porte ne peut être ouverte que de l'intérieur. Où sont tes insignes de héraut ? »

Ramosé prit le bras du Sétiou et le leva.

– Les voici, dit-il. Je suis Ramosé, fils de Téti de Khmounou. Fais ouvrir cette porte, imbécile. Je ne vais pas rester ici à supplier comme n'importe quel homme du peuple. »

Le soldat le regarda avec attention, puis se tourna vers son prisonnier.

« Je te reconnais, dit-il, en s'adressant directement à celui-ci. Tu as quitté Het-Ouaret par cette même porte, il y a plusieurs semaines. Tu as été capturé ? Pourquoi te ramène-t-il ?

– Ce ne sont pas tes affaires, coupa sèchement Ramosé. Fais prévenir Apopi à l'instant !

– Son nom ne doit pas être prononcé », gronda l'homme. Il avait toutefois perdu de son assurance et, levant la tête, il cria : « Ohé, là-haut ! Ouvrez la porte ! »

Suivant la direction de son regard, Ramosé vit des silhouettes d'hommes armés au sommet du rempart. Personne ne répondit mais, bientôt, un des énormes battants gémit et s'entrouvrit légèrement. Le soldat les fit entrer et les suivit aussitôt.

« Attendez ici », ordonna-t-il avant de s'éloigner dans le large passage qui s'allongeait entre les hautes murailles.

De petites pièces avaient été creusées dans la brique crue, dure comme pierre, et l'homme qui avait refermé la porte derrière eux leur fit signe de le suivre dans l'une d'elles. Elle n'était meublée que de quelques bancs et d'une table sur laquelle se trouvaient un pot de bière, des assiettes et diverses armes. Les deux autres soldats présents regardèrent Ramosé avec curiosité. Il les ignora et s'assit sur un banc avec son prisonnier. Les deux hommes retournèrent bientôt à leur partie de dés.

Plusieurs heures s'écoulèrent, et Ramosé commençait à regretter de ne pas avoir attendu le matin à l'extérieur de la ville quand le premier soldat réapparut. Il était accompagné d'un officier, qui s'inclina légèrement devant Ramosé.

«Tu es vraiment Ramosé de Khmounou?» demanda-t-il. Et comme celui-ci acquiesçait : «Dans ce cas, l'Unique t'a envoyé un char. Détache ton prisonnier.»

Ramosé se leva et tira sur la corde du Sétiou.

«Pas encore, répondit-il d'un ton aimable. Lui aussi a un message pour Apopi.»

L'homme grimaça. En guise de réponse, il prit un poignard à sa ceinture et trancha les liens du Sétiou. Celui-ci se frictionna les poignets, mais son expression ne changea pas.

«Venez, tous les deux», ordonna l'officier.

Le char attendait. D'un geste brusque, l'homme leur fit signe de monter et prit place derrière eux. Le conducteur lança les chevaux, et ils sortirent bientôt de l'espèce de tunnel sans toit qui séparait les murailles.

Ramosé regarda autour de lui. Ils roulaient à vive allure dans une rue bordée d'étals vides, sous lesquels étaient empilés les déchets de la journée. Derrière, c'était l'entassement des maisons de brique crue dont le jeune homme se souvenait. Ils franchirent un carrefour et dépassèrent d'autres habitations de guingois, où l'on voyait danser la lumière des chandelles. Dehors, des gens allaient et venaient, ou bavardaient sur le seuil de leur porte. Les rangées de maisons étaient coupées tantôt par d'étroites ruelles, tantôt par un ou deux arbres rachitiques qui étendaient leurs branches minces au-dessus de la bouche noire d'un puits. Il y avait aussi de nombreux oratoires : de petites statues des dieux abritées sous des portiques minuscules et posées sur des piliers de granit. La rumeur de la ville était omniprésente, un mélange de voix humaines, d'aboiements, de braiments, de grondements de charrettes, qui s'atténua toutefois quand ils eurent parcouru deux ou trois kilomètres. La puanteur, elle, ne diminua pas. Les odeurs de crottin d'âne, d'eaux sales et d'ordures attaquaient les narines de Ramosé, collaient à sa peau et à ses vêtements.

Le char entra ensuite dans un quartier plus cossu d'Het-Ouaret. De hauts murs d'enceinte percés de portes discrètes bordaient la route, et Ramosé savait que, derrière, les jardins et les demeures des riches formaient de minuscules oasis. Les passants étaient moins nombreux, moins bruyants, plus élégamment vêtus et souvent escortés de gardes. A un autre carrefour, le temple de Seth apparut. Devant son pylône, les drapeaux claquaient par intermittence dans la brise nocturne, et une lumière unique brillait dans la nuit de l'avant-cour : sans doute un prêtre qui rendait hommage au dieu. L'officier jeta un ordre, et les chevaux obliquèrent à gauche mais, avant qu'ils ne tournent, Ramosé aperçut une immense porte et, au-delà, une vaste cour. Le terrain de manœuvre et la caserne, se dit-il. Combien d'hommes commande Apopi ? Au moins deux fois plus que nous, à en croire les rumeurs.

Ils longèrent un autre mur, un mur lisse, haut, qui semblait sans fin et dans lequel Ramosé finit par reconnaître l'enceinte du domaine royal. Bientôt le char ralentit, puis s'arrêta devant une grande porte en cèdre. A côté, une poterne était ouverte, où un héraut attendait, vêtu des couleurs bleu et blanc de la royauté égyptienne. Son bâton, en revanche, n'avait rien d'égyptien : long, blanc, orné de rubans rouges, il se terminait par la tête du dieu qui avait le rouge du sang pour couleur – Seth, qui ricanait sous sa coiffure conique et ses cornes recourbées de gazelle. Il ne ressemblait pas beaucoup au Seth égyptien, le dieu-loup roux des tempêtes et du chaos, même si les Sétiou assuraient que ces deux dieux n'en faisaient qu'un.

L'officier qui les escortait ne prononça pas une parole, mais le héraut sourit à Ramosé et le pria d'entrer. Encore une porte qui se referme derrière moi, pensa celui-ci, lorsqu'il eut obéi. Au lieu de songer aux kilomètres qui me séparent de l'oasis, il faut que je me dise que, quelque part dans ce labyrinthe, Tani est en train de manger, de se faire maquiller ou de bavarder avec une amie. C'est sur elle que je dois me concentrer. Peut-être perçoit-elle ma présence. Peut-être en cet instant même s'interrompt-elle et relève-t-elle la tête, le sourcil froncé, le cœur battant, en croyant entendre murmurer dans la pénombre.

Le héraut le conduisait le long d'une large allée qui traversait une pelouse plantée d'arbres. Elle était bordée de statues aux formes étranges, dont Ramosé ne connaissait pas toujours le nom bien qu'elles lui rappelassent vaguement ses propres dieux familiers. Presque toutes étaient barbues et cornues. Il avait couru avec insouciance entre ces divinités quand il était enfant, il s'en souvenait, mais à présent, dans la clarté bleuâtre de la lune, elles lui semblaient mystérieuses et étrangères. Des buissons et des parterres de fleurs leur succédèrent, puis le héraut traversa une cour de gravier où se trouvaient de nombreuses litières vides; leurs porteurs attendaient, assis ou allongés dans l'herbe. Ramosé entendit alors de la musique et le tapage joyeux d'un banquet.

La façade du palais se dressait sous ses yeux, des rangées de colonnes aux pieds desquelles étaient rassemblés des soldats et des serviteurs qu'éclairaient d'innombrables torches. Le bruit venait d'une salle sur sa droite, où l'on voyait déambuler des courtisans splendides. Devant lui, c'était la salle de réception, mais elle était plongée dans la pénombre, et le héraut prit à gauche, tourna le coin du palais, puis conduisit Ramosé et son silencieux compagnon à une petite porte. Après l'avoir ouverte, il invita Ramosé à entrer, mais empêcha le Sétiou de le suivre.

«Il y a des rafraîchissements sur la table, dit-il aimablement au jeune homme. N'hésite pas à te servir. L'attente sera peut-être longue, mais on viendra te chercher. Il paraît que tu as un message pour l'Unique. Est-il écrit ou verbal?

– Ecrit.»

Ramosé sortit le papyrus de son sac et le lui tendit. Le héraut s'inclina et referma doucement la porte. Respirant plus librement, Ramosé regarda autour de lui. La pièce était petite mais confortablement meublée. Sur une table élégante se trouvaient un plat de volaille froide, quelques tranches de pain noir, des miettes de fromage de chèvre sur un lit de feuilles de salade tendre, diverses pâtisseries et une cruche de vin. Des coussins de couleurs vives étaient éparpillés sur le plancher nu. Les murs ocre étaient nus eux aussi, exception faite d'une frise qui courait près du plafond et s'ornait de volutes noires, un motif que l'on retrouvait sur les coussins. Dans trois des coins de la pièce brûlait une lampe d'albâtre posée sur un support et, dans le quatrième, un tabernacle doré luisait, fermé. Ramosé ne prit pas la peine de regarder quel dieu il abritait.

Se dirigeant vers la porte par laquelle il était entré, il l'ouvrit. Un garde se retourna. Il referma à la hâte et essaya l'autre porte de la pièce : elle était également surveillée, et l'homme l'arrêta d'un geste quand il fit un pas dans le couloir sombre sur lequel elle donnait. Ce n'est pas que je veuille m'enfuir, se dit Ramosé en rentrant dans la pièce. Il faut que j'aille jusqu'au bout. Mais j'ai un peu peur.

Sur une impulsion, il tourna le dos au somptueux tabernacle et, tombant à genoux, évoqua Thot, le dieu de Khmounou. Il s'imagina en train de traverser l'avant-cour de son temple, de pénétrer pieds nus dans l'ombre de la cour intérieure, puis de s'arrêter devant la porte close du sanctuaire. Le dieu au beau bec d'ibis incurvé apparut derrière ses paupières closes, et il se mit à prier.

Il ne s'était pas adressé au protecteur de sa ville depuis de nombreux mois, incapable d'affronter les souvenirs que sa prière aurait fait resurgir en lui. A présent, cependant, il lui confia ses doutes et ses craintes, l'implorant de lui donner la sagesse, d'affermir sa résolution, de lui souffler les mots qu'il lui faudrait dire à Apopi. Lorsqu'il eut fini, il se sentit soudain une faim dévorante. Il s'attabla et s'attaqua aux plats avec appétit, se délectant de la saveur forte de l'ail qui relevait l'huile d'olive ainsi que du goût sec du vin dont il accompagna son repas. Une fois rassasié, il se rendit compte que prier et manger lui avait rendu son équilibre. Je suis crasseux, se dit-il. Il faut que je me lave avant d'être introduit auprès d'Apopi, à moins que l'on n'omette délibérément de me donner de l'eau pour me mettre à mon désavantage devant lui.

Il avait pensé dormir un peu en s'allongeant sur le sol, mais il était à la fois parfaitement réveillé et très calme. Tu es avec moi, n'est-ce pas, grand Thot? dit-il à son dieu. Tu ne m'as pas abandonné, moi, ton fils, dans ce lieu d'impiété? Il sourit, poussa un soupir et se remit à attendre patiemment.

La nuit s'épaissit. Même enfermé dans cette pièce silencieuse, qui se mit à lui sembler de plus en plus coupée de toute réalité extérieure, Ramosé gardait la notion du voyage des heures vers une aube encore éloignée. Il les voyait nettement avec les yeux de son ka, une succession de formes indistinctes qui accompagnaient Rê pendant qu'il traversait le corps de Nout afin de renaître au matin. Et il avait l'impression que ces heures emportaient avec elles le chagrin et la solitude de son passé.

Il était toujours assis dans son fauteuil quand la porte s'ouvrit enfin, révélant un homme de haute taille, parfaitement rasé et vêtu d'un pagne lui arrivant aux chevilles.

«Je suis Sakhetsa, le premier héraut de Sa Majesté, dit-il. Sa Majesté va te recevoir un instant avant de se coucher. Suis-moi.»

Ramosé obéit, quittant la pièce qui, l'espace de quelques heures, était devenue le sanctuaire de son dieu.

Il fut vite perdu. Derrière le premier héraut, il parcourut un couloir après l'autre; passa devant des portes fermées ou ouvertes sur l'obscurité; traversa des cours sombres où murmuraient des fontaines, des salles à colonnes où résonnaient leurs pas. Partout, alignés le long des murs uniformément ocre, il y avait des gardes, des hommes immobiles dont les mains gantées de blanc tenaient des haches géantes, et, au-dessus d'eux, courait le motif labyrinthique qui décorait la pièce où avait attendu Ramosé. Le palais dormait, plongé dans un silence éphémère après les festivités nocturnes et avant l'animation de l'aube.

Sakhetsa s'arrêta enfin devant une porte en cèdre à double battant, dit quelques mots aux soldats qui la gardaient et qui leur ouvrirent. Ils pénétrèrent alors dans un couloir plus petit et mieux éclairé, flanqué de portes à la décoration plus recherchée. Au bout, devant une autre porte, se tenait un homme dont le pagne blanc était liseré d'or et qui avait au bras et à la cheville un gros bracelet en or. Son visage était ridé sous le maquillage, et de lourds *ankhs*, également en or, pendaient à ses oreilles. Il paraissait fatigué. Ses yeux étaient injectés de sang, et le khôl qui les entourait avait coulé. Il sourit néanmoins à Ramosé.

«Je suis le premier intendant Néhmen», dit-il d'un ton bref en adressant un signe de tête à Sakhetsa, qui rebroussa aussitôt chemin. Puis, d'un geste impatient, il invita Ramosé à entrer, et le jeune homme se retrouva en présence d'Apopi.

Il n'eut guère le temps d'examiner la pièce, mais jeta tout de même un coup d'œil autour de lui pendant que Néhmen l'annonçait. Elle était vaste, bien éclairée et d'une beauté à laquelle il ne trouva que le qualificatif d'«étrangère». Lorsqu'ils n'étaient pas tapissés de nattes aux couleurs et aux motifs semblables à ceux des coussins qu'il avait vus, les murs étaient décorés de peintures représentant des montagnes coiffées de blanc et baignées par un océan. De petits navires voguaient à sa surface, et des créatures marines exotiques nageaient au-dessous.

A sa gauche, sur une porte, il vit un énorme taureau aux naseaux dilatés et aux cornes dorées. A sa droite, un serviteur était en train de fermer une autre porte, sur laquelle était peint un genre de dieu marin – Baal, supposa Ramosé –, la barbe tissée d'algues et les jambes dissimulées par un tourbillon d'eau écumeuse. De hautes lampes en forme de coquillage se dressaient dans les coins de la pièce. Sur l'un des fauteuils qui se trouvaient près du jeune homme, les pieds, sculptés, représentaient des filles aux seins nus. Elles portaient de courtes jupes plissées, et leurs cheveux bouclés étaient relevés haut et tressés de rubans. Le dossier était décoré des courbes pleines et du bec épointé d'un dauphin, animal qui ornait aussi les coupes et les bols posés sur la table près de laquelle Apopi était assis, jambes croisées et mains jointes.

Pendant un instant, la terreur submergea Ramosé. Ces gens ne sont pas comme nous, pensa-t-il. En dépit du khôl et du henné, du lin fin et des titres, ils ne peuvent dissimuler ce qu'ils ont de profondément étranger. Ces formes sont keftiou, ce style fluide n'a rien à voir avec les lignes nettes et simples de l'art égyptien. Pourquoi ne l'ai-je pas remarqué lorsque j'étais enfant? Pourquoi n'en ai-je même pas éprouvé de curiosité? Les Sétiou ne font aucun effort pour cacher cette souillure à l'intérieur de leur ville. Ce n'est qu'au-dehors, dans les villages, qu'ils feignent d'être à l'unisson de l'Égypte. Ils sont entichés de l'île de Keftiou, cela se voit, mais ont-ils fait davantage que négocier avec ses habitants? Se pourrait-il qu'ils aient également signé un traité d'alliance avec eux? Sa peur s'évanouit, et il s'avança vers Apopi, se demandant encore s'il devait le saluer comme un roi alors même qu'il se prosternait, bras tendus et visage contre le sol.

Il attendit. Puis la voix familière retentit : «Relève-toi, Ramosé, fils de Téti. Tu m'accordes l'hommage dû à un roi, mais peut-être le fais-tu par dérision. Je suis fatigué et de mauvaise humeur. Pourquoi es-tu ici?»

Ramosé se remit debout et, pour la première fois depuis de nombreuses années, contempla le visage de l'ennemi.

Ses yeux rapprochés l'examinaient d'un air songeur. Même assis, on devinait que c'était un homme grand, plus grand que les gardes que Ramosé avait vus jusque-là. L'âge ne l'avait pas voûté. Il avait les épaules larges, des jambes longues et galbées comme celles d'une femme. Son front haut et ses épais sourcils noirs lui donnaient une grâce et une noblesse malheureusement gâchées par un menton trop faible et trop pointu, un cou légèrement trop mince et une bouche incurvée vers le bas. Ses joues étaient si creuses que la lumière de la pièce ricochait sur les pommettes. Ses cheveux, s'il en avait, étaient dissimulés par une coiffure de laine.

Un jeune homme était debout derrière lui, le bras appuyé sur le dossier de son fauteuil. Sa ressemblance avec Apopi était saisissante.

Aux pieds du souverain, pinceau en l'air et palette sur les genoux, un scribe étouffait un bâillement. A la gauche d'Apopi, encore maquillé et habillé de pied en cap, son bâton blanc et bleu à la main, un vizir tenait le rouleau que Ramosé avait apporté de l'oasis. Celui-ci observa avec attention les quatre hommes, puis regarda Apopi dans les yeux.

«Je suis venu t'apporter le message que tient ton vizir», dit-il.

Apopi eut un geste dédaigneux, un mouvement rapide du poignet.

«Ce n'est pas un message, mais un tissu de fanfaronnades et d'insultes. Il ne contient pas un mot de conciliation, pas une proposition pour mettre un terme à la situation ridicule que connaît l'Égypte. Je suis mortellement offensé. Je te repose ma question. Pourquoi es-tu venu à Het-Ouaret? Pourquoi mon messager m'a-t-il été ramené?»

Ramosé savait qu'il ne devait pas hésiter. Les yeux d'Apopi le surveillaient presque sans ciller.

«Mon seigneur a d'abord pensé renvoyer le héraut seul avec son message, répondit-il. Mais il voulait être sûr que l'homme te l'apporte et n'aille pas d'abord voir Tétiân au pays de Koush. Il fallait donc qu'il soit accompagné.

– Je vois, fit Apopi. Mais pourquoi Kamosé a-t-il fixé son choix sur toi, un homme qu'il a fait profondément souffrir, un homme dont la loyauté pouvait laisser à désirer?

– Parce que nous sommes amis depuis l'enfance, parce que, bien qu'il ait été contraint d'exécuter mon père et de me déposséder de mon domaine, il sait que je suis fidèle à sa personne et à sa cause. Il me fait confiance.»

Il avait légèrement insisté sur ce dernier mot. Les yeux d'Apopi se plissèrent, et le jeune homme appuyé sur le dossier du fauteuil se redressa et croisa les bras.

«Et pourquoi as-tu accepté cette mission?»

Ramosé le regarda sans mot dire. C'était une question inattendue, dénotant plus de subtilité d'esprit qu'il n'en avait escompté. Il répondit avec la simplicité de la franchise.

«La princesse Tani, mon trésor le plus cher, est ici. J'espérais qu'en obéissant à mon seigneur, je pourrais aussi accorder à mon ka le plaisir de la voir», dit-il avec un rire âpre.

Le vizir eut un sourire dédaigneux, mais Apopi continuait à le dévisager avec attention.

« Vraiment ? dit-il doucement. Tu l'aimes donc encore ? Au bout de tout ce temps, Ramosé ? »

Son ton était sarcastique, et le jeune homme finit par baisser la tête, fixant les yeux sur le pied royal, encore teint de henné orange.

« Oui, avoua-t-il. Dans ce domaine, je ne suis qu'un gamin imbécile, et je n'ai pas honte de l'admettre.

– Et si je te disais qu'elle est morte ? insista Apopi. Que je l'ai fait décapiter dès que j'ai appris la révolte insensée de Kamosé ? »

Le cœur soudain étreint par la crainte, Ramosé lutta pour conserver un visage impassible. Concentre-toi sur ce que tu es réellement venu faire ici, se dit-il avec fermeté. Ne te laisse pas déséquilibrer.

« Un tel acte me paraît indigne d'un roi d'Égypte, répondit-il. De plus, le meurtre d'une femme de la noblesse ne contribuerait guère à renforcer la fidélité de tes princes. Je pense que tu joues avec moi, Majesté.

– Peut-être. »

Après un court silence pendant lequel on entendit le pinceau du scribe courir sur le papyrus, Apopi décroisa les jambes et demanda avec douceur :

« Comment se fait-il que mon héraut ait été capturé, Ramosé, fils de Téti ? »

Celui-ci attendit que le souverain poursuive, qu'il dise que le Sétiou était passé par les pistes du désert pour éviter d'être découvert, et qu'il était quasiment impossible qu'on l'eût pris dans cette immensité brûlante et vide. Toutefois il pensa aussitôt que l'homme n'avait pas encore été interrogé et qu'Apopi ne cherchait pas seulement à obtenir des informations, mais aussi à déterminer jusqu'à quel point il était capable de tenir sa langue.

« Je ne peux te le dire, Majesté.

– Mais tu le sais, bien entendu. » Il claqua des doigts, et un serviteur sortit de l'ombre, remplit sa coupe et se retira sans bruit. « Comme tu me l'as fait remarquer, tu es un ami des Taâ. Je suppose donc qu'ils te consultent. Mon héraut est-il tombé sur un campement de nomades qui leur étaient acquis, ou des soldats se promènent-ils dans le désert ? » Il but une gorgée de vin et se tamponna les lèvres avec une serviette de lin. « Ces deux jeunes gens sont ou très stupides ou très intelligents, poursuivit-il d'un air songeur. Si un banal officier avait accompagné mon homme jusqu'ici, cela n'aurait pas éveillé mes soupçons. Il m'aurait remis ce rouleau ridicule, et je l'aurais fait tuer ou jeter hors de la ville avant qu'il n'ait eu le temps de s'en faire une idée. Mais ils t'envoient, toi, un compagnon précieux, avec une lettre si grossière et frivole qu'elle ne mérite même pas d'être recopiée pour les archives. Tu n'essaies pas de te cacher dans la ville et d'y recueillir des informations. Tu demandes à être conduit au palais. Pourquoi ?» Il se mit à tapoter le sol de son pied nu. «Ta belle tête contient une mine de renseignements sur Kamosé et sa petite révolte. Suis-je censé te torturer pour y avoir accès, Ramosé ? Ou vas-tu m'abreuver de faits erronés après avoir fait semblant d'hésiter ?

– La torture n'a jamais été dans les traditions égyptiennes, Majesté», répondit le jeune homme, consterné par la perspicacité d'Apopi.

Tu l'as sous-estimé, Kamosé, pensa-t-il avec désespoir. Tu l'as jugé faible parce que, jusqu'à présent, il n'a rien fait pour reprendre le contrôle de l'Égypte. Mais s'il voyait plus loin que toi ? S'il se moquait de passer pour hardi et brave, et préférait l'emporter grâce à la patience et à la ruse ? D'un autre côté, c'est peut-être parce que tu le connais que tu es si désireux de le faire sortir de sa coquille.

«Je t'ai déjà expliqué que j'avais supplié Sa Majesté de me confier cette mission, dit-il d'une voix forte, en serrant ostensiblement les poings. Et quand, à contrecœur, il a accepté, je suis tombé à genoux et j'ai imploré les dieux d'avoir pitié de moi et de m'accorder de revoir la femme qui m'est plus chère que la vie !»

Le jeune homme qui se tenait derrière Apopi décroisa les bras et alla s'asseoir dans un fauteuil, où il arrangea les plis de son pagne en secouant la tête.

«Voir un homme adulte mené en laisse par la passion a quelque chose de pathétique, remarqua-t-il. Tu ne trouves pas, père ? Dans le cas présent, elle l'a mené en aveugle jusqu'à tes crocs royaux. J'aurais peut-être dû regarder la princesse Tani avec plus d'attention lorsqu'elle est arrivée ici, mais les choses étant ce qu'elles sont…

– Silence, Kypenpen, coupa Apopi avec sécheresse. Mené en aveugle ? Nous n'en savons rien encore. Tu as effectivement l'air un peu ridicule, Ramosé, mais je ne puis dire pour le moment si tu es véritablement entiché de Tani ou si tu nous joues la comédie.»

Il se leva d'un seul mouvement et frappa le gong qui se trouvait à côté de lui, sur la table. Aussitôt la porte s'ouvrit, et Néhmen entra.

« Trouve un lit à cet homme, ordonna le souverain. Dis à Kéthuna qu'il doit être surveillé de près et rester dans sa chambre jusqu'à ce que je le fasse appeler. » Il tendit le bras, main ouverte. « Je te congédie, Ramosé. »

Celui-ci s'inclina et suivit le premier intendant. Il avait l'impression d'avoir effectivement échappé aux crocs d'un lion, mais ce fut seulement lorsqu'il fut seul qu'il se mit à trembler.

La pièce dans laquelle on l'avait conduit ne contenait guère qu'un lit, une table et un tabouret. Une lampe d'argile dispensait une lumière incertaine qui éclairait à peine les murs nus, et aucune natte ne couvrait le sol. On était pourtant loin d'une cellule de prison. Il n'y avait pas de fenêtre, juste trois minces fentes percées près du plafond, qui laissaient entrer l'air et la lumière du jour. Ôtant sa ceinture, son pagne et ses sandales, Ramosé se jeta sur le lit et se couvrit de la couverture grossière qui s'y trouvait. Il avait cessé de se soucier de son état de propreté. Il pensait au lendemain, se disant qu'il devait essayer de prévoir les questions qu'Apopi lui poserait, d'imaginer des réponses plausibles. Il n'avait pas beaucoup aimé Kypenpen, mais c'était Apopi qui devait le croire, pas son rejeton. Protège-moi, Thot ! pria-t-il. Accorde-moi ta sagesse. Suis-je vraiment si ridicule ? Il se pencha pour souffler la lampe et, submergé par la fatigue, s'endormit aussitôt.

Quand il se réveilla, une silhouette étaient penchée sur lui. Il se redressa, hébété, et s'aperçut que c'était un jeune garçon à l'expression inquiète. Un soldat se tenait derrière lui.

« Tu es réveillé, maintenant ? demanda le garçon. Je t'ai apporté à manger. Dès que tu auras fini, je dois t'emmener aux bains. »

Lorsque Ramosé repoussa la couverture et s'assit, le jeune garçon eut un mouvement de recul.

« Qu'y a-t-il ? demanda Ramosé, encore à moitié endormi. Je sens si mauvais que cela ? »

Le jeune garçon rougit et jeta un regard au garde.

« Il écoute les rumeurs idiotes qui circulent dans les cuisines, fit celui-ci avec rudesse. Tu es censé être un farouche général d'Oueset venu dicter des conditions à l'Unique. Dépêche-toi de manger.

– Les gens du commun en savent peut-être plus que leurs maîtres », murmura Ramosé en s'attablant.

Il y avait du pain, de l'huile et un pot de bière. Mal à l'aise sous le regard des deux hommes, il expédia son repas, puis s'enveloppa dans sa couverture et suivit le garçon.

La salle des bains était une pièce immense, à ciel ouvert, disposant d'un sol en pente pour l'écoulement, d'un puits, d'un foyer pour faire chauffer l'eau et de nombreuses dalles, la plupart occupées par des corps nus. A la faveur d'une porte ouverte, Ramosé vit d'autres personnes allongées sur des bancs, frottées d'huile par des masseurs. Le vacarme était épouvantable. Des serviteurs allaient et venaient, armés de serviettes, de boîtes de natron et de pots d'onguent. La vapeur montait des chaudrons posés sur le feu. Respirant l'air humide et parfumé, Ramosé parcourut rapidement la foule du regard en espérant y découvrir la silhouette gracieuse de Tani. Mais naturellement, elle n'était pas là. Si elle est en vie, elle se lave dans les appartements privés des femmes du roi, se dit-il en montant sur une des rares dalles libres. Ces bains sont destinés aux simples courtisans. Un serviteur accourut aussitôt, et le soldat avança d'un pas.

«Tu ne dois parler à personne, dit-il. N'ouvre pas la bouche.»

Le jeune garçon avait disparu. Ramosé acquiesça de la tête et ferma les yeux sous la première cascade d'eau chaude.

Il retourna dans sa chambre les cheveux lavés et rafraîchis, le corps rasé, et se sentant bien meilleur moral. Le jeune garçon avait remplacé ses habits sales par des propres – pagne immaculé, chemise amidonnée, sandales de lin tissé –, mais lui avait laissé sa ceinture. Tout en s'habillant, Ramosé s'adressa au soldat.

«J'aimerais prier, dit-il. Y a-t-il un temple consacré à Thot dans la ville?

– C'est possible, répondit l'homme d'un ton cassant. Mais j'ai ordre de ne pas te laisser sortir d'ici avant que l'Unique te convoque.

– Et tu es obligé de rester collé à moi?» fit Ramosé, irrité par son attitude.

L'homme haussa les épaules.

«Non, je peux monter la garde dehors.

– Eh bien, fais-le!»

Lorsque la porte se fut refermée, Ramosé s'assit sur le lit en poussant un soupir. Des bruits assourdis lui parvenaient – allées et venues, bribes de conversations inintelligibles, chansons –, lui donnant l'impression d'être dans une oasis de silence stagnant pendant que la vie tourbillonnait autour de lui. Il se résigna à attendre.

Les minces rais du soleil avaient lentement descendu le mur opposé et atteignaient presque le sol, quand la porte s'ouvrit de nouveau. Un bras lui fit signe, et Ramosé qui marchait de long en large, mourant d'ennui et d'impatience, obéit avec empressement. Un autre soldat le conduisit à travers le dédale des couloirs et des cours, en se retournant sans cesse pour s'assurer qu'il ne disparaissait pas dans la foule.

Ils croisaient des courtisans parfumés, couverts de bijoux, accompagnés de serviteurs portant des chats indolents aux yeux de saphir, des nécessaires de toilette ou des palettes de scribe. Beaucoup d'entre eux étaient vêtus de manteaux de laine rouge ornés de glands et de motifs compliqués, et certains, des pagnes longs de la même étoffe. Sachant que c'était une tenue sétiou, Ramosé pensa avec dédain qu'elle conviendrait mieux comme tapis sur un sol nu. Rares étaient les courtisans qui faisaient attention à lui, et même alors ils ne lui accordaient guère qu'un bref regard indifférent.

Au bout d'un large couloir carrelé de vert, le soldat s'arrêta enfin devant une porte à double battant, flanquée de deux statues de Seth. Les cornes qui dépassaient de leur toison de pierre étaient recouvertes d'or, et de nombreux colliers de lapis reposaient sur leur torse étroit. Ramosé, qui haïssait ce dieu, détourna le regard. Au même moment, Néhmen s'avança vers lui en souriant. Son visage soigneusement maquillé paraissait plus reposé que la veille.

«Bonjour, Ramosé, dit-il aimablement. J'espère que tu as bien dormi. L'Unique t'attend.»

Aussitôt, il ouvrit la porte et lui fit signe d'entrer.

Un instant, Ramosé cligna les yeux, ébloui par une lumière aveuglante, puis il se rendit compte qu'il se trouvait dans une salle immense au sol étincelant. Une estrade en occupait tout le fond et, derrière elle, une colonnade laissait entrer à flots la lumière éclatante du soleil. Dehors, des arbres frissonnaient dans la brise, on entendait chanter des oiseaux et, postés devant les colonnes, immobiles comme des statues, des soldats montaient la garde, le dos tourné à la salle.

Mais ce qui impressionna Ramosé au point qu'il s'arrêta un instant, la gorge serrée, ce fut le fauteuil placé au centre de l'estrade. C'était le trône d'Horus, imposant et magnifique, que surmontait un dais tissé d'or. Sur le dossier, une guirlande d'ankhs, symboles de vie, entourait le bâton d'éternité et le tabouret de richesse et, au bout de chaque accoudoir, la gueule d'un lion rugissait un avertissement. Sous les ailes de lapis et de turquoise qu'Isis et Neith déployaient en éventail, précédé de Rê et suivi d'Hapi, un roi marchait, le Sceptre et le Fouet à la main. Ramosé voyait en imagination le grand œil d'Horus qui se trouvait derrière le dossier, l'*oudjat* qui protégeait le roi des attaques en traître. Oh ! Kamosé, pensa-t-il. Mon cher ami, mon roi ! Ces ankhs sacrés te communiqueront-ils un jour leur vigueur ? Ces déesses connaîtront-elles jamais le bonheur de t'envelopper de leurs ailes protectrices ? Éprouvent-elles le même sentiment d'humiliation que toi chaque fois qu'Apopi assoit son corps étranger sur l'or de ce siège, et qu'il pose les pieds sur le tabouret royal ?

Quelqu'un toussota poliment près de lui, et il se tourna gauchement. Un homme vêtu de blanc, tenant à la main un bâton blanc à pommeau d'argent, attendait.

« Je suis le premier héraut Ykou-Didi, dit-il. Suis-moi. »

Il se dirigea vers une porte située à la droite de l'estrade et, quand les soldats qui la gardaient l'eurent ouverte, il annonça : « Le noble Ramosé ! »

Le jeune homme eut l'impression que la pièce était pleine de monde. Apopi en personne se tenait debout devant une large table, vêtu d'un pagne et d'une coiffure jaunes tissés de fil d'or. A sa droite était assis un jeune homme, que Ramosé ne reconnut pas mais dont il supposa en raison de sa ressemblance avec le roi que c'était un autre de ses fils. A sa gauche se tenait un personnage dont l'importance ne faisait aucun doute. Basané, les traits grossiers, le nez large, il fit courir un frisson d'appréhension le long du dos de Ramosé. Il n'était pas maquillé et portait pour tout bijou un épais bracelet d'or, qui enserrait son bras musclé. La simple coiffure à rayures noires et blanches qui lui couvrait le crâne barrait un front large et faisait ressortir des yeux d'un noir vif. A côté de lui, un homme regardait Ramosé avec beaucoup d'intérêt. Ses cheveux frisés étaient ceints d'un ruban rouge, et sa barbe luisait d'huile. Le vizir et le scribe que le jeune homme avait vus la veille étaient également présents.

Il n'aperçut pas immédiatement « son » Sétiou. Celui-ci était entièrement vêtu de blanc, comme le premier héraut. Sa barbe avait disparu, et il avait les cheveux très courts. Sans son regard, toujours suprêmement indifférent, Ramosé ne l'aurait pas reconnu. C'était donc un héraut royal, lui aussi. Kamosé ne l'aurait peut-être pas relâché si vite s'il l'avait su. S'arrêtant devant la table, le jeune homme y jeta un rapide coup d'œil : des rouleaux, dont celui de Kamosé ; des assiettes de figues et de gâteaux au miel ; des coupes et des cruches de vin et, sous la main soignée et couverte de bagues d'Apopi, une carte du désert oriental. Ramosé réprima un frisson. L'heure de vérité avait sonné. Après s'être profondément incliné, il se redressa, mit les mains derrière le dos et affronta le regard d'Apopi.

« Je vois que tu t'es remis de ton pénible voyage, fils de Téti, dit celui-ci avec un léger sourire. C'est bien. A présent, je souhaite que tu saches en présence de qui tu te trouves. »

Pourquoi insiste-t-il sur le nom de mon père ? pensa Ramosé avec irritation. Il l'a également fait hier. Cherche-t-il à me rappeler la fidélité de Téti à son égard et le sort qu'il a subi à cause d'elle ? Comme si je risquais de l'oublier !

« A ma droite, mon fils aîné Apopi, le Faucon-dans-le-nid, continuait le roi. A ma gauche, le général Pédjédkhou et, à côté de lui, le général Kéthuna, commandant de ma garde personnelle. »

Pédjédkhou ! Bien sûr ! se dit Ramosé. Le meilleur tacticien d'Apopi. L'homme qui a causé la perte de Séqénenrê et qui aiguillonne le désir de vengeance de Kamosé. Pas étonnant que mon ka ait frémi lorsque je l'ai vu.

« Derrière moi, Perémouah, vizir et gardien du sceau royal. Tu connais déjà mon héraut Yamousa. Et devant moi... » Ses longs doigts lissèrent la carte. « ... Un sujet qui nous intéresse tous. Yamousa nous a appris des choses surprenantes. Nous aimerions que tu nous les confirmes. Nous comprenons à présent comment il a pu être capturé. » Son sourire disparut, et son visage se fit dur. « Depuis combien de temps Kamosé cantonne-t-il des troupes dans l'oasis d'Ouhat-Mehtet ?

– Je ne peux te répondre, Majesté, fit Ramosé, impassible.

– Combien de temps compte-t-il les y laisser ?

– Je ne peux pas répondre.

– Combien y a-t-il de soldats dans l'oasis ?

– Majesté, protesta Ramosé à voix basse, j'avais pour ordre de te remettre le message de mon roi, rien de plus.

– Tu attends pourtant de moi que je t'autorise à parler à la princesse Tani ? Oh ! oui, elle vit, ajouta-t-il avec impatience devant l'expression de Ramosé. Qu'est-ce qui pourrait m'amener à te donner satisfaction ? Le fait que tu m'aies consciencieusement remis la lettre la plus grossière et la plus insultante que j'aie jamais lue ? C'est en échange de cela que je suis censé exaucer ton vœu le plus cher ? Es-tu vraiment niais à ce point, fils de Téti ? Dans quel secret mépris me tiens-tu ? Quelle pauvre idée te fais-tu de mon intelligence ? » Son poing s'abattit sur la carte. « Tu peux remercier les dieux que je n'aie pas encore fait jeter ton corps décapité sur un des tas d'ordures d'Het-Ouaret. Réponds à mes questions ! »

Attentif à son intonation autant qu'à ses paroles, Ramosé fut certain d'y percevoir de l'incertitude et un peu de peur. Jusqu'à la veille, Apopi n'avait rien su de la présence des troupes de Kamosé dans l'oasis. Son assurance en était ébranlée. Bien qu'il se fiât à son héraut, il ne souhaitait pas que les informations qu'il lui avait données fussent vraies, et il faudrait qu'elles lui soient confirmées pour qu'il y crût. En dépit du danger de sa situation, Ramosé se réjouit intérieurement.

« J'implore ton pardon, dit-il avec humilité. Mais j'ai confiance dans l'honneur que, en ta qualité d'incarnation vivante de Maât, tu personnifies. J'en appelle à cet honneur. Je me suis acquitté de la mission dont j'étais chargé. Permets-moi donc de retourner auprès de mon seigneur sans la souillure d'une trahison.

– Tu as le sarcasme à la bouche, répliqua Apopi. Tu ne crois pas que je sois l'incarnation vivante de Maât. Ton adoration va à ce petit arriviste, à ce noblaillon du Sud, dont les prétentions à la divinité relèvent de la folie la plus extravagante. Rappelle-toi ce qu'il t'a fait, Ramosé ! Il a tué ton père, volé ton héritage, ruiné ton avenir ! Et maintenant, magnanimement, il te *permet* de venir ici, où ta vie même est en danger. Et tu qualifies cet homme d'"ami" ? Tu l'appelles ton "seigneur" ? Je ne te comprends pas ! s'exclama-t-il en levant les bras au ciel. Regarde autour de toi ! Tu vois l'immensité de mon palais, la richesse de mes courtisans, la taille et la force de ma ville. C'est cela l'Égypte ! C'est cela la réalité ! Vas-tu parler, à présent ? »

Il était persuasif. Ramosé reconnut tristement la force et la subtilité de ses arguments. Le roi lui renvoyait une image de pauvre provincial abusé, qui suivait un autre provincial rêveur et égaré. Il se força à se rappeler que tout le pays, d'Oueset au Delta, appartenait désormais aux Taâ et que, si puissante que parût Het-Ouaret, c'était Apopi et son domaine d'influence de plus en plus réduit qui était le mirage.

« Je regrette, sire, répondit-il d'un air embarrassé. Tu dis peut-être vrai, mais l'honneur m'impose de ne faire que ce qui m'a été ordonné. Ton héraut t'a certainement appris tout ce que tu souhaitais savoir.

– Si c'était le cas, je ne te poserais pas de questions ! jeta Apopi. Et n'oublie pas que, selon tes propres dires, tu as insisté pour obtenir cette mission dans le secret espoir d'atteindre ton propre objectif. Kamosé n'était donc pas au courant ?

– Non, répondit Ramosé, mentant sans effort.

– Alors tu n'es pas aussi scrupuleux que tu veux le faire croire. »

Il étudia quelques instants le visage de Ramosé, puis, se penchant en arrière, il appela Yamousa d'un geste et lui murmura quelque mots à l'oreille. L'homme hocha la tête, s'inclina et quitta la pièce. Apopi revint à Ramosé.

« Toute la question est de savoir si ton désir de voir la princesse l'emporte sur ton sens du devoir, reprit-il sur le ton de la conversation. Je pense que ce n'est pas exclu. »

Ramosé fit un pas en avant.

« Je ne crois pas pouvoir t'en apprendre davantage que ton héraut, Majesté, dit-il en prenant le ton du désespoir. Il a été dans l'oasis, il a tout vu ! Tu n'as pas besoin de moi ! Accorde-moi de voir Tani un instant, je t'en prie, puis renvoie-moi ! »

Apopi sourit. Le vizir sourit. Tous souriaient, brusquement, et, le cœur battant, Ramosé sut qu'il était sur le point de gagner… aux dépens de sa réputation, mais il allait gagner. Il espéra avoir l'air suffisamment tourmenté.

« Il n'a pas tout vu, objecta Apopi. Et même si c'était le cas, je souhaite savoir bien des choses dont il lui est impossible d'avoir la moindre idée. Combien de princes Kamosé a-t-il corrompus, par exemple ; s'il négocie ou non avec les Koushites ; s'il a laissé ou non des troupes à Oueset. Je te laisserai voir la princesse en échange d'une seule information, ajouta-t-il soudain, en regardant Ramosé droit dans les yeux. Depuis combien de temps ces troupes se trouvent-elles à Ouhat-Mehtet ? »

Ramosé soupira bruyamment, ostensiblement.

« Tu le jures, sire ?

– Sur la barbe de Soutekh.

– Dans la mesure où cela concerne le passé, je suppose que cela ne peut nuire à mon seigneur, dit Ramosé d'une voix hésitante. Très bien. Kamosé les a envoyées dans l'oasis à la fin de la campagne de l'an dernier. Lui-même est rentré à Oueset.

– Merci. Emmène-le dans la salle de réception, Kéthuna.»

L'atmosphère avait changé dans la pièce. Ramosé lut à la fois du soulagement et du mépris dans les regards posés sur lui. La tension était tombée; les hommes présents murmuraient et s'agitaient. Le fils d'Apopi prit une cruche de vin et se servit tout en faisant une remarque à son père.

Seul Pédjédkhou restait immobile. Il jouait avec le bracelet d'or qui ornait son bras brun en étudiant Ramosé d'un regard froid. Il ne croit pas à mon petit numéro, se dit celui-ci. Il pressent qu'il n'est pas sincère, et il ne se trompe pas. Prions qu'il n'y voie qu'une marque de faiblesse.

Kéthuna le ramena dans la salle du trône, où il le fit monter sur l'estrade, puis s'arrêter derrière la rangée de soldats. Entre deux épaules musclées, Ramosé apercevait un jardin vaste et agréable. Des arbres fruitiers y faisaient pleuvoir des pétales roses et blancs sur une herbe verte. Des sycomores, plus hauts, donnaient de l'ombre, et des groupes de courtisans, surtout composés de femmes, étaient assis ou étendus à leur pied dans un désordre coloré de manteaux et de coussins. Directement devant lui, au bout d'une des nombreuses allées qui s'entrecroisaient dans le jardin, s'étendait un bassin où flottaient des feuilles de nénuphar et les lances blanches des fleurs de lotus.

«Nous n'aurons pas longtemps à attendre, déclara Kéthuna. Elle se promène toujours dans le jardin après le déjeuner et avant de se retirer pour sa sieste. Tiens ! voilà le vizir. Il la cherche.»

Fiévreusement, Ramosé fouilla le jardin du regard. Tant de femmes, se dit-il avec agitation, tant de couleurs et de visages... Pourtant, je suis sûr que je la reconnaîtrai à l'instant où je la verrai. Tani ! Je suis ici ! Il aperçut soudain Perémouah, qui, son bâton blanc et bleu à la main, allait avec lenteur d'un groupe à l'autre. Tous s'inclinaient devant lui. A deux reprises, Ramosé vit un bras orné de bracelets se tendre pour indiquer une direction. Puis le vizir disparut à sa vue. Ramosé se rendit compte qu'il avait les mains crispées sur son pagne. Il pouvait à peine respirer.

Perémouah réapparut et, cette fois, il marchait à côté d'une femme mince enveloppée dans un manteau multicolore. Les boucles brunes de sa coiffure étaient tressées de rubans jaunes, et un serre-tête en or ceignait son front haut. De l'or scintillait également à ses chevilles et à ses poignets. Il ne voyait pas son visage, mais c'était Tani, il reconnaissait sa démarche vive, son port de tête, ce geste de la main si familier…

Perémouah lui toucha le coude, et elle s'arrêta juste devant la salle de réception. Comme le vizir s'écartait, Ramosé put enfin voir le visage dont chaque trait était gravé dans son cœur. Sa bouche généreuse et rieuse était rougie de henné, ses paupières ombrées de fard vert et pailletées de poudre d'or; un khôl noir faisait ressortir l'éclat de ses yeux. A près de dix-huit ans, ce n'était plus une enfant maigre et nerveuse à la beauté en bouton. Ses hanches et ses seins s'étaient arrondis, lui donnant un peu de la dignité et de la majesté de sa mère, mais ses mouvements vifs, son rire spontané, étaient toujours ceux de la jeune fille qui s'était assise à côté de Ramosé et avait glissé son bras sous le sien, en tournant vers lui son beau visage aux lèvres fraîches.

Pourquoi ris-tu, Tani? pensa-t-il, le cœur serré. Je t'aime, je t'aime encore et toujours, et mes rires ont été teintés de chagrin depuis le jour où Apopi t'a emmenée. Ta gaieté est-elle de façade, comme la mienne? Je suis ici, Tani. Ne sens-tu pas ma présence? Je pourrais t'appeler. Reconnaîtrais-tu ma voix? Comme s'il lisait dans ses pensées, Kéthuna posa une main sur son bras et, au même moment, Perémouah s'inclina devant Tani et s'éloigna rapidement. Elle agita une main impatiente et, suivie d'une foule de serviteurs, disparut à son tour. Parmi ceux-ci, Ramosé reconnut Hèqet, une femme qu'il se rappelait vaguement avoir vue lors de ses visites à Oueset.

Quelque chose dans le geste impérieux de Tani et dans l'attitude des serviteurs avait troublé Ramosé mais, tandis qu'il suivait le large dos de Kéthuna dans la salle de réception, il fit de son mieux pour ne plus y penser. Il allait avoir besoin de toute sa présence d'esprit pour affronter le regard scrutateur d'Apopi et jouer la scène suivante. Pendant un instant, toutefois, revivant avec intensité le rêve qui était enfin devenu réalité, il n'eut pas besoin de feindre la détresse et le désarroi.

Cette fois, Apopi l'invita à s'asseoir et, en obéissant, Ramosé se rendit compte qu'il était trempé de sueur.

« Eh bien, fils de Téti, dit doucement Apopi. Qu'en penses-tu?

– Elle est merveilleusement belle, répondit-il d'une voix rauque.

– En effet, et elle a gardé l'ardeur de ses déserts du Sud. Elle est très appréciée de mes courtisans… Aimerais-tu lui parler ?» ajouta brusquement Apopi en le dévisageant avec attention.

Ô dieux, pensa Ramosé avec désespoir. Je n'ai plus à jouer de rôle, je n'ai plus à dissimuler. Même si Kamosé m'avait formellement interdit de rien révéler à l'ennemi, je serais prêt à compromettre mon honneur en cet instant. Il passa la langue sur ses lèvres sèches.

« A quelles conditions ? murmura-t-il.

– Pas de conditions. Tu réponds à toutes les questions que mes généraux ou moi te poseront. Lorsque j'aurai la certitude de t'avoir vidé de tout ce que tu pouvais savoir, je te laisserai voir Tani seul et tranquillement. Tu es d'accord ?»

« Vidé ». Le mot résonna dans l'esprit de Ramosé. Eh bien, vas-y, vil Sétiou, car, mon amour pour Tani excepté, je ne suis plus qu'une coquille vide et le moyen de ta perte. Tout le reste a disparu. Avant de répondre, il feignit pourtant d'hésiter, puis, baissant la tête et laissant tomber ses épaules, il céda.

« Je suis d'accord », dit-il.

Aussitôt, Apopi frappa un gong, et Néhmen apparut.

« Fais-nous apporter à manger, ordonna le souverain. Quelque chose de chaud. Veille aussi à ce que nous ne soyons pas dérangés. Viens regarder cette carte de plus près, ajouta-t-il à l'adresse de Ramosé. Itjou ! Tu es prêt à noter ?»

Le scribe acquiesça de la tête.

« Bien, fit Apopi. Combien de soldats y a-t-il dans cette oasis, Ramosé ?

– Quarante mille hommes, mentit celui-ci.

– Qui les commande ? Quels princes ?

– Leur commandant en chef est le général Hor-Aha, du pays d'Ouaouat ; il est secondé par les princes Intef, Iasen, Mésehti, Mékhou et Ankhmahor.

– Je me souviens du général Hor-Aha, intervint Pédjédkhou de sa voix grave. Il s'est battu à Qès pour Séqénenrê. Les archers medjaï lui obéissent au doigt et à l'œil. Où sont les Medjaï, Ramosé ?

– Kamosé les a emmenés à Oueset pendant l'Inondation. Ils sont redescendus dans le Nord avec lui et ont rejoint la marine à Het néfer Apou.

– Nous connaissons l'existence de ces troupes, poursuivit le général d'un ton songeur. Kamosé essaie donc de constituer une marine ? Sous le commandement de qui ?

– Pahéri et Baba Abana de Nékheb. »

Ramosé regarda le doigt de Pédjédkhou suivre la piste allant d'Het néfer Apou à l'oasis d'Ouhat-Mehtet.

« Que compte faire Kamosé de ces quarante mille hommes ? demanda Apopi.

– Leur faire joindre les troupes d'Het néfer Apou et remettre le siège devant Het-Ouaret, répondit Ramosé sans hésitation. Mais cette fois avec des navires de guerre en plus de l'infanterie. Il pense qu'en occupant les canaux qui entourent la ville, il réussira à l'emporter cette année.

– L'imbécile ! fit Apopi avec un rire sans joie. Het-Ouaret est imprenable. Aucun siège ne la fera tomber. Pourquoi a-t-il envoyé ses soldats dans cette oasis ?

– Pour te les dissimuler. Les emmener jusqu'à Oueset pour les ramener à la décrue aurait constitué une entreprise énorme. De plus, ils ne sont encore qu'un ramassis de paysans. Hor-Aha avait besoin de tout un hiver et de beaucoup d'espace pour poursuivre leur entraînement.

– Nous sommes déjà au mois de *phaménoth*, dit Pédjédkhou. Pourquoi Kamosé ne s'est-il pas encore mis en marche ? »

Ramosé soutint calmement son regard perçant.

« Parce que les hommes ne sont pas encore tout à fait prêts et que les princes se sont querellés, répondit-il. Ils regimbent contre l'autorité d'Hor-Aha. Tous veulent sa place. Lorsque Kamosé est arrivé, il a dû réprimer une petite mutinerie. »

Apopi poussa une exclamation satisfaite, mais l'expression du général ne changea pas.

« Te voici bien bavard, tout à coup », murmura-t-il.

Le jeune homme se redressa.

« J'ai trahi mon seigneur pour une femme, dit-il avec simplicité. A quoi servirait que je fasse des manières, à présent ? J'ai déjà assuré à mon ka une pesée défavorable dans la Salle du Jugement.

– A moins que ce ne soit ma cause qui soit juste, fit Apopi avec impatience. Je me demande combien de temps encore Kamosé va rester où il est. »

Il jeta un regard vers Pédjédkhou, et Ramosé vit briller une lueur dans ses yeux. Le général secoua la tête.

« Non, mon roi.

– Et pourquoi pas ?

– Parce que je ne fais pas confiance à cet homme, dit Pédjédkhou en désignant Ramosé.

– Moi non plus, mais le rapport de Yamousa concorde avec ce que nous avons entendu. Kamosé est là-bas, son armée aussi. L'oasis est indéfendable. D'ici onze jours, nous pourrions attaquer Kamosé avec deux fois le nombre de ses hommes et l'écraser.

– Non ! répéta le général, en se levant. Écoute-moi, Taureau puissant. Ici, dans cette ville, nous sommes en sécurité. Tes milliers de soldats sont en sécurité. Nous pouvons vaincre Kamosé sans prendre le moindre risque. A condition d'attendre patiemment et de le laisser s'épuiser à nous assiéger, nous sommes certains de reprendre l'Égypte au bout du compte. Ne succombe pas à cette tentation ! »

En guise de réponse, Apopi tapota la carte.

« Du Delta à Ta-shé, six jours. De Ta-shé à l'oasis, quatre. Pense à ça, Pédjédkhou. Dans deux semaines, je pourrais être victorieux. Quels risques courons-nous ? Presque aucun. Nous nous abattons sur l'oasis, massacrons ce ramassis de culs-terreux et, après quatre autres jours de marche, nous prenons l'armée d'Het néfer Apou par surprise.

– L'eau, Majesté.

– Mais il y a de l'eau à Ta-shé, de l'eau dans l'oasis et de l'eau dans le Nil.

– Et si Kamosé nous attend ? Frais et dispos, alors que nous aurons marché quatre jours dans ce maudit désert ?

– Notre supériorité numérique nous permettrait à elle seule de triompher. Même si Ramosé ment concernant les effectifs de Kamosé et que Yamousa ait mal vu, nous avons assez de soldats pour l'emporter dans n'importe quel engagement. Les dieux nous envoient une occasion précieuse. Dans l'oasis, nous affronterions Kamosé en bataille rangée, et nous vaincrions.

– Cette témérité ne te ressemble pas, Majesté », protesta Pédjédkhou.

Apopi s'apprêtait à répondre quand Néhmen entra, suivi d'un cortège de serviteurs. Rapides et efficaces, ceux-ci posèrent des plats fumants sur la table, enlevèrent les coupes vides, remplirent des bols d'eau parfumée, puis se retirèrent.

« Tu peux manger avec nous, Ramosé », dit Apopi.

Le jeune homme n'avait pas faim, mais, par politesse, il picora dans les plats.

« Comment sont armés les hommes de Kamosé ? » demanda Kéthuna, en coupant en deux une grenade aux grains d'un rouge éclatant.

« Ils ont commencé avec les armes dont Kamosé disposait, répondit Ramosé. Ensuite, en pillant les garnisons et les forteresses, ils ont mis la main sur des haches, des épées, des arcs, et sur les chars et les chevaux de Néferousi et de Nag-ta-Hert. Le problème de mon seigneur a toujours été d'apprendre à ses paysans à se servir des armes dont ils s'emparaient. Seuls les Medjaï et les soldats d'Oueset sont convenablement entraînés. »

Il n'entra pas dans les détails, sachant que ses interlocuteurs se rappelleraient l'explication qu'il avait donnée du long séjour de l'armée dans l'oasis.

« Comment sont les deux frères Taâ ? » demanda le fils d'Apopi.

Ramosé décida de dire la vérité.

« Le seigneur Kamosé est un homme dur mais juste. Il aime être seul. Il est brave. Il vous hait, vous les Sétiou, pour ce que vous avez fait à son père et ce que vous avez essayé de faire à sa famille. Il ne renoncera à sa vengeance que si la mort l'en empêche. Il est fidèle envers ceux qui lui sont fidèles. Son frère est plus modéré. C'est un penseur. Il voit plus loin que Kamosé.

– Il est plus dangereux, dans ce cas », intervint Pédjédkhou.

Eh bien, oui, sans doute, se dit Ramosé, frappé par sa remarque. Il se tient dans l'ombre de son frère. La plupart du temps on fait à peine attention à lui et, pourtant, on sent toujours sa présence.

Apopi se rinça les doigts dans un des bols, puis les essuya lentement sur un morceau de lin. « Nous avons des décisions à prendre, déclara-t-il. Je vais te faire reconduire dans ta chambre, Ramosé. Mais, avant, je veux encore savoir où se trouve le prince Mékétrê, et si Kamosé maintient des troupes importantes ailleurs que dans l'oasis et à Het néfer Apou.

– Khmounou et son nome ont été rendus à Mékétrê, répondit Ramosé avec une pointe d'amertume. Kamosé n'a pas de troupes ailleurs qu'à Ouhat-Mehtet et à Het néfer Apou, mais son domaine d'Oueset est bien défendu par la garde de sa maison. Quand pourrai-je parler à Tani ?

– Cela dépendra de ce que nous avons encore à nous dire, déclara affablement Apopi. Je te le ferai savoir demain. Le soldat posté devant ta porte te procurera tout ce dont tu pourras avoir besoin. Tu peux disposer. »

Ramosé lui adressa un bref signe de tête et se dirigea vers la porte. Il eut néanmoins le temps d'entendre le jeune Apopi dire à voix basse : « Tu ne vas pas les laisser seuls ensemble, n'est-ce pas, père ? Sa personne est désormais sacr…

– Silence ! » siffla Apopi.

La porte se referma sans bruit derrière Ramosé.

9

Le reste de la journée parut interminable à Ramosé. Ramené et enfermé dans sa chambre, il n'avait rien d'autre à faire que marcher de long en large et réfléchir. Toutefois il se félicitait de s'être acquitté aussi bien de la mission que lui avait confiée Kamosé. Il avait convaincu Apopi que l'armée était moins nombreuse, moins entraînée, moins disciplinée qu'elle ne l'était en réalité, et il avait fait du mécontentement des princes une mutinerie dont le souverain était impatient de profiter. Le général Pédjédkhou ne s'était pas laissé persuader si facilement. Il était de son devoir de se montrer prudent, naturellement, mais s'il ne produisait pas d'arguments convaincants à l'appui de ses doutes, Apopi passerait outre à ses objections et insisterait pour vider Het-Ouaret de ses soldats.

Le pire était passé. J'ai accompli ma tâche, se disait Ramosé en allant et venant dans la pièce, aveugle à ce qui l'entourait. Si Apopi tient parole, je peux maintenant réellement m'attendre à voir Tani. Au-delà, mon avenir est incertain. Apopi ne peut évidemment pas me libérer. Me fera-t-il exécuter ou m'emprisonnera-t-il dans ce palais ? Me sera-t-il possible de préparer une évasion avec Tani ? Tant de choses dépendent de ce que nous nous dirons, de l'amour qu'elle a conservé pour moi.

Et pourquoi son amour n'aurait-il pas survécu ? Pourquoi craindre que ses sentiments aient changé en l'espace de deux courtes années ? A cause de ce que tu as vu dans le jardin, murmura une voix en lui. Le vizir l'a saluée comme si elle était un personnage puissant, et elle avait une suite nombreuse. Apopi lui-même a dit qu'elle était très appréciée de ses courtisans. Et que penser de la protestation du jeune Apopi ? « Sa personne est sacr... » Il allait dire « sacrée », je suppose. Mais alors comment ? Pourquoi ? Résolument, Ramosé mit un terme à ces interrogations anxieuses. Je n'ai qu'à attendre, pensa-t-il, et tout deviendra clair.

Il alla ouvrir la porte et s'adressa à la sentinelle. « Fais-moi apporter de la bière, dit-il. Et s'il y a des contes ou des récits historiques parmi les papyrus des archives du palais, je les veux aussi. Je m'ennuie. »

Ce qu'il avait demandé lui fut promptement apporté, et il passa le reste de la journée à lire. Peu à peu, la lumière décrut dans la chambre, mais il ne prit pas la peine d'allumer sa lampe. Lorsqu'il lui devint impossible de déchiffrer les caractères, il se déshabilla et se coucha.

Comme la veille, il fut réveillé au matin par un serviteur qui lui apporta son déjeuner, puis, sous bonne escorte, il se rendit aux bains pour y être lavé, rasé et frotté d'huile. Après quoi, il fut raccompagné dans sa chambre, et on le laissa de nouveau seul. L'inactivité et la solitude commençaient à lui peser, et il s'imagina condamné à l'emprisonnement, obligé de passer des jours, des semaines, voire des années en sa seule compagnie. Je préférerais mourir, se dit-il avec véhémence. Pour tâcher de retrouver son calme, il pria Thot et fit les exercices physiques qu'il avait appris enfant, mais rien ne vint à bout de son anxiété et, finalement, assis en tailleur sur le sol, il regarda les carrés de lumière se déplacer lentement sur le mur.

On lui apporta de nouveau à manger à midi, mais il n'avait pas faim, et ce fut avec un soulagement frisant la panique qu'un peu plus tard il vit la porte s'ouvrir et la sentinelle lui faire signe de sortir. Il faut que je retrouve une discipline intérieure, se gourmanda-t-il. J'ai passé l'hiver dans le désert, et mon ka s'est habitué à cet espace sans limites. Je dois me préparer à le ramener aux dimensions d'une cellule de prison.

Il fut conduit dans la même pièce que la veille, où cette fois davantage d'hommes étaient réunis autour de la table, des officiers à en juger par leur tenue. La table était encombrée de plats et de coupes, de rouleaux et de cartes. Ramosé salua et attendit. Apopi lui adressa aussitôt la parole.

« J'ai décidé d'envoyer vingt-quatre divisions contre Kamosé, déclara-t-il. Pédjédkhou ira attaquer Het néfer Apou et sa prétendue marine avec soixante mille hommes. Les soixante mille autres traverseront le désert jusqu'à Ta-shé, puis, de là, rejoindront l'oasis afin d'y anéantir l'armée de l'ennemi. Kéthuna commandera ces troupes, et tu l'accompagneras. Si tout se passe bien, nous effectuerons un mouvement de tenailles parfait. »

Cent vingt mille hommes, calcula rapidement Ramosé. Kamosé en a cinquante-cinq mille dans l'oasis et dix mille à Het néfer Apou. Il se battra contre un ennemi deux fois supérieur en nombre, mais s'il parvient à faire sa jonction avec Pahéri et la marine, il peut l'emporter. Il court tout de même un risque terrible.

« J'ai déjà envoyé des éclaireurs sur la piste du désert, poursuivait Apopi. Il faudra cinq jours à mes généraux pour mettre l'armée sur le pied de guerre et, dans l'intervalle, je compte savoir si Kamosé hésite toujours dans son oasis ou s'il est parti pour Het néfer Apou. Je suis à peu près sûr qu'il est encore à Ouhat-Mehtet. Qu'en dis-tu, fils de Téti ? »

J'en dis que je te méprise, fils de Soutekh, pensa Ramosé avec tant de force qu'il craignit d'avoir prononcé ces mots à haute voix. Tu me révèles ton plan parce que tu veilleras à ce que je meure sur le front de bataille. Eh bien, je te dirai l'opinion que j'ai de toi, mais pas avant d'avoir vu Tani.

« Il se peut qu'il soit encore dans l'oasis, Majesté, mais il n'y restera plus très longtemps, répondit-il avec calme. Sinon la saison sera trop avancée pour un quelconque engagement.

– Laisse-le dans son oasis, marmonna Pédjédkhou. C'est de la folie. »

Apopi l'ignora.

« Voilà un commentaire qui ne t'engage guère, Ramosé, déclara-t-il. Mais je suppose que tu n'en sais pas plus que nous, désormais. Je ne t'ai pas dit combien je compatissais à la douleur qu'avait dû te causer l'exécution de ton père, continua-t-il après l'avoir observé un instant. Téti était un sujet loyal. Il est dommage que tu aies choisi de conspirer à sa perte. Mes généraux vont écraser l'armée de Kamosé, et ceux qui ont eu le courage de me rester fidèles seront alors généreusement récompensés. Tu aurais pu récupérer tes terres. Les choses étant ce qu'elles sont, tu m'as trahi et tu as trahi Kamosé. Il est impossible de te faire confiance, et je n'ai plus besoin de toi.

– Entre un but et son accomplissement, il y a un gouffre qui doit être franchi, Aouserrê, déclara Ramosé en serrant les dents. On ne peut le sauter avec de belles promesses vides. Prends garde que tes splendides généraux n'y tombent.»

Les hommes assis autour de la table réagirent par un murmure de colère, exception faite de Pédjédkhou dont le visage resta impassible. Apopi n'eut pas l'air offensé. Son sourire froid eut pour effet d'ôter toute force aux paroles de Ramosé.

«Je ne compte pas te garder enfermé pendant les jours à venir, dit-il. Tu pourras te déplacer librement, escorté de ton garde, naturellement. La princesse Tani ne quittera pas les appartements des femmes. Tu la verras la veille de ton départ. Tu peux disposer.»

Ce n'est pas par pitié qu'il élargit les limites de ma prison, pensa Ramosé en quittant la salle. Je vais mourir et il le sait. Vicieusement, il offre à un condamné un dernier aperçu de tout ce qui va lui être ôté. Mais je ne lui donnerai pas satisfaction, je ne regarderai pas les plaisirs de ce palais avec les yeux d'un cadavre ambulant, je m'en délecterai en homme amoureux de la vie. Misérable gardien de moutons ! Que sait-il de l'âme d'un Égyptien ? Je refuse d'être humilié. Je vais profiter de ce qu'il m'offre et de davantage encore, et s'il y a une justice parmi les dieux, Kamosé l'écrasera comme le vil insecte qu'il est. J'aimerais seulement vivre assez longtemps pour le voir triompher.

Ramosé ne retourna pas dans sa chambre. Résolu à ignorer la présence silencieuse du soldat sur ses talons, il se promena au hasard dans les salles et les cours du palais. Lorsqu'il fut fatigué, il s'assit près d'une fontaine, dans une petite cour à ciel ouvert, et ordonna à un serviteur de lui apporter des fruits et du vin. Dans la lumière déclinante de l'après-midi, il mangea lentement, avec plaisir, puis se rendit aux bains pour s'y faire masser. Sous les mains fermes qui pétrissaient ses muscles, respirant l'odeur des huiles parfumées, il s'abandonna à une douce somnolence. Une fois que l'homme eut terminé, il le remercia et lui demanda la direction des jardins.

Lorsqu'il sortit des bains, le soleil se couchait, et les arbres allongeaient leurs ombres dans les nombreuses allées qui sillonnaient le domaine d'Apopi. Quelques oiseaux chantaient encore, et le bourdonnement des dernières abeilles butinant les fleurs des arbres fruitiers accompagna Ramosé pendant sa promenade. Il s'arrêtait de temps à autre pour admirer la profusion de couleurs dans les parterres de fleurs ou pour ôter les pétales parfumés tombés dans ses cheveux. Des courtisans regagnaient le palais à pas lents. Ils regardaient avec curiosité Ramosé et son garde fatigué, et le saluaient avec politesse. Le jeune homme avança jusqu'au mur d'enceinte. Des soldats étaient postés à son sommet et, de l'autre côté, on entendait la rumeur de la ville invisible. Il fit demi-tour et, le temps qu'il regagnât le palais, la nuit était complètement tombée; lampes et torches brûlaient.

Il pensa à se mêler aux invités d'Apopi qui, bavardant et riant, entraient déjà à flots dans la grande salle de réception. Il y aurait des divertissements : des magiciens peut-être, ou des jongleurs, et en tout cas des danseuses et de la bonne musique. Ramosé se serait joint aux courtisans s'il en avait vraiment eu envie, mais il se rendit compte que ce qu'il désirait profondément, c'était ce silence qui tombait toujours sur l'oasis après que les soldats s'étaient retirés dans leurs tentes, ce silence apaisant que ne rompaient de loin en loin que les qui-vive des sentinelles.

Avec un sourire ironique, il chercha donc les couloirs déserts. Des hommes armés lui barraient parfois le passage, et il comprenait qu'il s'était aventuré à proximité des appartements royaux, du trésor ou des bureaux administratifs; mais la plupart du temps personne ne l'arrêtait, et il erra librement dans le dédale aux murs peints qu'était le cœur d'Het-Ouaret. Il ne retourna dans sa chambre que très tard et, dès qu'il y fut entré, il entendit le soldat épuisé se faire relever par un camarade. Se souriant à lui-même, Ramosé se coucha et s'endormit instantanément.

En se rendant aux bains le lendemain matin, il s'aperçut que l'atmosphère du palais avait changé. De petits groupes de courtisans, plus ou moins vêtus, discutaient avec animation; les serviteurs montraient un nouvel affairement; les femmes murmuraient, une main devant la bouche. Lorsqu'il monta sur une des dalles des bains, Ramosé vit qu'il avait pour voisine une jeune et très jolie femme, dont une servante lavait les longs cheveux noirs. Elle lui sourit, promenant sans la moindre gêne un regard appréciateur sur son corps nu.

« Cela fait plusieurs matins que je te vois ici, dit-elle. Tu n'es pas un invité, car tu n'utiliserais pas les bains communs. Serais-tu un nouveau serviteur ?

– Pas vraiment, répondit-il avec prudence. Une sorte de messager, plutôt. Je ne profiterai plus très longtemps de l'hospitalité du roi.

– C'est bien dommage.» Elle descendit de la dalle, et sa servante l'enveloppa dans une serviette. «D'où es-tu? demanda-t-elle, tout en tordant sa chevelure avec vigueur. Tu ne ressembles pas à un Keftiou. Il y en a toujours quelques-uns dans le palais.» Ses mains s'immobilisèrent soudain. «Tu viens peut-être du Sud? C'est ça? Que se passe-t-il au-delà du Delta?

– A t'entendre, on a l'impression que le Sud est un désert sauvage, fit Ramosé en riant. Tu n'y es donc jamais allée?

– Non, je n'ai jamais dépassé la ville d'Iounou. Mon père est scribe adjoint dans le bureau du Surveillant du bétail de Sa Majesté, et tous les troupeaux royaux se trouvent dans le Delta. De toute façon, continua-t-elle avec un haussement d'épaules, qu'y a-t-il d'autre à voir que de petits villages, un ou deux temples et des champs à l'infini? Il paraît d'ailleurs que même cela n'existe plus, que le prince d'Oueset a tout ravagé comme un animal solitaire.»

Prenant un peigne à sa servante, elle commença à démêler sa lourde chevelure en jetant un regard de biais à Ramosé.

«J'aimerais bien rencontrer un animal de ce genre, roucoula-t-elle. Mais je ne pense pas que j'en aurai jamais l'occasion. Dans le palais, on ne parle plus que de la décision qu'a prise le roi de lancer enfin son armée contre ce Kamosé.»

Ramosé feignit l'étonnement.

«Toute l'armée?

– Non, bien sûr, seulement...»

Avant qu'elle ait pu finir, le garde de Ramosé s'interposa.

«Cet homme est le prisonnier du roi, déclara-t-il d'une voix forte. Ne lui en dis pas davantage.»

La jeune femme haussa les sourcils et n'accorda pas un regard au soldat.

«Vraiment? fit-elle avec un parfait détachement. Pourquoi es-tu libre de te rendre aux bains publics, dans ce cas? Va-t-on t'enfermer dans une cellule dès que tu seras propre? Qu'as-tu fait?

– Rien de criminel, assura-t-il. Je suis du Sud. Si tu vois la princesse Tani, dis-lui que Ramosé est ici, ajouta-t-il soudain. Ramosé. On m'a accordé de la voir, mais s'il arrivait que...»

Cette fois, le soldat empoigna avec brutalité le bras de la jeune fille.

«Ça suffit! cria-t-il en l'entraînant vers la salle de massage. Un mot de plus, et je te fais arrêter, toi aussi!

– Je ne connais personne de ce nom, jeta-t-elle par-dessus son épaule. Mais je m'appelle Hat-Anat. Si jamais tu parviens à t'échapper, viens chez moi ! Oh ! lâche-moi ! »

Le soldat la libéra, et elle disparut dans un nuage de vapeur.

Cette conversation laissa Ramosé perplexe. Pourquoi cette Hat-Anat ne connaissait-elle pas au moins le nom de Tani ? Mais après tout le palace était immense, les courtisans et leur suite y étaient des milliers, et une petite princesse venue d'une ville obscure du Sud n'excitait peut-être guère l'intérêt. Il y avait aussi ce que la jeune fille avait dit de l'armée d'Apopi. Si vingt-quatre divisions n'en constituaient pas la totalité, comme elle l'avait laissé entendre, combien d'hommes avait Apopi ? Le double ? Et d'où pouvaient-ils venir ? Ramosé maudit l'intervention du soldat. Une minute de plus, et il apprenait une information précieuse. Mais à quoi aurait-elle servi ? se dit-il aussitôt. Je ne peux pas la transmettre à Kamosé. Sans compter qu'il lui faut venir à bout de Pédjédkhou et de Kéthuna avant de pouvoir s'occuper du reste des troupes d'Apopi.

Bien qu'il eût décidé de profiter pleinement de son séjour dans le palais, ces deux énigmes le tourmentèrent tout le temps de son exploration. A la fin de sa deuxième journée de relative liberté, il avait parcouru le domaine royal de bout en bout et, le lendemain, il se contenta de rester dans un coin retiré du jardin qu'il avait particulièrement aimé, puis sur une terrasse où il pouvait s'asseoir à l'ombre et voir toute l'enceinte du palais. Il apercevait même une partie de la caserne, où un nuage de poussière permanent indiquait une activité frénétique. Les ordres brefs des officiers parvenaient parfois faiblement aux oreilles de Ramosé, et il voyait de temps en temps étinceler la roue d'un char.

La terrasse était l'endroit de prédilection de nombreuses femmes, qui s'y installaient sur des nattes et des coussins à l'ombre de dais frangés. Bavardant, jouant à différents jeux ou tissant paresseusement les étoffes multicolores que tant d'entre elles portaient, elles feignirent d'abord de l'ignorer. Mais dès le lendemain elles l'accueillirent avec plus de chaleur, lui offrirent vin et sucreries, et l'inclurent dans leurs conversations. Toujours surveillé de près par son garde, Ramosé leur parla avec prudence. Il n'osa pas les interroger sur Tani, de peur que le garde ne rapporte ses propos et qu'Apopi lui refuse l'entretien promis. Il ne la chercha pas non plus dans le palais : il savait qu'on lui avait ordonné de ne pas quitter ses appartements.

Le roi ne le fit plus appeler. Le soir du quatrième jour, cependant, Ramosé se rendit une seconde fois aux bains, changea de vêtements et demanda les services d'un maquilleur, qui souligna ses yeux de khôl et huila ses cheveux rebelles. Il n'avait pas de boucles d'oreilles, pas de bagues ni de bracelets pour mettre ses mains puissantes en valeur, mais il ne pensait pas que Tani s'arrêterait à ce genre de détails. Quand il fut de nouveau seul, il s'assit sur son lit et attendit.

Une heure environ passa, et Ramosé commençait à se demander avec désespoir si Apopi n'avait pas changé d'avis, quand la porte s'ouvrit. Le héraut Sakhetsa était là, vêtu d'une robe blanche resplendissante. «Je vais t'accompagner, dit-il. Elle a été prévenue.»

Ces mots parurent de sinistre présage à Ramosé, et c'est le cœur battant qu'il suivit le héraut dans le couloir. Le palais lui était familier, désormais, et il reconnut l'imposante porte à deux battants pour s'en être approché pendant ses promenades et y avoir été arrêté par des gardes en uniforme bleu et blanc. Cette fois, ceux-ci s'inclinèrent devant le premier héraut et lui ouvrirent. Ramosé entra après lui.

L'appartement était somptueux. Partout, l'or luisait doucement à la lumière des lampes. Les pieds s'enfonçaient dans des tapis moelleux. Des fauteuils en cèdre incrusté d'argent dégageaient un léger parfum. A côté d'un grand pied de lampe doré se trouvait une table basse en ébène dont le plateau présentait les carrés d'ivoire du jeu de chien et chacal, et les animaux minuscules qui en composaient les pièces étaient sculptés dans l'albâtre le plus délicat. Des montagnes découpées et un océan tumultueux, peints dans les tons blancs, bleus et verts, décoraient les murs.

Par une porte sur sa droite, Ramosé aperçut la chambre à coucher et un lit aux rideaux de lin liserés d'or. A son pied, un coffre reposait sur les gueules ouvertes de poissons dressés, et on distinguait dans l'ombre une table de toilette couverte de pots ayant la forme de coquillages et l'éclat de l'or du désert. Il y avait quelqu'un dans cette pièce. Ramosé vit passer un pagne court et entendit un cliquetis assourdi, mais ce n'était pas la personne à qui s'adressait le héraut.

Une femme était debout au centre de la pièce, le visage pâle quoique calme, les mains jointes devant elle. Des bagues scintillaient à ses doigts, des bracelets en or enserraient ses bras nus, et sa longue robe fourreau rouge était également tissée de fils d'or étincelants. C'était de l'or encore qui barrait son front, un mince serre-tête, orné d'une perle unique qui reposait entre ses sourcils noirs. Ses lèvres rougies de henné étaient entrouvertes. Elle respirait vite, et sa poitrine haletante faisait trembler ses boucles d'oreilles de lapis.

« Voici Ramosé, le fils de Téti, Majesté, disait Sakhetsa. Présente tes respects à la reine Tautha, Ramosé. »

Le jeune homme tourna vers lui un regard désemparé. Il y a une erreur, avait-il envie de crier. Cette femme ressemble à Tani, j'ai cru que c'était elle en la voyant de loin dans le jardin, mais quelque chose ne va pas. Apopi m'a joué un tour. Où est la fille de Séqénenrê ?

« Merci, Sakhetsa, tu peux te retirer. » La femme avait la voix de Tani. Elle claqua des doigts et, quand sa servante apparut, elle se tourna vers elle avec un mouvement de tête familier. « Toi aussi, Hèqet, dit-elle. Laisse-nous. »

Ramosé restait figé sur place, l'esprit en déroute. Je rêve, se disait-il. C'est un cauchemar, et je vais bientôt me réveiller dans ma petite cellule, brûlant toujours du désir de la voir.

La femme fit un pas vers lui, et sa robe chatoya. « Apopi ne m'a prévenue qu'il y a peu de temps, dit-elle avec un pâle sourire. Il aime ce genre de petite surprise. C'est une des choses qui me déplaisent en lui. »

Le silence retomba. La tension était palpable, elle faisait vibrer chaque nerf de Ramosé. La pièce luxueuse lui paraissait floue, ses meubles déformés et sans substance. Il luttait désespérément pour retrouver un équilibre intérieur, un noyau de santé mentale. Lorsqu'il y parvint enfin, la réalité s'abattit sur lui en même temps que la pièce reprenait son aspect normal et que la femme devenait, devenait... Il avait la gorge aussi sèche qu'une tempête de sable. « Tani ? murmura-t-il.

– Il ne t'a pas averti non plus, n'est-ce pas ? dit-elle en se mordant la lèvre. Je suis désolée, Ramosé. C'est cruel de sa part.

– Averti de quoi ? souffla-t-il. Pourquoi le héraut t'a-t-il appelée Majesté ?

– Parce que c'est ce que je suis. Assieds-toi, Ramosé, tu titubes comme un homme ivre. Laisse-moi te servir une coupe de vin. »

Il obéit, raide, avec l'impression que ses jambes étaient indépendantes de son corps. Il regarda Tani soulever une cruche, la regarda verser le liquide sombre dans une coupe et la pousser vers lui. Lentement, il porta celle-ci à ses lèvres. Le vin aigre lui brûla la gorge.

«Explique-moi, fit-il d'un voix rauque. Je ne comprends pas.»

Elle s'assit à son tour et l'observa avec gravité. Retrouvant un peu de calme sous l'effet du vin, Ramosé crut lire de la pitié dans ses grands yeux ourlés de khôl. De la pitié? se dit-il. Oh! dieux, tout mais pas ça!

«J'ai signé un contrat de mariage avec Apopi, déclara-t-elle. Je suis désormais reine. La reine Tautha.»

Il était certain à présent d'avoir bien vu de la pitié dans son regard. L'incrédulité, la douleur mais aussi la colère l'envahirent.

«Pourquoi? demanda-t-il. Est-ce qu'il t'a menacée, Tani? As-tu été contrainte à ce mariage à cause de la révolte de Kamosé? Le mariage ou la mort, est-ce le choix qu'il t'a laissé? S'il en est ainsi, cette union n'a aucune valeur. Elle peut être défaite, oubliée. Dieux! Si tu savais! C'est en pensant à toi que je suis resté sain d'esprit pendant ces deux années terribles. Ton souvenir a été mon oreiller la nuit et mon épée le jour! Et tu l'as épousé!»

Elle leva une main.

«Il n'y a eu ni menace ni contrainte, dit-elle à voix basse. J'aimerais pouvoir t'expliquer, Ramosé, te faire comprendre...» Elle s'interrompit, cherchant ses mots, tandis qu'il luttait contre la fureur qui le tenaillait. «Lorsque je suis arrivée ici, j'étais seule, j'avais peur. Je savais ce que préparait Kamosé et j'étais certaine que, lorsque Het-Ouaret apprendrait sa rébellion, je serais tuée. J'ai essayé de profiter de chaque jour, de chaque heure. J'avais décidé que si je devais mourir, je le ferais bravement...» Elle tendit les mains vers lui dans un geste de supplication – ou d'étonnement. «Mais il s'est montré bon envers moi, poursuivit-elle. Plus que bon. Il m'a dit que ce n'était pas ma faute, que je n'étais pas coupable de l'ingratitude de ma famille. Lorsque Khmounou est tombée, il en a été très éprouvé, parce qu'il savait combien je t'aimais, et il a prié que tu sois sain et sauf. Il m'a offert des présents, m'a invitée à l'accompagner dans le temple de Soutekh, m'a fait asseoir à sa gauche lors des banquets. Il m'a traitée avec respect et pas du tout comme une otage. J'en ai été touchée. Il m'a avoué son affection...»

Ce fut au tour de Ramosé, horrifié, de lever une main pour l'interrompre.

«Il t'a séduite, dit-il avec véhémence. Et tu ne t'en es pas rendu compte. C'est la plus subtile des vengeances qu'il pouvait exercer contre Kamosé et, en dépit de ton intelligence, de l'honneur auquel tu avais juré de ne jamais renoncer, tu t'es laissé prendre à son stratagème. Tu lui as permis de te donner un nom sétiou. Tu lui as permis de t'emmener dans le domaine de Soutekh.» Il frappa violemment la table du poing et le vin gicla de sa coupe. «Dieux! Tu lui as ouvert ton lit! Comment as-tu pu, Tani? Tu as donné ce que tu m'avais promis à un sale étranger! Où est la fille honnête et courageuse que j'adorais? Elle est devenue sétiou, et je l'ai perdue!

– Ça ne s'est pas passé de la sorte..., bredouilla-t-elle.

– Ah bon? coupa-t-il d'un ton sarcastique. Et comment alors? Es-tu tombée amoureuse de lui comme une paysanne sans cervelle ou est-ce l'intérêt qui a dicté ta conduite? Il faut que ce soit l'un ou l'autre!» Il se leva avec brusquerie et se mit à marcher de long en large, incapable de rester plus longtemps immobile. «Je vois que je me suis trompé sur ton compte, poursuivit-il avec amertume. Tu es superficielle, Tani. J'avais pris cela pour de la gaieté, de l'optimisme, et ta famille aussi. As-tu la moindre idée de l'effet que produira cette nouvelle sur Kamosé, sur ta mère, quand ils l'apprendront? Car ils l'apprendront, sois-en sûre. Apopi se servira de ce mariage au moment où il pourra causer le plus de tort à la cause de la liberté de l'Égypte.»

Il s'approcha de son fauteuil et se pencha vers elle, en ayant envie de lui faire mal, de la voir saigner comme il saignait, emporté par le tourbillon de ses illusions et de ses espoirs agonisants. «Ne t'imagine pas que ce serpent t'aime, dit-il. Tu n'es rien d'autre pour lui qu'une arme contre son ennemi.»

Elle l'écarta et se mit debout, s'appuyant des deux mains sur le bras de son fauteuil.

«Assez, Ramosé! cria-t-elle. Assez! Fais-moi tout le mal que tu veux, puisque tu as l'impression que je mérite ta condamnation. Mais tu te trompes, tu te trompes!» Ses lèvres tremblaient. «Je t'aimais autrefois. Je t'aime encore. Nous avions fait un rêve, tous les deux, mais ce n'était qu'un rêve...! A une autre époque, nous aurions pu nous marier et être heureux. A une autre époque, les canards auront peut-être des dents. Ce sont les dieux qui décident de ces choses, et ils nous ont fait vivre en un temps où notre amour ne pouvait s'épanouir. Des questions plus importantes sont en jeu.

– Vraiment ? Et comment le saurais-tu en vivant ici, dans ton cocon de brocart et d'or ? Aurais-tu l'arrogance de croire que tu t'es sacrifiée à une grande cause en devenant une reine sétiou ?

– Je sais que tu ne me pardonneras jamais la souffrance que je te cause, répondit-elle à voix basse. Mais regarde autour de toi, Ramosé. Tu n'es à Het-Ouaret que depuis quelques jours. J'y suis depuis près de deux ans. Apopi envoie cent vingt mille hommes contre Kamosé. Il en a plus de deux cent mille casernés ici, dont plus de la moitié viennent du Retenou. Apopi a demandé des renforts à ses frères orientaux, et ils sont partout dans le Delta. Kamosé ne peut pas l'emporter. Il était condamné à échouer dès le début. J'ai commencé à m'en rendre compte au bout de quelques mois. J'ai résisté longtemps aux flatteries d'Apopi, et pendant ce temps-là j'ai beaucoup réfléchi. » Ses yeux se remplirent soudain de larmes. « Je voulais être auprès de toi, reprit-elle. Je voulais rentrer chez moi. Je souhaitais qu'Apopi ordonnât mon exécution. Mais quand j'ai compris que Kamosé finirait par être vaincu, j'ai décidé et de survivre et de signer ce contrat de mariage. En qualité de reine légitime, j'ai bien plus de droits que n'en a une simple otage ou même une concubine. J'ai profité de l'affection d'Apopi, oui, mais pas pour les raisons que tu supposes. Kamosé échouera. Il sera fait prisonnier et amené ici. Mon rang de reine me permettra alors d'intercéder pour lui et pour ma famille. C'est tout, conclut-elle en haussant les épaules. Crois-moi ou non, à ton gré.

– Mais qu'est-ce qui te fait penser que Kamosé n'a aucune chance de l'emporter, Tani ? Tu es frappée de la cécité qui semble affecter tous les habitants de ce palais et sans doute aussi de la ville. Tu ne vois que la richesse d'Het-Ouaret, le nombre de ses soldats, le fait qu'elle soit imprenable. Sais-tu seulement que Kamosé tient tout le pays, qu'il a mené une campagne impitoyable et qu'il n'y a plus qu'Apopi qui s'oppose encore à lui ? Manifestement, si lui est au courant, ce n'est pas le cas de ses courtisans, ni même de toi. »

Il allait poursuivre, lui révéler le plan de son frère, mais il comprit brusquement le danger qu'il y aurait à le faire. Il ne pouvait se fier à elle, et cette découverte lui brisa le cœur. Sa colère s'évanouit.

« Non, je ne savais pas, dit doucement Tani. J'ai appris que Khmounou et la forteresse de Néferousi étaient tombées, mais on m'a fait comprendre que c'étaient des victoires isolées, que Kamosé ne pouvait pas compter sur les paysans et que les villes et les villages ne lui apporteraient aucune aide.

– Il les a tous brûlés, fit Ramosé avec brusquerie. Il ne prend aucun risque. »

Elle leva vers lui des yeux brillants de larmes.

« J'en suis heureuse, Ramosé, murmura-t-elle. Oh ! si heureuse. Peut-être m'a-t-on dupée, comme tu le dis. Que va faire Kamosé, à présent ? Et toi ? »

Le jeune homme éluda la première question.

« Je dois marcher sur l'oasis d'Ouhat-Mehtet avec le général Kéthuna, dit-il d'une voix neutre. Apopi compte que je meure dans la bataille. »

Elle pinça les lèvres et le dévisagea d'un air songeur.

« Kéthuna est assez bon général, mais il a l'esprit petit. Pédjédkhou te laisserait une chance, pas lui. Je pourrais essayer de le soudoyer.

– Non. » Ramosé se rassit et vida sa coupe. « C'est peut-être précisément ce qu'attend Apopi afin de mettre ta fidélité à l'épreuve. » Il lui adressa un mince sourire. « Je ne suis pas stupide, Tani. Je ferai l'impossible pour rester en vie, crois-moi.

– Si tu y parviens… si tu le peux…, murmura-t-elle d'une voix hachée. Ne dis pas à Kamosé ce que je suis devenue, je t'en prie. Te voir est pour moi une assez lourde punition. »

Ramosé passa une main lasse sur son visage.

« Comme tout est devenu embrouillé, fit-il. Je m'étais bêtement imaginé que, lorsque nous nous retrouverions, tu me tomberais dans les bras en poussant des cris de joie, et que nous nous arrangerions pour fuir Het-Ouaret ensemble et regagner Oueset. Ma mère est là-bas maintenant, tu sais. »

Elle garda le silence, le visage sans expression. Il attendit un instant, puis comme elle ne répondait toujours pas, il se leva.

« Apopi a tenu parole, dit-il. Nous nous sommes vus. Comme il doit rire ! Tu es encore plus belle que dans mes souvenirs, Tani. Il est temps que je regagne ma chambre, je crois.

– Il ne faut plus m'aimer, Ramosé, déclara-t-elle posément. C'est sans avenir.

– Il y a un avenir, corrigea-t-il. Mais nous n'y serons peut-être ni l'un ni l'autre. Puisse le patron de ton nome veiller sur toi, Tani.

– Et puisse Thot de Khmounou t'accompagner, Ramosé, répondit-elle d'une voix tremblante. Que la plante de tes pieds soit ferme. »

Si elle avait fait un pas vers lui, même hésitant, il l'aurait prise dans ses bras. Mais elle n'eut pas un mouvement. Il alla jusqu'à la porte et se retourna. Debout, très droite, les bras le long du corps, Tani pleurait en silence. Il ne put refermer la porte derrière lui.

De retour dans sa chambre, il se fit apporter du vin et entreprit de se soûler en vidant méthodiquement coupe après coupe. Il était incapable de réfléchir, et il ne voulait pas sentir.

Il se réveilla à l'aube avec un mal de tête lancinant et une soif dévorante, ce dont il se félicita. La souffrance physique barrait en effet la route à la douleur qui hurlait dans son âme. Dès qu'il fut lavé et habillé, son garde lui tendit son paquetage et lui ordonna de le suivre. Ils traversèrent des salles encore désertes et sortirent dans un jardin scintillant de rosée. Là, ils s'arrêtèrent, car Apopi en personne attendait, entouré d'une suite somnolente. La tête douloureuse et les yeux brûlants, Ramosé ne s'inclina pas.

«Ne te fais pas de souci, fils de Téti, déclara Apopi en guise de salutation. Je prendrai soin de Tani. Ouazet, ma première épouse, a beaucoup d'affection pour elle.»

Ramosé le défia du regard. Il savait qu'Apopi le provoquait et qu'il aurait mieux valu ne pas lui donner la satisfaction d'une réponse, mais il s'en moquait.

«Je te hais, dit-il d'une voix qui résonna dans l'air limpide du matin. Toute l'Égypte te hait. Ta place n'est pas dans ce pays et, un jour, tu seras chassé de ce sol sacré.» Il fit un pas en avant et nota avec une joie incongrue le mouvement de recul d'Apopi. «Ton dieu est sans pouvoir contre la coalition des divinités qui ont décidé ta chute, conclut-il. Adieu.»

Il attendait une réaction immédiate, une épée qui lui trancherait le cou, peut-être, ou au moins un cri de rage, mais Apopi ne fit que hausser ses sourcils épilés. Les courtisans, abasourdis, se taisaient. Pivotant sur les talons, Ramosé se dirigea vers les portes du palais.

Son garde le rattrapa et, le conduisant jusqu'à un char, le remit à l'officier qui attendait. Celui-ci fit lier les mains de Ramosé et l'emmena hors de la ville, dans l'étroite plaine séparant Het-Ouaret du canal qui la protégeait.

Là, régnait le chaos. A l'intérieur d'épais nuages de poussière, soldats et chevaux apparaissaient et disparaissaient comme des fantômes. Le vacarme était assourdissant. Les hommes criaient, les chevaux hennissaient et, sensibles au tumulte, les ânes que l'on chargeait de provisions brayaient sans discontinuer. En jurant à voix basse, l'officier qui conduisait le char où se trouvait Ramosé tâchait de se frayer un chemin à travers la cohue. Je pourrais m'enfuir, se dit le jeune homme. Je pourrais sauter à terre et disparaître dans cette foule avant que ce Sétiou n'ait le temps de tourner la tête. Mais, à l'instant où il s'apprêtait à passer à l'action, le char s'arrêta, l'officier jeta les rênes à un jeune garçon, et ce fut trop tard. L'homme attacha adroitement au char la lanière qui emprisonnait ses poignets, lui dit bien inutilement de l'attendre et disparut. Avec un soupir, Ramosé s'assit, sans prêter attention aux regards curieux du garçon. Il avait toujours mal à la tête.

Il n'aurait su dire combien de temps il resta là, car la poussière soulevée par les soldats dissimulait le soleil, mais il y avait longtemps que ses articulations étaient devenues douloureuses lorsqu'on lui apporta une outre pleine d'eau et du pain qu'il mit dans son sac. Puis il fut conduit dans les rangs d'une unité d'infanterie qui attendait en silence l'ordre de marche. On l'attacha à un soldat par le poignet gauche. Il vit Kéthuna passer en char, mais le général ne lui accorda pas un regard. Loin devant lui, un étendard fut brandi – un grand éventail de bois peint en rouge fixé au bout d'une longue perche. Aussitôt un ordre retentit. «Ce n'est pas trop tôt, grommela le soldat. J'ai déjà la déveine de m'être fiancé la semaine dernière, et maintenant il faut en plus que je te surveille. Comment t'appelles-tu ?»

La colonne s'ébranla. Ramosé remonta son sac sur son épaule.

«Mon nom n'a plus beaucoup d'importance désormais, répondit-il avec brusquerie. Mais je m'appelle Ramosé, et j'étais de Khmounou dans le nome d'Oun.

– A ce que j'ai entendu dire, Khmounou est dans le nome du néant maintenant, grogna l'homme. L'ennemi a tout ravagé. Tu as perdu des parents dans ce combat, ou tu as participé à la tuerie ?» Il agita la lanière de cuir qui les liait. «Tu es un droit-commun ou un espion ?

– Tous ici, nous sommes dans le nome du néant», répondit Ramosé. Et le soldat n'insista pas.

S'il avait pu se mouvoir librement, Ramosé aurait presque pris plaisir aux premiers jours de l'expédition. On était à la fin de phaménoth, il faisait frais, les arbres fruitiers perdaient leurs derniers pétales, et de petites grappes de raisin d'un vert pâle se détachaient sur les feuilles plus sombres des vignobles. Dans les canaux et les bras du Nil, une eau paisible reflétait un ciel bleu et pur. Autour d'Het-Ouaret, les déprédations commises l'année précédente par les Pillards de Kamosé étaient toujours visibles : des arbres brûlés, noirs et squelettiques; des vignes desséchées; des surfaces calcinées à l'endroit où l'on avait brûlé des cadavres et, de loin en loin, des ossements de bovins. Mais, à mesure que l'armée progressait vers la limite occidentale du Delta, la nature paradisiaque de la Basse-Égypte reprenait ses droits.

Le soir du troisième jour, ils campèrent dans la dernière palmeraie, en lisière du désert. Ramosé et son geôlier se joignirent à un groupe de soldats réunis autour d'un des nombreux feux qui éclairaient le crépuscule. Tandis que les autres hommes mangeaient en bavardant, Ramosé restait silencieux, les yeux fixés sur les dunes de sable qui s'étendaient devant lui. Son poignet était irrité, mais il ne s'en souciait pas. Il pensait à Tani, à Kamosé et à sa mort sans doute prochaine. En sondant son cœur, il n'y trouvait aucune amertume envers la jeune fille qu'il avait si longtemps aimée; il reconnaissait même avoir exagéré ses sentiments afin de survivre à l'horreur de Khmounou et au désespoir qui avait suivi. Néanmoins, la tendresse qu'il éprouvait pour elle était toujours là, chaude et solide, et il savait qu'elle survivrait à sa mort et à la pesée de son ka. Un sentiment qui avait quelque chose d'éternel et de juste.

Alors que l'obscurité s'épaississait et que le désert devenait indistinct, il crut apercevoir des silhouettes furtives dans les dunes. Il se demanda si Kamosé enverrait des éclaireurs aussi loin. Ces fantômes s'évanouirent alors qu'il tâchait de les voir mieux, sauf l'un d'eux qui prit de la consistance et devint un éclaireur, avança sans se presser et traversa le camp pour aller faire son rapport à Kéthuna.

Le lendemain, ils se mirent en route de bonne heure pour Ta-shé. Les soldats avaient reçu l'ordre de remplir leur outre et de ne boire que lors des haltes. L'étape ne présentait aucun danger, car la piste était très fréquentée pendant les inondations, quand la route du fleuve était impraticable, et d'amples provisions d'eau les attendaient. Néanmoins, à la fin de la journée, on grommelait dans les rangs. Beaucoup de soldats, trop fatigués pour manger, se couchèrent aussitôt dans le sable. Beaucoup d'autres avaient désobéi à leurs officiers et vidé leur outre bien avant que l'ardeur de Rê n'eût décru.

Ils se montrèrent plus raisonnables dès le deuxième soir, mais, notant leurs pieds couverts d'ampoules et la brûlure du soleil sur leurs épaules et leurs visages, Ramosé éprouva dédain et agacement envers les généraux d'Apopi. Des idiots. Leurs hommes n'avaient aucune expérience du désert. Nés dans le Delta ou sous le climat tempéré du Retenou, n'ayant connu l'exercice qu'à l'intérieur des remparts d'Het-Ouaret, ils étaient trop délicats pour affronter ces sables brûlants et un soleil que ne tempérait aucune humidité.

Lui-même avait les muscles endoloris par la marche, rien de plus. Le soldat à qui il était attaché n'avait pas beaucoup souffert, mais lui aussi se plaignit de frissons et d'un léger mal de tête au médecin de l'armée qui circulait dans le campement. Lorsque celui-ci se fut éloigné, l'homme héla un officier qui passait et lui demanda s'il ne pourrait pas être libéré de Ramosé pendant la journée. Sa requête lui fut refusée.

« Ils pourraient t'attacher à quelqu'un d'autre de temps en temps pour me laisser du repos, dit le soldat avec résignation. J'espère qu'ils penseront à te détacher avant que j'aie besoin de mes deux bras pour manier la hache. »

Ramosé trouva soudain la situation comique, mais il se garda de rire. Il lui vint à l'esprit que le désert se révélerait peut-être un pire ennemi que Kamosé et ses troupes aguerries.

Ta-shé apparut à l'horizon au matin du septième jour, mais ce ne fut qu'en fin d'après-midi qu'ils arrivèrent aux abords de cette immense oasis. Les soldats rompirent alors les rangs sans attendre d'y être autorisés et, sourds aux cris de leurs officiers, se précipitèrent vers l'eau qui scintillait entre les palmiers. Ramosé les suivit des yeux avec un secret plaisir. Lui-même continua d'avancer calmement, à côté de son soldat épuisé. Dans les champs cultivés, les villageois tjéhénou s'étaient massés pour regarder passer cette horde de soldats indisciplinés, et Ramosé les observa avec attention, certain que Kamosé avait des espions à Ta-shé. Mais il ne reconnut aucun visage familier.

L'armée resta un jour et une nuit sur place, le temps de vérifier l'équipement et d'accorder un peu de repos aux hommes. Leur bonne humeur retrouvée, ils nagèrent, mangèrent et dormirent. La halte ne fut toutefois pas assez longue pour guérir leurs blessures et leurs maux et, s'ils se remirent en marche avec optimisme, la terre brûlante sous leurs pieds déjà cloqués et le feu implacable du ciel sur leur peau à vif les mirent bientôt au supplice.

Une paix de plus en plus profonde descendait sur Ramosé à mesure qu'ils s'enfonçaient dans le désert. Conscient de chacune de ses inspirations, de chaque grain de sable collé à ses mollets, de chaque goutte de sueur coulant dans son dos, il s'émerveillait du mystère qu'avait été son existence, se remémorait des souvenirs qui n'appartenaient qu'à lui. Ce voyage serait le dernier qu'il ferait avant celui qui le conduirait dans la Salle du Jugement. Il s'achèverait comme aucun de ceux qui l'avaient précédé, et pourtant Ramosé n'avait pas peur. Je ne verrai pas Kamosé l'emporter et monter sur le trône, pensait-il sans émotion. Je ne reverrai pas ma mère. Je ne tiendrai jamais Tani nue dans mes bras, et ne verrai pas mes enfants pousser comme des plantes vigoureuses dans le jardin du domaine qui aurait pu être le mien. Pourtant, je suis satisfait. J'ai aimé, j'ai vécu dans l'honneur, j'ai prouvé ma valeur aux dieux et aux hommes. Le désert, ce lieu magique et unique, préservera-t-il mon corps de façon que les dieux le trouvent ? Je ne peux que prier qu'il en soit ainsi.

Quatre jours après son départ de Ta-shé, l'armée passa la nuit sur le pied de guerre. L'oasis d'Ouhat-Mehtet était en vue, une ombre d'un noir menaçant se découpait sur le ciel étoilé. Les éclaireurs n'y avaient observé aucune activité, mais ils ne s'en étaient guère approchés de peur d'être découverts. L'infanterie était désormais en formation de bataille, chaque unité étant placée derrière son escadron de vingt-cinq chars, que précédait le porte-étendard.

Les hommes dormirent mal, sans rompre les rangs. Ramosé ne dormit pas du tout. Il savait que Kamosé et son armée étaient partis, que Kéthuna ne trouverait dans l'oasis que des villageois, et qu'il lui faudrait soumettre ses troupes à une nouvelle marche épuisante dans le désert, cette fois en direction du Nil. Ses hommes s'étaient préparés à combattre le lendemain. La déception, jointe à la perspective de souffrir encore de la chaleur, les démoraliserait. Kamosé et Pahéri, eux, les attendraient à Het néfer Apou, frais et impatients d'en découdre. Je me demande si je serai encore en vie à ce moment-là, se dit Ramosé. J'en doute. Kéthuna me fera exécuter lorsqu'il trouvera l'oasis déserte. J'y gagnerai au moins d'être débarrassé de mes liens !

10

A l'aube, on ordonna aux hommes de manger et de boire. Ils le firent en silence, s'absorbant dans leurs pensées à l'approche du combat. Certains priaient. D'autres touchaient leurs amulettes ou leurs charmes tout en rangeant le restant de leurs rations et en resserrant leurs sandales.

Un officier apparut et, au soulagement de Ramosé, trancha le lien qui l'avait attaché au soldat. Toutefois son sentiment de liberté ne dura pas longtemps. Il dut suivre l'homme jusqu'aux premiers rangs, où Kéthuna était déjà debout derrière son aurige au milieu de son escadron de chars. Les petits chevaux énervés piaffaient et agitaient leur tête empanachée. Déjà, la réverbération du soleil sur le sable était aveuglante. Ramosé mit la main en visière pour regarder le général. Celui-ci l'observa un instant, le visage impassible.

«J'ai ordre de te mettre au premier rang de mes troupes. Rien de plus. Si tu es reconnu par l'ennemi avant d'être tué, tant mieux pour toi. Toutefois, si je découvre que tu as menti à l'Unique ou déformé les faits, je dois t'exécuter sur-le-champ. Marche à côté des chevaux.»

Sans répondre, Ramosé s'inclina et alla se placer à côté des animaux. Apparemment calme, il avait le cerveau en ébullition. Il n'y aurait pas de bataille, bien entendu. L'oasis serait vide. Kéthuna jugerait-il qu'il était coupable, ou considérerait-il simplement que ses troupes s'étaient mises en route trop tard pour intercepter Kamosé avant son départ pour Het néfer Apou? Pourrait-il profiter des premiers moments de confusion pour disparaître dans l'un des villages de l'oasis? Autour de lui, l'ordre de départ retentissait, et on brandissait les étendards. Ramosé haussa mentalement les épaules. Je ne vais pas céder à l'espoir, se dit-il. La journée se déroulera comme le veulent les dieux, et je m'en satisferai.

Le char se mit à rouler, et Ramosé marcha à sa hauteur, respirant l'odeur réconfortante des chevaux et du cuir. L'oasis prit lentement forme et couleurs. Rien n'y bougeait, hormis l'air qui vibrait sous la chaleur. Ramosé constata que les tentes qui se dressaient à ses abords avaient disparu. Les chevaux trébuchaient sur les pierres tranchantes et noires qui étincelaient sous leurs sabots. L'aurige leur parlait d'une voix apaisante. Derrière, on entendait le piétinement sourd des milliers de soldats.

Ils marchèrent environ deux heures, se rapprochant toujours davantage de l'oasis, qui restait silencieuse et paisible. Aucun cri d'avertissement ne retentissait. Aucune silhouette ne s'élançait pour donner l'alarme. Un murmure commença à courir dans les rangs, puis Ramosé entendit Kéthuna jurer. «Il est parti, dit-il. L'oasis est déserte.» Et, levant la main, il ordonna une halte. Ramosé s'assit aussitôt dans l'ombre des deux chevaux suants. Le général semblait l'avoir oublié. Il appela un éclaireur, et celui-ci s'éloigna bientôt sur la piste caillouteuse qui passait entre de hautes dunes et conduisait au village.

Un brouhaha joyeux s'éleva quand les hommes comprirent qu'ils ne se battraient pas ce matin-là. Ils en eurent la confirmation au retour de l'éclaireur, beaucoup plus tard. Toujours assis près du char, Ramosé sourit en entendant celui-ci faire son rapport.

«J'ai été plus long que je n'aurais dû, général. Il y a un mystère là-dessous. L'oasis est abandonnée. Il n'y a ni soldats ni villageois.

– Que veux-tu dire?» demanda sèchement Kéthuna.

L'homme hésita. Ramosé le vit bouger d'un pied sur l'autre.

«Les villageois sont partis, répéta-t-il. Leurs cahutes sont vides. Pareil pour les champs. Il n'y a pas d'animaux, juste quelques chèvres.»

Il se tut, et un silence lourd tomba. Le général réfléchit tandis qu'autour de lui ses officiers s'agitaient et murmuraient. Finalement, il renvoya l'éclaireur et appela Ramosé.

«Soit Kamosé s'est déjà replié sur Het néfer Apou, soit il se trouve à proximité de l'oasis et attend que nous y entrions pour nous encercler, déclara-t-il d'un ton bref. Nos éclaireurs sont pourtant allés assez loin hier, et ils n'ont pas observé de mouvements de troupes.» Il posa sur Ramosé un regard dur. «Eh bien, fils de Téti, qu'en dis-tu?

– Il est inutile de m'interroger, répondit celui-ci. J'ai dit la vérité au roi. Kamosé et son armée étaient ici lorsque je suis parti. S'il a changé ses plans pendant mon absence, comment puis-je le savoir?

– Ses éclaireurs l'ont peut-être averti de notre approche, il y a plusieurs jours, dit Kéthuna. Je dois décider si nous courons le risque de pénétrer dans l'oasis, ou si nous la contournons pour marcher tout de suite vers le fleuve.

– Les hommes ont besoin d'eau, mon général, intervint un officier. Sans cela, ils n'atteindront jamais le Nil.»

Kéthuna continuait à dévisager Ramosé d'un air pensif.

«Il semble évident que nous sommes simplement arrivés trop tard pour prendre Kamosé au piège, dit-il avec lenteur. Pourtant, quelque chose me met mal à l'aise. Qu'est-ce qui m'échappe, Ramosé?

– C'est toi le général, pas moi, répliqua brutalement Ramosé, quoique le calme de l'oasis lui semblât étrangement menaçant, à lui aussi. Comme je te l'ai dit, je sais seulement que Kamosé projetait un nouveau siège.

– S'il est parti, pourquoi a-t-il emmené les villageois? demanda un autre officier. A quoi pouvaient-ils lui servir?»

Il n'avait pas besoin d'eux, pensa brusquement Ramosé. Mais il ne pouvait pas les laisser. Pourquoi? L'explication est là, quelque part au fond de mon cerveau, mais elle se dérobe. Oh! Kamosé, toi l'implacable et le rusé, qu'as-tu fait? Il baissa les yeux pour que Kéthuna ne les voie pas briller.

«Peut-être est-ce leurs troupeaux qu'il a emmenés, et pas eux, suggéra Kéthuna. Peut-être était-il à court de vivres et les villageois ont-ils été contraints de le suivre pour ne pas mourir de faim. Mais à quoi bon se perdre en suppositions! poursuivit-il avec irritation. Je dois prendre une décision. Le soleil est presque au zénith. Dites aux hommes de se reposer et de manger. Le temps qu'ils finissent, j'aurai tranché.»

Ses officiers s'inclinèrent et se dispersèrent. Après avoir ordonné à son aurige de surveiller Ramosé, Kéthuna s'éloigna, lui aussi.

Le jeune homme retourna s'asseoir dans l'ombre des chevaux, qui était à présent plus courte et plus pâle. Ouvrant son sac, il y prit du pain et son outre. Celle-ci était plus qu'à demi vide. Il la secoua, hésitant à boire, puis se dit qu'il était stupide. Kamosé était sur la piste d'Het néfer Apou, et il se désaltérerait bientôt aux sources et aux puits de l'oasis avec les troupes assoiffées de Kéthuna. Pourtant, l'outre au bord des lèvres, il s'immobilisa de nouveau. Du coin de l'œil, il vit les autres boire longuement et gaspiller le précieux liquide en le laissant couler sur leur visage brûlant, se disant manifestement comme lui qu'ils en auraient bientôt en abondance. Un cheval hennit doucement, affolé par l'odeur de l'eau que l'on répandait autour de lui.

Ramosé reposa son outre. Son cœur s'était mis à battre avec violence. Combien d'eau restait-il encore pour les chevaux dans les charrettes tirées par les ânes ? se demanda-t-il. Les chevaux détestaient le désert. Tout autour de lui, les hommes épuisaient leurs réserves, certains de trouver de l'eau à un jet de pierre. Hor-Aha ne les aurait jamais laissés faire, mais c'était un enfant du désert, et Kamosé lui-même avait grandi en bordure de terres arides. Ce n'était pas le cas de ces fils du Delta, épuisés et brûlés par le soleil.

Et qui auraient bientôt soif à nouveau.

Ramosé se figea. Est-ce seulement possible ? se demanda-t-il, alors que la pensée confuse qui l'obsédait s'imposait brusquement à lui et le faisait frémir. Est-ce réalisable ? Réalisable totalement, au point de détruire une armée entière ? Pas étonnant que tu aies emmené jusqu'aux animaux, mon implacable ami ! Jamais Kéthuna ne pourrait imaginer une chose pareille. Pédjédkhou en aurait peut-être eu le soupçon, mais il se serait tout de même retrouvé pris au piège.

Était-ce bien la vérité ? Ramosé parcourut du regard la piste, les dunes semées de rochers, les arbres à demi visibles. Il avait une soif dévorante mais n'osait pas boire.

Kéthuna revint bientôt, suivi de ses officiers. Une décision avait manifestement été prise. Des cris retentirent, les soldats se remirent debout. Kéthuna monta dans son char et l'armée d'Apopi s'apprêta à parcourir les derniers kilomètres qui la séparaient de l'oasis.

L'avant-garde de Kéthuna se déploya en éventail : les chars roulaient vite, et leurs occupants avaient l'arc à la main, prêts à tirer. En regardant derrière lui, Ramosé vit les files de soldats se fondre ensemble pour suivre la piste, un serpent épais dont on ne voyait pas le bout. Lui-même devait marcher plus près des chevaux. Partagé entre l'anxiété et l'allégresse, il posa une main sur le flanc humide et chaud de l'animal le plus proche. Aussitôt, il sentit le fouet de l'aurige sur son poignet et s'écarta.

Le village du nord apparut, un groupe de cahutes à demi dissimulé par des palmiers et des buissons clairsemés. Plus près s'étendait le bassin à côté duquel s'était dressée la tente de Kamosé ; les abords en étaient piétinés et jonchés des détritus laissés par ses troupes. Sentant l'odeur de l'eau, les chevaux de Kéthuna accélérèrent l'allure, ce qui obligea Ramosé à se mettre à courir. L'aurige tentait sans beaucoup de succès de les retenir et, accroché au rebord du char, Kéthuna l'injuriait.

Haletant et trébuchant, craignant la morsure du fouet, Ramosé tâchait de rester à leur hauteur. Le bassin était tout proche maintenant et, en dépit de son essoufflement, Ramosé regarda autour de lui avec perplexité. Les arbustes qui l'entouraient avaient été coupés. Il n'en restait que des moignons jaunâtres dépassant du sable. Par endroits, on les avait même arrachés, à en juger par les trous dans le sol.

Les chevaux s'arrêtèrent au bord du bassin. Ils baissèrent la tête. Derrière le char, les soldats rompirent les rangs, les mains en coupe et pliant déjà les genoux. Le souffle court, Ramosé regarda la surface mousseuse de l'eau. Il y flottait des brindilles et des pétales blancs ; des branches plus épaisses, écorcées, en dépassaient comme des ossements bruns. Les arbustes avaient été coupés, taillés en pièces, puis jetés méthodiquement dans le bassin. Mais pourquoi ? Les chevaux hésitaient en hennissant doucement, le museau à fleur d'eau, les naseaux frémissants. Des soldats portaient à leurs lèvres le liquide de vie. Derrière eux, leurs camarades attendaient impatiemment leur tour.

Puis le vent chaud apporta soudain aux narines de Ramosé un doux parfum de fleurs, et il recula avec horreur, les jambes molles. C'était la mort que les chevaux reniflaient, la mort qui coulait dans la gorge des hommes penchés sur cette eau apparemment innocente. Paralysé, il regarda la cohue joyeuse des soldats autour de lui. Il y en a partout dans l'oasis, pensait-il. D'ici jusqu'au village du sud, il pousse à profusion autour de chaque source, beau et inoffensif, à condition bien sûr que l'on ne mâche pas ses feuilles, que l'on n'écrase pas ses graines, que l'on ne mange pas le miel fait de ses fleurs.

Et que l'on ne boive pas l'eau dans laquelle il a trempé.

Un rire nerveux monta en lui, et il serra les dents pour le réprimer. C'est vraiment parfait, se dit-il encore. Horriblement parfait. Le laurier-rose, si blanc et si délicat, mais dont le simple contact peut vous donner des démangeaisons. L'idée vient-elle de Kamosé, d'Ahmosis, ou d'Hor-Aha ? Mais non, elle n'a certainement pas germé dans la tête du prince ni du général. Elle porte la marque d'un esprit froid et subtil, uniquement préoccupé de remporter la victoire à n'importe quel prix. Je salue ta ruse, Kamosé !

Le général sauta à bas de son char, étreignant le fouet de son aurige, le visage soudain blême. « Éloignez-vous de l'eau ! » hurla-t-il d'une voix où perçait la panique. Courant au bord du bassin, il se mit à fouetter les hommes qui buvaient déjà et ceux qui se bousculaient derrière eux. « Elle est empoisonnée, espèce d'imbéciles ! Reculez ! Reculez ! »

Ramosé jeta un rapide regard autour de lui. Déjà les premiers soldats à avoir bu se tordaient sur le sol en vomissant. Les chevaux hennissaient, les officiers tournaient en rond, ne sachant que faire, et les hommes qui continuaient d'arriver en foule, ignorant ce qui se passait, demandaient bruyamment à remplir leurs outres. Lorsque Kéthuna aurait repris le contrôle de son armée, il enverrait des éclaireurs à l'autre bout de l'oasis pour voir si l'eau y était pure, mais Ramosé était certain que Kamosé n'avait pas oublié un seul puits ni un seul bassin. Kéthuna et ses hommes étaient condamnés.

Il y avait bien une autre oasis à Ta-iht, cent cinquante kilomètres plus au sud, mais l'armée du général y serait prise au piège. Ta-iht était deux fois plus éloignée du Nil qu'Ouhat-Mehtet, et même si les troupes réussissaient à atteindre Ta-iht sans eau, puis, par quelque miracle, à survivre à la marche encore plus longue jusqu'au Nil, ils sortiraient du désert à la hauteur de Khmounou, et il leur faudrait encore se traîner jusqu'à Het néfer Apou. Non, se dit Ramosé en s'éloignant de la cohue de soldats terrifiés qui vomissaient et râlaient. Kéthuna cherchera à faire la part du feu. Il ira droit au Nil et, sans eau, la plupart de ces hommes mourront.

Se dissimulant derrière les arbres et les rochers, Ramosé progressa lentement vers le village abandonné. Il n'était pas beaucoup mieux loti que les soldats qui n'avaient pas bu l'eau contaminée. Bien que son instinct lui eût fait conserver le peu qui lui restait, il savait qu'il n'en avait pas assez pour survivre. Il savait aussi que Kéthuna enverrait ses officiers fouiller le village à la recherche de l'eau pure qu'y avaient peut-être laissée les villageois, et il voulait la trouver le premier. Des heures s'écouleraient avant que le général n'arrive à rétablir un semblant d'ordre.

De maison en maison, Ramosé fureta partout, regarda dans tous les récipients, mais ne réussit à ajouter qu'une demi-coupe d'eau saumâtre au contenu de son outre. Il n'avait pas bu depuis le matin. Tout son corps réclamait de l'eau, mais il connaissait les symptômes d'une soif qui menace la vie, et il n'en était pas encore là. Bien qu'il fît sombre et frais dans les huttes de terre, Ramosé se força à en sortir. Dès que Kéthuna reprendrait ses esprits, il lancerait ses hommes à sa poursuite, certain qu'il connaissait depuis le début les intentions de Ramosé. Derrière le village, il y avait une dune semi-circulaire au pied de laquelle se trouvaient quelques rochers noirs. Ramosé se pelotonna à l'ombre de l'un d'eux, se creusant un trou entre le sable et les pierres et se couvrant la tête de son manteau en loques.

Il fut tiré de son assoupissement par des bruits de voix et, soulevant un coin de son manteau, il vit qu'une lumière rouge baignait le désert. Le soleil se couchait. Le sol lui transmit la vibration de pas lourds, et il resta parfaitement immobile jusqu'à ce qu'ils se fussent éloignés. Alors il rampa hors de son trou et se releva avec précaution. Raide et endolori, il attendit que le sang circulât à nouveau dans ses membres pour grimper au sommet de la dune et jeter un coup d'œil prudent sur le village et le bassin. Il y régnait une activité fiévreuse mais ordonnée. Kéthuna avait manifestement repris le contrôle de ses hommes. Des soldats entraient et sortaient des maisons du village, allaient et venaient près de l'eau. Après les avoir observés un moment, Ramosé se rendit compte que la scène était étrangement silencieuse. Personne ne riait ni ne parlait. On n'avait pas allumé de feux. Les pauvres diables, se dit-il. Savent-ils qu'ils sont déjà morts ? Il redescendit au bas de la dune et, débouchant son outre, s'autorisa une petite gorgée d'eau, puis il s'apprêta à attendre.

Le crépuscule, la nuit tombèrent. Une par une, les étoiles s'allumèrent, et la voûte céleste tout entière fourmilla bientôt de points scintillants au milieu desquels la lune, nouvelle, n'était qu'un mince croissant indistinct. Étendu, Ramosé savourait la fraîcheur bénie des nuits du désert, quand il entendit des cris et les bruits confus de milliers d'hommes s'apprêtant à se mettre en marche. Les chevaux protestaient, leurs hennissements avaient quelque chose d'implorant. Eux aussi allaient mourir, sans comprendre, et leur sort n'en paraissait que plus pitoyable.

Kéthuna optait pour la seule solution qui s'offrît à lui. Il quittait l'oasis à la faveur de la nuit. Il allait conduire ses hommes sur la piste d'Het néfer Apou. Et je les suivrai, se dit Ramosé. Je n'ai pas l'intention de courir le risque d'être pris et exécuté en les précédant. Moi seul ai une chance de survivre. Il ne souhaitait cependant pas les regarder partir, et il resta étendu à contempler le ciel jusqu'à ce que le dernier bruit se fût éteint.

Il lui fut difficile de ne pas se précipiter aussitôt sur leurs traces, car l'idée de rester seul dans cet endroit maudit l'effrayait. Il avait peur des fantômes et des esprits, désormais libres de rôder dans l'oasis. Mais il fallait qu'il laisse de l'avance à l'armée de Kéthuna, car elle marcherait plus lentement que lui. Alors, après avoir prié Thot, il quitta son refuge et entra dans le village.

Un silence absolu y régnait. Pas d'aboiements ni de meuglements; pas d'enfants pleurant dans la nuit. Les portes des maisons béaient comme des bouches noires. Ramosé avait eu l'intention de passer le reste de la nuit sous un toit, mais leur aspect abandonné et sinistre le fit changer d'avis. Après avoir trouvé une natte et une couverture dans une des maisons, il alla s'installer au pied d'un arbre.

Lorsqu'il sentit sur sa peau les premiers rayons du soleil, déjà brûlants, il se réfugia dans une cahute qui, de jour, lui promettait abri et fraîcheur. Il mangea un peu de son pain et s'accorda une autre gorgée d'eau. Il n'était pas question qu'il gaspille ses forces en errant aux alentours. Se résignant à l'ennui et aux moments de terreur qu'apporteraient les interminables heures d'attente, il s'assit donc dans un coin de la petite pièce et se força à penser à Kamosé, à Tani, aux merveilles du palais d'Het-Ouaret. Il s'imagina dans l'humidité tiède des bains, en train de marcher dans un jardin plein de fleurs ou regardant le tumulte joyeux de l'armée du haut du bateau de Kamosé.

Il ne sursauta qu'une fois, à cause d'un bruit à l'extérieur. Le cœur battant avec violence, il s'approcha de la porte à pas de loup et risqua un œil au-dehors, mais son visiteur n'était qu'une chèvre qui, en le voyant, poussa deux bêlements et détala. Le laurier-rose n'empoisonne pas les chèvres, se souvint Ramosé en riant de sa frayeur. Elles peuvent tout manger et ne s'en privent pas. Il se demanda où en étaient les troupes de Kéthuna et, assombri par cette pensée, retourna s'asseoir.

Il dormit de nouveau, par ennui plus que par fatigue, et, au coucher du soleil, après avoir avalé un peu de pain et d'eau, son sac sur le dos et son outre autour du cou, il prit le chemin qui traversait l'oasis. Lorsqu'il fut enfin sur la piste d'Het néfer Apou, il poussa un soupir de soulagement, car il avait dépassé des sources bouchées par des branches de laurier déchiquetées, et le chemin en avait été jonché.

Il marcha d'un pas régulier dans le sable, à côté du sol piétiné si peu de temps auparavant par d'innombrables sandales. De temps à autre, il trébuchait dans les ornières profondes laissées par les chars qui s'étaient écartés de la piste. A mesure que Rê descendait sous l'horizon et rougissait le désert, son ombre s'allongeait devant lui, comme une avant-garde réconfortante. Au loin, il lui semblait apercevoir une brume qui était peut-être l'arrière-garde de l'armée misérable de Kéthuna, mais il ne pouvait en être sûr. Entre le moment où le soleil disparut et celui où les étoiles apparurent, il hésita sur la route à suivre, car la lumière était incertaine. Très vite, toutefois, les astres se mirent à scintiller, et Ramosé avança avec plus d'assurance. L'air était agréablement frais. Il surveillait son souffle et son pas pour ne pas aggraver sa soif, et s'empêchait de voir des mares d'eau sombre dans le moindre creux de terrain.

Il n'avait aucun moyen de mesurer le passage du temps. Il lui avait fallu un peu plus de deux jours pour atteindre Het néfer Apou en char. Il savait qu'il pourrait couvrir la distance en quatre jours s'il conservait la même allure et s'il n'épuisait pas sa réserve d'eau. Mais que feraient les soldats ? Épuisés, terrorisés, déshydratés, à quelle vitesse avanceraient-ils ? Quand commenceraient-ils à faiblir ? Il donna six jours aux survivants pour tomber dans les bras de Kamosé. Oui, tomber était bien le mot qui convenait, se dit Ramosé avec un sourire sombre. Se battre serait la dernière de leurs préoccupations. Ils mourraient la gorge enflée par la soif et l'odeur du Nil dans les narines. Mais il ne faut pas que je les dépasse, pensa-t-il brusquement. Je dois me résigner à marcher à leur allure, et donc me rationner encore plus sévèrement. Son cœur se serra à cette perspective, et le bruit de ses sandales lui parut soudain menaçant. Je peux y arriver, se dit-il avec fermeté. A condition de ne pas succomber à la panique, j'atteindrai facilement le fleuve.

Fermant ses oreilles aux bruits du désert, Ramosé se força à penser à Pédjédkhou. Il fallait environ dix jours de marche pour aller d'Het-Ouaret à Het néfer Apou, et le général avait quitté la ville en même temps que Kéthuna. Or celui-ci avait mis onze jours pour atteindre l'oasis. Il fallait donc supposer que Pédjédkhou était déjà arrivé. Avait-il attaqué Kamosé ? Ou, se rendant compte que celui-ci avait fait sa jonction avec Pahéri, avait-il décidé d'attendre les renforts qu'était censé lui apporter Kéthuna ? Ramosé s'absorba si bien dans ses réflexions et ses supputations que les premières lueurs de l'aube le prirent par surprise. S'arrêtant, il leva les bras et remercia Rê de son auguste renaissance. Puis, se rendant compte qu'il était affamé, assoiffé et épuisé, il se mit en quête d'un endroit où passer la journée.

Un amas de rochers sur sa gauche lui parut convenir mais, alors qu'il s'y dirigeait, il se rappela soudain les scorpions qui affectionnaient eux aussi l'ombre qu'il recherchait. Il pensa à leur tête hideuse, à leurs pattes véloces, à leur queue recourbée. Il imagina en frissonnant leur aiguillon et ce qui lui arriverait s'il en était victime. L'intensité de sa peur l'aveugla un instant, mais il se ressaisit vite et se gourmanda. Mieux valait la compagnie des scorpions que le soleil. Prudemment, il explora les pierres, retourna les plus petites, puis, ne voyant rien de vivant, s'étendit et se couvrit la tête de son manteau. Il faut que je me méfie de ces moments de panique, se dit-il en fermant les yeux. Le désert a vite fait de rendre fous ceux qui voyagent seuls. A présent, dormons pour oublier la faim et la soif.

Il dormit d'abord profondément, puis par intermittence, se forçant à replonger dans le sommeil chaque fois qu'il se réveillait et voyait le soleil briller dans le ciel. Quand le soir tomba enfin, il se leva et secoua son manteau. Un scorpion pâle tomba dans le sable et détala. Avec un frisson, Ramosé regagna la piste. Tout en marchant, il mâcha un peu de pain sec qu'il arrosa d'une gorgée d'eau tiède. Quoique très insuffisant, cela lui insuffla un peu de courage. Une fois encore, son ombre le précéda quand Rê glissa dans la bouche de Nout, et le crépuscule le désorienta quelques instants. Puis ce fut la nuit, et il s'attaqua résolument à son chemin.

A en juger par son état de fatigue, il devait avoir marché la moitié de la nuit, quand le vent lui apporta une odeur âcre de bois brûlé. Instantanément sur ses gardes, il scruta l'obscurité, mais le désert s'étendait à perte de vue, immobile et silencieux. Longtemps, il continua de marcher, les sens en alerte. L'odeur devint plus forte, et il finit par apercevoir des formes anguleuses qui tranchaient sur les courbes harmonieuses des dunes. Il s'avança encore un peu, puis s'arrêta.

Késhuna avait brûlé ses chars. Il n'en restait que d'immenses tas fumants, des axes noircis pointant vers le ciel, des brancards cassés émergeant de lambeaux d'osier calcinés, de grandes roues brisées dont les rayons semblaient intacts. Mais il suffit que Ramosé en frappe un du pied pour qu'il tombe en poussière. Douze divisions comptant chacune un escadron de vingt-cinq chars, calcula-t-il. Cela fait trois cents chars. Dieux, qu'ils auraient été utiles à Kamosé ! Mais c'est évidemment pour cela que le général les a détruits. Sa situation est désespérée, et il savait que, s'il s'était contenté de les abandonner, Kamosé les aurait récupérés. Quel gâchis ! Pourtant ce spectacle le remplit aussi de joie, et ce fut d'un pas plus léger qu'il s'éloigna des chars en cendres.

A l'aube, il tomba sur les premiers cadavres. Dans la froide lueur grise qui annonçait l'arrivée de Rê, il vit une vingtaine de corps entassés près d'une charrette. Il n'y avait aucune trace de l'âne qui l'avait tirée, et les barils d'eau gisaient dans le sable. Ce fut eux que Ramosé examina d'abord. Non seulement vides, mais complètement secs à l'intérieur, ils devaient être là depuis au moins un jour.

Déçu, il s'approcha des soldats. Ceux-ci n'étaient pas morts de soif. Ramosé vit tout de suite qu'ils s'étaient battus pour s'emparer de l'eau destinée aux chevaux. Leurs corps portaient toutes sortes de blessures, mais beaucoup d'entre eux devaient la mort à des flèches encore fichées dans leurs poitrines. Késhuna parvient donc à maintenir une certaine discipline, se dit Ramosé, tout en cherchant les outres des soldats. Je suppose qu'il a ordonné à ses officiers de distribuer l'eau qui restait dans les barils mais que, trop assoiffés pour accepter les quelques gouttes qu'on leur distribuait, les hommes ont commencé à se battre. Après tout, les chevaux boivent beaucoup, et je suis prêt à parier qu'il ne restait déjà pas grand-chose des *hékets* chargés à Ta-shé. Pas de quoi satisfaire soixante mille hommes, en tout cas. Pauvres Sétiou ! Pauvres amoureux du Delta ! Et pauvre Ramosé, conclut-il moqueusement en jetant la dernière outre. Pas une goutte d'eau pour moi. Ils auraient pu attendre que quelques-uns d'entre eux aient été servis avant de se tailler en pièces. Je me suis donné du mal pour rien. Je transpire, je suis fatigué, et il va falloir que je marche encore un bon moment, parce que les hyènes et les vautours vont bientôt venir banqueter, et que je ne veux pas passer la journée à les entendre manger.

Avec résignation, il se remit en route dans la lumière du soleil levant. Puis, après s'être retourné pour la centième fois, il constata que les cadavres avaient enfin disparu, il s'arrêta. Il était trop fatigué pour chercher un abri. Après avoir avalé deux gorgées d'eau, il s'étendit là où il était, se protégea le visage de son manteau et s'endormit.

Le soir, il mangea un peu et s'humecta les lèvres. En sentant combien l'outre était flasque, il regretta un instant son imprudence du matin, mais il chassa cette pensée et partit. Il était déjà fatigué et découragé. Son estomac protestait contre ce qu'il avait avalé, et il se dit qu'il ferait peut-être mieux de jeter le pain qui lui restait, étant donné que cela ne pouvait qu'accroître sa soif. Il n'avait pas peur de la faim. Seul le manque d'eau pouvait le tuer, à présent.

Il tomba peu après sur le premier cheval, qui gisait en travers de la piste, masse noire sous la lumière dure des étoiles. Ramosé le supposa mort de déshydratation jusqu'à ce qu'il se penche et voie que ses veines jugulaires avaient été soigneusement tranchées. Il y avait quelques taches sombres sur le sable, mais pas assez si l'on considérait le flot de sang qu'avait dû perdre l'animal. Se redressant, Ramosé regarda autour de lui. D'autres chevaux gisaient un peu partout. Tous avaient subi le même sort.

Ramosé les examina avec attention avant de se remettre en route vers l'est. Il n'était pas besoin d'être devin pour savoir ce qui s'était passé. Ces imbéciles avaient tranché le cou des chevaux pour boire leur sang. Cela n'étancherait pas longtemps leur soif. Le sang était salé. Ces hommes n'avaient fait que prolonger leur agonie. Y avaient-ils été autorisés par Kéthuna, ou celui-ci avançait-il le plus rapidement possible en abandonnant les traînards à eux-mêmes ? Quand Ramosé commencerait-il à rencontrer les premiers soldats vivants ? S'il les rattrapait, ils le tueraient certainement. Mais s'il ralentissait l'allure, il mourrait aussi, car il n'avait presque plus d'eau. Jurant à voix haute, Ramosé haussa les épaules et continua d'avancer.

Il avait espéré respirer plus librement après avoir dépassé les pitoyables carcasses des chevaux, mais dès ce moment-là il ne fut plus seul. Des cadavres silencieux gisaient partout. Leurs doigts raidis griffaient le sable, leurs yeux froids reflétaient la lumière des étoiles ; certains étaient même appuyés l'un contre l'autre en une parodie macabre de camaraderie. C'était comme si une guerre avait opposé des êtres humains à une puissance surnaturelle malveillante, capable de tuer sans porter un seul coup.

C'est à peu près ce qui est arrivé, pensait Ramosé tandis qu'il traversait lentement, trop lentement, ce paysage de cauchemar. Ils ont défié le désert lui-même. Je n'y suis pour rien ! dit-il mentalement aux fantômes désemparés qu'il sentait rôder autour de lui. C'est à l'ignorance et à l'idiotie de vos supérieurs et au génie implacable de mon roi qu'il faut vous en prendre, pas à moi ! En priant et en faisant de son mieux pour maîtriser les accès de panique qui le gagnaient, Ramosé continua d'avancer vers l'aube en titubant.

Le soleil se leva, mais il ne s'arrêta que lorsque l'épuisement l'y contraignit. Il y avait quatre jours qu'il avait quitté l'oasis. S'il avait eu l'eau et les vivres nécessaires et qu'il eût marché vite, peut-être aurait-il vu se découper à l'horizon la silhouette bénie des palmiers annonçant les bords du Nil. Les choses étant ce qu'elles étaient, il n'avait pas la moindre idée de la distance qu'il lui restait à parcourir. En dépit du désir fébrile qu'il avait d'échapper à l'armée muette qui l'entourait, il savait qu'il devait ralentir le pas. Il ne pouvait espérer que les soixante mille hommes de Kéthuna périssent dans le désert. Il tâcha d'estimer le nombre de cadavres gisant sur son chemin, mais c'était impossible. Ils semblaient innombrables. Cuits par la chaleur, enflant sous un soleil indifférent, ils s'offraient en pâture aux hyènes, aux vautours... et à Kamosé. Leurs armes inutiles, déjà à moitié enfouies dans le sable, luisaient d'un éclat impuissant.

Dormir parmi eux était impensable. Ramosé hésitait même à les quitter des yeux, de peur qu'ils ne se lèvent et ne rampent silencieusement vers lui. Cette terreur-là, il lui fut impossible de la surmonter. Disposant son manteau sur un rocher, il s'assit contre la pierre brûlante, les genoux repliés, et, tirant le vêtement en loques sur son front, regarda approcher les charognards du désert.

Il s'assoupit à plusieurs reprises et se réveilla chaque fois en sursaut, le cœur battant, pour voir des hyènes se faufiler entre les cadavres, la gueule pleine, ou entendre des vautours croasser, perchés sur des crânes coiffés de cuir. Il s'obligea à rester où il était jusqu'au coucher du soleil, sachant qu'il ne cesserait de voir des cadavres que lorsqu'il aurait quitté le désert. Ce fut néanmoins avec soulagement qu'il se leva enfin. Il ne mangea pas. Il jeta son pain, but l'eau qui lui restait puis, ne gardant dans son sac que son poignard et l'outre dont il pourrait encore tirer quelques gouttes, il se mit en route. Il avait des élancements violents dans la tête, et sa sueur était froide. Il connaissait ces signes avant-coureurs. Si je meurs ici, les dieux ne me trouveront pas, pensa-t-il. Sans embaumement, je n'irai pas dans le paradis d'Osiris. Je peux tout au plus espérer que Kamosé fasse graver mon nom dans un endroit où l'on ne pourra l'effacer.

Il n'imaginait pas pouvoir supporter pire mais, au cœur de la nuit, alors qu'il s'était arrêté pour rattacher sa sandale, il entendit un murmure. Un instant, il resta figé, n'osant pas se relever, n'osant pas même bouger les yeux. C'était un son faible, sifflant, l'appel d'un fantôme. Il perçut un infime mouvement sur sa droite. Il tourna la tête. Des yeux vivants rencontrèrent les siens. Les lèvres desséchées d'un homme remuèrent. «De l'eau», souffla-t-il. Ramosé s'agenouilla près de lui.

«Je n'en ai pas, dit-il. Il faut me croire. J'ai vidé mon outre il y a quelques heures.» Il ne savait pas pourquoi il éprouvait le besoin de se justifier ainsi. «Qui est ton dieu?» demanda-t-il. La bouche s'ouvrit et se ferma sans produire aucun son, mais les yeux continuèrent à implorer. Avec brusquerie, Ramosé se releva et s'éloigna.

Ce n'était que le premier. Dès lors, les râles et les murmures des agonisants accompagnèrent Ramosé, et il sut que les survivants de l'armée de Kéthuna n'étaient pas loin. Il en eut la confirmation à l'aube quand il vit un nuage de poussière rouge se découper sur le soleil levant. Et dans ce nuage, on distinguait d'innombrables silhouettes noires. Autour de Ramosé, le sable était toujours jonché de morts et de mourants, d'armes et de sacs vides. Il chemina lentement derrière les vivants, n'éprouvant ni ne sentant rien, et lorsque ses jambes plièrent sous lui avant qu'il n'ait pris la décision de se reposer, il en fut à peine étonné. Très bien, leur dit-il avec tendresse. Nous allons essayer de dormir. Il s'étendit là où il était, et se couvrit le visage de ses mains. Il sentait l'odeur des morts mais ne s'en souciait plus.

Il faisait nuit noire lorsqu'il sortit de son engourdissement. Il avait le corps douloureux. Des élancements violents lui traversèrent les jambes et les hanches lorsqu'il se releva en tremblant. Sa gorge, son estomac, ses intestins, réclamaient de l'eau ; il avait la langue sèche comme du papyrus. Pas encore, leur dit-il avec sévérité. Il faut d'abord marcher. Il faut mériter cette eau. Vacillant, grimaçant, il lutta pour reprendre le contrôle de son esprit, puis de son corps. C'était affreusement dur de se mouvoir dans la lumière malveillante des étoiles, mais il le fit, d'un pas hésitant d'abord, puis avec plus de fermeté. Je suis sûrement capable de tenir encore deux jours, pensa-t-il. Je me souviens d'avoir calculé que l'armée mettrait six jours pour atteindre le fleuve. Cette nuit, oui, cette nuit est la cinquième. J'y arriverai, j'y arriverai. Et, en rythmant sa marche sur ses trois mots, il continua à marcher, la tête baissée.

Il revint à lui-même dans un sursaut et se rendit compte qu'il n'avait aucun souvenir des heures écoulées depuis le coucher du soleil. Combien de temps avait-il marché ? Rien ne semblait avoir changé autour de lui. Ai-je seulement bougé ? se demanda-t-il. Des signes subtils lui en donnèrent bientôt la preuve. Un léger vent venu de l'est apporta à ses narines une imperceptible odeur d'humidité. La piste s'allongeait toujours à perte de vue, mais il constata avec bonheur que le désert était de nouveau propre. Aucun cadavre ne souillait plus l'air ni le sol. Les soldats qui avaient eu la chance de recevoir l'eau destinée aux chevaux, ou la sagesse de ne pas vider leur outre avant d'entrer dans l'oasis, avaient survécu. Il y aura donc une bataille, pensa Ramosé, qui tâchait d'obliger chaque pied à se lever et à se poser devant l'autre. Sauf si Kéthuna se rend. Inutile. Kamosé refusera. Il massacrera. Le pied se leva. Ramosé sourit. L'autre pied suivit. Il continua, ignorant qu'il titubait comme un ivrogne.

Le soleil apparut, mais il n'y fit pas attention. Les dents serrées, sa raison ne tenant qu'au plus ténu des fils, il avançait toujours, sachant à peine pourquoi. Il gardait la tête baissée. Lorsqu'il lui sembla que le sable éblouissant était anormalement près de son visage, il se rendit compte qu'il était tombé. Ses jambes refusèrent de se relever, et il leur céda. Il voulut s'abriter sous son manteau, mais il ne le trouva pas, pas plus que son sac. Il ne se souvenait pas de les avoir perdus. La joue pressée contre le sol brûlant, il entendit un grondement sourd au loin, des cris et des hurlements atténués par la distance et par le bruit de sa respiration défaillante. J'entends Het néfer Apou, pensa-t-il confusément. J'entends couler le Nil.

J'entends mon roi se battre enfin contre les Sétiou. Tu y es presque arrivé, Ramosé, fils de Téti. Presque. Tu as fait ce que tu as pu, mais ce n'était pas tout à fait suffisant.

Sombrant dans un état de stupeur, il vit Kamosé lui tendre un bol d'eau scintillante. Celui-ci n'était pas tout à fait à sa portée, et le souverain s'impatientait. «Qu'est-ce qui ne va pas, Ramosé ? disait-il. Je croyais que tu avais soif.» Non, pensa Ramosé, j'ai seulement sommeil. Mais Kamosé ne voulait pas le laisser dormir. «Celui-ci n'est pas mort, disait-il. Achevons-le vite, puis cherchons de l'ombre pour y passer le reste de la journée en attendant la fin des combats. Vous entendez ce bruit !

– Attends, dit une autre voix. Je le reconnais. Ce n'est pas un Sétiou. C'est le noble Ramosé. Nous avons effectué des missions de reconnaissance ensemble. Que fait-il ici, à demi mort ? Passe-moi l'outre et monte la tente. Si nous le laissons mourir, le roi nous en tiendra rigueur.»

Ramosé entrouvrit les yeux. Il était étendu sur le dos. Un homme se penchait au-dessus de lui. Quelque chose appuya doucement contre ses lèvres endolories, et il dut les écarter. De l'eau coula dans sa bouche. Il l'avala avidement, puis tourna la tête sur le côté et vomit.

«Doucement ! dit l'homme. Bois à petites gorgées, Ramosé, sinon l'eau te tuera.»

Ramosé fit ce qu'on lui disait. Il n'avait pas bu son soûl lorsqu'on lui enleva l'outre. Des mains adroites le soulevèrent et le portèrent à l'ombre de la tente. Il aurait voulu demander un peu plus d'eau, mais il était trop fatigué.

11

Kamosé était assis sur une petite colline herbeuse, dans l'ombre maigre d'un tamaris. Les genoux repliés sous le menton, il parcourait d'un regard anxieux le désert qui miroitait sur sa gauche. Devant lui, son char étincelait au soleil et ses deux chevaux attendaient patiemment, la tête baissée, surveillés par leur aurige. A sa droite, là où la piste d'Het néfer Apou s'enfonçait sous les palmiers, Hor-Aha et son frère attendaient eux aussi, le premier parfaitement immobile, le second en jouant avec de petites brindilles et en fredonnant tout bas.

Onze jours après le départ de Ramosé de l'oasis, Kamosé avait appris comment il avait réussi à pénétrer dans la ville d'Het-Ouaret. C'était cinq semaines plus tôt. Le mois de pharmouthi s'était écoulé et celui de pachons avait commencé. Autour d'Het néfer Apou, dans les champs où les premières pousses tendres pointaient à peine lorsque Kamosé et son frère étaient partis pour Ouhat-Mehtet, les cultures étaient maintenant hautes et denses.

Dix-sept jours après que Ramosé eut disparu dans la fourmilière qu'était la ville d'Apopi, un éclaireur épuisé avait signalé une armée dans l'oasis de Ta-shé. Apopi avait mordu à l'hameçon. Partagé entre l'inquiétude et l'excitation, Kamosé avait interrogé l'éclaireur.

« Combien d'hommes ? avait-il demandé.

– D'après ce que j'ai pu en juger, à peu près autant que Sa Majesté en a ici, à Ouhat-Mehtet. Il était difficile de faire une évaluation plus précise sans risquer d'être pris.

– Avaient-ils quitté l'oasis quand tu es reparti ?

– Oui, répondit l'éclaireur, le visage plissé par un sourire. Je les ai regardés remplir leurs outres et les barils d'eau destinés aux chevaux. Dès qu'ils se sont remis en marche, j'ai couru. C'était il y a un jour et demi. »

Kamosé le dévisagea un instant en silence. Il avait parcouru cent cinquante kilomètres à pied en trente-six heures. S'était-il seulement arrêté pour dormir ?

« Ils progresseront vite, Majesté, poursuivit l'homme. Ils seront ici dans trois jours.

– Qui les commande ? demanda Kamosé, maîtrisant un fugitif moment de panique.

– Je n'ai pas pu apprendre le nom de leur général, je regrette. »

L'éclaireur vacillait sur ses jambes. Kamosé le renvoya et se tourna vers Hor-Aha.

« Tu as entendu ?

– Oui, sire. Il faut partir sur-le-champ.

– Fais le nécessaire. »

Il aurait voulu en dire davantage, partager avec le Medjaï l'excitation qui montait en lui, le flot de suppositions qui bouillonnait dans son esprit, mais Hor-Aha s'éloignait déjà en criant des ordres. Kamosé attendit un instant avant d'envoyer un de ses gardes du corps chercher Ahmosis. Plissant les yeux, il contempla le désert brûlant et paisible, les rangées de tentes plantées au-delà du bassin et des cahutes du village.

Ramosé avait donc rempli sa mission. Où se trouvait-il à présent ? Se cachait-il avec Tani près de la frontière orientale de l'Égypte ? Était-il mort ? Avait-il été contraint de marcher avec l'armée d'Apopi ? Autour de Kamosé, l'air retentissait déjà du vacarme du départ. Il vit un char s'élancer en grondant sur le chemin qui reliait les deux villages de l'oasis. Les tentes qui, un instant auparavant, évoquaient un alignement de pyramides minuscules, tremblaient et s'affaissaient dans un nuage de poussière. Plus près, autour du bassin, des soldats se rassemblaient et, alignés par leurs officiers, commençaient à remplir leurs outres. Kamosé savait que partout, à chaque source, à chaque puits et chaque bassin, le même rituel se déroulerait, jusqu'à ce que chacun de ses cinquante-cinq mille hommes ait assez d'eau pour marcher jusqu'au Nil. Tandis qu'il ordonnait à son garde d'aller chercher son frère, il pensa avec regret que les troupes sétiou en feraient bientôt autant. Comme il aurait été satisfaisant de pouvoir les priver de ce dont elles auraient le plus besoin à leur arrivée !

Ahmosis le rejoignit bientôt. « J'ai appris la nouvelle, dit-il en s'asseyant près de lui. Il faudra le reste de la journée aux princes pour rassembler troupes et vivres. Nous pourrons nous mettre en route demain à l'aube. Pourquoi Apopi ne nous envoie-t-il qu'une force à peu près équivalente à la nôtre, Kamosé ?

– Je me posais la même question, répondit celui-ci. Cela paraît bien stupide et arrogant de sa part. Je n'aime pas ça.

– Moi non plus. Il n'y a qu'une explication. Il a divisé ses forces en deux et envoyé l'autre moitié combattre Pahéri et Baba Abana à Het néfer Apou. S'il vient à bout de la marine avant que nous ne l'ayons renforcée, il nous prendra en tenailles entre ses deux armées.

– Il n'est sûrement pas capable d'une stratégie si subtile, dit Kamosé avec lenteur.

– Lui non, mais Pédjédkhou, oui. Je crains cet homme, Kamosé.

– Moi aussi, reconnut son frère. Cela étant, nous ne pouvons que nous en tenir à notre plan. Il est trop tard pour en changer. J'aimerais qu'il y ait un moyen d'affaiblir les troupes qui marchent contre nous. J'ai confiance dans l'entraînement d'Hor-Aha et, bien entendu, les Sétiou seront fatigués, mais cela suffira-t-il à faire pencher la balance en notre faveur ? Si tes suppositions se révèlent exactes, si, à notre arrivée à Het néfer Apou, Pahéri et Abana ont été vaincus, nous succomberons sous le nombre. »

Ahmosis ne répondit pas, et un silence lourd s'installa entre eux, les isolant du vacarme environnant. Autour du bassin, des soldats poussaient et bousculaient ceux qui avaient déjà rempli leur outre. Les officiers criaient, et les ânes joignaient leurs braiments à la confusion. Sous le regard de Kamosé, un officier portant les insignes d'instructeur fut accidentellement déséquilibré par un homme qui s'écartait du bassin. L'officier chancela et se raccrocha à un des vigoureux lauriers-roses qui poussent près du bord. En jurant, il se mit à examiner sa main et son bras tandis que des soldats entraient aussitôt dans l'eau pour y ramasser les quelques feuilles tombées de l'arbuste.

Kamosé sentit son sang se figer et, au même instant, Ahmosis se frappa la cuisse en poussant une exclamation. Leurs regards se rencontrèrent. Ahmosis haussa les sourcils. Kamosé hocha la tête. « Ankhmahor ! » appela-t-il.

Le capitaine des Gardes sortit aussitôt de sa tente. Kamosé se leva et constata qu'il tremblait.

« Choisis des officiers supérieurs, des hommes qui comprendront le sens des instructions que je vais te donner, dit-il d'un ton pressant. Dès que tous les hommes auront rempli leurs outres et que les barils des chevaux seront pleins, je veux que l'on coupe les lauriers-roses, qu'on les déchiquette et qu'on les jette dans l'eau. Il faut que tous les puits, les bassins et les sources soient contaminés, Ankhmahor. Absolument tous, sinon cela ne sert à rien. Écrasez les branches pour en exprimer la sève. Veillez à ce que les soldats n'approchent plus de l'eau ensuite. Et qu'ils ne touchent pas au contenu de leur outre avant la première halte de demain. »

Ankhmahor écouta d'abord avec un étonnement visible mais, quand Kamosé se tut, son expression était devenue sombre.

« Tu les condamnes à une mort quasi certaine, Majesté. Ce sera une fin cruelle.

– La guerre est cruelle, répondit Kamosé d'un ton bref. Nous sommes inférieurs en nombre. Nous devons tout faire pour compenser ce désavantage. »

Le prince s'inclina et partit.

« Et les villageois, Kamosé ? dit Ahmosis en s'approchant. Sans eau, eux aussi mourront.

– Ils ont la malchance de se trouver au mauvais endroit, répondit Kamosé avec rudesse. Que veux-tu que je fasse ? Que je leur laisse une source quelque part ? Ce serait ridicule. Les Sétiou auraient vite fait de l'assécher, puis de se lancer à notre poursuite, revigorés et prêts à nous anéantir.

– Je sais. Mais si tu abandonnes les paysans à un sort aussi terrible, tu t'attireras le mépris de tous les soldats de ton armée, sans parler des princes, qui remettront en question leur obéissance. Ils ont fortement désapprouvé les massacres de l'an dernier. Tu te feras encore plus d'ennemis que tu n'en as déjà. Je t'en prie, Kamosé ! »

Une fois de plus, celui-ci lutta contre la colère qui semblait toujours bouillir en lui, au bord de l'explosion. Je m'en moque, Ahmosis ! avait-il envie de crier. Je ne peux pas me permettre ce genre d'émotion ! Mais comme il l'avait si souvent fait par le passé, il maîtrisa cet instant de folie.

« Que veux-tu que je fasse ? répéta-t-il avec calme.

– Ordonne à quelques hommes d'aider les villageois à emballer leurs affaires et à rassembler leurs animaux. Qu'ils nous suivent.

Ces oasiens sont robustes, ils ne nous retarderont pas. Ils sont innocents, Kamosé. Ils ne méritent pas un pareil sort. »

Pas plus que les habitants de Dashlout et des villages que tu as fait raser, disaient ses yeux. A moins que je n'imagine cette accusation ? pensa Kamosé. Se doute-t-il seulement des souffrances que j'ai endurées l'an dernier et que j'ai appris à apaiser avec l'opium de la nécessité ?

« Tu as raison, dit-il. Occupe-t'en, Ahmosis. » Puis en souriant, il ajouta : « Le laurier-rose était une inspiration qu'Amon nous a envoyée directement à tous les deux, n'est-ce pas ? »

Ahmosis lui rendit son sourire.

« En effet ! Maintenant il ne nous reste plus qu'à quitter cet endroit aride pour aller administrer à Apopi la correction qu'il mérite ! »

Au soir, les troupes étaient rassemblées. Toute la journée, des soldats étaient arrivés de l'autre bout de l'oasis, un flot ordonné d'hommes endurcis au soleil, portant des armes qui leur étaient aussi familières que la houe ou le fléau qu'ils avaient naguère maniés. Obéissant aux ordres de leurs officiers, ils s'étaient alignés le long de la piste et, s'asseyant sur leur bouclier en bois, s'étaient mis à bavarder et à jouer aux dés en attendant la nuit.

Juste après le coucher du soleil, Ankhmahor vint annoncer à Kamosé que les réserves d'eau de l'oasis n'étaient plus potables. Celui-ci savait qu'il pouvait lui faire confiance. Le bassin devant lequel il se trouvait était rempli de branches déchiquetées, et des pétales de fleurs flottaient paisiblement à sa surface, qui miroitait encore faiblement dans les dernières lueurs du jour.

La tente qu'avaient occupée Kamosé et Ahmosis ne devait être démontée qu'à l'aube. Alors qu'Ankhmahor déployait ses Gardes autour d'elle et que les deux frères s'apprêtaient à s'y retirer, un remue-ménage se fit de l'autre côté du bassin. D'un claquement de doigts, Ankhmahor envoya deux de ses hommes voir de quoi il retournait. Kamosé les suivit des yeux et les vit s'approcher d'un paysan à demi nu qui vociférait, solidement retenu par des officiers.

Un instant plus tard, les Gardes revenaient. « C'est le chef du village, expliqua l'un d'eux. Il souhaite te parler, sire.

– Qu'il vienne. »

L'homme héla les officiers, qui libérèrent le paysan. Celui-ci accourut aussitôt et tomba aux pieds des deux frères.

« Relève-toi, dit Kamosé avec impatience. Que veux-tu ? »

Avant d'obéir, l'homme baisa la sandale poussiéreuse du souverain. Il avait un visage tanné, sillonné de rides, et un seul œil. L'autre était aveugle, globe recouvert d'une pellicule bleuâtre.

«Ô toi, l'Unique, le favori des dieux, bredouilla-t-il. Il ne m'appartient pas de mettre en question tes jugements, car tu es infaillible, choisi par les immortels...

– Je n'ai pas mangé depuis ce matin, coupa Kamosé. Et mon repas est en train de refroidir. Que veux-tu?

– Les gens de mon village ont vécu en bonne entente avec tes soldats pendant de nombreux mois, dit l'homme en baissant la tête. Nous avons partagé la viande, le pain et l'eau. Nous ne leur avons rien volé. En échange, ils polluent nos bassins et nous ordonnent d'abandonner nos cultures et nos maisons pour les suivre dans le désert. Nous sommes désespérés et effrayés. Qu'allons-nous devenir? Quelles sont tes augustes intentions, Aimé du dieu d'Oueset?»

Ahmosis s'apprêtait à parler, mais Kamosé l'arrêta d'un geste.

«Le dieu d'Oueset est Amon, le Grand Criailleur, répondit-il tranquillement. Tu as déjà appris quelque chose. Pour ce qui est du reste, il était nécessaire de polluer l'eau. Je n'ai pas à t'expliquer pourquoi, mais je vais le faire. Une armée de Sétiou marche sur ta précieuse oasis avec l'intention d'anéantir mes troupes et, très probablement, tes villageois. En empoisonnant l'eau, je les prends au piège. Je ne désirais pas condamner d'innocents Égyptiens à une mort certaine, et c'est pour cela que j'ai ordonné l'évacuation de l'oasis. A Het néfer Apou, vous serez confiés aux soins du maire de la ville.»

Le chef du village avala sa salive; sa pomme d'Adam monta et descendit convulsivement dans son cou maigre.

«Mais nous ne voulons pas vivre près du Nil, Majesté. Quand pourrons-nous revenir ici?»

Kamosé poussa un soupir.

«Demande à un des médecins de l'armée quand l'eau redeviendra potable. Vous avez le choix entre nous suivre ou mourir de soif. Estime-toi heureux que je me sois soucié de votre sort.»

Il fit un signe à un des Gardes et entra dans la tente.

«Eh bien? dit-il quand Ahmosis et lui furent attablés. Es-tu content? Me suis-je montré assez magnanime? Les paysans vont-ils m'aimer, maintenant?»

Son ton était plein de fureur. Ahmosis se fit servir à boire et garda le silence.

Ils traversèrent le désert en quatre jours et furent accueillis avec joie par Pahéri et Abana. Kamosé ordonna que l'armée campe en lisière des cultures, protégée par un solide cordon de sentinelles, et que des éclaireurs patrouillent le désert oriental afin de guetter l'arrivée d'éventuels survivants sétiou. Pahéri n'avait pas reçu de nouvelles de Ramosé. Kamosé savait que, si son ami était parvenu à s'enfuir, il aurait trouvé un moyen de l'en avertir. Il était donc probable qu'il marchait avec les Sétiou et périrait avec eux. Mais Ramosé est un homme de ressources, se dit Kamosé tandis que, assis devant la tente de Pahéri et à l'ombre des navires, il écoutait le rapport de celui-ci. Si quelqu'un est capable d'en réchapper, c'est lui. Je dois le chasser de mon esprit pour le moment et me concentrer sur le présent.

Une journée durant, Ahmosis et lui circulèrent parmi les troupes restées à Het néfer Apou, rencontrèrent les princes et les commandants de toutes les divisions, discutèrent du plan de bataille à adopter dans l'éventualité où un grand nombre de Sétiou parviendrait jusqu'au Nil. Ils dictèrent des lettres aux femmes d'Oueset, nagèrent et tirèrent à l'arc ensemble.

Puis Pédjédkhou arriva. Un peu avant l'aube du second jour, Kamosé fut réveillé par une main posée sur son épaule. Ankhmahor penchait vers lui un visage inquiet, et une haute silhouette se découpait dans l'ouverture de la tente. Kamosé se redressa aussitôt. A côté de lui, Ahmosis grogna et chercha le pot d'eau près de son lit. Une flamme brilla, les aveuglant un instant.

« L'ennemi est là, sire, déclara Ankhmahor sans préambule. Cet éclaireur va te donner plus de détails. J'ai pris la liberté d'alerter tous tes commandants. Hor-Aha attend déjà dehors.

– Fais-le entrer. »

Kamosé se leva, et Akhtoy lui enroula aussitôt un pagne autour de la taille. L'éclaireur s'avança. Derrière lui, le visage noir d'Hor-Aha apparut soudain dans la lumière jaune de la lampe.

« Parle, dit Kamosé à l'éclaireur.

– C'est le général Pédjédkhou, sire. Il a une dizaine de divisions avec lui. En ce moment, il déploie ses troupes d'ouest en est, de la lisière du désert au fleuve. Ses sentinelles et les nôtres sont si près les unes des autres qu'elles pourraient se parler en criant. Il a des escadrons de chars. Il suffit de faire vingt pas le long du fleuve pour entendre les chevaux. Il ne cherche pas à se cacher. »

Kamosé croisa les bras sur son torse nu. L'air était frais.

« Comment sais-tu que c'est Pédjédkhou ? demanda-t-il.

– J'ai enlevé mes insignes, attaché mes cheveux, et je suis allé me mêler aux citadins qui avaient commencé à s'attrouper pour voir ce qui se passait, expliqua l'homme. L'armée ne semble pas se préparer au combat, mais je n'ai pas eu le temps de parler à un Sétiou. Leurs officiers nous ont vite chassés.

– Merci, tu peux disposer, fit Kamosé. Va dire aux princes de se réunir devant la tente de Pahéri, Hor-Aha. Akhtoy ! Réveille les cuisiniers. Il nous faut quelque chose de chaud. Tu préviendras aussi Ipi de nous rejoindre avec les scribes de l'armée. »

L'intendant s'inclina et sortit avec Hor-Aha. Ankhmahor et les deux frères se regardèrent un instant en silence.

« Pourquoi Pédjédkhou n'a-t-il pas attaqué ? dit enfin Ahmosis.

– Parce que ses éclaireurs sont aussi bons que les nôtres, répondit Kamosé. Il sait que notre infanterie est ici, à Het néfer Apou, et non dans l'oasis. Il sait qu'aucun combat n'a eu lieu. S'il était arrivé avant nous, il aurait attaqué Pahéri, puis, après l'avoir emporté, il aurait attendu que l'autre moitié des troupes d'Apopi arrive d'Ouhat-Mehtet après nous avoir vaincus, ou que nous sortions du désert talonnés par ces mêmes troupes. Les choses étant ce qu'elles sont, il a évalué ses chances et trouvé qu'elles étaient faibles. Il a soixante mille hommes ; nous en avons soixante-dix mille.

– Il va consolider sa position et attendre que ses camarades le rejoignent, déclara Ankhmahor.

– Et si tout se déroule comme nous l'avons prévu, ceux-ci sont en train de mourir de soif, remarqua Ahmosis avec un air réjoui qui ne lui ressemblait pas et qui s'expliquait par la crainte que lui inspirait le général sétiou.

– Nous pouvons être certains que l'idée de nous prendre en tenailles n'était pas d'Apopi, dit Kamosé en se frictionnant vigoureusement les bras. Dieux, qu'il fait froid, ce matin ! Laisse-nous, Ankhmahor. »

Son serviteur personnel était entré et attendait, une cuvette d'eau fumante dans les mains. Derrière lui, deux autres tenaient des serviettes. Akhtoy était revenu et sortait des vêtements propres.

Lorsque Ankhmahor souleva le rabat de la tente, Kamosé vit que le soleil se levait.

Moins d'une heure plus tard, lavés et habillés, les deux frères rejoignaient les commandants devant la tente de Pahéri. Alors qu'ils s'inclinaient, Kamosé remarqua le dos courbé de Kay, le fils d'Abana.

«Que fais-tu ici?» demanda-t-il d'un ton cassant.

Le jeune homme lui sourit d'un air d'excuse, mais avec une pointe de défi aussi.

«On dit que le général sétiou a une flotte puissante cachée sur le Nil, Majesté. Si mes matelots doivent combattre l'ennemi, je veux être bien informé.

– Le *Septentrion* est le navire qui s'est le plus mal comporté pendant les manœuvres, remarqua sèchement Kamosé. De plus, c'est faux : Pédjédkhou n'a pas de flotte. Les Medjaï et les matelots combattront à terre. Sans compter que tu n'es pas commandant, Kay Abana. Tu me fais perdre mon temps.»

Les autres écoutaient, dissimulant à peine un sourire méprisant, et Kamosé eut soudain pitié de Kay.

«Tu es toutefois un capitaine talentueux, très estimé de tes supérieurs, ajouta-t-il. Tu peux rester, à condition de te taire. Et maintenant, fais-nous servir, Akhtoy. Nous discuterons de la situation en mangeant.»

A peine avaient-ils commencé leur repas qu'ils furent interrompus par des éclaireurs qui, l'un après l'autre, leur décrivirent les mouvements de l'armée de Pédjédkhou. Celui-ci ne se préparait manifestement pas à attaquer. Comme l'avait supposé Kamosé, il postait des sentinelles et envoyait des soldats en reconnaissance dans le désert pour y guetter l'arrivée des autres divisions.

«Je veux que les Medjaï quittent les navires, dit Kamosé à Hor-Aha. Il faut qu'ils soient prêts à harceler sur leurs flancs les troupes qui arriveront de l'oasis. Le reste des matelots restera sur le fleuve pour renforcer les unités de l'est si Pédjédkhou essayait une percée de ce côté-là. Intef, Mésehti, Iasen, vos troupes et le gros des chars devront se rassembler à la limite des champs, face à l'ouest. L'espace entre les deux m'inquiète peu. Il est très difficile de progresser dans des champs cultivés coupés de canaux d'irrigation et de rangées d'arbres. Nous placerons tout de même des troupes au nord de la ville, par sécurité. Je ne pense pas que nous en aurons besoin. Pédjédkhou avancera contre nous en arc, en concentrant le gros de ses forces sur son aile ouest.»

Tandis qu'il parlait, la lumière limpide du matin grandissait. Une brise se leva, réchauffant l'air et faisant bruire et frissonner la végétation. Le long de la rive, des soldats se levaient, allaient se laver dans le fleuve et rallumaient les feux de la veille. Pendant quelque temps, Kamosé répondit aux questions des princes, leur précisant ce qu'ils auraient à faire, puis il les renvoya.

«Essaieras-tu de parlementer avec Pédjédkhou? demanda Ahmosis alors qu'ils regagnaient leur tente, entourés des Gardes.

– Bien sûr que non, répondit Kamosé. A quoi cela servirait-il?

– Je ne sais pas vraiment, fit son frère en haussant les épaules. C'était juste une idée. Pédjédkhou sait mieux que son maître que toute l'Égypte est entre nos mains, exception faite du Delta. On pourrait peut-être le persuader de changer de camp.»

Surpris, Kamosé eut un petit rire.

«C'est une idée intéressante, dit-il. Mais je soupçonne le général d'être loyal. Ce serait comme si Apopi essayait de corrompre Hor-Aha. Inimaginable. Attendons de voir ce que nous réservent les jours à venir. Si nous remportons une victoire écrasante, nous ébranlerons l'assurance de Pédjédkhou, et peut-être sa fidélité.»

Cela, c'était deux jours plus tôt. A présent, Kamosé écoutait le fredonnement ininterrompu d'Ahmosis en réprimant son irritation. Pédjédkhou n'avait pas bougé. Le nuage de poussière soulevé par les activités quotidiennes de son armée flottait dans le lointain comme une menace suspendue. On apercevait souvent ses éclaireurs, petits points noirs tremblants sur un horizon déformé par la chaleur et par l'éclat de la lumière.

Après tant d'heures passées à regarder dans la direction de l'oasis, Kamosé commençait à avoir les yeux douloureux. Il hésitait cependant à quitter son poste d'observation et il savait que, d'Ankhmahor au plus humble fantassin, la même attente habitait tous ses hommes. Il savait aussi qu'aucun d'eux ne pourrait supporter encore longtemps cette tension et cette inactivité. Leur combativité s'émousserait. La peur de l'inconnu s'insinuerait en eux, et leur imagination les affaiblirait.

Chaque matin, Kamosé réunissait ses commandants et les princes, mais il y avait peu à dire. Tout était prêt, et Kamosé commençait à se demander ce qu'il ferait si Pédjédkhou continuait à camper sur ses positions et si, par quelque miracle, l'armée de l'oasis n'arrivait pas. Prendrait-il alors l'initiative de l'attaque ? C'était tentant. Ses doigts étaient impatients de tendre l'arc. Son épée et son poignard se plaignaient de rester au fourreau. Quand il quittait des yeux les sables miroitants du désert, il voyait ses hommes étirés comme un épais trait noir entre le vert des champs et le brun du désert, des milliers de soldats qui bavardaient, jouaient ou somnolaient dans l'ombre maigre des palmiers et des acacias, et qui tous attendaient comme lui.

Mais finalement, dans l'après-midi du troisième jour, alors que les habitants d'Het néfer Apou dormaient et que Kamosé, la tête lourde, rêvait d'en faire autant, il vit un char arriver à fond de train sur la piste. Haletants et couverts d'écume, les chevaux s'arrêtèrent dans un nuage de poussière au pied de la colline ; un éclaireur sauta aussitôt à terre et s'élança vers Kamosé.

« Ils arrivent, Majesté ! cria l'homme. Ils sont à deux heures d'ici et dans un terrible état. Ce sera comme de massacrer du bétail dans un enclos ! »

Kamosé n'avait plus sommeil. Il avait l'esprit clair, et son cœur battait fort et avec régularité.

« Combien sont-ils ? demanda-t-il.

– Pas assez ! répondit l'éclaireur, qui dansait presque d'excitation. Tu l'emporteras, Majesté ! Mes chevaux ont besoin d'eau. Je peux disposer ? »

Kamosé le congédia, puis se tourna vers Hor-Aha. Les yeux noirs du général brillaient, et ses dents blanches scintillaient entre ses lèvres entrouvertes.

« Ça a marché, murmura Kamosé. Ça a marché ! Avertis les commandants, Hor-Aha. Que les Medjaï passent à l'action. Je veux qu'ils s'arrangent pour garder l'ennemi groupé jusqu'au fleuve. Fais dire à Pahéri de se tenir prêt, et que mes divisions forment les rangs ici, sur la piste. Préviens d'abord les officiers les plus proches des forces de Pédjédkhou. Ses éclaireurs l'auront averti, lui aussi, et je pense qu'il réagira vite. »

Ahmosis s'éloignait déjà en criant qu'on lui amenât son char. Un différend avait opposé les deux frères concernant le rôle que jouerait le prince dans la bataille. Kamosé souhaitait le voir commander les divisions qui devaient combattre dans le désert, mais Ahmosis avait froncé le nez de dégoût.

« Cesse de vouloir me protéger, ô Taureau puissant ! A moins que tu ne me l'interdises formellement, j'ai l'intention de prendre le commandement des troupes qui affronteront Pédjédkhou. »

Kamosé avait cédé de mauvaise grâce et, à présent, en regardant son frère sauter derrière son aurige et s'éloigner vers les forces ennemies massées au nord, il regrettait de l'avoir fait.

Il était toutefois trop tard pour qu'il revînt sur ses ordres. Déjà, sur sa droite, obéissant aux cris de leurs officiers, les soldats ramassaient leurs armes et formaient les rangs. D'autres arrivaient en masse des arbres situés derrière lui. Lorsque les chars fendirent la foule pour se porter à l'avant des troupes, Kamosé descendit les rejoindre. Montant derrière son aurige, il lui donna l'ordre de prendre la tête des escadrons.

A l'ouest, une brume grise ondulait maintenant à l'horizon. Kamosé crut y discerner des formes, mais trop indistinctes pour que l'on pût savoir de quoi il s'agissait. Ont-ils encore des chevaux ? se demanda-t-il avec inquiétude. Des chars ? Combien d'officiers ont survécu ? Sont-ils encore capables de faire régner la discipline ? Et Ramosé se trouve-t-il parmi eux ? Le char d'Hor-Aha arriva à sa hauteur, interrompant ce flot d'interrogations.

« Toutes les divisions se dirigent vers leurs positions, sire, dit le général. Les hommes de Pédjédkhou sont prêts, eux aussi, mais aucune flèche n'a été tirée jusqu'à présent. Son Altesse le prince Ahmosis est sur le front nord. Des éclaireurs se glissent dans la zone ennemie. »

D'un geste, Kamosé remercia le général. Pédjédkhou doit maintenant savoir que la situation s'est retournée et que c'est lui qui est en nombre inférieur, pensa-t-il. Fera-t-il preuve de témérité ? Se lancera-t-il à l'attaque ? Si oui, c'est Ahmosis qui livrera la véritable bataille.

Autour de lui, le vacarme s'apaisait. Les ordres des officiers sonnaient haut et clair dans l'air brûlant. A sa droite et à sa gauche roulaient ses escadrons de chars et, derrière lui, le soleil faisait étinceler la forêt des lances et les épées dégainées de ses fantassins. La fierté gonfla le cœur de Kamosé. C'est grâce à toi que nous sommes ici, Séqénenrê, mon père, pensa-t-il, la gorge serrée. Ces robustes Égyptiens marchent d'un pas assuré vers la victoire parce que tu as osé défier le pouvoir des usurpateurs. La grandeur de ta vision a changé la physionomie de ce pays, transformant des paysans en soldats et rendant leur dignité à des princes honteux qui vivaient les yeux baissés.

La sueur commençait à couler de sous sa coiffure, et il l'essuya de sa main gantée. Il prit une flèche dans son carquois, le regard fixé sur l'horizon où l'on apercevait maintenant nettement des silhouettes humaines. Toutefois on ne pouvait pas encore les dénombrer, ni se faire une idée de leur état.

Les Medjaï couraient sans effort devant les chars. Sur leur terrain, insensibles à la brûlure du sable, ils ressemblaient à des hyènes noires efflanquées. Alors que Kamosé les observait, le char d'Hor-Aha se détacha et partit sur la droite. Lui-même donna un ordre à son aurige, qui obliqua à gauche, quittant la piste. Ankhmahor et les Gardes les suivirent.

A présent Kamosé embrassait toute son armée du regard : les Medjaï apparemment dispersés, mais qui s'apprêtaient à déborder l'ennemi ; les chars déployés à droite et à gauche et, au centre, l'infanterie, qui avançait inexorablement. Kamosé pensa un instant à son frère, puis chassa cette préoccupation de son esprit. Ahmosis commanderait bien, soutenu par d'excellents officiers et des troupes disciplinées.

Quelqu'un commença à chanter, une belle voix de ténor qui s'éleva au-dessus du grincement des harnais et du piétinement sourd de milliers de sandales : « Mon épée est tranchante, mais mon arme est la vengeance d'Oupouaout. Mon bouclier est à mon bras, mais c'est le pouvoir d'Amon qui me protège. Les dieux sont avec moi, et je sentirai de nouveau les eaux du Nil sur mon corps lorsque les ennemis de mon roi seront étendus sans vie à mes pieds... » Le chant monta et s'enfla, repris de bouche en bouche. Kamosé sourit au capitaine de sa garde.

« Ce n'est pas un chant de paysans, remarqua-t-il.

– Ce sont tous des soldats maintenant, sire », répondit Ankhmahor en lui rendant son sourire.

Peu après, cependant, l'ordre de faire silence retentit, et les sons guerriers s'éteignirent.

A présent, ce n'était plus le nuage de poussière à l'horizon qui retenait l'attention de Kamosé, mais sa cause : une masse d'hommes qui avançait lentement vers lui. Il eut un instant d'appréhension, car ils semblaient marcher en formation. Quand ils furent plus près, toutefois, il se rendit compte que leur pas était hésitant et qu'ils trébuchaient sur d'infimes accidents de terrain. Il entendit nettement un ordre retentir quelque part dans les premiers rangs, et les Sétiou dégainèrent leur épée, mais maladroitement, sans coordination. Kamosé remarqua notamment un homme qui titubait en essayant d'obéir, sans trouver la force de dégager son arme de sa ceinture.

Ils sont à bout, pensa Kamosé avec un fugitif sentiment de pitié. Je devrais ordonner qu'on les encercle et qu'on les désarme. Ce ne serait pas difficile, mais comment les nourrir, et qu'en faire ensuite ? Sans compter que mes hommes ont soif d'action ; ils ont besoin de se battre. Quant à moi, je dois montrer à Apopi que je suis inflexible.

Les Medjaï étaient déployés en demi-cercle de chaque côté de l'ennemi, l'arc bandé. Le char d'Hor-Aha avait ralenti, et le général regardait dans la direction de Kamosé, le bras levé, attendant son ordre. Intensément conscient de la chaleur implacable du soleil, de l'éclat aveuglant du sable et du silence total qui s'était abattu sur ses troupes, Kamosé leva le bras à son tour. Quand il l'abaissa, Hor-Aha poussa un cri, auquel ses Medjaï répondirent par un rugissement. Kamosé se tourna alors vers ses divisions. Des ordres rauques retentirent, et son armée se jeta en hurlant sur les Sétiou.

Ce ne fut pas une bataille, mais une boucherie. A demi fous de soif, faibles, amaigris, les Sétiou tâchaient d'obéir aux ordres d'officiers aussi épuisés et hébétés qu'eux. Chancelants, titubants, les mains trop tremblantes pour manier l'épée, ils furent taillés en pièces sans pitié. Debout sur son char, Kamosé regarda avec indifférence ses troupes se déchaîner, ivres de sang, et les Sétiou tomber par centaines presque sans émettre un cri. Ils n'avaient pas de chars. Ils avaient manifestement survécu grâce à l'eau destinée à leurs chevaux, et lorsque Kamosé fut certain qu'il n'y aurait pas de résistance, il ordonna à ses escadrons de se retirer. Après avoir attendu en vain des cibles mouvantes, les Medjaï se replièrent eux aussi, visiblement déçus.

Bien avant le coucher du soleil, tout était fini. Accompagné d'Hor-Aha et d'Ankhmahor, Kamosé se fit conduire en lisière du carnage. Ses hommes dépouillaient les cadavres, marchant avec insouciance dans les flaques et les ruisseaux sombres que buvait déjà le sable assoiffé. Eux-mêmes étaient couverts de sang. Ankhmahor leva les yeux vers le ciel. « Les vautours, dit-il d'une voix qui tremblait. Les charognards ne perdent pas de temps, Majesté. » Il reporta son regard sur Kamosé. « C'est ce que nous avons fait de plus terrible jusqu'à présent, ajouta-t-il.

– Qu'ils gardent ce qu'ils trouvent, Hor-Aha, ordonna le souverain. Rappelle à leurs officiers de prendre les mains. Je veux connaître le nombre exact de Sétiou qui ont péri ici, aujourd'hui. Envoie des éclaireurs sur la piste. Je veux aussi savoir où sont leurs chars. S'ils sont intacts, ils pourront nous être utiles. »

Hor-Aha acquiesça de la tête et, peu après, Kamosé vit les officiers se disperser parmi les morts. Les haches commencèrent à s'abattre, tranchant la main droite des cadavres.

Kamosé poussa un soupir. « Eh bien, c'est fini, Ankhmahor », remarqua-t-il avec un entrain qu'il était loin d'éprouver. Il ne ressentait en réalité qu'une sorte d'engourdissement, comme s'il avait bu trop d'infusion de pavot. « Rassemble les Gardes et mettons-nous en quête d'Ahmosis, poursuivit-il. Il est inutile d'envoyer ces hommes renforcer les divisions de mon frère, à moins que Pahéri et lui ne soient en difficulté. Je m'inquiète toutefois de n'avoir reçu aucune nouvelle du second front. »

Une expression tourmentée sur le visage, Ankhmahor garda le silence. Une pointe de colère transperça l'armure d'indifférence de Kamosé, qui lui agrippa le poignet.

« Peut-être qu'à présent nous allons pouvoir nous offrir le luxe d'une guerre honorable, livrée selon des règles reconnues par les deux camps, dit-il d'une voix sifflante. Mais j'en doute, prince. Depuis le début, c'est une révolution sans code de conduite, et il continuera d'en être ainsi. Je sais bien que, lorsque l'on écrira l'histoire de l'Égypte, j'apparaîtrai sous un jour défavorable. J'espère pourtant que quelques lecteurs discerneront derrière mes actes les principes qui me sont chers. Ces Sétiou étaient des soldats, poursuivit-il en indiquant d'un geste le champ de bataille. Les soldats comprennent qu'ils sont payés pour se battre, mais aussi pour mourir. Personne ne leur dit de quelle façon ils le feront. Je salue le courage de ces hommes qui ont traversé le désert en souffrant à chaque pas et qui ont été achevés par d'autres soldats. Mais je n'éprouve aucun sentiment à leur égard. Ils ont fait leur devoir. » Il lâcha le poignet du prince, submergé par une immense fatigue. « Je t'aime, Ankhmahor, conclut-il d'une voix atone. J'aime ton dévouement à Maât, ton intelligence, le soutien paisible que tu m'apportes. Ne me le retire pas, je t'en prie. J'ai besoin de ton cœur autant que de ton obéissance. »

Un faible sourire détendit les lèvres d'Ankhmahor et, avec un hochement de tête, il s'inclina profondément, puis se dirigea vers son propre char. Kamosé le suivit des yeux. Son pagne blanc tournoyait autour de ses cuisses, ses insignes de commandement étincelaient sous le soleil de l'après-midi.

« Allons-y », dit-il à l'aurige.

Avec une secousse, le char s'arracha à l'emprise du sable et se mit à rouler vers Het néfer Apou. Il était à peine arrivé dans l'ombre des arbres que Kamosé vit le char d'Ahmosis venir dans leur direction.

« Pédjédkhou bat en retraite ! cria celui-ci dès qu'il fut à portée de voix. Il s'en va, Kamosé ! Les éclaireurs m'ont dit que tu avais fait un massacre. Reforme tes divisions et donnons-lui la chasse. Soixante-dix mille hommes contre soixante mille ! Regarde ! »

Il indiquait le nord où s'élevaient des nuages de poussière. Kamosé réfléchit rapidement.

« As-tu livré bataille ? demanda-t-il.

– Quelques escarmouches, rien de plus. Kay Abana et ses matelots ont harcelé le flanc est de l'armée quand elle a commencé à se replier. Le sang a coulé, mais je n'ai pas d'autres détails pour l'instant. Pédjédkhou a refusé le combat, Kamosé. Il connaissait l'état des troupes venant du désert. Il a évalué ses chances et décidé de fuir. Dépêche-toi ! »

Dans son impatience, Ahmosis frappait le bord de son char du plat de la main. Une dizaine de scènes défilèrent dans l'esprit de Kamosé. Finalement, il secoua la tête.

« Non, dit-il. Qu'il s'en aille. Nous ne serions pas soixante-dix mille. Quatre de nos divisions sont là-bas, à la lisière du désert, fatiguées et l'épée émoussée. Elles ont besoin de repos avant de pouvoir se lancer à la poursuite d'autres Sétiou. Cela nous laisse cinquante mille hommes, dont dix mille matelots qu'il nous faudrait enlever à leurs navires. Pédjédkhou ne va pas traîner en route. Fais-le suivre par des éclaireurs, mais je pense qu'il nous faut le laisser rentrer à Het-Ouaret.

– Le lâche ! s'exclama Ahmosis. Il n'a pas envoyé un seul de ses hommes à la rescousse de ses camarades. Pas un seul, Kamosé !

– Naturellement, répondit celui-ci avec calme. Et nous aurions agi comme lui. Il savait qu'ils étaient condamnés et n'a pas voulu sacrifier vainement de bons soldats. J'ai pitié de lui, il va devoir faire un rapport bien terrible à son maître. Pense que nous avons diminué les forces sétiou d'au moins soixante mille hommes, Ahmosis ! Retournons à notre tente, à présent. »

Lorsqu'ils approchèrent du Nil, ils furent acclamés par les habitants de la ville et par les troupes d'Ahmosis. Pahéri et les deux Abana les attendaient devant leur tente. Le jeune Kay arborait une expression maussade et peinée. Kamosé le regarda avec sévérité.

« On m'a dit que tu avais vidé le *Septentrion* et poursuivi l'ennemi, déclara-t-il. Qui t'en avait donné l'ordre, jeune impétueux ?

– Je les voyais se diriger vers le désert à travers les arbres, Majesté, répondit Kay en rougissant. Nous avions l'ordre de rester où nous étions, mais mon navire était celui qui était ancré le plus au nord sur le fleuve. Les Sétiou s'apprêtaient à aller renforcer les troupes combattant dans le désert. Je ne pouvais pas attendre les ordres ! Il fallait que je les attaque !

– En réalité, ils battaient en retraite afin de quitter Het néfer Apou et de regagner le Delta, remarqua Kamosé avec douceur. As-tu perdu des matelots ?

– Certainement pas, sire ! s'écria le jeune homme, offensé. Nous avons réussi à tuer vingt-huit Sétiou. Ils refusaient de combattre. Ils ne faisaient que fuir.

– Et tu te sentais obligé de rétablir la réputation de ton navire et de tes matelots après leur piètre performance lors des manœuvres, dit Kamosé. As-tu pris les mains ?

– Non, Majesté », répondit Kay. Puis son visage s'éclaira. « Mais nous les avons délestés de quelques haches et de très bonnes épées ! »

Ses compagnons éclatèrent de rire.

« C'était courageux, mais très imprudent, Kay, déclara Kamosé. A l'avenir, obéis aux ordres de tes supérieurs, qui en savent peut-être un peu plus long que toi sur la stratégie militaire. Ne sois pas impatient, ton jour viendra. »

Il entra dans la tente avec son frère, conscient que, contrairement à ses compagnons, il s'était forcé à rire. Son éclat de colère contre Ankhmahor était la seule véritable émotion qu'il eût éprouvée, et il était de nouveau d'une insensibilité de pierre.

Le prince les avait suivis, et Kamosé lui désigna un tabouret. « Apporte-nous du vin, Akhtoy, ordonna-t-il à son intendant. Mais pas trop. Il faut encore écouter les rapports que vont bientôt venir nous faire les officiers. »

Ils attendirent en silence d'avoir été servis, puis Ahmosis leva sa coupe.

« Amon soit remercié », dit-il avec solennité.

Le liquide âpre brûla la gorge de Kamosé et répandit sa chaleur dans son estomac, mais il n'étancha pas sa soif. Prenant la cruche d'eau fraîche toujours pleine qui se trouvait près de son lit, il la vida, laissant couler les dernières gouttes sur son cou et son torse.

«Que s'est-il passé dans le désert? demanda Ahmosis. Avons-nous perdu des hommes?»

Kamosé ne répondit pas et, après avoir hésité un instant, Ankhmahor déclara :

«Je ne pense pas, Altesse, mais nous en saurons davantage quand les officiers feront leur rapport. Nous ignorons aussi l'importance des troupes que nous avons vaincues. Le comptage des mains nous l'apprendra.

– Vaincues? grogna Kamosé. Je n'emploierai ce mot que lorsque Het-Ouaret sera à nous et qu'Apopi sera pendu au rempart de sa ville. Personne n'a été vaincu. Des hommes ont été massacrés, égorgés comme des moutons, taillés en pièces... à votre guise.» Il accumulait les mots, tâchant de s'imprégner de leur sens, mais ils lui restaient extérieurs, et il demeurait indifférent. «Je veux savoir ce qui est arrivé à Ramosé. Rien de tout cela n'aurait été possible s'il n'avait pas trompé Apopi.

– Nous ne l'apprendrons peut-être jamais, remarqua Ahmosis. Qu'allons-nous faire maintenant, Kamosé? Marcher sur Het-Ouaret et y mettre le siège? Avons-nous la moindre idée du nombre de soldats dont dispose encore Apopi?»

Kamosé poussa un soupir. La cruche était vide et il était toujours assoiffé.

«Nous allons faire le bilan de cette journée, permettre aux hommes de fêter notre victoire et de dormir, réunir les princes, puis décider de ce que nous ferons, répondit-il. Je dois dicter une lettre à Tétishéri, mais ce sera pour plus tard. Pour être sincère, Ahmosis, je rêverais d'être dans nos bains d'Oueset, massé par un serviteur, et de savoir que mon esquif m'attend près du débarcadère, avec mon fil de pêche et mon bâton de jet.»

Une voix se fit entendre au-dehors, étouffée par le rabat de la tente. Kamosé se redressa avec un soupir. «Voici notre premier officier, dit-il. Qu'il entre.»

Pendant le reste de l'après-midi et jusque bien après le coucher du soleil, dans leur tente, puis au bord du fleuve pour profiter de la fraîcheur, les deux frères reçurent un officier après l'autre. Le compte des mains avait finalement été fait. Dix mille dix-neuf Sétiou avaient été tués et gisaient abandonnés en pâture aux prédateurs du désert. Leurs armes étaient désormais la propriété des Égyptiens, qui se mirent à boire et à chanter dès que les feux furent allumés. Pas un des hommes de Kamosé n'avait reçu de blessure grave, pas un n'avait péri.

A la lueur des torches, les princes rejoignirent Ahmosis et Kamosé. Ils répondirent aux questions de celui-ci en lui assurant que les armes étaient nettoyées et aiguisées, les harnais réparés et les soldats nourris. «Ils vont forniquer et bambocher jusqu'à l'aube, grommela Intef. Mais ils le méritent, je suppose. J'espère seulement qu'il n'y aura pas de problèmes avec les habitants de la ville.

– Les officiers patrouilleront dans les rues, cette nuit, intervint Iasen. Je ne pense pas que nous ayons à nous inquiéter. Les citoyens d'Het néfer Apou semblent d'ailleurs presque aussi contents que nous que les Sétiou aient été battus. Pédjédkhou n'aurait pas été tendre avec eux s'il avait gagné.

– Quel vacarme ! s'exclama Mékhou en regardant les feux qui brillaient le long du fleuve. Ils seront dans un triste état demain. Leur accorderas-tu une journée de repos, Majesté ?

– Oui, dit Kamosé en se redressant. Un jour, peut-être deux. Avant de partir d'ici je veux savoir ce que sont devenus les chars sétiou. J'envie nos soldats, poursuivit-il avec un sourire. Si nous nous enivrons, il faut que ce soit poliment, dans l'intimité de nos tentes, et en étant sûrs qu'aucun danger ne menace. Où est ton fils, Ankhmahor ?

– En patrouille dans les rues, répondit celui-ci. Majesté, je pense parler pour nous tous en te demandant quels sont tes projets pour l'avenir. Nous sommes presque à la fin de pachons. Dans trois mois, le fleuve commencera à grossir. Tu commandes une armée considérable et, si tu comptes l'emmener jusqu'à Het-Ouaret, tu disposeras de peu de temps pour assiéger cette ville. »

Il hésita, et Intef intervint.

«Nous sommes tes nobles, déclara-t-il carrément. C'est à nous que tu dois confier d'abord tes intentions. » Il jeta un regard de biais à Hor-Aha, assis par terre, juste assez loin des deux lampes posées sur la table pour être dans l'ombre. «Nous sommes en revanche très honorés que tu nous demandes notre avis. Pouvons-nous te le donner maintenant ? »

Kamosé soupira intérieurement en voyant leur expression inquiète. « Je t'écoute, répondit-il.

– Nous avons porté un formidable coup à Apopi, commença Intef avec flamme. Non seulement Pédjédkhou a été contraint de battre en retraite, mais il ne fait plus aucun doute que toute l'Égypte est entre nos mains, exception faite d'une partie du Delta. Nous souhaitons que le siège d'Het-Ouaret soit repoussé à l'an prochain. » Il regarda ses compagnons. Iasen acquiesça de la tête. « Nous recevons tous régulièrement des lettres de nos nomes et de nos familles, poursuivit Intef. On a besoin de nous, Majesté. La saison des récoltes approche, et les hommes qui devraient être dans les champs se trouvent dans ton armée. Le travail est trop lourd pour être accompli par les seules femmes. Chaque grain de blé, chaque tête d'ail est précieux après les ravages de la campagne de l'an dernier.

– Vous souhaitez donc que je disperse l'armée – temporairement, bien entendu – et que je vous laisse emmener vos paysans chez vous pour les récoltes. » Il y avait quelque chose dans l'insistance d'Intef qui ne plaisait pas à Kamosé. Ses yeux avaient un éclat fiévreux, et ses mains ornées de bagues ne cessaient de s'agiter. « Quand avez-vous eu le temps de discuter de tout cela, messeigneurs ?

– Pendant que nous attendions l'arrivée de l'armée orientale d'Apopi, sire, expliqua Iasen. Nous avions décidé que, si nous étions victorieux, nous te ferions cette demande.

– Et dans le cas inverse ? demanda Ahmosis avec froideur.

– Nous ne doutions pas du succès du plan de Sa Majesté, dit Iasen. Nous n'avons donc guère consacré de temps à cette éventualité.

– Tu n'as pas répondu au prince, coupa Kamosé d'un ton cassant. Je te rappelle d'ailleurs que mon frère et moi n'avons réglé que les détails de ce plan. Le mérite de sa conception revient à Hor-Aha. »

Un silence gêné suivit. Intef s'absorba dans la contemplation de ses mains. Iasen fit la moue. Mésehti, Mékhou et Ankhmahor regardèrent simplement Kamosé qui, au bout d'un moment, se mit à sourire.

« Comme vous l'avez probablement remarqué, il y a eu des promotions parmi les marins et les matelots, dit-il enfin, changeant apparemment de sujet. J'ai ainsi nommé Kay capitaine de son navire, sur la recommandation de Pahéri. Dans l'infanterie aussi, et sur vos conseils, de simples fantassins sont entrés dans la charrerie et devenus officiers. En revanche, bien que leur conduite ait été exemplaire et qu'ils aient impeccablement obéi à leur prince, je n'ai promu aucun des archers medjaï.» Il se tourna vers Hor-Aha, dont seuls l'éclat des yeux et la blancheur du pagne trahissaient la présence. Ahmosis posa une main sur sa cuisse, mais Kamosé ne tint pas compte de l'avertissement. «Les capitaines des navires sur lesquels ils ont navigué ont chanté leurs louanges, mais leur prince s'est tu, poursuivit-il d'un ton tranchant. Comment l'expliquez-vous?» Il se pencha en avant et les foudroya du regard. «C'est parce qu'en bon commandant il ne souhaite pas créer de dissensions parmi ses compagnons.» Sa paume s'abattit sur la table. «J'avais pensé qu'après avoir marché et combattu ensemble, vous aviez dépassé ce préjugé dangereux, tonna-t-il. Je vois que je me trompais. Je compte élever cent Medjaï au rang d'instructeurs et les répartir dans vos différentes divisions. Chacun d'eux aura sous ses ordres cent de vos meilleurs archers qui, à leur tour, en formeront d'autres. Ils auront les privilèges et les responsabilités d'officiers. Maintenant, je vais vous dire ce que j'ai décidé.»

Il se carra dans son fauteuil et croisa les bras.

«Vous pouvez disperser vos divisions. Dans chacune d'elles, trois mille hommes rentreront chez eux jusqu'à la fin de l'Inondation, mille resteront ici pour protéger nos arrières et mille viendront avec moi à Oueset. De la sorte, je laisse onze mille hommes à Het néfer Apou et j'en emmène onze mille dans le Sud. Je verrai avec Pahéri ce que nous ferons de la marine. Avant de regagner vos nomes, vous m'accompagnerez tous à Oueset, où nous ferons des sacrifices dans le temple d'Amon. En attendant la prochaine campagne, vous m'enverrez régulièrement des rapports sur l'état de vos nomes. Nous sommes d'accord?»

Il était évident qu'ils brûlaient de se consulter du regard mais n'osaient le faire. Ils contemplèrent avec gravité Kamosé, qui leur souriait, puis Intef s'éclaircit la voix.

«Nous sommes tes serviteurs, Majesté, commença-t-il. Il est sage de protéger notre frontière du nord des Sétiou, et celle du sud de Téti le Beau et des Koushites. Nous te remercions de permettre à nos paysans et à nous-mêmes de revoir ceux qui nous sont chers. Quant aux Medjaï...» Il s'interrompit, hésitant, et ce fut Iasen qui poursuivit.

« Je pense que nous admettons tous qu'ils se sont magnifiquement comportés, Majesté, dit-il. Beaucoup d'entre eux méritent d'être promus. Mais il vaudrait mieux qu'ils le soient à l'intérieur de leurs propres rangs, que les nouveaux officiers commandent aux leurs. Si tu mets des Égyptiens sous leurs ordres, des problèmes surgiront obligatoirement.

– Il me semble me souvenir qu'une objection similaire a été formulée il y a bien des mois, répliqua Kamosé d'un air moqueur. Elle ne rimait à rien alors, aujourd'hui elle est simplement stupide. Un troupeau de paysans a été transformé en une armée dans laquelle les Medjaï se sont fondus. J'ai parlé. Mes ordres seront obéis. »

Il se leva, et les princes l'imitèrent aussitôt, le saluant en silence mais avec un ressentiment visible.

Faisant signe à Ankhmahor et à Hor-Aha de le suivre, Kamosé regagna sa tente avec Ahmosis.

« Je ne pense pas..., commença celui-ci.

– Moi si, coupa Kamosé. Tu sais que c'était justifié, Ahmosis.

– Oui, mais il y a des moyens plus diplomatiques de rappeler aux princes qu'ils te doivent obéissance, grommela son frère. On ne traite pas de la même façon des soldats et des nobles. Espérons que cette journée glorieuse apaisera temporairement leur colère. »

Les quatre hommes s'installèrent confortablement sur les coussins éparpillés sur le tapis. Kamosé renvoya les serviteurs. Le bruit des réjouissances, le long du fleuve, formèrent le fond sonore de leur conversation. De la musique leur parvenait par intervalles, lorsque s'apaisaient un instant les braillements avinés des soldats, et les cris et les rires des femmes qui les avaient rejoints.

« J'espère que le maire de la ville et les officiers garderont le contrôle de la situation, observa Ahmosis. Il serait triste de quitter Het néfer Apou en mauvais termes avec la population après des mois de bonne coopération.

– Je crois qu'il n'y a rien à craindre, répondit distraitement Kamosé, qui pensait de nouveau à Ramosé. Les hommes sont gais et donc dociles. Ils grogneront et se chamailleront demain lorsqu'ils auront mal à la tête, mais pas ce soir. »

Assis par terre, il était adossé à son lit, sa coupe de vin à la main.

« J'ai reçu des nouvelles d'Ouaouat, hier, Majesté, dit subitement Hor-Aha. Pardonne-moi de ne pas t'en avoir parlé plus tôt, mais nous étions tous préoccupés par Pédjédkhou. Quelque chose se trame dans le Sud.

– Mais encore ?»

Hor-Aha posa sa coupe et passa un doigt sur ses lèvres. «Les Koushites profitent du fait que beaucoup des hommes d'Ouaouat sont ici avec toi. Ils font des incursions dans le Nord, sur leur territoire. Je n'en ai rien dit à mes Medjaï. Si je le faisais, ils voudraient partir immédiatement pour aller défendre leurs villages.

– Je ne connais quasiment rien des terres qui s'étendent au-delà des cataractes, fit Ankhmahor en fronçant les sourcils. Mais je me rappelle mes leçons d'histoire. Les hommes de Koush ont toujours convoité le pays d'Ouaouat. Pourquoi ?

– L'or, répondit Ahmosis. Ouaouat a de l'or, et Koush le veut pour commercer. Nos ancêtres ont construit plusieurs forts dans le pays d'Ouaouat avec pour seul but de protéger cet or. Je me rappelle mes leçons, moi aussi. L'histoire des territoires situés au sud d'Oueset a beaucoup d'importance pour nous. Ouaouat est notre voisin.

– Quelle urgence y a-t-il à intervenir ? demanda Kamosé.

– Cela peut encore attendre, répondit Hor-Aha. Mais si Sa Majesté ne permet pas aux Medjaï de rentrer chez eux, ils ne se battront plus comme avant.

– Je me demande s'il faut voir la main de Tétiân là-dessous ? fit Kamosé d'un air songeur. Je m'interrogeais sur l'opportunité d'attaquer de nouveau Het-Ouaret, surtout maintenant que Pédjédkhou connaît notre nombre exact. Je ne voulais pas lui laisser l'occasion de s'adapter et de préparer une campagne plus réussie. Mais je ne peux pas aller dans le Nord si un nouveau front risque de s'ouvrir dans le Sud. Tétiân guignerait-il Oueset ?

– Je ne le pense pas, déclara Ahmosis. Il a semblé assez indifférent au sort d'Apopi. Plus vraisemblablement, il profite de la situation pour agir dans son intérêt et tenter d'annexer Ouaouat. Naturellement, une fois qu'il se sera rendu maître de ce pays, il aura aussi le contrôle des anciens forts. Son ambition croîtra-t-elle à ce moment-là ? C'est toute la question.

– Pardonne-moi, prince, mais pour mes hommes et moi la question est ailleurs, intervint Hor-Aha avec véhémence. Les Medjaï vous ont été indispensables. Ils sont venus de loin pour se battre à vos côtés. Ils vont attendre de vous que vous fassiez la même chose.

– Quoi ! Que nous allions dans le pays d'Ouaouat ?» fit Ahmosis en clignant les yeux.

Kamosé se passa la main dans les cheveux. Il rencontra le regard d'Hor-Aha et, pour la première fois, y lut un défi. Il en éprouva un choc.

«Dis-moi, général, les Medjaï sont-ils des soldats de mon armée ou de simples alliés ? demanda-t-il d'un ton calme. Qui les commande en dernier ressort, toi ou moi ? Parlons-nous de mutinerie ou des exigences légitimes d'un allié ?»

Un silence lourd tomba dans la tente. Les deux mains autour de sa coupe, Ankhmahor gardait les yeux résolument baissés, tandis que Kamosé et Hor-Aha continuaient à se mesurer du regard. Ce fut Ahmosis qui mit fin à ce moment de tension.

«C'est en effet un point délicat que nous n'avons encore jamais eu à considérer, fit-il d'une voix apaisante. Estimons qu'il est hors du sujet, Kamosé. Si Tétiân menace Ouaouat, Oueset peut être également en danger, et il ne serait pas mauvais d'envoyer une petite expédition punitive dans le Sud. Après tout, tu as dit aux princes que tu comptais laisser onze mille hommes ici, à Het néfer Apou. Si Apopi reste fidèle à lui-même, il ne quittera pas le Delta. Nous ne craignons rien sur notre frontière nord pour le moment. Nous pouvons aller dans le Sud pendant l'Inondation.»

Ce cher Ahmosis, toujours à jouer les conciliateurs, pensa Kamosé avec colère. Toutefois il garda le silence et, adressant un signe de tête à son général, il haussa les sourcils et fit mine de réfléchir.

«J'ai une dette envers les Medjaï et toi, dit-il enfin, aussi calmement qu'il le put. Il te suffisait de me demander mon aide, Hor-Aha. J'ai toujours eu confiance en toi. Ne pouvais-tu pas te fier à moi ?»

Il eut la satisfaction de voir l'homme baisser les yeux.

«Pardonne-moi, Majesté, dit-il à voix basse. Je tiens à ce que les Medjaï ne fassent pas figure de sauvages inconstants aux yeux des princes qui nous méprisent, eux et moi. Leurs villages sont menacés. Ils ne peuvent pas faire passer le bien de l'Égypte avant cela. A certains égards, ils sont en effet aussi primitifs que des enfants. Je t'implore humblement de nous aider.»

Humblement ? pensa Kamosé, qui vida sa coupe pour dissimuler son expression. Il n'y a pas une once d'humilité en toi, mon rusé général. Si je décide d'aller dans le pays d'Ouaouat, ce ne sera pas pour rendre quelques misérables cahutes à tes demi-sauvages.

« Apporte-moi le message que tu as reçu, dit-il. Je veux le voir. Ce que tu demandes nécessite un minimum de réflexion, Hor-Aha, et je suis fatigué. La journée a été longue. Apporte-le-moi demain matin. »

Il était manifeste qu'Hor-Aha avait parfaitement compris. Posant sa coupe, il se leva et s'inclina.

« Je remercie Sa Majesté », dit-il d'une voix blanche avant de quitter la tente.

Ankhmahor se leva, lui aussi.

« Je dois inspecter ta garde avant d'aller me coucher », expliqua-t-il. Mais à l'instant de sortir il hésita. « Sois prudent, Kamosé, dit-il doucement. Très prudent. »

Il s'inclina lentement, avec un respect marqué, puis disparut.

Au-dehors le vacarme continuait. Dans l'îlot de silence de leur tente, les deux frères se regardèrent un moment, puis Kamosé ôta ses sandales et se jeta sur son lit.

« Que s'est-il passé au juste ? demanda finalement Ahmosis.

– Il s'est passé que notre cher général a commis une erreur, répondit son frère d'un ton bref. Hor-Aha nous a laissé apercevoir la véritable nature de son ka.

– Il craint pour ses compatriotes, protesta Ahmosis. Son inquiétude et la peur que tu ne les comprennes pas l'ont fait parler de façon irréfléchie.

– "Irréfléchie" ? répéta Kamosé avec un rire amer. Il nous a menacés, Ahmosis ! A moins que ce petit détail ne t'ait échappé ?

– Tu es trop soupçonneux. Regarde les choses plus raisonnablement, Kamosé. Koush empiète sur le pays d'Ouaouat. Hor-Aha veut permettre aux Medjaï de régler ce problème. Il nous est fidèle, mais il comprend ses hommes. Il nous dit franchement ce qu'il craint de voir arriver, si nous n'acceptons ni de les laisser partir ni de les aider. Qu'y a-t-il de mal à cela ? N'apprécies-tu pas sa sincérité ?

– Bien sûr que si ! Il ne s'agit pas de ses paroles, mais de ce que j'ai entendu dans sa voix et vu dans ses yeux, quelque chose d'arrogant et de sournois. Nous sommes des hommes raisonnables. Nous comprenons tous les deux qu'il convient de faire quelque chose, et que nous renforcerions la fidélité des Medjaï à notre égard en envoyant, ou même en conduisant, des troupes égyptiennes dans le pays d'Ouaouat. Cela nous permettrait aussi de refréner les ambitions de Tétiân et de reprendre ces vieux forts. Hor-Aha est un homme intelligent. Il sait tout cela. Il aurait pu nous présenter les choses différemment.» Il croisa les bras sur son torse nu et se tourna vers Ahmosis. «Néanmoins, pour une raison quelconque, il a commis une erreur. Il nous a laissés entrevoir son ambition cachée. Je pense qu'il souhaite devenir prince indépendant d'Ouaouat. Pas maintenant peut-être, mais le moment venu. Aidé par nous à notre insu.

– Tu oublies qu'il porte le sang de notre père à sa ceinture, Kamosé. Il aimait Séqénenrê. Il nous a servis avec une fidélité sans faille.

– C'est vrai, reconnut Kamosé. Mais des années ont passé depuis la mort de notre père. Les hommes changent. Les circonstances changent. Des occasions surviennent qui réveillent parfois les zones sombres de notre âme.

– C'est de la folie ! s'exclama Ahmosis. Tu parles de quelqu'un dont tu as fait ton ami, dont tu as pris le parti contre nos propres compatriotes ! Hor-Aha est presque de notre famille !

– Est-ce si sûr ? murmura Kamosé avec un étrange sourire. Je n'en sais plus rien. Quoi qu'il en soit, nous avons une autre raison d'aller dans le pays d'Ouaouat, et bien meilleure que la défense des Medjaï, même si nous tenons effectivement à rester dans leurs bonnes grâces. Nous avons besoin d'or. De l'or pour commercer avec les Keftiou, pour payer les princes, pour reconstruire le vieux palais. Jusqu'à présent l'or d'Ouaouat allait dans les coffres d'Apopi, mais c'est terminé. Nous ne dirons rien de cet objectif à Hor-Aha, bien entendu. Nous serons toute sollicitude pour nos alliés medjaï. Crois-tu que nous pourrions leur offrir un foyer en Égypte, Ahmosis ? Leur construire une ville où leurs familles pourraient vivre, et les intégrer dans l'armée permanente que je compte constituer ? Hor-Aha sait parfaitement l'importance qu'ils ont pour nous. Qu'il aille au diable ! N'y a-t-il donc personne en qui je puisse me fier absolument ?

– Peut-être que non, répondit Ahmosis d'un air songeur. Un roi a-t-il jamais pu se reposer sur d'autres que les dieux ? Mais tu te trompes concernant Hor-Aha, Kamosé. Après une bonne nuit de sommeil, tu comprendras combien tes soupçons sont imaginaires. Tu as besoin de rentrer à Oueset. Et moi aussi, ajouta-t-il avec un soupir. J'aimerais être auprès d'Ahmès-Néfertari, le mois prochain, lorsqu'elle accouchera.

– J'avais oublié, dit Kamosé, dont le visage s'adoucit. Pédjédkhou me l'avait fait oublier. Nous rentrerons à Oueset, puis nous irons dans le pays d'Ouaouat. » Il ferma les yeux. « Oh ! Ahmosis, connaîtrons-nous jamais la paix ? »

Il dormit de façon intermittente, puis plus profondément, car il n'entendit pas le vacarme se taire au-dehors. Lorsqu'il se réveilla, il faisait grand jour, et il régnait un calme anormal. Son frère dormait toujours, recroquevillé sur le côté, une joue appuyée au creux de sa paume. Enfilant une vieille paire de sandales en roseaux et nouant autour de sa taille son pagne de la veille, Kamosé sortit dans la lumière aveuglante du matin.

Les soldats postés devant sa tente se mirent au garde-à-vous. Un homme assis un peu à l'écart se leva et lui sourit, un pot dans une main et un morceau de pain dans l'autre. Il avait le visage émacié et marqué de cernes noirs, mais, transporté de joie, Kamosé le reconnut et s'élança vers lui.

« Ramosé ! s'écria-t-il en le serrant contre lui à l'étouffer. Par quel miracle es-tu ici ? Tu n'as pas attendu toute la nuit devant cette tente, tout de même ? Je croyais... Je ne sais pas ce que je croyais. Akhtoy ! A manger, tout de suite ! »

Il libéra Ramosé, qui posa son pot par terre et essuya l'eau qui s'était renversée sur sa main.

« Deux de tes éclaireurs m'ont trouvé dans le désert, expliqua le jeune homme. Ils m'ont amené ici hier, mais ils ont dû attendre que la bataille prenne fin. J'étais épuisé, Majesté. Il a fallu que je dorme. »

Kamosé mourait d'envie de l'étreindre encore. Il aurait dansé de joie, si les Gardes n'avaient pas été là. Il se contenta de passer un bras autour des épaules de son ami et de le conduire dans la tente, où Ahmosis se réveillait, les yeux troubles.

« Je me demandais ce que c'était que ce vacarme, dit-il. Ramosé ! Je savais que tu finirais par refaire surface. Tu as l'air en piteux état. » Il bâilla, puis lui adressa un grand sourire. « Sois le bienvenu. Laisse-moi un instant pour me réveiller, et raconte-nous tes aventures.

– Crois-moi, prince, j'ai failli ne jamais arriver jusqu'ici et je ne suis pas pressé de raconter mes épreuves. Je savoure encore le plaisir d'être sain et sauf. »

Il souriait mais, lorsqu'il s'assit sur un tabouret, Kamosé remarqua que ses genoux tremblaient. Efficace et discret comme à son habitude, Akhtoy était entré, accompagné de serviteurs. Il disposa le repas sur la table. Le pain, venu des fours de la ville, était encore chaud, et des dattes fraîches, les premières de la saison, luisaient sur leur lit de feuilles de laitue; des poissons-*inet* et des perches dégageaient une bonne odeur d'ail; une bière sombre moussait dans les pots. Sur un geste de Kamosé, les trois hommes se mirent à manger, et le souverain attendit que les plats fussent vides pour inviter son ami à parler.

«Donne-nous d'abord des nouvelles de Tani, intervint Ahmosis. Tu l'as vue? Elle est en bonne santé?»

Une ombre passa sur le visage brûlé de soleil de Ramosé. Il but une gorgée de bière avant de répondre dans un soupir :

«Ce que je vais vous apprendre ne va pas vous plaire. Tani est désormais une épouse d'Apopi.»

Avec clarté et amertume, il leur relata l'entretien qu'il avait eu avec leur sœur. Kamosé, qui l'écoutait en montrant une incrédulité croissante, comprit que ces moments avaient marqué Ramosé au fer rouge et qu'il en garderait éternellement la cicatrice.

«Je n'ai pas cherché à la convaincre de s'enfuir avec moi, dit le jeune homme. Cela aurait été inutile. Elle a été entièrement enjôlée par ce sale étranger.» Il serra les dents et lutta pour reprendre son calme. «Elle vous assure de son affection et vous implore de la comprendre, conclut-il.

– La comprendre! Elle a perdu l'esprit si elle s'imagine que je lui pardonnerai ou que j'oublierai jamais sa trahison! explosa Kamosé. Cette nouvelle va anéantir sa mère. Que puis-je te dire, mon ami? Aucune douleur ne peut égaler la tienne.»

Ahmosis était devenu livide. «Il faut que nous la considérions comme une victime de la guerre, dit-il d'une voix rauque. Il le faut, Kamosé, sinon nous serons réduits à l'impuissance chaque fois que nous nous souviendrons d'elle. Elle représente un des sacrifices que notre famille a dû consentir aux dieux en échange de la victoire. Du moins est-elle en vie, ajouta-t-il en déglutissant bruyamment. Nous devons être reconnaissants de cela.

– Ne parlons plus d'elle!» s'exclama Kamosé. Son incrédulité avait laissé place à une terrible fureur, et le sang battait avec violence dans ses oreilles et ses yeux. «Je me la rappellerai telle qu'elle était au temps de son innocence. Je refuse tout le reste!

– J'ai eu le temps d'absorber le choc, Majesté, déclara Ramosé, le regard voilé. Depuis le jour où je suis entré dans cette pièce luxueuse et où je l'ai vue, si belle, si inaccessible... depuis ce jour-là, j'ai marché la main dans celle de la mort. Ses paroles resteront fichées dans ma mémoire comme des crochets de serpent, mais je ne ressasserai plus le temps où je l'aimais et où nous projetions un avenir commun. Le faire serait refuser le don de vie que m'ont accordé les dieux dans le désert. Je suis résolu à me concentrer sur le présent autant que me le permet mon ka blessé.

– Mais c'est incompréhensible ! rugit Kamosé. Je ne le comprendrai jamais. C'est une Taâ ! Comment a-t-elle pu compromettre l'honneur de sa famille pour ce... pour ce... »

Il étouffait, incapable de respirer.

« Nous nous vengerons en chassant tous les Sétiou de ce pays, Kamosé, déclara Ahmosis d'un ton pressant. Nous ne gaspillerons pas notre énergie en récriminations, nous ne perdrons pas notre objectif de vue. A présent, Ramosé, il faut que tu nous dises ce que tu sais d'Het-Ouaret, du palais, des troupes qui y sont encore casernées, de l'armée orientale... » Il parlait d'un ton apaisant, mais sa voix tremblait. « Qui commandait l'armée qui a péri dans le désert ? »

Ramosé hocha la tête et jeta un regard à Kamosé.

« C'était le général Kéthuna, répondit-il. Il est mort. J'ai vu son corps sur le champ de bataille, hier, quand les éclaireurs m'ont ramené au camp. Pédjédkhou était contre cette expédition, vous savez. C'est Apopi qui a insisté. C'est vraiment un imbécile. Les cent vingt mille hommes qui ont quitté Het-Ouaret représentent peut-être la moitié des troupes d'Apopi. Ses "frères" du Retenou lui ont envoyé des renforts. Ils continuent à pénétrer dans le Delta par la Route d'Horus... »

Kamosé faisait de son mieux pour se concentrer sur ce que disait son ami, mais la colère et la douleur continuaient à brûler en lui, et ce ne fut que lorsque Ramosé se mit à raconter la panique et la consternation qui s'étaient emparées de l'armée en découvrant que l'eau de l'oasis était empoisonnée qu'il redevint entièrement attentif.

« J'aurais aimé être avec toi lorsque tu as marché vers le Nil, commenta-t-il, les yeux brillants d'un plaisir mauvais. Les chars incendiés, les soldats qui titubent et s'écroulent, mourants de soif. J'aurais aimé voir cela. J'exulte, Ahmosis. Je jubile. Pardonne-moi, mais je ne peux m'en empêcher. »

Ramosé buvait, la gorge sèche d'avoir tant parlé.

« Nous allons rentrer à Oueset, reprit Kamosé. Les éclaireurs que j'ai envoyés dans le désert vont revenir dans la journée. Nous avons fini de compter les mains et de récupérer les armes ennemies. » Il se leva avec précaution, pour ne pas intensifier la douleur qui lui déchirait soudain le ventre. « Merci, Ramosé, dit-il. Tu es un homme courageux, un Égyptien digne de ce puissant pays. Tu mérites une épouse royale, un titre de prince, un domaine fertile. J'ai honte de ne pouvoir encore te les donner.

– J'ai le corps et l'âme las, Majesté, répondit Ramosé dans un murmure. On dit que les dieux affûtent et trempent ceux qu'ils aiment jusqu'à ce qu'ils deviennent aussi étincelants, purs et indestructibles que des épées neuves entre les mains de puissants guerriers. Peut-être m'aiment-ils démesurément, car j'ai subi tout ce qu'on peut demander à un homme de supporter sans en mourir. Je voudrais qu'ils me laissent tranquille, à présent. J'aimerais nager, chasser le canard dans les marais d'Oueset et faire l'amour à des femmes anonymes. J'aimerais tenir ma mère dans mes bras. Emmène-moi, Majesté, ramène-moi chez moi. J'ai besoin de guérir. »

Il s'inclina, appuya tendrement ses deux paumes contre le torse de Kamosé et sortit de la tente.

12

Deux jours plus tard, l'armée se mit en marche vers le Sud. Trente-trois mille hommes ravis furent informés qu'ils allaient pouvoir rentrer chez eux et y demeurer jusqu'après les récoltes et l'Inondation. Les onze mille soldats condamnés à rester à Het néfer Apou étaient moins contents, mais Kamosé avait sagement décidé qu'ils pourraient obtenir des permissions et retourner temporairement dans leurs villages. Il comptait garder tous les Medjaï avec lui et les cantonner à Oueset, sur la rive ouest. Il avait déclaré à Hor-Aha qu'il entreprendrait bien une expédition punitive dans le pays d'Ouaouat, mais seulement après les cérémonies qui se dérouleraient à Oueset. Le général l'avait écouté avec son impassibilité habituelle, et Kamosé n'avait surpris aucune trace d'arrogance dans son regard. Contrairement à Ahmosis, toutefois, il n'oublia pas ce que son général avait révélé par inadvertance et le rangea soigneusement dans un coin de sa mémoire.

Après mûre réflexion, il avait décidé de laisser la marine à Het néfer Apou, en suggérant à Pahéri et Baba Abana d'autoriser les matelots à rentrer chez eux par roulement. Il avait en revanche insisté pour que les capitaines de navire et eux-mêmes l'accompagnassent à Oueset, avec tous les princes et les officiers supérieurs. Le butin pris sur les barques d'Apopi attendait dans le trésor d'Amon, et il y avait des récompenses à distribuer et des promotions à fêter.

Il se força à occuper les heures avec les détails du départ : il dicta des lettres à sa famille et à Amonmosé pour les avertir de leur arrivée; lut les derniers inventaires d'armes et de provisions; inspecta les chevaux; convoqua le maire d'Het néfer Apou pour savoir si les habitants de la ville se plaignaient de la présence continue d'une partie de l'armée, et pour lui accorder le droit de réquisitionner les soldats oisifs au moment des récoltes. Il ne se laissa pas le temps de pleurer Tani. Il savait le danger qu'il y aurait eu à souffler sur les braises de sa douleur et de sa fureur. Il aurait tout le temps de s'abandonner à l'une et à l'autre lorsqu'il aurait refermé la porte de sa chambre d'Oueset derrière lui et serait enfin seul.

Au milieu des chants et des rires, soldats, chars et animaux commencèrent donc leur lente progression vers le Sud, certains le long du fleuve et d'autres à bord des navires. A mesure que les jours passaient et que les hommes prenaient congé de leurs camarades pour regagner leurs villages, les rangs s'éclaircirent, et ce fut une flotte relativement réduite qui arriva à Oueset dans la chaleur éclatante d'un après-midi d'été. C'est presque ainsi que nous avons commencé, pensa Kamosé, debout à l'avant de son navire. Nous n'avions que cinq mille archers étrangers et un espoir insensé. Aujourd'hui l'Égypte est presque entièrement à nous, pareille à une belle grappe de raisin que tache un seul point de pourriture : Het-Ouaret. Au-dessus de lui, le vent du nord tendait les voiles; sur les rives, des ibis blancs marchaient dans les roseaux avec une lenteur et une dignité majestueuses; au-delà, le blé de son nome poussait dru et doré. Un instant, son cœur se gonfla de fierté et de joie, mais ces émotions lui étaient devenues comme étrangères, et il était incapable de les éprouver longtemps.

Bien avant que la ville n'apparût, ils commencèrent à l'entendre : une rumeur confuse qui grossissait à chaque coup d'aviron des rameurs. Les princes se levèrent et vinrent s'appuyer à la lisse. Le bruit enfla encore jusqu'à devenir un grondement permanent, et Kamosé découvrit tout à coup les villageois massés le long de la rive orientale. Ils agitaient les bras, criaient leur joie et jetaient des pétales de fleurs sur la surface ondulante du fleuve. Les Medjaï répondirent en hurlant encore plus fort et en dansant sur le pont. Lorsque Kamosé leva le bras pour remercier ses concitoyens de leur hommage, le vacarme atteignit son paroxysme.

L'embarcation royale arriva à la hauteur du canal conduisant au temple d'Amon, et Kamosé vit que les prêtres étaient là, eux aussi, vêtus de leurs amples robes blanches qui scintillaient dans la lumière éclatante du soleil. Ils se taisaient, mais, lorsque le navire de

Kamosé passa devant eux, ils s'agenouillèrent, bras tendus, et posèrent leur front contre terre. Ahmosis prit une profonde inspiration. « J'avais cru en notre victoire, murmura-t-il. Mais jusqu'à cet instant c'est comme si elle n'avait été qu'un rêve. Nous avons réussi, Kamosé. Nous avons réussi ! »

Son frère garda le silence. Tu te trompes, Ahmosis, pensait-il avec froideur. Comme de bons médecins, nous avons stoppé le pourrissement, mais il peut encore s'étendre. Oh ! pourquoi suis-je incapable d'émotion ? J'ai beau manger, dormir et respirer, je suis mort au-dedans. La fièvre de mes villageois, l'excitation des princes, me laissent sans réaction et, si j'éprouve quelque chose, ce serait plutôt de l'appréhension. Que va-t-il se passer l'an prochain ? Comment viendrons-nous à bout des défenses d'Het-Ouaret ? Que va comploter Apopi ? Ces fous s'imaginent-ils donc que le pire est passé ?

La foule était moins dense, à présent, et le navire dépassait la végétation touffue qui séparait la ville de son domaine. Kamosé entendit Hor-Aha ordonner aux embarcations des Medjaï d'obliquer vers la rive occidentale, où se trouvaient toujours leurs baraquements. En proie à une inexplicable panique, il eut brusquement envie de se tapir au fond du navire, de fermer les yeux pour ne pas avoir à affronter le spectacle des siens. Sur la rive se dressaient maintenant les ruines imposantes du vieux palais, qui cuisaient au soleil derrière leur enceinte croulante. Les marches du débarcadère apparurent, léchées par des vaguelettes scintillantes et, au-dessus, l'esplanade, la courte allée qui disparaissait entre les arbres, la maison…

Ils étaient tous là, parents et serviteurs, et tous souriaient, à l'exception de sa grand-mère et de Néfer-Sakharou, la mère de Ramosé. Lorsque le capitaine se mit à crier ses ordres et que le navire obliqua vers les marches, Ahmès-Néfertari s'extirpa du fauteuil dans lequel elle était assise. Aussitôt après, on lança un cordage, on sortit la passerelle… ils étaient arrivés.

Mais Kamosé était incapable de bouger. Immobile comme une pierre, il resta sur le pont, tandis qu'Ankhmahor et les Gardes descendaient à terre et formaient deux haies. Ahmosis lui effleura le bras. « Nous pouvons débarquer maintenant, Kamosé, murmura-t-il. Qu'attends-tu ? Quelque chose ne va pas ? »

Kamosé ne put répondre. La panique paralysait son esprit. Je ne veux pas être ici, pensait-il. C'est la matrice dont je suis déjà sorti. C'est le pays des rêves dont je risque de ne jamais me réveiller.

« Kamosé ! » répéta Ahmosis, plus sèchement. Au même instant, Béhek dévala les marches du débarcadère dans un grand jaillissement d'eau. D'un bond, il sauta sur la passerelle, glissa, se rattrapa et, salué par les rires de l'équipage, se jeta sur son maître. Kamosé sentit sa truffe fraîche contre sa main et plongea le regard dans ses yeux humides. Son malaise se dissipa. Il caressa le pelage soyeux de l'animal et, quand il se redressa, il put commander à ses jambes de le conduire à terre.

Des bras pleins de douceur l'enlacèrent. Des cheveux parfumés frôlèrent sa joue, son cou. Murmures et cris de bienvenue remplissaient l'air. Du coin de l'œil, il vit Ahmosis et Ahmès-Néfertari s'étreindre avec passion, Ramosé serrer sa mère dans ses bras, et il eut envie de pleurer pour ce vide qu'il sentait en lui. Après l'avoir pressé un instant contre son corps desséché, Tétishéri l'observa avec calme.

« Tu es plus noir qu'un paysan du désert, dit-elle enfin. Mais tu as l'air en bonne santé, Majesté. C'est un grand plaisir que de te revoir.

– Je vais très bien, grand-mère, en effet. Quant à toi, je pense que tu vivras éternellement. Tu ne changes absolument pas.

– Les dieux ne rappellent à eux que les vertueux, dit-elle avec un bref éclat de rire. Je vois que tu es revenu avec les princes. Où allons-nous les loger ? Mais viens ! Ouni a installé des dais près du bassin. Pendant que nous mangerons et boirons, je me ferai une idée de la valeur de ces hommes. En as-tu fait d'assez bons commandants pour pouvoir rester ici la saison prochaine et les laisser faire campagne à ta place ? As-tu déjà des projets pour la prise d'Het-Ouaret ? Et Tani ? Tes lettres ne disaient rien d'elle, alors que Ramosé a pourtant passé quelque temps dans le palais d'Apopi. Les nouvelles sont mauvaises, n'est-ce pas ? »

Ils avaient commencé à marcher vers le bassin. Ahhotep les rattrapa et glissa un bras sous celui de son fils. Le reste de la compagnie les suivait en bavardant avec animation. Kamosé eut brusquement envie de prendre la fuite et de disparaître sous les arbres.

« Pas maintenant, Tétishéri, répondit-il sèchement. Ce n'est pas le moment. Nous avons besoin de repos, tous autant que nous sommes. Quand Amon aura été officiellement remercié, que nous aurons distribué les récompenses, été convenablement nourris et divertis, nous pourrons recommencer à nous préoccuper de l'avenir !

– Pardonne-moi », dit Tétishéri.

Il s'immobilisa et se tourna vers elle, désespéré.

«Non, c'est à moi de m'excuser. Tu as raison. Les nouvelles concernant Tani sont très mauvaises, et vous devez en être informés sans attendre. Cet après-midi, pourtant, il faut fêter les princes. Je vous dirai tout ce soir.»

Ils étaient arrivés près du bassin. A l'ombre des grands dais qui ondulaient dans l'air chaud, on avait empilé des coussins et, pendant que la famille prenait place, Ouni installa les invités. Des serviteurs apparurent peu après, apportant plats, serviettes et cruches. Des musiciens s'assirent au bord de l'eau, qui disparaissait sous les feuilles de nénuphar. Tétishéri leva une main impérieuse. Les bavardages cessèrent aussitôt.

«Princes d'Égypte, commandants et amis, commença-t-elle. Soyez les bienvenus ici, au cœur de l'Égypte. La victoire a été obtenue au prix de nombreuses souffrances. Aujourd'hui, l'heure est à la célébration. Mangeons et buvons ensemble, et souvenons-nous que sans le courage de mon fils, l'Osiris Séqénenrê, ce jour serait pareil à tous les autres. Mon intendant Ouni est à votre disposition. Longue vie et bonheur à vous tous.»

Elle se rassit au milieu d'une tempête d'applaudissements. Les serviteurs commencèrent à circuler entre les convives, et les musiciens attaquèrent une mélodie entraînante.

Ahmès-Néfertari était assise dans un fauteuil. Ahmosis, qui s'était fait un nid de coussins à ses pieds, appuya la joue contre son ventre. «Tu m'as beaucoup manqué, murmura-t-il en lui prenant la main. Je suis si heureux que ce bébé ait attendu mon retour pour naître. Ta santé a-t-elle été bonne, ma sœur?»

Elle lui caressa les cheveux, puis le repoussa avec douceur. Son regard croisa celui de Kamosé.

«Ne t'ai-je pas envoyé de nombreux papyrus pour te décrire la façon horriblement ennuyeuse et prévisible dont se déroulait cette grossesse? plaisanta-t-elle. Maintenant que tu me vois énorme et disgracieuse, est-ce que tu m'aimes toujours?»

Que cherche-t-elle à me faire comprendre? se demanda Kamosé. Sa bouche sourit, mais pas ses yeux. Sa santé aurait-elle laissé à désirer? Un serviteur qui s'inclinait devant lui, un plateau à la main, lui masqua sa sœur, et le moment passa.

Il mangea les fruits de son nome et but son vin, sentant un fragile équilibre lui revenir avec les odeurs de son enfance, avec ces voix familières qui avaient si longtemps été synonymes de sécurité et de paix. Devant lui, la maison se dressait, protégeant ses souvenirs derrière ses murs blanchis à la chaux. Il savait cependant que lorsqu'il en franchirait le seuil, elle ne le reconnaîtrait pas. Elle n'avait pas changé. C'était lui qui était parti, emportant en germe au fond de lui quelque chose d'obscur qui avait grossi et qui suintait maintenant par tous ses pores, un nuage invisible qui assombrissait l'éclat de cet après-midi doré et faisait ressembler la foule joyeuse qui l'entourait à des dessins ternes sur un papyrus usé.

Il regarda Ramosé et Néfer-Sakharou, assis genou contre genou sous le dais où les princes buvaient et riaient. Penchés l'un vers l'autre, ils avaient le visage grave, et leur conversation était manifestement sérieuse. Ses yeux glissèrent vers Ankhmahor, qui battait la mesure sur sa cheville au rythme des tambours. A côté de lui, son fils Horkhouef lui parlait avec animation, et de temps à autre le prince hochait la tête ou souriait, mais d'un air distrait, pensant manifestement à autre chose. Kamosé poussa un soupir et, pour tâcher de secouer le manteau de mélancolie qui pesait sur ses épaules, il se redressa et demanda du vin.

Lorsque les appétits furent satisfaits, les princes quittèrent l'ombre de leur dais pour venir l'un après l'autre présenter leurs respects à Tétishéri. Elle discuta avec chacun, s'enquérant de leur famille, leur demandant quelle division ils commandaient, ce qu'ils avaient fait, et Kamosé se dit que c'était décidément une grande dame, intelligente et distinguée, indomptable et fière. Détaché comme il l'était de ce qui se passait autour de lui, il ne manqua cependant pas de remarquer qu'après cet échange de politesses, les princes Intef et Iasen allèrent rejoindre la mère de Ramosé et bavardèrent longuement avec elle. Il se secoua et appela d'un geste Baba Abana, Kay et Pahéri, qu'il présenta à sa famille. Le visage sévère de Tétishéri se détendit en entendant leurs noms. Les priant de s'asseoir, elle lança la discussion sur Nékheb, la construction des navires et la stratégie navale. D'humeur un peu moins sombre, Kamosé s'excusa et les laissa.

Dans la soirée, les Taâ se réunirent dans les appartements de Tétishéri. Akhtoy et Ouni avaient réussi à loger tous les invités et à leur trouver des serviteurs. Hor-Aha avait traversé le fleuve pour indiquer à Kamosé que les Medjaï étaient installés dans leurs baraquements et heureux d'avoir retrouvé la terre ferme. Ankhmahor avait mis les soldats de la maison sous le commandement des Gardes et organisé les factions avant d'aller se reposer avec ses hommes dans la caserne.

Ramosé avait demandé la permission de partager les appartements de sa mère et, après avoir hésité, Kamosé y avait consenti. Il savait que cet instant d'indécision avait étonné et froissé son ami, mais quelque chose dans la façon dont les deux princes étaient allés trouver Néfer-Sakharou et dont celle-ci les avait accueillis l'avait troublé. Il n'aurait su dire pourquoi. Après tout, Téti avait été lié d'amitié avec quasiment tous les princes du Nil. Intef et Iasen connaissaient sa femme depuis des années. Elle avait dû éprouver un grand plaisir à les revoir, à pouvoir parler librement de Téti avec eux et Ramosé, et à revivre des temps plus heureux. Ces raisons ne satisfaisaient pourtant pas Kamosé, et son malaise ne se dissipait pas.

Il avait néanmoins écarté temporairement cette préoccupation de son esprit lorsque, à la lueur des torches, il suivit les couloirs de la maison et pénétra dans les appartements de sa grand-mère. Le reste de sa famille s'y trouvait déjà. Tétishéri était assise près de sa table, les pieds sur un tabouret. En face d'elle, dans un autre fauteuil, Ahmès-Néfertari, démaquillée et les cheveux dénoués, serrait sur son ventre un mince manteau blanc. Kamosé lui trouva l'air d'une enfant fatiguée. En le voyant entrer, elle lui adressa un léger sourire.

«Raa a surpris Ahmosis-onkh en train de traîner le serpent de la maison dans la salle de réception, dit-elle. Par chance, il le tenait juste derrière la tête. Il a hurlé quand Raa le lui a enlevé et l'a jeté dans le jardin. Il aurait pu se faire mordre, ce petit idiot. J'espère que le serpent ne s'en offensera pas et qu'il reviendra. Sinon, ce serait un bien mauvais présage.»

Une fois encore, avant qu'elle ne se détournât, Kamosé vit quelque chose d'interrogatif et d'effrayé passer dans son regard.

«Le serpent ne l'a pas mordu parce qu'il savait que ce n'était qu'un enfant, commenta-t-il. Et il reviendra boire son lait pour la même raison.»

Il s'assit sur le sol, près d'Ahmosis.

«Il ne s'agit pas d'un présage, Ahmès-Néfertari», déclara Ahhotep. Elle était installée devant la table de toilette de Tétishéri, et sa luxuriante chevelure, réunie en une épaisse tresse, reposait sur un sein voilé de rouge. «Ahmosis-onkh est trop gâté, voilà tout.

Maintenant que tu es de retour, Ahmosis, tu pourras peut-être lui imposer un peu de discipline.

– Moi ? s'exclama celui-ci en riant. Que puis-je faire d'un enfant de deux ans ? Il me terrifie !

– Pense à la façon dont on dresse un chien, intervint Tétishéri. Récompense-le lorsqu'il obéit, et punis-le quand il se conduit mal. Un maître indulgent et paresseux se retrouve avec un chien indiscipliné, et je ne trouve pas que les enfants soient tellement différents des chiens. Je ne t'accuse pas de paresse, ma chérie, ajouta-t-elle en se tournant vers Ahmès-Néfertari. Mais tu t'es assurément montrée bien trop indulgente avec ce garçon. Et sa nourrice aussi. A partir de maintenant, tâchez de l'imaginer avec une fourrure grise et une queue quand vous le regarderez. »

Ils éclatèrent tous de rire mais reprirent vite leur sérieux, et un silence lourd de questions s'installa dans la pièce. Kamosé pensa à la mère de Ramosé, qui avait passé de si longues heures avec Ahmosis-onkh lorsqu'elle était arrivée chez eux.

« Parlez-moi de Néfer-Sakharou, dit-il. Pleure-t-elle toujours son mari ?

– Le pleurer ? s'exclama Ahhotep d'un ton presque méprisant. Si la maussaderie et un penchant très marqué à la solitude peuvent être attribués au chagrin, alors oui, elle le pleure toujours. Nous avons dû lui interdire de voir Ahmosis-onkh, tu t'en souviens, Kamosé. Les serviteurs l'avaient entendue dire du mal de nous à ce petit, et on ne sait jamais ce qui peut rester gravé dans l'esprit d'un jeune enfant. C'est une ingrate. »

Qui est peut-être dangereuse de surcroît, pensa Kamosé. Tétishéri tapota la table de ses bagues.

« Cessons ces bavardages, dit-elle. Nous voulons des nouvelles de Tani, Kamosé. Tu nous as raconté avec force détails le séjour de Ramosé dans le palais d'Apopi, mais ce que tu taisais nous a fait vivre bien des heures de tourment. Parle maintenant. Dis-nous tout. »

Kamosé leva les yeux vers elle. Elle paraissait calme, mais il la connaissait assez pour percevoir de l'appréhension sous les traits immobiles de son visage marqué par le temps. Bien que cela ne l'encourageât guère à parler, il prit une profonde inspiration et leur répéta ce que Ramosé lui avait relaté avec tant d'amertume.

Ses paroles étaient des flèches qui, toutes, atteignirent leur cible et s'y enfonçèrent profondément. Les mains d'Ahmès-Néfertari se crispèrent sur les bras dorés de son fauteuil, et le sang quitta peu à peu son visage. Ahhotep se pencha en avant, de plus en plus bas, jusqu'à poser le front sur ses genoux. Même Ahmosis, qui connaissait déjà le sort choisi par sa sœur, sentit de nouveau la morsure des mots lorsque son frère raconta le mariage de Tani avec l'ennemi, son nouveau titre de reine, le nom que lui donnaient les Sétiou. Tout en l'écoutant, il jouait nerveusement avec le bord de son pagne, les yeux au plafond. Seule Tétishéri demeurait parfaitement immobile, le regard suspendu aux lèvres de son petit-fils. Mais chaque instant qui passait semblait lui ôter un peu de son énergie jusqu'à ne laisser d'elle qu'une vieille enveloppe où la force vitale n'était plus qu'un tremblement.

Il n'aurait su dire combien de temps il avait parlé. Les mots ne pouvaient rien changer. Lorsqu'il se tut, un silence lourd régna dans la pièce.

Kamosé s'était attendu à une réaction indignée et furieuse de la part de sa grand-mère. Or, lorsqu'elle parla enfin, ce fut avec douceur :

« Pauvre enfant. Pauvre Tani. Elle est partie pour Het-Ouaret avec tant de courage, ignorant ce qui l'attendait, décidée à rester fidèle à sa famille quels que soient les tourments que lui infligerait Apopi. Elle n'était pas préparée à cette forme subtile de torture, elle n'a pas vu que l'on s'attaquait à son innocence. Et pauvre Ramosé ! Son alliance avec notre famille ne lui a valu que des malédictions. »

Ahmès-Néfertari s'était mise à pleurer.

« Comment a-t-elle pu faire une chose pareille ? s'écria-t-elle. Comment a-t-elle pu se donner à ce vieux reptile, au meurtrier de son père, à ce sacrilège !

– Calme-toi, Ahmès-Néfertari, sinon tu risques de défigurer ton bébé », dit Ahhotep d'une voix voilée. Elle s'était redressée et étreignait convulsivement ses cheveux tressés. « La pensée que notre sang et celui d'Apopi se retrouvent mêlés dans les bâtards auxquels elle pourrait donner le jour m'est intolérable ! reprit-elle avec tant de violence que Kamosé en frémit. Dis-moi qu'elle n'est pas enceinte, Kamosé ! Dis-moi qu'elle n'est pas allée jusque-là ! Qu'en penserait Séqénenrê ?

– Il penserait que c'est une victime de la guerre », répondit Kamosé avec dureté. Pour autant que Ramosé ait pu en juger, elle ne porte pas, et n'a pas porté, d'enfant. Si cela avait été le cas, Apopi s'en serait sûrement vanté pour le provoquer. Tani n'a pas de sang impur en elle. Son titre de reine est honorifique. Apopi a déjà une première épouse, sans parler de nombreuses autres femmes. Toutes sont sétiou et donc seules à être vraiment royales à ses yeux. Les fils d'Apopi n'ont pas une goutte de sang égyptien dans les veines. Tu sais dans quel mépris les Sétiou nous tiennent. Tani doit le savoir, elle ausi. Elle ne courrait certainement pas le risque de donner naissance à un enfant de sang mêlé, même si Apopi était assez intelligent pour voir là une occasion de prétendre à un héritage qui a toujours été nôtre. D'ailleurs, il est trop tard pour qu'il puisse espérer rallier des partisans de cette façon. »

Remarquant le rouge fiévreux qui colorait les joues de sa mère et l'éclat anormal de ses yeux, il lui apporta une coupe de vin et, refermant ses doigts tremblants autour de son pied, l'aida à boire.

« Il t'est facile de parler de la sorte, dit Ahhotep en le repoussant. Une victime de la guerre ! Nous le sommes tous, et cela ne nous a pas empêchés de rester intègres. Vous les hommes, vous pouvez vous purger de vos souffrances dans l'action, poursuivit-elle avec un peu plus de calme. Vous marchez, suez, maniez l'épée et noyez votre douleur dans l'ivresse du combat. Mais nous ? Tétishéri, ta sœur, moi... ? Où pouvons-nous trouver un dérivatif à nos tourments ? En chassant ? En prenant des oiseaux au filet dans les marais ? En nageant ? En mangeant ou en dormant à longueur de temps ? » Elle vida sa coupe d'un trait et la reposa brutalement sur la table. « Ces aimables activités ne peuvent venir à bout d'une douleur qui ne cesse de croître dans notre cœur. Vous avez de la chance, mes fils. Vous pouvez la tuer en tuant. »

Elle se leva gauchement et se dirigea en vacillant vers la porte. Abasourdis, les siens la suivirent des yeux en silence. Lorsqu'elle fut sortie, Tétishéri s'éclaircit la voix.

« Tani est sa fille, dit-elle. Elle est plus affectée qu'aucun d'entre nous, moi y compris. Elle verra les choses plus raisonnablement demain. Emmène ta femme dans ses appartements, Ahmosis, et que Raa la mette au lit. Prends une cuillerée de miel, Ahmès-Néfertari. Cela t'apaisera et t'aidera à dormir. Va. »

La jeune femme acquiesça de la tête et quitta son fauteuil, aidée par son époux. Arrivé à la porte, celui-ci demanda :

« Puis-je revenir, Tétishéri ? »

Elle le dévisagea un long moment, puis un sourire éclaira son visage.

«Non seulement tu le peux, mais Kamosé et moi n'échangerons pas un seul mot avant ton retour», répondit-elle.

Son ton était parfaitement sérieux. Ahmosis hocha la tête et s'en fut avec son épouse. Ouni entra dans la pièce.

«Sa Majesté désire-t-elle quelque chose ? demanda-t-il.

– Oui. Apporte du vin, deux coupes propres et les confiseries que tu pourras trouver, ordonna Tétishéri. Assure-toi que Karès et Hétépet sont auprès d'Ahhotep, et demande-leur de venir me donner des nouvelles de leur maîtresse d'ici une heure ou deux. Tu diras aussi à Isis qu'elle peut aller se coucher. Je me déshabillerai seule, ce soir.»

L'intendant s'inclina et se retira. Tétishéri se leva avec raideur et se mit à marcher de long en large.

«J'ai les articulations douloureuses, murmura-t-elle. Pourquoi me font-elles mal en été ? D'habitude, ce sont les froides nuits d'hiver qui les ankylosent. Ah ! Kamosé, cette nouvelle concernant Tani a assombri ta victoire. Il faudra que nous la ramenions ici lorsque tu tueras enfin l'imposteur. Voudrais-tu mettre ce coussin sur mon fauteuil ? Merci. Nous allons avoir beaucoup de choses à discuter quand ton frère reviendra, et les os de mon vieux derrière saillent comme un pelvis d'âne.»

Elle continua à marcher jusqu'à ce qu'un coup discret frappé à la porte annonce Ouni et un serviteur, apportant vin et pâtisseries qu'ils posèrent sur la table. Ahmosis revint alors qu'ils se retiraient.

«Dort-elle ? s'enquit Tétishéri en s'asseyant.

– Pas encore, mais elle est plus calme», répondit Ahmosis qui, après s'être servi à manger et à boire, se réinstalla à côté de son frère.

«Nous devons cesser de penser à Tani, déclara Tétishéri avec fermeté. Elle restera dans nos cœurs et dans nos prières, bien sûr, mais continuer à proférer des imprécations contre Apopi et des accusations contre elle ne nous avancerait à rien. Je veux que vous me racontiez la campagne et la bataille : l'oasis, la marche dans le désert, l'empoisonnement des points d'eau, tout ! Les Abana et Pahéri m'ayant donné une idée précise de la composition et du moral de votre marine, il est inutile que vous me répétiez ce que j'ai déjà entendu. Tu as là des hommes d'exception, Kamosé.»

Les frères échangèrent un regard, puis levèrent leur coupe d'un commun accord.

«Nous buvons à ta santé, grand-mère, fit Ahmosis avec un sourire. Tu es vraiment une force indomptable.

– Ne sois pas impertinent», répliqua-t-elle. Mais elle était manifestement ravie.

Cet intermède détendit la lourde atmosphère qui régnait encore dans la pièce, et transforma celle-ci en un refuge accueillant. La lumière des lampes adoucissait les sillons qui creusaient le visage de Tétishéri, mettait des ombres chaudes sur les murs, les rapprochait les uns des autres. Sur la table, l'odeur sucrée des mets se mêlait à l'arôme plus fort du vin, et Kamosé se dit un instant que c'était sur le souvenir de plaisirs sensuels simples, sur leur accumulation au fil de la vie, que reposait finalement la santé mentale. Il n'avait pas faim. Pendant qu'Ahmosis vidait son assiette et se resservait, il commença à raconter tout ce qui s'était passé depuis leur départ d'Oueset. Malgré les rapports réguliers qu'il avait envoyés à Tétishéri, il restait beaucoup à dire. Sa grand-mère l'écouta avec attention, en l'interrompant de temps à autre par des questions brusques.

Lorsque Ahmosis eut fini de manger, il se joignit à la conversation et, peu à peu, monopolisa la parole. Kamosé se rendit compte que ni sa grand-mère ni son frère ne semblaient remarquer qu'il s'était tu. Il y avait entre eux une complicité qu'il n'avait jamais remarquée auparavant. Ahmosis parlait avec aisance et entrain, répondait en souriant à Tétishéri qui, de son côté, s'était animée et se penchait en avant en faisant de grands gestes de ses mains desséchées. Kamosé les regarda avec un étonnement auquel succéda peu à peu le sentiment de désagrégation qui s'était emparé de lui sur le navire.

Ils s'entendent bien, se dit-il. Après des années d'indifférence polie, ils ont brusquement appris à se respecter l'un l'autre. Quand cela s'est-il produit? Et comment? Grand-mère a toujours jugé Ahmosis gentil mais plutôt stupide, tandis que lui s'irritait de son caractère dominateur. J'ai perdu ma place dans l'estime de ma grand-mère. J'ai été rétrogradé. La jalousie monta brusquement en lui pour se dissiper presque aussi vite. Je ne fais plus partie de cette famille, se dit-il avec tristesse. Je suis un Taâ, je gouverne ce nome, mais l'enfant, le jeune homme que j'étais n'existe plus.

C'est comme s'il était mort et que moi, un simili-Kamosé, je sois venu de très loin le remplacer. Ce n'est pas seulement la guerre qui m'a changé; je crois que tout a commencé le jour où Si-Amon s'est suicidé. Je les aime tous, mais je ne serai plus jamais des leurs.

Il s'arracha à ses réflexions en se rendant compte que la conversation avait cessé, et que son frère et sa grand-mère le regardaient d'un air interrogateur. «Pardonnez-moi, dit-il, en faisant un effort sur lui-même. Vous disiez?

– Grand-mère te demandait quels étaient tes plans pour la prochaine campagne, expliqua Ahmosis. Que ferons-nous après l'Inondation, Kamosé?»

Il avait été si absorbé dans ses pensées qu'il ignorait s'ils avaient parlé d'Ouaouat et des Medjaï. Il aborda le sujet avec hésitation. En dépit du vin qu'il avait bu, il n'était pas ivre et avait toujours la gorge sèche.

«Les Koushites menacent Ouaouat, déclara-t-il. Hor-Aha souhaite que nous menions une expédition punitive dans le Sud pour venir en aide aux Medjaï. C'est peut-être une bonne idée.

– Et pourquoi cela? dit Tétishéri, se hérissant aussitôt. Que ces sauvages résolvent leurs problèmes tout seuls. Nous ne pouvons nous permettre d'attirer l'attention des Koushites sur nous, ni de disperser nos divisions en ouvrant un second front dans le Sud.

– Tu ne trouves pas que nous avons une dette envers Hor-Aha? Tu ne crains pas que les Medjaï ne nous abandonnent, ou pis encore, si nous ne les aidons pas?

– Hor-Aha a été largement récompensé de sa fidélité à notre maison, répliqua Tétishéri. Il a obtenu le grade de général, puis le titre de prince et la promesse d'un nome dans le Delta. C'était une décision bien légère, Kamosé. Elle finira par te valoir l'hostilité de tous les nobles égyptiens.

– La mère d'Hor-Aha était égyptienne, rappela Kamosé. Et lui-même se considère comme tel, en dépit de sa couleur. Pour en revenir aux Medjaï, je ne crains pas vraiment une révolte. S'ils sont fâchés, ils se contenteront vraisemblablement de disparaître.» Il se leva pour aller remplir sa coupe, puis alla s'asseoir dans un fauteuil. «Nous avons de bien meilleures raisons d'aller défendre les familles medjaï contre leurs méchants voisins, reprit-il.

– Tétiân», dit aussitôt Tétishéri.

Ce n'était pas une question, et Kamosé acquiesça de la tête. «En effet. Tu te souviens du messager intercepté près de l'oasis ? Il devait remettre à Téti le Beau un papyrus dans lequel Apopi lui demandait son aide. Ce papyrus n'est pas parvenu à son destinataire, naturellement, mais si Tétiân se considère comme l'allié d'Apopi, nous ne pouvons exclure qu'il nous attaque un jour. Il doit être au courant de ce qui s'est passé en Égypte.

– Si c'est le cas, le résultat devrait au contraire le décourager d'intervenir, objecta Ahmosis. Nous en avons déjà parlé, Kamosé. Tétiân aurait pu faire une incursion en Égypte, et peut-être même prendre Oueset, mais il ne peut s'y risquer à présent que nous tenons le pays entier. Il s'exposerait à une défaite certaine.

– Il n'empêche que je n'aime pas l'idée d'une menace sur nos arrières, si mince soit-elle», dit Kamosé. Sa coupe était de nouveau vide, sans qu'il se souvînt d'avoir bu. «J'ai toutefois décidé d'aider les Medjaï pour une autre raison, meilleure encore. Je vais m'assurer le contrôle des routes de l'or. Nous avons besoin de ce métal, et en quantité : pour les dieux, pour nous-mêmes, pour payer les princes et reconstruire l'Égypte. Nous ne savons rien des forts que nos ancêtres ont bâtis pour protéger les mines d'or. Nous ignorons s'ils sont toujours debout, si les indigènes s'en sont emparés. Les Sétiou ne s'y sont pas intéressés parce qu'ils avaient un traité avec Tétiân. Je vais me les réapproprier.

– Il semble que tu aies pris ta décision, fit Tétishéri. Cela ne plaira pas aux princes. Ils souhaiteront mettre de nouveau le siège devant Het-Ouaret, l'an prochain.»

Ahmosis jeta à sa grand-mère un regard d'avertissement qui n'échappa pas à Kamosé.

«Les princes ne voient pas plus loin que le bout de leur nez aristocratique ! tonna celui-ci. Ils m'obéiront sous peine d'encourir mon déplaisir. J'ai beau tenir presque toute l'Égypte, ils continuent à jeter des regards apeurés par-dessus leur épaule, comme s'ils craignaient de découvrir un matin qu'Apopi avait miraculeusement tout repris ! Ce ne sont que des souris couardes, terrifiées par le serpent !

– Si tu te les aliènes, tu risques de tout perdre, déclara aussitôt Ahmosis. Entre les rassurer et leur imposer ta volonté il y a un équilibre fragile à trouver, Kamosé.»

Son frère, dont la colère retombait, répondit par un simple grognement. Tétishéri repoussa son fauteuil.

« Allez vous coucher, tous les deux, dit-elle. Je suis fatiguée. Tu iras au temple demain, Kamosé ?

– Oui. Bonne nuit, grand-mère. »

Ils refermèrent doucement la porte derrière eux et, salués par la sentinelle qui montait la garde dans le couloir, se dirigèrent ensemble vers leurs appartements.

« Tétishéri et toi avez conclu un pacte, remarqua Kamosé, lorsqu'ils arrivèrent devant la porte d'Ahmosis.

– On peut l'appeler comme ça, je suppose, répondit son frère en souriant. C'est certainement plus qu'une trêve. Lors de notre dernier séjour ici, j'ai eu le courage de pénétrer dans son antre pour exiger d'être reconnu. Elle l'a bien pris. Je crois qu'elle a même appris à me respecter un peu. Il m'a fallu longtemps pour grandir. » Il haussa les épaules et jeta un regard pénétrant à Kamosé. « Mais tu n'as pas à craindre d'avoir été détrôné dans son affection, conclut-il. Avec grand-mère, il faudra toujours que je fasse mes preuves, sans espoir d'être enfin jugé une fois pour toutes. »

Ses paroles donnèrent à Kamosé le sentiment de se conduire avec mesquinerie. Il rendit son sourire à son frère et s'éloigna. Une fois dans sa chambre, immobile, il examina un instant la pièce. Il y avait si longtemps qu'il ne s'était couché dans ce lit ni assis dans ce fauteuil, si longtemps qu'il n'avait regardé son serviteur masquer d'une natte la petite fenêtre. En imagination, il avait souvent refermé sa porte pour se réfugier parmi les objets qui lui parlaient de sa véritable identité et au milieu desquels il pourrait penser à Tani, et même pleurer sur son sort. Maintenant que ce rêve était devenu réalité, il s'en sentait incapable. Je ne suis pas prêt, se dit-il avec résignation. Je vais aller dormir sur le bateau. Prenant son appuie-tête et une couverture, il souffla la lampe qu'Akhtoy avait allumée pour lui et quitta la maison avec l'intention de gagner le débarcadère. Toutefois, sans savoir comment, il se retrouva devant la brèche du mur d'enceinte du vieux palais, et il la franchit pour se diriger vers les colonnes érodées marquant l'entrée de la salle de réception.

D'épaisses ténèbres l'enveloppèrent, mais il n'en avait pas peur, non plus que des décombres et des cavités traîtresses qui ne demandaient qu'à vous tordre les chevilles ou même à vous briser les os. Les vastes pièces du palais n'avaient pas de secret pour lui et, en murmurant des salutations respectueuses aux fantômes qui peuplaient ces lieux majestueux, il marcha jusqu'à l'escalier poussiéreux qui menait à la terrasse. Pliant sa couverture, il l'étendit sur le sol et s'y allongea, le cou appuyé sur le chevet. Longtemps, il contempla les étoiles argentées qui piquetaient l'immensité du ciel au-dessus de lui. Peu à peu, son esprit se vida. La paix qu'il savait ne pouvoir trouver nulle part ailleurs que dans ces ruines mélancoliques commença à le gagner et, finalement, il soupira, ferma les yeux et succomba au sommeil.

Dès que le rêve commença, il comprit de quoi il s'agissait et, bien qu'il fût endormi, un sentiment d'attente joyeuse s'épanouit en lui. Il se trouvait debout à l'endroit où il avait cru être couché, et c'était un beau matin d'été. Devant lui, le sommet des palmiers ondulait dans le vent et, par intervalles, il voyait le fleuve scintiller au soleil. Mais ce n'était pas la vue qui l'enchantait. Une impulsion le poussait à se tourner vers le temple d'Amon. Il savait confusément qu'il n'aurait pas dû être en mesure d'apercevoir le canal qui menait à l'esplanade, mais ses yeux le trouvèrent facilement. Il attendit, respirant à peine.

Elle émergea de l'ombre mince du pylône et se mit à longer le canal sacré. Elle marchait la tête baissée. Dans une main, elle tenait un arc et une flèche qui avaient l'éclat de l'or, et, dans l'autre, une longue lance d'argent à la pointe d'or. Sa tenue était militaire : un court pagne de lin, une large ceinture et une coiffure de cuir qui dissimulait sa chevelure. La dernière fois que je l'ai vue, elle portait aussi des armes, pensa Kamosé, mais c'étaient les miennes et elle s'éloignait. Cette fois, elle vient vers moi. Si elle redresse la tête, je verrai son visage ! Le cœur battant, il courut au bord de la terrasse pour mieux voir l'apparition, qui avait atteint le chemin du fleuve et marchait maintenant dans sa direction. Serrant les poings, il voulut de toutes ses forces qu'elle levât la tête, mais elle continua à n'offrir à ses regards que son long corps parfait et le sommet de sa coiffure.

Lorsqu'elle fut presque à sa hauteur, il remarqua soudain au bord du chemin un coffret dont le couvercle était ouvert. Frappé d'un effroi sacré, il oublia un instant la femme, car à l'intérieur, sur un coussin damassé, il y avait les insignes royaux. La lumière caressait les courbes des couronnes blanche et rouge et faisait étinceler l'or, le lapis et le jaspe du Sceptre et du Fouet qui les encadraient. Tandis qu'il les dévorait des yeux, presque en transe, des pieds chaussés de sandales entrèrent dans son champ de vision. La femme s'était arrêtée. Elle va prendre le coffret, pensa Kamosé avec excitation. Elle va me l'apporter. La femme se pencha et déposa avec respect ses armes de part et d'autre du coffret. Puis elle leva ses bras nus et s'inclina devant les symboles sacrés des rois égyptiens. Mais elle ne les toucha pas. Se redressant, elle franchit l'espace béant qui avait autrefois été l'entrée principale du vieux palais, et elle disparut.

Poussant une exclamation, il se précipita vers l'escalier avec l'intention de courir à sa rencontre mais, dès la première marche, il s'immobilisa, paralysé. Dévoré par l'angoisse, il tâcha d'imposer à ses pieds de bouger. Il s'imaginait entendre la femme dans les salles sombres au-dessous de lui. Elle montait l'escalier, le pied léger et sûr. Elle vient à moi ! cria-t-il sans émettre un son. Mon désir le plus cher va enfin être exaucé et la blessure de mon âme, guérie. Je t'ai été fidèle, messagère mystérieuse des dieux. Je n'ai rêvé d'autre étreinte que la tienne. Guéris-moi. Guéris-moi !

Elle était sur la dernière marche, une main délicate sur la pierre rugueuse, un genou brun ployé. Il aperçut confusément son visage, des yeux marron en amande, la courbe d'une joue. Elle lui chantait quelque chose, d'une voix aiguë et flûtée comme celle d'un oiseau. Puis il se réveilla, haletant, les pieds entortillés dans la couverture sur laquelle il avait dormi. Son appuie-tête était à l'autre bout de la terrasse. C'était le petit jour, et des oiseaux s'agitaient autour de lui, remplissant l'air de leurs chants matinaux.

Hébété, torturé par un sentiment de perte, couvert de sueur, il s'avança en titubant au bord de la terrasse. Un court instant, il crut apercevoir le coffret sur le côté du chemin, mais il cligna les yeux et ne vit plus rien que la terre battue, des herbes éparses et les eaux fraîches du fleuve. Il tomba à genoux. « Non, Amon. Non, Amon », gémit-il, jusqu'à ce que la douleur lui paralyse la langue et qu'il ne puisse rien faire d'autre que se balancer d'avant en arrière. A l'est, le soleil se libérait lentement de l'horizon et commençait à enflammer l'air.

Kamosé avait eu l'intention de se laver, de manger, puis de se rendre au temple pour y saluer le grand prêtre et s'entretenir avec lui de la grande cérémonie d'action de grâces à venir. Au lieu de cela, il marcha dans le jardin jusqu'à ce que ses tremblements et son esprit s'apaisent. Lorsque, finalement, il se dirigea vers les appartements de sa sœur, la maison commençait à s'éveiller. Il croisa des serviteurs chargés de linge propre, de cruches d'eau, de plateaux d'où s'élevait une bonne odeur de pain frais. La garde changeait ; les sentinelles de la nuit, fatiguées, cédaient leur place à celles du matin. Les balais de brindilles soulevaient partout des nuages de poussière. Kamosé entendit les aboiements graves de Béhek quelque part dans le jardin.

Arrivé devant la porte d'Ahmès-Néfertari, il frappa. Raa vint lui ouvrir. « Mon frère est-il là ? demanda Kamosé.

– Non, sire, répondit la servante. Son Altesse vient de partir se baigner.

– Si Ahmès-Néfertari est réveillée, je souhaite lui parler. Annonce-moi, s'il te plaît. »

Raa s'inclina et referma la porte. Kamosé attendit. La servante revint bientôt, et il entra dans la chambre à coucher de sa sœur.

Elle donnait à l'est, comme toutes les chambres de la famille, afin de laisser entrer la douce lumière du matin tout en étant protégée du soleil et de la chaleur de l'après-midi. Raa avait ôté la natte fermant la petite fenêtre, si bien qu'un rai de lumière blanche s'étirait sur le carrelage bleu et éclairait gaiement la pièce. Sur un fauteuil se trouvait la robe qu'Ahmès-Néfertari porterait ce jour-là et, à côté, sa table de toilette ouverte révélait les pots et les fioles contenant ses parfums et ses fards. Ses paires de sandales étaient soigneusement rangées au-dessous. Dans un coin de la chambre, il y avait un tabernacle de Sekhmet, la déesse lionne, et, devant lui, un encensoir plein de cendres grises. Au chevet du lit trônait une petite statue de Bès, le souriant et gras protecteur des familles. Kamosé se souvenait de lui. Bès avait occupé une place d'honneur dans les appartements de Tétishéri jusqu'à ce qu'on lui demande de protéger les femmes enceintes de la famille. Kamosé, qui avait trois ans à la naissance d'Ahmosis, l'avait vu accroupi près du lit de sa mère. Ce souvenir comprenait aussi le rire de son père et le soprano têtu de Si-Amon, et il se hâta de le chasser de son esprit avant qu'une émotion ne surgisse.

Sa sœur était encore couchée. Adossée à des coussins, elle avait les yeux gros de sommeil, et ses longs cheveux tombaient en broussaille sur ses épaules. Elle lui tendit une main, mais son sourire de bienvenue s'effaça lorsqu'il s'approcha.

« Kamosé ! s'exclama-t-elle. Qu'as-tu fait, la nuit dernière ? Tu t'es enivré ? » Elle l'observa plus attentivement, et son sourire revint. « Tu as dormi dans le vieux palais, n'est-ce pas ? Tu es couvert de poussière.

– Tu as deviné, reconnut-il en posant un baiser sur sa main. J'aime cet endroit. J'y vais pour être seul et pour réfléchir. Comment vas-tu, ce matin ?

– Parfaitement bien, mais j'aimerais que ce bébé se dépêche de naître, répondit-elle avec une petite grimace. Je me sens si laide ! Et je suis souvent trop paresseuse pour me lever.

– Ahmosis t'adore. Il ne te trouvera jamais laide. Quant à ta paresse, pourquoi devrais-tu te lever avant qu'il ne soit l'heure de venir assister à ma grande cérémonie d'action de grâces ?

– Ah ! oui, fit-elle avec un soupir. Quelle année merveilleuse, n'est-ce pas ? Des enfants, des victoires, votre retour à Ahmosis et à toi… » Elle se mordit les lèvres. « Mais il y a Tani… Je n'y pensais plus en me réveillant, puis le souvenir m'est revenu, et la colère était toujours là, Kamosé. Le sommeil ne l'a pas effacée. J'essaie de retrouver l'amour que j'avais autrefois pour elle, mais il a disparu. Je n'éprouve même pas de pitié. Elle nous a tous trahis. Je suppose que je m'étais imaginé qu'Ahmosis et toi vaincriez Apopi, que vous sauveriez Tani, qu'elle épouserait Ramosé et que tout redeviendrait comme avant. » Elle passa une main sur son visage. « C'était un rêve d'enfant, et il s'est dissipé. Je suis devenue adulte en une soirée. »

Ses paroles faisaient écho à celles de son mari. Kamosé la regarda avec attention. Il y avait effectivement quelque chose de différent en elle, dans ses yeux peut-être. Quoique aussi lumineux qu'avant, ils semblaient avoir un éclat plus dur.

« Il ne faut pas que cela te rende amère, dit-il très vite.

– Amère ? répéta-t-elle avec un rire âpre. C'est toi, le roi qui par désir de vengeance a éventré l'Égypte comme un taureau sacrificiel, qui me dis cela ? Oh ! ne t'inquiète pas, Kamosé, ajouta-t-elle devant sa réaction. Nous reconnaissons tous que c'était nécessaire. L'Égypte renaît aujourd'hui, et tout l'honneur t'en revient. Mais tu ne peux nier qu'il y ait une grande amertume dans ton cœur.

– Je ne le nie pas, Ahmès-Néfertari. Pardonne-moi de t'avoir parlé avec condescendance. »

Il restèrent un instant silencieux, écoutant le babil des oiseaux et les voix assourdies des jardiniers qui se mettaient au travail. Puis Ahmès-Néfertari déclara :

« Tu ne viens pas souvent dans mes appartements, Kamosé. Souhaitais-tu me parler de quelque chose de particulier ?

– Oui, répondit-il en la regardant dans les yeux. Je veux que tu me dises ce que tu me caches.

– Ce que je te cache ? »

Elle semblait totalement prise au dépourvu, mais Kamosé crut percevoir une infime contraction, peut-être même l'ombre d'une peur, sur son visage.

« Tu sais de quoi je veux parler, insista-t-il avec brusquerie. Deux fois depuis mon retour, j'ai vu passer quelque chose dans tes yeux. Deux fois en une seule journée, Ahmès-Néfertari. Ne me mens pas, je t'en prie.

– J'essaie de ne jamais mentir, répondit-elle d'une voix faible. Je ne suis pas certaine de savoir de quoi tu veux parler.

– Laisse-moi t'aider, dans ce cas. Je vais me confier à toi, ma sœur, et en échange tu me diras tout. Entendu ? »

Elle acquiesça avec hésitation. Kamosé se leva et alla se poster près de la fenêtre. Maintenant que le moment était venu de s'épancher, il avait du mal à commencer. Il parla sans la regarder.

« C'est toujours seul que j'ai été le plus heureux, dit-il doucement. Même enfant, j'avais beau vous aimer tous, jouer, nager et chasser, il y avait en moi quelque chose que ne pouvait satisfaire qu'un endroit solitaire.

– Le vieux palais, remarqua Ahmès-Néfertari. Papa nous interdisait d'y aller, mais tu ne lui obéissais pas. »

Kamosé se retourna pour lui sourire.

« C'est vrai. Mais ce n'est pas mon besoin de solitude que je veux te faire comprendre. C'est ma réticence à me marier, à prendre femme. Elle tient en partie à mon désir de mener une vie de célibataire, mais la raison principale en est ailleurs. Je ne suis pas vierge, Ahmès-Néfertari, et je n'ai pas refusé de t'épouser parce que je ne te trouvais pas à mon goût. Loin de là ! Je ne pouvais pas envisager ce mariage à cause d'une autre femme.

– Mais... »

Il l'arrêta d'un geste.

« Attends ! Ce n'est pas une femme de chair et de sang. Elle m'apparaît en rêve, très rarement. C'est elle qui m'a montré comment me révolter contre Apopi après qu'il fut venu ici nous juger, quand tout semblait perdu. J'ai d'abord pensé qu'elle n'était rien de plus que l'incarnation de tout ce que je désirais, la femme idéale correspondant aux aspirations de mon ka. Mais à présent... »

Il s'interrompit un instant, regardant sans le voir le jardin inondé de soleil. En arriver à la conclusion qu'elle m'a été envoyée par Amon en personne est une chose, pensait-il, le dire à haute voix en est une autre. C'est effrayant de se sentir sous le regard direct d'un dieu, même si on lui adresse des prières tous les jours.

« Je ne l'avais pas revue jusqu'à la nuit dernière, reprit-il. Pendant tous nos mois de campagne, elle m'a manqué comme une amante. Je n'ai jamais vu son visage, Ahmès-Néfertari, seulement son beau corps souple et sa magnifique chevelure. Mais j'en suis venu à croire… » Il se retourna. Sa sœur l'écoutait avec une profonde attention. « J'en suis venu à croire qu'elle m'apporte les messages d'Amon en personne. Je vais te raconter ce qu'elle a fait la nuit dernière, puis tu interpréteras ses actes. J'ai le net sentiment que tu en es capable.

– Je ne suis pas prêtresse, Kamosé ! protesta Ahmès-Néfertari. C'est au temple que tu devrais aller. »

Kamosé ne vit dans ses paroles qu'une ultime dérobade. Il n'en tint aucun compte et lui relata son rêve, le revivant avec une telle intensité qu'il dut s'interrompre à plusieurs reprises. Ahmès-Néfertari s'agitait de plus en plus à mesure qu'il parlait, si bien que, lorsqu'il se tut enfin, elle se tenait toute droite dans son lit, les mains crispées sur le drap.

« Voilà. Je me suis confié à toi, ma chérie, dit Kamosé en tirant un fauteuil près de son lit. C'est maintenant à ton tour d'être sincère avec moi. »

Il s'attendait à de la résistance, à des refus, ou même à ces larmes auxquelles elle était encline, mais ses mains se desserrèrent peu à peu, et elle les croisa sur son ventre proéminent.

« Les gens pensent que tu n'es pas perspicace parce que tu parles rarement, dit-elle enfin. Ils croient que tu es replié sur toi-même et que tu ne remarques pas ce qui se dit autour de toi, sans parler de ce que trahissent une expression ou un geste. » Elle poussa un soupir. « Tu es un homme intelligent, Kamosé. Un grand guerrier, doué d'une probité et d'un caractère inflexibles qui te rendent facile à respecter mais difficile à aimer. Je ne parle pas de ta famille, bien sûr. Nous avons tous, semble-t-il, sous-estimé ton discernement. Pardonne-nous d'avoir voulu t'épargner de souffrir. »

Kamosé se rendit compte qu'elle cherchait un moyen d'exprimer quelque chose de terrible.

« Continue, fit-il avec brusquerie.

– L'hiver dernier, avant que vous ne repartiez dans le Nord, Amonmosé a fait deux sacrifices pour toi : un taureau et des colombes. Le sang du taureau était noir, et les colombes pourries à l'intérieur. Bouleversé, Amonmosé a demandé une explication à l'oracle d'Amon.

– Ces sacrifices, interrompit Kamosé, la gorge serrée, concernaient-ils mes succès militaires ou moi seul ? »

Ahmès-Néfertari avala péniblement sa salive.

« Toi seul. L'oracle a parlé, et Amonmosé a interprété ses paroles. Oh ! Kamosé, s'écria-t-elle avec véhémence. Tu connais les oracles ! Ils s'expriment dans un langage obscur qu'il est facile de traduire de travers. Promets-moi de ne pas trop prendre à cœur ce que je vais te dire.

– Tout dépend du rapport avec mon rêve, répondit-il. Comment es-tu au courant ?

– J'ai entendu mère et grand-mère en parler un après-midi, au bord du bassin. Elles me croyaient endormie. Elles me considèrent comme une écervelée qui ne se soucie pas de retenir ce qu'elle entend, tu comprends, et encore moins d'y réfléchir.

– Je regrette, dit doucement Kamosé.

– Ça n'a pas d'importance. Ahmosis me voit autrement, et c'est tout ce qui compte pour moi.

– Tu t'es confiée à lui ?

– Oui. J'avais besoin de partager ce poids avec quelqu'un.

– Et qu'a dit l'oracle ? »

Il n'avait pas envie de savoir, pas vraiment. Maintenant que le moment était venu, il reculait, comme devant une odeur fétide, sachant que les mots diraient vrai et que son destin serait inéluctable. Ahmès-Néfertari baissa la tête.

« "Il y eut trois rois, puis deux, puis un, avant que la tâche du dieu ne fût accomplie", fit-elle dans un souffle. Ce n'est pas si difficile à comprendre, Kamosé.

– Non, reconnut-il au bout d'un instant, prenant soudain conscience qu'en dépit de la chaleur qui régnait dans la pièce, il avait les mains et les pieds glacés. Je l'ai regardée s'arrêter près du coffret, murmura-t-il. Mon cœur a battu plus vite. Je croyais qu'elle allait prendre les insignes royaux et me les apporter. Le combat est presque fini, ai-je pensé en rêve. Je serai bientôt l'Aimé de Maât, le

Seigneur des Deux Terres. Mais elle n'y a pas touché. Elle est venue à moi les mains vides... » Il lutta pour maîtriser la tension de sa voix. « Je ne m'assiérai jamais sur le trône d'Horus, n'est-ce pas, Ahmès-Néfertari ? Je ne porterai jamais la Double Couronne. C'est à Ahmosis que reviendra cet honneur. Vais-je donc mourir bientôt ? »

La jeune femme rejeta son drap et, se penchant vers lui, passa les bras autour de son cou.

« Peut-être que ce dernier roi n'est pas Ahmosis, dit-elle. Peut-être est-ce lui qui mourra. »

Il l'étreignit avec force pour la remercier de la générosité de ses paroles, mais secoua la tête contre sa joue chaude.

« Cela ne concorde pas avec mon rêve, dit-il. Non. Ahmosis et moi ensemble avons presque entièrement libéré l'Égypte, mais ce sera lui qui recueillera l'ultime récompense. » Il l'écarta avec douceur et se leva. « Merci de ne pas m'avoir traité comme Tétishéri et Ahhotep te traitent. » Avec un faible sourire, il l'embrassa et se dirigea vers la porte.

« Je t'aime, ma sœur.

– Moi aussi, Kamosé. »

Elle le regardait avec calme, en égale, et cette pensée réconforta un peu Kamosé, tandis qu'il refermait doucement derrière lui et se dirigeait vers ses appartements.

13

Les remerciements adressés à Amon pour l'inspiration et l'aide qu'il avait apportées à la maison des Taâ, et qui avaient culminé dans la grande victoire remportée à Het néfer Apou, donnèrent lieu à la plus somptueuse cérémonie que l'on eût vue à Oueset de mémoire d'homme. Pour assurer le faste de la fête, Kamosé avait puisé dans l'or raflé sur les navires sétiou et conservé dans le temple. L'hommage qu'il rendrait en personne au dieu devant des milliers de personnes devait avoir lieu en fin d'après-midi, mais le matin de la cérémonie, Kamosé se leva avant l'aube et, vêtu simplement d'un pagne et d'une coiffure de lin, alla saluer Amon de bonne heure en signe de respect.

Sur le chemin du fleuve désert, il régnait ce silence particulier qui précède le lever du soleil. Kamosé le suivit jusqu'au canal, dont il longea ensuite le bord. Devant lui se dressaient les môles du pylône, masses sombres se découpant sur un ciel encore obscur, et les murs de l'enceinte sacrée se perdaient dans les ténèbres. Un unique point de lumière brillait dans l'avant-cour. Kamosé marcha jusqu'à lui et fut salué par le grand prêtre. « Va te purifier », dit celui-ci en passant la lampe à un aide. Docilement, Kamosé suivit l'enfant jusqu'au lac sacré, dont la surface paisible était d'un noir d'encre. Là, il se dévêtit et, descendant un des quatre escaliers de pierre qui menaient à l'eau, il s'y plongea entièrement. Puis il se sécha rapidement avec le linge que lui tendait l'enfant, enfila ses sandales et retourna à l'endroit où l'attendait le grand prêtre.

« Je suis purifié », dit-il.

Amonmosé le conduisit alors dans la cour intérieure. Le toit ne laissait jamais entrer que les rayons obliques du soleil couchant et, à cette heure, des torches flambaient sur le fût des colonnes. Les autres prêtres venaient d'apporter sur l'autel central leurs offrandes de nourriture, de bière, de vin, d'huile et de fleurs, qu'ils purifiaient en les aspergeant d'eau sacrée et consacraient avec de l'encens. Kamosé respira profondément. Le temple, comme le vieux palais, avait toujours parlé à ce qui, en lui, avait besoin du soutien de l'ordre divin et du réconfort de la continuité. Dans le parfum des fleurs fraîches et l'odeur douce et âcre de l'encens, il sentit tout son être se détendre. Derrière lui, les chanteurs du temple se rassemblaient en murmurant, mais il ne se retourna pas.

Dans sa longue robe blanche avec, jetée sur l'épaule, la tête grondante de sa peau de léopard, Amonmosé s'avança vers le sanctuaire. Il s'arrêta devant la porte, attendant qu'un aide posté sur le toit du temple lui signalât l'apparition du soleil à l'horizon. Lorsque le cri retentit, il brisa le sceau d'argile et ouvrit en grand les deux battants. Aussitôt, un prêtre psalmodia : «Lève-toi en paix, grand dieu! Lève-toi!» Puis ce fut au tour des chanteurs d'entonner d'une voix sonore : «Tu es levé! Tu es en paix! Lève-toi en paix! Éveille-toi à la vie, dieu de cette cité!» Le prêtre reprit ses psalmodies, et le chœur répondit : «Que ton front s'éveille en beauté, ô visage radieux qui ne connaît pas la colère!»

Amonmosé fit signe à Kamosé, qui s'avança avec lui en présence d'Amon. Dans le saint des saints, le cœur secret du temple, le dieu souriait avec bonté. Les flammes orangées des torches coulaient sur sa peau dorée comme des huiles précieuses. Les deux plumes d'autruche du Grand Criailleur s'élevaient délicatement au-dessus de la couronne qui lui ceignait le front. Les mains sur les genoux, il contemplait Kamosé. A sa gauche, la barque sacrée dans laquelle il faisait ses quelques voyages annuels reposait sur son socle. A sa droite se trouvaient le coffre en cèdre contenant les divers objets dont Amonmosé avait besoin pour procéder aux ablutions, ainsi qu'un autel encore chargé des offrandes de la veille.

Kamosé baisa les mains et les pieds de son protecteur, puis recula. Dans un geste rituel, qui n'en était pas moins empreint d'une affection touchante, le grand prêtre étreignit le dieu, ramenant ainsi son âme du ciel à sa place dans le temple. Quatre fois, il chanta : «Je vénère ta majesté avec les mots prescrits, avec les prières qui accroissent ton prestige, dans tes noms illustres et dans les saintes manifestations par lesquelles tu t'es révélé au premier jour du monde. »

Amonmosé accomplit ensuite les tâches de sa charge : ôter les offrandes de la veille et les remplacer par les présents déposés dans la cour intérieure, laver, maquiller et vêtir le dieu, puis lui présenter les bandes de lin blanche, bleue, verte et rouge représentant la totalité de l'Égypte. Tandis que le grand prêtre s'affairait et que, à l'extérieur, résonnaient la voix et les instruments des chanteurs, Kamosé parla à voix basse : « Mon seigneur, protecteur d'Oueset et défenseur de ma famille, commença-t-il, la gorge serrée. Je reconnais ta toute-puissance, je révère ton pouvoir bénéfique. Plus tard, je viendrai à toi dans la pompe et la splendeur, mais je me présente maintenant devant toi avec l'humilité d'un fils. Je te remercie de la victoire que tu as bien voulu donner à mes armées. Je te remercie des rêves sacrés que tu m'as envoyés pour me faire connaître tes désirs. Je te remercie de m'avoir accordé le privilège de débarrasser ce pays de la souillure des pieds étrangers afin que tu puisses fouler son sol sans souffrir, et je te jure que, si tu me livres Het-Ouaret, je t'élèverai au-dessus de tous les dieux et que tu verras tous les genoux d'Égypte plier devant ta magnificence. »

Mais je ne te remercierai pas pour ton oracle, continua-t-il à part lui. Ta volonté me semble cruelle, ô grand dieu !, bien qu'elle soit juste, naturellement. Pardonne-moi ce fond de peur tapi dans mon âme.

Enveloppé dans la fumée grise et odorante de l'encens, Amonmosé prit le bol d'albâtre contenant l'huile *medjet*, y plongea l'auriculaire droit, dont il effleura avec respect le front du dieu pour le protéger du mal et des influences impures. Puis il lui offrit les sels : cinq grains de natron de Nékheb, cinq grains de résine et cinq grains de sels inférieurs. Ô Amon, permets que je vienne un jour ici faire sanctifier ma propre divinité, en dépit de ce terrible oracle ! pensa Kamosé avec passion. Prends pitié de ma souffrance ! Accorde-moi de recueillir l'ultime récompense de nuits désertées par le sommeil et de journées peuplées de morts ! Mais sur le visage souriant et énigmatique du dieu, il ne décela pas de changement, pas de signe que la puissance habitant le sanctuaire se laisserait fléchir.

Amonmosé avait presque achevé les rites matinaux. Il aspergea le sol et les murs du sanctuaire d'eau sacrée, puis voila la face du dieu.

Après avoir répandu sur le sol l'encens inutilisé, il prit un balai et, précédé de Kamosé, sortit à reculons, en effaçant au fur et à mesure la trace de leurs pas. Le souverain jeta un dernier regard à l'être sublime qui était devenu le compagnon de son âme aussi bien que son dieu, puis le grand prêtre referma la porte et la scella de nouveau. Les chanteurs se turent, se prosternèrent et se dispersèrent.

« Accompagne-moi dans la sacristie, Majesté, dit Amonmosé en souriant. J'ai quelque chose à te montrer. »

La lumière limpide de l'aube éclairait maintenant l'avant-cour, et le ciel était d'un bleu délicat. L'estomac de Kamosé protestait, il se sentait soudain une faim dévorante. Il accompagna néanmoins le grand prêtre jusqu'à l'une des petites pièces latérales de la cour. Remettant sa peau de léopard au jeune garçon qui attendait, celui-ci se dirigea vers un des immenses coffres rangés contre les murs, et en sortit un collier qui brilla dans la pénombre.

« Les joailliers d'Amon ont pris la liberté d'en fabriquer dix comme celui-ci, déclara le grand prêtre. Amon t'a donné la victoire. Ils ont donc travaillé avec la certitude que tu souhaiterais distribuer l'Or de la Vaillance à ceux qui se sont distingués au combat. »

L'Or de la Vaillance ! Kamosé demeura un instant silencieux, submergé par l'émotion. Prenant le lourd collier des mains de son ami, il le contempla longuement. Chacun de ses anneaux d'or, quoique épais, était délicatement filigrané. Kamosé n'ignorait pas les heures de patient travail que cette œuvre représentait.

« Je ne sais comment te remercier, Amonmosé, dit-il d'une voix rauque. Ni l'Or de la Vaillance ni les Mouches d'or n'ont été distribués de mémoire d'homme. Je peux seulement te promettre que les coffres d'Amon déborderont bientôt de plus d'or que lui-même n'a pu l'imaginer. Fais envoyer ces colliers à Akhtoy, ajouta-t-il en serrant le grand prêtre dans ses bras. Je les distribuerai à la fête de ce soir. Que les joailliers viennent, eux aussi. Ce n'est pas la coutume que de simples artisans soient invités à des cérémonies aussi officielles, mais je veux que leur dévouement soit publiquement reconnu. »

Un instant, il fut tenté de s'épancher, d'interroger le grand prêtre sur l'oracle, de lui confier ses inquiétudes, mais il tint sa langue. Que cela lui plût ou non, le sang et le rang imposaient un fossé, petit mais infranchissable, entre lui-même et l'homme souriant qui lui faisait face. Il le salua et quitta le temple.

Dans l'après-midi, vêtu de lin tissé d'or, coiffé d'une perruque surmontée d'un bandeau d'or et de lapis, le pectoral royal scintillant sur sa poitrine brune, Kamosé fut porté au temple au milieu d'une foule en délire. Derrière lui venaient ses femmes dans des litières aux rideaux relevés – un détail auquel il avait tenu en dépit des protestations de Tétishéri, qui ne souhaitait pas être exposée au regard du public. Les Gardes du Roi, commandés par Ankhmahor, entouraient la famille royale, précédés par les hérauts, qui criaient les titres du souverain. Les princes et leurs officiers fermaient la marche.

Le long du parcours, des marchands avaient dressé leurs éventaires branlants et vendaient de tout, depuis des statues grossières d'Amon en argile jusqu'à des amulettes censées communiquer à leurs porteurs un peu de la magie de ce jour béni. Certains proposaient à grands cris des tranches d'hyène, du poisson frit dans de l'huile de carthame, des légumes de saison accompagnés d'aneth, de persil ou de menthe, de la bière forte et sombre, tout ce qu'il fallait pour soutenir des gens qui avaient commencé à s'assembler peu après que Kamosé fut rentré de sa visite matinale au temple, et qui avaient attendu patiemment mais bruyamment le passage du cortège. De petites embarcations de toutes sortes encombraient le fleuve. Les enfants jetaient des pétales de fleurs qui tombaient en pluie sur les spectateurs.

Dans l'avant-cour du temple se pressaient les chanceux qui s'étaient assuré de bonnes places en jouant des coudes. Des jeunes gens assis au-dessus des colonnes criaient des encouragements insolents à ceux qui se bousculaient au-dessous. Il fallut quelque temps aux hérauts pour ouvrir un passage au cortège royal, mais les porteurs finirent par déposer les litières à l'entrée de la cour intérieure.

Là, le maire d'Oueset et d'autres notables locaux attendaient, vêtus de leurs plus beaux habits. Après s'être prosternés devant Kamosé, Ahmosis et les autres membres de la famille, ils regardèrent leur roi s'approcher de la porte du sanctuaire et allumer les encensoirs qu'on lui présentait avec respect. Kamosé les prit ensuite des mains des servants et, les tenant haut, commença la cérémonie d'action de grâces. Sa voix grave et forte s'éleva au-dessus du vacarme de la cour et finit par en venir à bout. Lorsqu'il se tut, les chanteurs du temple entonnèrent un chant de louanges : «Nous te saluons, Amon, Seigneur de la Terre rouge, vivifieur de la Terre noire ! Nous te saluons, Amon, grâce à qui l'envahisseur a été écrasé sous les pieds de ton fils choisi, Kamosé ! Nous te saluons, toi pour qui l'Égypte vit, toi dont le cœur nourrit l'Égypte ! »

Longues chevelures noires dénouées et claquoirs à la main, les danseuses sacrées tournoyèrent et se prosternèrent, puis, s'allongeant de tout son long sur les dalles de pierre, Kamosé rendit publiquement hommage au dieu d'Oueset.

Cette fois, il n'avait pas apporté de tribut, il n'avait rien de concret à offrir. Mais en esprit, les yeux clos et la joue dans la poussière, il éleva vers Amon les corps desséchés des Sétiou se décomposant dans le désert, et le sang étranger qui avait coulé à Het néfer Apou. Prends, Amon, implora-t-il. C'est une nourriture qui convient à une Maât affaiblie. Accepte-la comme promesse de l'heure où toute l'Égypte sera purifiée.

Après la cérémonie, ils furent reconduits chez eux au milieu des acclamations. Ankhmahor posta des sentinelles près du débarcadère et le long du mur d'enceinte, afin de décourager les citoyens trop enthousiastes qui auraient l'idée d'aller rendre hommage personnellement à leur souverain. Mais la foule se dispersa rapidement après que Kamosé et sa famille eurent disparu à sa vue. L'après-midi était devenu étouffant, comme d'habitude en été dans le Sud, et personne n'avait envie de s'attarder loin de la relative fraîcheur de sa demeure. A l'intérieur du domaine des Taâ, le silence se fit. Hôtes, invités et serviteurs allèrent s'étendre, et Kamosé lui-même s'endormit, pour ne se réveiller que lorsqu'un léger assombrissement du ciel annonça un coucher du soleil bienvenu.

Les invités se rappelleraient pendant de nombreuses années le banquet qui fut donné ce soir-là. L'espoir et le triomphe flottaient dans l'air tiède, se mêlant au parfum des fleurs qui jonchaient les petites tables basses ou frissonnaient au cou des dîneurs, à l'odeur appétissante des innombrables plats apportés par des serviteurs respectueux, vêtus de la livrée bleu et blanc d'une maison royale.

Les récoltes allaient bientôt commencer, si bien que les plats débordaient de laitue, de petits pois brillants, de pousses d'oignon, de tranches de radis blanches liserées de rouge, de pois chiches, le tout arrosé d'huiles d'olive, de sésame ou de *ben*, et assaisonné d'aneth, de coriandre, de fenouil et de cumin. Canards, oies, poissons-inet, morceaux de gazelle rôtis, grillés ou bouillis, s'offraient en abondance aux doigts gourmands. Les grenades tachaient de leur jus le linge fin des invités, et ceux-ci se délectaient du raisin délicieusement sucré, cueilli à la treille qui ombrageait l'allée reliant le débarcadère à la maison. Il y avait aussi des figues trempées dans du miel, des gâteaux *shat* et des pâtisseries aux noisettes. Des jarres de vin blanc ou rouge furent décachetées l'une après l'autre et versées dans les coupes que tendaient les convives, assis ou étendus sur les coussins.

Les musiciens s'évertuaient en vain dans le brouhaha et les éclats de rire mais, parfois, pendant une courte accalmie, on entendait les tambourins et la plainte des pipeaux. A mesure que la soirée avançait, les cônes de cire parfumée fixés sur les perruques des banqueteurs fondaient, ajoutant une autre odeur forte à celles qui flottaient dans les courants d'air que laissait entrer la colonnade.

Les membres de la famille ainsi que les princes et le grand prêtre avaient pris place sur une estrade, à une extrémité de la pièce. Le visage empourpré mais visiblement heureuse, Ahmès-Néfertari mangea peu et observa les convives bavards et joyeux assis dans la salle. Sa main reposait sur la cuisse d'Ahmosis. Celui-ci dévora tout ce que l'on plaçait devant lui avec un joyeux appétit, offrant de temps en temps un bon morceau ou une gorgée de vin à son épouse. Ahhotep mangea avec sa dignité habituelle, tout en conversant avec le prince Iasen. Tétishéri picora les mets délicats que lui apporta Ouni, demanda de la bière à la place du vin et ignora délibérément Néfer-Sakharou, qui s'était très vite enivrée et se plaignait que sa viande fût insuffisamment cuite. Ramosé regardait sa mère avec un sourire indulgent. Depuis son arrivée, il avait passé l'essentiel de son temps en sa compagnie, se promenant avec elle dans le jardin ou sur le fleuve, jouant au zénet ou au jeu de chien et chacal dans ses appartements. Il ne sembla pas remarquer le ton autoritaire avec lequel elle s'adressait à un sous-intendant harassé. A quatre pattes ou vacillant sur ses deux jambes, Ahmosis-onkh circulait avec ravissement parmi les invités, se servant dans leurs assiettes et fourrant dans sa bouche ce qu'il y prenait en babillant avec entrain. Sa nourrice le suivait, non sans anxiété.

De son côté, Kamosé mangea son soûl, puis, une coupe à la main, il parcourut du regard la salle de réception. Elle était restée si longtemps vide et l'atmosphère avait fini par y devenir si mélancolique que la famille l'évitait. A présent, elle remplissait de nouveau sa véritable fonction, et le vacarme joyeux du moment présent avait fait taire les murmures lugubres du passé.

La voix tranchante de Néfer-Sakharou l'arracha à ses réflexions, et il l'observa d'un air songeur. Elle avait été si brave, si digne, ce jour terrible où il avait été contraint d'exécuter Téti. Depuis qu'elle était à Oueset, elle avait changé, s'était aigrie. Il m'est difficile de le lui reprocher, se dit Kamosé, et je n'ai pas envie ce soir de me demander si elle représente une menace, si elle peut affaiblir la fidélité de Ramosé à mon égard, si sa langue de femme peut influencer un prince. Ou deux. Il poussa un soupir. C'était un sujet de préoccupation de plus. La morsure d'une fourmi a beau ne pas être aussi douloureuse que la piqûre d'un scorpion, on la sent tout de même.

« Qu'as-tu, Kamosé ? demanda Tétishéri. Tu soupires comme un enfant qu'on arrache à son jouet pour l'emmener prendre un bain. Ce qui est précisément ce dont Ahmosis-onkh aurait besoin. Regarde-le ! Un petit prince dégoulinant de miel.

– Je pensais à Téti », répondit Kamosé.

Le regard de Tétishéri se posa sur la mère de Ramosé.

« Non, pas à lui, dit-elle. Je suis d'accord avec toi, Kamosé. Il faudra surveiller Néfer-Sakharou pendant que les princes sont ici. C'est une ingrate et une peste. Quel dommage ! C'était une hôtesse et une femme de gouverneur si gracieuse et aimable, autrefois.

– La guerre nous a tous changés, dit Kamosé. Il nous a fallu parcourir une route bien longue et bien sombre pour aboutir à cette heure, à cette réunion. Nous nous réjouissons, mais nous n'en sommes pas moins blessés.

– Pas aussi gravement qu'Apopi, répliqua Tétishéri. Il a perdu l'Égypte. Et à propos de ce serpent, sais-tu que celui de la maison n'est pas revenu ? Ahmès-Néfertari est inquiète. Elle y voit un mauvais présage pour sa grossesse.

– Ma chère sœur ! s'exclama Kamosé avec un petit rire. Toujours aussi superstitieuse ! Je plains le nouveau reptile qu'attirera l'odeur du lait. Il lui faudra affronter Ahmosis-onkh ! »

Se levant, il adressa un signe au héraut debout au bord de l'estrade et à Akhtoy, qui se tenait derrière lui. Dans la salle, le brouhaha diminua, puis se tut tout à fait quand la voix forte du héraut résonna.

«Silence pour le Taureau puissant de Maât, Vivifieur des Deux Terres, Vainqueur des Sétiou, Aimé d'Amon, Sa Majesté le roi Kamosé Taâ ! »

Un instant, celui-ci parcourut du regard l'océan des visages tournés vers lui, indistincts en dépit des torches qui brûlaient sur les murs. Leur lumière orangée faisait scintiller, ici une boucle d'oreille, là une coupe en argent ou un serre-tête, et jetaient de longues ombres sur l'assistance joyeuse et ébouriffée.

«Citoyens d'Oueset, serviteurs d'Amon, amoureux de l'Égypte, commença-t-il. Ce soir, nous fêtons la fin de deux ans de combats, de souffrances et de victoires. Ce soir, nous entrevoyons, comme une oasis aperçue au milieu d'une tempête de sable, la fin de la domination sétiou et le retour à la gloire d'une Maât enfin restaurée. Tous, dans cette salle, vous m'avez suivi avec fidélité, vous m'avez accordé votre confiance, vous avez pris les armes pour moi. Je vous promets donc en retour une administration équitable et juste lorsque le trône d'Horus occupera de nouveau la place qui est la sienne, ici, à Oueset, et que l'Incarnation véritable y sera assise.» Il s'interrompit, sentant brusquement peser sur lui le regard de son frère. Sur son signe, Akhtoy lui apporta un petit coffret en cèdre. «Du temps de mes ancêtres, avant que les Sétiou n'arrivent avec leurs dieux corrompus et ne nous contraignent à nous battre comme des bêtes sauvages et non comme des hommes, la coutume voulait que le roi récompense le guerrier avec l'Or de la Vaillance et le brave avec les Mouches d'or. Je suis fier de rétablir cette ancienne et honorable tradition.» Soulevant le couvercle du coffret, il en sortit le premier collier. «Certains de notre victoire, les joailliers d'Amon ont fabriqué à nouveau l'Or de la Vaillance. Ils sont ici, ce soir. Je les remercie de la beauté de leur ouvrage, et de la foi inébranlable qu'ils ont en moi et dans le pouvoir d'Amon.»

Un murmure de surprise et d'admiration courut dans la salle lorsqu'il éleva le collier. Ses anneaux valaient dix ans de récolte sur n'importe laquelle de leurs terres, et ils le savaient.

«Ramosé ! appela Kamosé. Sois le premier à recevoir la reconnaissance de ton seigneur. Je t'accorde l'Or de la Vaillance pour t'être jeté volontairement dans la gueule du serpent et avoir ainsi rendu possible la déroute de l'ennemi. Sois certain que, lorsque nous aurons enfin gagné cette guerre, tu seras un des personnages les plus puissants d'Égypte.»

Ramosé s'avança gauchement au pied de l'estrade et regarda Kamosé en souriant.

« C'est très inattendu, sire, dit-il. Je n'ai fait que mon devoir.

– Et en l'accomplissant, tu as tout perdu, répondit doucement Kamosé. Approche-toi, mon ami. Cet or t'ira à la perfection. » Se penchant en avant, il passa le collier au cou de Ramosé. « Reçois l'Or de la Vaillance et la faveur de ton roi. »

Ces mots n'avaient pas été prononcés en Égypte depuis des hentis, et tout le monde le savait. Un silence respectueux tomba dans la salle. Puis d'un seul coup, ce fut une tempête d'applaudissements, et les invités se mirent à scander : « Ramosé ! Ramosé ! Longue vie à Sa Majesté ! » Le jeune homme regagna sa place sous une pluie de fleurs arrachées à ce qui restait des guirlandes défraîchies. Néfer-Sakharou le regarda d'un air désorienté, puis l'enlaça lorsqu'il se rassit à son côté.

« A présent, c'est à ton tour, prince Ankhmahor, dit Kamosé. Toute la soirée, tu as fait les cent pas dans la pièce pour surveiller tes Gardes. As-tu seulement mangé ? Viens ici. »

A l'autre extrémité de la salle, Ankhmahor était en effet debout près de la colonnade et scrutait la nuit. La voix de Kamosé le fit sursauter et il se dirigea vers l'estrade en contournant le désordre des tables.

« Ankhmahor, commandant des Gardes du Roi, dit Kamosé, tu m'as suivi sans hésitation, alors que tu avais beaucoup à perdre. Ta présence m'a été un réconfort et une source de force. Ton courage au combat est sans égal. Reçois l'Or de la Vaillance et la faveur de ton roi. »

Ankhmahor baissa gravement la tête, et le lourd collier lui fut passé autour du cou.

« Tu es généreux, sire, dit-il avec calme. Je ne mérite pas cet honneur, mais je jure de te servir jusqu'à mon dernier souffle. Ma famille et moi serons éternellement à ton service.

– Je sais, répondit Kamosé. Il ne rimerait à rien que je t'offre davantage de terres ou de richesses, car tu es déjà un homme fortuné, mais je te promets le poste de vizir si le dieu m'accorde de devenir l'Unique. Tu es sage et digne de confiance. »

Tandis qu'Ankhmahor se fondait de nouveau dans l'ombre, en lisière de la foule, Kamosé fouilla la salle du regard.

« Kay Abana ? appela-t-il. Où es-tu ?

– Je crois que je suis toujours ici, sire, répondit une voix sonore. J'avoue cependant que la qualité de ton vin m'a fait douter de mon existence, ce soir. »

Au milieu des éclats de rire, il se leva tant bien que mal, et Kamosé le dévisagea avec une feinte sévérité.

« Qui est la femme qui s'accroche à ta jambe et essaie de glisser des avertissements dans ton oreille arrogante ?

– C'est Idout, ma future épouse, répondit aussitôt Kay. Les femmes d'Oueset sont vraiment très belles. Je les admire depuis mon arrivée ici. Idout est la plus belle de toutes, et je l'emmènerai à Nékheb. Un capitaine de navire se doit d'être respectable.

– Veille à ce que son père y consente, dit Kamosé, amusé. Viens ici, à présent. Tu mérites un témoignage de mon déplaisir, poursuivit-il lorsque Kay fut au pied de l'estrade. Tu es le seul officier à avoir désobéi à un ordre.

– J'ai fait preuve d'initiative, protesta le jeune homme d'un air blessé. Je me suis conduit comme un officier doit le faire.

– Alors tu as mes remerciements, et cela devrait te suffire, répliqua Kamosé.

– Mais n'ai-je pas commandé un de tes navires avec beaucoup de compétence, sire ? objecta Kay sur le ton de la plaisanterie. N'ai-je pas été le seul officier à lancer mes hommes contre les Sétiou en fuite ? Est-ce que je ne mérite pas moi aussi un témoignage de ta royale reconnaissance ? »

Il y avait quelque chose de si franc, de si sain et de si rassurant chez Kay que Kamosé ne put s'empêcher de rire. Il se força à reprendre une expression sévère.

« Pahéri m'a parlé de toi comme d'un homme aux moyens modestes, satisfait de ta petite maison, de ton travail de constructeur de navires et de tes deux aroures de terres. Tu n'as pas besoin d'une récompense. Tu préfères mener une vie simple. »

Kay s'inclina, vacillant un peu sur ses jambes.

« Pahéri exagère mon degré de satisfaction, sire. Nékheb est certes très près du paradis d'Osiris, mais peut-être est-il envisageable de s'en rapprocher encore un peu. Quant à la construction de navires, qu'aurait fait Sa Majesté sans mes connaissances et celles de mon père ?

– On se le demande, en effet », dit Kamosé, en souriant à Abana.

Tandis que retentissaient dans la salle les cris de : «Nékheb est un trou aride!» et : «Les constructeurs de bateaux puent le roseau pourri!» Kamosé passa le collier d'or au cou du jeune homme.

«Reçois l'Or de la Vaillance et la faveur de ton roi, déclara-t-il. Et, à titre de punition supplémentaire, je te donne soixante-dix acres de terre dans ta ville et dix-neuf paysans pour la travailler. Une fois qu'Het-Ouaret sera tombée, naturellement.

– Naturellement, sire, répéta Kay en s'inclinant de nouveau. Et par conséquent, aussi sûrement que la nuit suit le jour, je serai en mesure de réclamer le généreux présent de Sa Majesté. Je te souhaite vie, santé et prospérité.»

Il regagna sa place, raffermi sur ses jambes, et se rassit à côté d'Idout.

Kamosé continua à distribuer les récompenses. Un par un, les princes vinrent recevoir le collier d'or. Comme à Ankhmahor, Kamosé précisa qu'ils n'avaient pas besoin de davantage de terres, et ils durent se satisfaire de la promesse qu'il leur fit de redistribuer les gouvernorats, le moment venu. Ils reçurent son accolade en silence et avec calme.

Hor-Aha fut le dernier prince à être honoré. Il s'approcha avec assurance de l'estrade et Kamosé se rendit compte qu'il n'avait rien à dire à son plus grand stratège. Passant le collier par-dessus les tresses noires du général, il effleura sa joue, puis recula. Leurs regards se rencontrèrent. Hor-Aha haussa les sourcils et sourit. En plus de son pagne de fête, de l'œil d'Horus en cornaline reposant sur sa poitrine et des bagues qui ornaient ses doigts, il portait toujours la grossière ceinture de cuir dans laquelle était cousue son amulette secrète, ce morceau d'étoffe imbibé du sang de Séqénenrê. Avec un frisson de dégoût, Kamosé se força à en détourner les yeux. Le général s'éloigna, remplacé par les commandants ayant mérité l'Or de la Vaillance, dont Pahéri.

Vint finalement le tour des Medjaï. Deux d'entre eux, choisis pour leur bravoure, s'avancèrent silencieusement jusqu'à l'estrade; avec leurs colliers d'argile bon marché et les rubans voyants qu'ils avaient noués dans leurs cheveux à l'occasion du banquet, ils détonnaient encore davantage parmi les nobles et les notables d'Oueset. Kamosé leur sourit, parla de leur adresse et de leur intrépidité, les remercia de ce qu'ils avaient fait, mais il ne put feindre de ne pas remarquer le silence embarrassé qui était tombé dans la salle, ni les murmures désapprobateurs qui y couraient.

«Que Seth les emporte ! grommela-t-il, lorsque la cérémonie fut terminée et qu'il se rassit près d'Ahmosis. Que leur noble sang les étouffe ! Pourquoi ne comprennent-ils pas que, sans les Medjaï, ils seraient encore en train de se tailler un chemin jusqu'à Het-Ouaret, en courant de grands risques d'avoir à verser un peu de leur précieux sang bleu ? Il m'arrive de les haïr pour de bon, Ahmosis.»

Celui-ci lâcha la main d'Ahmès-Néfertari pour se tourner vers lui.

«Nous en avons parlé cent fois, dit-il à voix basse. Leurs soupçons et leurs préjugés ne changeront pas, Kamosé. Nous ne pouvons que les tempérer de notre mieux en ne leur agitant pas sous le nez ta préférence pour des guerriers d'Ouaouat et pour un général noir. Pourvu que nous continuions à les flatter dans leur sentiment de supériorité, tout ira bien.» Il fit la moue et tapota le genou de son frère. «Le prince Mékétrê n'a pas reçu l'Or de la Vaillance, continua-t-il. Il n'est même pas ici. Pourquoi ?

– Il ne s'est pas battu pour moi, répondit Kamosé avec brusquerie. Il n'a fait que trahir Téti. L'Or de la Vaillance n'est pas pour des gens comme lui.

– Tu aurais dû au moins l'inviter à la cérémonie d'action de grâces et au banquet, insista Ahmosis. Tous les autres princes sont ici. Comment crois-tu qu'il réagira lorsqu'il apprendra que de grandes festivités se sont déroulées à Oueset et qu'il en a été exclu ? Il s'en offensera. Loin de se dire qu'il ne mérite pas l'Or de la Vaillance, il considérera que tu l'as délibérément insulté, que tu le méprises.

– Et il aura raison, répliqua Kamosé. Je ne l'ai pas délibérément insulté, Ahmosis, mais je ne l'aime pas et je ne lui fais pas confiance. C'est plus fort que moi.

– Il ne me plaît pas non plus, fit Ahmosis avec un soupir. J'espère seulement que nous ne nous préparons pas des ennuis futurs. Tu ne fais pas plus confiance à Iasen ni à Intef, mais ils sont ici.»

A cette vérité, Kamosé n'avait rien à répondre. Il finit sa coupe et, après avoir prié ses invités de continuer à s'amuser, il quitta discrètement la salle. Il en avait assez.

Le tapage de la fête le poursuivit. Même dans ses appartements, la porte fermée, il entendait encore les cris perçants et les éclats de rire des convives. Le jardin où il se glissa, un manteau jeté sur le bras, n'était pas plus tranquille. Bruits et lumières s'y déversaient à flots par la colonnade de la salle de réception. Kamosé se dirigea vers le fleuve, répondant en chemin aux qui-vive des sentinelles, et arriva au débarcadère, où la barque de la famille et quelques esquifs se balançaient sur l'eau, amarrés à leur piquet. Un peu plus loin, on distinguait la masse sombre des navires, dont les mâts perçaient le ciel étoilé. Un instant, Kamosé envisagea d'aller dormir dans la cabine qu'Ahmosis et lui avaient partagée pendant de si longues semaines, mais il se refusa ce refuge trop familier et trop confortable. Après avoir averti la sentinelle qui surveillait patiemment le fleuve, il s'enveloppa dans son manteau et s'étendit dans un des esquifs, où il s'endormit presque immédiatement.

Il n'entendit pas les convives ivres quitter la salle de réception à l'approche de l'aube, et regagner la ville ou les logements que Tétishéri leur avait trouvés. Il ne bougea pas non plus quand, aux premiers rayons du soleil, les serviteurs se préparèrent à une nouvelle journée. Ce ne fut que lorsque, son pagne retroussé haut sur les cuisses pour ne pas se mouiller, Akhtoy se pencha sur lui en l'appelant par son nom qu'il se réveilla enfin. Clignant les yeux dans la lumière vive du matin, il se redressa.

«Je te cherche depuis des heures, Majesté, dit l'intendant avec une pointe d'irritation. Les douleurs de Son Altesse ont commencé peu après qu'elle se fut retirée pour la nuit. Le médecin et sa mère sont auprès d'elle. Le prince Ahmosis déjeune près du bassin.

– Merci, Akhtoy, dit Kamosé en sortant de l'esquif. Je vais aller tenir compagnie à mon frère. Envoie-moi mon héraut, je te prie. Et ne me regarde pas comme ça! Je me laverai plus tard.»

Akhtoy s'inclina, regagna la berge et, après avoir enfilé ses sandales, disparut le long de l'allée. Kamosé suivit plus lentement.

Il trouva Ahmosis en train de déjeuner de pain, de fromage et de fruits, assis dans l'herbe sous un dais.

«Elle m'a réveillé au moment où j'allais m'endormir, dit celui-ci sans préambule. Elle n'est pas inquiète, plutôt soulagée de ne pas avoir à supporter un autre jour de grossesse par cette chaleur. Mère veillera à ce que tout se passe bien, et un prêtre est là pour encenser Bès.»

Il ouvrit adroitement une grenade et commença à en manger les grains rouges. Kamosé le regarda avec curiosité.

«Et toi? dit-il. Tu n'es pas inquiet?»

Ahmosis fronça les sourcils.

«Non, pas pour Ahmès-Néfertari, répondit-il enfin. C'est son troisième enfant. Elle est jeune, en bonne santé et forte. Je suis inquiet pour l'Égypte, par contre. Toi ou moi pouvons encore mourir au combat. Si nous étions tués tous les deux, Ahmosis-onkh serait le seul héritier du trône d'Horus, que nous l'ayons ou non regagné. Les enfants sont fragiles, Kamosé. Ils meurent facilement. Ils meurent subitement.» Il repoussa son assiette. «Ahmosis-onkh est en pleine santé pour le moment. Il trotte gaiement dans la maison, malmène les serpents et rend les serviteurs chèvres. Mais il peut avoir de la fièvre demain et être conduit dans la Maison des Morts le jour d'après. Qui héritera de l'Égypte, alors ? Tu refuses de te marier et d'engendrer des fils. C'est notre devoir, à nous les Taâ, d'avoir des fils. Si Ahmès-Néfertari donne le jour à une fille, nous serons dans une situation précaire.

– Je sais», reconnut Kamosé, en pensant à son père et à Si-Amon.

Des trois fils de Séqénenrê, il n'en restait plus que deux, et l'un ne vivrait pas. Selon l'oracle, ce serait lui, et il nota que, quelque part au plus profond de son ka, il avait toujours su qu'Ahmosis seul connaîtrait la gloire d'une longue vie au sommet de la noblesse d'Égypte.

«Tu pourrais prendre une deuxième femme, Ahmosis», dit-il doucement.

Il y eut un long silence. Les deux hommes regardèrent fixement le nuage de mouches attiré par la grenade éventrée et son jus écarlate. Puis Ahmosis se racla la gorge.

«Tu penses que tu ne vivras plus très longtemps, n'est-ce pas, Kamosé ? Tu es au courant de l'oracle. Moi aussi. Ahmès-Néfertari m'en a parlé. Je prie cependant avec ferveur que ce soit une erreur, que nous redoutions un futur qui n'arrivera pas.» Avec des gestes violents qui ne lui ressemblaient pas, il se mit à fouetter l'air de son chasse-mouches. «J'ai effectivement pensé à prendre une autre épouse, grogna-t-il. Mais je ne tenterai pas Maât. Pas encore. Tu pourrais changer d'avis, te marier et nous donner des fils royaux, Kamosé.» Il jeta son chasse-mouches dans l'herbe et regarda son frère dans les yeux. «De plus, quels que soient mes droits en la matière, Ahmès-Néfertari n'est pas prête à accepter que j'aille répandre ma semence ailleurs. Elle a beaucoup souffert. Elle a perdu Si-Amon, puis son premier enfant ; il lui a fallu se faire à l'idée d'être unie à moi plutôt qu'à toi. Ajoute à cela la trahison de Tani... Tani et elle étaient liées d'une manière que des frères ne peuvent comprendre. La vie d'Ahmès-Néfertari a été une succession de pertes. Si elle semble faible et émotive, cela ne doit pas nous surprendre.

– Elle a changé, intervint Kamosé. Lorsque je lui ai parlé après avoir annoncé à la famille ce qui était arrivé à Tani, j'ai trouvé chez elle quelque chose que je n'y avais encore jamais vu. De la solidité. Presque du détachement. Elle estime qu'elle est devenue adulte.»

Les mouches tournoyaient de nouveau autour du fruit et, cette fois, Ahmosis les ignora.

«L'attente est longue, remarqua-t-il, et son frère comprit que le sujet était clos. Tu viens te baigner, Kamosé? Ce jardin ressemble déjà à une fournaise. A moins que tu ne veuilles manger?»

Kamosé secoua la tête, regardant avec répugnance le pain qui séchait déjà et le fromage de chèvre suant. Lorsqu'il leva les yeux, il vit approcher son héraut.

«Tu m'as fait appeler, Majesté? dit l'homme en s'inclinant.

– Oui. Va annoncer à tous les princes et les commandants qu'ils sont libres de rentrer chez eux pour s'occuper de leurs récoltes et de leurs affaires domestiques. Qu'ils adressent régulièrement à ma grand-mère des rapports sur l'état de leurs propriétés. Qu'ils s'attendent à être rappelés après l'Inondation. Ce congé vaut en particulier pour le prince Ankhmahor. Qu'il délègue son autorité à son second. Le prince Hor-Aha, en revanche, ne partira pas immédiatement. Je lui parlerai plus tard. C'est tout.

– Ankhmahor va te manquer, remarqua Ahmosis, lorsque le héraut se fut éloigné. Mais il te reste au moins Hor-Aha. J'aimerais que tu changes d'avis concernant Ouaouat. Je déteste le Sud, sa chaleur insupportable et ses peuples barbares. Je n'ai pas du tout envie d'aller là-bas.»

Kamosé enlevait son pagne et ses sandales. Une fois nu, il se dirigea vers le fleuve.

«Moi non plus, lança-t-il par-dessus son épaule. Mais pense à l'or, Ahmosis!»

Il lui fut toutefois difficile de suivre son propre conseil. Tout en nageant dans l'eau tiède du Nil, il pensait aux kilomètres qui le sépareraient d'Oueset, au temps que mettraient les rapports de Tétishéri pour lui parvenir, au vide plein de dangers qu'il allait laisser derrière lui et que n'importe quoi, ou n'importe qui, pourrait remplir.

Il n'y avait toujours aucune nouvelle d'Ahmès-Néfertari lorsque les deux frères sortirent de l'eau et regagnèrent la maison. Une fois vêtu et maquillé, Kamosé demanda à Ahmosis de l'accompagner sur la rive occidentale afin d'y rendre visite aux Medjaï. Ils se firent porter en litière jusqu'à leur cantonnement, au pied des montagnes de l'Ouest, un endroit dénudé où ne poussait pas un brin d'herbe, où aucun arbre ne donnait la moindre ombre. Les Medjaï semblaient s'en moquer.

Hor-Aha accueillit les deux frères sur le seuil de la petite maison que Kamosé avait fait construire pour lui. Tous les trois marchèrent ensuite entre les rangées d'habitations de terre crue, saluant les archers et s'enquérant de leurs doléances. Ils en avaient peu. C'étaient des hommes pragmatiques et dociles, dont on se faisait facilement obéir avec un peu de fermeté. Tandis qu'ils avançaient côte à côte sous la protection parfaitement insuffisante des parasols tenus par leurs serviteurs, Hor-Aha prévint cependant Kamosé que ses compatriotes s'agitaient. Ils voulaient rentrer chez eux et voir par eux-mêmes comment leurs villages résistaient aux attaques des Koushites. Ils se soumettraient à ses ordres mais, tôt ou tard, ils finiraient par s'éclipser.

« Ils ont entendu dire que les princes partaient, déclara Hor-Aha avec franchise. Ils considèrent qu'ils ont combattu avec plus de bravoure qu'eux. Leurs officiers portent l'Or de la Vaillance. Pourquoi ne les laisse-t-on pas rentrer chez eux ?

– Ils portent l'Or ? fit Ahmosis, amusé. Ce n'est pas vraiment ce que l'on est censé faire ! Quels drôles de sauvages !

– Je sais qu'ils méritent de partir, dit Kamosé. Mais j'ai peur qu'ils ne reviennent pas, Hor-Aha.

– Ils reviendront combattre si tu les accompagnes et que tu les aides à remettre de l'ordre dans leur pays », insista le général.

Kamosé essuya un filet de sueur sur sa tempe et le regarda en plissant les yeux.

« Eh bien, d'accord, nous partirons à la fin du mois, dit-il en capitulant d'un seul coup. D'ici là, nous prendrons le temps d'étudier les cartes d'Ouaouat qui se trouvent peut-être encore dans les archives du temple. Apopi connaît les pistes de l'or, mais nous les avons perdues depuis longtemps. Il faut que je laisse des hommes à Oueset, Hor-Aha. Tu le comprends certainement !

– Que les soldats de ce nome accomplissent leur devoir, dans ce cas, déclara le général avec énergie. Il faut que mes Medjaï rentrent chez eux, sire. »

Kamosé sentit le regard d'Ahmosis posé sur lui. Il eut envie de reprocher au général son langage irrespectueux, mais il se retint. Il se rendait compte que ce qui alimentait sa colère, c'était la peur, non l'indignation.

Ahmosis et lui déjeunèrent ensemble dans les appartements de Kamosé. Les femmes ne s'étaient pas montrées. Le silence régnait dans la maison. Kamosé s'attendait qu'Ahmosis allât ensuite dormir dans sa propre chambre mais, à son étonnement, il s'étendit sur le sol, un chevet sous le cou.

« Si je reste seul, je ruminerai mes soucis », dit-il simplement avant de fermer les yeux.

Un long moment, Kamosé contempla son frère, regardant sa poitrine se soulever avec régularité, ses cils frémir sous l'effet d'un rêve. Je l'aime, pensa-t-il avec tendresse. Malgré toutes les tragédies que nous ont apportées les ans, je ne fais pas assez attention à lui. Parce qu'il est d'une nature si constante, qu'il est toujours là, qu'il vit dans le moment présent, il semble d'une solidité de roc, et je me repose sur lui sans même y réfléchir. Il mérite mieux, pourtant. Il mérite que je le chérisse et que je lui dise combien il m'est précieux. La respiration régulière de son frère avait quelque chose d'apaisant et, s'allongeant à son tour, Kamosé s'endormit.

Lorsqu'ils se réveillèrent, la lente descente du soleil vers l'horizon avait commencé. Après avoir étanché leur soif, ils allèrent s'asseoir au bord du bassin, ombragé à cette heure par les arbres alentour, et, encore somnolents, regardèrent les poissons venir gober à la surface les premiers moustiques.

« Il y a quelque chose dans la chaleur de l'été qui me ramène dans le ventre de ma mère, fit Ahmosis en bâillant. J'ai l'impression d'être sans âge, hors du temps, indifférent à tout. Je me sens complètement léthargique. »

Et moi, comme un fantôme à la poursuite d'une illusion, pensa Kamosé, qui ne répondit rien.

Au coucher du soleil, la maison reprit vie. Des odeurs appétissantes commencèrent à s'échapper des cuisines, et les serviteurs s'affairèrent à préparer le repas du soir. Se rendant compte qu'il avait faim, Kamosé se dirigeait vers la maison, quand il rencontra Ankhmahor.

« Mon fils va rester pour commander ta garde personnelle, déclara celui-ci en réponse à la question de son souverain. Il est impatient de prendre ses fonctions. Je reviendrai dès la fin des récoltes. Je passerai par la piste du désert si Isis a déjà commencé à pleurer. »

Le cœur de Kamosé se serra. Bien qu'Ankhmahor méritât ce congé, il l'aurait volontiers prié de rester. Cinq mois représentaient une absence bien longue.

« Inutile de te presser, dit-il. Je vais bientôt partir au pays d'Ouaouat pour y mettre de l'ordre dans les villages des Medjaï. Je ne reviendrai pas avant que le débit du fleuve ne décroisse.

– Pardonne-moi, Majesté, mais est-ce sage ? demanda Ankhmahor. Apopi pourrait apprendre que tu es dans le Sud, coupé de l'Égypte par l'Inondation. »

Kamosé haussa les épaules.

« Lui aussi sera bloqué par les eaux. Ce pays devient un immense lac pendant la crue, et les troupes ne peuvent se déplacer qu'à sa périphérie. Je pense que je remonterai le Nil en bateau, de façon à pouvoir revenir plus vite quand il baissera. Je n'ai pas envie de mener cette expédition, ajouta-t-il avec un soupir. Tout en moi me le déconseille. Mais il le faut, c'est une obligation. »

Ankhmahor ouvrit la bouche, sur le point manifestement de faire une objection, mais il se ravisa, et les deux hommes gardèrent un instant le silence.

« Je comprends, dit enfin le prince. Il s'agit de l'harmonie de Maât, qu'il faut maintenir. J'ai parlé avec les autres princes. Ils se préparent à partir. Ils prendraient congé des tiens, si votre maison n'attendait un heureux événement. C'est un grand jour pour ta famille », ajouta-t-il en souriant.

Kamosé le serra dans ses bras.

« Que la plante de tes pieds soit ferme, Ankhmahor. Mes amitiés à ton épouse.

– Présente mes respects à ta grand-mère pour moi, dit le prince. Je ne veux pas la déranger maintenant. Je te souhaite des récoltes abondantes, Majesté, et un voyage sans incident dans les terres du Sud. »

Avec un profond sentiment de regret, Kamosé le regarda s'éloigner.

Ahmès-Néfertari donna naissance à une fille une heure plus tard. Kamosé et Ahmosis interrompirent leur repas pour suivre Ouni.

Lorsqu'ils entrèrent dans la chambre de leur sœur, elle avait déjà quitté le tabouret d'accouchement et, étendue dans son lit, donnait le sein au bébé. Ses cheveux mouillés de sueur collaient à ses joues et tombaient sur ses épaules nues. Montant de l'encensoir qui brûlait devant Bès, un mince nuage de fumée flottait dans l'air confiné de la pièce, et Raa était en train de relever la natte qui fermait la fenêtre.

« Mes félicitations », dit Kamosé, en posant un baiser sur le front brûlant de sa sœur.

Ahmosis s'assit sur le lit et, prenant une des mains de sa femme dans la sienne, il caressa doucement sa fille de l'autre.

« Regarde tous les cheveux qu'elle a déjà sur la tête ! s'exclama-t-il avec admiration. Et ce petit nez retroussé ! Elle est déjà très jolie, Ahmès-Néfertari.

– Elle est toute rouge, toute fripée et affamée, répondit celle-ci en riant. Je sais que tu voulais un fils, Ahmosis, ajouta-t-elle en redevenant grave. Pardonne-moi. Crois-tu que je portais un garçon, et que ma colère contre Tani l'a tellement bouleversé qu'il a pris la forme d'une fille ?

– Non, ma chérie, fit Ahmosis en l'étreignant avec force. Ne t'inquiète pas. Je t'aime. J'aime cet enfant. Nous en ferons encore beaucoup d'autres, garçons et filles. Comment ce petit être ne me serait-il pas précieux, quel que soit son sexe ? Comment peux-tu te reprocher quelque chose que les dieux ont décidé ? Nous nous réjouirons ensemble que vous soyez toutes les deux en bonne santé. Elle est parfaite, tu ne trouves pas ? »

Ils continuèrent à se parler à voix basse, tandis que le bébé abandonnait le sein de sa mère et s'endormait. Après les avoir regardés un moment avec tendresse, Kamosé quitta silencieusement la pièce et gagna la salle de réception, où sa mère et sa grand-mère étaient attablées.

« Oui, elle est en parfaite santé, dit Ahhotep en réponse à sa question. L'accouchement a été long pour une troisième grossesse, mais il s'est déroulé normalement. La chaleur n'a pas facilité les choses.

– C'est dommage que ce soit une fille », déclara Tétishéri.

Elle avait l'air fatigué. Le réseau de fines rides qui sillonnaient son visage semblait plus apparent. Ses paupières ombrées de bleu étaient gonflées et, sous le khôl, elle avait les yeux marqués de cernes. Mais le regard qu'elle jeta à Kamosé était plus perçant que jamais.

« Un descendant mâle ne suffit pas, poursuivit-elle. Ahmosis-onkh est plein de santé, mais on ne sait jamais. Il nous en faudrait deux ou trois autres pour assurer notre postérité.

– Pas maintenant, Tétishéri, implora Ahhotep avec un humour las. J'aimerais finir ce repas tranquillement, puis dormir très longtemps. Nous consulterons les astrologues. Ils donneront un nom à l'enfant et feront un pronostic sur son avenir, mais ni l'un ni l'autre n'auront beaucoup d'importance. Tu sais aussi bien que moi qu'Ahmès-Néfertari sera de nouveau enceinte avant que les eaux de l'Inondation ne baissent. Nous ne manquerons pas d'héritiers mâles.

– J'espère que tu as raison », dit Tétishéri d'un ton maussade. Elle mangea un instant en silence, puis se tourna vers Kamosé qui sauçait son assiette avec un morceau de pain noir. « Les princes et leur suite sont partis, déclara-t-elle. Nous sommes déjà au début d'épiphi, Kamosé. Comptes-tu réellement aller au pays d'Ouaouat ? Ankhmahor semble d'avis que tu ne devrais pas le faire.

– Je sais, répondit-il, en se servant de la bière. Il me l'a laissé entendre. Le commandant de mes Gardes et toi auriez-vous des secrets, grand-mère ?

– Pas vraiment, dit-elle avec un plaisir évident. Mais nous nous aimons bien, et nous avons en commun le souci de ta personne. Lui as-tu demandé son avis ?

– Ton besoin de tout savoir et de tout contrôler est parfois exaspérant, grand-mère, répondit Kamosé, qui hésitait entre l'irritation et l'amusement. Ce n'est pas à Ankhmahor qu'il appartient de décider.

– Non, mais il est de bon conseil. C'est un homme sage.

– Je n'ai pas besoin de ses conseils, répliqua Kamosé en vidant sa coupe. Et je ne te demanderai pas non plus les tiens. Si nous tenons à conserver les Medjaï, nous ne pouvons négliger Ouaouat. »

Silencieuse jusque-là, Ahhotep intervint d'une voix ferme.

« C'est la défense d'Oueset qui nous préoccupe, expliqua-t-elle. Pendant deux campagnes, Tétishéri et moi avons commandé aux soldats et surveillé le fleuve. Nous avons introduit des espions à Pi-Hathor. Nous pouvons le faire encore, mais c'est une grande responsabilité, Kamosé. »

Celui-ci faillit laisser tomber sa coupe.

« Vous avez des espions à Pi-Hathor ? Pourquoi ne m'en avoir rien dit ?

– C'était inutile, répondit Ahhotep en haussant les épaules. Tu avais bien assez de préoccupations. Het-oui, le maire de la ville, a d'ailleurs respecté l'accord passé avec toi, et il continuera de le faire après ta victoire de cet hiver. Tu nous avais demandé de surveiller la ville, et il nous a semblé raisonnable d'en faire un peu plus, voilà tout. A propos d'espions, as-tu envisagé de recruter des hommes dans Het-Ouaret ? Il doit y avoir un moyen d'ouvrir une brèche dans ces murs. Aucune place forte n'est absolument imprenable. Et puis des espions pourraient te renseigner sur l'état d'esprit des habitants, t'apprendre le nombre et le casernement des troupes restantes, le commerce qu'on peut encore y faire, toutes sortes d'informations importantes. » Un mince sourire détendit ses lèvres. « Tu pourrais même trouver des hommes disposés à répandre l'agitation et l'inquiétude dans la ville. Toute l'Égypte sait qu'il n'y a plus qu'Het-Ouaret entre toi et l'unité du pays. Démoralise-les, Kamosé. Donne-leur des cauchemars. »

Elle échangea un coup d'œil complice avec Tétishéri, et Kamosé, qui les regardait, fut parcouru d'un léger frisson. Un fugitif instant, il ne reconnut plus les femmes qui avaient veillé sur son enfance et dirigé la maison. Il lui sembla que leur sexe et même leur âge s'abolissaient, et qu'il avait en face de lui deux prédateurs dépourvus de chair et d'émotion.

« Je crois que je vais vous laisser ce soin, dit-il, troublé. Vous êtes manifestement plus que capables de mettre sur pied un tel plan. Il est vrai que les femmes l'emportent de loin sur les hommes dans l'art du subterfuge, de la manipulation et de la tromperie. »

Sa mère éclata de rire.

« Tu ressembles à un mouton effaré, mon chéri ! Je ne sais pas si ton étonnement doit nous flatter ou nous insulter. Nous sommes peut-être des femmes, mais nous sommes aussi des Taâ. Nous ne manquons ni de courage ni d'intelligence. Veux-tu que je te serve un peu de bière ? »

Il acquiesça sans mot dire, les yeux fixés sur les longs doigts gracieux de sa mère.

« C'est pour cela que je ne pardonnerai jamais à Tani, poursuivit Ahhotep sur le ton de la conversation. Jamais. A présent, si nous allions nous reposer, Tétishéri ? Nous irons rendre visite à Ahmès-

Néfertari plus tard. Faut-il que nous engagions une autre nourrice, à ton avis, ou Raa sera-t-elle capable de s'occuper des deux bébés ? »

Elle se leva et, se plaignant beaucoup de ses articulations ankylosées, Tétishéri l'imita. Après avoir distraitement salué Kamosé, elles quittèrent la salle en bavardant, et il les suivit des yeux d'un air pensif.

14

Kamosé envoya Ipi vérifier dans les archives du temple s'il n'y avait pas des cartes des pays de Koush et d'Ouaouat datant de l'époque où ses ancêtres avaient bâti des forts dans le Sud et établi des routes commerciales régulières. A l'origine, d'humbles Sétiou avaient obtenu l'autorisation de faire paître leurs troupeaux dans le Delta pendant la saison sèche du Retenou, après quoi ils rentraient chez eux. Peu à peu, ils avaient prolongé leurs séjours dans cette région fertile où ils avaient construit des villages, bientôt suivis de leurs frères, des hommes plus fortunés, ambitieux et intelligents, chez qui l'administration affaiblie de l'Égypte avait suscité un intérêt actif et vorace. Ils étaient connus dans le monde entier comme des marchands qui commerçaient dans les îles de la Grande Verte et s'aventuraient jusque dans le Naharina, poussés par cet appât du gain qui leur avait valu le mépris des Égyptiens. C'étaient des intermédiaires, des pourvoyeurs de marchandises, des boutiquiers, dont les navires et les caravanes apportaient tout à tous, contre paiement.

Pragmatiques jusqu'à la moelle, ils adaptaient leurs dieux, leur mode de vie et leur idéologie aux nations qui accueillaient ce qu'ils avaient à offrir. Comme des caméléons, ils changeaient de couleur au gré des circonstances mais, sous leur camouflage poli, ils restaient en fait étrangers à tout ce qui n'était pas eux-mêmes. Lorsque leur intérêt s'était porté sur le Delta, une région riche, tranquille et essentielle à leurs échanges commerciaux, ils avaient d'abord endormi la méfiance d'Égyptiens indolents et suffisants, puis, lentement, presque imperceptiblement, ils avaient ôté des mains du roi les rênes du gouvernement et le contrôle des routes commerciales.

Les forts d'Ouaouat et de Koush n'avaient aucune importance pour eux, et ils les avaient laissés se désintégrer lentement sous le soleil féroce du Sud. La richesse de ces deux pays – or, peaux de léopard, défenses d'éléphant, épices, œufs et plumes d'autruche – les avait en revanche attirés comme des mouches. Ils venaient aussi y chercher des esclaves. Avant l'arrivée des Sétiou, la langue égyptienne n'avait pas de mot désignant la possession d'un autre être humain. Impuissants, les Égyptiens avaient regardé les richesses du Sud passer rapidement et efficacement aux mains de leurs maîtres.

Mais, à présent, ils allaient les reprendre. Ipi était revenu du temple avec trois cartes, dont la plus récente avait été établie sous le règne du grand roi Sésostris, troisième du nom. Pour que ses soldats et ses barges puissent aller et venir plus facilement sur le Nil, le souverain avait fait creuser à la hauteur de la Première Cataracte un canal appelé la Voie de Khekoura. On devait également à ses prédécesseurs et lui une chaîne de forts à la frontière d'Ouaouat et de Koush, destinée à protéger les mines d'or. Mais ils ne pouvaient prévoir quels seraient mes besoins, pensa Kamosé, tandis qu'il étudiait le fragile papyrus.

«Cela ne nous donne guère d'informations, remarqua-t-il en se redressant. Dans quel état est le fort de Bouhen, Hor-Aha ?

– C'est le maillon le plus septentrional de la chaîne, répondit celui-ci après un instant d'hésitation. Mais il marque aussi la limite sud du territoire d'Ouaouat. Je ne m'y suis pas rendu depuis un certain temps. Il a été occupé par des villageois, qui ne seront guère capables de le défendre. Nous les en chasserons sans mal si Sa Majesté désire le réparer et y établir une garnison.

– Je le ferai peut-être. Mais nous devons d'abord nous occuper d'Ouaouat. Le canal construit par mon ancêtre est-il toujours navigable ?

– Je ne saurais le dire, sire. Les Medjaï et moi avons toujours pris la voie de terre. Les marins de Nékheb pourront peut-être te renseigner.

– Les Sétiou ont continué à exploiter l'or de Koush et à le transporter par voie d'eau, remarqua Ahmosis. L'apportaient-il en caravane jusqu'à la Première Cataracte ou faisaient-ils tout le voyage sur le Nil ?

– Ce qui m'inquiète, c'est le temps, déclara Kamosé. Le fleuve va commencer à monter dans un peu plus d'un mois, mais j'ai encore des choses à faire ici avant notre départ. Si nous ne rencontrons pas d'obstacles inattendus en amont de Souénet, nous atteindrons le pays d'Ouaouat bien avant l'Inondation. Dans le cas inverse, avec les bateaux, nous risquons d'être pris au piège.

– Prenons-les de toute façon, dit Ahmosis. Nous pourrons les utiliser pour rentrer à la décrue. Cette expédition ne me plaît pas plus qu'à toi, Kamosé. Nous serons loin de chez nous, si des ennuis surviennent. »

Kamosé acquiesça en silence. Tendant les cartes à Ipi, il mit fin à la réunion.

Pendant les deux semaines qui les séparaient encore du mois de mésorè, Kamosé s'efforça de s'intéresser aux affaires locales. Il inspecta la prison qu'il avait fait reconstruire l'année précédente pour une raison dont il se souvenait à peine, et qui lui inspirait à présent un sentiment de malaise. Il écouta les intendants exposer une évaluation des récoltes qui venaient de commencer. Ils les prévoyaient abondantes, et Kamosé recommanda à Ipi, qui écrivait à toute vitesse à ses pieds pendant qu'ils faisaient leur rapport, de noter avec soin le montant de la dîme revenant à Amon.

Il se rendit sur la rive occidentale pour voir où en était sa tombe. Comme tous les autres nobles, il avait lancé les travaux dès sa majorité. Malgré l'accueil chaleureux des maçons et des artistes qui s'occupaient de sa construction et de sa décoration, la visite le déprima. Il était encore jeune, il n'avait que vingt-quatre ans. Il n'y avait rien d'urgent aux tâches qu'accomplissaient les solides ouvriers, rien de pressé à lisser et plâtrer les murs encore pleins d'aspérités entre lesquels il descendit dans la pièce humide et fraîche où il reposerait un jour.

Comment les artistes combleront-ils ces vides? se demanda-t-il avec désespoir. Je n'ai ni épouse ni enfants. Il n'y aura pas de scènes de bonheur familial, pas de scènes paisibles décrivant ce que j'aurai accompli pour le bien de mon nome. Je n'ai fait que tuer, brûler et me battre. La peinture étalée ici aura le rouge du sang, le bleu des larmes, et ce sera l'histoire de ma vie. Oserai-je demander qu'on représente mes campagnes, moi qui n'ai pas libéré l'Égypte et qui ne verrai sans doute pas mes actes rachetés par un enterrement royal? Au prix d'un effort, il se contraignit à écouter les artistes, à regarder leurs esquisses et à répondre à leurs questions, alors qu'il n'avait qu'une envie : leur dire de poser leurs outils et de rentrer chez eux.

Quand il sortit de la tombe, à demi aveuglé par la lumière, il parcourut du regard la plaine sablonneuse qui s'étendait entre la montagne de Gourna, derrière lui, et le mince ruban de verdure qui suivait le cours du Nil. A sa droite, la pyramide de l'Osiris Mentouhotep Nebhépetrê se dressait au pied de la falaise et, devant lui, éparpillées çà et là dans le désert aride, on voyait d'autres petites pyramides, chacune avec sa cour et son mur d'enceinte bas. Ses ancêtres y reposaient, embaumés et justifiés, les rois de son pays bien-aimé, dans l'ombre de qui il se tapissait comme un nain. Ce n'étaient pas les puissants dieux des commencements, dont les monuments imposants se dressaient près de l'entrée du Delta. Ces rois-ci étaient plus proches de lui, dans le temps comme dans l'espace; c'étaient des hommes forts et sages, dont le sang divin, quoique dilué, teintait le sien. Je n'ai pas à avoir honte en votre présence, dit-il mentalement aux tombes qui miroitaient dans la chaleur de midi. J'ai fait ce que j'ai pu, et j'en ferai davantage si Amon y consent. Je vous envie les temps où vous avez vécu, si troublés qu'ils aient pu être, et je vous envie la paix dont vous jouissez désormais.

Après avoir consulté leurs cartes, les astrologues décidèrent que la petite fille d'Ahmès-Néfertari devait être appelée Hent-ta-Hent. C'était un choix neutre, prudent, sans connotation négative. Ils furent tout aussi réservés dans leurs prédictions, disant simplement qu'elle jouirait d'une bonne santé pendant les années que les dieux lui accorderaient.

«Cela ne suffit pas, se plaignit Ahmès-Néfertari, lors d'une des nombreuses visites que lui fit Kamosé. D'abord, ils lui donnent un nom complètement insignifiant, puis ils font tout pour ne rien pronostiquer de précis sur son avenir.» Se penchant sur le bébé endormi, elle essuya délicatement du doigt une goutte de sueur qui perlait à son front. «Si elle doit mourir, ils n'ont qu'à me le dire. J'ai perdu un enfant. Je ne veux pas m'attacher à celui-ci s'il doit m'être enlevé.» Il n'y avait pas de larmes dans sa voix et, lorsqu'elle se redressa, le visage qu'elle tourna vers Kamosé était calme. «D'ailleurs, Ahmosis voulait un fils, poursuivit-elle. La famille a besoin d'un autre garçon.»

Il passa un bras autour de ses épaules, les yeux posés sur le nouveau-né qui dormait si béatement.

« Les astrologues peuvent se tromper, dit-il. Tu ne dois pas fermer ton cœur à cause des paroles de quelques vieillards, Ahmès-Néfertari. Hent-ta-Hent est innocente. Elle a besoin de ton amour.

– Et moi, j'ai besoin d'Ahmosis, répliqua sa sœur en se dégageant. Notre mariage n'a été qu'une série d'adieux, de périodes de peur intense, coupée de quelques rares moments de joie. Si vous repartiez attaquer Het-Ouaret, je ne dirais rien, mais pourquoi faut-il que tu l'emmènes dans le pays d'Ouaouat ? M'ennuyer, élever des enfants, vivre comme une sorte de veuve : est-ce donc tout ce que je peux espérer ? Laisse-le-moi, cette fois !

– Mais j'ai besoin de lui, répondit Kamosé. J'emmène avec moi tous les Medjaï et mille des soldats d'Oueset. Les princes et les commandants sont partis. Je ne peux diriger les opérations tout seul.

– Tu as Hor-Aha. » Il ne répondit pas aussitôt, et elle perçut immédiatement son hésitation. « Tu n'as plus une entière confiance dans le général, n'est-ce pas, Kamosé ? Pourquoi ? S'est-il passé quelque chose pendant la dernière campagne ? »

Il secoua la tête, un instant pris au dépourvu par sa perspicacité.

« Non, il ne s'est rien passé. Je confierais sans hésitation ma vie à Hor-Aha, et je sais qu'il me défendrait jusqu'à son dernier souffle. C'est... » Il lui était difficile d'exprimer ce qu'il ressentait. « Ce n'est rien de plus qu'un très vague malaise. Un reflet de l'antipathie des princes à son égard, peut-être.

– Peut-être. Ahmosis partage-t-il ce sentiment ? »

Voyant que le bruit de leurs voix troublait le sommeil du bébé, ils se dirigèrent vers la porte.

« Je n'en suis pas certain, répondit Kamosé lorsqu'ils furent sur le seuil. Il est souvent difficile de savoir ce qu'il pense.

– Non, dit-elle, en lui faisant face. Pas pour moi. »

Il y avait une lueur de colère dans son regard. Elle fit volte-face, et Kamosé la suivit des yeux. Même sa démarche est différente, pensa-t-il. Les graines du caractère de Tétishéri commencent à germer en elle. Elle a perdu de sa vulnérabilité et, avec elle, une grande partie de sa modestie. Ce sera une femme redoutable, un jour, mais je regrette un peu la jeune fille tendre qui fondait si facilement en larmes.

S'il y eut une tâche qu'il accomplit avec plaisir, ce fut la dictée de deux textes destinés à être gravés sur des stèles et placés dans l'enceinte sacrée du temple d'Amon. Marchant de long en large dans le bureau de son père, Ipi assis en tailleur à ses pieds, il ne mâcha pas ses mots, y trouvant le manteau de fierté dont il avait de plus en plus de mal à s'envelopper. Sur la première stèle, il décrivit le conseil des princes réuni dans les jours sombres et incertains qui avaient précédé l'arrivée des Medjaï et sa marche désespérée vers le Nord. Il parla en roi, répétant les titres qu'il rêvait d'entendre prononcer lorsqu'il monterait sur le trône d'Horus : «L'Horus manifesté sur son trône, l'Horus d'or qui nourrit les Deux Terres, roi de Haute et Basse-Égypte, Ouaskheperrê, fils de Rê, Kamosé vivant pour l'éternité, Aimé d'Amon-Rê, Seigneur de Karnak.» Dans la langue soignée des documents et des déclarations officielles, il relata les paroles, les décisions et les événements dont il se souvenait si bien. «Les hommes acclameront en moi le puissant souverain d'Oueset, conclut-il, en sachant qu'il ne faisait qu'exprimer un désir illusoire. Kamosé, le protecteur de l'Égypte.»

La seconde stèle racontait l'attaque de Khmounou, puis l'interception du message adressé à Apopi par Téti, la marche vers le Nord, l'épisode de l'oasis et la victoire qui en avait résulté sur les hommes épuisés de Kéthuna.

«Apporte ces textes à Amonmosé. Qu'il les fasse graver par un maçon du temple, dit-il à son scribe. Les stèles seront dressées dans l'avant-cour afin que tous sachent que j'ai tâché de rendre l'Égypte aux Égyptiens.» Se laissant tomber dans le fauteuil de son père, il regarda Ipi essuyer ses pinceaux, fermer ses godets d'encre et assouplir ses doigts fatigués. «C'est surtout destiné aux générations à venir, ajouta-t-il doucement. Je veux qu'on pense du bien de moi, Ipi. Je veux que les gens comprennent.

– Je sais, Majesté, répondit le scribe. Je sais aussi que tu penses te retrouver bientôt dans la Salle du Jugement. Tes paroles ne peuvent cacher ce que je perçois derrière elles. Pourtant, si Amon le veut, cela n'arrivera pas. J'aimerais beaucoup prendre sous ta dictée, assis au pied du trône d'Horus !

– Merci, mon ami, fit Kamosé en souriant. Tu peux te retirer.»

Je n'ai pas envie de me retrouver dans la Salle du Jugement, pensa-t-il avec lassitude lorsque Ipi l'eut quitté. Je ne veux monter dans la Barque céleste qu'après avoir remis la Double Couronne et les insignes royaux à mon successeur, et en lui laissant un pays uni. Oh ! Amon, mon père, fais que l'oracle se soit trompé et que, dans les années à venir, je repense à mes angoisses en riant !

En y mettant toute sa volonté, il tâcha de se laisser gagner par la paix du plein été, de cet été qui ralentissait le pas et la parole des habitants, amollissait les feuilles des arbres, pesait sur les vignes poussiéreuses où les jardiniers cueillaient de lourdes grappes violettes. Malgré ses efforts, cependant, cette paix le fuyait, comme si elle avait une conscience et savait qu'il n'était plus un enfant de l'immobilité. Il nageait, priait dans le temple, mangeait les aliments de plus en plus abondants et variés que l'on plaçait devant lui, jouait même avec le petit Ahmosis-onkh, ravi ; mais il se sentait un imposteur, un acteur rêvant de vivre son rôle et contraint de compter les minutes le séparant de la fin de la représentation.

Ce fut avec un soulagement coupable qu'il reçut le rapport de son Surveillant des navires. Les bâtiments qui devaient remonter le fleuve jusqu'au pays d'Ouaouat, inspectés, réparés, étaient prêts à appareiller. Aussitôt, il envoya le Scribe des Effectifs dans le camp des Medjaï et ordonna aux assistants de celui-ci d'aller lever en ville et dans la campagne environnante les mille hommes dont il avait besoin pour renforcer les archers. Puis, convoquant le scribe du Ravitaillement, il dressa la liste des provisions à emporter, des armes à nettoyer, à aiguiser et à distribuer. Ses préparatifs ne s'accompagnaient d'aucune excitation, d'aucune crainte, c'était une simple routine. Ouaouat ne représentait pas un défi. Ce serait une expédition punitive, rien de plus. Kamosé fit prévenir Ahmosis qu'ils partiraient le lendemain à l'aube, mais ne se rendit pas en personne dans ses appartements. Il n'avait pas envie d'affronter le regard de sa sœur.

Il demanda à sa mère et à sa grand-mère de le recevoir dans les appartements de Tétishéri après le repos de l'après-midi. Ouni l'introduisit dans une pièce où deux servantes brassaient l'air chaud avec de grands éventails en plumes d'autruche. A en juger par son lit aux draps froissés, la vieille dame venait apparemment de se lever. Elle était assise dans un fauteuil, vêtue d'une ample tunique diaphane, les cheveux en désordre et le maquillage défait. Appuyée au rebord de la fenêtre, Ahhotep regardait le jardin. Elle se retourna en souriant à l'entrée de son fils.

« On s'active beaucoup sur le fleuve, remarqua-t-elle en guise de salutation. Cela annonce ton prochain départ, je suppose. Je n'ai pas réussi à dormir cet après-midi. »

Il posa un baiser sur sa joue satinée. Elle sentait l'huile de lotus et la fleur d'acacia.

« Je suis navré que le bruit ait troublé ton repos, dit-il.

– Tu ne l'es sûrement pas, car c'était inévitable, fit-elle en riant. De toute façon, j'étais beaucoup trop agitée pour fermer l'œil.

– Eh bien, pas moi, grommela Tétishéri. J'ai dormi comme une souche. Regardez-moi ! Tu aurais pu me laisser une heure pour prendre un bain et m'habiller, Kamosé.

– Je suis navré, répéta celui-ci. Mais tu as permis à Ouni de m'ouvrir. Pourrais-tu renvoyer tes femmes, grand-mère ?

– Ah ! il s'agit donc d'un conseil de guerre ? » fit Tétishéri en s'animant aussitôt.

Dès que ses servantes eurent posé leurs éventails et quitté la pièce, l'atmosphère devint étouffante. Kamosé sentit un filet de sueur couler le long de son dos lorsqu'il avança un tabouret à sa mère et s'assit au bord du lit.

« En quelque sorte, répondit-il. Je pars pour le pays d'Ouaouat demain de bonne heure, et j'espère battre l'Inondation de vitesse. Lorsque je serai dans le Sud, je devrai toutefois attendre la décrue pour rentrer, ce qui signifie que je ne serai peut-être pas de retour avant la fin de tybi.

– Dans six mois, remarqua Tétishéri d'un air songeur. Cela te laisse amplement le temps de soumettre les sauvages qui attaquent les villages d'Ouaouat, d'inspecter Bouhen, de découvrir ce que trame Tétiân et de rapporter une cargaison d'or.

– Pourquoi devrais-je inspecter Bouhen ? demanda Kamosé pour la mettre à l'épreuve.

– Parce que, réparé et pourvu d'une garnison, le fort de Bouhen protégera notre frontière sud contre cet Égyptien renégat, dit-elle avec lenteur, comme si elle parlait à un enfant. Tu pourras alors rentrer à Oueset et concentrer tes efforts sur Het-Ouaret sans avoir à craindre un second front sur tes arrières. »

Kamosé hocha la tête.

« Je vous enverrai des rapports détaillés sur ce qui se passe, dit-il. En mon absence, je vous confie la conduite du nome, comme d'habitude. Une fois les récoltes passées, ordonnez à Horkhouef, le fils d'Ankhmahor, d'organiser des manœuvres dans le désert. Deux mille hommes restent ici. Ils ne doivent pas passer les mois de l'Inondation dans l'oisiveté. Il faut les entraîner. J'ai réfléchi à votre idée d'introduire des espions dans Het-Ouaret. Elle est bonne. Étant donné que cette forme de guerre secrète vous est déjà familière, je vous confie également cette tâche. Ramosé pourra vous aider.

– Tu ne l'emmènes pas ? demanda Ahhotep. Ce serait préférable, Kamosé. D'abord parce qu'il sera déçu de ne pas t'accompagner, et ensuite parce qu'il passe beaucoup trop de temps avec sa mère.

– Que veux-tu dire ? fit Kamosé en haussant les sourcils.

– Elle veut dire que Ramosé n'a pas quitté sa mère un seul jour depuis votre retour, intervint Tétishéri. Il mange avec elle lorsqu'elle refuse de partager notre table, l'emmène en litière à Oueset, se promène en barque avec elle et lui fait la lecture le soir. Elle lui demande une attention de tous les instants. Néfer-Sakharou nous hait. Elle lui distille son venin. »

Kamosé se blâma de n'avoir rien remarqué. En dépit du respect croissant que lui inspiraient les femmes de sa famille, il n'aimait pas se trouver en position de faiblesse.

« Comment le savez-vous ? demanda-t-il.

– Ne te fais pas de reproche, dit Ahhotep en posant une main apaisante sur son genou. Des affaires plus importantes t'occupaient. Ramosé dort avec Sénéhat. Elle nous raconte tout. »

Le regard de Kamosé alla d'Ahhotep à Tétishéri, et rencontra deux paires d'yeux rusés.

« Dois-je comprendre que Néfer-Sakharou a éveillé vos soupçons et que vous avez délibérément chargé Sénéhat de séduire Ramosé et d'espionner pour vous ?

– Ce n'est pas elles », dit une voix. Surpris, Kamosé se retourna et vit sa sœur s'avancer dans la pièce, les lèvres pincées. « L'idée venait de moi. Et je trouve inadmissible d'avoir été écartée de cette réunion, Kamosé. Je refuse d'être gâtée et protégée comme une petite fille. Tu penses peut-être à Tani en me regardant, mais je t'assure que je ne ressemble en rien à ma sœur. » Elle alla à la fenêtre, s'y adossa et croisa les bras. « Tu peux me jeter dehors si tu veux, mais grand-mère me racontera tout ce qui s'est dit ici. C'est moi qui ai pensé à Sénéhat. J'ai d'abord consulté mère, naturellement. C'est une jeune femme intelligente, ajouta-t-elle avec un sourire sardonique. Et Néfer-Sakharou est très stupide. Elle ne se doute de rien. Ramosé non plus. Sénéhat est jolie et vive. Elle lui rappelle peut-être Tani.»

Kamosé leva une main. Il avait vaguement la nausée.

«Essayez-vous de me dire que Ramosé est sur le point de me trahir?» murmura-t-il.

Ahmès-Néfertari secoua vigoureusement la tête.

«Non, bien sûr que non! Mais combien de temps continuera-t-il à écouter les vitupérations de sa mère? Il va de nouveau se sentir déchiré entre des fidélités contradictoires. Il souffre déjà. Il a beau lui enjoindre de se taire, elle n'écoute pas. Cela dit, il n'est pas non plus venu t'avertir de la haine qu'elle nous vouait, Kamosé. Il aurait dû le faire.

– Je ne peux imaginer que Ramosé ressemble à Mékétrê ou même à son père, dit Kamosé d'une voix tremblante. Dieux! Il est allé à Het-Ouaret pour moi! Il a combattu à mon côté!

– Nous l'aimons tous, déclara Ahhotep. C'est un crève-cœur que de le voir continuellement piqué par cette guêpe ingrate de femme. N'en fais pas une montagne, Kamosé, mais ne le laisse pas ici avec elle.

– Eh bien, alors, que suggérez-vous, vous qui êtes mieux informées que moi des secrets de cette maison?»

Il avait pris un ton caustique pour dissimuler le désarroi, le soudain sentiment d'abandon qu'il éprouvait.

«Emmène-le, dit Tétishéri. Il nous serait très utile pour installer des espions dans Het-Ouaret, bien sûr, mais ce serait cruel de le renvoyer là-bas. C'est un homme bien. Je dormirai mieux si je le sais avec toi.»

Pour me protéger ou pour lui éviter de céder à la tentation? eut envie de demander Kamosé. Mais il dit seulement :

«C'est entendu. Maintenant, passons au reste. Je veux que vous rappeliez les princes à la fin de khoïak. Il faut qu'ils soient ici lorsque je reviendrai d'Ouaouat. Het-Ouaret doit tomber l'hiver prochain. C'est à toi qu'ils enverront leurs rapports, grand-mère. Lis-les attentivement et réponds-y en mon nom. Donne-moi ton avis en même temps que tu m'en feras le compte rendu. Je veux aussi que tu prennes régulièrement des nouvelles de ma marine. Je vais m'arrêter à Nékheb pour rendre visite à Pahéri et aux Abana. Lorsqu'ils m'auront dit ce qu'ils savent du fleuve en amont de Souénet, je les enverrai rejoindre leurs hommes à Het néfer Apou et leur demanderai de t'adresser leurs rapports. » Il observa leurs visages tendus. « Je sais que je fais peser un lourd fardeau sur vos épaules. Mais vous vous êtes montrées plus que capables de le porter, continua-t-il en adressant un sourire d'excuse à sa sœur. Méfiez-vous des princes, notamment d'Intef et d'Iasen. Intef n'est pas loin : Qebt ne se trouve qu'à une trentaine de kilomètres d'Oueset. Une visite officielle de l'une d'entre vous, ou de vous toutes, peut étouffer dans l'œuf une velléité de subversion. A Badari, en revanche, Iasen n'est plus sous votre contrôle direct. Pareil pour Mékétrê, Mésehti et les autres.

– Subversion ? dit Ahmès-Néfertari. Le mot est fort, Kamosé.

– Je sais. Trop fort sans doute pour s'appliquer à leurs récriminations intermittentes et au ressentiment manifesté par la plupart d'entre eux depuis le premier conseil auquel je les ai convoqués. Ils voulaient continuer à jouir de la paix et de la prospérité de leur petit domaine. Les Sétiou nous laissent tranquilles, disaient-ils. Pourquoi chercher les ennuis ? Ils savaient pourtant le sort que nous destinait Apopi. Je n'oublie pas leurs paroles, et vous ne devez pas les oublier non plus. Maintenant qu'ils sont rentrés chez eux, ils pourraient être tentés de me défier et d'y rester.

– Pas Ankhmahor, tout de même ! s'exclama Ahhotep.

– Non, pas lui. Il comprend la vraie nature de l'Égypte.

– Une partie du problème vient du pouvoir que tu as donné à Hor-Aha, déclara Tétishéri. Je te l'ai souvent dit, Kamosé. Tiens-lui la bride courte. Tu pourrais peut-être le laisser dans le Sud, faire d'Ouaouat sa principauté.

– Ahmosis est-il au courant des tâches que tu nous as confiées ? demanda Ahmès-Néfertari.

– Je l'en informerai plus tard, répondit Kamosé en se levant. Je voulais que cette réunion reste simple. Mésorè commence demain, conclut-il en se dirigeant vers la porte. Je ne serai pas ici pour la Belle Fête de la Vallée. Lorsque vous irez manger et déposer vos offrandes sur la tombe de père, faites-le aussi pour Ahmosis et pour moi. Je vous remercie de tout. »

Il les salua d'une légère inclinaison de tête et sortit.

Le soir, toute la famille dîna ensemble, puis se dispersa dans ses divers appartements. Comme il avait pris coutume de le faire, Kamosé se rendit sur la terrasse du vieux palais. Les Medjaï étaient déjà à bord des navires avec les mille hommes supplémentaires levés à Oueset et dans les environs. Ils étaient résignés bien qu'entassés, et le bruit de leurs voix, faible et réconfortant, flottait jusqu'aux oreilles de Kamosé.

Il est bon de penser que, demain, nous serons de nouveau en mouvement, se dit-il en écoutant archers et fantassins jouer des coudes pour se faire une place sur le pont et s'enrouler dans leurs couvertures. Je préférerais faire route vers le Nord, mais mieux vaut Ouaouat que de rester oisif à Oueset pendant toute la durée de l'Inondation. On n'a pas besoin de moi, ici. Peut-être n'a-t-on besoin de moi nulle part. Cette dernière pensée ne s'accompagnant d'aucune émotion, il sombra bientôt dans le sommeil.

Même les adieux devenaient une habitude. Comme les fois précédentes, les femmes se réunirent sur l'esplanade, et Kamosé les embrassa tour à tour, en n'oubliant pas le bébé dans les bras de sa sœur. Amonmosé était là avec prêtres et encens. Le fils d'Ankhmahor se tenait au pied de la passerelle parmi les Gardes. Le rituel de la séparation s'accomplit sans grands accès de tristesse et sans larmes. L'expédition ne serait pas dangereuse. Seul le temps s'étendrait entre leur embarquement et leur retour.

« Ce petit bout de chou pourra s'asseoir tout seul dans cinq mois, remarqua Ahmosis. Ne laisse pas Raa lui donner de miel, Ahmès-Néfertari. Cela lui gâterait le goût. Regarde comme maintenant Ahmosis-onkh braille pour avoir des sucreries. Ne t'inquiète pas si mes lettres mettent des semaines à t'arriver, ajouta-t-il en l'embrassant.

– Je n'ai peur ni pour toi ni pour moi, répondit-elle avec calme. Je prierai bien sûr, mais je serai très occupée, Ahmosis. Rapporte-moi de la poudre d'or pour mes paupières. Il paraît qu'on la ramasse à poignées dans le fleuve, là où vous allez. »

Amonmosé avait cessé ses psalmodies. Les capitaines attendaient, et les pilotes avaient gagné leur perchoir. Les marins se préparaient à hisser les voiles pour profiter du vent d'été qui soufflait du nord avec une constance rassurante. Néfer-Sakharou, qui se tenait à l'écart des autres, fut la seule à pleurer, et elle s'accrocha si énergiquement à son fils qu'il dut s'arracher à ses bras. Les trois hommes passèrent entre les haies protectrices des Gardes et montèrent la passerelle. L'ordre de larguer les amarres fut donné. Avec un sentiment de soulagement coupable, Kamosé vit s'élargir la distance le séparant des siens. Il agita la main une fois, puis se tourna vers le Sud.

«Mésorè, troisième jour. A la grande reine Tétishéri, ma grand-mère, salut. Le porteur de cette lettre devrait être Kay Abana qui, en compagnie de son père, se rend à Het néfer Apou. Nous comptons quitter Nékheb demain matin, après y avoir embarqué du natron et des pilotes qui nous conduiront jusqu'à Souénet. J'ai fait des sacrifices dans le temple de Nekhbet et demandé à Celle-qui-protège-les-rois d'étendre ses ailes sur moi. J'ai envisagé de m'arrêter à Pi-Hathor pour rappeler son serment à Het-oui, mais cela m'a paru une perte de temps inutile. Il sait certainement que les trois quarts de l'Égypte sont désormais entre mes mains. Je ne me suis pas non plus arrêté à Esna. Ces deux refuges de sympathisants sétiou sont isolés, coincés entre Ouaouat et nous, et par conséquent impuissants. Reçois les Abana avec la plus grande courtoisie, et n'oublie pas de leur demander de rester en contact avec toi lorsqu'ils auront rejoint la marine. Dicté au premier scribe Ipi et signé de ma main. Kamosé.»

«Mésorè, dixième jour. A la grande reine Tétishéri, ma grand-mère, salut. Cette ville de Souénet est poussiéreuse et désolée, entourée de la seule chaleur aride du désert. Son cimetière contient pourtant les tombes de bien des puissants rois d'Égypte, et d'immenses carrières de granit s'étendent à l'est de ses maisons misérables.

«Juste avant d'arriver à Souénet, le Nil s'est élargi, et nous avons vu l'île se dresser avec majesté dans un fleuve plein de remous et de tourbillons. On se rend bien compte que cet endroit marque la frontière officielle entre l'Égypte et le Sud car, juste après, les eaux de la Première Cataracte se brisent et écument sur des rochers noirs et lisses, si durs que le courant ne peut que les polir. Ils sont très beaux et contiennent une sorte de substance cristalline qui leur fait jeter des étincelles rouges et roses lorsque Rê les touche. Ahmosis a dit que leur couleur lui rappelait les raisins roses de Ta-shé, qui sont si loin de nous dans le temps et l'espace.

«Les pilotes que nous avons engagés à Nékheb sont rentrés chez eux, et des hommes de la région conduiront les navires de l'autre côté de ces rapides. A les en croire, il y a bien des hentis de cela, l'Osiris Sésostris a fait percer un grand canal à travers la cataracte. Nous en avions entendu parler et je l'avais vu sur les cartes, mais quelques coups de pinceaux sur un papyrus ne donnent qu'une faible idée de la puissance du courant et du danger que ces rochers font courir à nos navires. J'ai de sérieux doutes sur la confiance à accorder aux capacités d'ingénieur de l'Unique ou au savoir-faire de nos nouveaux pilotes. Je n'ai pourtant guère le choix.

«Le nom de Téti de Khmounou est bien connu ici. J'avais oublié qu'il avait été l'inspecteur des digues et canaux d'Apopi. Les Sétiou se sont rarement aventurés au-delà du Delta, naturellement. Leurs préoccupations étaient d'ordre purement pratique : faire que le canal reste ouvert pour que l'or continue à couler. Nous sortirons peut-être donc indemnes de ces rapides.

«Les Medjaï sont de plus en plus excités à mesure qu'ils se rapprochent de leur pays. Ils chantent et dansent tous les soirs, lorsqu'il leur est permis de descendre à terre. Les fantassins regardent cette région étrange d'un œil soupçonneux. Aujourd'hui, ils se sont néanmoins rendus dans les marchés de Souénet avec leurs officiers. Pour une bourgade aussi misérable, le choix d'épices et de marchandises est impressionnant. Maintenant que je suis arrivé à la cataracte, je n'ai pas envie de dire au revoir à l'Égypte ni de m'enfoncer dans les contrées sauvages d'Ouaouat.

«Je suppose que tu as reçu les premiers rapports des princes concernant leurs récoltes et l'état de leurs nomes. N'attends pas trop longtemps pour rappeler à l'ordre ceux qui seraient demeurés silencieux. Surveille le fleuve. Il se pourrait qu'Het-oui essaie de faire parvenir un message à Apopi après avoir vu passer ma flotte. Je ne pense pas que ce serpent ait l'idée ou le courage d'entreprendre de regagner l'Égypte en mon absence, mais les dieux accordent leur faveur à ceux qui sont assez humbles pour prendre toutes les possibilités en considération. Dicté au premier scribe Ipi et signé de ma main. Kamosé.»

«Mésorè, dix-neuvième jour. A la grande reine Tétishéri, salut. Quand tu recevras cette lettre, la Belle Fête de la Vallée aura pris fin. J'ai prié pour le ka de mon père et imaginé les prêtres en robe blanche, l'odeur de l'encens et les habitants d'Oueset se rendant en foule sur la rive ouest, chargés de fleurs et de nourriture pour leurs morts. J'ai également prié pour Si-Amon. Je suis sûr que tu l'as fait, toi aussi.

«Nous n'avons pourtant guère eu le temps de prier. Notre progression a été ralentie, parce qu'il nous a fallu sonder le fond afin de déceler les bancs de sable dans les endroits où le fleuve s'élargit et manque de profondeur. D'après les pilotes, ils ne cessent de se déplacer et ne peuvent donc figurer sur les cartes. C'est particulièrement vrai en été quand le fleuve est bas. A deux reprises, nous avons été forcés de tirer les bateaux sur la berge, puis d'utiliser des cales, pour éviter rapides et bancs de sable.

«La région d'Ouaouat est d'une beauté rude. De grands rochers, qui ressemblent à de grossières pyramides, se dressent dans un paysage brun clair et, parfois, par une brèche déchiquetée dans les montagnes, nous apercevons le désert qui s'enfuit vers un horizon nu. Lorsque ces montagnes reculent, nous traversons d'immenses plaines balayées par des vents qui ont formé d'impressionnantes dunes dorées et se lamentent autour de curieuses formations rocheuses.

«Au bord de l'eau, entre ces plaines arides et le fleuve, nous avons vu nos premiers villages, dont certains s'accrochent à une minuscule bande de terre fertile, alors que d'autres sont entourés de palmeraies et de sycomores. Hor-Aha m'a dit que la boisson que l'on fabrique à partir des fruits du palmier doum est très douce. Dans l'ensemble, cependant, Ouaouat est un pays désolé et vide. J'ai remarqué que, ici, je n'ai pas d'ombre. Celle de mon corps tombe exactement entre mes jambes.

«Nous sommes maintenant à Miam. Il y a ici un grand cimetière et un fort en mauvais état, mais je n'ai visité ni l'un ni l'autre. La chaleur est indescriptible : une fournaise qui dessèche le corps et ôte tout désir de bouger. Les Medjaï la supportent mieux que nous, et j'ai envoyé des éclaireurs reconnaître les villages attaqués. Miam est au centre du pays d'Ouaouat, en position stratégique. Nos troupes égyptiennes sont démoralisées. C'est le résultat de la chaleur et de l'immensité désolée qui nous entoure. J'ai moi aussi l'impression que mon ka flotte, mais je ne peux laisser mon esprit s'engourdir. J'attends les rapports de mes éclaireurs et des nouvelles d'Oueset. Dicté au premier scribe Ipi et signé de ma main. Kamosé.»

«Mésorè, vingt et unième jour. A la grande reine Tétishéri, salut. J'ai reçu ta lettre hier, ainsi que celle de notre sœur pour Ahmosis, et celle de Néfer-Sakharou pour Ramosé. Je te félicite de la vigilance qui t'a permis d'intercepter le message où celle-ci demande à

Mékétrê une escorte pour la ramener dans sa ville, ainsi qu'une maison et sa protection. Tu dis que le ton de sa lettre était curieusement cérémonieux, comme si elle avait déjà conclu un genre de contrat ou d'accord avec lui, et qu'une lettre similaire devait être envoyée au prince Iasen de Badari. Je m'étonne qu'elle n'ait pas inclus Intef dans sa correspondance, mais Qebt est peut-être trop proche d'Oueset à son goût. Je me demande ce qu'elle a en tête. Je suppose que tu as fait resceller les lettres et permis aux hérauts d'aller les remettre à leurs destinataires. Si ces deux princes en font état dans leurs prochains rapports, nous saurons qu'on peut leur faire confiance. Si ce n'est pas le cas, nous pourrons estimer que le temps qu'elle a passé en leur compagnie a donné naissance à un fruit vénéneux. Peut-être ne faut-il voir dans sa démarche que le besoin désespéré de retrouver d'anciens amis, mais je soupçonne quelque chose de moins innocent. Si Apopi reprend le contrôle de l'Égypte, Néfer-Sakharou gagnera plus qu'elle n'a perdu. Mon imagination m'entraîne-t-elle trop loin, Tétishéri ? Continue à la surveiller, mais ne fais rien. Bien que ce soit une femme désagréable, si je me trompe, j'encours la désapprobation des dieux.

« Nous avons passé ces onze derniers jours à livrer une guerre d'escarmouches aux prédateurs du désert qui harcelaient les villages medjaï. Ils seraient venus de Koush il y a quelque temps, et se seraient peu à peu enfoncés dans la région d'Ouaouat située à l'est du fleuve, entre Bouhen et la Première Cataracte, un vaste territoire appelé Khenet-néfer. Ils ont terrorisé les femmes et les enfants medjaï, mais rien n'indique qu'ils aient agi sur les ordres de Tétiân. La poursuite a été une sale affaire, passablement brutale. Ce sont de bons guerriers mais pas aussi experts que les Medjaï, qui prennent à cette petite expédition le plaisir féroce de chats lâchés sur les rats du grenier.

« Les Koushites sont pauvrement armés. La plupart n'ont que des massues, certains possèdent des couteaux et quelques-uns, des épées qui ressemblent de façon suspecte aux égyptiennes. Pillées dans les forts au cours des hentis passées, j'imagine. Ils ne portent qu'un pagne en peau de gazelle et marchent pieds nus dans un sable qui brûlerait n'importe qui, nos paysans les plus endurcis exceptés. Ils hurlent beaucoup et brandissent leurs massues. Les Medjaï hurlent en réponse, puis c'est la confusion habituelle, les coups, le sang, la sueur et les blessures. La nuit, les hyènes se chargent des cadavres. Nos pertes sont infimes. Demain, j'envoie Hor-Aha et mille Medjaï débarrasser le nord-est de Khenet-néfer des Koushites qui pourraient encore s'y trouver. Il ne faut pas qu'ils rôdent près de notre frontière. Ouaouat fait une excellente zone tampon, où nous devons maintenir la paix.

« Assure-toi que la gravure de mes deux stèles se poursuit comme il convient. Je veux pouvoir les ériger dans le temple à mon retour. Dicté au premier scribe Ipi et signé de ma main. Kamosé. »

« *Thot*, troisième jour. A la grande reine Tétishéri, à ma mère bien-aimée et à ma très chère sœur, mes salutations en ce troisième jour de la Nouvelle Année. J'aurais aimé être près de vous le premier de ce mois, quand toute l'Égypte fête le lever de l'étoile Sopdet, et qu'à Oueset nous faisons des sacrifices solennels à Amon. Je suis impatient de savoir ce que prédit Amonmosé pour cette année, d'avoir des nouvelles de la petite Hent-ta-Hent et de connaître la quantité exacte des récoltes. Ici, rien n'indique encore qu'Isis ait commencé à pleurer, mais je suis sûr qu'elle récompensera nos efforts pour rétablir la Maât et nous accordera une crue abondante.

« Je dicte cette lettre sur le pont de mon navire, au coucher du soleil. Le désert, le vieux fort, les huttes de boue de Miam, les palmiers... tout est en feu, en cet instant où Rê s'enfonce dans la bouche de Nout qui, dans ce pays d'Ouaouat, semble aussi vaste que le monde. C'est l'heure où notre moral s'améliore. La fraîcheur du désert arrive sur les ailes d'une brise éphémère. Des feux sont allumés et, très vite, une bonne odeur de cuisine flotte jusqu'à nous. Akhtoy nous apporte de la bière laissée au frais tout le jour dans le fleuve. Les villageois s'approchent pour prendre tout ce que les cuisiniers veulent bien leur donner et, lorsqu'ils ont mangé, ils tapent sur leurs petits tambours et chantent pour faire danser les Medjaï. Bien des choses paraissent familières après deux campagnes le long du Nil, mais ce pays n'en est pas moins étranger, sauvage et inhospitalier.

« Hor-Aha et ses hommes sont revenus ce matin avec six prisonniers, les chefs des villages qu'ils ont pillés et brûlés. Je crois que je vais les ramener à Oueset et leur montrer la richesse et la puissance de l'Égypte pour les dissuader de nouvelles incursions. Hor-Aha sait parler leur langue, qui ressemble à celle des Medjaï avec quelque chose de plus guttural. Une fois pris, ils deviennent très dociles, mais Hor-Aha les fait tout de même surveiller en permanence.

«Demain, j'ai l'intention de laisser cinq cents hommes ici et d'emmener les autres plus au sud, à Bouhen. Nous n'avons plus grand-chose à faire dans cette région. Il nous faudra aller à pied, car le Nil a légèrement grossi, et les bateaux doivent être tirés haut sur la rive pour échapper à la prochaine montée des eaux. Nous nous attendons à progresser avec lenteur, parce qu'il y a beaucoup de villages sur le chemin et qu'ils sont tous infestés de Koushites. Je suis impatient de voir le grand fort de Bouhen, pour savoir s'il vaudra la peine de le réparer et d'y laisser une garnison. Et je compte examiner la possibilité de reprendre immédiatement l'extraction et le transport de l'or. Je suppose que vous avez reçu les lettres dictées par Ahmosis. Je suis sûr qu'il a dit à Ahmès-Néfertari que, là où nous allons, on peut ramasser de l'or au bord du fleuve et qu'on le voit briller sous l'eau. Je vous aime. Dicté au premier scribe Ipi et signé de ma main. Kamosé.»

«Paophi, septième jour. A la grande reine Tétishéri, salut. J'aimerais que tu puisses admirer la splendeur de cet endroit. Le fort de Bouhen est entouré de dunes de sable basses et situé au centre d'une plaine très fertile s'étendant des deux côtés du fleuve. Le cours de celui-ci est ici très droit : il n'y a ni étranglement, ni rochers, ni courants dangereux, et nos ancêtres ont dû construire des quais de pierre pour permettre aux gros navires d'accoster. Ces quais sont en mauvais état et se trouvent en ce moment sous les eaux de la crue.

«C'est toutefois le fort lui-même qui attire le regard. Je ne te le décrirai pas en détail mais te dirai seulement qu'un tiers de la population d'Oueset pourrait tenir à l'intérieur de ses remparts de brique. C'est une sorte de petite ville fortifiée. On y trouve des maisons, des ateliers, des greniers, le tout entouré et protégé par des murs épais comme deux hommes allongés bout à bout. Ramosé dit que cela lui rappelle Het-Ouaret. Les prédécesseurs d'Apopi ont choisi de bâtir leur palais derrière un bouclier que notre propre ancêtre leur avait fourni sans le savoir, et c'est ce même ancêtre qui a fait construire ce fort imprenable de Bouhen.

«Deux portes percées dans de grandes tours donnent accès aux deux quais de pierre, mais l'entrée la plus imposante ouvre à l'ouest, sur le désert. Je ne t'en dirai pas davantage concernant ses dimensions. Ahmosis en fait faire le dessin afin que nous l'étudiions plus à loisir à notre retour. Il insiste pour que j'y laisse des troupes, mais je n'en vois pas la nécessité pour le moment. Defufa, la capitale de Tétiân, est à plus de trois cents kilomètres au sud, et je ne pense plus qu'il constitue une menace. Les barbares de Koush appartiennent à plusieurs tribus différentes, et aucune de celles qui tourmentent les Medjaï ne lui obéit. Par ailleurs, avant de m'occuper sérieusement de Koush, il me faut employer tous mes soldats à chasser les Sétiou. Une garnison pourrait certes se procurer sur place des légumes frais et de la viande, mais le reste, et notamment les céréales, devrait leur être envoyé régulièrement d'Égypte, or l'Égypte n'est pas encore en état de s'encombrer de Bouhen.

«Il nous a fallu plus d'un mois de batailles pour arriver jusqu'ici. Les villages medjaï, nombreux, étaient tous plus ou moins sous le contrôle des Koushites, tous abritaient les familles de nos archers, si bien qu'en plus de combattre il nous a fallu rester un jour ou deux dans chaque village pour permettre les retrouvailles. Nous nous constituons ainsi d'importantes réserves de reconnaissance pour l'avenir, mais je ronge mon frein.

«Le fort de Bouhen était lui aussi occupé par des Koushites, qui se sont farouchement défendus et ont tenu trois jours, davantage grâce aux qualités des fortifications qu'à leurs talents de guerriers. Lorsque nous avons réussi à l'investir, il y a eu un grand massacre, et nos hommes s'affairent encore à sortir et brûler les cadavres, à débarrasser l'enceinte des huttes de roseaux, des enclos branlants et des débris au milieu desquels vivaient ces sauvages. J'ai laissé repartir leurs femmes et leurs enfants d'où ils venaient.

«Ahmosis et moi avons beaucoup discuté de l'or. Tétiân le rassemblait à Defufa et l'envoyait à Apopi sur des chalands à très faible tirant d'eau. Comme nous n'avons vu ce genre d'embarcations nulle part, nous supposons qu'elles sont toutes en train de pourrir à Defufa. Nous pourrions employer le mois qui vient à en construire d'autres, et occuper les Medjaï locaux à les remplir. Il est tout à fait vrai que l'on peut littéralement ramasser de l'or par terre et dans le Nil. Mais où sont les Égyptiens capables d'organiser cette entreprise? Nous pouvons commencer, mais il faudra envoyer des fonctionnaires d'Oueset pour surveiller le travail. Bouhen marque la frontière entre Ouaouat et Koush. A moins d'envahir ce pays, nous ne pourrons pas nous procurer l'or qui s'y trouve, et je n'ai pour l'instant ni le temps ni les hommes nécessaires. Je ne les aurai pas tant qu'Apopi et les siens seront en Égypte. Je n'ai pas envie de provoquer Tétiân. Nous ne savons rien de lui. Nous ignorons l'importance des troupes qu'il commande. Jusqu'à présent, il s'est montré indifférent à ce qui se passait en Égypte. Laissons-le tranquille. Je pourrais essayer de traiter avec lui, mais si c'est un homme honorable, il s'en tiendra à ses accords avec Apopi.

«Je suis heureux que les récoltes aient été aussi bonnes, et que les greniers soient pleins. Je me réjouis aussi que tu aies reçu des lettres de tous les princes et des commandants de la marine. J'ai l'impression que je pourrai marcher sur Het-Ouaret dès mon retour. Si Amon le veut, cette année verra la fin de la présence sétiou en Égypte. Dicté au premier scribe Ipi et signé de ma main. Kamosé.»

«Athyr, premier jour. A la grande reine Tétishéri, salut. Il est difficile de croire que nous n'avons quitté Oueset que depuis trois mois. J'ai l'impression que trois ans se sont écoulés. Depuis ma dernière lettre, je me suis aventuré un peu plus au sud pour aller voir la Deuxième Cataracte, qui se trouve près du petit fort de Kor. Bien que les eaux du fleuve continuent de monter, il est possible de voir pourquoi les anciens avaient jugé nécessaire de construire un chemin de glissement. La cataracte, appelée le "Ventre des pierres", s'étend sur plusieurs kilomètres, et le fleuve y traverse un chaos de blocs de granit qui évoquent des dents prêtes à déchiqueter le bateau assez imprudent pour s'y aventurer. A son extrémité nord, on peut s'y engager aux hautes eaux avec des câbles de remorquage, mais il est impossible de franchir toute la cataracte.

«Le chemin de glissement d'Iken fait près de deux kilomètres et se trouve à l'endroit où un groupe de rochers presque assez gros pour mériter le nom d'îles interdit tout passage. Ahmosis et moi l'avons examiné. Il est en bon état, bien qu'inutilisé depuis deux ans. Il me semblerait plus raisonnable de décharger l'or à l'extrémité sud de la cataracte, de le transporter jusqu'à son extrémité nord, et de le recharger sur d'autres navires. Mais peut-être le volume de la cargaison rendrait-il cette solution peu pratique.

«Nous n'avons plus grand-chose à faire ici. Akhtoy a transformé la maison du commandant en un logement très confortable. Je le partage avec Ahmosis mais ne vois celui-ci que le soir. Il passe une grande partie de son temps à explorer la région, à parler aux villageois ou à faire exécuter des manœuvres aux troupes pour tromper leur ennui et le sien.

«Ramosé et moi nous promenons sur les remparts de ce fort majestueux, regardons le fleuve couler vers vous ou bavardons à l'ombre de ses murs imposants. Il parle de beaucoup de choses mais pas de sa mère, et je te demande donc de ne pas relâcher ta vigilance. Je ne dis pas que Ramosé ait quoi que ce soit sur la conscience, mais Néfer-Sakharou lui a peut-être tenu sur moi des propos malveillants qu'il n'ose me répéter de peur de la mettre en danger. Tu ne fais pas état d'autres échanges de correspondance entre Néfer-Sakharou et les princes. Je suppose donc qu'il n'y en a pas eu, ou que leur contenu était insignifiant. Je ne me sens pourtant pas tranquille. Veille à ce que les princes soient à Oueset à la fin de khoïak, comme je l'ai demandé. Je ne veux pas qu'ils passent plus de temps qu'absolument nécessaire sur leurs terres.

«Hor-Aha est allé voir sa mère Nithotep. Il attend avec impatience le jour où il pourra l'inviter à vivre dans la maison que je lui donnerai, sur les aroures qu'il gouvernera. Savais-tu qu'il portait à la ceinture un gage des services rendus à mon père? Il est très content de notre opération de nettoyage dans le pays d'Ouaouat. Nous nous sommes assuré la fidélité des Medjaï à peu de frais.

«La fête d'Hâpy approche. Nous ferons nos sacrifices ici, mais prie avec ferveur le dieu du Nil qu'il nous ramène rapidement et sans accident chez nous lorsque ses eaux baisseront. Dicté au premier scribe Ipi et signé de ma main. Kamosé.»

«Khoïak, onzième jour. A la grande reine Tétishéri, salut. Aujourd'hui, nous sommes de nouveau à Miam, après avoir progressé péniblement dans le désert, en lisière de l'inondation. Les eaux sont encore trop hautes pour que l'on s'y aventure en bateau, mais elles ont commencé à baisser. La semaine prochaine, nous nous risquerons jusqu'à Souénet et affronterons la Première Cataracte. Je prie que nous puissions la franchir.

«Depuis ta dernière lettre, l'anxiété me dévore. Pourquoi Intef a-t-il gardé le silence si longtemps? Qebt n'est qu'à vingt-cinq kilomètres d'Oueset. Je suis content que mère ait décidé de lui rendre visite en personne, accompagnée d'une escorte. Les excuses qu'il lui a données de son silence paraissent bien spécieuses. Quel prince n'a pas à s'occuper des petites querelles de ses sujets, et à discuter avec ses intendants de ce qu'il convient de faire des récoltes ? Au moins l'a-t-il assurée qu'il arriverait à Oueset à la fin de ce mois. Les autres princes devraient être en train de se préparer, eux aussi.

« Je suis inquiet, Tétishéri. J'ai de mauvais pressentiments, et j'aimerais pouvoir consulter l'oracle d'Amon. Fais-le à ma place, je t'en prie, même si rien n'était plus décourageant que sa dernière prophétie. J'essaie de ne pas y penser mais, dans cette immensité aride et brûlante, la mort semble tellement près, malgré les petites tâches et les obligations routinières des journées de marche. Je devrais y trouver un réconfort, mais leur protection est illusoire. Une catastrophe, une erreur, une épidémie de fièvre, et nous sommes à la merci d'un environnement implacablement hostile. Je perds le contrôle de mes pensées, et je n'en ai assurément aucun sur ce qui se passe en Égypte. Ah ! si seulement Ouaouat pouvait déjà être derrière nous !

« Ahmosis s'ennuie, mais lui ne broie pas du noir. A la hauteur de Toshka, un village medjaï situé sur la rive orientale, il a sauté dans un esquif et bravé le courant pour aller graver nos noms sur un rocher. Quand je lui ai reproché d'avoir pris un pareil risque, il s'est contenté de rire. "Je m'assure que les dieux nous trouveront, même si les choses tournaient mal et que nos tombeaux soient détruits", a-t-il dit. Mais, à mon avis, c'était un simple accès de fougue. Les soldats l'ont acclamé unanimement.

« Je suis surpris et heureux qu'Ahmès-Néfertari se soit mise à assister aux manœuvres des troupes dans le désert, et à offrir de petites récompenses aux hommes qui se distinguent dans les simulacres de bataille. Elle a pris mes instructions à cœur. Dis-lui mon approbation.

« Je n'écrirai plus, grand-mère. Si tout se passe bien, je te serrerai dans mes bras dans le courant du mois de tybi. Dicté au premier scribe Ipi et signé de ma main. Kamosé. »

15

Il y avait quelque chose de différent dans ce retour. Une différence qui ne tenait pas au cours large et lent du Nil, pas encore tout à fait revenu dans son lit, ni à l'exubérance de la végétation sur les rives. Qui ne tenait pas non plus à la blancheur éblouissante du débarcadère ni aux piquets d'amarrage bleus et blancs. La même treille ombrageait l'allée qui sinuait entre les sycomores et, au bout de celle-ci, entr'aperçue à travers les feuillages, la même maison se dressait au milieu de ses parterres de fleurs et d'une herbe rare. Le même mur croulant séparait le jardin du vieux palais, et celui-ci continuait à dominer la propriété avec une dignité aristocratique et lasse. Debout sur le pont, encadré d'Ahmosis et de Ramosé, Kamosé sentit son cœur se dilater à la vue de ce spectacle familier. Un peu plus au nord, entouré du panache frémissant des palmiers, il voyait la pierre pâle du pylône d'Amon se découper sur le bleu profond du ciel. A sa gauche, sur la rive occidentale, le sable courait vers les montagnes brunes, et il devinait le temple funéraire de son ancêtre l'Osiris Mentouhotep Nebhépetrê au pied de la falaise.

Le cœur battant d'une étrange joie, il regardait autour de lui à la recherche d'un détail différent, qui expliquerait cette détente du corps et de l'esprit qu'il éprouvait soudain. Mais il ne trouvait rien. Tout était comme cela devait être, comme cela avait toujours été. Maison, vieux palais, temple et ville formaient le paysage qu'il connaissait depuis l'enfance. Le fleuve était certes couvert d'embarcations de toutes sortes et les rives encombrées de soldats, mais si un tel tableau lui indiquait que les princes étaient arrivés, il n'expliquait pas son soulagement ni son bonheur.

Non, se dit-il soudain, Oueset est toujours la même. C'est moi qui ai changé. Quelque chose m'est arrivé dans le pays d'Ouaouat, une modification si subtile de mon ka que je ne m'en suis pas aperçu. Quand ? Pourquoi ? Ô grand et puissant Amon, cela signifie-t-il que tout va s'arranger, que le poids qui pesait si lourdement sur moi m'a été ôté et que je pourrai désormais regarder de l'avant, conquérir Het-Ouaret, rapporter le trône d'Horus dans le vieux palais et poser la Double Couronne sur mon front ? Il saisit le poignet de son frère. « Ahmosis, fit-il d'une voix voilée. Ahmosis... » et la boule qu'il avait dans la gorge l'empêcha de poursuivre.

Le navire toucha les marches, la passerelle fut tirée. Les Gardes formèrent deux haies. Sans hésitation, Kamosé s'élança à terre. Au bout de l'allée, il vit ses femmes accourir. Un bref instant, il sonda son ka, mais n'y découvrit ni sentiment de dislocation ni réticence. En souriant, il ouvrit les bras. « Ouaouat est un endroit merveilleux ! dit-il. Mais rien ne surpasse Oueset ! » Il les étreignit avec véhémence, heureux de sentir contre la sienne leur peau douce, de humer leur parfum, d'entendre leurs voix surexcitées. Seule Tétishéri le regarda d'un air soupçonneux. Se dégageant de ses bras, elle l'observa avec attention.

« Tu as l'air content de nous voir, Majesté, dit-elle sèchement. Mais tu ne vas pas le rester longtemps. Les princes sont ici, et ils sont venus avec beaucoup de soldats. Beaucoup trop. Les baraquements sont pleins à craquer, la distribution de nourriture est devenue un casse-tête. Je ne savais naturellement pas qu'ils paraîtraient accompagnés de leur armée personnelle, sinon je m'y serais opposée. Cela ne me plaît pas, Kamosé. »

Alors que naguère il lui aurait reproché de l'assaillir de problèmes sans même lui laisser le temps d'aller aux bains, il se contenta de froncer les sourcils et de tapoter sa main maigre.

« Cela ne me plaît pas non plus, répondit-il finalement. Mais tout dépend de la raison pour laquelle ils ont jugé cette protection armée nécessaire. Y a-t-il eu des troubles ? Apopi bouge-t-il ? S'est-il passé quelque chose à Pi-Hathor et Esna ?

– Rien de ce genre, dit-elle, en secouant vigoureusement la tête. Les nouvelles envoyées par Abana sont bonnes. Le Delta est paisible. Pi-Hathor aussi. Les princes n'avaient aucune raison d'amener ici ces centaines de bouches supplémentaires que nous nous efforçons de nourrir. »

Il posa une main sur le bras de sa grand-mère. Derrière eux, Ahmès-Néfertari s'extasiait devant la poudre d'or que son époux avait ramassée pour elle au bord du fleuve, et, un bras autour des épaules de sa mère, Ramosé lui parlait à voix basse. Ahmosis-onkh fermait la marche, tenant fermement serrée dans son poing une des oreilles du chien Béhek.

« Qu'y a-t-il, grand-mère ? murmura Kamosé. Que pressens-tu ? As-tu noté un manque de respect ou d'obéissance chez les princes ?

– Je n'ai remarqué aucun changement dans leur attitude à mon égard, répondit-elle avec un haussement d'épaules. Mais ils ont refusé d'écouter Ankhmahor, qui leur suggérait de faire camper leurs troupes sur la rive occidentale plutôt que de l'autre côté de notre mur d'enceinte. Ankhmahor est revenu un peu avant eux. Il a essayé de mettre de l'ordre mais, bien entendu, comme il est leur égal, il n'a pas le pouvoir de les commander sans ton autorisation. C'est tout juste s'il a réussi à empêcher leur suite et eux de s'installer dans la maison. »

Kamosé sentit une réelle inquiétude l'étreindre.

« Ne pouvais-tu leur donner toi-même des ordres par son intermédiaire ? demanda-t-il.

– Je n'ai pas manqué d'essayer, répondit Tétishéri. Et j'ai réussi jusqu'à un certain point. Ahmès-Néfertari a isolé nos hommes. Ce sont eux qui surveillent la ville et, bien sûr, notre domaine. Il n'y a pas vraiment eu d'incidents, Kamosé, conclut-elle d'un ton exaspéré. Il s'agit seulement d'intuitions, de vagues soupçons... Je suis heureuse que tu sois de retour. »

Ils avaient atteint l'entrée de la maison. Kamosé se retourna et appela d'un geste Hor-Aha, qui se trouvait loin en arrière, dans la foule.

« Emmène les Medjaï sur l'autre rive, dit-il lorsque le général l'eut rejoint. Quand ils seront installés, laisse ton second s'occuper d'eux. J'ai besoin de toi ici. Conduis les Koushites à la prison. Recommande à Simontou de bien les traiter. »

Le général s'inclina et Kamosé se tourna vers son héraut.

« Khabekhnet, va prévenir le grand prêtre que je suis impatient de voir mes stèles et de remercier Amon de notre expédition réussie au pays d'Ouaouat. Je me rendrai au temple demain matin. Ce soir, nous festoierons et je m'adresserai aux princes, poursuivit-il à l'adresse de Tétishéri. Mais pour l'instant, je souhaite me laver, manger et me rendre à la caserne. Apparemment, il faudra que je me fasse accompagner de ma sœur pour être renseigné sur les progrès faits par nos hommes.

– Elle a changé, dit Tétishéri.

– Ça m'en a tout l'air. »

Il prit la main de sa mère, qui attendait patiemment derrière lui. « J'aimerais te parler en revenant des bains, Ahhotep. »

Un peu plus tard, lavé et maquillé, il déjeunait sous un dais au bord du bassin. Ahhotep le rejoignit et s'assit avec grâce sur des coussins. Kamosé l'admira un instant. Sa peau bronzée resplendissait, ses lèvres pleines, rougies de henné, révélaient des dents d'un blanc éclatant et les petites rides qui marquaient le coin de ses yeux, en partie dissimulées par le khôl, ne faisaient qu'en souligner la beauté noire et mûre.

« Tu devrais te remarier », dit-il impulsivement.

Ses yeux s'écarquillèrent.

« Pour quoi faire ? demanda-t-elle. Et avec qui ?

– Pardonne-moi, mère. C'était une pensée fugitive, qui s'est déjà évanouie. Veux-tu du vin ? Un gâteau ? » Ahhotep refusa de la tête. « Eh bien, alors, donne-moi ton avis sur les rapports que Tétishéri a reçus des princes ces cinq derniers mois. Je suppose que tu les as lus. Parle-moi aussi d'Ahmès-Néfertari. »

Le chasse-mouches se mit en branle, trop lentement pour que ses crins agitent l'air tiède.

« Les rapports étaient cérémonieux, respectueux et absolument irréprochables, commença-t-elle. Pourtant, et Tétishéri et moi leur avons trouvé quelque chose de dérangeant, sans pouvoir dire quoi. Nous n'arrivions pas à déterminer la fausse note. Il faut que tu les lises, Kamosé. Peut-être avons-nous vécu si longtemps dans la trahison que nous avons peur de notre ombre. Je n'en sais rien. Depuis que les princes sont ici, nous sentons la même distance polie chez eux. Ils ne nous manquent pas de respect, mais leurs bonnes manières dissimulent quelque chose de froid. De calculateur, peut-être ? » Elle laissa tomber le chasse-mouches sur ses genoux et le caressa d'une main distraite. « Ils me font penser à Mersou. »

Dans le silence qui suivit, Kamosé revit le visage fermé et énigmatique de l'intendant de Tétishéri, dont l'obéissance parfaite avait caché une haine meurtrière. Il sirota son vin d'un air pensif. « Ils sont arrogants et souvent raisonneurs, déclara-t-il. Mais ils savent ce que j'ai fait pour eux, pour l'Égypte. Ils n'ont plus à craindre d'être spoliés sans avertissement. J'ai récompensé leur fidélité par de l'or. Je ferai davantage pour eux lorsque Het-Ouaret sera prise. Ils savent tout cela. Mais je tiendrai compte de vos impressions. Et maintenant, passons à Ahmès-Néfertari.

– Elle parle souvent de Tani, commença Ahhotep avec lenteur. Sans colère mais avec une sorte de dédain. On dirait que la trahison de sa sœur lui a donné une nouvelle énergie. Elle s'acquitte de ses tâches domestiques avec la même conscience, mais elle les accomplit vite, avec efficacité, puis passe son temps avec les soldats. Non ! fit-elle avec un geste vigoureux de la main. Rien d'ambigu ni de moralement répréhensible, là-dedans. Elle enlève ses bijoux, enfile de solides sandales et va sur l'estrade des revues regarder les hommes défiler ou faire l'exercice. Elle discute avec les officiers. »

Kamosé ne savait s'il devait rire ou s'irriter d'imaginer sa sœur, délicate et soignée, au milieu des nuages de poussière soulevés par les troupes.

« Il ne faut pas qu'elle se rende ridicule, mère. Les hommes du commun ne doivent pas penser qu'ils peuvent traiter les femmes royales avec familiarité.

– Ils l'aiment, répondit Ahhotep. Ils sont meilleurs à l'exercice lorsqu'elle est là. Je l'ai accompagnée plusieurs fois quand j'ai vu que je ne pouvais la dissuader par des paroles... Elle est devenue d'une obstination regrettable, remarqua-t-elle avec un sourire triste. Mais les hommes la saluent, Kamosé. Elle les appelle, plaisante avec eux. Je crois qu'elle a d'abord agi ainsi pour te prouver qu'elle méritait ta confiance, puis qu'elle y a pris plaisir. Si elle était un homme, elle ferait peut-être un bon commandant. »

Cette fois-ci, Kamosé rit franchement.

« Ahmosis va découvrir une femme qu'il ne connaît pas, dit-il. Cela devrait mettre du piment à leurs retrouvailles. »

Il se rendit compte qu'ils n'étaient plus seuls et, en se retournant, il vit Ankhmahor, Hor-Aha et Ramosé qui attendaient à une distance polie. Poussant un soupir, il fit mine de se lever, mais Ahhotep le retint.

« Je sais que tu as beaucoup à faire, dit-elle. Encore un mot, cependant. Ce n'est peut-être rien, mais... » Elle se mordit la lèvre.

« Néfer-Sakharou est constamment avec les princes depuis leur arrivée. Elle les reçoit dans ses appartements, déjeune et dîne en leur compagnie, se rend en litière à Oueset avec ceux qui souhaitent se divertir en ville. Je sais qu'elle se sent seule. Tout cela est sans doute inoffensif. Je pouvais difficilement la confiner dans ses appartements... Elle n'a rien fait de mal, après tout, à moins de considérer l'ingratitude et l'antipathie comme des crimes. »

Kamosé posa un baiser sur sa main et se leva.

« J'aurais dû envoyer Ahmosis dans le Sud et rester ici, dit-il d'une voix accablée. Mais je doute que j'aurais fait mieux que vous trois. Il faut que je te laisse. Nous nous verrons ce soir. »

Les princes et leurs suites se réunirent tous dans la salle de réception, ce soir-là. Parcourant de son regard pénétrant les convives emperruqués et embijoutés, Kamosé remarqua soudain un homme de haute taille, plutôt voûté, qui se penchait en arrière, une coupe à la main.

« Que fait Mékétrê ici ? demanda-t-il à Ahhotep. Je ne lui ai pas ordonné de se joindre à mon armée !

– Il est arrivé avec Intef, répondit-elle. Il m'a rebattu les oreilles de tout ce qu'il avait fait de merveilleux à Khmounou. On croirait qu'il a lui-même malaxé la terre et la paille. Je suis navrée, Kamosé. J'ignorais qu'il n'était pas autorisé à quitter sa ville. A l'entendre, il était venu sur ton invitation. »

Kamosé regarda le prince d'un air songeur. Les autres nobles et lui paraissaient d'excellente humeur. Ils échangeaient plaisanteries et mots d'esprit, buvaient beaucoup et bombardaient les serviteurs des fleurs printanières qui décoraient leurs petites tables. Toutefois Kamosé éprouvait l'impression que leur attitude avait quelque chose d'insolent, qu'ils se servaient de leur exubérance même pour tenir les Tâa à distance. Après s'être inclinés devant lui à son entrée dans la salle, ils ne lui avaient plus accordé aucune attention, ne lui parlant que lorsqu'il s'adressait directement à eux.

« Ils ont eu le même comportement presque tous les soirs, avait murmuré Tétishéri. Ils se soûlent et importunent les serviteurs, comme une bande de gamins indisciplinés. Je serai heureuse lorsque tu les emmèneras dans le Nord, Kamosé. Quelques marches forcées leur feront passer le goût de ces sottises. »

Mais, après les avoir observés avec attention, Kamosé conclut que leur exubérance tapageuse n'avait rien de spontané. On y sentait au contraire de la froideur, presque un calcul. Les femmes ne s'étaient pas trompées. Quelque chose clochait.

Un peu plus tard dans la soirée, il se leva et s'adressa à eux, leur relatant ce qu'il avait fait dans le pays d'Ouaouat et leur annonçant qu'après la cérémonie d'action de grâces et la dédicace des stèles auxquelles ils auraient à assister le lendemain, ils se mettraient en route pour reprendre la guerre contre Apopi. Ils l'écoutèrent poliment, le visage tourné vers lui, mais Kamosé remarqua que leur corps et leurs mains trahissaient une certaine nervosité.

« Demain après-midi, nous nous réunirons en conseil dans le bureau de mon père, conclut-il d'un ton brusque. Tybi a déjà commencé. Je veux être devant Het-Ouaret au début de méchir. »

Il avait envie de les insulter, de briser cette frontière invisible mais palpable qu'ils avaient tracée autour d'eux, de leur reprocher d'avoir inondé son domaine de soldats inutiles, mais il sentait qu'un accès de colère le mettrait en position de faiblesse. Pourquoi me font-ils l'impression de lions qui attendent que j'aie le dos tourné pour bondir ? se demanda-t-il avec anxiété tandis qu'il se rasseyait et faisait signe aux musiciens de continuer à jouer. Il faut que je demande à Ahmosis s'il partage mes inquiétudes.

Mais il ne put parler à son frère ce soir-là. Ahmosis s'était retiré de bonne heure avec sa femme et Kamosé n'eut pas le cœur de les déranger. Accompagnés de Ramosé et d'Ankhmahor, il fit le tour de la maison. Les trois hommes admirèrent en silence la beauté des jardins baignés de lune, puis ils se séparèrent, Ankhmahor pour aller inspecter les sentinelles, Ramosé pour rejoindre un lit où l'attendait sans doute la belle Sénéhat. Kamosé ne se sentit pas abandonné. Il continua de se promener sous les arbres, contourna le bassin aux eaux argentées, puis finit par regagner ses appartements. Son sommeil fut profond et paisible.

Le lendemain matin, maison et jardin se vidèrent au profit du temple, où Kamosé se prosterna une fois encore devant son dieu pour le remercier du succès de son expédition dans le pays d'Ouaouat. Ses stèles avaient été érigées : deux blocs de granit, presque de la taille d'un homme, sur lesquels était gravé le récit de ses campagnes. Debout devant elles, il les lut lui-même d'une voix forte et fière qui résonna dans l'enceinte sacrée. Derrière les mots qu'il prononçait, l'assistance entendait d'autres vérités : voici ce que moi, Kamosé Taâ, j'ai fait : j'ai ôté le poids de la honte des épaules des miens ; j'ai vengé l'honneur de mon père ; je me suis montré digne du sang de mes royaux ancêtres.

Lorsqu'il eut fini, il se tourna vers les six Koushites qu'on avait amenés dans le temple et qui regardaient, impressionnés et gauches, la foule somptueusement vêtue des fidèles.

« Je me suis emparé de vos terres, dit Kamosé avec lenteur. Cet acte sera gravé sur ma stèle pour que tous ceux qui passent ici le lisent. Regardez autour de vous. Vous avez pu vous faire une idée de la puissance et de la majesté de l'Égypte. Vous savez que ce pays s'opposera à toute nouvelle tentative d'invasion d'Ouaouat. Rentrez chez vous et dites à vos compatriotes que l'Égypte est miséricordieuse et juste envers ceux qui le méritent, mais qu'elle châtie vite ceux qui la menacent. Vous êtes libres. Mes soldats vous donneront de la nourriture et vous renverront chez vous. »

Tandis que la foule quittait le temple dans un nuage d'encens, accompagnée par les derniers accents des chanteurs sacrés, Kamosé s'aperçut que sa sœur était près de lui. Elle s'était fait reconnaître des Gardes, qui l'avaient laissée passer.

« Ahmosis est devant en compagnie de mère, dit-elle. Je voulais te parler avant ta réunion de cet après-midi avec les princes.

– Je comptais de toute façon m'entretenir avec toi avant mon départ. Nous avons si peu de temps. Avez-vous réussi à introduire des espions dans Het-Ouaret ?

– Nous avons commencé à organiser quelque chose, mais c'est une entreprise de longue haleine, répondit-elle. Nous nous sommes mises en contact avec Pahéri et Kay Abana. Il faut qu'ils choisissent des habitants de la ville à qui ils puissent se fier. Tu n'es pas aimé dans le Delta, Kamosé. Tu as trop détruit. »

Ils étaient arrivés à leurs litières. Les porteurs se levèrent aussitôt, mais Kamosé les renvoya d'un geste.

« Nous rentrons à pied ! leur cria-t-il. Tu n'as donc encore aucune information utile à me fournir, reprit-il à l'adresse de sa sœur. On ne pouvait espérer qu'un citoyen obligeant d'Het-Ouaret brûlât déjà d'impatience de nous ouvrir les portes de sa ville. Continue tes efforts, Ahmès-Néfertari. La cupidité des Sétiou finira pas avoir le dessus. Après tout, les bénéfices, c'est leur point fort. J'ai entendu dire que tu t'étais enrôlée dans l'armée, poursuivit-il d'un ton léger. Veux-tu que je te nomme officier?

– Tu pourrais faire pire, répondit-elle avec sérieux. C'est justement de l'armée que je veux te parler, ou plutôt de nos troupes locales. Je vois que Mère t'a dit combien je m'étais intéressée à leurs activités pendant ton absence.» Elle lui jeta un coup d'œil, puis se remit à fixer ses sandales. «La première fois, j'y suis allée parce que j'ai pensé qu'Ahmosis-onkh s'amuserait peut-être de voir les soldats sur le terrain de manœuvre. Raa était très occupée par Hent-ta-Hent. J'ai donc demandé au commandant la permission de m'asseoir sur l'estrade avec mon fils et de regarder ce qui se passait. Naturellement, ce petit garnement a eu vite fait de s'ennuyer et de se mettre à pleurnicher, mais moi j'étais fascinée.» Elle écarta de la main une des nattes de sa perruque, que le vent poussait sur son visage. «J'ai discuté avec les officiers, avec les scribes du Ravitaillement et des Effectifs. Je sais ce que les hommes mangent. Je sais combien de paires de sandales il faut réparer chaque mois. Je sais combien l'on brise de flèches à chaque séance de tir, et je sais affiler une épée.» Elle lui jeta un regard hésitant, comme si elle craignait ses moqueries, mais ce qu'elle lut sur son visage sembla la rassurer. «J'ai inventé des simulacres de bataille, reprit-elle d'une voix presque inaudible. Mais comme je n'ai pas l'expérience des champs de bataille, la stratégie n'est pas mon fort. Je partage les hommes et place certains d'entre eux derrière des rochers ou au sommet de collines, ce genre de choses. Cela me plaît beaucoup, Kamosé.» Il était si stupéfait qu'il ne savait que répondre. «J'ai demandé au capitaine des gardes de la maison l'autorisation d'établir un système de roulement afin de permettre aux hommes responsables de notre sécurité de bénéficier de l'entraînement des soldats dans le désert, et d'accorder à ceux-ci le privilège de nous garder. Il a accepté, et cela marche bien.

– Tu avais raison de me reprocher de méconnaître tes capacités, Ahmès-Néfertari, déclara Kamosé avec douceur. Mais tu ne crois pas que tu vas un peu trop loin? Tu n'as pas besoin de me prouver ta valeur. J'ai pleinement confiance en toi.

– Tu ne m'as pas écoutée, protesta-t-elle en s'empourprant. Ton capitaine approuve ma participation. Les hommes s'attendent à me voir tous les jours. Je prends plaisir à ce que je fais. Ne t'imagine pas que je me suis mise à m'occuper de leur bien-être et de leur entraînement parce que mon mari me manque ou que je n'ai pas assez de tâches domestiques à accomplir.» En deux enjambées rapides, elle le dépassa et lui fit face, l'obligeant à s'arrêter. «Je ne veux jamais être faible comme Tani, dit-elle à voix basse. Je ne veux pas me réveiller un matin et me retrouver incapable de courage, incapable d'un acte de volonté, parce que j'aurai laissé les maternités et les aimables travaux féminins m'apprendre une docilité inopportune. J'ai frôlé ce danger, Kamosé. Oui, vraiment. Mais c'est fini. Ne m'interdis pas cette occupation, je t'en prie!»

Kamosé s'abstint de lui faire remarquer que ce n'étaient ni les maternités ni les travaux féminins qui avaient consommé la perte de leur sœur, mais un adversaire rusé et sans scrupule. Si les raisons d'Ahmès-Néfertari étaient irrationnelles, sa peur ne l'était peut-être pas.

«Est-ce cela que tu voulais me dire? demanda-t-il. Si oui, tu n'as rien à craindre. J'en parlerai à mon commandant et à mes capitaines. Si leurs louanges sont sincères, tu pourras continuer à travailler avec eux, à condition d'obéir en tout au commandant. Des deux mille hommes que j'ai laissés ici, il ne restera bientôt plus que la moitié. Je compte emmener les autres, de même que les Medjaï, bien sûr. Cela satisfera-t-il ta soif de mort et de destruction?»

Un court instant, l'Ahmès-Néfertari des jours anciens reparut. Des larmes brillèrent à ses paupières, et ses lèvres tremblèrent. Se haussant sur la pointe des pieds, elle posa un baiser sur la joue de son frère.

«Merci, sire, dit-elle. J'avais une autre raison de vouloir te parler, mais je suis heureuse que cette affaire soit réglée.»

Ils se remirent à marcher et, pendant quelque temps, seul le pas mesuré des Gardes rompit le silence. Sur le fleuve passa une petite embarcation, dont l'avance était rythmée par un garçonnet qui, assis à l'arrière, frappait un tambour. Son sillage vint mourir sur la rive sablonneuse en vaguelettes scintillantes. Kamosé n'était pas pressé d'entendre ce que sa sœur avait à dire. En dépit de sa prochaine réunion avec les princes, il éprouvait un grand contentement. Bientôt, il goûterait les produits de son domaine sous les dais de son jardin, on décachetterait des jarres de vin, on lui servirait une bière sombre et, le lendemain, il quitterait une nouvelle fois Oueset pour le Nord. Il ne regrettait pas de partir, il savait qu'il emporterait cette guérison qui s'était si mystérieusement accomplie dans son âme et que, pendant son absence, il penserait à sa maison avec chaleur et sans culpabilité.

Ahmès-Néfertari parla enfin, sans tourner la tête : « Il faut que tu saches qu'un différend m'a opposée aux princes Intef et Mékétrê. Grand-mère, mère et moi avions décidé que, puisque nous avions eu gain de cause, il était inutile de t'en parler, mais j'y ai réfléchi et j'ai changé d'avis. Tu vas te reposer sur eux pendant le siège à venir. Sur certains plus que sur d'autres. Si tu t'appuies sur une branche et qu'elle rompe, je me sentirai responsable. Ce n'était pas une tempête, s'empressa-t-elle d'ajouter. Juste un petit coup de vent du désert.

– Tu n'es pas très claire, coupa-t-il avec impatience. Nous sommes presque au débarcadère, et j'ai faim. »

Pris d'un soudain pressentiment, il avait parlé avec plus de brusquerie qu'il ne le voulait, et elle s'excusa aussitôt.

« Pardon, fit-elle. Voici ce qui s'est passé. Un matin, Intef et Mékétrê sont venus sur le terrain de manœuvre. Je crois qu'ils ont été décontenancés de m'y trouver. Ils voulaient mêler leurs soldats aux tiens et prendre le commandement de l'ensemble. Naturellement, un simple commandant et quelques capitaines n'auraient pu que leur obéir. Leurs arguments se tenaient, Kamosé : ils prétendaient vouloir encourager la coopération entre les combattants de nos différents nomes, soulignant que, s'ils étaient liés par l'amitié, ils n'en seraient que plus soudés dans la bataille. » Elle leva les yeux vers son frère. Ses larmes avaient disparu, et ses lèvres ne tremblaient plus. « Mékétrê s'est même plaint que, ayant été obligé de rester à Khmounou pour y remettre de l'ordre, il manquait de pratique sur le champ de bataille et de l'expérience du commandement. J'ai observé tes officiers pendant qu'Intef et lui me parlaient. Ils craignaient que je n'accepte de les placer sous l'autorité des princes. Je ne comprenais pas pourquoi. Après tout, exercice et manœuvres étaient simplement destinés à entraîner et occuper les troupes. Pourquoi les soldats amenés par les princes seraient-ils restés oisifs ? Mais Intef insistait vraiment beaucoup. Il y avait quelque chose qui ne me plaisait pas dans cette affaire. J'ai donc refusé. » Elle eut un rire bref. « Ils m'ont pressée autant qu'ils l'ont osé. J'ai lu du mépris dans leurs yeux, avant qu'ils ne s'inclinent et ne s'éloignent. Ils ont ordonné à leurs hommes d'installer des cibles et ils ont tiré à l'arc jusqu'à ce que je quitte l'estrade. C'était comme un défi.»

Kamosé avait la gorge sèche. Je ne suis pas en colère, se dit-il. Pourquoi? La réponse lui apparut aussitôt : parce que la colère t'aveuglerait et que tu as besoin de tout ton sang-froid pour examiner la situation.

«Je suis allée voir les officiers ce soir-là, poursuivait Ahmès-Néfertari. Ils m'ont dit qu'ils avaient été invités à plusieurs reprises à boire avec les officiers des princes, et que leurs soldats faisaient des présents aux nôtres. J'ignore ce que cela signifie, Kamosé. Peut-être s'agit-il simplement de camaraderie militaire, mais je ne le pense pas. Grand-mère et mère non plus. Nous faisons-nous des idées? Nous vivons dans l'inquiétude depuis si longtemps.»

Ils avaient atteint le débarcadère et traversaient l'esplanade. En jetant un coup d'œil dans l'allée qui conduisait à la maison, Kamosé aperçut l'éclat des dais blancs et la foule qui se pressait autour du bassin. On entendait nettement le brouhaha des voix. Ils m'attendent pour manger, pensa-t-il. C'est un jour de fête. Six Koushites ébahis et la noblesse d'Égypte m'ont écouté relater mes victoires dans le temple. Il effleura l'épaule de sa sœur.

«Tu as parfaitement agi, dit-il. Je suis très fier de toi, Ahmès-Néfertari. Ahmosis est-il au courant?

– Nous avions mieux à faire la nuit dernière, répondit-elle avec une ombre de défi. D'ailleurs, c'est toi le roi. C'est à toi que je devais en parler en premier.

– Bien. Demain, je les emmènerai tous dans le Nord, mais je n'oublierai pas ce que tu m'as dit. Je me sers d'eux, vois-tu, mais je ne parviens pas à les aimer. Qu'ont-ils fait pour l'Égypte autrefois, sinon s'engraisser des miettes que les Sétiou leur jetaient?» Il sentait la fureur monter en lui, âcre et désespérée. «J'avertirai Ahmosis et Hor-Aha, naturellement, mais je ne veux pas m'en prendre à Intef et à Mékétrê pour quelque chose qui ne signifie peut-être rien, reprit-il en luttant contre le sentiment irrationnel de trahison qui l'envahissait. Ils regimbent peut-être, mais jusqu'à présent ils se sont montrés obéissants et dignes de confiance. J'ai encore besoin d'eux. Allons déjeuner.»

C'est là, la source de la véritable blessure, se dit-il alors qu'ils entraient dans l'ombre épaisse de la treille. J'ai besoin d'eux, désespérément, et l'inverse n'est pas vrai.

Il mangea et but, sourit et bavarda, reçut les hommages et les félicitations des convives, tout en s'efforçant d'étouffer sa colère et de réfléchir raisonnablement à ce que venait de lui apprendre sa sœur. Il n'avait aucune intention de faire part de son mécontentement aux princes, et encore moins d'exprimer les vagues soupçons qu'il avait sur leur fidélité. Cela n'aurait abouti qu'à les indigner, peut-être à juste titre.

Repus et somnolents, les invités finirent par aller faire la sieste, et Kamosé se retira lui aussi dans ses appartements. Sans essayer de dormir, assis dans son fauteuil, il repassa dans son esprit ce qu'il comptait dire aux princes, ses plans pour leur troisième campagne – qui du reste étaient réduits et très simples. L'Égypte étant sienne jusqu'au Delta, il reformerait son armée à mesure de son avance vers le Nord, encerclerait Het-Ouaret et abattrait ses remparts, brique par brique s'il le fallait, afin que disparaisse cette dernière plaie dans le corps de l'Égypte. Il s'était assuré que Koush et Tétiân ne constitueraient pas une menace sur ses arrières. Seul Pédjédkhou pouvait lui faire obstacle mais, s'il se risquait à sortir de sa ville, il serait battu. Kamosé ne tenait pas compte d'Apopi. Le combat aurait lieu entre le général et lui ; il serait simple et propre. Les machinations et les ruses d'Apopi appartenaient au monde fébrile de la négociation et en l'occurrence lui seraient donc inutiles. Les armes et une bonne stratégie militaire, voilà ce qui compterait.

En fin d'après-midi, les princes arrivèrent dans son bureau. Assis en compagnie de son frère, de Ramosé et d'Hor-Aha, Kamosé les regarda entrer dans la pièce. L'air indifférent, ils s'inclinèrent devant lui et, à son invitation, prirent place. Akhtoy avait servi une collation, à laquelle personne ne fit mine de toucher. Avec leurs yeux troubles et leur visage renfrogné on dirait qu'ils ont la gueule de bois, pensa Kamosé. Ils se sont assis comme des enfants récalcitrants qu'on va gronder, en évitant mon regard. Il n'y a qu'Ankhmahor qui me sourie.

Il s'éclaircit la voix et se leva. Assis en tailleur à côté de lui, Ipi finit de lisser la feuille de papyrus posée sur sa palette et prit son pinceau.

« Il faudra que vous vous serviez vous-mêmes à boire et à manger, si vous le souhaitez, commença Kamosé. Je ne veux pas être interrompu par le va-et-vient des serviteurs. Ce que j'ai à vous dire ne sera pas long. Je n'ai pas de plans compliqués à vous exposer… à moins que l'un d'entre vous n'ait trouvé un moyen de percer les défenses d'Het-Ouaret. Au fait, Mékétrê, je ne me souviens pas de t'avoir demandé de quitter Khmounou. Aurais-tu justement conçu un tel plan et désiré me le communiquer au plus vite ? »

Mékétrê leva vers lui un visage pâle et sans expression, mais en gardant les yeux fixés sur un point situé au-dessous de son menton.

« Non, Majesté, dit-il. Je n'ai malheureusement aucune idée en la matière. Je me suis exposé à ton mécontentement en venant ici parce que les récoltes étaient terminées dans mon nome, et que les travaux de reconstruction de ma ville se poursuivent désormais sans qu'il me soit nécessaire de les superviser en personne. On n'avait pas besoin de moi, et j'ai voulu prendre part à ton triomphe et à la cérémonie d'action de grâces.

– Je suis mécontent, en effet, fit Kamosé d'un ton sec. C'est moi qui décide de l'endroit où l'on a besoin de toi, Mékétrê. Tu aurais d'abord dû demander l'autorisation de nous rejoindre, en nous expliquant pourquoi l'administration de Khmounou pouvait être laissée à ton adjoint. »

Il aurait aimé en dire davantage, punir l'homme de son désir mesquin de se pousser en avant aussi souvent qu'il le pouvait, mais souligner publiquement les défauts du prince n'aurait fait qu'accroître le ressentiment qu'il éprouvait manifestement à n'avoir pas été convoqué à Oueset avec ses pairs.

« Je suppose donc que, si tu es venu ici, accompagné d'un nombre inconvenant de soldats, c'est parce que tu désires nous accompagner dans le Nord, ce printemps ? » déclara-t-il. Mékétrê sursauta, visiblement embarrassé. Kamosé n'attendit pas sa réponse et changea brusquement de sujet. « Demain à l'aube, vous rassemblerez vos hommes en formation de combat, dit-il. Les Medjaï embarqueront sur les navires, comme d'habitude. Je compte atteindre Het-Ouaret le plus rapidement possible et y rester le plus longtemps possible, en priant qu'Amon veuille me livrer la ville. Vous avez des questions ? »

On aurait dit que les hommes s'étaient transformés en pierres. Leurs bouches restèrent closes, leurs visages se vidèrent de toute expression et leurs corps se figèrent.

« Que leur arrive-t-il ? » murmura Ahmosis. Au bruit de sa voix, Intef leva la tête. Son regard rencontra alors celui de Kamosé et se remplit d'une telle haine que celui-ci, médusé, cligna les yeux.

Lorsque le prince parla, toutefois, ce fut d'un ton anormalement calme.

«Nous ne souhaitons pas aller dans le Nord cette année, sire, déclara-t-il. Nous en avons discuté ensemble, et nous ne sommes pas heureux. Voilà deux ans que nous te suivons. Nos enfants grandissent sans nous. Nos femmes sont lasses de dormir seules. Nous avons été contraints de déléguer notre autorité à nos intendants, et nos nomes souffrent de notre absence. Permets-nous de rentrer chez nous. Toute l'Égypte nous appartient, à l'exception d'une petite partie du Delta. Apopi ne peut rien. Laisse-le mijoter une saison ou deux dans le jus qui lui reste. On a besoin de nous ailleurs.»

Kamosé l'avait écouté avec une incrédulité croissante. Le sang lui battait les tempes avec violence. Prenant appui sur le bord de la table, il parcourut les visages fermés qu'il avait devant lui.

«"Vous ne souhaitez pas"?, répéta-t-il d'une voix un peu haletante. "On a besoin de vous ailleurs"? Qu'est-ce que ces sornettes? Vous n'avez donc pas entendu ce que j'ai dit à Mékétrê? C'est moi qui décide de l'endroit où l'on a besoin de vous. Et comment osez-vous dire que l'Égypte vous appartient...? Pour qui vous prenez-vous? L'Égypte est mienne, en vertu de ma naissance et de Maât. J'ai brisé mon cœur afin de la reprendre pour nous tous! *Comment osez-vous!*»

Il hurlait presque. Sous la table, les ongles d'Ahmosis s'enfoncèrent dans sa cuisse, et la douleur lui fit reprendre son sang-froid.

«Je suis le roi, conclut-il avec plus de calme. J'oublierai ton insolence, Intef, à condition que tu ne remettes plus ma suprématie en question. Nous nous retrouvons demain matin. Vous pouvez disposer.»

Il s'assit et serra les genoux pour maîtriser ses tremblements. Les princes ne firent pas un mouvement; ils le dévisageaient avec attention. Puis, une expression résignée sur son visage tanné, Mésehti prit la parole.

«Sa Majesté a raison, dit-il. Nous avons été égoïstes, mes frères. Nos doléances pourraient être les siennes : n'a-t-on pas aussi besoin de lui ici, à Oueset? Ses intendants et ses femmes n'ont-ils pas dû supporter le même fardeau que les nôtres? Nous ne sommes pas heureux, sire, c'est vrai, mais nous avons oublié que tu ne l'étais pas non plus. Tu es notre roi. Pardonne-moi.

– Traître, murmura quelqu'un.

– Je t'avais dit que cela ne marcherait pas, Iasen ! éclata alors Mésehti. Je t'avais dit que tu commettais un péché ! Kamosé mérite mieux que nos récriminations séditieuses. Sans lui, nous serions encore sous le joug sétiou ! Je ne veux plus rien avoir à faire avec ces folies.

– Ça ne t'est pas difficile, Mésehti de Djaouati ! riposta Mékétrê. Tu vis confortablement sous le parasol des princes d'Oueset ! Kamosé a détruit Khmounou, puis m'a demandé de la ramener à la vie ! »

Tous deux s'étaient levés et se défiaient du regard. Iasen frappa la table de son poing.

« Nous avons vu Kamosé et son frère dévaster l'Égypte ! s'écria-t-il. Il a fallu deux saisons pour que les champs s'en remettent, que les villageois reconstruisent leurs maisons. Nous permet-il de les aider ? Non ! Il fait de nous ses complices et exige à présent que nous abandonnions une fois encore nos paysans pour marcher sur le sentier de la guerre. Assez ! Rentrons chez nous ! »

Kamosé restait parfaitement immobile. Croisant le regard d'Ankhmahor, il inclina la tête. Le prince gagna la porte. Hor-Aha se tenait près de Kamosé, la main sur le couteau passé à sa ceinture. Intef se leva à son tour, en repoussant sa chaise avec violence.

« Avec Apopi, au moins, l'équilibre régnait ! cracha-t-il. Il s'occupait de ses affaires et nous laissait prospérer à notre guise. Il ne se mêlait pas de ce qui ne le regardait pas. » Il braqua un doigt accusateur sur Kamosé. « Il vous aurait laissés tranquilles, vous aussi, sans la suprême arrogance de ton père. Mais Séqénenrê était incapable d'accepter sa place ! Il se disait roi, mais a-t-il fait appel à nous, ses frères, pour nous demander conseils ou aide ? Non ! Il est allé les chercher dans le pays d'Ouaouat ! » Son doigt fendit l'air de nouveau, pour se pointer cette fois sur Hor-Aha. « Auprès d'un étranger, d'un barbare noir ! Ta révolte est allée assez loin, Kamosé. Laisse le Delta à Apopi. Cela nous est égal. Pourquoi voudrais-tu davantage ? Tu as Oueset. Et qu'es-tu d'ailleurs ? Rien de plus que nous. Un prince. Juste un prince. Mon grand-père était porte-sandales d'un roi.

– Tais-toi, Intef ! s'exclama Mékhou d'Akhmîm en le tirant par son pagne. Tu commets un sacrilège !

– Un sacrilège ! répliqua Iasen. Tout le monde sait que le même sang noir coule dans les veines des Taâ et dans celles de leur chouchou d'Ouaouat ! Renvoie ton soi-disant général chez lui ! s'écria-t-il en se tournant vers Kamosé. Nous sommes las de nous prosterner devant lui ! »

Poussant un juron, Hor-Aha se jeta en avant, le couteau à la main, mais, au même instant, la porte s'ouvrit à la volée et les Gardes firent irruption dans la pièce. Ils isolèrent rapidement chaque prince, et le calme revint peu à peu. Kamosé se mit posément debout.

« Asseyez-vous ! » ordonna-t-il. Après un instant d'hésitation, ils obéirent. Intef respirait avec difficulté, Iasen était livide et Mékétrê dissimulait son appréhension sous un air hautain. Lorsqu'ils furent installés, Kamosé les toisa. « Je savais que vous étiez jaloux d'Hor-Aha, mais je pensais que vous finiriez par respecter son instinct militaire et oublier ses origines, dit-il. Je me trompais. Je me trompais aussi en vous croyant assez intelligents pour comprendre que la prospérité dont vous jouissiez sous Apopi était une illusion, qu'il pouvait anéantir quand il le voulait. Vous vous êtes montrés indignes de votre titre de prince, sans parler de votre qualité d'Égyptien. Vous êtes sétiou, tous autant que vous êtes. Il n'y a pas de pire insulte. Quant à mes titres à la couronne, mes ancêtres ont régné sur ce pays, chacun d'entre vous le sait. Sinon, vous n'auriez pas répondu à mon appel, il y a deux ans, ni combattu pour moi. Je suis outré que vous osiez calomnier ma grand-mère ! Les rumeurs concernant ses origines sont fausses. Elles ont été répandues par les Sétiou, qui redoutaient que les souverains légitimes de ce pays ne se réveillent un jour et ne se rendent compte de leur asservissement. Vous le savez ! cria-t-il avec écœurement, laissant enfin libre cours à sa fureur. Son père Senna était un *smer*, sa mère Néferou une *nebt-per* ! Des titres humbles, mais des noms égyptiens ! Pourquoi me défendre contre vos accusations ? Vous ne méritez pas un mot de plus. Ankhmahor ! » Le capitaine de ses Gardes s'avança. « Khabekhnet doit être à la porte. Fais-le entrer. Mon scribe va préparer un document que tu iras porter au gouverneur adjoint de Khmounou, déclara-t-il lorsque le héraut fut là. Le prince Mékétrê ne reviendra pas dans son nome, et son adjoint devra assumer ses fonctions jusqu'à la nomination d'un autre prince. » Mékétrê poussa une exclamation, et Kamosé le foudroya du regard. « Je t'avais donné Khmounou en récompense du service que tu m'avais rendu, jeta-t-il. Tu avais retrouvé pouvoir et faveur. Ne dis rien ! » Il congédia le héraut de la main, puis se tourna vers Ankhmahor. « Arrête Intef, Iasen et Mékétrê, déclara-t-il. Conduis-les à la prison et confie-les à Simontou.

– Mais ce sont des nobles, sire, protesta faiblement Mésehti. Tu ne vas…

– Ce sont des traîtres et des sacrilèges, coupa Kamosé. Emmène-les, Ankhmahor. »

Lorsque, visiblement secoués, les trois hommes eurent quitté la pièce, encadrés par les Gardes, leurs compagnons se regardèrent avec ahurissement.

« Par les dieux ! dit enfin Ahmosis. Venons-nous d'assister à une mutinerie ? Que s'est-il passé, Mésehti ? »

Le prince poussa un soupir.

« Ces cinq derniers mois, nous avons échangé beaucoup de lettres, déclara-t-il. Nous étions heureux d'avoir retrouvé nos nomes. Certains d'entre nous voulaient y rester. Nous étions fatigués, Altesse. Nous ne voyions aucun intérêt à harceler encore Apopi. » Se tournant vers Hor-Aha, il ajouta d'un ton d'excuse : « Joint à l'antipathie croissante que nous éprouvions pour toi, général, cela explique le feu qui a flambé dans cette pièce. Mais si je m'attendais à leur protestation et à ta réponse, sire, je ne m'attendais pas à une telle explosion de colère et à autant de venin.

– Ce n'était pas seulement un accès de colère, remarqua Ahmosis. C'était un aveu. Quant à harceler Apopi, ne voient-ils donc pas qu'aussi longtemps qu'il y aura un étranger sur le trône d'Horus, l'Égypte sera humiliée ? Il m'est difficile d'admettre qu'ils soient assez stupides pour faire passer leur confort personnel avant cette vérité.

– Que vas-tu faire, sire ? » demanda Mékhou.

Kamosé grimaça. Il se sentait oppressé, avait du mal à rassembler ses idées.

« Si je les exécute, Apopi y verra un signe de désunion qui lui mettra inévitablement du baume au cœur, dit-il enfin. Je ne veux pas donner la moindre satisfaction à cette vipère.

– Les exécuter ? répéta Ramosé d'un ton horrifié. C'est impossible, Kamosé !

– Et pourquoi cela ? J'ai exécuté ton père pour un acte similaire. Si Téti avait effectivement trahi, eux songeaient à le faire. La différence est minime. Mais comme je l'ai dit, je ne veux pas donner le moindre encouragement à Apopi. Je n'ai donc guère le choix. Ils resteront en prison jusqu'à mon retour à Oueset. A qui puis-je confier le commandement de leurs divisions, Hor-Aha? Sers-nous du vin, Ramosé. J'ai la gorge desséchée.»

Il avait soudain envie de poser sa tête sur la table et de pleurer.

Pendant l'heure qui suivit, ils discutèrent des solutions à adopter mais, encore sous le coup de la scène qui avait si brutalement dégénéré, ils furent incapables de présenter des propositions acceptables. Ils finirent par décider de retarder leur départ d'une semaine, le temps d'élaborer une nouvelle stratégie.

«Tu pourrais anoblir les commandants en second de ces divisions, suggéra Ahmosis lorsque la réunion prit fin. Créer de nouveaux princes.

– On n'accorde pas des titres héréditaires à la légère, objecta Kamosé. Il faut qu'un peu de sang aristocratique coule dans leurs veines pour que je puisse les élever au rang de princes.

– Tu l'as bien fait pour Hor-Aha.

– C'était une exception. Sur quelle sorte d'Égypte régnerai-je si ses nomes sont gouvernés par des roturiers? Je hais ces princes, Ahmosis, mais je suis affligé aussi. Les imbéciles!

– Il y a le prince Sébek-nakht de Mennéfer, dit Ahmosis d'un air songeur. Vous avez conclu un accord, et il m'a beaucoup impressionné. Tu pourrais peut-être lui proposer le commandement d'une division.

– Je ne pense pas. Pas encore. Ankhmahor et lui se ressemblent beaucoup. Il semble digne de confiance, c'est vrai, mais Mennéfer est très proche du Delta. Trop proche. Je peux néanmoins écrire à Pahéri et lui demander ce qu'il sait du prince de Mennéfer. Dieux! quel gâchis!»

Il annula le banquet d'adieux que sa mère avait préparé et refusa de recevoir Tétishéri lorsqu'elle vint en personne à la porte de ses appartements, exigeant de savoir ce qui s'était passé et pourquoi trois des princes d'Égypte se trouvaient en prison. Il s'entretint seulement avec Simontou, concernant la façon dont les prisonniers devaient être traités.

«Procure-leur tous les luxes dont ils ont besoin, recommanda-t-il. Laisse-les marcher dans la cour chaque fois qu'ils le désirent... sous bonne garde, bien sûr. Autorise-les à prier. N'oublie jamais leur rang, Simontou.»

Enfermé dans ses appartements, il se força à manger. Mais son angoisse était telle que la nourriture lui paraissait comme de la cendre et le vin, aigre. Lorsque les serviteurs eurent débarrassé, il donna à Akhtoy consigne de ne laisser entrer personne et, s'appuyant au rebord de la fenêtre, contempla son jardin paisible.

Le soleil commençait à se coucher et la lumière prenait un doux éclat bronze. Sous les arbres, les ombres s'allongeaient lentement sur l'herbe épaisse des pelouses. Des insectes dansaient dans l'air limpide, transformés en étincelles dorées par les doigts agonisants de Rê. La chambre de Kamosé donnait sur l'allée menant au débarcadère, et deux de ses Gardes s'y promenaient en bavardant. Leurs voix lui parvenaient, mais pas leurs paroles et, très vite, ils disparurent.

Il vint à l'esprit de Kamosé que, lors de précédentes crises, il avait toujours cherché la solitude et le réconfort du vieux palais. Cette fois-ci, en revanche, il s'était inconsciemment terré dans ses appartements comme un renard blessé. Un chagrin mêlé de colère le dévorait, auquel il s'abandonna enfin. La fureur était un sentiment familier qu'il combattait depuis qu'Apopi était venu à Oueset juger et condamner sa famille. C'était un noir couteau dirigé d'abord contre les Sétiou, puis contre les princes, parfois contre les dieux qui lui avaient assigné ce douloureux destin. Succomber à son puissant attrait le soulageait.

Mais le chagrin, qu'il éprouvait comme une souffrance intolérable, avait sa source dans la solitude, les traîtrises, une immense fatigue spirituelle, et il fit jaillir de ses yeux les larmes brûlantes qu'il ne s'était encore jamais permis de verser. Il pleura longuement et, lorsqu'il releva la tête, les yeux gonflés, le visage, le cou et le torse trempés de tristesse, le soleil avait disparu et le crépuscule envahissait le jardin.

J'aimerais être encore un enfant, pensa-t-il. Avoir six ans, être assis sous un arbre avec mon précepteur, copier des hiéroglyphes sur un tesson de poterie. Je me revois étreignant le pinceau, tirant la langue sous l'effort. Amon régnait cn maîtrc dans son temple, en ce temps-là, à peine plus puissant que père, qui savait et pouvait tout. La vie était heureuse et prévisible. On me servait à manger avec une régularité sur laquelle je ne m'interrogeais pas. Le fleuve coulait pour moi seul, il était là pour porter mes petits bateaux et pour jouer avec moi lorsque je me jetais dans ses bras frais. Aussi instinctif qu'un jeune animal plein de santé, je vivais dans l'éternel et ne savais pas que le temps passait.

Soulevant d'une main mal assurée la cruche d'eau posée près de son lit, il mouilla un linge et s'essuya la figure. Puis il alluma sa lampe et prit son miroir de cuivre. Son visage lui apparut, déformé par les pleurs mais encore jeune et beau : un nez fin, une bouche pleine, les yeux sombres et intelligents de son père. Une mèche était tombée sur son front, et il la repoussa d'un geste qui lui rappela brusquement sa mère, la façon dont elle passait tendrement la main dans ses cheveux rebelles en disant : « Je me demande de qui Si-Amon et toi tenez cette incroyable tignasse, mon chéri. » De qui, en effet ? se demanda Kamosé, en regardant le mouvement de ses lèvres sur la surface polie du miroir. D'un citoyen anonyme d'Ouaouat, peut-être ? Mensonges ! pensa-t-il avec violence. Ils mentent tous. Apopi, Mersou, Si-Amon, Téti, Tani, les princes... Leurs langues trompent, leurs sourires sont faux. Et toi, Amon ? Mens-tu aussi ? Ai-je perdu ces années à courir après un mirage ?

Secouant la tête, il reposa le miroir et s'examina : ses longues jambes musclées, sa large poitrine, ses bras puissants et ses poignets souples. Il avait conscience que les événements de la journée l'avaient temporairement déstabilisé mais ce danger qu'il percevait, il était trop las pour le combattre. J'ai vécu pour l'Égypte, pensa-t-il. Je me suis accroché à un idéal comme une vierge s'accroche à sa chasteté mais, à la différence de la plupart des vierges, j'ai laissé cet idéal me dominer. Tout le reste a été écarté, gâché. Avec une concentration intense, il regarda la lumière jouer sur les collines et les vallées de son corps, un corps jeune, robuste. Ôtant son pagne, il contempla ses organes génitaux, la toison noire où se blottissait sa virilité, et le désespoir le submergea. Je t'ai sacrifiée, toi aussi, pensa-t-il. J'ai tout sacrifié à un seul mot : « liberté ». Et quelle a été ma récompense ? Deux ans de combats décourageants, dont les fruits ont été anéantis en une heure. Je n'ai pas envie de ramasser les morceaux et de recommencer. Je n'ai pas envie de continuer. J'ai la mort dans l'âme.

16

Il resta longtemps ainsi, l'esprit assailli par des doutes, des images, des souvenirs qui trouaient l'armure de ses certitudes, perçaient la carapace de son invulnérabilité, au point de laisser son ka sans défense, nu et frissonnant dans l'immensité du néant. Il ne reprit ses esprits qu'en entendant frapper à la porte.

« Que veux-tu, Akhtoy ? fit-il d'une voix rauque.

– Je suis navré, sire, mais Sénéhat est ici. Elle dit qu'elle doit te parler dans l'instant.

– Qu'elle s'en aille. Je ne veux pas être dérangé. »

Il entendit des murmures, puis la voix étouffée de la jeune fille à travers la porte.

« Pardonne-moi, Majesté, mais j'ai quelque chose d'important à t'apprendre, qui ne peut pas attendre. »

Kamosé se baissa pour ramasser son pagne. Il dut s'y reprendre à deux fois pour l'enrouler autour de sa taille.

« Entre, dit-il enfin. J'espère que tu ne me déranges pas pour rien, Sénéhat. Je ne suis pas d'humeur à écouter des balivernes. »

La porte s'ouvrit et la jeune fille s'inclina devant lui. Elle était pieds nus, en tenue de servante : un simple fourreau blanc bordé de bleu. Le parfum de lotus qui l'enveloppait frappa Kamosé avec une force presque physique, et il dut se contenir pour ne pas le respirer à plein nez comme un chien.

« Pardonne-moi, Majesté, répéta Sénéhat. J'essaie de te voir seul depuis ton retour d'Ouaouat. »

Kamosé étudia son visage où il ne vit aucune trace de coquetterie. Son expression était grave. Un petit pli barrait son front. Kamosé éprouva un léger sentiment de déception, presque imperceptible sous le couvercle étouffant de son épuisement.

« Parle, ordonna-t-il.

– Comme tu le sais peut-être, Son Altesse la princesse Ahmès-Néfertari m'a demandé de coucher avec le noble Ramosé, commença-t-elle avec une étonnante franchise. J'ai accepté. Les raisons de la princesse me semblaient pressantes. Je ne suis certes qu'une servante, Majesté, mais je suis une bonne Égyptienne. Je suis également devenue une bonne espionne. »

Kamosé lui sourit, et ce sourire dissipa un peu son accablement.

« Assieds-toi, Sénéhat, fit-il en lui désignant une chaise. Prends un peu de vin.

– Non, il ne faut pas que je reste longtemps. Si dame Néfer-Sakharou se doute que je t'ai parlé en particulier, elle essaiera de me tuer.

– Te tuer ? Ma chère Sénéhat, si ma sœur savait que tu cours un pareil danger, elle te mettrait immédiatement à l'abri de cette femme. Tu n'exagères pas ?

– Non ! Écoute-moi, sire, je t'en supplie ! Je suis devenue la concubine de Ramosé il y a quelque temps. C'est un homme bon et sensible. Je me suis beaucoup attachée à lui, ce qui ne m'a pas empêchée de rapporter ses propos à ma maîtresse. Je remercie les dieux qu'ils aient toujours été irréprochables. Ramosé t'aime. Il est honnête. C'est sa mère que tu dois craindre. » Elle s'interrompit un instant pour réfléchir à ce qu'elle allait dire, et Kamosé attendit patiemment. « Avant même que tu ne partes dans le Sud, j'étais entrée au service personnel de dame Néfer-Sakharou, reprit-elle d'une voix hésitante. Je la lave aux bains et m'occupe de ses cheveux. Je la sers à table et fais son lit. Elle m'accepte en raison de Ramosé, mais c'est à peine si elle me voit. » La jeune fille rougit. « C'est une femme pour qui les serviteurs sont invisibles. Ce ne sont que des mains obéissantes, ou des oreilles incapables de souvenir et de réflexion. Elle m'est supérieure par la naissance et le rang, mais son ka est vulgaire. » Elle jeta un regard d'excuse à Kamosé. « Je suis une servante égyptienne, reprit-elle avec un brin de défi dans la voix. J'ai de la valeur sous le dais de Maât. Pas comme ces esclaves que les Sétiou foulent aux pieds. »

Tu es une petite ensorceleuse pleine de vivacité et d'intelligence, pensa Kamosé. Ahmès-Néfertari t'a bien choisie.

« Je comprends, dit-il à haute voix. Continue.

– Tous les gens de ta maison savent que Néfer-Sakharou te hait pour avoir exécuté son mari et gagné l'affection de son fils, dit-elle avec franchise. Elle déteste ta famille parce qu'elle l'a recueillie et lui a montré de la bonté. On dit souvent que la générosité engendre le ressentiment, n'est-ce pas ?» Kamosé acquiesça de la tête. «Elle a fait preuve de beaucoup de courage et de dignité le jour où son mari est mort, paraît-il, mais ce moment de vertu n'a pas duré.» S'approchant de la table, elle souleva le pichet de vin. «Puis-je changer d'avis, sire ? Merci.» Elle se servit avec des gestes précis et but une gorgée. «Nous nous sommes tous réjouis que la princesse soustraie Ahmosis-onkh à son influence. Cela n'a cependant abouti qu'à accentuer son hostilité.

– Je suis au courant, fit Kamosé avec douceur. Tu n'arrives pas à le dire, n'est-ce pas, Sénéhat ? Néfer-Sakharou est coupable de trahison.»

Elle fit une grimace, essuyant d'un doigt délicat une goutte de vin à la commissure de ses lèvres.

«Ce n'est pas rien d'accuser une femme de la noblesse, répliqua-t-elle, et j'ai peur de le faire, même à présent. Avant que tu ne partes dans le Sud, Néfer-Sakharou a tout essayé pour dresser Ramosé contre toi. Tous les jours, elle lui coulait son venin à l'oreille. Il en était bouleversé. Au début, il essayait de discuter, mais il a vite abandonné. Une bonne partie de ce qu'elle lui disait était des mensonges. Il m'a interrogée sur la façon dont on la traitait ici, parce que son travail de sape incessant avait commencé à semer le doute dans son esprit. Je l'ai rassuré, et il m'a crue. Tout cela, je l'ai raconté à Son Altesse. Ensuite, tu es parti, et les princes sont arrivés. Auparavant, Néfer-Sakharou leur avait écrit. Elle dictait des lettres toutes les semaines. Mais elle a été stupide. Elle a fait appel à un des scribes de la maison et, naturellement, il montrait les papyrus à ta royale grand-mère. D'après ce que je sais, il n'y avait rien de vraiment répréhensible dans ces lettres. Elle essayait seulement de se concilier l'amitié des princes. C'est ensuite que les choses se sont gâtées.» Posant sa coupe, elle mit les mains derrière le dos et regarda Kamosé droit dans les yeux. «Lorsque les princes sont arrivés, elle les a aussitôt accablés d'invitations, de visites, de petits présents. On la voyait constamment en leur compagnie, et j'étais souvent auprès d'elle pour arranger ses coussins, installer son dais, rafraîchir son maquillage. Elle leur a dit combien d'hommes tu avais ici, à Oueset. Elle leur a suggéré d'en prendre le commandement pour limiter ton pouvoir et t'obliger ainsi à prêter plus d'attention à leur conseils et à leurs souhaits. Elle leur a rappelé que tu avais exécuté un noble, que tu n'avais aucun respect pour leur rang, que leur sang ne les protégerait pas de ta cruauté, que tu te servais d'eux.

– Ce dernier point au moins est vrai, intervint Kamosé. Je me suis servi d'eux. Je continue à le faire.

– Oui, mais avec bonté, et tu leur as promis de grandes récompenses en échange de leur soutien. Tu leur as même accordé l'Or de la Vaillance ! » souligna la jeune fille avec énergie.

Kamosé s'autorisa un sourire. La petite était fidèle !

« Comme ils ne s'offensaient pas de ses paroles, elle s'est enhardie, reprit Sénéhat. "Kamosé n'est qu'un boucher, a-t-elle déclaré. Il a massacré d'innocents Égyptiens. On ne peut pas lui faire confiance. Écrivez à Apopi et demandez-lui ce qu'il vous donnera en échange de sa tête. – Je l'ai déjà fait", a alors dit le prince Intef. Et le prince Mékétrê a ajouté : "Moi aussi. Kamosé n'est qu'un arriviste, et nous sommes las de cette guerre. Nous voulons retourner dans nos nomes et vivre en paix." »

J'ai rendu Khmounou à cet homme ! pensa Kamosé avec une douleur sourde. Il est redevenu prince grâce à moi. Comment peut-on être si déloyal ?

« Et les autres ? » demanda-t-il d'une voix faible.

Pas un instant il ne douta de ce que Sénéhat lui disait : ses paroles avaient l'accent amer de la vérité.

« Les princes Mékhou et Mésehti se sont violemment opposés à eux, dit la jeune fille. Le prince Ankhmahor n'était pas là. Je pense qu'ils avaient volontairement attendu qu'il fût occupé ailleurs. Ils le savaient incorruptible. Pour finir, les princes Mékhou et Mésehti ont accepté de ne rien te dire des tractations des deux autres avec Apopi, à condition que ceux-ci renoncent sur-le-champ à cette trahison. Ils ont également consenti à te demander de repousser la prochaine campagne d'un an. C'est tout, Majesté. Lorsque le bruit a couru que trois princes avaient été arrêtés, j'ai su que je devais te parler. Je ne pouvais pas le faire avant. » Elle écarta les bras. « Je n'ai pas assisté à toutes les discussions qui ont eu lieu entre Néfer-Sakharou et les princes. Ils pouvaient avoir changé d'avis, renoncé à leur folie, et je ne voulais pas accuser sans preuve. Nous avons appris par Ipi que leur perfidie avait éclaté au grand jour lors de votre réunion.

– Mais je ne savais pas qu'ils étaient en contact avec Apopi, dit Kamosé avec lenteur. Oh ! dieux ! Le poison est si subtil, il s'est insinué jusqu'au cœur même de mon domaine. » Une douleur soudaine lui tordit l'estomac, et il eut du mal à ne pas se plier en deux. Respirant profondément, il attendit que les spasmes s'apaisent. « Je dois l'arrêter, elle aussi, murmura-t-il. Je ne peux la laisser distiller librement son poison. Oh ! Ramosé, comme je regrette ! »

Se tournant vers la jeune fille, il parvint à lui sourire.

« Je te remercie, Sénéhat. Ta mémoire est excellente, de même que ta façon de t'exprimer. Quel dommage que les femmes ne deviennent pas scribes. Comment puis-je te récompenser de ta fidélité ? »

La jeune fille alla à la fenêtre, baissa les nattes pour la nuit, puis se dirigea vers la porte. Kamosé se rendit compte qu'elle accomplissait ses gestes machinalement, tout en réfléchissant à sa proposition.

« Lorsque les combats prendront fin, j'aimerais quitter ton service pour être attachée à la maison du noble Ramosé, dit-elle enfin. J'ai été heureuse dans ta maison, mais je le serai davantage avec lui. »

Ramosé a bien de la chance, pensa Kamosé.

« Il ne t'aime pas, fit-il avec douceur.

– Je sais, répondit-elle. Mais cela n'a pas d'importance.

– Très bien. Ipi rédigera ton acte de libération. Je ferai arrêter Néfer-Sakharou demain matin. Seras-tu en sécurité jusque-là ?

– Je le pense, dit-elle avec gravité.

– Bien. Dans ce cas, tu peux disposer. Sois bonne pour lui, Sénéhat.

– Toujours, Majesté », dit-elle avant de disparaître.

Kamosé avait envie de faire arrêter Néfer-Sakharou dans l'instant, d'ordonner qu'on la traîne jusqu'à la prison et qu'on l'exécute séance tenante avec les trois princes. Mais la raison l'emporta. Appelant Akhtoy, il se fit apporter de l'eau chaude et laver dans ses appartements. Les yeux clos, il laissa son serviteur le nettoyer des larmes, de la sueur et de la crasse de cette terrible journée. L'eau était parfumée d'huile de lotus, une odeur qui amena sur les lèvres de Kamosé un sourire résigné. Ramosé méritait Sénéhat, et il souhaitait à son ami tout le bonheur qu'il pouvait encore retirer de sa vie en ruine.

Lorsqu'il fut seul, il souffla sa lampe et se coucha. Ses yeux s'habituèrent peu à peu à l'obscurité, et le contour de la fenêtre apparut, un carré légèrement gris que les nattes striaient de noir. Une pâle lumière filtrait sous la porte, dispensée par les torches brûlant dans le couloir. Le plafond pailleté d'étoiles était à peine visible, et celles-ci n'étaient guère que des taches cendreuses. Je devrais aller voir Ahmosis sur-le-champ, pensa Kamosé. Il faut qu'Ahmès-Néfertari et lui soient mis au courant des révélations de Sénéhat. Néfer-Sakharou et les princes devront être jugés en public, afin que l'Égypte ne me considère pas comme un boucher sans pitié lorsque j'ordonnerai leur mort.

Boucher ! Il s'agita avec angoisse dans son lit. Ils m'ont traité de boucher. Est-ce vrai ? Est-ce le souvenir que l'Égypte gardera de moi ? Une bête sauvage assoiffée de sang, massacreur de paysans et incendiaire de villages ? Il me faudrait du temps pour effacer ces actes, si nécessaires qu'ils aient été. Permets-moi de monter sur le trône d'Horus, ô Amon ! afin que je puisse gouverner avec justice, apporter la prospérité à mon pays, promouvoir le commerce, reconstruire les temples laissés à l'abandon, autant de choses qui seraient impossibles sans les deux ans que j'ai passés à détruire ce qui était.

L'intensité de son chagrin lui avait laissé un violent mal de tête et, malgré sa fatigue, il ne put s'endormir. Ses pensées revenaient sans cesse aux princes, à Néfer-Sakharou, au récit de Sénéhat et à celui de sa sœur, et son esprit ne trouvait pas le repos. Il envisagea un instant de se lever et de se rendre auprès de sa grand-mère, mais il n'avait pas envie de subir une de ses tirades, pas encore. Il avait besoin de silence et de tranquillité avant la tempête qu'il serait contraint de déchaîner au matin.

Le désespoir l'envahit. Impulsivement, il alla s'agenouiller devant son tabernacle et se mit à prier Amon. « Je ne veux pas continuer, murmura-t-il à son dieu. Je n'en ai plus le courage. Mes princes m'abandonnent. Leur mépris me blesse jusqu'à l'âme. Mon travail et mes angoisses, les sacrifices de ma famille, les deuils, les larmes, la terreur… pour en arriver là ! Je suis vide. Je ne peux faire davantage. Libère-moi, puissant Amon. Permets-moi de déposer ce fardeau, ne serait-ce qu'un moment. Ta main divine a pesé lourd sur mon épaule. Enlève-la, je t'en prie, et ne condamne pas ma faiblesse. J'ai fait tout ce qu'un homme peut faire. »

Finalement, le torrent de ses paroles désespérées se tarit, et un sentiment de paix commença à l'envahir, calmant son esprit et détendant son corps. Tu as prié pour ta mort, dit une voix moqueuse à l'intérieur de lui. Est-ce vraiment ce que tu souhaites, Kamosé Taâ ? Renoncer et sombrer dans l'obscurité ? Que dirait ton père ? « Il me féliciterait d'avoir essayé, murmura Kamosé. Tais-toi, maintenant. Je crois que je vais pouvoir dormir. » Jetant un coussin sur le sol, il y posa la tête, glissa une main dessous et ferma les yeux. Il continuerait jusqu'à ce que l'Égypte soit purifiée ou que les dieux lui ôtent la vie, il le savait. Pour le guerrier qu'il était, il n'y avait pas d'autre solution.

Il se réveilla en sursaut, le cœur battant, en ayant l'impression que quelqu'un l'avait appelé. Dormir par terre lui avait endolori la hanche et l'épaule, et, au bout d'un moment, il se leva avec l'intention de s'étendre dans son lit. Mais quelque chose l'arrêta. Les sens en alerte, il fouilla l'obscurité. Une faible lumière entrait par la fenêtre. Le silence était absolu. Les meubles de la pièce n'étaient que des masses indistinctes. Il ignorait combien de temps il avait dormi, mais il se sentait reposé et l'aube, semblait-il, n'était pas loin. Les sourcils froncés, il hésita, sentant contre sa cuisse le drap de son lit. Quelque chose n'allait pas. Un détail. Le silence trop profond, peut-être ; l'obscurité trop épaisse.

Puis il sut. Aucune lumière ne filtrait sous sa porte, alors que les torches auraient dû brûler dans le couloir. Il n'entendait pas non plus la sentinelle qui aurait dû y monter la garde. Il s'avança à tâtons, et seul son bras tendu l'empêcha de se cogner à la porte, car elle était grande ouverte. Quelqu'un est entré dans ma chambre pendant que je dormais sur le sol, pensa-t-il. Quelqu'un qui, ne me voyant pas, est reparti si précipitamment qu'il n'a pas refermé la porte. Pour que le garde l'ait laissé passer, ce ne pouvait être qu'un serviteur ou même un membre de ma famille. Mais alors pourquoi les torches sont-elles éteintes ? Il sortit avec précaution de sa chambre et appela Béhek à voix basse, mais aucun reniflement ensommeillé ne lui parvint de l'autre bout du couloir.

Il y vit tout de suite mieux, car, afin de laisser entrer l'air frais de la nuit, on laissait ouverte la porte en travers de laquelle se couchait habituellement son chien. Il constata aussitôt que les porte-torches fixés au mur à intervalles réguliers étaient vides. En revanche quelque chose gisait sur le sol. Juste devant l'ouverture sur laquelle se découpaient les feuilles noires des palmiers, il distingua une masse informe et, en face de lui, une autre. Le soldat était affaissé contre le mur, la tête sur la poitrine. En deux enjambées, Kamosé fut près de lui.

« Debout, soldat ! Tu seras puni pour dormir, alors que tu es de garde ! »

Mais le sol était poisseux sous ses pieds, et Kamosé avait su avant même de parler que l'homme était mort. Il s'accroupit et l'examina avec attention. Le sang avait giclé de l'entaille qu'il avait à la gorge, éclaboussé le mur et formé une flaque autour de lui.

Kamosé battit aussitôt en retraite dans l'ombre de sa chambre et s'immobilisa, serrant les dents pour imposer silence aux voix qui, dans son cerveau, hurlaient : Quand ? Qui d'autre ? Combien d'assassins ? Pourquoi ? Où sont-ils ? Il se força à réfléchir raisonnablement, en dépit du choc, en dépit du sentiment de dérision qui l'accablait, chassant résolument de son esprit l'image de Séqénenrê blessé, victime lui aussi de la duplicité et de la tromperie. Plus tard, se dit-il fiévreusement. Plus tard je me pencherai sur la façon dont la roue du destin a tourné et tourné encore, jusqu'à remplacer le visage de mon père par le mien. Pour le moment, il faut agir. Des armes. Où sont mes armes ? Ankhmahor les a prises pour les faire remettre à neuf. Serait-il complice ? Après s'être assuré que le couloir était toujours vide, il courut jusqu'au cadavre de son garde, le délesta de son épée et de son poignard, puis s'élança vers les appartements de son frère.

Il ne rencontra pas un seul être vivant sur son chemin. Il était trop pressé pour examiner les corps étendus sur le sol à intervalles réguliers, mais à l'évidence tous les gardes de la maison avaient été assassinés. Pourquoi n'ont-ils pas résisté ? se demanda-t-il fugitivement. La réponse lui apparut aussitôt : parce qu'ils connaissaient leurs assaillants. Et où étaient les serviteurs ? S'étaient-ils enfuis ? Gisaient-ils morts sur leurs nattes, dans les communs ? Hors d'haleine, il ralentit son allure en arrivant près des appartements d'Ahmosis. Un homme était assis le dos contre le mur, son épée à la main, réveillé. Il se leva et salua Kamosé, qui s'avança avec prudence.

« Tu es encore en vie », murmura celui-ci.

L'homme haussa les sourcils sous sa coiffure de cuir.

«J'étais fatigué, Majesté, mais je ne me suis encore jamais endormi à mon poste, répondit-il d'un ton d'excuse. On doit bientôt me relever. Pardonne-moi de m'être assis.»

Kamosé eut envie de le secouer.

«Je ne te parle pas de cela, imbécile! Qui d'autre est venu ici?»

Le regard du soldat se posa sur les pieds nus de Kamosé. Instantanément, il se raidit. Kamosé baissa les yeux à son tour. Le sang du carnage avait éclaboussé ses mollets.

«Tes camarades sont morts, dit-il d'un ton dur. J'ai marché dans leur sang. Quelqu'un a-t-il demandé à voir mon frère, ce soir?

– Un de tes officiers est passé il n'y a pas longtemps avec deux soldats, répondit le garde, qui s'efforçait manifestement de dominer sa stupeur. Mais le prince n'était pas là. Il est parti pêcher. L'aube n'est pas loin, Majesté. Ils n'ont pas demandé à voir la princesse. Ils sont repartis.»

Kamosé se sentit les jambes faibles de soulagement.

«Viens avec moi», enjoignit-il en ouvrant la porte.

En raison de leur statut conjugal, Ahmosis et sa femme occupaient des appartements plus grands que ceux de Kamosé. Une lampe éclairait la petite antichambre paisible dans laquelle celui-ci pénétra. Les portes de la chambre des enfants et de la chambre à coucher étaient fermées. Etendues sur des nattes, Raa et Sit-Hathor, la servante personnelle d'Ahmès-Néfertari, se levèrent aussitôt.

«Va réveiller ta maîtresse, Raa, ordonna Kamosé. Ensuite, tu habilleras les enfants. Sit-Hathor, je veux que tu ailles dans la chambre de Ramosé. Il faut qu'il prenne ses armes et se mette à la recherche d'Ankhmahor. Tu comprends?» Elle acquiesça, les yeux immenses dans la lumière jaune de la lampe. «Il y a de nombreux cadavres dans la maison, poursuivit-il avec plus de douceur. Tu devrais mettre tes sandales. Sauras-tu être courageuse?» Elle acquiesça de nouveau. «Dis à Ramosé que nous avons été trahis et que nous sommes en danger. Je vais au débarcadère tâcher de prévenir mon frère. Tout de suite, Sit-Hathor!» ajouta-t-il d'un ton brusque, en voyant qu'elle restait immobile, les yeux écarquillés de frayeur. Se ressaisissant, elle attacha rapidement ses sandales. Raa avait disparu dans la chambre à coucher et, alors que Sit-Hathor se glissait dans le couloir, Ahmès-Néfertari apparut, enveloppée dans un drap et encore ensommeillée. Raa se précipita aussitôt dans la chambre des enfants.

«Que se passe-t-il, Kamosé?»

Il attendit que son regard ait repris toute sa vivacité.

«Tu es nu, et je crois qu'il y a du sang sur tes jambes, dit-elle enfin. Les princes se sont révoltés, n'est-ce pas? Ahmosis est allé pêcher. Est-il en sécurité?

– Je ne sais pas, mais j'en suis arrivé aux mêmes conclusions que toi. Si je n'avais pas dormi par terre cette nuit, je serais mort. Maintenant qu'ils ont dévoilé leurs intentions, ils vont renouveler leur tentative et, très bientôt, en se rappelant qu'Ahmosis-onkh est aussi un Taâ, ils reviendront l'éliminer. Il faut qu'il survive, Ahmès-Néfertari. Sinon il n'y aura plus de roi en Égypte.» Dans la chambre des enfants, on entendait les pleurs du bébé, les protestations d'Ahmosis-onkh et la voix ferme et apaisante de Raa. «Il faut que tu emmènes les enfants dans le désert, continua Kamosé. Ce soldat vous accompagnera. L'heure n'est pas aux discussions! gronda-t-il, en voyant qu'elle s'apprêtait à protester. Je suis venu directement ici! Je ne sais pas ce qui se passe ailleurs! Habille-toi et fais ce qu'on te dit!»

Elle pivota sur les talons et rentra dans sa chambre. Kamosé attendit, rongé par l'impatience. Raa apparut bientôt, portant Hent-ta-Hent sur un bras, et tenant Ahmosis-onkh par la main. «Faim!» dit celui-ci avec énergie. Kamosé se tourna vers le soldat.

«Tu sortiras du domaine par la porte de derrière, celle des communs, dit-il. Prends au passage la nourriture et l'eau que tu pourras trouver dans les cuisines. Pousse aussi loin dans le désert qu'ils pourront marcher, puis cache-les jusqu'à la nuit. Rends-toi ensuite dans le temple d'Amon. Ne les quitte pas un seul instant.»

Tu as l'avenir de l'Égypte entre les mains, avait-il envie d'ajouter. Ta vie ne vaut rien comparée à la leur. Puis-je te faire confiance? Il tint néanmoins sa langue, conscient qu'il n'avait d'autre solution que de compter sur la fidélité de cet homme, et qu'il était inutile de l'offenser. Ahmès-Néfertari revint, un pagne à la main.

«Mets ça, Kamosé, il est à Ahmosis, dit-elle. Je me suis habillée, comme tu l'as ordonné, mais je ne partirai pas avec les enfants. Ahmosis va avoir besoin de moi. Mère et grand-mère aussi.»

Dans sa hâte et sa peur, il eut envie de la jeter dans le couloir, de laisser éclater sa fureur, mais la détermination têtue qu'il lut dans son regard lui dit que cela ne servirait à rien. Sans se donner la peine de discuter, il posa ses armes et enroula le pagne autour de sa taille.

«Altesse..., fit Raa d'un ton anxieux.

– Ce garde veillera sur vous, coupa Ahmès-Néfertari en la poussant fermement vers la porte. Fais ce qu'il te dit.

– Porte le prince, ordonna Kamosé au soldat. Prie en chemin. Fais vite ! »

Le soldat souleva Ahmosis-onkh sans effort, et la pièce se vida.

« Dis à Tétishéri et à Ahhotep ce que je sais, fit Kamosé, en s'apprêtant lui aussi à partir. Reste avec elles. Empêche-les de sortir. Si des soldats se présentent, mentez-leur. » Sur une impulsion, il fit volte-face et, posant une nouvelle fois ses armes, prit sa sœur dans ses bras. « Je t'aime. Je regrette, murmura-t-il.

– Trouve Ahmosis et combats-les, Kamosé, dit-elle en le serrant farouchement contre elle. Fais-leur payer cher leur trahison. Sinon il faudra que je les tue tous moi-même. »

C'était une tentative de plaisanterie bien timide, mais elle réconforta Kamosé, qui était plus calme lorsqu'il la quitta.

Veillant à rester dans l'ombre, tous les nerfs tendus, il traversa la maison, s'attendant à tomber sur un adversaire à chaque pas. D'un regard rapide, il fouilla la salle de réception obscure et constata qu'elle était vide. De même pour les autres pièces publiques. Il ne rencontra personne jusqu'à la haute porte à double battant de l'entrée principale. Là, deux soldats quittèrent le tabouret où ils étaient assis et s'inclinèrent. Avec un immense soulagement, Kamosé reconnut des membres de sa Garde. Ils étaient aussi ignorants des événements que la sentinelle d'Ahmosis, et Kamosé ne perdit pas de temps à les interroger.

« Allez vous poster à l'entrée des appartements des femmes, ordonna-t-il. Ne laissez passer personne, à l'exception du noble Ramosé et de votre supérieur, le prince Ankhmahor. »

Il se dirigea sans attendre vers le chemin conduisant au débarcadère, mais, brusquement, il s'arrêta et poussa un gémissement. Il se retrouvait soudain face à un dilemme d'une simplicité horrifiante. Comme les soldats, il se pouvait qu'Ahmosis ignorât ce qui s'était passé dans la maison. Il était quelque part sur le fleuve, en train de pêcher tranquillement sur son esquif. Fort probablement, les assassins ne s'étaient pas donné la peine de le chercher, attendant simplement son retour. Kamosé jeta un coup d'œil au ciel, où l'on percevait déjà l'annonce de l'aube. Un oiseau avait commencé à chanter pour saluer le lever majestueux de Rê, et il sembla à Kamosé que les troncs d'arbre autour de lui étaient plus nets.

S'il allait jusqu'au Nil, il pourrait peut-être prévenir son frère à temps. Toutefois, si, comme Ahmès-Néfertari et lui le soupçonnaient, il s'agissait bien d'une révolte, les princes se rendraient droit à la caserne avec leurs officiers. Avant même que ses propres officiers ne fussent bien réveillés, les trois mille hommes de son armée seraient sous leur contrôle, et lui-même réduit à l'impuissance. Je pourrais tout aussi bien rester ici et offrir ma gorge au couteau, pensa-t-il avec amertume. Soit je cours à la caserne avec l'infime espoir d'y arriver avant les princes, et je sacrifie alors Ahmosis aux flèches de ceux qui doivent certainement se tenir en embuscade ; soit j'essaie de sauver la vie de mon frère et je perds un royaume.

Mais il est peut-être déjà mort, lui murmura son instinct de conservation. Tu n'en sais rien. Tu vas risquer ta vie, alors qu'Ahmosis est peut-être déjà en train de flotter sur le fleuve, la gorge tranchée. En allant à la caserne, tu essaies au moins de protéger les femmes et de rétablir ta suprématie. Rebrousse chemin, contourne la maison, cours à la caserne. Il y a une chance pour que le fait de n'avoir trouvé ni Ahmosis ni toi ait dérouté les princes, leur ait fait perdre du temps. Peut-être arrivent-ils tout juste à la caserne. Les dieux t'ont laissé une chance de vivre et de sortir vainqueur de ce chaos. La seule chose que tu aies à faire, c'est de rebrousser chemin. Après tout, Ahmosis restera peut-être encore quelques heures sur le fleuve pour y chasser le canard avec son bâton de jet. A son retour, tout pourrait être rentré dans l'ordre.

Ô Amon, viens-moi en aide ! implora Kamosé, tremblant d'indécision. Je ne sais pas quoi faire. Quelque direction que je choisisse, la mort est au bout du chemin. Faut-il que j'essaie de prévenir Ahmosis, avec une chance infime de réussir, ou que je cherche à réveiller mes officiers qui sont sans doute déjà sous la menace des épées des princes ? N'oublions pas Ramosé et Ankhmahor. Peut-être ont-ils eu la même idée que moi. Peut-être se sont-ils rendus à la caserne. Mes soldats connaissent bien Ankhmahor. Peut-être aussi ont-ils traversé le fleuve pour alerter Hor-Aha et les Medjaï… C'est ce que j'aurais dû charger les soldats de l'entrée de faire. Où avais-je la tête ? Tu t'es affolé, se reprocha-t-il. Tu tremblais pour la sécurité de tes femmes, alors qu'il aurait fallu agir vite et avec résolution.

Tu as une troisième possibilité, intervint une autre voix, plus douce, plus charmeuse. Tu pourrais rejoindre les enfants dans le désert, les guider jusqu'au temple, demander asile à Amonmosé. Après tout, Ahmosis-onkh est un héritier légitime de la divinité. Si Ahmosis est déjà mort et que tes heures soient comptées, ce garçon est tout ce qui reste de la suprématie des Taâ. Tu sais avec certitude que lui au moins est en vie. L'espace d'un instant, Kamosé acquiesça à ce plan de tout son être. Son dos se redressa. Mais, alors qu'il regardait autour de lui la lumière grise qui annonçait l'apparition imminente du soleil, il se mit à sourire. Je suis peut-être un imbécile, se dit-il, mais je ne suis pas un lâche. Je suis le fils de mon père. Notre grand rêve a pris fin mais, dans les années à venir, d'autres s'en souviendront et le reprendront. Ahmosis-onkh, peut-être. Qui peut le dire ? Ton devoir est de penser d'abord aux tiens. Il fit un pas dans la direction du fleuve. C'était le geste le plus difficile qu'il eût jamais accompli de sa vie, mais le deuxième fut plus facile.

Il s'était attendu à trouver des soldats en embuscade près du débarcadère, mais il eut beau fouiller les massifs d'arbustes de chaque côté de l'allée, puis, tapi derrière un buisson, observer l'esplanade et l'escalier de pierre lapé par le fleuve, il ne vit personne. Ils ont donc déjà le contrôle de l'armée, se dit-il tristement. Ils peuvent nous arrêter et nous tuer quand ils le décideront. Battant en retraite, il se dissimula derrière les feuilles sombres et rugueuses de la treille, de façon à ne pas être vu de la maison. Puis il attendit.

Les oiseaux chantaient à présent à gorge déployée, et Kamosé savait qu'au même instant, faisant écho à leur concert mélodieux, l'Hymne de louange résonnait dans le temple. Il ne pouvait l'entendre, naturellement, mais il imaginait les mots consacrés et l'antique chant par lesquels les prêtres saluaient la naissance de Rê. Tous les matins, dans un élan de gratitude pour la vie, la santé mentale, la beauté ordonnée de Maât, on célébrait son lever. Kamosé s'abandonna un instant au parfum des fleurs printanières que lui apportait la première brise matinale, au baiser granuleux des feuilles de vigne sur sa peau. Son ombre commençait à apparaître sur l'allée, s'allongeant dans la direction du fleuve. Griffant sans bruit le sol de ses pattes délicates, un lézard passa dessus comme une flèche et disparut dans l'herbe. Autour de Kamosé, la lumière devint soudain dorée, et il sut que Rê embrassait le bord du monde.

Avec un frémissement d'espoir, il commençait à penser qu'Ahmosis avait effectivement décidé de rester sur le fleuve pour chasser le canard quand il entendit un bruit de rames, puis la voix de son frère, forte et gaie. Quelqu'un lui répondit, l'embarcation craqua, des pas résonnèrent... Kamosé quitta son abri et se mit à courir.

Il y avait deux gardes avec Ahmosis. L'un d'eux avait sauté sur une des marches du débarcadère et attachait l'esquif. L'autre était déjà sur l'esplanade et regardait machinalement autour de lui. Ahmosis s'apprêtait à descendre de l'embarcation, tenant d'une main des poissons argentés enfilés sur une corde et, de l'autre, ses sandales. Une fois sur la terre ferme, il lâcha celles-ci et les enfila en riant. Kamosé voyait tout avec une clarté surnaturelle. Le bas du pagne de son frère, mouillé et transparent, était plaqué contre ses cuisses brunes. Les poissons luisaient, et leurs écailles avaient des reflets roses et bleutés dans la lumière neuve du matin. Béhek, trempé, les dévoraient des yeux. Un peu de boue séchée salissait la joue d'Ahmosis, et le bracelet d'or qui lui enserrait le bras glissa sur son poignet lorsqu'il se baissa pour passer la lanière de la sandale entre ses orteils. Les deux gardes s'étaient approchés de lui, à présent, et l'un d'eux plia le genou pour lui attacher ses sandales.

Kamosé les avait presque rejoints, quand son frère leva la tête et le vit. « Que fais-tu debout de si bonne heure, Kamosé ? cria-t-il gaiement. Tu vas te baigner ? Regarde tous les poissons que j'ai pris, ce matin ! Je crois que je vais les faire frire sur-le-champ. Je suis affamé ! »

Il agita ses prises avec un grand sourire. Oubliant les poissons, Béhek se tourna vers son maître, dressa les oreilles et se mit à aboyer. Au même moment, Kamosé se sentit frappé au côté gauche. Comme si on lui avait donné un coup de poing, il vacilla et piqua du nez. Il eut l'impression de reprendre son équilibre et de poursuivre sa course, et il lui fallut quelques instants pour se rendre compte qu'il était bel et bien tombé, le visage pressé contre la surface caillouteuse de l'allée. Il essaya de se redresser, mais ses forces l'avaient abandonné. Pourquoi Ahmosis crie-t-il ? se demanda-t-il avec irritation. Pourquoi est-ce qu'un des gardes ne vient pas m'aider à me relever ? Il sentit le sol vibrer et, au prix d'un grand effort, réussit à tourner la tête. Deux paires de pieds passèrent près de lui. Il entendit des grognements, un juron et un hurlement.

Puis quelqu'un le toucha, le souleva, et c'est alors qu'une douleur atroce lui déchira l'aisselle, le flanc, le dos. Etouffant un cri, la vue brouillée par des larmes de souffrance, il leva les yeux. Il était appuyé sur les genoux de son frère, sa tête reposait au creux de son bras, ses doigts étreignaient sa main.

« Tu as reçu une flèche, Kamosé. Que s'est-il passé, au nom des dieux ? »

Ahmosis criait, mais sa voix lui arrivait de loin, car bien sûr il courait, et Ahmosis agitait ses poissons en souriant, et c'était un oiseau ou peut-être un lézard qui avait parlé. Kamosé n'arrivait plus à respirer. Il avait une boule dans la poitrine. Quelque chose obstruait sa gorge et, quand il ouvrit la bouche, cette chose coula, chaude et humide.

« Les princes, murmura-t-il. Les princes, Ahmosis.

– Oui, tu as raison », murmura-t-elle.

Cette voix ! Il se trompait. Ce n'était pas Ahmosis qui le tenait, c'était cette femme, et il savait maintenant qu'il rêvait, qu'il allait se réveiller dans sa chambre, couché devant le tabernacle d'Amon, et que tout irait bien.

« Ton visage, dit-il avec étonnement. Je vois enfin ton visage, et il est sans défaut. Je t'aime, je t'aime. Je n'ai jamais aimé que toi.

– Je sais, répondit-elle. Tu m'as servie avec une grande fidélité, Kamosé Taâ, et je t'aime aussi. Mais à présent il est temps de nous séparer. »

Se penchant sur lui, elle l'embrassa avec douceur. Ses lèvres avaient le goût du vin de palme, et les cheveux qui lui frôlèrent le visage emplirent ses narines de l'odeur du lotus. Lorsqu'elle se redressa, il vit qu'elle avait la bouche et les dents souillées de sang.

« Je n'aime pas ce rêve, balbutia-t-il. Serre-moi plus fort. Ne me laisse pas glisser.

– Tu seras à jamais dans mes bras, mon frère bien-aimé. Ton corps reposera dans ma pierre et, aussi longtemps que les eaux de mon fleuve couleront, que le vent de mes déserts ridera le sable et que les feuilles de mes palmiers laisseront tomber leurs fruits, ils chanteront tes louanges. Va maintenant. Va ! Maât t'attend dans la Salle du Jugement, et je te promets que ton cœur sera si léger dans la balance que sa Plume pèsera plus lourd que de l'or.

– S'il te plaît..., murmura-t-il. Oh ! s'il te plaît... »

Il avait encore le goût de son baiser sur les lèvres, mais c'était Ahmosis qui se penchait sur lui, la bouche rouge sombre, le visage déformé par la douleur.

«Oh ! par les dieux, Kamosé, ne meurs pas ! » supplia-t-il. Mais son frère, qui voyait le ciel s'assombrir et un majestueux pylône apparaître, ne pouvait répondre. Des choses bougeaient dans cette obscurité, la lueur d'un métal splendide, un éclat de lumière dans un œil ourlé de khôl ; puis, entre cette vision et lui, une ombre humaine s'interposa. Il essaya d'appeler son frère, de l'avertir, mais il était trop fatigué. Fermant à demi les yeux, il vit l'ombre se recroqueviller, son bras s'élever, sa main gantée brandir une massue en bois, puis il fut sur le seuil de la Salle du Jugement, et des détails aussi infimes n'eurent plus d'importance.

17

Ahmès-Néfertari était terrifiée. Tandis qu'elle courait dans les couloirs sombres de la maison, elle s'empêchait de voir les corps recroquevillés dans l'ombre, les soldats morts, mais ils gisaient parfois en travers de son chemin, et elle était obligée de les enjamber. Pour se protéger du carnage, elle relevait le bas de sa robe afin de ne pas toucher les cadavres baignés de sang, mais elle ne pouvait pas toujours éviter les flaques, et ses pieds et ses chevilles furent bientôt souillés. De façon irrationnelle, cela ne lui semblait pas aussi grave que des taches sur l'étoffe, des taches indélébiles.

A l'entrée des appartements des femmes, les deux gardes gisaient l'un sur l'autre, comme s'ils s'étreignaient. La jeune femme les dépassa en frissonnant. Par bonheur, le couloir était vide, et elle pensa avec soulagement que les intendants Ouni et Karès dormaient toujours dans leurs chambres des communs, et qu'ils étaient sans doute sains et saufs. Une torche brûlait encore en face de la porte de sa mère. Ahmès-Néfertari fit irruption dans la chambre à coucher. La servante d'Ahhotep se leva aussitôt, et celle-ci se redressa.

« Habille-toi immédiatement, mère, et rejoins-moi chez grand-mère », dit Ahmès-Néfertari.

Sans attendre, elle ressortit et courut jusqu'aux appartements de Tétishéri.

Celle-ci disposait d'une vaste antichambre, où elle recevait ses invités et se retirait pour lire ou réfléchir chaque fois qu'elle souhaitait être seule. C'était une grande pièce, meublée de façon volontairement intimidante. Ahmès-Néfertari y avait souvent été appelée pour essuyer une réprimande, réciter des leçons ou subir un sermon sur la façon dont une princesse doit penser et se conduire. C'était là que Tétishéri tenait la maison d'une main ferme ; là que, au cours des mois passés, les trois femmes s'étaient retrouvées pour discuter des responsabilités que leur avait confiées Kamosé. Ces réunions avaient beaucoup contribué à triompher du mouvement de recul qu'Ahmès-Néfertari avait toujours eu au moment de franchir la porte ; pourtant, même en ces circonstances dramatiques, elle éprouva un moment d'appréhension purement adolescente, qui s'évanouit dès qu'elle vit Isis se redresser sur sa natte, une expression d'indignation polie sur le visage.

« Je ne t'ai pas entendue frapper, Altesse », dit la servante. Sans répondre, Ahmès-Néfertari prit une mèche et, l'enflammant à la seule lampe qui brûlait, s'en servit pour allumer les deux autres grandes lampes sur leur support.

« Va réveiller grand-mère, dis-lui que je suis ici et habille-la vite, ordonna-t-elle. Ne me pose pas de questions, Isis. Dépêche-toi. »

La servante disparut et, seule dans le silence profond qui précède l'aube, Ahmès-Néfertari se mit à trembler. Ses pieds avaient laissé des empreintes brunes sur le sol immaculé. Baissant les yeux, elle vit le sang qui séchait entre ses orteils et décorait ses chevilles d'un bracelet macabre. Avec un frisson de répulsion, elle chercha de l'eau du regard, puis, se ressaisissant, elle pensa : ils sont morts en raison de leur fidélité, leur sang ne me souille pas ; le laver trop tôt serait insulter à leur sacrifice.

Elle entendit des bruits dans le couloir, et son cœur s'arrêta de battre. Par bonheur, ce n'était que sa mère, qui entra dans la pièce en nouant une ceinture autour de sa robe bleue. Ses mouvements étaient aussi mesurés et gracieux que de coutume, mais son regard trahissait son anxiété et, quand il tomba sur les pieds souillés de sa fille, elle s'écria : « Du sang ! C'est le tien ? Tu es blessée ? Où sont les enfants ? Où est Kamosé ? Il est ici ? Regarde les saletés que tu as faites ! Il faut te faire laver tout de suite. »

Ahmès-Néfertari ne répondit pas. Elle savait qu'il ne faudrait pas longtemps à sa mère pour surmonter le choc et, en effet, celle-ci reprit vite son sang-froid.

« Dieux ! murmura-t-elle. Que s'est-il passé ? »

Au même instant, Tétishéri sortit de sa chambre, les cheveux en bataille et l'air furieux.

« Je rêvais de figues fraîches et d'un anneau que j'ai perdu il y a des années, dit-elle. Je ne saurai jamais s'il y avait un rapport entre les deux. Que faites-vous ici ? »

Un long moment, ses yeux restèrent posés sur les pieds de sa petite-fille, puis, avec lenteur, elle croisa les bras.

« Tu es blessée ? » demanda-t-elle. Ahmès-Néfertari fit non de la tête : « Parle vite, alors. Ferme la porte, Isis.

– Non, grand-mère ! Il faut que nous puissions entendre quelqu'un approcher. Il y a eu une révolte. Tous les Gardes de la maison sont morts. Kamosé a envoyé Raa dans le désert avec les enfants. Il est allé au débarcadère tâcher d'avertir Ahmosis. Dieux merci, il était à la pêche ! » Sa voix montait, tremblante, et elle fit un effort pour la maîtriser. « Kamosé m'a dit de rester ici avec vous. Nous pensons que ce sont les princes.

– Comment est-ce possible ? demanda Tétishéri. Intef, Mékétrê et Iasen sont en prison.

– Quelqu'un a dû les faire sortir, dit Ahhotep. Néfer-Sakharou, peut-être.

– Une simple femme n'a pu venir à bout de Simontou et de ses gardiens, objecta Ahmès-Néfertari. Elle n'a pas pu non plus ordonner l'ouverture des cellules. Ce sont leurs officiers et leurs soldats qui ont attaqué la prison et les ont libérés.

– Où sont-ils, dans ce cas ? demanda Ahhotep.

– A la caserne, en train de prendre le commandement de nos troupes, répondit Ahmès-Néfertari, la bouche soudain sèche. Il leur faut s'assurer de nos hommes avant que nous puissions intervenir, et cela ne leur sera peut-être pas si difficile, étant donné que leurs soldats se sont mêlés librement aux nôtres et que leurs officiers leur ont offert présents et festins. Bien que nos forces soient supérieures à celles dont les princes se sont fait accompagner, nos officiers hésiteront à désobéir aux ordres directs de nobles qui se sont montrés plus que généreux envers eux. Je pense que les princes ont envoyé un détachement tuer Kamosé et Ahmosis pendant qu'eux-mêmes rassemblaient leurs fidèles et s'emparaient de la caserne. Mais Amon a voulu que mes frères soient épargnés. »

Tétishéri marchait de long en large en lissant d'une main osseuse ses cheveux ébouriffés. Bien qu'elle parût calme, Ahmès-Néfertari remarqua que son bras tremblait.

« Pour combien de temps ? dit-elle. Les Gardes sont morts. Ahmosis arrivera au débarcadère en ne se méfiant de rien... si du moins il n'est pas déjà tombé dans une embuscade sur le chemin du retour. Kamosé est seul et sans défense. Où sont Ramosé et Ankhmahor ? Pouvons-nous faire prévenir Hor-Aha et ses Medjaï sur l'autre rive ?

– Je ne sais pas, reconnut Ahmès-Néfertari, et Ahhotep poussa une exclamation irritée.

– Isis ! appela-t-elle. Va voir si dame Néfer-Sakharou est dans sa chambre. Mais ne fais pas de bruit. Si elle est là, ne la réveille pas.

– J'ai peur, Majesté, murmura la servante.

– C'est juste au bout du couloir, intervint Tétishéri. Dépêche-toi ! »

A contrecœur, Isis obéit. Un silence tendu s'installa dans la pièce.

« Si nos suppositions sont justes, Kamosé est entièrement seul, dit enfin Ahhotep. Personne n'est là pour l'aider, pour les sauver, Ahmosis et lui. Je ne peux croire que nous en soyons réduits à cette situation ! poursuivit-elle avec véhémence. Toutes ces années de souffrances et de trahisons, pour en arriver là ! Nous aurions mieux fait de nous soumettre dès le début au sort que nous avait préparé Apopi. Je ne peux supporter l'idée que ce serpent va l'emporter, en fin de compte !

– Il faut que nous fassions quelque chose ! déclara Tétishéri. Kamosé croit-il vraiment que nous allons rester terrées ici en attendant qu'Intef et Mékétrê viennent se vanter de leur succès ?

– Que pouvons-nous faire ? protesta Ahhotep avec colère. Sois raisonnable, Tétishéri. Des paroles ne sauveront pas la vie de mes fils.

– Tu parles comme s'ils étaient déjà vaincus, riposta la vieille femme. Mais que savons-nous en réalité, sinon que les Gardes sont morts et que Kamosé est allé au débarcadère ? Tout le reste n'est que supposition. Il nous faut établir ce qui se passe vraiment. »

Sur ces entrefaites, Isis revint, le visage très pâle.

« Eh bien ? demanda Tétishéri.

– Dame Néfer-Sakharou n'est pas dans sa chambre, répondit la servante. Sénéhat non plus.

– Elle doit être dans les appartements de Ramosé, fit Ahhotep d'une voix lasse. Elle devrait y être, en tout cas. Tu as quelque chose à proposer, Tétishéri ?

– Moi, j'ai une proposition à faire», murmura Ahmès-Néfertari.

L'esprit en tumulte, elle avait écouté sa mère et sa grand-mère d'une oreille distraite. Il y avait effectivement quelque chose à tenter, mais tout en elle reculait devant l'audace de l'entreprise. Je ne suis qu'une épouse et une mère, se disait-elle avec désespoir. Si je reste ici, dans les appartements de grand-mère, les princes m'épargneront comme telle, mais si j'interviens, ils me tueront. Que deviendront alors mes enfants? Le courage me manque. Pourtant, malgré la peur qui lui tordait les entrailles, elle déclara : «J'ai passé beaucoup de temps à regarder les hommes à l'exercice, et à parler avec leurs officiers. Ils semblaient avoir du respect pour moi. Je vais mettre ce respect à l'épreuve. Je suis une Taâ. Si les officiers me voient, m'entendent, ils seront plus enclins à m'obéir qu'à écouter les princes.» Elle s'interrompit, les jambes molles, et s'appuya au dossier d'un fauteuil. «Si les dieux sont avec moi, les soldats ne sauront pas que leur roi et son frère sont réduits à l'impuissance, ou peut-être même morts. Ils craindront d'être punis. Si j'arrive assez tôt, je pourrai retourner la situation. Si c'est trop tard…» Elle haussa les épaules en feignant l'indifférence. «Ils ne pourront faire pis que m'arrêter et me ramener ici.»

Un long moment, les deux autres femmes la dévisagèrent en silence, puis Ahhotep poussa un soupir.

«Si quelqu'un doit prendre ce risque, c'est moi, dit-elle. Mon autorité est plus grande que la tienne, Ahmès-Néfertari.

– Non, intervint Tétishéri avec vivacité. Ta fille a raison, Ahhotep. Les soldats la connaissent; ils sont habitués à la voir sur l'estrade avec Ahmosis-onkh. Laisse-la faire, c'est un bon plan.»

Un instant, Ahmès-Néfertari éprouva un violent ressentiment à son égard. Tu es vraiment une femme sans pitié, pensa-t-elle. Tu te soucies comme d'une guigne de ce qui peut m'arriver : sauver la place unique qu'occupe notre famille en Égypte est tout ce qui compte pour toi. Si j'ai une chance de réussir, peu t'importe que je vive ou meure.

«Après tout, si Kamosé et mon époux périssent, il restera encore un héritier mâle aux Taâ, ne put-elle s'empêcher de dire. C'est ta seule préoccupation, n'est-ce pas, grand-mère? J'ai ta permission, Ahhotep?»

Livide, sa mère acquiesça.

« Je ne vois pas d'autre solution, et nous n'avons pas le temps de réfléchir davantage, dit-elle d'une voix tremblante. Je n'ai pas non plus l'intention d'attendre ici, à devenir folle d'inquiétude, Ahmès-Néfertari. Je vais me rendre au débarcadère et, s'il n'est pas gardé, je traverserai le fleuve pour aller prévenir Hor-Aha. »

Elle serra étroitement sa fille dans ses bras, puis s'écarta et lui recommanda de se munir d'une arme. Ahmès-Néfertari sortit dans le couloir. Il lui fallut rassembler tout son courage pour se diriger vers l'arrière de la maison mais, murmurant une prière à Amon et évoquant le visage souriant de son mari, elle constata que c'était plus facile qu'elle ne l'avait imaginé.

Ahhotep se prépara à la suivre. « Si Néfer-Sakharou est assez stupide pour revenir dans sa chambre, il faut l'y enfermer, dit-elle à sa belle-mère. Pourras-tu t'en charger, Tétishéri ?

– Ma vieille carcasse n'en aura pas la force, répondit celle-ci d'une voix rauque. Je peux essayer de l'intimider, mais si elle veut repartir, je serai incapable de l'en empêcher. Toutefois l'aube approche, et si Ouni est sain et sauf, il ne tardera pas à venir. Lui pourra maîtriser Néfer-Sakharou. »

Il n'y avait plus rien à ajouter. Ahhotep hésita, l'esprit traversé par une dizaine d'hypothèses. Réprimant le désir d'en discuter et de repousser ainsi le moment où il lui faudrait abandonner la sécurité illusoire des appartements des femmes, elle adressa un pâle sourire à Tétishéri et sortit, refermant la porte derrière elle.

Le couloir n'était plus obscur et, dans la lumière grisâtre de l'aube, les cadavres qui jonchaient la maison quittaient le royaume du cauchemar pour la netteté lugubre de la réalité. La fraîcheur du petit matin faisait frissonner Ahhotep. Elle n'avait pas peur des morts ; son imagination ne peuplait pas de fantômes nouvellement créés les ombres qui se dissipaient. C'était l'appréhension qu'elle éprouvait pour ses fils qui accélérait son pouls et lui faisait tenir la tête haute. La colère se tordait en elle comme un minuscule ver noir, une émotion qui la tourmentait de temps à autre depuis que son époux lui avait été ramené dans un cercueil rempli de sable.

Elle n'était pas allée loin quand, tournant le coin d'un couloir, elle se retrouva face à deux soldats. Il était trop tard pour les éviter. Le cœur battant, elle s'arrêta et les attendit. J'aurais dû prendre une arme, pensa-t-elle bêtement. Mais, déjà, ils s'inclinaient respectueusement devant elle.

« Où allez-vous ? demanda-t-elle.

– Sa Majesté nous a ordonné de garder les appartements des femmes, répondit l'un d'eux. Nous devons veiller sur votre sécurité.

– Kamosé est donc en vie ! s'écria-t-elle. Quand l'avez-vous vu ? Où allait-il ?

– Sa Majesté est sortie de la maison alors que nous montions la garde devant la porte d'entrée, expliqua le même homme. Il nous a seulement ordonné de vous garder. Que se passe-t-il, Majesté ? »

Ahhotep les observa un instant, en se demandant si elle devait les envoyer à Tétishéri. Puis elle décida que ce serait mal les employer.

« Venez avec moi, ordonna-t-elle. Soyez prêts à tuer tout inconnu. »

Elle se baissa pour prendre un poignard à la ceinture d'un cadavre étendu en travers de la porte du bureau de Séqénenrê, et, en se relevant, elle se rendit compte que le voile de la nuit s'était entièrement déchiré. Rê était apparu à l'horizon.

Un sentiment d'urgence s'empara brusquement d'elle. Dépêche-toi, lui murmurait une voix. Dépêche-toi ou il sera trop tard. Elle se mit à courir dans le couloir, dépassant l'entrée de la salle de réception, puis celle de la petite pièce où se trouvaient les tabernacles de la maison. Quand elle franchit les colonnes de l'entrée, la pierre se fit froide sous ses sandales, et l'air lui parut frais, mais le jardin était déjà baigné de lumière et résonnait du chant des oiseaux. Poussée en avant par une force irrésistible, elle sentit à peine la chaleur du soleil sur sa peau lorsqu'elle se précipita dans l'allée menant au débarcadère. Une partie d'elle-même gardait suffisamment de recul pour la regarder faire avec stupéfaction. Est-ce vraiment toi, Ahhotep, toi l'adoratrice de la lune, la femme aimant la dignité et l'autorité tranquille, qui es en train de courir sans maquillage, cheveux et robe au vent ? Puis cette voix se tut, submergée par la panique qui la saisit en entendant quelqu'un hurler.

Elle trébucha et s'arrêta, la poitrine haletante, les jambes tremblantes. A l'autre bout de la treille, des soldats se battaient. A quelques pas, un homme gisait sur le sol, manifestement mort, le cou à moitié tranché. Un autre était étendu plus loin, les jambes écartées. Quelqu'un le serrait dans ses bras, la tête baissée, le dos souillé de poussière. Ahhotep poussa un cri en reconnaissant Ahmosis. Elle reprit sa course, ayant vaguement conscience que les soldats qui l'accompagnaient se jetaient dans la mêlée, se portaient au secours d'un homme vêtu des couleurs bleu et blanc de la maison royale qui affrontait trois adversaires.

Entre elle et son fils cadet, un autre homme s'élançait, une massue à la main. Ses intentions étaient claires et, avec un spasme de désespoir, Ahhotep sut qu'il atteindrait Ahmosis avant elle. Ses gardes, occupés à se battre, n'avaient pas vu le danger. Elle cria pour les avertir, entendit un autre cri derrière elle, mais, tout entière à sa course, elle n'y fit pas attention. La sueur trempait son corps, lui brûlait les yeux.

L'homme à la massue avait rejoint sa victime. Ralentissant le pas, il brandit son arme. « Ahmosis ! » hurla Ahhotep. Mais les cris et les jurons des combattants couvrirent sa voix, et il ne l'entendit pas. Il continuait à bercer le corps de l'homme qu'il tenait étroitement serré dans ses bras. L'assaillant affermit sa position, écarta les jambes, et, dans l'instant précédant celui où la massue frappa le crâne sans défense de son fils, il sembla à Ahhotep que le monde entier cessait d'exister. Le temps lui-même se figea, coulant avec la lenteur d'un miel épais. Elle n'avançait plus du tout et, de chaque côté du sentier qui disparaissait dans le néant, les feuilles des arbres étaient pétrifiées. Un silence absolu régnait dans sa tête. Elle n'entendait que le battement assourdi de son sang et son souffle saccadé.

Puis la massue s'abattit. Ahmosis s'effondra sur le côté, mais au même instant, poussant un cri farouchc, Ahhotcp cnfonçait son couteau dans le dos de l'assassin. Une douleur fulgura de son poignet à son épaule, et elle sut qu'elle n'avait touché qu'une côte. L'homme se retourna, une expression de stupéfaction incrédule sur le visage. C'était le prince Mékétrê. Haletante, sanglotante, Ahhotep faillit lâcher le poignard, puis elle se ressaisit et, étreignant le manche à deux mains, elle le leva haut et frappa Mékétrê juste sous l'épaule. Cette fois, la lame pénétra profondément. Mékétrê tomba à genoux, l'entraînant dans sa chute, et son regard ahuri se posa sur le couteau qui dépassait absurdement de sa chair. Ahhotep posa un pied sur sa poitrine et dégagea son arme. Mékétrê bascula en arrière et elle le suivit, enfonçant cette fois la lame au creux de son cou. Les yeux du prince s'écarquillèrent, et il hoqueta.

Ahhotep ne le vit pas mourir ; elle était déjà auprès d'Ahmosis. Son fils gisait les yeux mi-clos, la tête en sang. Près de lui, il y avait Kamosé, une flèche plantée dans le côté. Une de ses mains reposait sur sa poitrine, l'autre était tendue, comme s'il attendait qu'on plaçât quelque chose dans sa paume brune. Il souriait, mais son regard était fixe. Il était mort.

D'un seul coup, le monde ressuscita. Les oiseaux se remirent à chanter. Les arbres ployèrent et frissonnèrent dans la brise matinale. Le soleil inonda l'allée. Accroupie près de ses fils, hébétée de douleur, Ahhotep entendit des bruits confus du côté du débarcadère. Ils vont certainement me tuer, pensa-t-elle vaguement. Le couteau... Il faut que je reprenne le couteau, il faut que je me défende. Mais elle continua à regarder dans la direction de Mékétrê, incapable de faire un mouvement.

Des ordres retentirent, des pas lourds résonnèrent derrière elle. Elle arrondit les épaules dans l'attente du coup qui n'allait pas manquer de la frapper... et entendit la voix de Ramosé.

« Oh ! dieux... ! » s'écria-t-il, et il tomba à genoux à côté d'elle.

« Majesté ? dit quelqu'un d'autre. Peut-on t'aider ? Tu es blessée ? »

Lentement, elle leva la tête et vit la silhouette d'Ankhmahor se découper sur le bleu éclatant du ciel. Elle acquiesça de la tête avec lassitude, et sentit ses bras la soulever.

« Ahmès-Néfertari, murmura-t-elle. Laisse-moi, Ankhmahor. C'est elle qui a besoin de toi, à présent. Elle est allée à la caserne pour reprendre le contrôle de nos troupes. Les princes... » Elle ne put finir. Du coin de l'œil, elle vit Hor-Aha arriver en courant, le visage déformé par la fureur. Lorsqu'il découvrit Kamosé, il s'arrêta net, frappé de stupeur. Puis il laissa échapper un son, une plainte presque animale, qui arracha Ahhotep à son étrange léthargie.

« Combien de Medjaï as-tu amenés, général ? » demanda-t-elle.

Il la regarda un instant, les yeux fous, tremblant comme un cheval fiévreux.

« J'avais juré à mon maître de protéger mon seigneur, bredouilla-t-il. J'ai manqué à mon devoir. »

Ahhotep se rendit compte avec saisissement qu'il parlait de Séqénenrê.

« Ce n'est pas le moment, Hor-Aha, dit-elle d'un ton tranchant. Combien d'hommes ?

– Cinq cents, Majesté, dit-il en se ressaisissant. Ils sont en train de débarquer.

– Alors conduis-les immédiatement à la caserne, ordonna-t-elle. Ahmès-Néfertari essaie de stopper une insurrection. Tu te mettras sous ses ordres. Tout de suite, général ! Toi aussi, Ankhmahor ! »

Elle se tourna vers Ramosé qui s'était relevé mais regardait toujours le corps de Kamosé, le visage livide.

« Ta mère est en état d'arrestation, dit-elle à voix basse. Elle est en partie responsable de la situation. Si tu la trouves, ne la laisse pas te parler, je t'en prie. Je ne veux pas que tu sois forcé de la mettre en prison. Tu comprends ? »

Les larmes ruisselaient sur le visage du jeune homme, sans qu'il parût en avoir conscience. Il acquiesça, le visage sans expression.

« Bien, continua Ahhotep. Prends vingt des Medjaï. Je veux que Kamosé soit transporté dans la salle de réception. Ahmosis, lui, doit être emmené dans sa chambre. Il est encore en vie. La maison est pleine… » Elle s'interrompit, la gorge serrée. « … Elle est pleine de cadavres, Ramosé. Fais-les porter dans la Maison des Morts. »

Brusquement, elle eut envie de tomber dans les bras du jeune homme, d'être étreinte et consolée, de laisser libre cours à la douleur qui l'étouffait. Mais elle savait que c'était impossible. Karès accourait, suivi d'Ouni et d'une dizaine de serviteurs anxieux. Je ne peux pas m'effondrer, pensa-t-elle en se tournant vers eux. Il faut appeler le médecin pour Ahmosis ; Kamosé doit être lavé, et les prêtres-sem prévenus ; il faut que Karès fasse nettoyer les couloirs ; quelqu'un doit s'assurer qu'Ahmosis-onkh et la petite Hent-ta-Hent sont bien arrivés sains et saufs dans le temple. Je ne peux pas me laisser aller. Pas avant que les princes ne soient en prison, et l'armée en bonnes mains. Mais si les princes l'emportaient ? Oh ! mes fils, mes fils bien-aimés ! Comment vais-je annoncer à Tétishéri que la lumière de ses jours s'est éteinte ? Enjambant le corps de Mékétrê avec un frisson, elle se composa un visage pour son intendant.

« Majesté ! s'écria-t-il en arrivant près d'elle. Tu as les mains couvertes de sang !

– Ce n'est pas du sang, Karès, répondit-elle avec lassitude. C'est du poison. Donne-moi ton bras. Je suis épuisée, et il y a beaucoup à faire ce matin. »

Pour aller au terrain de manœuvre et à la caserne, Ahmès-Néfertari devait passer par les communs. Elle ne s'arrêta dans la maison que le temps de prendre à un Garde mort un couteau et une petite hache, objets insolites entre ses mains. Tandis qu'elle émergeait en courant dans la lumière aveuglante du matin, elle regrettait amèrement le jour où elle s'était aventurée au-delà du mur d'enceinte du domaine avec le petit Ahmosis-onkh. Si j'étais restée à l'intérieur des limites prescrites à une femme et à une mère, je ne serais pas dans ce pétrin, se disait-elle. Quelqu'un d'autre tiendrait ces armes, et bien mieux que moi, un homme doué d'autorité et d'une voix capable de faire taire toute opposition. Ah oui ! Et qui cela ? Il ne reste que moi !

Elle fit un détour par les chambres des intendants. « Ouni ! appela-t-elle en ouvrant sa porte à la volée. Karès et toi devez vous rendre immédiatement dans la maison ! »

L'intendant était déjà levé et se tenait, nu, devant une cuvette d'eau fumante. Son étonnement fut de courte durée, et Ahmès-Néfertari n'attendit pas de le voir tendre le bras vers sa robe. Elle savait que, comme tous les bons intendants, il réagirait vite et avec efficacité.

Une rangée d'arbres poussait entre les chambres des serviteurs et le mur d'enceinte. La porte du domaine était d'ordinaire bien gardée. Ahmès-Néfertari avait d'ailleurs espéré y trouver deux solides sentinelles, dont elle se serait fait accompagner. Mais ce jour-là aucun qui-vive ne retentit et, après l'avoir franchie, elle tourna à droite et prit le sentier qui la mènerait à sa destination.

Presque aussitôt, elle entendit le tumulte. Des hommes criaient, et un nuage de poussière flottait au-dessus du terrain de manœuvre. J'aurais dû coiffer le casque de cuir d'un des Gardes, regretta Ahmès-Néfertari, ou prendre un insigne de commandement, quelque chose qui me confère de l'autorité. Je me sens maladroite et idiote sans maquillage, décoiffée, avec cette hache trop lourde et ce couteau qui se prend dans les plis de ma robe. Je ne porte même pas d'amulette protectrice. Si je meurs aujourd'hui, est-ce que ce sera en princesse, avec courage, ou en me couvrant de ridicule ? Elle avait envie de pleurer, de se laisser tomber sur le sol et de s'y recroqueviller. Elle aurait voulu qu'Ahmosis surgît comme par magie, qu'il lui prît doucement les armes des mains et la renvoyât dans ses appartements en la félicitant de ce qu'elle avait tenté. La pensée de son mari accentua son désespoir mais renforça aussi sa détermination.

Si je dois mourir, qu'il en soit ainsi, se dit-elle avec fermeté. Je ne déshonorerai pas mon sang. Je ne me coucherai pas dans la boue, comme Tani.

Elle voyait le terrain de manœuvre, à présent, et l'arrière de l'estrade. Une dizaine d'hommes s'y trouvaient et, avec un frisson de terreur, elle reconnut Intef et Iasen parmi eux. Autour, c'était la confusion : des soldats se bousculaient, d'autres arrivaient en foule des baraquements. Ahmès-Néfertari remarqua que, si beaucoup d'entre eux portaient le pagne de la maison royale, ils étaient presque aussi nombreux à arborer les couleurs des différents princes. Et tous étaient armés.

Redressant les épaules et étreignant plus étroitement le couteau et la hache, elle fit le tour de l'estrade, monta les marches et, après une courte prière aux dieux, se fraya un chemin à travers le petit groupe.

« Écartez-vous », ordonna-t-elle d'un ton cassant.

Elle aperçut le commandant de la caserne qui, les mains sur les hanches, regardait la foule indisciplinée des soldats, le sourcil froncé. Sachant instinctivement qu'il lui fallait continuer à parler, garder un ton impérieux et froid, elle le désigna de la pointe de son couteau.

« Amennakht ! Trouve-moi des gardes du corps dans l'instant, et sers-toi de la trompette qui pend à ta ceinture. Regarde-moi cette cohue ! Souffle jusqu'à ce qu'ils cessent de hurler. » Amennakht tourna un regard incertain vers les deux princes et, le cœur battant, Ahmès-Néfertari avança aussitôt d'un pas. « Tout de suite, commandant ! ordonna-t-elle. Toi, et toi seul, es responsable devant Sa Majesté de l'ordre et de la discipline des troupes casernées ici. Dois-je te rappeler ton devoir ? Comment as-tu pu laisser s'installer un pareil chaos ? N'as-tu point de fierté ? »

Après un instant d'hésitation, Amennakht se dirigea à contrecœur vers le bord de l'estrade, fit signe à deux soldats d'Oueset et prit sa trompette. Intef poussa une exclamation étranglée et voulut parler, mais Ahmès-Néfertari fut plus rapide.

« Ni toi ni tes troupes n'avez rien à faire ici, Intef, dit-elle d'une voix forte. Quelle que soit la raison pour laquelle tu les as mêlées aux miennes, tu ferais bien de les en séparer avant que le sang ne coule. »

Les deux soldats appelés par Amennakht étaient montés sur l'estrade et l'encadraient, mais elle sentait leur trouble. Amennakht n'avait toujours pas soufflé dans sa trompette, et toute son attitude trahissait l'indécision. Je ne peux leur ordonner de me protéger, pensa Ahmès-Néfertari. Au moindre signe de faiblesse, ils se jetteront sur moi comme une meute de lions.

Ce fut Iasen, et non Intef, qui la défia. Lorsque Ahmès-Néfertari avait surgi sur l'estrade, il était en train de discuter avec un groupe d'officiers. Depuis, il la dévisageait avec intensité, les yeux plissés.

« Je crois que c'est toi qui n'as rien à faire ici, Altesse, déclara-t-il avec grossièreté. C'est une affaire d'hommes. Retourne dans tes appartements. Intef et moi prenons le commandement de l'armée d'Oueset. Tes frères ne sont plus considérés comme les seigneurs de ce pays. Ils ont perdu ce droit en raison de leur arrogance et des dévastations qu'ils infligent à l'Égypte depuis deux ans. Si tu veux t'en sortir indemne, rentre chez toi. »

La menace était on ne peut plus claire. Sous l'emprise de la colère, Ahmès-Néfertari oublia sa peur. S'approchant d'Iasen à le toucher, elle pressa la pointe de son poignard contre son torse.

« Le droit de régner sur l'Égypte est une question de sang et de naissance, siffla-t-elle. Ce que des vers de terre pleins de traîtrise comme toi en pensent n'a aucune importance, Iasen. » Elle désigna de sa hache la cohue des soldats. « Ces hommes appartiennent à Kamosé, à Ahmosis et à moi ! Ils sont de la maison des Taâ. Vous entendez, espèces de lâches ! »

Ayant péniblement conscience d'exposer son dos aux traîtres, elle fit volte-face et se dirigea vers Amennakht.

« Sonne de cette satanée trompette ! ordonna-t-elle. Sonne, sinon je te ferai exécuter pour trahison, en plus de te faire couper le nez pour insubordination ! » Se tournant ensuite vers les officiers d'Oueset, elle joua son va-tout. « Le roi et Son Altesse sont en train de mater l'insurrection fomentée par ces princes, déclara-t-elle. Les Medjaï ont envahi le domaine. Si vous m'obéissez, je ferai de mon mieux pour éviter que vous ne soyez punis de votre infidélité passagère.

– Mais c'est impossible ! s'écria Intef. Mékétrê m'a assuré...

– De quoi ? jeta-t-elle avec mépris, sans même se donner la peine de tourner la tête. De la facilité avec laquelle il parviendrait à assassiner le roi ? On ne tue pas si aisément une divinité, Intef. Eh bien, poursuivit-elle, allez-vous vous rendre ou fuir ? Décidez-vous vite. Le roi et mon époux doivent être venus à bout de votre vermine, à présent, et Hor-Aha va venir se venger de vous. »

Pendant ce qui lui parut une éternité, les princes et elle se mesurèrent du regard. Sans ciller, elle les mit au défi de la traiter de menteuse, de demander pourquoi c'était à une femme que l'on avait confié le soin de rétablir l'ordre parmi les soldats, pourquoi Kamosé avait exposé au danger sa propre sœur au lieu de Medjaï bien armés. J'espère qu'ils pensent à une ruse de Kamosé, se dit-elle. Ils le jugent déjà cruel et impitoyable. N'importe quel homme hésiterait à passer une femme au fil de l'épée, surtout si elle est de sang royal. Combien de temps avant que le doute naisse en eux ? Jusqu'où va leur stupidité ?

« Arrêtez-les tous les deux ! ordonna-t-elle d'une voix dure aux officiers. Conduisez-les en prison ! »

Au même instant, la faisant sursauter, la trompette d'Amennakht résonna. Il fallut quatre sonneries pour que, sur le terrain de manœuvre, le vacarme s'apaise et que, l'un après l'autre, les soldats se tournent vers l'estrade. Les officiers entourèrent Intef et Iasen. Toute trace d'indécision avait disparu de leur visage, et ils entraînèrent les princes en dépit de leurs protestations.

Ahmès-Néfertari savait que la bataille n'était pas gagnée. Voyant qu'on emmenait les princes, leurs soldats se mirent à protester, et bon nombre de leurs officiers se trouvaient encore sur l'estrade.

« Fais ton travail, dit-elle aussitôt à Amennakht. Ordonne-leur de former les rangs et de déposer leurs armes à terre devant eux. » Elle attendit, crispée, tandis qu'Amennakht hurlait ses instructions et que les hommes obéissaient de mauvaise grâce. Elle savait qu'au moindre mot, au moindre ordre contraire des officiers d'Intef et d'Iasen, ce serait l'émeute. Mais ils restèrent silencieux.

Finalement, les milliers d'hommes furent en rangs, épées et haches reposant dans la poussière à leurs pieds. Tandis qu'elle les observait avec attention, Ahmès-Néfertari se rendit compte qu'elle avait croisé ses propres armes sur sa poitrine à la manière des insignes royaux. Elle ne changea pas de position. Le commandant lui adressa un regard interrogateur.

« Dis-leur de retourner dans leurs baraquements avec leurs officiers, fit-elle. Les troupes des autres nomes resteront dans les chambrées que leur a attribuées Sa Majesté. Plus question qu'ils se mêlent aux soldats d'Oueset. Quiconque en sortira sera exécuté. Les armes resteront où elles sont. »

Amennakht acquiesça et, pendant qu'il répétait ses ordres, elle se tourna vers les officiers.

«Ceux d'entre vous qui devaient fidélité à Sa Majesté par l'intermédiaire des princes se sont rendus coupables de trahison et méritent d'être exécutés, déclara-t-elle. Toutefois, en attendant de connaître la décision de Sa Majesté, vous vous enfermerez avec vos hommes. Le fait d'avoir aidé à empêcher un désastre vous vaudra peut-être son pardon. Quant à vous, officiers d'Oueset...» Elle s'interrompit, forçant chacun d'entre eux à affronter son regard.

«... Je vous connais tous. N'ai-je pas passé de nombreuses heures en votre compagnie ? Ne me suis-je pas préoccupée du bien-être des troupes ? J'ai honte de vous.» Alors ? c'est Bien ?

L'un d'eux leva la main.

«Altesse ! Puis-je parler ?»

Ahmès-Néfertari l'y autorisa d'une brusque inclination de tête.

«Les princes nous ont ordonné de nous rassembler ici, expliqua l'homme. Ils nous ont annoncé que Sa Majesté et Son Altesse le prince Ahmosis étaient morts, et qu'ils prenaient le commandement de tous les soldats égyptiens. Ils nous ont menacés de punitions si nous refusions de surveiller nos hommes comme ils le souhaitaient. Que pouvions-nous faire ?

– Vous auriez pu demander à voir les corps, répliqua-t-elle. Vous auriez pu exiger qu'Hor-Aha vous confirme leurs dires. Vous vous êtes conduits comme des paysans stupides, indignes de confiance. Je vais néanmoins vous donner une chance de vous racheter.»

Je n'ai guère le choix, pensa-t-elle. Il n'y a personne pour maintenir l'ordre ici, jusqu'à l'arrivée des Medjaï. A condition qu'ils arrivent..., à condition que cette révolte ne se soit pas étendue à eux ou, pis encore, qu'elle ne les ait pas anéantis. Je suis sur le fil de la lame, et je saigne invisiblement.

«Je vous charge d'exécuter mes ordres, continua-t-elle. Ne déléguez pas cette responsabilité à vos inférieurs. Vous devez vous-mêmes surveiller les armes, faire en sorte que l'on distribue eau et nourriture aux soldats enfermés, et veiller à ce que personne ne quitte les baraquements avant que le général Hor-Aha ou un membre de la famille royale n'en décide autrement. Sa Majesté a fait de vous des officiers : serez-vous capables d'accomplir ces petites tâches ?» Son ton était cinglant, et leurs visages s'assombrirent.

« Rejoignez vos hommes, conclut-elle. Assurez-vous qu'ils aillent bien chacun dans leur chambrée. »

Ils la saluèrent et obéirent aussitôt, mais elle n'en fut pas rassurée pour autant. Je n'ai aucun moyen de faire respecter mes courageuses paroles, pensa-t-elle. Il peut arriver n'importe quoi. Un instant, Amennakht et elle regardèrent en silence les troupes se disperser. Puis elle lui fit face.

« Si je ne peux pas te faire confiance, les ordres que je viens de donner aux officiers étaient inutiles, déclara-t-elle. Tu es le commandant de la caserne. Si tu as la sédition au cœur, je ne peux quitter cette estrade. Il faut que j'apporte mon lit et que je campe ici. »

Il lui jeta un regard perçant.

« Mais Sa Majesté va certainement me faire remplacer par un officier supérieur, objecta-t-il poliment. Je suis suspect, Altesse. J'ai failli à mon devoir. Je me suis laissé influencer par une autorité supérieure. Je regrette.

– Tu regrettes ? s'exclama-t-elle. Ma famille a manqué d'être assassinée, notre domaine volé, notre guerre contre Apopi compromise... et tu regrettes ? Par les dieux, Amennakht, nous étions si fiers de ces hommes, toi et moi, nous avons pris tant de soin d'eux, et pourtant tu as hésité à obéir au premier de mes ordres !

– Je pense que Sa Majesté n'enverrait pas sa sœur mater une insurrection si elle pouvait venir en personne, répondit le commandant. Je pense que si Son Altesse en est réduite à camper sur cette estrade, c'est qu'il n'y a personne d'autre pour maîtriser une situation extrêmement dangereuse. » Il posait sur elle un regard pensif mais plein d'estime. « Je pense que les princes sont idiots de n'être pas arrivés aux mêmes conclusions que moi, et regrette en effet d'avoir sous-estimé la puissance et la détermination de la maison des Taâ.

– Cela ne t'excuse pas.

– Bien sûr que non. Réponds-moi si tu le veux, Altesse, mais sa Majesté est-elle en vie ? »

Ahmès-Néfertari prit une profonde inspiration, puis résolut de lui dire la vérité.

« Kamosé sait promouvoir des hommes intelligents et perspicaces, commença-t-elle. J'ignore quelle est la situation dans la maison. Les Gardes sont presque tous morts. Juste avant que je ne vienne jusqu'ici, Kamosé était allé au débarcadère tâcher d'avertir Ahmosis. Quant aux Medjaï... » Elle eut un haussement d'épaules fataliste. « ... J'espère que Ramosé ou Ankhmahor ont pu les alerter. Je prie que mes frères soient de nouveau maîtres du domaine mais... je n'en sais pas plus que ce que je t'ai dit. » D'un geste à la fois impulsif et décidé, elle lui tendit la hache. « Je ne pouvais pas laisser l'armée se mutiner, dit-elle simplement. Me remplaceras-tu ici, Amennakht, ou vas-tu me faire arrêter avant de libérer les princes ? »

Il prit l'arme, qu'il souleva sans effort.

« Je n'ai pas participé aux campagnes de Sa Majesté, répondit-il avec franchise. Lorsque la division d'Oueset était casernée ici, j'étais chargé de faire régner la discipline dans les baraquements. Lorsqu'il n'est plus resté que les troupes de la maison, je me suis occupé de faire garder le domaine, et de maintenir la paix dans le nome. Je suis né à Oueset et y ai toujours vécu. J'aime ma ville et les seigneurs qui ont fait de leur mieux pour la rendre sûre. Je me souviens de la venue d'Apopi, de l'humiliation que cela a été pour nos soldats d'obéir aux officiers sétiou. » Il fit une grimace. « Je ne voulais pas voir Oueset tomber sous le joug d'un autre prince, Altesse. Mais on nous a annoncé que les jeux étaient faits. Que pouvions-nous dire ? Nous ne sommes que des soldats. Nous ne possédons pas grand-chose. Nous servons celui qui est au pouvoir.

– Les jeux ne sont peut-être pas faits, intervint Ahmès-Néfertari. Et, pour le moment, c'est moi qui suis au pouvoir. M'aideras-tu à y rester, Amennakht ?

– Aussi longtemps que j'en serai capable, répondit-il avec gravité. Envoie-moi des Medjaï en renfort dès que possible, Altesse. Les officiers des princes risquent de s'agiter.

– Très bien. » Elle savait qu'il lui avait fait la réponse la plus sincère qu'elle ait à attendre de lui. « Tu peux disposer, Amennakht. J'attendrai un moment avant de faire apporter mon lit sur cette estrade. »

Il ne sourit pas de sa petite plaisanterie. La saluant avec calme, il se dirigea vers les marches, mais, frappée d'une pensée terrible, Ahmès-Néfertari ajouta : « Supposons que je me montre trop optimiste et que le prince Ahmosis-onkh soit le seul héritier royal survivant, me reconnaîtras-tu pour régente et commandant suprême des armées de Sa Majesté, Amennakht ?

– Oui, Altesse », répondit-il sans ralentir le pas.

Elle le regarda traverser le terrain de manœuvre désert sous un soleil déjà brûlant. J'aurais dû lui demander où étaient passés les princes Mésehti et Mékhou, se reprocha-t-elle. Et Mékétrê, Néfer-Sakharou ? Mais si je l'avais assailli de questions, j'aurais paru peu sûre de moi. Éclatant d'un rire bref, elle quitta l'estrade et reprit le chemin de la maison. Peu sûre de moi ! pensa-t-elle. Alors que Mékétrê et cette sorcière sont peut-être maîtres de la maison à l'heure qu'il est, que tout le monde est peut-être mort ! Et si je marchais à ma perte, si tout ce que j'ai entrepris était vain ?

Elle était arrivée à la porte du domaine et, au moment où elle la franchissait, les arbres se mirent à onduler. La lumière aveuglante renvoyée par les murs des communs blanchis à la chaux se transforma soudain en bandes de couleurs floues, et l'allée se brouilla. Je vais m'évanouir, pensa confusément Ahmès-Néfertari. Tournant à gauche, elle parvint à se glisser derrière un groupe de buissons d'acacia avant de s'effondrer, le dos contre le mur d'enceinte. La tête entre les genoux, elle attendit que sa vue redevienne nette, que sa peau cesse de la picoter, puis elle se mit à pleurer. Toute la tension de cette terrible matinée se dénoua, de grands sanglots la secouèrent. Les bras serrés autour du corps, se balançant d'avant en arrière dans l'ombre amicale des acacias, elle pleura pour un acte qui avait mobilisé toutes ses forces physiques et morales, pour Kamosé et sa solitude, pour le mari qu'elle ne reverrait probablement jamais. Lorsqu'elle fut à bout de larmes, elle s'essuya le visage sur sa robe sale et se releva en tremblant. Le soleil brillait toujours. Des courants d'air faisaient frissonner l'herbe. Une libellule dorée aux ailes scintillantes voleta près d'elle. Ahmès-Néfertari regagna l'allée et marcha d'un pas résolu jusqu'à la maison.

Entrée silencieusement par la porte des serviteurs, elle fit quelques pas dans le large couloir, puis s'arrêta, l'oreille aux aguets. Des bruits de voix lui parvinrent et, plus loin, des pleurs, mais rien qui indiquât des combats. S'il s'était passé quelque chose en son absence, c'était maintenant terminé. Se remettant en marche, elle atteignit la porte peinte qui ouvrait sur les pièces principales et passa d'un sol de terre battue à un sol carrelé. A cette heure de la journée, des serviteurs étaient habituellement en train de balayer la maison, mais elle ne vit personne.

Elle continua à progresser avec prudence jusqu'à l'endroit où le couloir se divisait en trois, celui du centre conduisant à l'entrée principale et aux pièces publiques, celui de gauche aux appartements des femmes, et celui de droite aux appartements des hommes. Là, quatre Medjaï bavardaient avec excitation, appuyés contre le mur. En la voyant, ils se redressèrent aussitôt et lui adressèrent ce salut tout juste ébauché qui était leur façon de faire.

« Altesse ! Altesse ! clamèrent-ils, et Ahmès-Néfertari comprit que la maison était sauvée.

– Où est Sa Majesté ? » demanda-t-elle.

Ils se figèrent, le regard grave. L'un d'eux tendit le bras.

« Là-bas, dit-il. Dans la grande pièce. »

Pleine de reconnaissance envers les dieux, Ahmès-Néfertari les remercia et s'élança dans le couloir central. Kamosé avait été épargné. Il était dans la salle de réception avec Ahmosis, Hor-Aha et les autres. Tout allait s'arranger. Elle dépassa de nombreux serviteurs qui frottaient les taches de sang laissées sur le sol par les Gardes. Les cadavres avaient disparu. La situation est redevenue normale, pensa-t-elle avec joie. J'ai accompli ma part, et j'ai survécu. C'est fini.

Mais devant la porte, il y avait Akhtoy. L'intendant était assis sur un tabouret, et le visage qu'il tourna vers elle était mouillé de larmes. Se levant gauchement, il esquissa un salut, et l'optimisme fragile d'Ahmès-Néfertari s'évanouit.

« Qu'y a-t-il ? demanda-t-elle d'une voix rauque. Il est blessé ? Et Ahmosis ? »

Akhtoy tâcha de se composer un visage avant de lui répondre, et rien ne parut plus alarmant à Ahmès-Néfertari que l'effort qu'il déploya pour reprendre son masque anonyme et poli d'intendant.

« Sa Majesté est morte, dit-il enfin d'une voix qui tremblait à peine. Il a reçu une flèche au côté alors qu'il se dirigeait vers le débarcadère pour prévenir Son Altesse. » Il avala sa salive et, hypnotisée, Ahmès-Néfertari suivit des yeux le mouvement de sa pomme d'Adam. « Dame Tétishéri a envoyé un soldat à ta rencontre, mais vous avez dû vous manquer. Je suis profondément accablé d'avoir à t'annoncer cette nouvelle. Pardonne-moi, Altesse. Ton époux, le prince, a été… »

Ahmès-Néfertari n'attendit pas d'en entendre davantage. Elle se précipita dans la salle de réception.

Le corps de Kamosé reposait sur l'immense bureau que l'on avait pris dans le cabinet de son père. Bien que le soleil n'entrât pas directement par la colonnade qui ouvrait sur le jardin, une horrible clarté baignait la scène. Les cheveux en désordre, oscillant sur ses pieds, Amonmosé psalmodiait à voix basse, un encensoir à la main. Ramosé et Hor-Aha se tenaient eux aussi près du mort, et Ahmès-Néfertari vit avec horreur que la flèche dépassait encore de son flanc blessé. Hor-Aha retenait par le collier Béhek, qui geignait et cherchait à s'élancer vers son maître. Au moment où la jeune femme s'avança, il fit signe à un serviteur d'emmener le chien. Ankhmahor tournait le dos à la pièce. Il était appuyé contre une colonne, la tête baissée, face au jardin où les serviteurs se pressaient en petits groupes, immobiles et silencieux.

Tétishéri était assise sur une marche de l'estrade où famille et invités de marque dînaient lors des banquets. Figée, le dos droit, les genoux serrés l'un contre l'autre, ses mains noueuses crispées sur ses cuisses, elle donna l'impression à Ahmès-Néfertari d'être déjà momifiée. La peau de son visage ridée était tendue et tannée, ses lèvres minces découvraient des dents jaunies, elle avait les yeux cernés. Elle regardait fixement devant elle et cilla à peine lorsque sa petite-fille se pencha vers elle.

« Où est Ahmosis, grand-mère ? demanda Ahmès-Néfertari. Où est ma mère ? »

Elle posa une main sur les cheveux gris emmêlés, et Tétishéri bougea légèrement.

« Ils doivent tous mourir, murmura-t-elle, l'haleine brûlante et fétide. Nous devons les traquer et les abattre comme les animaux sauvages qu'ils sont.

– Où est Ahmosis ? » répéta Ahmès-Néfertari d'une voix plus forte.

Mais la vieille femme garda le silence, et ce fut Ramosé qui lui répondit.

« Il a été gravement blessé, dit-il. Le médecin et ta mère sont à son chevet. Où étais-tu, Altesse ? On a envoyé chercher les prêtres-sem : Kamosé va être emmené dans la Maison des Morts. Ta mère a exigé que son corps reste ici jusqu'à ton retour, mais elle n'a pas dit où tu étais. » Ahmès-Néfertari le regarda en face. Il avait pleuré, lui aussi. Son visage était pâle, ses yeux gonflés. « Je suis en partie responsable de ce qui est arrivé, continua-t-il d'une voix entrecoupée. Si j'avais compris la profondeur de la haine de ma mère, si j'en avais informé Kamosé…

– Pas maintenant, Ramosé ! s'écria Ahmès-Néfertari. Le temps des regrets viendra, mais je ne peux les supporter maintenant ! Il faut que j'aille auprès de mon époux. »

Bien que folle d'inquiétude pour Ahmosis, elle ne put cependant quitter sur-le-champ son frère bien-aimé. S'approchant du bureau qu'enveloppait le parfum âcre de la myrrhe, le cœur percé de douleur par les lamentations rituelles du grand prêtre, elle caressa les joues ensanglantées et froides de Kamosé, et pressa ses doigts sans vie contre son visage. « Kamosé, oh ! Kamosé, murmura-t-elle. Les dieux t'accueilleront, car ton cœur pèsera sûrement bien moins lourd que la plume de Maât. Mais, à nous, il ne reste que le chagrin. Je regrette que tu n'aies pas vécu assez longtemps pour savoir que la révolte avait échoué et que ta grande œuvre n'avait pas été anéantie. » Posant un baiser sur sa bouche croûtée de sang séché, elle se tourna vers le grand prêtre. « Comment vont mes enfants, Amonmosé ? » demanda-t-elle.

Le prêtre interrompit ses psalmodies. Il s'inclina, puis leva vers elle un visage marqué par la douleur.

« Ils sont en sécurité dans ma propre cellule, Altesse, assura-t-il. Dame Néfer-Sakharou est là-bas, elle aussi. Elle a prétendu que tu l'avais envoyée seconder Raa. Comme celle-ci m'a affirmé le contraire et que j'ignorais où était la vérité, j'ai placé cette dame sous la surveillance d'un garde du temple.

– Merci, dit Ahmès-Néfertari. Lorsqu'on aura emporté le corps de Sa Majesté et que tu retourneras au temple, veille à ce que Néfer-Sakharou ne puisse s'échapper. C'est une menteuse. »

Évitant le regard désespéré de Ramosé, elle fit un signe à Hor-Aha et, l'entraînant à l'écart, le mit rapidement au courant des événements de la caserne. A mesure qu'elle parlait, la stupeur, puis l'incrédulité se peignirent sur le visage figé de chagrin du général.

« Tu as fait cela, Altesse ? s'exclama-t-il à voix basse. Toi ? Les dieux ont vraiment accordé à la maison des Taâ des cœurs pleins d'un courage divin ! Ni Ankhmahor ni moi ne nous doutions de la gravité de la menace. Nous pensions que l'attaque était limitée au domaine.

– Mère, grand-mère et moi avons soupçonné qu'il y avait pire, expliqua Ahmès-Néfertari. Si elles ne t'ont rien dit, c'est que le meurtre de Kamosé a chassé toute autre préoccupation de leur esprit.

– Ta mère a poignardé Mékétrê alors qu'il frappait ton mari, dit Hor-Aha. Tu ne le savais pas, Altesse ? On l'acclame déjà comme un sauveur. Le corps du misérable gît toujours dans l'allée. Elle a ordonné qu'on l'y laisse pour que tout le monde puisse le voir. »

Ahmès-Néfertari le regarda avec effroi. Depuis l'instant où Kamosé était entré dans sa chambre, les chocs se succédaient, brutaux, violents, sans lui laisser le temps d'en absorber aucun. Pas maintenant, se disait-elle, j'affronterai tout cela plus tard.

« Va sur le terrain de manœuvres confirmer mes ordres, déclara-t-elle. Amennakht, le commandant de la caserne, est digne de confiance, mais nos autres officiers sont peut-être déjà en train de me désobéir, et les troupes amenées par les princes doivent absolument être surveillées. Fais-toi accompagner d'autant de Medjaï que tu le peux. Assure-toi aussi qu'Intef et Iasen sont correctement gardés. Essaie de découvrir où sont Mésehti et Mékhou. »

Il comprit sur-le-champ. La saluant, il se dirigea vers le jardin et, après un dernier regard à l'enveloppe charnelle qui quelques heures plus tôt contenait encore l'âme de Kamosé, Ahmès-Néfertari quitta la salle de réception.

Sur le seuil, elle rencontra les prêtres-sem, qui reculèrent en la voyant, dissimulant leur visage et serrant leur robe contre eux pour ne pas la contaminer.

« Embaumez-le bien, recommanda-t-elle. Pratiquez les incisions avec respect, et bandez-le avec considération. Il était notre roi. »

Et maintenant c'est Ahmosis, pensa-t-elle soudain. C'est à lui désormais qu'il appartient de libérer l'Égypte. Ô dieux, je ne sais pas si je suis digne d'être reine !

La porte de la chambre d'Ahmosis était ouverte et, à son entrée, sa mère quitta le fauteuil qu'elle occupait près du lit. Elle portait toujours la robe qu'Ahmès-Néfertari lui avait vu porter avant l'aube, mais le devant en était maintenant taché de brun. Les mains qu'elle tendit vers sa fille étaient, elles aussi, souillées de sang séché, mais la jeune femme le remarqua à peine. Avec un sanglot, elle se jeta dans les bras de sa mère. Toutes deux s'étreignirent longtemps, titubantes de chagrin. Puis Ahhotep s'écarta.

« Tu me raconteras plus tard ce qui s'est passé là-bas, dit-elle avec brusquerie. Avant, il faut que tu saches qu'Ahmosis a reçu un violent coup de massue sur le crâne, et qu'il est sans connaissance. Le médecin vient de partir. Il a recousu la plaie et y a appliqué un mélange de miel, d'huile de ricin et de bois de sorbier, ainsi qu'un peu de terre du cimetière des paysans pour empêcher l'infection et sécher la suppuration. Le crâne n'est pas brisé, nous devons en remercier Amon. J'imagine que mon arrivée imprévue et les aboiements soudains de Béhek ont déconcentré l'assassin et affaibli la force du coup.

– Il vivra?

– D'après le médecin, son état n'est pas désespéré. Il finira par reprendre connaissance.

– Ce n'est pas très rassurant.» Se laissant tomber dans le fauteuil que sa mère avait quitté, Ahmès-Néfertari désigna sa robe du doigt. «Est-ce que c'est…»

Le visage d'Ahhotep se creusa de vilaines rides d'épuisement et de mépris. Elle eut un rire dur, où Ahmès-Néfertari décela une note d'hystérie.

«Le sang de Kamosé? Non. J'ai frappé Mékétrê à trois reprises. C'est sa vie que je porte sur ma robe, et je dois avouer que j'en tire gloire, Ahmès-Néfertari. Lorsque son corps commencera à pourrir, je le ferai porter dans le désert pour que les hyènes le dévorent.

– Mais les dieux ne pourront pas le trouver! s'exclama Ahmès-Néfertari. Son ka sera perdu.

– Tant mieux! fit Ahhotep avec véhémence. Cela ne me dérange pas le moins du monde. En attendant, veille Ahmosis, parle-lui, prie pour lui. Moi, je vais aller m'écrouler dans mon lit et dormir du sommeil des justes.

– Tu lui as sauvé la vie, mère», murmura Ahmès-Néfertari.

Le visage d'Ahhotep s'assombrit.

«Si les deux soldats et moi étions arrivés un peu plus tôt, nous aurions peut-être aussi sauvé Kamosé, dit-elle avec amertume. Mon mari et mon fils, victimes tous les deux de ces maudits Sétiou. Lorsque Ahmosis sera sur pied, je lui ferai jurer de jeter Apopi dans le brasier que deviendra Het-Ouaret.» Elle porta ses deux mains ensanglantées à son visage, puis les laissa retomber. «Pardonne-moi, murmura-t-elle. Je ne suis pas moi-même.»

Ahmès-Néfertari écouta son pas décroître dans le couloir, puis se pencha sur le corps inerte d'Ahmosis. Lorsqu'il sera sur pied, se répéta-t-elle en l'examinant avec attention.

La massue l'avait frappé juste au-dessus de l'oreille droite. Il était couché sur le côté gauche, face à elle. Sa respiration était difficile et bruyante. Sa peau luisait de sueur. L'onguent grisâtre appliqué par le médecin avait coulé sur ses cheveux bouclés. Prenant un morceau de lin humide dans un bol, sur la table, Ahmès-Néfertari les nettoya doucement. Ahmosis n'eut pas un mouvement. Sa pâleur était alarmante.

«Il ne faut pas que tu meures, mon chéri, murmura-t-elle. L'Égypte a besoin de toi, et moi encore plus. Si tu ne guéris pas, je serai forcée de mettre une coiffure de guerre et des gants pour conduire moi-même l'armée dans le Nord. Imagines-tu spectacle plus ridicule ? Ahmosis-onkh a déjà perdu un père, faut-il qu'il en perde un second ? Tu m'entends, Ahmosis ? Mes paroles pénètrent-elles dans tes rêves ?»

Lui prenant la main, elle se mit à la caresser et pensa que, si elle devait encore pleurer, c'était maintenant. Mais ses dernières larmes, cette réaction féminine aux malheurs, avaient coulé derrière les massifs d'acacia. Quelque chose lui disait qu'elle ne pleurerait plus sur ce qui ne pouvait être changé. A quoi bon ? Les dieux décident du destin des hommes, et ce n'est qu'en acceptant leur volonté avec courage, en ne se réfugiant pas dans les jachères et les champs confortables de l'apitoiement sur soi et de l'inaction, que l'on peut transformer ces décrets en avantages. Assise dans la pièce silencieuse, les yeux posés sur son mari blessé, l'esprit gagné par une nouvelle fermeté implacable, Ahmès-Néfertari se défit des derniers lambeaux de la jeune fille timide et craintive qu'elle avait été.

18

Tout cet après-midi-là et jusque tard dans la nuit, Ahmès-Néfertari veilla son mari, dont l'état ne se modifia pas. Plusieurs fois, le médecin vint enlever l'onguent, examiner les points de suture, puis appliquer une nouvelle dose de sa préparation. Finalement, à bout de forces, la jeune femme céda sa place à Akhtoy et alla se coucher. Elle avait attendu d'être certaine que les princes rebelles étaient sous les verrous, et leurs soldats consignés, pour faire ramener ses enfants du temple. Ils étaient dans leur chambre en compagnie de Raa. Ahmès-Néfertari avait envoyé la nourrice épuisée se reposer, et confié les enfants à Sénéhat.

On avait emmené Néfer-Sakharou à la prison sous bonne escorte. Elle avait protesté avec indignation, mais Ankhmahor avait appris à Ahmès-Néfertari que l'on avait trouvé un couteau dissimulé dans ses vêtements amples. Néfer-Sakharou avait prétendu que, réveillée par un bruit de lutte dans le couloir devant sa porte, elle avait en sortant de sa chambre vu les cadavres des Gardes. Terrifiée, elle s'était emparée d'un poignard et avait fui la maison pour se réfugier dans le temple, seul endroit sûr qu'elle pût atteindre à pied. Ce récit différait de celui qu'elle avait fait à Amonmosé et, comme Ahmès-Néfertari le souligna, aucun Garde n'avait été tué assez près des appartements des femmes pour réveiller quiconque.

« Serait-il possible qu'elle ait été chargée de tuer Ahmosis-onkh ? avait-elle demandé au prince. Kamosé et Ahmosis morts, il restait un héritier. Les conspirateurs savaient qu'ils ne pouvaient réussir totalement sans éliminer tous les Taâ mâles.

– C'est une accusation grave, Altesse, répondit Ankhmahor d'un ton hésitant. Nous n'avons aucune preuve d'un complot aussi abominable.

– Nous savons par Sénéhat combien cette femme nous haïssait, répliqua la jeune femme. Et il ne fait aucun doute qu'elle a menti sur ses déplacements, hier soir. Je ne prendrai plus de risques avec elle, Ankhmahor. Elle sera jugée avec les princes.

– L'exécution de nobles va semer la crainte dans l'armée et dans la population, remarqua-t-il. Les hommes qui étaient prêts à se joindre à la rébellion, qui s'étaient laissé influencer, vont redouter de connaître le même sort, ce qui est déjà une mauvaise chose. Mais exécuter une femme… » Il écarta les bras. « … Un tel acte choquera l'Égypte et risque de vous aliéner beaucoup de monde.

– Quelle autre solution avons-nous ? s'écria Ahmès-Néfertari, trop fatiguée pour faire preuve de diplomatie. Nous devons montrer avec force que nous sommes les maîtres et que nous entendons le rester. S'il faut pour cela nous montrer impitoyables, nous le ferons, et nous ne dormirons que mieux la nuit en sachant qu'une fois encore les racines de la trahison ont été arrachées. » Elle se leva, sans lâcher la main de son époux. « Une fois encore, Ankhmahor ! Depuis le jour où, par pur désespoir, mon père a pris la décision de combattre Apopi, nous sommes aux prises avec les tentacules invisibles de la trahison. Trop souvent l'ennemi a eu le visage souriant d'un serviteur apprécié ou même d'un parent. Je suis lasse de voir notre bonté récompensée par la perfidie, notre rêve d'une Égypte libérée contrecarré par des hommes qui parlent beau et ont la tromperie au cœur. Comment se fier encore à quelqu'un ? » Ses épaules s'affaissèrent, elle passa une main tremblante dans ses cheveux poisseux. « Regarde où la confiance a mené Kamosé et mon époux ! Si tu as autre chose à proposer que l'exécution, je suis prête à t'écouter.

– Tu as raison, reconnut Ankhmahor à contrecœur. Mais ne devrions-nous pas attendre la guérison d'Ahmosis avant de prendre une décision irréparable, Altesse ? Que ferait le prince ? »

Ahmès-Néfertari eut un étrange sourire et se rassit sur son tabouret.

« Ahmosis a toujours été partisan de la modération, dit-elle d'une voix rauque. Tu es bien placé pour le savoir, Ankhmahor. Pendant toute la campagne de Kamosé, c'est lui qui a plaidé en faveur de la clémence, de la retenue. La colère d'un homme qui offre de l'eau à un homme assoiffé et dont la bonté est récompensée par une gifle est bien plus grande que celle d'un homme attaqué par un mendiant qu'il a ignoré. Je t'assure que, dès qu'Ahmosis ouvrira les yeux, il souhaitera se venger. Je prendrai l'avis de ma mère et de ma grand-mère, naturellement, mais tu peux être certain qu'elles voudront elles aussi la mort d'Intef et d'Iasen. Peut-être aussi celle de Mésehti et de Mékhou. Nous verrons.»

Le prince n'avait, apparemment, rien à répondre. Avec un soupir, il demanda la permission de se retirer.

Malgré son épuisement, Ahmès-Néfertari dormit mal et se réveilla à l'aube, toujours fatiguée. Après son bain et son déjeuner, elle se sentit un peu revigorée. Quand elle eut prié pour la guérison de son mari et rendu visite à ses enfants, elle renvoya Sénéhat dans les appartements de Ramosé, s'entretint avec le médecin – qui n'avait rien de nouveau à lui apprendre – et se rendit chez sa grand-mère. Lorsqu'elle arriva devant sa porte, Ouni se leva et s'inclina. Elle le salua distraitement.

«Essaie de convaincre ma maîtresse de manger quelque chose, Altesse, dit-il d'un air préoccupé. Elle n'a rien avalé depuis que l'on a emporté le corps de Sa Majesté. Par contre, elle boit beaucoup trop de vin.

– Où est ma mère? demanda Ahmès-Néfertari qui, comme de coutume, éprouvait une légère appréhension à l'idée d'affronter Tétishéri.

– Je crois qu'elle est allée à la prison, ce matin, répondit l'intendant. Elle désirait parler à dame Néfer-Sakharou.

– Je vois.»

Il y a un mois à peine, j'aurais tremblé à l'idée de me retrouver seule face à grand-mère, se dit Ahmès-Néfertari. Mais maintenant, c'est différent. Ouni s'effaça, et elle entra d'un pas assuré.

Le tabernacle de Tétishéri était ouvert. Devant, un encensoir emplissait la pièce d'une fumée grise suffocante. Prise à la gorge, Ahmès-Néfertari alla aussitôt enlever la natte qui fermait la fenêtre, et des panaches de myrrhe s'envolèrent au-dehors. Isis finissait de refaire le lit de Tétishéri, qui était assise à côté, une coupe de vin à la main. Une grosse cruche, à demi vide, était posée sur la table, ainsi qu'un plat intact de figues, de fromage brun et de pain frais. La servante paraissait à bout de nerfs.

« Va chercher de l'eau chaude et des linges, ordonna Ahmès-Néfertari. Ta maîtresse a besoin d'être lavée. Dépêche-toi. »

Avec un soulagement manifeste, Isis quitta la pièce. S'approchant de la vieille dame, Ahmès-Néfertari lui retira la coupe des mains et alla en jeter le contenu par la fenêtre. Tétishéri ne protesta pas. A son regard vague, la jeune femme comprit qu'elle était plus que grise.

« Mange, grand-mère, dit-elle en lui tendant une figue. Il faut que tu te nourrisses. »

Tétishéri cligna les yeux.

« Je sens Mékétrê, articula-t-elle. Je sentais la puanteur de la sédition sur sa personne lorsqu'il était vivant, et je sens maintenant la puanteur de sa décomposition.

– Je vais fermer ton tabernacle et vider l'encensoir, déclara Ahmès-Néfertari en posant le fruit dans la paume de sa main. Mange cette figue, Tétishéri.

– Je ne veux pas manger, répondit-elle du ton d'un enfant têtu. Je priais pour Kamosé, mais ce n'est pas aussi bien que de prier avec lui, n'est-ce pas ? »

Ahmès-Néfertari était allée fermer les portes dorées du tabernacle. L'encens s'était éteint de lui-même. En se retournant, elle vit des larmes couler sur les joues ridées de sa grand-mère et elle éprouva un moment de panique. Tétishéri était une femme dont la volonté n'avait jamais été brisée, l'aune à laquelle ils mesuraient tous leurs propres forces. Si elle s'effondre, mère et moi partirons à la dérive, pensa Ahmès-Néfertari. Je ne le supporterai pas ! S'accroupissant devant la vieille femme, elle prit ses mains noueuses dans les siennes.

« Kamosé est mort, dit-elle avec force. En ce moment même, il est livré aux couteaux et aux crochets des prêtres-sem. Tout le vin que tu pourras boire ne le ramènera pas ; aucune prière ne lui fera franchir cette porte. Je l'aimais, moi aussi, et je le pleure, mais Ahmosis est encore en vie. Tu ne te soucies donc pas de lui ?

– Non, répondit Tétishéri d'une voix blanche. Pas maintenant, pas aujourd'hui. Je suis lasse de porter un fardeau aussi pesant, Ahmès-Néfertari, lasse de ma propre force. Laisse-moi.

– Tu ne te soucies plus du sort de l'Égypte ? insista Ahmès-Néfertari. Ahmosis deviendra roi à la fin des soixante-dix jours de deuil. Cela ne compte pas pour toi, que l'Égypte ait encore un roi ?

– Si, mais ce n'est pas Kamosé. Ce devrait être lui, le roi. C'est lui que tu aurais dû épouser, et non son frère. »

Ahmès-Néfertari dut réprimer l'envie soudaine de la saisir par les épaules et de la secouer avec violence.

« Il nous faut prendre des décisions concernant les princes, dit-elle posément. Nous avons besoin de ton avis, Tétishéri. Nous avons besoin de toutes tes facultés. »

La vieille femme tourna vers elle des yeux ternes.

« Qu'y a-t-il à décider ? Tuez-les tous. Envoyez-les dans la Salle du Jugement, et que Sobek se régale de leurs os. »

Ahmès-Néfertari se releva et, les mains sur les hanches, regarda sa grand-mère.

« Tu vas te laisser laver, puis tu boiras du lait et tu tâcheras de dormir, ordonna-t-elle. Je t'enverrai le médecin pour qu'il s'assure que tu ne t'es pas rendue malade. Nous souffrons tous, Tétishéri. Depuis le temps, nous devrions y être habitués, mais c'est impossible, n'est-ce pas ? »

Je ne veux pas être la personne forte de la famille, avait-elle envie d'ajouter. C'est toi qui as toujours tenu ce rôle. Reviens-nous, Tétishéri.

Ouni ouvrit la porte à Isis et à une autre servante, qui apportaient cuvette d'eau fumante et serviettes. Ahmès-Néfertari s'adressa à l'intendant.

« Si tu as besoin de moi, je serai à la prison, dit-elle. Ta maîtresse doit être lavée, puis mise au lit. Ne la laisse pas discuter, pas cette fois. Tu enverras Isis chercher le médecin. Et ne ferme pas la fenêtre ; l'atmosphère est suffocante, ici. »

Je suis furieuse contre toi, Tétishéri, pensa-t-elle alors qu'elle quittait la pièce. Kamosé était l'unique étoile de ton ciel noir, si éclatante qu'elle rendait tes vieux yeux égoïstes aveugles à l'astre plus modeste qui brillait à côté. Était-ce un amour sincère que tu éprouvais pour lui, ou un sentiment possessif qui s'est épanoui à la mort de père ? Peut-être es-tu incapable d'amour. Peut-être Kamosé, au contraire d'Ahmosis, correspondait-il simplement à l'idée que tu te faisais d'un roi. J'ai mal pour toi, mon époux bien-aimé ; je te pleure de toute mon âme, mon Kamosé chéri, mais je ne puis m'abandonner à mon chagrin. Il y a trop à faire. Je ne pardonnerai jamais à grand-mère cet accès d'apitoiement sur elle-même. Nos vies sont encore menacées, et ce n'est pas de décacheter des jarres de vin qui nous sauvera. Ses pensées continuèrent à se bousculer ainsi, chaotiques, jusqu'au moment où elle entra dans la cour de la prison de Kamosé et vit Ramosé venir à sa rencontre.

Il s'inclina, le visage tendu, et demanda des nouvelles d'Ahmosis.

« Il est toujours sans connaissance, répondit Ahmès-Néfertari. Tu es allé voir ta mère ? »

Il acquiesça d'un air malheureux.

« Elle tempête, accuse et clame son innocence, dit-il. Elle compte que je la libère, comme si j'avais plus d'autorité que Simontou. Que va-t-il lui arriver, Altesse ? Sera-t-elle jugée ? »

Ahmès-Néfertari observa un instant Ramosé avant de répondre. Il était manifestement très éprouvé, mais elle n'était pas d'humeur à le ménager.

« Tu étais l'ami intime de Kamosé, dit-elle. Néfer-Sakharou faisait partie du complot ourdi contre lui. Il n'est pas exclu qu'elle ait reçu l'ordre de tuer mon fils. Que ferais-tu d'elle ?

– C'est ma mère, comment veux-tu que je réponde à ta question ? Les dieux jugent sans bienveillance ceux qui n'honorent pas leurs parents. Elle est néanmoins coupable de trahison et complice des assassins de mon seigneur. » Il leva vers elle des yeux pleins d'angoisse. « Vous allez l'exécuter, n'est-ce pas, Ahmès-Néfertari ? »

En l'entendant l'appeler par son nom, elle fut submergée par un flot de souvenirs.

« Quoi que nous fassions, il faut le faire vite, répondit-elle. L'Égypte doit exécuter le châtiment promptement et sans appel. Nous ne devons pas hésiter, sinon le mal risque de s'étendre. Pis encore : Apopi pourrait y voir un signe de faiblesse et en profiter pour tenter de reprendre le pays, surtout maintenant qu'Ahmosis est blessé, incapable de donner des ordres. » Elle lui effleura le bras. Sa peau était chaude, et elle réprima l'envie de la caresser, de quémander au jeune homme un réconfort masculin. « Entre l'œuvre qu'a accomplie Kamosé et le désastre absolu, il ne reste que mère et moi, dit-elle dans un murmure. Je ne pense pas possible de sauver Néfer-Sakharou. »

Ne plaide pas en sa faveur, Ramosé, implora-t-elle en son for intérieur. Ne me demande pas de fausser les décrets divins de Maât au nom de l'amour filial. Rappelle-toi Si-Amon, je t'en supplie ! Le jeune homme eut un sourire triste.

«J'ai honte, dit-il. Honte de mon père et de ma mère, et néanmoins je les aime tous les deux. Je suis le plus infortuné des hommes, Altesse. Je pense que la paix me sera toujours refusée.»

S'inclinant une fois encore, il s'éloigna, et elle se dirigea vers l'épaisse porte de bois de la prison.

Le bureau de Simontou se trouvait à gauche du couloir menant aux cellules. Simontou se leva à son entrée et la salua avec respect. Il lui confirma qu'Ahhotep était toujours là et qu'elle interrogeait le prince Intef depuis plus d'une heure. Il allait l'informer de sa présence.

Ahmès-Néfertari s'assit à sa place et attendit. Le bâtiment était silencieux. Elle le savait plus qu'à moitié vide, et elle se demanda une fois de plus pourquoi Kamosé l'avait fait construire. Avait-il l'intention de remplir la prison de Sétiou après la prise d'Het-Ouaret ? Ce qui se passait dans sa tête avait toujours été un mystère et, désormais, il n'y aurait plus de réponse. Lorsque sa mère entra, Ahmès-Néfertari se leva respectueusement et les deux femmes se regardèrent un instant en silence.

«J'ai trouvé Tétishéri ivre tout à l'heure, dit enfin Ahmès-Néfertari. Et Ramosé est désespéré. Qu'allons-nous faire ?»

Ahhotep lui fit signe de se rasseoir et prit l'autre siège. Elle portait une robe bleue, couleur du deuil. Elle était soigneusement maquillée et coiffée d'une perruque lui tombant aux épaules. Des bagues brillaient à ses doigts, et un mince cercle d'or orné de minuscules scarabées enserrait son front.

«J'ai mal au bras, remarqua-t-elle. Je me suis fait masser, mais il est encore douloureux. Il faut beaucoup de force pour enfoncer un couteau dans le corps d'un homme. Je n'y avais jamais pensé...» Elle adressa un sombre sourire à sa fille. «C'est quand même une douleur agréable. J'ai fait ranger ma robe souillée dans un coffre à part. Ce n'est pas de la fierté, Ahmès-Néfertari. Elle me rappellera notre vulnérabilité, si jamais un jour nous nous sentions invincibles.» Ahmès-Néfertari garda le silence et sa mère reprit : «Je suis ici depuis l'aube. J'ai interrogé Intef et Iasen. Bien que j'aie tué Mékétrê, ils ne semblent pas se douter du danger qu'ils courent. Ils croient que, parce que nous sommes des femmes, nous n'agirons pas avant la guérison d'Ahmosis. Par ailleurs, ils sont certains que celui-ci non seulement leur pardonnera, mais qu'il comprendra ce qu'ils reprochaient à Kamosé. Oh ! ils ne l'ont pas dit explicitement, conclut-elle en voyant l'expression outragée d'Ahmès-Néfertari. Mais leur attitude manquait de respect. Ils n'ont guère changé depuis que Kamosé les a contraints à se joindre à lui, il y a deux ans.

– Ont-ils fait allusion à Mésehti et Mékhou ?

– Non. Il faut envoyer quelqu'un les chercher à Akhmîm et Djaouati… à moins qu'ils ne se soient directement rendus dans le Delta jurer fidélité à Apopi.

– C'est possible, mais d'après Sénéhat ils ont plaidé en faveur de Kamosé. S'ils ne voulaient pas s'associer au complot, tout en éprouvant une certaine solidarité avec les autres princes, que pouvaient-ils faire sinon fuir ?

– Avertir Kamosé ! s'écria Ahhotep. Les lâches ! »

Il y eut un nouveau silence. Ahhotep tapotait distraitement la table éraflée ; les sourcils froncés, elle respirait profondément, et sa poitrine généreuse soulevait le lin fin de sa robe bleue. Ahmès-Néfertari, qui l'observait, eut soudain l'impression de la voir sous un jour nouveau. C'était comme si elle échappait aux catégories faciles dans lesquelles elle l'avait rangée sans réfléchir – mère, épouse, maîtresse de la maison – et lui révélait d'autres facettes, bien plus complexes, de sa personnalité. Elle est assurément ma mère, l'épouse de Séqénenrê, l'arbitre de la maison, se dit Ahmès-Néfertari avec étonnement. Mais je voyais tout cela par rapport à moi. Même lorsque Tétishéri, elle et moi nous retrouvions pour discuter des responsabilités que nous avait confiées Kamosé, je ne la dissociais pas de la famille, je ne la voyais pas comme un individu à part entière. Ahhotep seule, hors de cette enveloppe familiale, est quelqu'un de différent. Un peu intimidée par cette découverte, Ahmès-Néfertari rompit enfin le silence.

« Ahmosis ne leur pardonnera pas, mère. Ils ont pris sa modération pour de la faiblesse.

– Je sais. Il faut nous occuper d'eux rapidement, avant que d'autres ne croient pouvoir se rebeller impunément. J'éprouve de la tristesse pour leurs femmes et leurs enfants, mais ils doivent être exécutés sur-le-champ.

– Et Néfer-Sakharou ?

– C'est un poison lent qui finit par contaminer tout ce qu'il touche, dit Ahhotep avec dureté. Quelle autre solution avons-nous que de mettre aussi fin à ses jours ? L'exil ne lui ôtera pas sa langue pointue. Où qu'elle aille, elle restera dangereuse.

– Dans ce cas, je suggère que nous envoyions Ramosé à la recherche de Mésehti et Mékhou, ce qui lui évitera d'assister à la fin honteuse de sa mère. Je veux pleurer Kamosé, conclut-elle en se levant. Et je ne pourrai le faire tant que tout le reste ne sera pas réglé.

– Nous sommes donc d'accord? fit Ahhotep, qui se leva elle aussi.

– Oui.

– Bien. Je vais dire à Hor-Aha de choisir dix archers medjaï, et demain matin l'armée se rassemblera sur le terrain de manœuvre pour assister aux exécutions. Ahmès-Néfertari...

– Oui?»

Sa mère s'était interrompue et se mordait la lèvre.

«Nous allons accomplir une chose terrible. Tuer des nobles égyptiens, tuer une femme..., c'est comme si...» Elle désigna d'un geste les murs épais et nus de la pièce. «... Comme si j'étais moi-même en prison, enfermée, privée de choix.»

Ahmès-Néfertari prit ses mains froides dans les siennes.

«Ce n'est pas nous qui avons provoqué ce désastre, dit-elle avec calme. Mais notre destin est d'y apporter une conclusion. Je dois aller voir Ahmosis. Viens avec moi, et nous irons ensuite prier au temple. Le temps que nous revenions, grand-mère sera peut-être réveillée et suffisamment remise pour nous conseiller.

– Je ne l'imagine pas nous proposer une solution plus compatissante, dit Ahhotep. Elle insistera pour que les traîtres soient mis à mort.»

A cela, Ahmès-Néfertari n'avait rien à répondre. Toujours main dans la main, les deux femmes sortirent dans la lumière aveuglante de midi.

Dans la soirée, elles retrouvèrent Tétishéri. Pâle et affaiblie par son excès de boisson, celle-ci avait néanmoins retrouvé sa lucidité, et elle se montra catégorique : les princes devaient mourir.

«Pourquoi les épargnerions-nous? dit-elle. Ils n'ont eu aucun scrupule à assassiner Kamosé et, sans ton courage, Ahhotep, ils auraient également tué Ahmosis. Éliminez-les. Ils ne sont pas dignes du nom d'Égyptiens.

– Nous sommes bien d'accord? fit Ahmès-Néfertari. Il ne faudrait pas que nous ayons des doutes ou des hésitations plus tard.»

Tétishéri lui jeta un regard dédaigneux.

«Je ne doute pas, dit-elle. Quant à toi, mon petit soldat, j'ai bien l'impression que l'hésitation ne fait plus partie de ton caractère. Ahmosis va se trouver un peu à court de commandants lorsqu'il sera guéri. Il devrait peut-être t'offrir une division. Que dirais-tu de celle d'Hathor ?»

Ahmès-Néfertari avala la boule qu'elle avait dans la gorge. Malgré le ton sardonique de sa grand-mère, la sincérité du compliment était évidente.

«Et maintenant, laissez-moi, conclut Tétishéri. Si je dois monter sur l'estrade avec vous demain, il faut que je me fasse masser pour éliminer les derniers restes d'alcool de mon sang.»

Dans le couloir, Ahhotep se tourna vers sa fille.

«Je te laisse le soin de parler à Ramosé, dit-elle. Je dois avertir Hor-Aha. Cela va te paraître cruel, Ahmès-Néfertari, mais j'espère qu'Ahmosis restera sans connaissance jusqu'à ce que tout soit fini. S'il ouvrait les yeux avant l'aube, nous serions forcées d'attendre sa décision, et je crois que ce délai me serait insupportable.»

Ahmès-Néfertari lui effleura la joue en signe d'assentiment, puis elles se séparèrent, et la jeune femme se dirigea vers la chambre de Ramosé.

Ce fut Sénéhat qui lui ouvrit. En voyant la princesse, elle s'inclina et s'écarta.

«Je dois parler à Ramosé en particulier, dit Ahmès-Néfertari. Attends dans le couloir, s'il te plaît.»

La servante obéit et, quand elle eut refermé la porte, Ahmès-Néfertari se tourna vers Ramosé. Sénéhat et lui venaient de manger. Des coupes et des plats vides encombraient la table. Quand il se leva pour la saluer, la jeune femme vit à son expression qu'il savait à quoi s'attendre.

«J'aimerais que tu te rendes à Akhmîm et à Djaouati en te faisant accompagner d'un héraut et d'un garde, déclara-t-elle sans préambule. Nous devons savoir ce que sont devenus Mésehti et Mékhou. Nous espérons qu'ils sont simplement rentrés chez eux, mais, s'ils sont en route pour le Delta, il nous faudra envoyer des troupes à leur poursuite. Voilà pourquoi tu as besoin du héraut, qui nous avertira au plus vite. L'affaire est urgente. Nous voulons que tu t'embarques dès ce soir.»

Il la regarda un instant avec attention, les yeux plissés.

« Vous avez décidé d'exécuter ma mère, dit-il doucement. C'est pour cela que vous m'envoyez dans le Nord. »

Il est inutile de tourner autour de la vérité, pensa Ahmès-Néfertari en soutenant son regard. Surtout avec Ramosé.

« C'est exact, reconnut-elle. Tu as toujours prisé la franchise, mon vieil ami. Nous ne voyons pas d'autre solution pour assurer notre sécurité. Sache que nous le regrettons pour toi, et non pour elle. Elle ne mérite pas autre chose. »

Il se laissa tomber sur une chaise.

« Me diras-tu au moins quand aura lieu l'exécution, que je puisse prier pour le voyage de son ka? demanda-t-il. Et j'insiste pour qu'elle ait un embaumement soigné, Altesse. Je le paierai moi-même. »

De nouveau, Ahmès-Néfertari eut envie de s'agenouiller près de lui et de le prendre dans ses bras, mais cette fois pour lui, et non pour elle.

« Bien sûr, répondit-elle d'une voix ferme. Demain à l'aube. Je suis désolée, Ramosé. Les mots me manquent pour...

– Ne dis plus rien, Ahmès-Néfertari, je t'en prie, coupa-t-il en levant une main. Je ferai ce que tu as ordonné, mais à présent j'ai besoin d'être seul. Demande à Sénéhat de regagner sa chambre, s'il te plaît. Je ne pourrai pas non plus supporter sa présence. »

Il faut qu'Ahmosis le dédommage de tout ce que nous lui avons pris, pensa Ahmès-Néfertari avec fièvre en traversant de nouveau la maison. J'insisterai personnellement, quand il accédera à la divinité, pour qu'il lui accorde un domaine, le titre de prince, des monopoles commerciaux. Elle savait cependant que rien ne pourrait consoler Ramosé de la perte de Tani ni de la disgrâce de ses parents. Le pouvoir ne réchaufferait pas sa couche, et l'or n'effacerait pas la honte. Pas plus que les promesses n'apaiseront le sentiment de culpabilité que j'éprouve, se dit-elle avec un soupir. Cette guerre a fait de nous tous des victimes à des degrés divers, mais il est impossible de revenir en arrière, pour nous comme pour l'Égypte.

Elle ne dormit pas cette nuit-là. Par un besoin confus d'expiation, elle resta au chevet d'Ahmosis, se levant de temps à autre pour se dégourdir les jambes ou couper la mèche de la lampe. Deux fois, le médecin entra, examina son patient, puis se retira après quelques paroles polies. Akhtoy vint lui aussi lui apporter de l'eau et des fruits, mais elle ne mangea ni ne but. Elle évaluait le passage du temps à la qualité du silence qui régnait dans la maison et dans le jardin. Lorsque, devant la porte, la sentinelle fut relevée pour la seconde fois, elle quitta son mari et se dirigea à contrecœur vers ses appartements. Il était temps qu'elle s'habille. Ahmosis n'avait toujours pas ouvert les yeux : elle ne savait pas si elle devait s'en réjouir ou le regretter.

Dans la fraîcheur qui précédait l'aube, Ankhmahor et les quelques Gardes qui avaient survécu escortèrent Ahmès-Néfertari, sa mère et sa grand-mère jusqu'au terrain de manœuvre. Devant eux, des serviteurs portaient le corps enflé et noir de Mékétrê. Ahhotep avait interdit qu'on l'enveloppât, et Ahmès-Néfertari gardait les yeux fixés sur les coiffures des soldats pour ne pas voir la tête déformée et ballante du cadavre. Elle était néanmoins certaine de sentir l'odeur de putréfaction qu'il dégageait. Je ne faiblirai pas, se disait-elle avec détermination. J'assisterai à l'exécution sans frémir. Je me rappellerai Kamosé et mon père. Je penserai à mes ancêtres. Mais, surtout, j'évoquerai le visage de mon fils et me ferai une armure de ma colère.

L'immense terrain de manœuvre était déjà plein de soldats. Alors que les trois femmes montaient sur l'estrade, Ahmès-Néfertari remarqua qu'Hor-Aha les avait disposés en fonction de leur fidélité aux Taâ : les hommes des princes étaient devant, face au seul espace laissé libre. Le silence était presque total. L'étrange suspens qui précédait toujours le lever de Rê semblait intensifié par l'immobilité des troupes, ces rangées de visages sans expression tournés vers l'estrade.

Sur un geste d'Ahhotep, le corps de Mékétrê fut déposé de façon que tous le voient. Un frémissement parcourut la foule des soldats. Amennakht et Simontou s'avancèrent et s'inclinèrent.

« Tout est-il prêt ? » demanda Ahhotep au gouverneur de la prison et, quand celui-ci eut acquiescé : « Les princes et Néfer-Sakharou ont-ils fini de prier ?

– Oui, Majesté, répondit Simontou. Toutefois, dame Néfer-Sakharou est si terrifiée que nous avons dû l'amener jusqu'ici dans une litière fermée.

– Je comprends. Fais avancer les prisonniers, Amennakht, et qu'on les attache aux poteaux. Je m'adresserai ensuite aux troupes. »

Ahmès-Néfertari réprima l'envie de presser une main sur son cœur, qui lui martelait douloureusement les côtes, et elle s'émerveilla du calme de sa mère. Le visage maquillé d'Ahhotep n'était qu'un masque froid. Ahmès-Néfertari jeta un regard de biais à sa grand-mère. Ses traits étaient tout aussi impassibles sous la perruque tressée. Mon visage ressemble-t-il au leur, ou trahit-il mon agitation ? se demanda la jeune femme. Elle mit ses mains derrière le dos et serra les poings jusqu'à sentir ses bagues mordre sa chair.

Un cortège sinistre approchait. Ahmès-Néfertari ne vit pas immédiatement les princes, masqués par les Medjaï qui les entouraient. Ils ne lui apparurent que lorsqu'ils durent passer devant les restes obscènes de Mékétrê. Ils ne portaient qu'un pagne grossier. Intef tremblait, et Iasen, hébété, avançait en trébuchant. Ahmès-Néfertari détourna le regard, choquée, et ses yeux tombèrent sur Néfer-Sakharou. Vêtue d'une ample robe bleue, pieds nus, elle avançait soutenue par deux Medjaï, car elle était manifestement incapable de marcher. Hor-Aha suivait les prisonniers, accompagné de dix archers.

Trois poteaux se dressaient au centre du terrain. Avec une rapidité et une efficacité qu'Ahmès-Néfertari trouva effrayantes, les trois condamnés y furent attachés. Le visage levé vers le ciel, Intef avait une attitude pleine de défi, mais Iasen gardait la tête inclinée sur la poitrine. Quant à Néfer-Sakharou, elle s'affaissa, retenue seulement par les lanières qui lui liaient les poignets, puis elle se mit à hurler. Sur un mot d'Hor-Aha, un des Medjaï lui plaqua brutalement une main sur la bouche pour la faire taire. En vain. Néfer-Sakharou se débattit, le mordit, lui décocha des coups de pied, jusqu'à ce qu'avec un juron exaspéré l'homme sorte son couteau et lui tranche la gorge.

Ahmès-Néfertari poussa un cri d'horreur. L'homme essuyait son arme sur la robe de sa victime, dont le corps se convulsait encore. Hor-Aha fut aussitôt près de lui, et son poing ganté de cuir se détendit. On l'entendit s'écraser sur le visage du Medjaï. Intef éclata de rire.

« C'était un meurtre et non une exécution, clama-t-il. Regarde sur quels barbares tu as choisi de t'appuyer, Ahhotep Taâ ! Ce ne sont que des bêtes sauvages, tous, y compris le précieux général de Kamosé. Deux ans de discipline militaire n'en ont pas fait des soldats, et le port du pagne n'en a pas fait des Égyptiens. Ils ne seront jamais autre chose que des animaux. Et c'est pour avoir refusé d'obéir à de tels êtres que tu nous condamnes à mort ?

Kamosé les a nommés officiers et les a couverts d'or, mais il n'était pas en son pouvoir de les rendre humains.»

Ahmès-Néfertari ne pouvait quitter des yeux le sang de Néfer-Sakharou, qui formait une flaque sombre sur le sol. Amon me vienne en aide! pensa-t-elle. Jamais je n'oublierai cette scène, jamais son horreur ne s'effacera de mon esprit. Ce souvenir restera gravé en moi et me souillera jusqu'à la fin de mes jours.

Hor-Aha détacha le corps de Néfer-Sakharou du poteau et ordonna que l'on attachât à sa place le Medjaï qui avait perdu son sang-froid. Des murmures s'étaient mis à courir dans les rangs, la colère grondait.

«Il a raison, bien entendu, dit Tétishéri. Ce sont effectivement des sauvages. Mais des sauvages utiles. Il est regrettable qu'Hor-Aha n'ait pas pu l'arrêter à temps. C'est très mauvais pour notre prestige aux yeux de l'armée.»

Ahmès-Néfertari la contempla avec incrédulité, et Ahhotep riposta aussitôt :

«Garde tes réflexions pour toi, Tétishéri, ou je te fais couper la langue! Les Gardes qui sont ici n'ont pas à les connaître. Tu sais combien les soldats bavardent.» Elle s'avança jusqu'au bord de l'estrade, et Ahmès-Néfertari la vit prendre une profonde inspiration. «Hommes d'Oueset et d'Égypte, commença-t-elle d'une voix sonore qui couvrit les murmures, les condamnés que vous avez devant vous vont mourir. Leur crime n'est pas d'avoir refusé de servir sous les ordres d'un général qui a prouvé sa fidélité à ce pays, et vaillamment combattu aux côtés de mon époux et de mes fils pour nous libérer du joug sétiou. La victime de ces félons repose en ce moment dans la Maison des Morts et, s'ils n'avaient pas été arrêtés, les prêtres-sem auraient maintenant à s'occuper de deux cadavres. Il n'y a pas eu de procès. La preuve de leur perfidie ne fait aucun doute. Je pleure sur la honte dont ils ont couvert leurs familles, mais ils ne m'ont pas laissé le choix. Sa Majesté leur faisait confiance, et elle a été trahie et assassinée. Général, fais ton devoir!»

Hor-Aha adressa un signe aux archers, qui prirent leurs arcs et y placèrent chacun la flèche unique qu'ils avaient apportée. Ahmès-Néfertari profita de ces quelques secondes pour détourner le regard et contempler le désert. Aussitôt, elle se sentit moins oppressée, et ses épaules se détendirent. Il y avait une illusion de paix dans la lueur rose qui éclairait la ligne irrégulière de l'horizon, dans l'air frais et inodore qui précédait la naissance ardente du dieu. Ce sera bientôt fini, se dit-elle. On enlèvera les poteaux, les soldats seront dispersés, on jettera du sable sur le sang, et je pourrai traverser le jardin, retrouver l'affairement matinal de la maison, respirer enfin librement...

C'est alors que la voix d'Intef retentit pour la dernière fois, forte et distincte, à l'instant même où Rê venait au monde et éclairait la scène de ses premiers rayons.

« Vous le regretterez, clama-t-il. Tu crées un dangereux précédent, Ahhotep Taâ. Votre sang n'est ni plus ancien ni plus pur que le nôtre. Nous sommes des nobles et des princes d'Égypte. En nous traitant comme de vulgaires criminels, quel message adressez-vous à l'homme du peuple ? Si vous êtes capables de nous abattre comme des chacals au gré de vos caprices, vous n'hésiterez pas à les fouler aux pieds comme des vers de terre. Kamosé était un assassin vengeur. Kamosé... »

Le bras levé d'Hor-Aha s'abaissa. Les Medjaï tendirent leur arc et, trop rapides pour que le regard pût les suivre, les flèches s'enfoncèrent dans leurs cibles.

Un grand soupir s'éleva de la foule, suivi d'un profond silence. Ahmès-Néfertari s'aperçut qu'elle avait la main crispée sur sa robe, et moite de sueur. Ahhotep reprit la parole.

« Certains d'entre vous ont suivi ces hommes dans la trahison et le déshonneur, dit-elle, et cette fois Ahmès-Néfertari perçut la tension dans sa voix sous l'assurance apparente du ton. Ils méritent aussi d'être punis, mais la nature d'un soldat étant d'obéir à ses supérieurs, j'ai une certaine indulgence pour leur faute. Cela ne m'arrivera pas une seconde fois. Le deuil de Sa Majesté a commencé, et il vous est interdit à tous de quitter Oueset avant qu'elle ne soit conduite à son tombeau. C'est tout. Disperse-les, Hor-Aha. »

Un instant plus tard, les officiers criaient des ordres, et les soldats rompaient les rangs. Ahhotep se tourna vers Amennakht.

« Que Néfer-Sakharou soit emmenée dans la Maison des Morts, dit-elle. Par contre, les trois princes resteront où ils sont jusqu'à demain matin afin que les troupes puissent méditer sur leur sort. Ils seront ensuite transportés dans le désert et enterrés dans le sable. Donne le corps du Medjaï à ses compatriotes pour qu'ils l'ensevelissent selon leurs rites. Jusqu'à la fin du deuil de Kamosé, les hommes pourront faire l'exercice mais ne devront pas quitter le périmètre du terrain de manœuvre. Mets les officiers à l'épreuve. Donne-leur de petites responsabilités.» Elle hésita, puis le renvoya et quitta l'estrade.

«Que pouvons-nous faire d'autre? murmura-t-elle à Ahmès-Néfertari tandis que, entourées par les Gardes, les trois femmes regagnaient la maison. Tout dépend d'Ahmosis, maintenant.»

Elles n'échangèrent pas d'autres paroles jusqu'à l'entrée de leurs appartements. Là, Tétishéri s'approcha d'Ahhotep à la frôler et gronda :

«Je n'accepterai plus que tu m'insultes de la sorte! Veille à ne plus outrepasser les limites de ton autorité, Ahhotep, car j'ai sur toi une prééminence dont tu n'hériteras qu'à ma mort.»

Ahhotep avait pris le bras de sa fille pour revenir jusqu'à la maison et, à plusieurs reprises, elle avait manqué trébucher. Ahmès-Néfertari sentait combien les terribles événements du matin l'avaient éprouvée. Elle s'appuya à la porte de ses appartements, le visage défait.

«Tu méritais mon reproche, Tétishéri, répondit-elle avec lassitude. Tu as parlé étourdiment, inspirée par une arrogance que ne tempère pas toujours la sagesse. Si, comme toi, nous avions cherché refuge dans une cruche de vin, c'est peut-être Ahmosis et Ahmosis-onkh que l'on aurait attachés à ces poteaux d'exécution, et ta fameuse prééminence dépendrait à présent de la volonté de deux princes perfides qui se seraient sans doute empressés de nous envoyer au fleuve.»

Elle avait choisi d'employer l'euphémisme désignant la condition des femmes privées de foyer par la guerre, et Tétishéri eut la grâce de faire une grimace.

«C'est Ahmès-Néfertari qui occupe désormais le premier rang, bien que tu ne t'en rendes pas encore compte, poursuivit Ahhotep. J'ai sauvé la vie de son époux, mais son courage a sauvé l'Égypte elle-même. C'est elle qui a hérité du pouvoir qui était le tien, alors prends garde à tes paroles. Allez manger, toutes les deux. J'ai besoin de repos.»

Lorsque la porte se fut refermée sur elle, Tétishéri et Ahmès-Néfertari se regardèrent un instant.

«Elle est épuisée, dit enfin la vieille femme en se redressant. Je lui pardonne ses paroles irrespectueuses.»

Ahmès-Néfertari réprima une brusque envie de rire et serra le corps minuscule de Tétishéri dans ses bras.

«Je t'adore, grand-mère, dit-elle. Tu es aussi têtue qu'un âne, et aussi bruyante quand tu te mets à braire. J'irai tout à l'heure au temple prier pour Kamosé. Accompagne-moi.»

Nous pouvons commencer à le pleurer véritablement, à présent, pensa-t-elle en se dirigeant vers la chambre d'Ahmosis. Nous en avons fini avec l'horreur. Pourtant, alors même qu'elle essayait de se réconforter, s'imposaient à son esprit l'image du sang giclant du cou de Néfer-Sakharou et celle du Medjaï essuyant calmement son poignard sur sa robe froissée.

Le serviteur personnel d'Ahmosis était en train de laver son maître lorsque Ahmès-Néfertari entra. L'odeur rafraîchissante de la menthe flottait dans la pièce, et elle la respira avec plaisir avant de se pencher sur son mari et de poser un baiser sur sa joue.

«L'onguent a été changé, remarqua-t-elle.

– Le médecin est passé, Altesse, dit le serviteur. La plaie guérit bien, et il n'y met plus que du miel. De plus, Son Altesse a commencé à bouger, et il lui arrive de gémir. Le médecin est très content. Il dit que Son Altesse peut ouvrir les yeux à tout moment.

– Je te laisse finir de le laver, dit Ahmès-Néfertari. Je reviendrai plus tard. Je retrouve mes enfants pour déjeuner.»

Elle quitta la chambre avec soulagement. En dépit de l'amour qu'elle avait pour son mari, elle éprouvait un immense besoin de se retrouver en compagnie d'êtres simples et innocents.

Elle mangea sans appétit, joua avec Ahmosis-onkh, prit sa petite fille dans ses bras, mais rien ne pouvait effacer la vision qui souillait son ka. Ce ne fut que dans le temple, lorsqu'en compagnie de Tétishéri elle écouta Amonmosé chanter pour Kamosé, que le souvenir s'affaiblit un peu. Il revint toutefois corrompre son dîner et aigrir son vin, et, plus tard, lorsqu'elle fut au chevet d'Ahmosis, elle s'aperçut qu'il s'interposait encore entre son visage paisible et les mots qu'elle souhaitait lui adresser. Elle contempla donc son époux en silence, tâchant de concentrer son attention sur la courbe de sa joue brune, sur ses lèvres agréablement pleines, sur le frémissement de ses cils noirs.

Vers minuit, trop fatiguée pour dormir, elle sortit dans le jardin baigné de lune et s'assit dans l'herbe, près du miroir sombre du bassin. Et là, pour la première fois, la peur des morts l'envahit. Ces ombres sous les arbres n'étaient pas vides. Le visage blafard et malveillant de Néfer-Sakharou l'épiait, et, dans son dos, Intef et Iasen murmuraient et rampaient vers elle.

Ahmès-Néfertari lutta contre cette peur avec ses armes nouvellement acquises, l'assurance et le courage, mais si elle parvint à la faire reculer, des bruits menaçants continuaient à lui parvenir : des appels lointains apportés par la brise nocturne, des clapotements sur le fleuve, des froissements et des frémissements dans les buissons. Je ne fuirai pas, se dit-elle avec fermeté. Ce sont des hommes qui pêchent sur le Nil, des animaux nocturnes, des gardes qui font les cent pas, rien d'autre que la vie de la nuit.

Mais, brusquement, deux formes indistinctes sortirent de l'obscurité et s'avancèrent vers elle. Sa fragile sérénité l'abandonna et elle se leva en poussant un cri.

«Je t'ai cherchée partout, Ahmès-Néfertari, dit sa mère d'une voix haletante. Il faut que tu rentres immédiatement. Il y a des désordres à la caserne. Les soldats désertent. Ils ont tué Amennakht et plusieurs de nos officiers.»

Les fantômes s'évanouirent. Ahmès-Néfertari regarda tour à tour sa mère et Hor-Aha.

«Je vais immédiatement à la caserne, dit-elle. Tes hommes désertent aussi, général?

– Certains d'entre eux, Altesse, répondit-il d'une voix rauque. Le prince Ankhmahor et les Medjaï essaient de rétablir l'ordre, mais il faut rattraper les déserteurs. Si nous n'y mettons pas immédiatement un terme, ce mouvement de panique risque de s'étendre dans tous les nomes.

– Pourquoi cela s'est-il produit? demanda Ahmès-Néfertari, qui se sentait elle-même au bord de la panique.

– Ils n'ont pas confiance en moi, répondit Ahhotep. Ils craignent que je ne leur inflige le même sort qu'aux princes lorsque j'aurai eu le temps de réfléchir à l'énormité de leur faute. Les imbéciles! A présent, ils vont mourir, c'est sûr.

– Que dois-je faire? demanda Ahmès-Néfertari, pensant déjà aux discours à tenir aux soldats demeurés en place.

– Rien, cette fois, répondit Ahhotep avec fermeté. Reste auprès de ton mari. Tu es irremplaçable, Ahmès-Néfertari. Ahmosis et toi êtes l'avenir de l'Égypte. Je vais à la caserne avec Hor-Aha. Envoie un héraut prévenir Ramosé. Qu'il oblige Mésehti et Mékhou à nous fournir des troupes pour empêcher les déserteurs de gagner le Nord. De son côté, Hor-Aha se lancera à leur poursuite avec les soldats qui nous sont restés fidèles.

– Que le héraut fasse le voyage en bateau, intervint Hor-Aha. Les déserteurs seront trop désorganisés pour oser voler des embarcations. Je vais t'envoyer Ankhmahor et quelques hommes pour surveiller la maison, Altesse. Poste-les où tu le jugeras bon. »

Il était visiblement pressé de partir.

« Risquons-nous d'être attaqués ?

– Non, je ne le pense pas, répondit Ahhotep. Mais mieux vaut tout prévoir. Dépêche-toi, Ahmès-Néfertari, et ne dis rien à ta grand-mère. Je te ferai tenir au courant des événements. »

Sans attendre que le général et sa mère eussent disparu, la jeune femme courut vers la maison. Ses peurs s'étaient envolées ; les menaces de la réalité étaient autrement dangereuses.

Akhtoy somnolait sur un tabouret, devant la porte d'Ahmosis. Il avait insisté pour rester à son poste de jour comme de nuit jusqu'à ce qu'Ahmosis ait repris connaissance, et ce fut avec un immense soulagement qu'Ahmès-Néfertari le vit à sa place.

« Va immédiatement me chercher un héraut, ordonna-t-elle. Qu'il soit capable de retenir son message, je n'ai pas le temps de le dicter à un scribe. »

L'intendant s'éclipsa aussitôt, et Ahmès-Néfertari se laissa tomber sur son tabouret. Ô Amon, fais que ma mère revienne saine et sauve ! pria-t-elle en silence. Ne me laisse pas seule avec un mari blessé à protéger et une nouvelle révolte à mater. Je suis à bout de forces ! En sondant son esprit et son ka, elle y découvrit cependant des pensées claires et une grande fermeté.

Lorsque Akhtoy reparut accompagné d'un héraut ensommeillé, elle donna brièvement ses instructions et, plus tard, quand Ankhmahor arriva avec vingt soldats, elle l'aida à établir la durée et l'emplacement de leurs gardes. Plus de la moitié d'entre eux étaient des Medjaï, et elle s'en réjouit : elle n'avait plus confiance dans les hommes de son propre nome.

Avant de s'installer au chevet d'Ahmosis, elle fit le tour de la maison. Tout était tranquille. Les enfants et Raa dormaient paisiblement, et on entendait Tétishéri ronfler du couloir. Les salles de réception et les bureaux, les bains et les appartements, étaient vides et silencieux. Rassurée, elle regagna la chambre d'Ahmosis. Akhtoy avait repris sa place devant la porte et, après lui avoir rapidement raconté ce qui s'était passé, elle put enfin s'asseoir auprès de son époux.

A une légère tension de son corps, à une imperceptible modification de son visage, elle sut qu'il était réveillé.

« Ahmosis, dit-elle doucement en se penchant sur lui. Tu m'es revenu, Ahmosis. Peux-tu ouvrir les yeux ? »

Les lèvres desséchées remuèrent, les paupières battirent. Prenant un pot d'eau, Ahmès-Néfertari lui souleva la tête pour le faire boire, mais voyant qu'il grimaçait de douleur, elle y renonça. Trempant un morceau de tissu dans l'eau, elle le pressa doucement entre ses lèvres. Il le suça avec avidité.

« La lumière me fait trop mal, murmura-t-il d'une voix faible. J'ai horriblement mal à la tête, Ahmès-Néfertari. Que m'est-il arrivé ? »

Il fit mine de toucher son crâne. Ahmès-Néfertari retint sa main et la reposa sur le drap.

« Tu as eu un accident, mon chéri, commença-t-elle, craignant que, si elle lui disait la vérité, le choc ne le replonge dans le monde des ombres.

– Un accident ? répéta-t-il en fronçant les sourcils. Je me rappelle que j'étais en train de montrer ma pêche à Kamosé. Je me rappelle qu'il courait vers moi. Il y avait Mékétrê, et des soldats arrivaient du jardin... » Il s'agita. Ses doigts étreignirent ceux de sa femme. « Je suis tombé ? C'est cela, Ahmès-Néfertari ? »

Elle lui caressa le front, espérant que sa main ne tremblait pas.

« Chut, Ahmosis, murmura-t-elle. Tu as des points de suture sur le cuir chevelu. Il ne faut pas rouvrir la plaie. C'est merveilleux de te voir réveillé, mais tu as besoin de sommeil. Je vais demander à Akhtoy d'aller chercher le médecin. »

Il ne répondit pas, et elle s'aperçut qu'il avait perdu connaissance. Elle se hâta d'aller prévenir l'intendant, puis revint au chevet d'Ahmosis. Sa respiration était profonde et régulière, il avait la peau fraîche. Lorsque le médecin arriva, il confirma que le malade dormait maintenant d'un sommeil normal.

« Veille à ce qu'il y ait toujours quelqu'un près de lui, Altesse, recommanda l'homme. Il peut boire de l'eau s'il en manifeste le désir, mais aucune nourriture pour le moment. Je vais préparer une infusion de pavot pour apaiser ses maux de tête. Sa guérison n'est plus qu'une question de temps », conclut-il en souriant.

Le temps, c'est justement ce qui nous manque, pensa Ahmès-Néfertari lorsque la porte se referma derrière le médecin. Mère est partie depuis beaucoup trop longtemps, et je ne peux quitter Ahmosis pour me rendre sur le terrain de manœuvre. Je n'ose pas non plus y envoyer Ankhmahor. J'ai besoin de savoir que lui au moins est ici, entre la nuit et nous.

Elle ne prit conscience de l'arrivée de l'aube que lorsque Akhtoy et le serviteur d'Ahmosis entrèrent, apportant une bassine d'eau chaude. L'intendant souffla la lampe et roula la natte qui fermait la fenêtre. Une pâle lumière entra dans la pièce, et Ahmosis bougea dans son sommeil.

«Ta mère est revenue, dit Akhtoy à voix basse. Elle était trop fatiguée pour venir te saluer, Altesse, mais je dois t'apprendre que le général Hor-Aha s'est lancé à la poursuite des déserteurs avec un millier de soldats, et que les autres enterrent les cadavre. Des affrontements ont encore éclaté sur le terrain de manœuvre, mais tout est rentré dans l'ordre.

– Si Hor-Aha est parti, qui commande les troupes restantes, Akhtoy?

– Dame Ahhotep, Altesse. Le général Hor-Aha lui en a confié le commandement.»

Ahmès-Néfertari éprouva un pincement de jalousie. Une fois de plus, je suis reléguée à la maison pendant que des actes plus glorieux s'accomplissent sans moi, pensa-t-elle avec amertume. Puis elle rit de sa réaction. Je suis ici avec Ahmosis, il va mieux et c'est tout ce qui compte.

«Pose cette bassine, dit-elle au serviteur. Je vais laver moi-même le prince, ce matin. Fais-moi apporter des fruits et du pain, Akhtoy. Je meurs de faim.»

A peine le lin tiède effleura-t-il sa peau qu'Ahmosis ouvrit les yeux. Il regarda son épouse tandis qu'elle le lavait d'une main légère et habile; puis, quand elle eut fini et qu'elle lui apporta de l'eau, il but avidement.

«J'ai rêvé que j'étais assis près du bassin et qu'un nain venait vers moi, dit-il lorsqu'elle reposa sa tête sur l'oreiller. Il portait une tenue militaire, du cuir et du bronze, et j'avais peur de lui. C'est un mauvais présage, Ahmès-Néfertari. Cela signifie que la moitié de ma vie me sera ôtée. J'aimerais en parler à Kamosé. A moins qu'il ne soit parti dans le Nord sans moi?»

Un coup frappé à la porte évita à Ahmès-Néfertari d'avoir à répondre. Akhtoy entra, apportant son repas et une petite fiole d'albâtre. Il posa l'un et l'autre sur la table et s'inclina.

«Je suis très heureux de voir que Son Altesse est revenue parmi nous, dit-il. Le médecin t'envoie ce pavot pour te soulager si tu en as besoin.

– Que fais-tu ici, Akhtoy? demanda Ahmosis avec brusquerie. Pourquoi n'es-tu pas auprès de Kamosé ? A-t-il changé d'intendant ? Combien de temps suis-je resté sans connaissance ?»

Akhtoy et Ahmès-Néfertari échangèrent un regard, et l'intendant s'écarta.

«Que me cachez-vous? demanda Ahmosis d'une voix inquiète. Donne-moi un peu de ce pavot, Ahmès-Néfertari. Ma tête me fait abominablement mal. Ensuite, je veux que tu me dises exactement ce qui se passe.»

Sur un geste de la jeune femme, l'intendant quitta la pièce. Versant quelques gouttes du liquide laiteux dans de l'eau, elle le fit boire à Ahmosis. Presque instantanément, ses paupières papillotèrent.

«Nous parlerons plus tard, murmura-t-il. La douleur s'apaise, mes yeux se ferment.»

Ce fut avec soulagement qu'Ahmès-Néfertari le vit sombrer dans le sommeil des convalescents.

Elle se fit apporter un lit pour qu'Ahmosis pût la voir près de lui chaque fois qu'il s'éveillerait, et à peine s'y était-elle étendue qu'elle succomba elle aussi au sommeil. Lorsque Akhtoy la réveilla, elle constata avec stupeur qu'elle avait dormi toute la journée. Rê s'apprêtait à pénétrer dans la bouche de Nout, et sa lumière agonisante teignait le ciel d'écarlate. Ahmosis sommeillait toujours.

«Ta mère est dans le couloir, annonça l'intendant. Elle souhaite te voir. Je vais rester auprès de Son Altesse.»

Ahhotep parlait à la sentinelle lorsque Ahmès-Néfertari sortit de la chambre. Elle sourit à sa fille.

«On m'a dit qu'Ahmosis avait repris connaissance. C'est une merveilleuse nouvelle. Je voulais t'annoncer en personne que nous étions temporairement en sécurité, Ahmès-Néfertari. Nous ne recevrons pas de messages d'Hor-Aha ni de Ramosé avant quelque temps, mais je crois que le pire est passé.»

Ahmès-Néfertari l'observait avec curiosité. Elle avait la voix légèrement rauque. Une large éraflure partait de derrière son oreille et disparaissait dans l'encolure de sa robe, et la paume de ses mains était à vif. En remarquant le regard de sa fille, Ahhotep accentua son sourire.

«On ne peut pas dire que ce soient des blessures de guerre, déclara-t-elle. Lorsque Hor-Aha et moi sommes arrivés à la caserne, Ankhmahor était déjà engagé dans le combat opposant les hommes qui cherchaient à s'enfuir et ceux qu'il avait ralliés. Hor-Aha a couru prendre sa place. Ankhmahor a essayé de se dégager pour venir me protéger, mais il lui a fallu un certain temps.» Elle leva ses mains blessées d'un air piteux. «Je suis restée trop près des combattants. C'était brutal et épouvantable, mais étrangement fascinant aussi. J'étais clouée sur place... jusqu'à ce que je me retrouve sur le chemin d'une lance. Je me suis jetée à terre, puis j'ai roulé sous l'estrade, et j'y suis restée! Une position qui manquait singulièrement de dignité pour un personnage royal! Ton père aurait été consterné.» Elle s'interrompit pour s'éclaircir la voix, ce qu'elle fit avec difficulté. «Les cris et les jurons retentissaient de toutes parts, reprit-elle. Je hurlais aussi fort que les autres, et je ne m'en suis rendu compte que lorsque Ankhmahor m'a trouvée et aidée à sortir de ma cachette. Nous avons assisté ensemble à la fin du combat.» Elle grimaça. «C'est une expérience que j'espère ne pas avoir à revivre. Je crois que désormais je prendrai davantage de plaisir aux petites tâches qu'une femme est censée accomplir dans sa maison.

– Mais je croyais que tu en avais toujours été satisfaite, mère, fit Ahmès-Néfertari, étonnée.

– Je l'étais. Je le suis. Mais j'ai découvert que, pourvu qu'elle vive assez longtemps avec des Méridionaux au sang chaud, même une citoyenne de la ville de la lune finit par s'apercevoir qu'un peu de ce feu coule dans ses veines. Je vais au temple, à présent. J'éprouve le besoin de me purifier du sang de Mékétrê. La colère s'est dissipée, Ahmès-Néfertari, le chagrin la remplace. Embrasse Ahmosis et dis-lui que je lui rendrai visite demain.»

Rien ne peut plus me surprendre, se dit Ahmès-Néfertari en rentrant dans la chambre. Je regarde dans mon miroir de cuivre et ne reconnais plus la femme qui m'y fait face. Je contemple ma mère et vois une inconnue. Comme nos vies sont devenues imprévisibles! Le feu de la souffrance et de la nécessité a fondu jusqu'à notre âme, et l'a coulée dans de nouveaux moules dont la forme définira un avenir qui nous est encore caché. La voix d'Ahmosis la tira de ses réflexions.

«Pourrais-tu allumer la lampe, Ahmès-Néfertari ? demanda-t-il. Je me sens mieux. Le sang me martèle moins le crâne, et je n'ai plus mal aux yeux.»

Après avoir taillé la mèche de la petite lampe d'albâtre, elle l'enflamma, puis alla dérouler la natte devant la fenêtre.

«Veux-tu encore du pavot ? demanda-t-elle, espérant vaguement reculer encore le moment terrible où elle devrait lui apprendre la vérité.

– Non, répondit-il. Je veux voir Kamosé. Va le chercher s'il est encore ici. Sinon, je veux lire les lettres qu'il a envoyées.»

Ahmès-Néfertari s'assit près de lui. L'heure avait sonné.

«Il ne peut pas venir, mon chéri, commença-t-elle d'une voix hésitante. Il est mort. Il a été tué au moment où il courait vers toi. Il voulait te prévenir que les princes s'étaient révoltés, que ta vie était en danger, mais une flèche l'a transpercé. Il est mort dans tes bras. Tu ne t'en souviens pas ?»

Il la regardait intensément, et elle vit son visage changer à mesure qu'elle parlait. On aurait dit que quelque chose aspirait sa chair vers l'intérieur, ne laissant qu'une peau pâle tendue sur des os saillants. Sa main se crispa sur le drap et il roula sur le dos.

«Dieux ! murmura-t-il. Non... Je sens la corde qui tenait les poissons. Je le vois courir dans l'allée. Je vois Mékétrê. Je vois... je vois...» Il luttait désespérément pour se remémorer la scène, et Ahmès-Néfertari le regardait, muette de compassion. «... Je sens quelque chose dans mes bras, quelque chose de lourd, un gros poisson... Non, c'est trop lourd pour un poisson. Je sens des pierres sous moi. Je suis à genoux, oui...» Il se couvrit le visage de ses mains. «Je n'y arrive pas, Ahmès-Néfertari !

– Le souvenir te reviendra plus tard, assura-t-elle. Ne te fatigue pas. Tu as été gravement blessé. Mékétrê t'a assené un coup de massue alors que tu tenais Kamosé dans tes bras. Le coup t'aurait tué, si mère n'avait pas réussi à le dévier. Elle l'a poignardé.»

Les mains d'Ahmosis pétrissaient toujours nerveusement le drap.

«Mère ? Ahhotep ? Elle a tué Mékétrê ? Avec un poignard ?

– Oui, et ce n'est pas tout, Ahmosis. Essaie de rester calme.»

Bien avant la fin du récit, Ahmosis pleurait. Elle le laissa donner libre cours à son chagrin, puis, lorsqu'elle se tut enfin, elle prit ses deux mains dans les siennes, posa la tête sur son ventre et ferma les yeux.

Beaucoup plus tard, elle sentit qu'il lui caressait les cheveux, et ce geste familier faillit la faire fondre en larmes.

«Tout cela alors que j'étais étendu ici, impuissant et inutile, murmura-t-il. Dire que je suis encore incapable de m'asseoir! Pardonne-moi de t'avoir laissée seule face à l'armée, ma chérie, de t'avoir obligée à affronter une situation dans laquelle aucune femme ne devrait se retrouver placée.

– Ne dis pas de bêtises. Ni toi ni nous n'avions le choix. Je ne suis pas n'importe quelle femme, je suis une Taâ. Ma mère aussi, par son mariage et par son obstination. Nous avons fait ce qu'il fallait, et nous en sommes fières. Hor-Aha et Ramosé rattraperont les déserteurs. C'est fini, Ahmosis. Tu ne dois pas te tourmenter, sinon ta guérison en pâtira.»

Elle se redressa, écartant de son visage ses cheveux emmêlés, mais il ne lui lâcha pas la main.

«Tant que nous n'aurons pas reçu de leurs nouvelles, nous ne serons sûrs de rien, dit-il.

– Il est encore trop tôt pour que nous en ayons, mais nous sommes en sécurité pour le moment. Ankhmahor est toujours ici.

– Il faudra que je le voie, mais pas aujourd'hui. Ma tête recommence à m'élancer, je vais reprendre du pavot. Dis-moi ce que tu penses de Mésehti et de Mékhou. Ils ont fui avec leurs troupes. Peut-on encore leur faire confiance?»

Elle lui répondit, consciente qu'en se plongeant dans les problèmes pratiques, il repoussait le moment où il lui faudrait accepter la réalité de la mort de son frère. Le barrage était encore fermement en place, retenant le flot de chagrin, de culpabilité et de remords qui déferlerait inévitablement. Pour l'instant, toutefois, il était nécessaire pour sa santé qu'ils parlent d'autre chose.

A partir de ce jour-là, le rétablissement d'Ahmosis fut lent mais constant. Le médecin ôta les fils de la suture, et ses cheveux repoussèrent peu à peu autour de la cicatrice qu'il garderait le restant de ses jours. Il recommença à s'alimenter. Néanmoins, Ahmès-Néfertari, qui avait temporairement renoncé à toute autre tâche pour rester auprès de lui, était souvent réveillée en pleine nuit par ses pleurs. Elle attendait alors sans un mouvement que sa douleur s'épanche.

Dans la journée, elle lui amenait les enfants, et tenir la petite Hent-ta-Hent dans ses bras semblait le réconforter.

Ahhotep lui rendait souvent visite. A sa manière simple et franche, il l'avait remerciée de lui avoir sauvé la vie mais sans exprimer le désir d'en apprendre davantage sur cette journée et, avec sa délicatesse habituelle, Ahhotep n'en parlait pas. Tétishéri venait le voir, elle aussi, mais de longs silences embarrassés s'installaient entre eux.

« Elle regrette que je ne sois pas mort à la place de Kamosé, disait Ahmosis à Ahmès-Néfertari. Et elle a la grâce d'en éprouver de la culpabilité. J'ai pitié d'elle. »

Bientôt, il fut en mesure de s'asseoir, puis de faire quelques pas hésitants dans sa chambre. L'appétit lui revint et, le matin où il vida son assiette et réclama du supplément, Ahmès-Néfertari battit des mains avec ravissement.

« Tu retourneras bientôt pêcher sur le fleuve, dit-elle.

– Je pense que je n'attraperai ni ne mangerai plus jamais de poisson, répondit-il, assombri. Je ne pourrais le faire sans regretter Kamosé. De plus, lorsque nous l'aurons couché dans son tombeau, je deviendrai roi, et il est interdit aux rois de manger du poisson. C'est faire offense à Hâpy.

– Mais tant que tu n'es que prince, je suis certaine que le dieu du Nil se réjouirait de l'amour que tu portes à son domaine, objecta Ahmès-Néfertari. Kamosé serait sûrement désolé de te voir renoncer à un divertissement qui t'apportait tant de joie. »

Mais Ahmosis secoua la tête et garda le silence.

Un jour, enfin, il eut assez de force pour s'aventurer dans le jardin, suivi par une foule de serviteurs excités qui portaient coussins, parasol, chasse-mouches et pâtisseries. Il s'arrêta un instant devant l'entrée, clignant les yeux dans la lumière vive du soleil, puis il se dirigea lentement vers le bassin. En arrivant à l'allée du débarcadère, il s'immobilisa et regarda dans la direction du Nil.

« C'est là que je l'ai tenu dans mes bras, et c'est là qu'il est mort, dit-il avec calme. La mémoire m'est revenue, Ahmès-Néfertari. Tout m'est revenu. Puissé-je ne jamais oublier. »

Puis il leva le visage vers le ciel, respira le parfum des fleurs printanières et se remit à marcher.

Il n'y avait pas longtemps qu'ils étaient installés près du bassin, quand Ahhotep arriva, brandissant deux rouleaux.

« Des messages d'Hor-Aha et de Ramosé ! s'écria-t-elle. C'est fini ! La révolte est définitivement brisée. Hor-Aha annonce qu'il a été obligé d'exécuter les officiers qui nous avaient trahis une seconde fois, mais qu'il ramène les soldats, matés. Ramosé, Mésehti et Mékhou arriveront ensemble. Ils ont chassé le reste des déserteurs des nomes d'Intef et d'Iasen. Leur pardonneras-tu leur lâcheté, Ahmosis ?

– Tout dépendra de leur attitude lorsqu'ils seront ici, répondit-il. L'épreuve a été rude, Ahhotep, et nous devons en tirer la leçon. Une réorganisation s'impose, et je pense que je vais commencer par l'armée. Je compte marcher sur Het-Ouaret dès la fin de la période de deuil, mais je ne commettrai pas les erreurs qui ont conduit Kamosé à sa perte. »

Il jeta un regard à Ahmosis-onkh, qui, assis tout nu au bord du bassin, battait l'eau de ses pieds en gazouillant de plaisir. « Nous sommes à la mi-méchir, reprit-il. On ensemence les champs, et j'ai mes propres graines à semer dans le Delta. Je laisserai Oueset sans inquiétude à mes guerrières, ajouta-t-il en leur souriant. Et je vous jure à toutes deux de déposer une Égypte unie à vos pieds en récompense de ce que vous avez fait. Donne ces rouleaux à Ipi, mère, et viens t'asseoir à l'ombre. Aujourd'hui, nous ne parlerons de rien d'autre que des libellules et du soleil jouant à la surface de l'eau. »

Ahmès-Néfertari se rendit compte qu'elle l'observait avec curiosité. Il était le même et pourtant différent, son époux bien-aimé. Bien qu'il restât doux et mesuré dans ses propos et ses gestes, l'air de simplicité distraite qui avait abusé tant de gens sur son compte avait disparu. Il a été transformé comme nous tous, pensa-t-elle assez tristement. Il est tombé prince, il s'est relevé roi.

Cet ouvrage, composé en Times corps 12,
a été mis en pages par In Folio, Paris IIIe

Impression réalisée sur CAMERON par
BRODARD ET TAUPIN
La Flèche

pour le compte des Éditions Stock
27, rue Cassette, Paris VIe
en mars 1999

Imprimé en France
Dépôt légal : avril 1999
N° d'édition : 4774 – N° d'impression : 6897V
54-05-5106-01/7
ISBN : 2-234-05106-1